UM CAVALHEIRO EM MOSCOU

AMOR TOWLES

Um cavalheiro em Moscou

TRADUÇÃO DE RACHEL AGAVINO

Copyright © 2016 por Cetology, Inc. Todos os direitos reservados.

TÍTULO ORIGINAL
A Gentleman in Moscow

PREPARAÇÃO
Maria Paula Autran
Marina Góes

REVISÃO
Rafaella Lemos
Taís Monteiro

DIAGRAMAÇÃO
Ilustrarte Design e Produção Editorial

DESIGN DE CAPA
Nayon Cho

IMAGEM DE CAPA
Rodney Smith

ADAPTAÇÃO DE CAPA
Julio Moreira | Equatorium Design

CIP-BRASIL. CATALOGAÇÃO NA PUBLICAÇÃO
SINDICATO NACIONAL DOS EDITORES DE LIVROS, RJ

T671u

    Towles, Amor, 1964-
    Um cavalheiro em Moscou / Amor Towles ; tradução Rachel
Agavino. - 1. ed. - Rio de Janeiro : Intrínseca, 2018.
    464 p. ; 23 cm.

    Tradução de: A gentleman in Moscow
    ISBN 978-85-510-0271-1

    1. Ficção americana. I. Agavino, Rachel. II. Título.

17-46249   CDD: 813
                                                      CDU: 821.111(73)-3

[2018]
Todos os direitos desta edição reservados à
EDITORA INTRÍNSECA LTDA.
Av. das Américas, 500, bloco 12, sala 303
22640-904 – Barra da Tijuca
Rio de Janeiro – RJ
Tel./Fax: (21) 3206-7400
www.intrinseca.com.br

Para Stokley e Esmé

Como me lembro bem

Quando chegou como um visitante a pé
E morou um tempo entre nós
Uma melodia com feições de um gato da montanha.

Bem, onde está nosso propósito agora?

Como a tantas perguntas
Eu respondo a essa
Com um olhar atento porém discreto.

Com uma reverência desejo boa-noite
E atravesso portas de terraços
Para os esplendores simples
Das amenidades de outra primavera;

Mas de uma coisa eu sei:

Não está perdido entre as folhas de outono na Praça de São Pedro.
Não está entre as cinzas das borralheiras do Ateneu.
Não está dentro dos pagodes azuis de sua *Chinoiserie*.

Não está nos alforjes de Vronski;
Nem no Soneto XXX, estrofe um;
Não em vinte e sete vermelhos...

Onde está agora? (Linhas 1-19)
Conde Aleksandr Ilitch Rostov
1913

21 de junho de 1922

APRESENTAÇÃO DO CONDE ALEKSANDR ILITCH ROSTOV
PERANTE A COMISSÃO DE EMERGÊNCIA DO CONSELHO DO
COMISSARIADO DO POVO PARA ASSUNTOS INTERNOS

Presidentes: Camaradas V. A. Ignatov, M. S. Zakóvski,
A. N. Kosarev
Promotor: A. Y. Vichinski

Promotor Vichinski: Apresente-se.
Rostov: Conde Aleksandr Ilitch Rostov, condecorado com a Ordem de Santo André, membro do Jockey Club, Mestre de Caça.
Vichinski: Pode ficar com seus títulos; eles não são mais úteis a ninguém. Mas, para que fique registrado, você é Aleksandr Rostov, nascido em São Petersburgo, a 24 de outubro de 1889?
Rostov: Sou.
Vichinski: Antes de começarmos, devo apontar que não me recordo de já ter visto uma túnica adornada com tantos botões.
Rostov: Obrigado.
Vichinski: Não foi um elogio.
Rostov: Nesse caso, exijo reparações em um duelo por minha honra.

[*Risos.*]

Secretário Ignatov: Silêncio na galeria.
Vichinski: Qual é o seu endereço atual?
Rostov: Suíte 317 do Hotel Metropol, Moscou.
Vichinski: Há quanto tempo mora lá?
Rostov: É minha residência desde 5 de setembro de 1918. Pouco menos de quatro anos.

Vichinski: E sua ocupação?
Rostov: Não convém a cavalheiros ter ocupações.
Vichinski: Muito bem, então. Como emprega seu tempo?
Rostov: Com jantares e debates. Leitura e reflexão. O imbróglio de sempre.
Vichinski: E você escreve poesia?
Rostov: Sou conhecido por minha habilidade com a pena.
Vichinski: [Erguendo um panfleto] Você é o autor deste longo poema de 1913: Onde está agora?
Rostov: Ele foi atribuído a mim.
Vichinski: Por que escreveu o poema?
Rostov: Ele demandou ser escrito. Sucedeu-me estar sentado à tal mesa à tal manhã em que ele escolheu fazer suas demandas.
Vichinski: E onde foi isso exatamente?
Rostov: No salão sul em Idlehour.
Vichinski: Idlehour?
Rostov: A propriedade Rostov em Níjni Novgorod.
Vichinski: Ah, sim. Claro. Muito apropriado. Mas vamos voltar nossa atenção para o seu poema. Escrito como foi, nos anos mais repressivos após a revolta fracassada de 1905, muitos o consideraram um chamado à ação. Concorda com essa avaliação?
Rostov: Toda poesia é um chamado à ação.
Vichinski: [Verificando anotações] E foi na primavera do ano seguinte que você deixou a Rússia e foi para Paris...?
Rostov: Creio ter lembranças de florações nas macieiras. Então, sim, por todos os indícios, era primavera.
Vichinski: Dia 16 de maio, para ser exato. Agora compreendemos os motivos de seu exílio autoimposto; até nos solidarizamos com as ações que levaram à sua fuga. O que nos preocupa aqui é o seu regresso em 1918. Vale perguntar se voltou com a intenção de pegar em armas e, em caso afirmativo, a favor ou contra a Revolução.
Rostov: Àquele ponto, receio que meus dias de pegar em armas já haviam ficado para trás.

Vichinski: Por que voltou?
Rostov: Senti saudade do clima.

[*Risos.*]

Vichinski: Conde Rostov, você não parece compreender a gravidade de sua situação nem demonstra o respeito que é devido aos homens reunidos à sua frente.
Rostov: A tsarina fez as mesmas queixas sobre mim em sua época.
Ignatov: Procurador Vichinski, se me permite...
Vichinski: Secretário Ignatov.
Ignatov: Não tenho dúvidas, Conde Rostov, que muitos na galeria ficam surpresos ao descobrir o seu inesgotável charme; contudo, de minha parte, não estou nem um pouco surpreso. A história mostrou que o charme é a ambição última da classe ociosa. Mas acho surpreendente que o autor do poema em questão possa ter se tornado um homem tão obviamente sem propósito.
Rostov: Vivi com a impressão de que o propósito de um homem só é conhecido por Deus.
Ignatov: De fato. Quão conveniente isso foi para você.

[*O Conselho entra em recesso por doze minutos.*]

Ignatov: Aleksandr Ilitch Rostov, levando em plena consideração o seu próprio testemunho, só podemos concluir que o espírito perspicaz que escreveu o poema *Onde está agora?* sucumbiu irrevogavelmente às perversões de sua classe e agora representa uma ameaça aos mesmos ideais que uma vez abraçou. Com base nisso, nossa inclinação é retirá-lo desta câmara e conduzi-lo ao paredão de fuzilamento. Mas há aqueles nos altos escalões do Partido que o têm entre os heróis pré-revolucionários da causa. Por conseguinte, é opinião deste conselho que você deve retornar ao hotel de que tanto gosta. Mas não se engane:

se voltar a pôr os pés fora do Metropol, será baleado.
Próximo assunto.

Com as assinaturas de
V. A. Ignatov
M. S. Zakóvski
A. N. Kosarev

LIVRO UM

1922

Alojamento

Em 21 de junho de 1922, às seis e meia, quando o Conde Aleksandr Ilitch Rostov foi conduzido pelos portões do Kremlin até a Praça Vermelha, o dia estava belo e fresco. Endireitando os ombros para trás sem interromper o ritmo da caminhada, o Conde inspirou o ar como um fôlego novo após um mergulho. O céu estava do azul para o qual os domos da catedral de São Basílio foram pintados. Seus verdes, dourados e rosa cintilavam como se o único propósito de uma religião fosse alegrar sua Divindade. Até mesmo as meninas bolcheviques proseando diante das vitrines das Lojas de Departamento Estatais pareciam vestidas para celebrar os últimos dias da primavera.

— Olá, meu bom homem — disse o Conde a Fiódor, à beira da praça. — Vejo que as amoras chegaram cedo este ano!

Sem dar ao assustado vendedor de frutas tempo para responder, o Conde continuou a andar a passos apressados, seus bigodes untados se eriçando como o abrir de asas de uma gaivota. Passando pelo Portão da Ressurreição, ele virou as costas para os lilases do Jardim de Alexandre e avançou em direção à Praça dos Teatros, onde o Hotel Metropol se erguia em toda a sua glória. Quando chegou ao umbral, o Conde deu uma piscadela a Pavel, o porteiro da tarde, e estendeu uma das mãos para os dois soldados atrás dele ao se virar.

— Obrigado, cavalheiros, por me encaminharem em segurança. Não terei mais serventia para seus préstimos.

Embora corpulentos, ambos os soldados tiveram que olhar por sob o quepe para retribuir o olhar do Conde, pois, como as dez gerações de homens Rostov, ele tinha 1,90 metro de altura.

— Siga em frente — disse o mais bruto, com a mão na coronha do rifle.

— É nosso dever encaminhá-lo até seus aposentos.

No saguão, o Conde deu um largo aceno para cumprimentar simultaneamente o imperturbável Arkadi (que estava trabalhando na recepção) e a doce Valentina (que espanava uma estatueta). Embora já os tivesse saudado dessa forma uma centena de vezes, ambos responderam com os olhos arregalados. Era o tipo de recepção esperada por alguém que chega sem calças a um jantar.

Ao passar pela menina com predileção por amarelo, a qual lia uma revista em sua poltrona favorita do saguão, o Conde se deteve de forma abrupta diante dos vasos de palmeiras para falar com seus acompanhantes.

— O ascensor ou a escada, cavalheiros?

Os soldados trocaram um olhar que então rumou ao Conde e voltou a se encontrar, aparentemente incapazes de decidir.

Como se espera que um soldado triunfe no campo de batalha, pensou o Conde, se ele não alcança sequer uma decisão sobre como subir a um andar?

— A escada — determinou em nome deles o Conde, e então subiu os degraus de dois em dois, como tinha por hábito desde a academia.

No terceiro andar, o Conde percorreu o carpete vermelho do corredor em direção a sua suíte, composta por quarto, banheiro, sala de jantar e salão nobre interligados, além de janelas de 2,5 metros de altura com vista para as tílias da Praça dos Teatros. E lá, a dureza do dia aguardava. Pois que diante das portas abertas de seus aposentos estava a postos um capitão de guarda junto a Pacha e Petia, os mensageiros do hotel. Os dois rapazes encontraram constrangidos o olhar do Conde, claramente recrutados para uma tarefa que consideravam indecorosa. O Conde dirigiu-se ao oficial:

— O que significa isso, capitão?

O capitão, que parecia levemente surpreso com a pergunta, era bem treinado para manter a imperturbabilidade de seu semblante.

— Estou aqui para lhe mostrar seu alojamento.

— *Este* é meu alojamento.

Deixando transparecer o mais leve indício de sorriso, o capitão respondeu:

— Não mais, receio.

Deixando Pacha e Petia para trás, o capitão levou o Conde e a escolta para uma escada de serviço escondida atrás de uma porta imperceptível na área comum do hotel. A subida mal iluminada contornava uma quina acentuada a cada cinco degraus, à semelhança de um campanário. Percorreram três lances espiral acima até onde uma porta se abria para um corredor estreito que servia a um banheiro e seis quartos, os quais remetiam a celas monásticas.

Esse sótão fora originalmente construído para abrigar os mordomos e criadas dos hóspedes do Metropol, mas quando o hábito de viajar com empregados saiu de moda, os quartos não utilizados foram reivindicados por urgências eventuais e seus caprichos e, desde então, armazenavam pedaços de madeira, móveis quebrados e outras variedades de entulho.

Mais cedo naquele dia, o quarto mais próximo da escada tinha sido esvaziado, exceto por uma cama de ferro fundido, uma escrivaninha de três pernas e uma década de poeira. No canto perto da porta havia um armário pequeno, quase uma cabine telefônica, que fora largado ali à revelia. Emparelhado ao ângulo do telhado, o teto pendia em inclinação gradual à medida que se afastava da porta, de modo que o único lugar onde o Conde podia ficar de pé rente à parede dos fundos era no ponto em que a lucarna acomodava uma janela do tamanho de um tabuleiro de xadrez.

Os dois guardas olharam presunçosos do corredor, e o bom capitão explicou que convocara os mensageiros para ajudar o Conde a transferir os poucos pertences que seu novo alojamento acomodaria.

— E o restante?

— Torna-se propriedade do Povo.

Então esse é o jogo deles, pensou o Conde.

— Muito bem.

Após retornar ao pé do campanário, ele caminhou aos saltos enquanto os guardas se apressaram atrás dele, seus rifles tamborilando contra a parede. No terceiro andar, marchou pelo corredor até sua suíte, para onde os dois mensageiros olharam com expressão de lamento.

— Está tudo em ordem, companheiros — assegurou-lhes o Conde. Então começou a apontar: — Isto. Aquilo. Aqueles. *Todos* os livros.

Entre os móveis destinados a seu novo alojamento, o Conde escolheu duas cadeiras de espaldar alto, a mesa de centro oriental de sua avó e o conjunto de pratos de porcelana favorito dela. Escolheu também dois abajures de ébano em formato de elefante e o retrato de sua irmã, Helena, que Serov pintara durante uma breve estada em Idlehour em 1908. Não esqueceu a valise de couro que tinha sido criada especialmente para ele pela Asprey em Londres e que seu bom amigo Michka tinha tão apropriadamente batizado de O Embaixador.

Alguém tinha feito a gentileza de levar para o quarto do Conde um de seus baús de viagem. Então, enquanto os mensageiros subiam com os itens mencionados, o Conde encheu o baú com roupas e objetos pessoais. Ao observar que os guardas olhavam as duas garrafas de conhaque no aparador, o Conde também as jogou lá dentro. E depois que o baú foi transportado escada acima, ele enfim apontou para a mesa secretária.

Os dois mensageiros, com os uniformes azul-vivos já empapados por causa do esforço, seguraram-na pelos cantos.

— Mas pesa uma tonelada — disse um deles ao colega.

— Um rei se fortifica com um castelo, e um cavalheiro, com uma mesa secretária — observou o Conde.

Enquanto os mensageiros a arrastavam para o corredor, o relógio do avô de Rostov, fadado a ser deixado para trás, badalou, triste, as oito horas. Havia muito o capitão voltara para o seu posto, e os guardas, que trocaram sua beligerância pelo tédio, agora se recostavam à parede e deixavam a cinza do cigarro cair no chão de parquete enquanto, no salão nobre, derramava-se a irrefreável luz do solstício de verão de Moscou.

Com um olhar melancólico, o Conde se aproximou das janelas ao canto noroeste da suíte. Quantas horas ele tinha passado diante delas? Em quantas manhãs, vestido em seu robe e segurando o café, tinha observado os recém--chegados a São Petersburgo desembarcarem de seus táxis, fartos e exauridos da viagem no trem noturno? Em quantas noites de inverno tinha visto a neve cair lentamente, enquanto uma silhueta solitária, baixa e robusta passava sob um poste de rua? Naquele mesmo instante, no extremo norte da praça, um jovem oficial do Exército Vermelho subia os degraus do Bolshoi, perdendo a primeira meia hora da apresentação da noite.

O Conde sorriu ao se lembrar de sua própria preferência juvenil por chegar *entr'acte*. No Clube Inglês, após reiterar que poderia ficar só para mais um drinque, ficava para mais três. Em seguida, embarcando rapidamente na carruagem a sua espera, ele disparava pela cidade, saltava os lendários degraus e, como esse jovem cavalheiro, atravessava as portas douradas. Enquanto as bailarinas dançavam graciosamente por todo o palco, o Conde sussurrava seus *excusez-moi*, dirigindo-se ao seu assento habitual na vigésima fileira, com vista privilegiada para as damas nos camarotes.

Chegar atrasado, pensou o Conde com um suspiro. Que requinte da juventude.

Então deu meia-volta e começou a andar pelos seus aposentos. Primeiro, admirou as grandes dimensões do salão e os dois lustres. Admirou os painéis pintados da pequena sala de jantar e os elaborados mecanismos de latão que permitiam fixar as portas duplas do quarto. Em suma, avaliou o interior tal qual um comprador em potencial que estivesse vendo os cômodos pela primeira vez. Quando chegou ao quarto, o Conde parou diante da mesa com tampo de mármore, sobre a qual havia uma variedade de artigos curiosos. Dentre eles, pegou uma tesoura que fora objeto de apreço de sua irmã. Em forma de garça, com as longas lâminas prateadas representando o bico do pássaro e o pequeno parafuso de ouro no pivô representando seu olho, a tesoura era tão delicada que ele mal conseguia encaixar o polegar e o indicador nos anéis.

Olhando de uma extremidade do apartamento para a outra, o Conde fez um rápido inventário de tudo o que ficaria para trás. Objetos pessoais, mobiliário e *objets d'art* que ele havia trazido para a suíte quatro anos antes já eram o cômputo de uma grande filtragem, pois quando os rumores sobre a execução do tsar chegaram ao Conde, ele partira de Paris imediatamente. Ao longo de vinte dias, atravessara seis nações e contornara oito batalhões que lutavam sob cinco bandeiras diferentes, chegando enfim a Idlehour no dia 7 de agosto de 1918, com nada além de uma mochila nas costas. Embora ele houvesse encontrado a região rural à beira de uma convulsão e a família muito angustiada, sua avó, a Condessa, não tinha perdido a compostura que lhe era característica.

— Sacha, que bom você ter vindo — disse ela sem se erguer da cadeira.
— Deve estar faminto. Acompanhe-me no chá.

Quando o neto explicou por que a avó precisava sair do país com urgência e descreveu os preparativos que tinha feito para a travessia, a Condessa compreendeu que não havia alternativa. Entendeu que, embora todos os criados a seu serviço estivessem dispostos a se juntar a ela, deveria viajar com dois. Também entendeu por que seu neto e único herdeiro, que ela havia criado desde os dez anos, não a acompanharia.

Com apenas sete anos, o Conde fora derrotado de forma tão vexatória por um vizinho em uma partida de damas que, supostamente, derramara uma lágrima, proferira um palavrão, e as peças do jogo foram espalhadas pelo piso. Essa falta de espírito esportivo levou a uma dura repreensão por parte do pai, que o obrigou a ir para a cama sem jantar. Mas, enquanto o jovem Conde em suplício se agarrava a sua coberta, recebeu a visita da avó. Sentada ao pé da cama, a Condessa expressou uma dose de compaixão:

— Não há nada de agradável que possa ser dito sobre a derrota, e o menino Obolenski é mesmo um purgante. Mas, Sacha, meu querido, por que afinal você lhe daria esse prazer?

Foi com esse ânimo que ele e sua avó se separaram sem lágrimas nas docas em Peterhof. O Conde voltou então à propriedade da família para administrar o fechamento do imóvel.

Seguiu-se logo com a varredura das chaminés, o esvaziamento das despensas e o recobrimento do mobiliário. Era como se a família estivesse voltando a São Petersburgo para a temporada de eventos sociais, exceto pelos cães, que foram soltos dos canis, pelos cavalos, liberados dos estábulos, e pelos criados, dispensados de seus deveres. Depois de ter enchido uma única carruagem com alguns dos melhores móveis dos Rostov, o Conde passou a tranca nas portas e partiu para Moscou.

É engraçado, refletiu agora, pronto para deixar a suíte. Desde a mais tenra idade, devemos aprender a dizer adeus a amigos e família. Nós nos despedimos de nossos pais e irmãos na estação; visitamos primos, frequentamos escolas, entramos no regimento; casamo-nos ou viajamos para o exterior. É parte da experiência humana segurar um bom companheiro pelo ombro e lhe desejar tudo de bom, encontrando conforto na ideia de que teremos notícia dele em breve.

Mas é menos provável que a experiência nos ensine a dizer *adieu* a nossos pertences mais queridos. E se nos ensinasse? Não acolheríamos bem a lição. Porque, no fim, mantemos nossos pertences mais próximos do que nossos amigos. Nós os carregamos de um lugar para outro, muitas vezes com consideráveis despesas e inconveniências; espanamos e polimos suas superfícies e repreendemos as crianças por brincar muito perto deles — o tempo todo, permitindo que as memórias os invistam de mais e mais importância. Esse armário, tendemos a recordar, é o mesmo em que nos escondíamos quando pequenos; e eram esses os candelabros de prata alinhados em nossa mesa na noite de Natal; e foi com esse lenço que ela uma vez secou suas lágrimas, *et cetera, et cetera*. Até acreditarmos que esses pertences cuidadosamente preservados podem nos transmitir consolo genuíno diante de um companheiro perdido.

Mas, é claro, uma coisa é apenas uma coisa.

E assim, deslizando as tesouras da irmã para dentro do bolso, o Conde olhou mais uma vez para as relíquias que restavam e depois as apagou para sempre de seu coração partido.

Uma hora mais tarde, após quicar duas vezes em seu colchão para identificar a nota musical de suas molas (sol sustenido), o Conde examinou os móveis que tinham sido empilhados em torno dele e se lembrou de que, ainda jovem, tinha ansiado por viagens de navio a vapor para a França e de trem noturno para Moscou.

E por que ele desejava aquelas viagens em específico?

Porque suas cabines eram muito pequenas!

Que maravilha tinha sido descobrir a mesa retrátil que sumia de vista; e as gavetas embutidas na base da cama; e, na parede, as luminárias fixadas cujo tamanho era suficiente para iluminar apenas uma página. Essa eficiência no design era como música para sua mente jovem. Ela atestava um propósito minucioso e a promessa de aventura. Pois assim devia ser o alojamento do Capitão Nemo ao percorrer vinte mil léguas submarinas. E que menino com o mínimo de ímpeto não trocaria de bom grado cem noites em um palácio por uma a bordo do *Nautilus*?

Bem. Por fim, ali estava ele.

Além disso, com metade dos quartos no segundo andar temporariamente requisitados pelos bolcheviques para a datilografia incansável de diretrizes, pelo menos no sexto andar um homem podia ouvir os próprios pensamentos.*

O Conde se levantou e bateu a cabeça no declive do teto.

— Muito bem — disse.

Após deslocar lentamente para o lado uma das cadeiras de espaldar alto e mover os abajures de elefante para a cama, o Conde abriu o baú de viagem. Primeiro, pegou a fotografia da Delegação e a pôs na mesa, onde era seu lugar. Então apanhou as duas garrafas de conhaque e o relógio de badalada dupla que pertencera ao pai. Mas, quando tirou o binóculo de ópera de sua

---

* De fato, foi nos aposentos imediatamente abaixo da suíte do Conde que Iakov Sverdlov, o primeiro presidente do Congresso dos Sovietes de Toda a Rússia, trancara o comitê de redação constitucional — asseverando que não devolveria a chave até que terminassem seu trabalho. Assim, as máquinas de escrever estrepitaram por toda a noite, até que aquele documento histórico tivesse sido elaborado, garantindo a todos os russos a liberdade de consciência (Artigo 13), a liberdade de expressão (Artigo 14), a liberdade de organização (Artigo 15) e a liberdade de ter qualquer um desses direitos revogados se fossem "utilizados em detrimento da revolução socialista" (Artigo 23)!

avó e o colocou sobre a mesa, um tremor chamou sua atenção para a lucarna. Embora a janela fosse do tamanho de um convite para um jantar, o Conde conseguiu ver que um pombo tinha pousado do lado de fora, no cobre lascado das beiradas.

— Ora, olá — cumprimentou o Conde. — Que gentileza sua passar por aqui.

O pombo olhou para trás com um ar decididamente de proprietário. Então arranhou o rufo com suas garras e investiu o bico contra a janela várias vezes em rápida sequência.

— Ah, sim — admitiu o Conde. — O que você diz faz sentido.

Estava a ponto de explicar a seu novo vizinho a causa de sua chegada inesperada quando do corredor soou um delicado pigarrear. Sem se virar, o Conde soube que era Andrei, o *maître* do Boiarski, pois essa era sua interrupção característica.

Assentindo para o pombo uma vez, para indicar que retomariam a conversa dentro em breve, o Conde abotoou o casaco e descobriu, ao se virar, que não era somente Andrei a prestar uma visita: três membros da equipe do hotel estavam amontoados à porta.

Andrei, de compostura perfeita e mãos esguias e prudentes; Vasili, o inimitável porteiro do hotel; e Marina, o deleite tímido com um olho errante, a qual recentemente fora promovida de camareira a costureira. Os três exibiam a mesma expressão confusa que o Conde tinha notado no rosto de Arkadi e de Valentina algumas horas antes, e ele finalmente percebeu: quando fora arrastado naquela manhã, todos presumiram que ele nunca voltaria. Ele emergira pelos muros do Kremlin como um aviador surgido dos destroços de um acidente.

— Meus queridos amigos, sem dúvida vocês estão curiosos sobre os acontecimentos do dia — disse o Conde. — Como devem saber, fui convidado ao Kremlin para um *tête-à-tête*. Lá, vários oficiais do atual regime, todos devidamente com suas barbichas, determinaram que, pelo crime de ter nascido aristocrata, eu deveria ser condenado a passar o resto dos meus dias... neste hotel.

Em resposta aos aplausos, o Conde apertou as mãos dos seus visitantes, um a um, expressando o apreço pelo companheirismo deles e lhes dirigindo seus sinceros agradecimentos.

— Entrem, entrem — convidou ele.

Juntos, os três funcionários se espremeram por entre as torres vacilantes de móveis.

— Pode fazer a gentileza? — solicitou o Conde, entregando a Andrei uma das garrafas de conhaque.

Então ele se ajoelhou diante do Embaixador, soltou os fechos e o abriu como um livro gigante. Cuidadosamente guardados ali dentro estavam 52 copos — ou, mais precisamente, 26 *pares* de copos —, cada um deles moldado para seu propósito, desde o grandioso bojo da taça de Borgonha até aqueles charmosos cálices pequenos, projetados para os licores de cores vivas do sul europeu. No espírito do momento, o Conde apanhou quatro copos ao acaso e os distribuiu, enquanto Andrei, que havia tirado a rolha da garrafa, fazia as honras.

Uma vez que seus convidados estavam com o conhaque na mão, o Conde ergueu a taça às alturas.

— Ao Metropol — brindou ele.

— Ao Metropol! — responderam os outros.

Ele era uma espécie de anfitrião nato e, no transcorrer da hora, enquanto enchia um copo aqui e incitava uma conversa ali, tinha uma consciência instintiva de todos os ânimos na sala. Apesar da formalidade adequada à sua posição, nessa noite Andrei exibia sorrisos com presteza e uma piscadela ocasional. Vasili, que falava com precisão aguda ao indicar os caminhos para os pontos turísticos da cidade, de repente ganhou a cadência de quem poderia ou não se lembrar amanhã do que dissera hoje. E, a cada gracejo, a tímida Marina se permitia rir sem cobrir os lábios com a mão.

Dentre todas as noites, nessa o Conde apreciou profundamente o alto-astral deles. Mas não era tão vaidoso a ponto de imaginar que isso se baseava apenas na notícia de que ele escapara por um triz. Pois, como sabia melhor do que a maioria, fora em setembro de 1905 que os membros da Delegação assinaram o Tratado de Portsmouth para acabar com a Guerra Russo-Japonesa. Nos dezessete anos que se sucederam desde a fabricação dessa paz — quase uma geração —, a Rússia havia sofrido uma guerra mundial, uma guerra civil, dois períodos de fome e o chamado Terror Vermelho. Em suma, tinha sido uma era difícil que não poupara ninguém. Independentemente de as tendências de alguém serem de direita ou de esquerda, em Vermelho ou Branco, ou de suas circunstâncias pessoais terem mudado para melhor ou para pior, certamente era tempo de beber à saúde da nação.

Às dez horas, o Conde acompanhou seus convidados até o campanário e lhes desejou boa-noite com a mesma cerimônia que teria demonstrado na porta da residência de sua família em São Petersburgo. Voltando ao alojamento, abriu a janela (embora tivesse o tamanho de um mero selo postal), serviu-se de um último conhaque e sentou-se à mesa secretária.

Construída na Paris de Luís XVI, com os realces dourados e o tampo de couro da época, a mesa tinha sido deixada ao Conde por seu padrinho, o Grão-Duque Demidov. Homem de grandes costeletas brancas, olhos azul--claros e dragonas douradas, o Grão-Duque falava quatro línguas e lia seis. Jamais casou, representou seu país em Portsmouth, geriu três propriedades e geralmente prezava a diligência em detrimento da leviandade. Mas, acima de tudo, ele tinha servido ao lado do pai do Conde como um cadete um pouco imprudente na cavalaria. Assim, o Grão-Duque tornou-se o guardião do Conde. E quando, em 1900, seus pais sucumbiram à cólera com poucas horas entre suas mortes, o Grão-Duque puxou o jovem Conde à parte e explicou que ele deveria ser forte por causa de sua irmã, que a adversidade se apresenta de muitas formas e que, se um homem não dominar suas circunstâncias, ele é dominado por elas.

O Conde passou a mão sobre as endentações na superfície da mesa.

Quantas das palavras do Grão-Duque aqueles sulcos rasos refletiam? Ali, por mais de quarenta anos, foram escritas instruções concisas para zeladores; argumentos persuasivos para estadistas; conselhos primorosos para os amigos. Em outras palavras, era uma mesa que não devia ser subestimada.

Após esvaziar o copo, o Conde empurrou a cadeira e sentou-se no chão. Correu a mão pela parte de trás da perna direita anterior da mesa até encontrar a lingueta. Quando a pressionou, uma porta de emendas imperceptíveis se abriu e revelou um buraco revestido de veludo que, como as cavidades nas outras três pernas, estava abarrotado de peças de ouro.

Anglicano em terra firme

Quando começou a se remexer às nove e meia da manhã, nos momentos amorfos antes do retorno à consciência, o Conde Aleksandr Ilitch Rostov degustou o sabor do dia que estava por vir.

Dentro de uma hora, ele estaria em meio ao ar morno da primavera, atravessando a rua Tverskaia, com os bigodes enfunados pelo vento. *En route*, compraria o *Herald* na banca da travessa Gazetni, passaria pelo Filippov's (parando apenas por um instante para observar as *pâtisseries* na vitrine) e depois continuaria para se encontrar com seus banqueiros.

Porém, ao se deter no meio-fio (para permitir que o tráfego fluísse), o Conde recordaria que seu almoço no Jockey Club estava agendado para as duas horas — e que, embora seus banqueiros o aguardassem às dez e meia, para todos os efeitos e propósitos eles estavam a serviço dos depositários, e assim poderiam, presumivelmente, esperar... Com esses pensamentos em mente, ele daria meia-volta e, tirando o chapéu da cabeça, abriria a porta do Filippov's.

Em um instante, seus sentidos seriam recompensados pela evidência indiscutível da maestria do padeiro. No ar flutuaria o aroma suave de *pretzels* recém-assados, rocamboles doces e pães inigualáveis que eram entregues diariamente, por trem, ao Hermitage — enquanto, organizados em fileiras perfeitas atrás da vitrine do mostruário principal, haveria bolos com coberturas de cores tão variadas quanto as tulipas de Amsterdã. Aproximando-se do balcão, o Conde pediria à jovem senhora com o avental azul-claro um mil-folhas (uma denominação muito apropriada) e assistiria com admiração enquanto ela usava uma colher de chá para dar um empurrãozinho na iguaria, da espátula de prata para um prato de porcelana.

Com a guloseima reconfortante na mão, o Conde se sentaria o mais próximo possível da mesinha no canto onde as moças da alta sociedade se encontravam todas as manhãs para repassar as intrigas da noite anterior. Cientes de seus arredores, as três donzelas inicialmente falariam com as vozes abafadas da nobreza; mas, tomadas pelo fluxo das próprias emoções, inevitavelmente elevariam o tom, de modo que, às 11h15, mesmo o mais discreto *gourmand* a saborear um quitute não teria escolha a não ser prestar ouvidos às mil camadas dos imbróglios de seus corações.

Às 11h45, depois de ter limpado o prato e espanado as migalhas do bigode, depois de cumprimentar a moça atrás do balcão e de levantar o chapéu em aceno às três jovens damas com quem conversara por um breve momento, voltaria para a rua Tverskaia e faria uma pausa para considerar: *E agora?* Talvez visitasse a Galerie Bertrand para ver as últimas telas de Paris ou passasse no salão do Conservatório, onde algum quarteto jovem tentava dominar um pouco de Beethoven. Talvez simplesmente desse meia-volta rumo ao Jardim de Alexandre, onde poderia encontrar um banco e admirar os lilases enquanto um pombo arrulhava e arrastava os pés no rufo de cobre da beirada.

No rufo de cobre da beirada...

— Ah, sim — reconheceu o Conde. — Suponho que não haverá nada disso.

Se o Conde fechasse os olhos e rolasse para a parede, seria possível voltar ao banco a tempo de comentar *Que adorável coincidência* quando as três moças do Filippov's passassem por ali?

Sem dúvida. Mas imaginar o que poderia acontecer se as circunstâncias fossem diferentes era o único caminho certo para a loucura.

Endireitando-se ao sentar, o Conde pôs as solas dos pés diretamente no chão sem carpete e deu uma leve torcida nas pontas curvas de seu bigode.

Na mesa do Grão-Duque havia uma taça de champanhe e um copo de conhaque. Com o aprumo esbelto do primeiro menosprezando a corpulência atarracada do último, não pôde deixar de pensar em Dom Quixote e Sancho Pança nas planícies da Serra Morena. Ou em Robin Hood e Frade Tuck nas sombras da floresta de Sherwood. Ou no príncipe Hal e Falstaff diante dos portões de...

Mas eis que soou uma batida na porta.

O Conde se levantou e bateu a cabeça no teto.

— Um momento — anunciou, esfregando o cocuruto e revolvendo no baú para pegar um roupão.

Enfim em trajes apropriados, abriu a porta e encontrou um jovem diligente ao corredor com o café da manhã diário do Conde, composto por um bule de café, dois biscoitos e uma porção de fruta (hoje, uma ameixa).

— Muito bem, Iuri! Entre, entre. Ponha aí, ponha aí.

Enquanto Iuri dispunha o café da manhã sobre o baú, o Conde sentou-se à secretária do Grão-Duque e compôs rapidamente um bilhete a um Konstantin Konstantinovitch, da rua Durnovksi.

— Faria a gentileza de realizar essa entrega, meu rapaz?

Iuri, dentre aqueles que jamais refutam, pegou com alegria o bilhete, prometeu entregá-lo em mãos e aceitou a gorjeta com uma reverência. Então se deteve na entrada.

— Devo... deixar a porta entreaberta?

A pergunta fazia sentido. Pois o quarto era de fato sufocante e, no sexto andar, quase não havia risco de sua privacidade ser comprometida.

— Sim, por favor.

Enquanto os passos de Iuri ecoavam campanário abaixo, o Conde pôs o guardanapo no colo, serviu-se uma xícara de café e o enfeitou com algumas gotas de creme. Tomando seu primeiro gole, notou com satisfação que o jovem Iuri devia ter subido às pressas os três lances extras de escadas, porque o café não estava nem um grau mais frio do que de costume.

Mas, enquanto usava a faca de legumes para libertar do caroço da ameixa um naco da fruta, o Conde reparou ao acaso em uma sombra prateada, em princípio tão etérea quanto uma nuvem de fumaça, deslizando atrás de seu baú. Inclinando-se de lado para espiar às costas de uma cadeira de espaldar alto, o Conde descobriu que tal fogo-fátuo não era nada além que o gato do saguão do Metropol. Um felino Azul Russo zarolho, que não deixava nada do que acontecia entre as paredes do hotel passar despercebido, certamente viera ao sótão para inspecionar os novos alojamentos do Conde. Saindo das sombras, saltou do chão para o Embaixador, do Embaixador para a mesa lateral, e da mesa lateral para o topo da escrivaninha de três pernas, sem um ruído sequer. Após se alçar a essa posição estratégica, lançou um olhar escrutinador pelo quarto e em seguida meneou a cabeça, uma mostra felina de decepção.

— Sim — confirmou o Conde depois de terminar sua própria avaliação. — Entendo o que você quer dizer.

A farta confusão de móveis dava ao pequeno domínio do Conde o aspecto de uma loja de consignação na Arbat. Em um quarto desse tamanho, ele poderia ter se contentado com uma única cadeira de espaldar alto, uma única mesa de cabeceira e um único abajur. Também poderia ter passado sem os artigos de porcelana Limoges de sua avó.

E os livros? *Todos os livros!*, dissera ele, carregado de bravata. Mas, à luz do dia, precisou admitir que essa instrução fora impulsionada menos pelo bom senso do que por um impulso quase infantil de impressionar os mensageiros e botar os guardas em seu devido lugar. Pois os livros nem se alinhavavam às preferências do Conde. Sua biblioteca pessoal de narrativas majestosas da estirpe de Balzac, Dickens e Tolstói fora deixada para trás em Paris. Os volumes que os mensageiros carregaram para o sótão tinham sido de seu pai e, assim, voltados a estudos sobre filosofia racionalista e ciência da agricultura moderna, prometiam densidade e ameaçavam incompreensão.

Sem dúvida, era preciso fazer mais uma filtragem.

Assim, após o desjejum, o banho e as roupas, o Conde se pôs em ação. Primeiro, tentou a porta do quarto ao lado. Devia estar bloqueada por dentro por algo bem pesado, porque mal se moveu sob a força do golpe de seu ombro. Nos três quartos seguintes, o Conde encontrou despojos desde o chão até o teto. Mas no último quarto, entre telhas de ardósia e tiras de rufos, fora aberto um espaço amplo em torno de um velho samovar amassado onde alguns telhadores haviam, certa vez, tomado chá.

De volta ao seu quarto, o Conde pendurou alguns casacos no armário. Guardou algumas calças e camisas na ponta direita da escrivaninha (para garantir que a besta tripé não tombasse). Arrastou pelo corredor o baú, metade de sua mobília e todos os livros de seu pai, exceto um. Assim, em uma hora, tinha reduzido seu aposento ao essencial: secretária e cadeira, cama e mesa de cabeceira, cadeira de espaldar alto para convidados e uma passagem de três metros, larga o suficiente para que um cavalheiro pudesse perambular de um lado para o outro enquanto refletia.

Com satisfação, o Conde olhou para o gato (que estava ocupado lambendo a suculência de suas patas no conforto da cadeira de espaldar alto).

— O que me diz agora, velho pirata?

Então se sentou à mesa e apanhou o único livro que tinha mantido. Devia ter se passado uma década desde a primeira vez que o Conde prometera a si mesmo ler esse trabalho aclamado universalmente e que seu pai guardara com tanto carinho. No entanto, cada vez que apontava para seu calendário e declarava *Este é o mês em que devo me dedicar aos* Ensaios *de Michel de Montaigne!*, algum aspecto diabólico da vida entrava sem bater à porta. De algum canto inesperado surgia um interesse romântico que não podia, livre de qualquer sentimento de culpa, ser ignorado. Ou seu banqueiro ligava. Ou o circo chegava à cidade.

A vida seduz, afinal.

Mas aqui, por fim, as circunstâncias não haviam conspirado para distrair o Conde, e sim para lhe proporcionar o tempo e a solidão necessários para dedicar ao livro seu devido quinhão. Assim, com o volume firmemente empunhado, pôs um pé no canto da escrivaninha, inclinou a cadeira para trás até que estivesse equilibrada nas duas pernas traseiras e começou a ler:

<small>POR MEIOS DISTINTOS CHEGAMOS AO MESMO FIM</small>

O modo mais comum de amolecer o coração daqueles a quem ofendemos, quando, por vingança, eles nos mantêm à sua mercê, é, por submissão, levá-los à comiseração e à piedade. No entanto, a audácia e a perseverança — meios inteiramente contrários — por vezes serviram para produzir o mesmo efeito...

Foi em Idlehour que o Conde havia adquirido o hábito de ler com a cadeira inclinada.

Naqueles gloriosos dias de primavera, quando os pomares estavam em flor e o capim-rabo-de-raposa balançava acima da grama, ele e Helena procuravam um recanto agradável para passar as horas. Um dia estavam debaixo da pérgula no pátio superior e, no próximo, ao lado do grande olmo que avultava sobre a curva do rio. Enquanto Helena bordava, o Conde inclinava a cadeira para trás, equilibrando-se com um pé levemente apoiado na beirada da fonte ou no tronco da árvore, e lia em voz alta as obras de Púchkin prediletas da irmã. E hora após hora, estrofe após estrofe, a pequena agulha dava voltas e voltas.

— A que se destinam todos esses pontos? — perguntava ele de vez em quando, ao fim de uma página. — Certamente, a esta altura, cada travesseiro da casa foi agraciado por uma borboleta e cada lenço ganhara um monograma.

E quando ele a acusou de desfazer os pontos à noite, como Penélope, apenas para que ele fosse obrigado a ler outro volume de poesia, ela abria um sorriso inescrutável.

Erguendo a vista das páginas de Montaigne, o Conde pousou seu olhar no retrato de Helena, encostado na parede. Pintado em Idlehour no mês de agosto, mostrava sua irmã à mesa da sala de jantar diante de um prato de pêssegos. Serov tinha capturado seus traços muito bem; o cabelo negro como um corvo, as bochechas levemente coradas, a expressão terna e complacente. Talvez houvesse alguma coisa naqueles pontos, pensou o Conde, alguma sabedoria gradual que ela desenvolvia com a conclusão de cada pequena laçada. Sim, com tamanha compaixão aos quatorze anos, só se podia imaginar a graça que exibiria aos 25...

O Conde foi despertado desse devaneio por uma batida suave. Fechando o livro de seu pai, olhou para trás e encontrou um grego de sessenta anos na porta.

— Konstantin Konstantinovitch!

Deixando as pernas dianteiras de sua cadeira pousarem no chão com um baque, o Conde foi até a soleira e apertou a mão de seu visitante.

— Estou muito feliz que tenha podido vir. Só nos encontramos uma ou duas vezes, então talvez você não se lembre, mas sou Aleksandr Rostov.

O velho grego fez um meneio para indicar que o lembrete não se fazia necessário.

— Entre, entre. Sente-se.

Abanando a obra-prima de Montaigne em direção ao gato zarolho (que saltou para o chão e chiou), o Conde ofereceu a seu convidado a cadeira de espaldar alto e puxou a da mesa secretária para si.

No momento que se seguiu, o velho grego retribuiu o olhar fixo do Conde com uma expressão de moderada curiosidade, o que talvez fosse de se esperar, visto que nunca tinham se encontrado a negócios. Afinal, o Conde não estava acostumado a perder nas cartas. Então ele assumiu a responsabilidade de começar:

— Como você pode ver, Konstantin, as circunstâncias mudaram para mim.

O convidado do Conde se permitiu uma expressão de surpresa.

— Não, é verdade — retomou. — Elas mudaram bastante.

Olhando uma vez ao redor do quarto, o velho grego ergueu as mãos para reconhecer a dolorosa impermanência das circunstâncias.

— Talvez você esteja procurando obter algum... capital? — arriscou Konstantin.

Ao fazer essa sugestão, o velho grego deu uma breve pausa antes da palavra *capital*. E segundo a ponderada opinião do Conde, foi uma pausa perfeita, conquistada após décadas de conversas delicadas. Era uma pausa que expressava um elemento de solidariedade pelo seu interlocutor sem sugerir nem por um instante que houvesse alguma mudança nas suas respectivas posições.

— Não, não — assegurou o Conde, balançando a cabeça para enfatizar que pegar empréstimos não era um hábito dos Rostov. — Ao contrário, Konstantin, tenho algo que, creio, será de seu interesse.

Então, como se a tivesse retirado do ar, o Conde apresentou uma das peças de ouro da mesa do Grão-Duque, equilibrando-a na vertical entre as pontas do indicador e do polegar.

O velho grego estudou a moeda por um segundo e depois, em sinal de apreço, exalou lentamente. Porque, embora a atividade comercial de Konstantin Konstantinovitch fosse de credor, sua *arte* era ver um item por apenas um minuto, segurá-lo por um momento e saber seu verdadeiro valor.

— Posso...? — perguntou o grego.

— Sem dúvida.

Ele pegou a moeda, girou-a uma vez e devolveu-a com reverência. Não só a peça era pura nos critérios metalúrgicos, como a águia bicéfala reluzindo no verso confirmava ao olho experiente que era uma das cinco mil moedas cunhadas para comemorar a coroação de Catarina, a Grande. Comprada de um cavalheiro em necessidade, a peça poderia ser vendida com um lucro razoável para a mais cautelosa das instituições de crédito nos bons tempos. Mas em um período de turbulência? Mesmo com a demanda por luxos comuns em queda, o valor de um tesouro como aquele estaria em ascensão.

— Desculpe minha curiosidade, Excelência, mas é... uma peça única?

— Única? Oh, não — negou o Conde. — Ela vive como um soldado em um quartel. Como um escravo em uma galé. Sem um momento sequer de privacidade, receio.

O velho grego exalou de novo.

— Muito bem...

Em questão de minutos, os dois homens haviam feito um acordo sem disse me disse. Além disso, o velho grego falou que seria um prazer entregar pessoalmente três bilhetes, que o Conde redigiu de pronto. Então apertaram as mãos como familiares e concordaram em se ver dali a três meses.

Mas, quando o velho grego estava prestes a sair, parou junto à porta.

— Excelência... Posso fazer uma pergunta pessoal?

— Sem dúvida.

Ele gesticulou quase timidamente em direção à mesa do Grão-Duque.

— Podemos esperar mais versos seus?

O Conde ofereceu um sorriso de apreço.

— Lamento dizer, Konstantin, que meus dias de poesia ficaram para trás.
— Se seus dias de poesia ficaram para trás, Conde Rostov, então somos nós a lamentar.

Recolhido discretamente no canto direito do segundo andar do hotel ficava o Boiarski, o melhor restaurante de Moscou, se não de toda a Rússia. Com teto abobadado e paredes vermelho-escuras que remetiam a um retiro de boiardo, o Boiarski vangloriava-se de ter o *décor* mais elegante da cidade, a equipe mais sofisticada de garçons e o *chef* de cozinha de maior delicadeza.

Tão renomada era a experiência de jantar no Boiarski que se faria necessário ao indivíduo, em toda e qualquer noite, abrir caminho por entre uma ávida multidão apenas para captar o olhar de Andrei enquanto ele controlava o grande livro preto em que os nomes dos afortunados eram registrados. E, quando o indivíduo fosse chamado à frente pelo *maître*, podia contar que seria interpelado cinco vezes em quatro idiomas no caminho até sua mesa cativa no canto, onde o indivíduo seria servido impecavelmente por um garçom de smoking branco.

Ou melhor, essa era a expectativa do indivíduo até 1920, quando, depois de ter fechado as fronteiras, os bolcheviques decidiram proibir o uso do rublo em bons restaurantes, embargando efetivamente esses estabelecimentos para 99% da população. Então, essa noite, quando o Conde começou a comer o antepasto, os copos de água tilintavam contra os talheres, os casais sussurravam constrangidos e até o melhor dos garçons estava com o olhar fixado no teto.

Mas toda época tem suas virtudes, mesmo os tempos turbulentos...

Quando Emile Jukóvski foi atraído para o Metropol como *chef*, em 1912, comandava uma equipe experiente e uma cozinha de tamanho considerável. Além disso, tinha a mais incensada despensa a leste de Viena. Suas prateleiras de especiarias eram um compêndio das predileções do mundo inteiro, e em seu frigorífico havia uma seleta abrangente de aves e caças penduradas em ganchos pelos pés. Dessa forma, alguém poderia naturalmente se apressar à conclusão de que 1912 teria sido um ano perfeito para avaliar o talento do *chef*. Mas, em período de abundância, qualquer tolo com uma colher pode agradar o paladar. Para testar verdadeiramente a engenhosidade de um *chef*, deve-se olhar para um período de escassez. E o que produz escassez em maior proporção do que a guerra?

Nos tempos depois da Revolução, com seus declínios econômicos, colheitas prejudicadas e comércio estanque, os ingredientes sofisticados tornaram-se tão escassos em Moscou quanto borboletas no mar. A despensa do Metropol era depauperada de alqueire em alqueire, de quilo em quilo, de pitada em pitada, e a seu *chef* restava atender às expectativas do público com fubá, couve-flor e repolho — ou seja, com qualquer coisa que conseguisse.

Sim, alguns acusaram Emile Jukóvski de ser ranheta, e outros, de ser bronco. Alguns diziam que lhe faltava tanto em altura quanto em paciência. Mas ninguém podia contestar sua genialidade. Bastava considerar o prato que o Conde estava terminando naquele momento: um *saltimbocca* à moda da necessidade. No lugar de uma costeleta de vitela, Emile tinha batido um peito de frango até ficar fino. Em vez de *prosciutto* de Parma, tinha raspado um presunto ucraniano. E no lugar da sálvia, aquela folha delicada que une os sabores? Ele tinha optado por uma erva tão suave e aromática quanto a sálvia, porém de gosto mais amargo... Não era manjericão nem orégano, disso o Conde estava certo, mas ele definitivamente já a havia experimentado antes...

— Como estão as coisas esta noite, Excelência?

— Ah, Andrei. Como sempre, está tudo perfeito.

— E o *saltimbocca*?

— Inspirado. Mas eu tenho uma pergunta: a erva que Emile pôs debaixo do presunto... Sei que não é sálvia. Por acaso é urtiga?

— Urtiga? Acredito que não. Mas vou perguntar.

Então, com uma reverência, o *maître* pediu licença.

Sem dúvida Emile Jukóvski era um gênio, refletiu o Conde, mas o homem que garantia a reputação de Boiarski como um lugar de excelência, assegurando-se de que tudo dentro de suas paredes funcionasse tranquilamente, era Andrei Duras.

Nascido no sul da França, Andrei era bonito, alto e grisalho nas têmporas, mas seu traço mais distinto não era sua aparência, sua altura ou seu cabelo. Eram suas mãos. Pálidos e bem cuidados, seus dedos eram cerca de um centímetro maiores que os dedos da maioria dos homens de sua altura. Se tivesse sido pianista, Andrei poderia facilmente ter esgarçado até a décima segunda nota. Se fosse um titereiro, poderia ter encenado a luta de espada entre Macbeth e Macduff enquanto as três bruxas observavam. Mas Andrei não era pianista nem titereiro, ou pelo menos não no sentido tradicional. Ele era o capitão do Boiarski, e se podia assistir com admiração suas mãos cumprirem seu propósito a cada gesto.

Após conduzir um grupo de mulheres para a mesa, por exemplo, Andrei fez parecer que todas as cadeiras tivessem sido puxadas ao mesmo tempo. Quando uma das senhoras exibiu um cigarro, em uma das mãos ele tinha um isqueiro e, com a outra, protegia a chama (como se alguém alguma vez tivesse sentido uma corrente de ar entre as paredes do Boiarski!). E quando a mulher segurando a carta de vinhos pediu uma recomendação, ele não apontou para o Bordeaux 1900, pelo menos não no sentido teutônico. Em vez disso, estendeu ligeiramente o dedo indicador em um gesto reminiscente àquele no teto da Capela Sistina, com o qual o Todo-Poderoso transmitiu a centelha da vida. Então, pedindo licença com uma reverência, atravessou a sala e cruzou a porta da cozinha.

Mas antes que um minuto se passasse, a porta se abriu de novo, e lá estava Emile.

Com 1,65 metro e noventa quilos, o *chef* olhou rapidamente para a sala e em seguida, com Andrei em seu rastro, marchou em direção ao Conde. Ao atravessar o salão, o *chef* esbarrou na cadeira de um cliente e quase derrubou um garçom e a bandeja. Parando abruptamente na mesa do Conde, ele o olhou de cima a baixo como se avaliasse um oponente antes de desafiá-lo a um duelo.

— *Bravo, monsieur* — disse em tom de indignação. — *Bravo!*

Então deu meia-volta e desapareceu novamente na cozinha.

Andrei, um pouco ofegante, inclinou-se para expressar desculpas e dar-lhe parabéns.

— Era urtiga, Excelência. Seu paladar permanece insuperável.

Embora o Conde não fosse um homem de se gabar, não conseguiu reprimir um sorriso de satisfação.

Sabendo que o Conde tinha gosto por doces, Andrei apontou para o carrinho de sobremesas.

— Posso lhe trazer uma fatia de torta de ameixa com nossos cumprimentos...?

— Obrigada pela consideração, Andrei. Normalmente, eu jamais deixaria esta oportunidade passar. Mas hoje à noite, tenho outro compromisso.

Ciente de que um homem deve ter domínio sobre suas circunstâncias para não ser dominado por elas, o Conde considerou válida a reflexão sobre como era mais provável alcançar tal objetivo quando condenado a uma vida de confinamento.

Para Edmond Dantès no castelo de If, eram pensamentos de vingança que o mantinham são. Preso injustamente, sua força provinha dos planos para a destruição sistemática de seus vilões pessoais. Para Cervantes, escravizado por piratas em Argel, era a promessa de páginas ainda não escritas que o estimulava. Para Napoleão, passeando entre galinhas, espantando moscas e desviando de poças de lama em Elba, eram visões de um triunfal retorno a Paris que solidificavam sua vontade de perseverar.

Mas o Conde não tinha temperamento vingativo; não tinha imaginação para epopeias; e certamente não tinha o ego fantasioso para sonhar com a retomada de impérios. Não. Seu modelo de domínio sobre as circunstâncias era um tipo de prisioneiro bem diferente: um anglicano em terra firme. Como Robinson Crusoé encalhado na Ilha do Desespero, o Conde manteria sua determinação ao comprometer-se com coisas *práticas*. Deixando de lado os sonhos de rápido descobrimento, os Crusoés do mundo procuram abrigo e uma fonte de água doce; aprendem a fazer o fogo com sílex; estudam a topografia de sua ilha, seu clima, sua flora e fauna, enquanto mantêm os olhos treinados para as velas no horizonte e para as pegadas na areia.

Foi com esse intuito que o Conde dera três bilhetes para o velho grego entregar. Em questão de horas, tinha recebido a visita de dois mensageiros: um rapaz da Muir & Mirrielees com lençóis finos e um travesseiro adequado; e outro de Petróvski Passage, com quatro barras do sabão favorito do Conde.

E a terceira resposta? Devia ter chegado enquanto o Conde estava no jantar. Porque, esperando em sua cama havia uma caixa azul-clara com um único mil-folhas.

Atendimento

Nunca o carrilhão das doze foi tão bem-vindo. Nem na Rússia. Nem na Europa. Nem em todo o mundo. Tendo Romeu sido avisado por Julieta de que ela iria à janela ao meio-dia, nem o êxtase do jovem veronense à hora marcada estaria à altura da alegria do Conde. Tendo Fritz e Clara, os filhos do dr. Stahlbaum, sido informados na manhã de Natal de que as portas da sala de visitas seriam abertas ao meio-dia, nem sua euforia seria páreo para a do Conde quando ouviu o primeiro badalar.

Por ter sido bem-sucedido em manter à baila os pensamentos sobre a rua Tverskaia (e sobre os encontros casuais com jovens damas da sociedade), depois de tomar banho, vestir-se e terminar seu café e sua fruta (hoje um figo), o Conde, pouco depois das dez, apanhara com avidez a obra-prima de Montaigne apenas para, a cada quinze linhas, encontrar seu olhar vagando em direção ao relógio...

É verdade que o Conde sentiu certa preocupação quando, no dia anterior, erguera o livro da mesa pela primeira vez. Posto que em volume único, tinha a espessura de um dicionário ou de uma Bíblia, daqueles livros que se espera consultar, ou possivelmente pesquisar, mas nunca *ler*. Mas foi a releitura que o Conde fez do sumário — uma lista de 107 ensaios sobre temas como Constância, Moderação, Solidão e Sono — que confirmou sua suspeita inicial de que o livro havia sido escrito tendo em mente as noites de inverno. Sem dúvida, era uma obra para quando os pássaros migravam para o sul, a lenha era empilhada na lareira e os campos estavam brancos pela neve. Ou seja, para quando em si não havia desejo de se aventurar porta afora e nos amigos não havia desejo de se aventurar porta adentro.

No entanto, com um olhar firme no relógio, tal como um experiente capitão de navios registra a hora exata em que sai do porto ao partir para uma viagem prolongada, o Conde singrou novamente as ondas da primeira meditação: "Por meios distintos chegamos ao mesmo fim".

Nesse ensaio de abertura, em que os exemplos foram extraídos habilmente dos anais da história, o autor fornecia o argumento muito convincente de que, quando alguém depende da misericórdia de outra pessoa, deve implorar por sua vida.

Ou se manter orgulhoso e firme.

De todo modo, após estabelecer firmemente que qualquer uma das abordagens poderia ser a certa, o autor seguiu para sua segunda meditação: "Da tristeza".

Aqui, Montaigne citava uma série de autoridades incontestáveis da Era de Ouro que confirmaram conclusivamente que a tristeza é uma emoção melhor quando compartilhada.

Ou guardada para si mesmo.

Foi em algum lugar no meio do terceiro ensaio que o Conde se pegou olhando de esguelha para o relógio pela quarta ou quinta vez. Ou seria a sexta? Embora o número exato de espiadelas não pudesse ser determinado, a evidência indicava que a atenção do Conde fora atraída para o relógio por mais de uma vez.

Mas, convenhamos, que cronômetro!

Feito sob encomenda pelo pai do Conde para a venerável empresa Breguet, o relógio de badalada dupla era uma obra-prima. Sua face de esmalte branco tinha a circunferência de uma toranja, e o contorno de seu corpo de lápis-lazúli era como uma parábola cujo vértice do topo descia em duas linhas quase retas até a base, enquanto seus mecanismos internos adornados tinham sido lapidados por artesãos conhecidos no mundo inteiro, com um compromisso inabalável com a precisão. E sua reputação era certamente bem fundamentada. Ao progredir para o terceiro ensaio (em que Platão, Aristóteles e Cícero haviam sido jogados no mesmo saco que o imperador Maximiliano), o Conde conseguia ouvir cada movimento dos ponteiros.

Dez horas, vinte minutos e cinquenta e seis segundos, disse o relógio.

Dez horas, vinte minutos e cinquenta e sete segundos.

Cinquenta e oito segundos.

Cinquenta e nove.

Ora, esse relógio contava os segundos tão perfeitamente quanto Homero contava seus dátilos e Pedro enumerava os pecados dos pecadores.

Mas onde estávamos?

Ah, sim: Terceiro Ensaio.

O Conde moveu a cadeira um pouco para a esquerda a fim de tirar o relógio de vista e procurou a passagem que estava lendo. Tinha quase certeza de que estava no quinto parágrafo da página quinze. Mas, ao se aprofundar de novo na prosa do parágrafo, o contexto parecia totalmente estranho, assim como os parágrafos que o precediam. Na verdade, teve que voltar três páginas inteiras antes de encontrar uma passagem de que se lembrasse bem o bastante para retomar seu progresso de boa-fé.

— É assim com você, Montaigne? — interpelou o Conde. — Um passo para a frente e dois para trás?

Determinado a mostrar quem era mestre de quem, o Conde jurou que não ergueria o olhar do livro outra vez até chegar ao 25º ensaio. Impulsionado por sua própria resolução, o Conde varou pelos ensaios Quatro, Cinco e Seis. E quando despachou o sétimo e o oitavo com ainda mais celeridade, o 25º parecia tão à mão quanto um jarro de água sobre a mesa de uma sala de jantar.

Mas, à medida que o Conde avançava pelos ensaios Onze, Doze e Treze, seu objetivo parecia se afastar. De repente era como se o livro não fosse uma mesa de jantar, mas uma espécie de Saara. E depois de o cantil ser esvaziado, o Conde logo estaria rastejando pelas frases e a ponta de cada página vencida com muito esforço revelaria nada além de outra página...

Bem, então que fosse. E a rastejar avançou o Conde.

E para além da 11ª hora.

E para além do 16º ensaio.

Até que, de repente, o passo largo do vigia dos minutos alcançou seu irmão de pernas arqueadas no topo do mostrador. Quando os dois se abraçaram, as molas dentro da caixa do relógio afrouxaram-se, as rodas giraram e o pequeno martelo caiu, lançando o primeiro dos tons melódicos que sinalizavam a chegada do meio-dia.

Os pés dianteiros da cadeira do Conde acertaram o chão com um estrondo, e *monsieur* Montaigne deu duas voltas no ar antes de pousar nos lençóis da cama. Pela quarta badalada, o Conde contornava as escadas do campanário e, pela oitava, estava passando pelo saguão rumo ao subsolo para seu encontro semanal com Iaroslav Iaroslavl, o inigualável barbeiro do Hotel Metropol.

☆

Por mais de dois séculos (pelo menos é o que dizem os historiadores), foi dos salões de São Petersburgo que a cultura do país avançou. Daquelas grandes galerias com vista para o canal Fontanka, nova culinária, novas modas e novas ideias deram seus primeiros passos hesitantes na sociedade russa. Mas, se os avanços assim ocorreram, isso em grande parte se deveu ao enxame de atividades que ocorriam sob o piso do salão. Porque ali, a apenas poucos degraus abaixo do nível da rua, estavam os mordomos, cozinheiros e lacaios que, juntos, asseguraram que, quando as noções de Darwin ou Manet fossem divulgadas pela primeira vez, tudo corresse bem.

E assim era no Metropol.

Desde sua inauguração, em 1905, as suítes e os restaurantes do hotel eram um ponto de encontro para os glamourosos, influentes e eruditos; mas a elegância sem esforço à mostra não teria existido sem os serviços do subsolo.

Saindo dos largos degraus de mármore que descem do saguão, passava-se primeiro pela banca de jornal, que oferecia a um cavalheiro uma centena de manchetes, ainda que agora apenas em russo.

Em seguida havia a loja de Fatima Federova, a florista. Uma vítima natural dos tempos, as prateleiras de Fatima tinham sido esvaziadas e as janelas foram cobertas com papel em 1920, transformando um dos pontos mais brilhantes do hotel em um dos mais abandonados. Mas, em seu tempo, a loja tinha vendido flores aos montes. Fornecia os arranjos em torre para o saguão, os lírios para os quartos, os buquês de rosas que eram jogados aos pés das bailarinas do Bolshoi, bem como as flores de lapela dos homens que os arremessavam. Além disso, Fatima era fluente nos códigos florais que haviam governado a sociedade refinada desde a Idade da Cavalaria. Ela não só conhecia a flor que deveria ser enviada como pedido de desculpas mas também a que se mandava por causa de um atraso; de uma fala fora de hora; e de quando, ao avistar uma jovem à porta, negligentemente se ignorava seu próprio par. Em suma, Fatima conhecia a fragrância, a cor e o propósito de cada flor melhor do que uma abelha.

Bem, talvez a loja de Fatima tivesse sido fechada, refletiu o Conde, mas não o foram também as floriculturas de Paris sob o "reinado" de Robespierre, e a cidade agora abundava em flores? Assim, o tempo das flores no Metropol certamente voltaria.

Bem no final do corredor, por fim chegava-se à barbearia de Iaroslav. Uma terra de otimismo, precisão e neutralidade política, era a Suíça do hotel. Se o Conde havia jurado dominar suas circunstâncias ao se comprometer com coisas práticas, então ali estava um vislumbre dos meios: uma hora mantida religiosamente para aparar a barba.

★ ★ ★

Quando o Conde entrou, Iaroslav estava atendendo um cliente de cabelos platinados e terno cinza-claro enquanto um sujeito corpulento, trajado em um casaco amarrotado, esperava no banco perto da parede pela sua vez. Cumprimentando o Conde com um sorriso, o barbeiro o encaminhou à cadeira vazia ao seu lado.

Quando o Conde subiu à cadeira, ofereceu um aceno simpático ao sujeito corpulento, depois se recostou e deixou seus olhos pousarem naquela maravilha da loja de Iaroslav: a cômoda. Se alguém pedisse a Larousse que definisse a palavra *cômoda*, o aclamado lexicógrafo poderia responder: *uma peça de mobiliário adornada com detalhes decorativos na qual os objetos podem ser guardados longe da vista.* Uma definição adequada, sem dúvida, que abrangeria tudo, desde um guarda-louça no campo até um Chippendale no palácio de Buckingham. Mas a cômoda de Iaroslav não se adequava de forma exata a essa descrição, pois era feita apenas de níquel e vidro e tinha sido projetada não para ocultar seu conteúdo, mas para exibi-lo.

E era muito justo. Essa cômoda poderia se orgulhar de tudo o que continha: sabonetes franceses embrulhados em papéis parafinados; espumas de barbear britânicas em potes de marfim; tônicos italianos em frascos de formato excêntrico. E escondido no fundo? O pequeno frasco preto ao qual Iaroslav se referia, com uma piscadela, como a Fonte da Juventude.

No reflexo do espelho, o Conde deixou seu olhar se deslocar para onde Iaroslav estava realizando sua mágica, com dois conjuntos de tesouras ao mesmo tempo, sobre o cavalheiro de cabelo platinado. Nas mãos de Iaroslav, de início as tesouras lembraram o *entrechat* do *danseur* em um balé, as pernas se movendo de um lado para outro no ar. Mas conforme o barbeiro progredia, suas mãos atuavam com velocidade crescente até que pulavam e chutavam como um cossaco dançando o *hopak*! Após a execução do talho final, seria perfeitamente apropriado que uma cortina caísse só para ser levantada no momento seguinte, de modo que o público pudesse aplaudir enquanto o barbeiro faria uma reverência.

Iaroslav tirou a capa branca de seu cliente e chicoteou-a no ar; bateu os calcanhares ao aceitar o pagamento pelo trabalho bem-feito; e, quando o cavalheiro saiu da barbearia (com aparência mais jovem e mais distinta do que ao chegar), o barbeiro se aproximou do Conde com uma capa limpa.

— Excelência. Como vai?
— Esplêndido, Iaroslav. No meu auge.
— E o que temos na agenda para hoje?
— Só aparar, meu amigo. Só aparar.

Quando as tesouras deram início a seus talhos delicados, o Conde teve a impressão de que o cliente corpulento no banco tinha passado por uma espécie de transformação. Embora tivesse oferecido seu aceno amigável momentos antes, nesse meio-tempo o rosto do camarada parecia ter assumido um tom mais corado. Na verdade, tinha certeza disso, porque a cor estava se espalhando para os ouvidos.

O Conde tentou fazer contato visual outra vez, com intuito de oferecer outro aceno amigável, mas o sujeito fixou seu olhar nas costas de Iaroslav.

— Eu era o próximo — disse ele.

Iaroslav, que tendia a se perder em sua arte como a maioria dos artistas, continuou a aparar com eficiência e graça. Então, o sujeito foi forçado a repetir com um pouco mais de ênfase:

— *Eu era o próximo.*

Despertado de seu transe artístico pela entonação mais nítida, Iaroslav ofereceu uma resposta cortês:

— Vou atendê-lo em um momento, senhor.

— Foi o que disse quando cheguei.

A hostilidade na fala era tão inconfundível que Iaroslav fez uma pausa em seu corte e se virou com uma expressão perplexa para encontrar o olhar penetrante do cliente.

Embora o Conde tivesse sido ensinado a nunca interromper uma conversa, sentiu que o barbeiro não deveria ser colocado na posição de ter ele mesmo que explicar a situação. Então, intercedeu:

— Iaroslav não quis ofendê-lo, meu bom homem. Acontece que tenho um horário permanente ao meio-dia das terças-feiras.

O sujeito voltou o olhar para o Conde.

— Um horário permanente — repetiu.

— Sim.

Levantou-se então de forma tão abrupta que fez o banco colidir contra a parede. Em pleno aprumo, não passava de 1,67 metro. Seus punhos, sobressaindo das mangas do paletó, estavam tão vermelhos quanto suas orelhas. Quando ele deu um passo à frente, Iaroslav se apoiou na beirada do balcão. O sujeito deu outro passo em direção ao barbeiro e arrancou uma das tesouras de sua mão. Então, com a destreza de um homem muito mais magro, ele se virou, pegou o Conde pelo colarinho e talhou o lado direito de seu bigode com um corte. Com mais força em sua pegada, puxou o Conde para a frente até que seus narizes estivessem quase se tocando.

— Você será atendido em um momento — disse.

Então, empurrando o Conde de volta para a cadeira, jogou a tesoura no chão e saiu do estabelecimento.

— Excelência — clamou Iaroslav, horrorizado. — Nunca vi esse homem na minha vida. Nem sei se ele reside no hotel. Mas ele não será bem-vindo aqui outra vez, isso eu lhe garanto.

O Conde, agora de pé, estava inclinado a reverberar a indignação de Iaroslav e recomendar uma punição que se adequasse ao crime. Mas o que o Conde sabia sobre seu agressor?

Quando o viu pela primeira vez sentado no banco com o casaco amarrotado, em um instante o Conde concluiu que era um tipo trabalhador que, ao se deparar com a barbearia, decidira se presentear com um corte. Mas, até onde sabia, o sujeito poderia ser um dos novos moradores do segundo andar. Atingindo a maioridade em uma siderúrgica, poderia ter ingressado em um sindicato em 1912, liderado uma greve em 1916, capitaneado um batalhão Vermelho em 1918 e agora estar no comando de uma indústria inteira.

— Ele estava com toda a razão — comentou o Conde a Iaroslav. — Estava esperando de boa vontade. Você só quis honrar meu horário. Era eu quem tinha que ceder a cadeira e sugerir que você o atendesse primeiro.

— Mas o que devemos fazer?

O Conde se voltou para o espelho e estudou sua imagem. Talvez pela primeira vez em anos.

Por muito tempo acreditara que um cavalheiro deveria se voltar para um espelho com uma sensação de desconfiança. Em vez de ferramentas de autodescoberta, os espelhos tendiam a ser ferramentas de autoengano. Quantas vezes ele flagrou uma bela jovem se virar trinta graus diante do espelho para garantir que se enxergaria pelo melhor ângulo? (Como se a partir de então todo o mundo passasse a vê-la apenas desse ângulo!) Quantas vezes tinha visto uma grande dama usar um chapéu que estava terrivelmente fora de moda, mas lhe parecera *au courant* porque seu espelho tinha a moldura no mesmo estilo da época já acabada? O Conde orgulhava-se de usar um casaco de bom corte; mas orgulhava-se ainda mais de saber que a presença de um cavalheiro era anunciada de modo mais apropriado por seu porte, suas observações e suas boas maneiras. Não pelo corte de seu casaco.

Sim, pensou o Conde, o mundo gira.

Na verdade, ele gira em seu eixo ao mesmo tempo que gira em torno do Sol. E a galáxia gira também, uma roda dentro de uma roda maior, produzindo um badalar de natureza inteiramente diferente do que o de um pequeno martelo em um relógio. E quando soar esse toque celestial, talvez um espelho de repente sirva a seu propósito mais verdadeiro: revelar a um homem não quem ele imagina ser, mas quem ele se tornou.

O Conde voltou ao seu lugar na cadeira.

— Barba completa — disse ao barbeiro. — Barba completa, meu amigo.

A apresentação

Havia dois restaurantes no Hotel Metropol: o Boiarski, aquele recanto lendário no segundo andar que já visitamos, e o grande salão de jantar no saguão, conhecido oficialmente como o Metropol, mas ao qual o Conde carinhosamente se referia como Piazza.

É certo que a Piazza não era páreo para a elegância da decoração do Boiarski, a sofisticação de seu serviço ou a sutileza de sua cozinha. Mas a Piazza não aspirava a elegância, serviçalismo ou sutileza. Com oitenta mesas espalhadas em torno de uma fonte de mármore e um cardápio que oferecia tudo, desde *pierogi* de repolho a costeletas de vitela, a Piazza fora concebida para ser uma extensão da cidade — de seus jardins, mercados e vias públicas. Era um lugar onde russos de todo tipo podiam se demorar no café, se deparar com amigos, topar em discussões ou ser envolvidos em um namorico; e onde o conviva solitário sentado sob o grande teto de vidro podia se entregar a admiração, indignação, desconfiança e risadas sem se levantar da cadeira.

E os garçons? Como os de um café parisiense, o elogio mais propício aos garçons da Piazza seria "eficientes". Acostumados a navegar multidões, facilmente acomodariam seu grupo de oito pessoas em uma mesa para quatro. Depois, sob o som da orquestra, tomariam nota das preferências do cliente e, em poucos minutos, voltariam com vários drinques equilibrados em uma bandeja e os distribuiriam em rápida sucessão na mesa sem errar o lugar de um copo sequer. Se, com o cardápio na mão, a pessoa hesitasse por um segundo que fosse para fazer o pedido, eles se inclinariam sobre o seu ombro e apontariam uma especialidade da casa. E, depois de o último bocado de sobremesa ser saboreado, eles recolheriam seu prato, apresentariam a conta e providenciariam o troco em menos de um minuto. Em outras palavras, os garçons da Piazza conheciam seu negócio até a última migalha, colher e copeque.

Pelo menos era assim antes da guerra...

Hoje, o salão de jantar estava quase vazio e o Conde estava sendo servido por alguém que parecia novo não apenas na Piazza, mas na arte de servir. Alto e magro, de cabeça estreita e ares de arrogância, parecia um bispo que fora arrancado de um tabuleiro de xadrez. Quando o Conde ocupou seu assento com um jornal na mão — o símbolo internacional de um jantar a sós —, o rapaz nem se preocupou em retirar o segundo jogo de louça; quando o Conde fechou seu cardápio e pousou-o ao lado de seu prato — o símbolo internacional da prontidão para fazer o pedido —, o rapaz precisou ser chamado com um aceno; e quando o Conde pediu *okrochka* e filé de linguado, o rapaz perguntou se ele não gostaria de um copo de Sauterne. Uma sugestão perfeita, sem dúvida, somente se o Conde tivesse pedido *foie gras*!

— Talvez uma garrafa do Château de Baudelaire — corrigiu o Conde com polidez.

— É claro — respondeu o Bispo com um sorriso eclesiástico.

Por certo, uma garrafa de Baudelaire era uma espécie de extravagância para um almoço solitário, mas depois de passar outra manhã com o infatigável Michel de Montaigne, o Conde sentiu que seu ânimo faria bom uso do estimulante. Durante vários dias, na verdade, ele vinha mantendo à baila um estado de inquietação. Em sua descida de costume ao saguão, ele se pegou contando os degraus. Enquanto folheava as manchetes em sua cadeira favorita, viu-se levando as mãos para girar as pontas dos bigodes que não estavam mais lá. Pegou-se entrando pela porta da Piazza às 12h01 para o almoço. E, às 13h35, quando escalou os 110 degraus para seu quarto, já estava calculando os minutos até que pudesse descer de novo para um drinque. Se continuasse assim, não demoraria muito para que o teto começasse a se precipitar, as paredes se arrastassem para dentro e o chão, para cima, até que todo o hotel ficasse do tamanho de uma lata de biscoito.

Enquanto esperava seu vinho, o Conde olhou ao redor do restaurante, mas os outros clientes não ofereceram nenhum alento. Do outro lado, havia uma mesa ocupada por dois membros desgarrados do corpo diplomático, que escolhiam a comida enquanto aguardavam uma era de diplomacia. No canto havia um residente do segundo andar, de óculos e com quatro enormes documentos espalhados pela mesa, comparando-os palavra por palavra. Ninguém parecia particularmente alegre; e ninguém deu a menor atenção ao Conde. Isto é, exceto pela menina com predileção por amarelo, a qual parecia espioná-lo da mesa atrás da fonte.

De acordo com Vasili, a menina de nove anos e cabelo louro e liso era filha de um burocrata ucraniano viúvo. Como de costume, estava sentada com sua governanta. Ao perceber que o Conde olhava em sua direção, a menina desapareceu atrás de seu cardápio.

— Sua sopa — disse o Bispo.

— Ah! Obrigado, meu bom homem. Parece deliciosa. Mas não esqueça o vinho!

— Claro.

Voltando sua atenção para sua *okrochka*, o Conde podia dizer com um rápido olhar que era uma execução louvável — uma tigela de sopa que a avó de qualquer russo daquela sala poderia ter servido ao neto. Fechando os olhos para dar a devida consideração à primeira colherada, ele reparou na temperatura convenientemente fria, na pitada a mais de sal e na pitada a menos de *kvass*, mas um teor perfeito de endro, aquele prenúncio do verão que traz à mente o canto dos grilos e que apazigua a alma.

Quando o Conde abriu os olhos, porém, quase deixou a colher cair. Pois, à beira da mesa, estava a menina com predileção por amarelo, analisando-o com aquele interesse sem acanhamento peculiar às crianças e aos cães. Para aumentar o choque de sua aparição súbita, havia o fato de que hoje ela usava um vestido em tom de limão.

— O que houve com eles? — perguntou ela, sem nem uma palavra de apresentação.

— Perdão? O que houve com quem?

Ela inclinou a cabeça para olhar mais de perto o rosto dele.

— Ora, seus bigodes.

O Conde não tinha qualquer inclinação para interagir com crianças, mas fora suficientemente bem-criado para saber que uma criança não deveria se dirigir despropositadamente a um estranho, não deveria interrompê-lo no meio de uma refeição e certamente não deveria lhe fazer perguntas sobre sua aparência. Cuidar da própria vida não era mais ensinado nas escolas?

— Como as andorinhas, migraram para outro lugar durante o verão — respondeu o Conde.

Então ele fez a mão esvoaçar da mesa para o ar, imitando tanto o voo das andorinhas quanto o gesto para sugerir a uma criança que saísse de perto.

Ela assentiu para expressar sua satisfação com a resposta.

— Eu também vou viajar para outro lugar durante parte do verão.

O Conde assentiu para lhe dar os parabéns.

— Para o mar Negro — acrescentou a menina.

Então ela puxou a cadeira vazia e se sentou.

— Você gostaria de me acompanhar? — perguntou ele.

Como resposta, ela se moveu para a frente e para trás, a fim de ficar confortável e, em seguida, apoiou os cotovelos na mesa. Em seu pescoço havia um pingente pequeno em uma corrente dourada, algum amuleto ou medalhão. O Conde olhou para a governanta da menina na esperança de chamar sua atenção, mas obviamente ela aprendera com a experiência a manter os olhos grudados no livro.

A menina inclinou a cabeça como um cão.

— É verdade que você é um Conde?

— De fato.

Os olhos dela se arregalaram.

— Você já conheceu alguma princesa?

— Conheci várias princesas.

Seus olhos se arregalaram ainda mais, depois se semicerraram.

— É difícil demais ser uma princesa?

— Demais.

Naquele momento, apesar de metade da *okrochka* ainda estar em sua tigela, o Bispo apareceu com o filé de linguado do Conde e trocou um prato pelo outro.

— Obrigado — disse o Conde, ainda com a colher na mão.

— É claro.

O Conde abriu a boca para perguntar sobre o paradeiro do Baudelaire, mas o Bispo já havia desaparecido. Quando se voltou para sua convidada, ela estava olhando para o peixe.

— O que é isso? — quis saber a menina.

— Isto? É filé de linguado.

— É bom?

— Você não pediu uma refeição só para você?

— Eu não gostei.

O Conde transferiu uma prova de seu peixe para um prato lateral e o passou para o outro lado da mesa.

— Com meus cumprimentos.

Ela enfiou tudo na boca.

— Está gostoso — disse a menina, e, embora não fosse a expressão mais elegante, pelo menos era factualmente correta.

Ela deu um sorriso meio triste e soltou um suspiro enquanto dirigia seus olhos azuis brilhantes ao restante de seu almoço.

— Hum — murmurou o Conde.

Pegando de volta o prato lateral, ele transferiu metade de seu filé e porções igualmente rateadas de espinafre e minicenouras, e então o devolveu. A menina se balançou para a frente e para trás mais uma vez, presumivelmente para se acomodar por um tempo mais longo. Então, depois de ter empurrado os legumes para a beira do prato com cuidado, ela cortou o peixe em quatro partes iguais, colocou o quadrante superior direito na boca e retomou sua linha de investigação.

— Como uma princesa passa o dia?

— Como qualquer pequena dama — respondeu o Conde.

Com um meneio de cabeça, a garota o encorajou a continuar.

— De manhã, ela tem aulas de francês, história, música. Depois das aulas, pode visitar amigos ou passear no parque. E, na hora do almoço, come seus legumes.

— Meu pai diz que as princesas personificam a decadência de uma era ultrapassada.

O Conde foi tomado de surpresa.

— Talvez algumas — admitiu. — Mas não todas, garanto.

Ela balançou o garfo.

— Não se preocupe. Papai é maravilhoso e sabe tudo o que há para saber sobre o funcionamento de tratores. Mas não sabe absolutamente nada sobre o funcionamento das princesas.

O Conde ofereceu uma expressão de alívio.

— Você já esteve em um baile? — prosseguiu ela depois de um momento de reflexão.

— Certamente.

— Você dançou?

— Sou conhecido por gastar o piso do salão.

O Conde disse isso com o famoso brilho de seus olhos: aquela pequena faísca que acalmava conversas acaloradas e capturava o olhar de beldades em todos os salões de São Petersburgo.

— Gastar o piso do salão?

— Ahã — confirmou o Conde. — Sim, eu dancei em bailes.

— E você morou em um castelo?

— Os castelos não são tão comuns em nosso país quanto nos contos de fadas. Mas eu *jantei* em um castelo...

Aceitando essa resposta como suficiente, se não ideal, a garota então franziu o cenho. Pôs outro quadrante de peixe na boca e mastigou, pensativa. Inclinou-se para a frente de supetão.

— Você já participou de um duelo?

— Um *affaire d'honneur*? — hesitou o Conde. — Creio que estive em um tipo de duelo...

— Com pistolas a trinta e dois passos?

— No meu caso, foi um duelo mais no sentido figurado.

Quando a convidada do Conde expressou decepção com o infeliz esclarecimento, ele se pegou oferecendo uma consolação:

— Meu padrinho foi segundo em mais de uma ocasião.

— Segundo?

— Quando um cavalheiro se ofende e exige satisfação no campo de honra, ele e seu adversário nomeiam um segundo cada um; em essência, seus suplentes. São os segundos que combinam as regras.

— Que tipo de regras?

— A hora e o lugar do duelo. Que armas serão usadas. No caso de pistolas, quantos passos serão dados e se haverá mais de uma troca de tiros.

— Você falou do seu padrinho. *Onde* ele morava?

— Aqui em Moscou.

— Os duelos dele foram em Moscou?

— Um deles, sim. Na verdade, procedeu de uma disputa que aconteceu neste hotel, entre um almirante e um príncipe. Eles estavam em desacordo por um bom tempo, acho, mas as coisas atingiram um ponto crítico certa noite quando seus caminhos se cruzaram no saguão, e a luva foi levantada exatamente ali.

— Ali onde?

— Junto à mesa do porteiro.

— Bem onde eu me sento!

— Sim, acho que sim.

— Eles estavam apaixonados pela mesma mulher?

— Não acho que houvesse o envolvimento de uma mulher.

A menina olhou para o Conde com uma expressão de incredulidade.

— Sempre há uma mulher envolvida — informou ela.

— Sim. Bem. Qualquer que tenha sido o motivo, uma ofensa foi feita, seguida por uma exigência de desculpas, uma recusa e um tapa da luva. Na época, o hotel era administrado por um alemão chamado Keffler, que supostamente era um barão por direito. Era de conhecimento de todos que ele mantinha duas pistolas escondidas atrás de um painel em seu escritório, de modo que, quando o incidente ocorreu, os segundos puderam conferenciar em particular, as carruagens puderam ser convocadas e as partes envolvidas puderam ser logo despachadas com as armas na mão.

— Nas horas antes do amanhecer...

— Nas horas antes do amanhecer.

— Para algum ponto remoto...

— Para algum ponto remoto.

Ela se inclinou para a frente.

— Lenski foi morto por Onegin em um duelo.

Ela disse a frase em voz baixa, como se citar os acontecimentos do poema de Púchkin exigisse discrição.

— Sim — sussurrou o Conde. — E o mesmo aconteceu com Púchkin.

Com um meneio de cabeça, ela aquiesceu com seriedade.

— Em São Petersburgo — continuou ela. — Nas margens do rio Negro.

— Nas margens do rio Negro.

O peixe da jovem tinha acabado. Colocando o guardanapo em seu prato e meneando a cabeça uma vez para sugerir que o Conde tinha se provado uma companhia para o almoço perfeitamente aceitável, ela se levantou de sua cadeira. Mas, antes de se virar para partir, fez uma pausa e disse:

— Prefiro você sem bigode. A ausência dele deixa seu semblante mais... condizente.

Em seguida, fez uma reverência desajeitada e desapareceu atrás da fonte.

☆

Um *affaire d'honneur*...

Ou foi o que pensou o Conde, com um toque de autorrecriminação, quando se sentou sozinho mais tarde naquela noite no bar do hotel com um copo de conhaque.

Situado no saguão, decorado com banquetas, um balcão de mogno e uma parede de garrafas, o bar em estilo americano era carinhosamente chamado de

Chaliapin pelo Conde, em homenagem ao grande cantor de ópera russo que tinha frequentado o local nos anos precedentes à Revolução. Antes movimentado como uma colmeia, o Chaliapin agora mais parecia uma capela de oração e reflexão, mas nessa noite isso combinava com o estado de espírito do Conde.

Sim, ele continuou em seus pensamentos, quão magnífico pode soar qualquer empreendimento humano quando adequadamente pronunciado em francês...

— Posso lhe oferecer ajuda, Excelência?

Era Audrius, o atendente no bar do Chaliapin. Lituano com um cavanhaque louro e um sorriso a postos, era um homem que conhecia sua arte. Ora, no momento em que você se acomodava em um banco, ele se inclinava em sua direção, com o antebraço apoiado no balcão, para lhe perguntar o que você gostaria de beber. E, assim que seu copo estivesse vazio, lá estaria ele com uma nova dose. Mas o Conde não tinha certeza da razão por que ele escolhera este momento em particular para oferecer ajuda.

— Com seu casaco — esclareceu o *barman*.

De fato, o Conde parecia estar lutando para passar o braço pela manga do casaco, que, para começo de conversa, ele nem se lembrava de ter tirado. Ele havia chegado ao Chaliapin às seis horas, como de costume, onde mantinha um limite estrito de um *apéritif* antes do jantar. Mas, considerando que nunca recebera sua garrafa de Baudelaire, o Conde se permitiu uma segunda taça de Dubonnet. E, depois, uma ou duas doses de conhaque. E o que ele sabia a seguir era... era...

— Que *horas* são, Audrius?

— Dez, Excelência.

— Dez!

Audrius, que de repente estava no lado dos clientes, ajudava o Conde a descer de sua banqueta. E, enquanto o guiava até o outro lado do saguão (sem nenhuma necessidade), o Conde o convidou a acompanhar sua linha de raciocínio.

— Você sabia, Audrius, que quando o duelo foi descoberto pelo corpo de oficiais russos, no início do século XVIII, eles o receberam com tal entusiasmo que o tsar teve que proibir a prática por medo de que logo não restasse ninguém para liderar suas tropas?

— Eu não sabia, Excelência — respondeu o *barman* com um sorriso.

— Bem, é verdade. E o duelo é um ponto central não apenas para a ação de *Onegin*; também acontece um em um ponto crítico de *Guerra e Paz*, *Pais e Filhos* e *Os irmãos Karamázov*! Aparentemente, apesar de toda a sua inventividade, os mestres russos não conseguiam arranjar um plano melhor do que dois personagens centrais resolvendo uma questão moral por meio de pistolas a trinta e dois passos de distância um do outro.

— Entendo o seu argumento. Mas aqui estamos. Devo apertar o botão para o quinto andar?

O Conde, que se viu parado na frente do elevador, olhava em estado de choque para o *barman*.

— Mas, Audrius, eu nunca tomei o ascensor em toda minha vida!

Então, depois de dar um tapinha no ombro do *barman*, o Conde começou a percorrer as escadas espiral acima; pelo menos até chegar ao segundo andar, onde se sentou em um degrau.

— Por que nossa nação, mais do que todas as outras, abraçou o duelo de forma tão devotada? — perguntou retoricamente à escada.

Alguns, sem dúvida, simplesmente o desprezariam como um subproduto da barbárie. Tendo em vista os longos e implacáveis invernos da Rússia, sua familiaridade com a fome, seu senso de justiça bruto e daí por diante, era perfeitamente natural que sua aristocracia adotasse um ato definitivo de violência como meio de resolver contendas. Mas, na ponderada opinião do Conde, a razão pela qual o duelo prevalecera entre os cavalheiros russos decorria de nada mais do que sua paixão pelo glorioso e pelo grandioso.

É verdade que, por convenção, os duelos eram travados em locais isolados ao amanhecer, para garantir a privacidade dos cavalheiros envolvidos. Mas aconteciam atrás de montes de cinzas ou ferros-velhos? Claro que não! Eram travados em uma clareira, entre bétulas com uma camada de geada. Ou nas margens de um riacho sinuoso. Ou à beira de uma propriedade familiar onde a brisa agitava as flores das árvores... Ou seja, aconteciam em cenários próprios para o segundo ato de uma ópera.

Na Rússia, qualquer que seja o empreendimento, se o cenário for glorioso e o tenor for grandioso, terá seus adeptos. De fato, ao longo dos anos, à medida que os locais para duelos se tornaram mais pitorescos e as pistolas passaram a ser fabricadas com mais refinamento, os homens de maior *pedigree* se mostraram dispostos a defender sua honra contra ofensas cada vez menores. Assim, enquanto o duelo pode ter começado como uma resposta a crimes graves — como deslealdade, traição e adultério —, por volta de 1900 tinha descido nas pontas dos pés as escadas da razão, até que começou a ser travado por causa da inclinação de um chapéu, da duração de um olhar ou da colocação de uma vírgula.

No velho e bem estabelecido código de duelo, entende-se que o número de passos que o ofensor e o ofendido dão antes do tiro é inversamente proporcional à magnitude do insulto. Ou seja, a afronta mais reprovável deveria ser resolvida em um duelo de poucos passos, para garantir que um dos dois homens não saísse vivo do campo de duelo. Bem, sendo esse o caso, concluiu o Conde, na nova era os duelos deveriam ser travados a não menos de dez mil passos. De fato, depois de levantada a luva, escolhidos os segundos e definidas as armas, o infrator deveria embarcar em um vapor para a América, enquanto o ofendido tomava outro para o Japão, onde, ao chegarem, os dois homens poderiam vestir seus melhores casacos, descer as pranchas, se virar para as docas e atirar.

Aliás...

Cinco dias depois, o Conde ficou satisfeito em aceitar um convite formal de sua nova colega, Nina Kulikova, para o chá. O compromisso foi marcado para as três horas no café do hotel, a um canto do térreo. O Conde chegou quinze minutos antes da hora e solicitou a mesa para dois perto da janela. Decorridos cinco minutos da hora marcada, sua anfitriã chegou com feitios de narciso — um vestido amarelo-claro e uma cinta amarelo-escura —, e o Conde se levantou e puxou a cadeira para ela.

— *Merci* — agradeceu ela.

— *Je t'en prie.*

Nos minutos seguintes, um garçom foi chamado, um samovar foi pedido e, com nuvens carregadas se agrupando sobre a Praça dos Teatros, observações foram proferidas a respeito da agridoce probabilidade de chuva. Mas, depois que o chá foi servido e os bolinhos foram postos na mesa, Nina adotou uma expressão mais séria, sugerindo que chegara o momento de falar de tópicos mais graves.

Alguns considerariam essa transição um pouco abrupta ou fora de tom para a ocasião, mas não o Conde. Muito pelo contrário. Ele achava que uma pronta dispensa de cortesias e uma mudança rápida para o assunto a tratar estava totalmente de acordo com o tom da etiqueta do chá e talvez fosse até essencial para a instituição.

Afinal, todos os chás a que o Conde tinha comparecido em resposta a um convite formal seguiram esse padrão. Fosse em um salão com vista para o canal Fontanka ou na casa de chá de um jardim público, antes que o primeiro bolo fosse servido, o *propósito* do convite era posto sobre a mesa. Na verdade, após algumas gentilezas de praxe, a mais perfeita anfitriã poderia sinalizar a transição com uma única palavra bem escolhida.

Para a avó do Conde, a palavra era *Agora*, como empregada em *Agora, Aleksandr. Ouvi algumas coisas muito angustiantes sobre você, meu rapaz...* Para a princesa Poliakova, uma vítima perpétua de seu próprio coração, tinha sido

Oh, como empregada em *Oh, Aleksandr. Eu cometi um erro terrível...* E, para a jovem Nina, a palavra aparentemente era *Aliás*.

— Você está absolutamente certo, Aleksandr Ilitch. Outra tarde de chuva e os lilases não terão grandes chances de sucesso. Aliás...

Basta dizer que, quando o tom de Nina mudou, o Conde estava preparado. Descansando os antebraços nas coxas e inclinando-se para a frente em um ângulo de setenta graus, ele adotou uma expressão que era séria porém neutra, para que em um instante pudesse transmitir sua simpatia, preocupação ou indignação compartilhada, conforme exigissem as circunstâncias.

— ... eu ficaria eternamente grata se você compartilhasse comigo algumas das regras para ser uma princesa — prosseguiu Nina.

— Regras?

— Sim. Regras.

— Mas, Nina, ser princesa não é uma brincadeira — disse o Conde com um sorriso.

Nina olhou fixamente para o Conde com uma expressão de paciência.

— Tenho certeza de que entende o que quero dizer. As coisas que se *esperam* de uma princesa.

— Ah, sim. Entendo.

O Conde se recostou para considerar a pergunta de sua anfitriã de modo mais apropriado. Então, após um momento, retomou:

— Bem, além do estudo das artes liberais, que discutimos no outro dia, suponho que as regras para ser uma princesa comecem com um requinte das maneiras. Para isso, ela seria ensinada a se portar em sociedade. Como se dirigir às pessoas, modos à mesa, postura...

Depois de assentir favoravelmente a vários itens na lista do Conde, Nina lançou um olhar aguçado após o último.

— Postura? Postura é um tipo de boas maneiras?

— Sim, é — respondeu o Conde, embora um pouco hesitante. — Uma postura desleixada tende a sugerir certa fraqueza de caráter, assim como uma falta de interesse pelos outros. Ao passo que uma postura aprumada pode reafirmar a impressão de autocontrole e empatia, ambos dignos de uma princesa.

Aparentemente influenciada por esse argumento, Nina sentou-se um pouco mais ereta.

— Continue.

O Conde refletiu.

— Uma princesa seria criada para mostrar respeito pelos mais velhos.

Em deferência, Nina se inclinou em direção ao Conde. Ele tossiu.

— Eu não estava me referindo a mim, Nina. Afinal, sou praticamente tão jovem quanto você. Por "mais velhos", eu quis dizer os de cabelo grisalho.

Nina assentiu para expressar entendimento.

—Você quer dizer os grão-duques e grã-duquesas.

— Bem, sim. Eles, sem dúvida. Mas estava falando dos idosos de todas as classes sociais. Os lojistas, as leiteiras, os ferreiros e os camponeses.

Sem nunca hesitar em deixar transparecer seus sentimentos com expressões faciais, Nina franziu o cenho. O Conde explicou:

— O princípio é que uma nova geração deve certa gratidão a *cada* membro da geração anterior. Nossos idosos cultivaram campos e lutaram em guerras; fizeram progressos nas artes e na ciência e, em geral, fizeram sacrifícios em nosso favor. Assim, por seus esforços, por mais humildes que sejam suas origens, merecem nossa gratidão e nosso respeito.

Como Nina ainda não parecia convencida, o Conde avaliou a melhor maneira de explicar seu ponto de vista. E, através das grandes janelas do café, foi possível ver naquele exato momento o levantar dos primeiros guarda-chuvas.

— Um exemplo — disse ele.

Assim começou a história da princesa Golitsin e da velha de Kudrovo:

Em uma noite tempestuosa em São Petersburgo, relatou o Conde, a jovem princesa Golitsin estava a caminho do baile anual na casa dos Tuchin. Quando sua carruagem atravessou a ponte de Lomonosov, por acaso ela reparou em uma mulher de oitenta anos, curvada, que seguia a pé na chuva. Sem pensar duas vezes, pediu a seu cocheiro que parasse a carruagem e convidou a pobre senhora a entrar. A velha, que era quase cega, subiu na carruagem com a ajuda do lacaio e agradeceu à princesa profusamente. No fundo, a princesa podia ter perfeitamente presumido que sua passageira morava ali perto. Afinal, quão distante uma mulher velha e cega conseguiria viajar em uma noite como aquela? Mas, quando a princesa perguntou aonde a senhora estava indo, ela respondeu que ia visitar seu filho, o ferreiro, em Kudrovo — a mais de dez quilômetros de distância!

Ora, a princesa já estava sendo aguardada na casa dos Tuchin. E em questão de minutos passariam pela casa, iluminada do porão ao telhado e com um lacaio em cada degrau. Assim, estaria dentro dos limites da cortesia a princesa se desculpar e enviar a carruagem para Kudrovo com a idosa. De fato, quando se aproximaram da casa dos Tuchin, o cocheiro diminuiu o ritmo dos cavalos e olhou para a princesa, aguardando instruções...

Nesse ponto, o Conde fez uma pausa para impressionar.

— Bem, o que ela fez? — perguntou Nina.

— Ela disse ao cocheiro para seguir em frente — prosseguiu o Conde, sorrindo com um ar de triunfo. — E mais do que isso, quando eles chegaram a Kudrovo e a família do ferreiro se reuniu ao redor da carruagem, a idosa convidou a princesa para um chá. O ferreiro estremeceu, o cocheiro ofegou e o lacaio quase desmaiou. Mas a princesa Golitsin aceitou com amabilidade o convite da velha senhora... E perdeu o baile dos Tuchin.

Com o argumento habilmente explicado, o Conde levantou sua xícara de chá, meneou a cabeça uma vez, e bebeu.

Nina olhou para ele com expectativa.

— E depois?

O Conde pousou a xícara de volta no pires.

— E depois o quê?

— Ela se casou com o filho do ferreiro?

— Casar-se com o filho do ferreiro! Por Deus. Claro que não. Depois de uma xícara de chá, ela subiu na carruagem e foi para casa.

Nina refletiu sobre o assunto. Ela claramente considerava o casamento com o filho do ferreiro uma conclusão mais apropriada. Mas, apesar das falhas na história, assentiu em reconhecimento à qualidade da narrativa do Conde.

Preferindo preservar seu sucesso, o Conde, ao contrário do que sempre fazia, optou por não compartilhar o desfecho dessa encantadora anedota de São Petersburgo: que a Condessa Tuchin estava recebendo os convidados sob o pórtico quando a brilhante carruagem azul da princesa Golitsin, reconhecida em toda a cidade, reduziu a velocidade diante dos portões e depois acelerou. O resultado foi uma ruptura entre os Golitsin e os Tuchin que levaria três gerações para ser reparada, se uma certa Revolução não tivesse posto um ponto final em sua indignação...

— Foi um comportamento digno de uma princesa — reconheceu Nina.

— Deveras.

Ele então ofereceu os bolinhos, e Nina pegou dois, colocando um em seu prato e o outro na boca.

O Conde não era de chamar atenção para as falhas sociais de seus conhecidos, porém, com uma leve vertigem causada pela recepção de sua história, não pôde deixar de apontar em meio a um sorriso:

— Aí está outro exemplo.

— Que outro exemplo?

— Uma princesa seria educada para dizer *por favor* quando pedisse um bolinho e *obrigada* quando lhe oferecessem um.

Nina ficou surpresa; e depois desdenhosa.

— Entendo que dizer *por favor* seja muito apropriado para uma princesa quando pede um bolinho. Mas não vejo nenhuma razão para ser obrigada a dizer *obrigada* quando lhe oferecem alguma coisa.

— As boas maneiras não são como bombons, Nina. Você não pode escolher as que melhor lhe convêm; e certamente não pode colocar de volta na caixa aqueles já mordidos...

Nina olhou para o Conde com uma expressão de tolerância experiente e então, provavelmente para ajudá-lo, falou um pouco mais devagar:

— Entendo que uma princesa deva dizer *por favor* quando pede um bolo, pois está tentando convencer alguém a lhe dar o bolo. E suponho que, tendo pedido um bolo, e que ele lhe seja dado, ela tenha boas razões para dizer *obrigada*. Mas na segunda parte do seu exemplo, a princesa em questão não pediu o bolo; lhe *ofereceram*. E não vejo razão para ela ter que dizer *obrigada* quando está apenas agradando alguém por aceitar o que lhe foi oferecido.

Para concluir seu argumento, Nina pôs uma tortinha de limão na boca.

— Concordo que há algum mérito em sua argumentação — refletiu o Conde. — Mas só posso lhe dizer, por experiência de vida, que...

Nina o interrompeu com um movimento do dedo.

— Mas você acabou de dizer que é quase tão jovem quanto eu.

— De fato, eu sou.

— Bem, então, parece-me que sua alegação de "a experiência de uma vida" pode ser prematura.

Sim, pensou o Conde, como aquele encontro estava deixando perfeitamente claro.

— Vou trabalhar minha postura — afirmou Nina, decidida, enquanto tirava as migalhas dos dedos. — E com certeza vou dizer *por favor* e *obrigada* sempre que pedir as coisas. Mas não tenho a intenção de agradecer às pessoas por coisas que nunca pedi.

Arredores

No dia 12 de julho, às sete horas, quando o Conde atravessava o saguão em direção ao Boiarski, Nina chamou sua atenção por trás de um dos vasos de palmeiras e lhe fez o sinal. Era a primeira vez que ela o convidava para um passeio tão tarde.

— Rápido — explicou ela, quando ele a alcançou atrás da árvore. — O cavalheiro saiu para jantar.

O cavalheiro?

Para evitar chamar a atenção, os dois caminharam casualmente até as escadas. Mas, quando chegaram ao terceiro andar, esbarraram em um hóspede que apalpava os bolsos à procura das chaves. No patamar logo diante do elevador, havia um vitral de pássaros de pernas longas vadeando em águas rasas pelo qual o Conde passara mil vezes antes. Nina começou a estudá-lo com cuidado.

— Sim, você estava certo — comentou ela. — É algum tipo de grou.

Mas assim que o hóspede entrou em seu quarto, Nina seguiu em frente. Movendo-se a passos rápidos pelo tapete, passaram pelos quartos 313, 314 e 315. Passaram pela pequena mesa com a estátua de Hermes que ficava do lado de fora da porta do 316. Então, com certa vertigem, o Conde percebeu que estavam indo em direção à sua antiga suíte!

Mas espere.

Estamos nos adiantando…

☆

Depois da noite desafortunada que terminou nos degraus do segundo andar, o Conde suspendera seus *apéritifs* noturnos, suspeitando que o álcool tivesse exercido uma influência nociva em seu ânimo. Mas essa santificada abstinência não provou ser tônica para sua alma. Com tão pouco o que fazer e todo o tempo do mundo disponível, a paz de espírito do Conde continuava a ser ameaçada por um leve *ennui* — aquele terrível pântano das emoções humanas.

Se era tal o desespero que sentia após três semanas, refletiu o Conde, como estaria depois de três anos?

Mas, para os virtuosos que se perderam do caminho, o Destino muitas vezes fornece um guia. Na ilha de Creta, Teseu tinha sua Ariadne e seu novelo de fio mágico para conduzi-lo em segurança para fora do covil do Minotauro. Através das cavernas onde moravam sombras fantasmagóricas, Odisseu tinha seu Tirésias, assim como Dante tinha Virgílio. E no Hotel Metropol, o Conde Aleksandr Ilitch Rostov tinha uma menina de nove anos chamada Nina Kulikova.

Porque na primeira quarta-feira de julho, quando o Conde estava sentado no saguão e confuso sobre o que fazer consigo mesmo, Nina passou zunindo com uma expressão extraordinariamente determinada.

— Olá, minha amiga. Para onde vai?

Virando-se como alguém que foi pego no flagra, Nina se recompôs, então respondeu com um aceno de mão:

— Estou passeando pelos arredores...

O Conde arqueou as sobrancelhas.

— Mas aonde vai exatamente?

— Neste momento, à sala de carteado.

— Ah! Então você gosta de jogar cartas.

— Na verdade, não...

— Então o que vai fazer lá?

— ...

— Ora, por favor — protestou o Conde. — Certamente, não haverá segredos entre *nós*!

Nina sopesou a observação do Conde, depois olhou uma vez para a esquerda, outra para a direita e confidenciou. Explicou que, embora a sala de carteado raramente fosse usada, às três horas da quarta-feira, sem falta, quatro mulheres se reuniam lá para jogar uíste. Se a pessoa chegasse às duas e meia e se escondesse no guarda-louça, podia ouvir todas as suas palavras, o que incluía muitos palavrões. E, quando as senhoras iam embora, podia comer o resto de seus biscoitos.

O Conde se aprumou.

— Onde mais você passa seu tempo?

Outra vez ela sopesou as palavras do Conde, olhou para a esquerda e para a direita.
— Encontre-me aqui amanhã às duas — disse ela.
E assim começou a educação do Conde.

Hospedado por quatro anos no Metropol, o Conde se considerava uma espécie de perito no hotel. Conhecia os funcionários pelo nome, os serviços pela experiência e os estilos decorativos de suas suítes pela memória. Mas, uma vez que Nina o pegou pela mão, ele percebeu que era um novato.

Nos dez meses em que Nina morava no Metropol, tinha sido confrontada com uma versão pessoal de confinamento. Pois, como seu pai tinha sido alocado apenas "temporariamente" em Moscou, não tinha se preocupado em matriculá-la na escola. E como a governanta de Nina ainda tinha um pé firme no interior, preferia que a menina permanecesse nas instalações do hotel, onde era menos provável que fosse corrompida por postes de luz e bondes. Então, a porta do Metropol, mesmo conhecida no mundo inteiro por nunca parar de girar, não girava para Nina. Mas, com um espírito empreendedor e incansável, a jovenzinha fez o melhor que pôde com sua situação e investigou pessoalmente o hotel até conhecer cada cômodo, seu propósito e qual seria o melhor emprego para cada um.

Sim, o Conde fora até a pequena janela no fundo do vestíbulo para pegar a correspondência, mas por acaso já tinha entrado na sala de triagem, onde os envelopes que chegavam eram derramados sobre uma mesa às dez e às duas horas — inclusive os que tinham o carimbo vermelho com a inequívoca instrução *Entrega Imediata*?

E, sim, ele tinha visitado Fatima nos dias em que a floricultura estava aberta, mas havia entrado na sala de corte? Através de uma porta estreita no fundo da loja, chegava-se àquele nicho com um balcão verde-claro onde os caules eram cortados e os espinhos arrancados, onde até hoje era possível encontrar espalhadas pelo chão as pétalas secas de dez plantas perenes essenciais à fabricação de poções.

Claro!, exclamou o Conde para si mesmo. Dentro do Metropol havia quartos atrás de quartos e portas atrás de portas. Os armários de finas roupas de cama e de mesa. As lavanderias. As despensas. Os quadros de distribuição!

Era como velejar em um vapor. Depois de desfrutar de uma tarde praticando tiro ao prato na plataforma a estibordo, um passageiro veste-se para o jantar, come à mesa do capitão, vence o francês arrogante no bacará e depois passeia sob as estrelas de braço dado com uma nova conhecida, o tempo todo se parabenizando por ter aproveitado ao máximo a viagem no mar. Mas para bem da verdade, presenciara apenas um *vislumbre* da vida a bordo, ignorando completamente aqueles níveis inferiores, que fervilhavam de vida e tornavam possível a travessia.

Nina não se contentara com a vista dos deques superiores. Ela foi para baixo. Para os fundos. Para os centros. Para os arredores. No tempo em que Nina estava no hotel, as paredes não tinham se arrastado para dentro, e sim para fora, expandindo-se em alcance e complexidade. Nas suas primeiras semanas, o edifício tinha crescido para abranger a vida de dois quarteirões da cidade. Nos primeiros meses, tinha crescido para abranger metade de Moscou. Se ela morasse no hotel tempo suficiente, abrangeria toda a Rússia.

Para o início da linha de estudo do Conde, Nina começou, de modo bastante sensato, por baixo: pelo porão e sua rede de corredores e *culs-de-sac*. Com um puxão, ela abriu uma pesada porta de aço e então o levou primeiro à sala da caldeira, por onde escapavam vagalhões de vapor por uma concertina de válvulas. Com a ajuda do lenço do Conde, abriu cautelosamente na caldeira uma pequena porta de ferro fundido para mostrar as chamas que fulguravam dia e noite, o melhor lugar do hotel para destruir mensagens secretas e cartas de amor ilícitas.

— Você recebe cartas de amor ilícitas, Conde?

— Por certo que sim.

Em seguida, a sala de eletricidade, onde o alerta de Nina para que o Conde não tocasse em nada foi quase desnecessário, pois o zumbido metálico e o cheiro sulfuroso recomendavam cautela aos aventureiros mais imprudentes. Lá, na parede de trás, em meio a uma confusão de fios, Nina mostrou-lhe a alavanca que, quando puxada, poderia deixar o salão de baile na escuridão, proporcionando a cobertura perfeita para o roubo de pérolas.

Depois de uma curva para a esquerda e duas para a direita, chegaram a uma pequena sala bagunçada, uma espécie de gabinete de curiosidades, que exibia todos os itens que os hóspedes do hotel tinham deixado para trás, como guarda-chuvas, guias de viagem *Baedeker* e os romances volumosos que ainda não tinham terminado mas que não aguentavam mais arrastar por aí. Escondidos no canto, não parecendo usados, estavam dois pequenos tapetes orientais, uma luminária de pé e a pequena estante de madeira de excelente qualidade que o Conde havia abandonado em sua velha suíte.

Na extremidade do porão, quando o Conde e Nina se aproximaram da estreita escada dos fundos, passaram por uma porta de um azul intenso.

— O que temos aqui? — perguntou o Conde.

Nina o olhou com uma expressão atordoada, o que era atípico.

— Acho que nunca entrei aí.

O Conde testou a maçaneta.

— Ah, bem. Creio que está trancada.

Mas Nina olhou para a esquerda e para a direita.

O Conde seguiu seu exemplo.

Então ela levou as mãos à nuca e soltou sob o cabelo a delicada corrente que carregava no pescoço. Pendurado no vértice da parábola dourada estava o pingente que o Conde notara pela primeira vez na Piazza, mas não era um amuleto nem um medalhão. Era uma chave-mestra do hotel!

Nina fez a chave escorregar da corrente e a entregou ao Conde para que ele fizesse as honras. Deslizando-a para dentro do buraco em forma de caveira no espelho da fechadura, o Conde a virou delicadamente e escutou os pinos se encaixando no lugar com um clique satisfatório. Então abriu a porta e Nina arquejou, pois escondido lá dentro havia um tesouro.

Literalmente.

Nas prateleiras que ocupavam as paredes do chão ao teto estava a prataria do hotel, cintilando como se tivesse sido polida naquela manhã.

— Para que serve tudo isso? — perguntou ela, espantada.

— Para os banquetes — respondeu o Conde.

Ao lado das pilhas de pratos de Sèvres com a insígnia do hotel, havia samovares de sessenta centímetros de altura e sopeiras que pareciam cálices dos deuses. Havia bules de café e molheiras. Havia uma variedade de utensílios, cada um projetado com o maior cuidado para servir a um único propósito culinário. Dentre eles, Nina pegou o que parecia uma pá delicada com alça de marfim e alavanca. Comprimindo a alavanca, Nina observou enquanto as duas lâminas opostas se abriam e fechavam, então olhou para o Conde, maravilhada.

— Um pegador para aspargos — explicou ele.
— Um banquete precisa mesmo de um pegador de aspargos?
— Uma orquestra precisa de um fagote?

Enquanto Nina o punha delicadamente de volta na prateleira, o Conde se perguntava quantas vezes tinha sido servido com aquele objeto. Quantas vezes tinha comido naqueles pratos? O bicentenário de São Petersburgo havia sido celebrado no salão de baile do Metropol, assim como o centenário do nascimento de Púchkin e o jantar anual do Clube de Gamão. E também havia os encontros mais íntimos que aconteciam nos dois salões de jantar privados adjacentes ao Boiarski: os Salões Amarelo e Vermelho. Em seu auge, esses retiros eram tão propícios a expressões francas de sentimento que, se alguém ficasse entreouvindo suas mesas durante um mês, seria capaz de prever todos os casamentos, falências e guerras do ano que estava por vir.

O Conde deixou que seu olhar vagasse pelas prateleiras, depois fez um gesto com a cabeça para expressar um sentimento de mistificação.

— Certamente, os bolcheviques descobriram essa fortuna inesperada. Gostaria de saber por que não foi saqueado.

Nina respondeu com o raciocínio claro de uma criança.

— Talvez eles precisem disto aqui.

Sim, pensou o Conde. É exatamente isso.

Por mais decisiva que fosse a vitória dos bolcheviques sobre as classes privilegiadas em prol do proletariado, em breve eles teriam banquetes. Talvez não tantos quanto na época dos Romanov — nenhum baile do outono ou jubileu de diamante —, mas estavam fadados a celebrar alguma coisa, fosse o centenário de *O capital* ou as bodas de prata da barba de Lênin. As listas de convidados seriam elaboradas e encurtadas. Os convites seriam gravados e entregues. Então, reunidos em torno de um grande círculo de mesas, os novos estadistas moveriam a cabeça para indicar a um garçom (sem interromper o enfadonho camarada) que, sim, queriam mais alguns aspargos.

Pois a pompa é uma força tenaz. E astuta também.

Ela inclina a cabeça humildemente enquanto o imperador é arrastado pelos degraus e atirado na rua. Mas então, depois de ter tranquilamente esperado pela hora certa, enquanto ajuda o recém-nomeado líder a vestir seu casaco, elogia sua aparência e sugere o uso de uma ou duas medalhas. Ou, após ter servido esse homem em um jantar formal, pergunta em voz alta se uma cadeira mais alta não seria mais apropriada para alguém com responsabilidades como as dele. Os soldados do homem comum podem lançar as bandeiras do antigo regime sobre a pira da vitória, mas logo as trombetas retumbarão, e a pompa vai tomar o posto ao lado do trono, tendo novamente garantido o seu domínio sobre a história e os reis.

Nina estava passando os dedos sobre os vários utensílios com uma mistura de admiração e espanto. Então ela parou.

— O que é isso?

Na prateleira, atrás de um candelabro, havia uma mulher de menos de dez centímetros de altura, feita de prata, com a saia-balão e os cabelos altos de uma Maria Antonieta.

— É uma sineta — disse o Conde.

— Uma sineta?

— É colocada na mesa ao lado da anfitriã.

O Conde pegou a pequena dama pela saia bufante e, quando a sacudiu de um lado para o outro, de baixo dela soou aquele delicioso som metálico (um dó agudo) que provocava o fim de mil refeições e a limpeza de cinquenta mil pratos.

Nos dias que se seguiram, Nina apresentou sistematicamente a grade curricular, levando seu aluno de sala em sala. A princípio, o Conde tinha presumido que todas as aulas seriam realizadas nos níveis mais baixos do hotel, onde ficavam os serviços. Mas depois de ter visitado o porão, a sala de correspondências, a central telefônica e todos os outros recantos do primeiro piso, uma tarde subiram a escada para as suítes.

Reconhecidamente, a incursão por apartamentos particulares representa uma quebra de decoro, mas furtar não era o interesse de Nina ao visitar os quartos. Nem era a espionagem *per se*. Eram as vistas.

Cada um dos quartos do Metropol oferecia uma perspectiva totalmente diferente — moldada não só pela altitude e pela direção, mas pela estação do ano e pela hora do dia. Assim, se por acaso alguém quisesse assistir aos batalhões marchando em direção à Praça Vermelha no Sete de Novembro, não deveria ir além do quarto 322. Mas se a vontade fosse jogar bolas de neve em passantes descuidados, o melhor eram as janelas de peitoril largo do 405. Mesmo o quarto 244, um lugar deprimente com vista para o beco atrás do hotel, tinha seus encantos: pois de lá, se alguém se inclinasse o suficiente para fora da janela, era possível ver os vendedores de frutas reunindo-se na porta da cozinha e apanhar as maçãs ocasionalmente lançadas lá de baixo.

Mas se alguém quisesse ver a chegada dos convidados ao Bolshoi em uma noite de verão, o melhor ponto de observação, sem dúvida alguma, era a janela do 317. E assim...

No dia 12 de julho, às sete horas, quando o Conde atravessava o saguão, Nina chamou sua atenção e lhe fez o sinal. Dois minutos depois, após se juntar a ela na escada, ele seguia sua trilha enquanto ultrapassavam os quartos 313, 314 e 315 em direção à porta de sua antiga suíte. E quando Nina virou a chave e entrou, o Conde a acompanhou obedientemente, porém com um pressentimento palpável.

Em um piscar de olhos, o Conde se reabituou com cada centímetro do quarto. O sofá e as cadeiras estofadas em vermelho ainda estavam lá, assim como o relógio do avô e as grandes urnas de porcelana de Idlehour. Na mesa de centro francesa (que fora trazida para substituir a de sua avó) havia uma cópia dobrada do *Pravda*, um serviço de prata e uma xícara de chá inacabada.

— Rápido — instruiu Nina enquanto atravessava a sala até a janela no canto.

Do outro lado da Praça dos Teatros, o Bolshoi estava iluminado do pórtico ao frontão. Os bolcheviques que, como de costume, estavam vestidos como o elenco de *La Bohème*, aproveitavam o ar morno da noite para confraternizar entre as colunas. De repente, as luzes do saguão piscaram. Após pisar nos cigarros, os homens apanharam pelo cotovelo suas companheiras. Mas enquanto o último dos presentes desaparecia pelas portas, um táxi parou no meio-fio, a porta se abriu e uma mulher de vermelho subiu as escadas segurando a barra do vestido.

Inclinando-se para a frente, Nina pôs as mãos em concha contra o vidro e semicerrou os olhos.

— Se ao menos eu estivesse lá, e ela, aqui — suspirou.

E essa, pensou o Conde, era uma queixa adequada para toda a humanidade.

☆

Mais tarde naquela noite, sentado sozinho em sua cama, o Conde refletiu sobre a visita à sua antiga suíte.

O que ficara em sua memória não fora a visão do relógio de família ainda tiquetaqueando ao lado da porta, nem a grandeza da arquitetura, nem mesmo a vista da janela noroeste. O que ficara com ele fora a visão do serviço de chá ao lado do jornal dobrado sobre a mesa.

Aquela pequena cena, apesar de toda a sua inocência, de certa forma era indicativa daquilo que de fato se abatia sobre a alma do Conde. Porque ele compreendera todos os aspectos do quadro em um passar de olhos. Depois de voltar de um passeio às quatro horas e pendurar seu casaco no encosto de uma cadeira, o atual residente do quarto pedira chá e uma edição vespertina. Então se acomodou no sofá para desfrutar de uma hora civilizada antes de se vestir para o jantar. Em outras palavras, o que o Conde tinha observado na suíte 317 não era simplesmente um chá da tarde, mas um momento na vida cotidiana de um cavalheiro livre.

À luz desses pensamentos, reavaliou seu novo quarto, aqueles nove metros quadrados que lhe foram atribuídos. Nunca lhe parecera tão pequeno. A cama se sobrepunha à mesa de centro, a mesa de centro se sobrepunha à cadeira de espaldar alto, e a cadeira de espaldar alto precisava ser empurrada para o lado todas as vezes que se queria abrir o armário. Simplificando, não havia espaço suficiente para acomodar tal hora civilizada.

Mas enquanto o Conde olhava ao redor com esse pensamento desolador, uma voz que era apenas em parte dele lhe lembrou que, no Metropol, havia quartos atrás de quartos e portas atrás de portas...

Levantou-se de sua cama, contornou a mesa de centro da avó, puxou para o lado a cadeira de espaldar alto e parou diante da cabine telefônica que fazia as vezes de armário. A contornar a silhueta do armário, havia na parede uma elegante moldura de carvalho. O Conde sempre achou o adorno um pouco excessivo; mas e se o armário tivesse sido construído no vão de uma antiga porta? Abrindo-o, o Conde apartou suas roupas e, com hesitação, bateu na parede dos fundos. O som era auspiciosamente oco. Com três dedos, pressionou a barreira e sentiu que era flexível. Tirou todos os casacos e jogou-os na cama. Então, segurando os batentes da porta, chutou com o calcanhar o fundo do armário. Sobreveio o agradável som de rachadura. Inclinando-se para trás, chutou repetidas vezes até que a barreira se estilhaçou. Puxou as tábuas dentadas para o quarto e se esgueirou pela abertura.

Estava agora dentro de um espaço escuro e estreito que tinha cheiro de cedro seco, provavelmente o interior do *closet* no quarto vizinho. Respirando fundo, ele virou a maçaneta, abriu a porta e entrou em um quarto que era a imagem espelhada do seu — mas no qual estavam guardados cinco armações de cama sem uso recostadas na parede. Em algum momento, duas delas haviam caído, bloqueando a porta que dava para o corredor. Puxando-as para o lado, o Conde abriu a porta, arrastou tudo para fora do quarto e começou a remobiliar.

Primeiro, juntou novamente as duas cadeiras de espaldar alto e a mesa de centro de sua avó. Então, pela escada do campanário, desceu até o porão. Em três viagens ao gabinete de curiosidades, recuperou um de seus tapetes, a luminária de pé e a pequena estante. Depois, saltando os degraus de dois em dois, fez uma última visita para reivindicar dez dos romances volumosos que haviam sido abandonados. Com seu novo estúdio mobiliado, ele desceu o corredor e pegou emprestado o martelo do telhador e cinco pregos.

O Conde não empunhava um martelo desde a infância em Idlehour, quando ajudara Tikhon, o velho zelador, a consertar as cercas nas primeiras semanas da primavera. Que sentimento bom era bater o martelo diretamente sobre a cabeça de um prego, enterrando-o na tábua da cerca enquanto o impacto ecoava pelo ar da manhã. Mas no primeiro golpe do atual martelo, aquilo que o Conde atingiu diretamente foram as costas de seu polegar. (Caso você tenha esquecido, é bastante doloroso golpear seu polegar com um martelo, o que inevitavelmente leva a um pulo e à evocação do nome do Senhor em vão).

Mas a sorte de fato favorece o ousado. Assim, embora o golpe seguinte do martelo tenha escorregado da cabeça do prego, no terceiro o Conde acertou. E, no segundo prego, ele havia recuperado o ritmo de posicionar, direcionar e enterrar — aquela cadência antiga que não se encontra em quadrilhas, hexâmetros ou nos alforjes de Vronski!

Basta dizer que, em meia hora, quatro dos pregos haviam perfurado as margens da porta, fixando-a no batente, após o que o único acesso ao novo quarto do Conde seria através das mangas de seus casacos. O quinto prego ele guardou para a parede acima da estante, para que pudesse pendurar o retrato de sua irmã.

Terminado o trabalho, o Conde se sentou em uma das cadeiras de espaldar alto e teve uma sensação de felicidade quase surpreendente. O quarto do Conde e aquele estúdio improvisado tinham dimensões idênticas e, no entanto, exerciam uma influência completamente diferente em seu ânimo. De certa forma, essa diferença decorria da maneira como as duas câmaras haviam sido mobiliadas. Pois, enquanto o quarto vizinho (com sua cama, mesa e escrivaninha) permanecia no campo das necessidades práticas, o estúdio (com seus livros, o Embaixador e o retrato de Helena) fora decorado de uma maneira mais essencial ao espírito. Mas, muito provavelmente, o fator de maior peso na diferença entre os dois quartos era a sua proveniência. Pois, se um quarto que existe sob a governança, autoridade e intenção dos outros parece menor do que é, então um quarto que existe em *segredo* pode, independentemente de suas dimensões, parecer tão amplo quanto a imaginação permite.

Após levantar-se da cadeira, o Conde pegou o maior dos dez livros que havia recuperado do porão. É verdade, não seria uma nova aventura para ele. Mas precisava ser? Alguém poderia acusá-lo de nostalgia ou de indolência, de desperdiçar seu tempo simplesmente porque tinha lido a mesma história duas ou três vezes antes?

O Conde sentou-se outra vez, pôs um pé na beirada da mesa de centro e inclinou a cadeira até que estivesse equilibrada nas pernas traseiras, depois se voltou para a primeira frase:

Todas as famílias felizes são iguais; as infelizes o são cada uma a sua maneira.

— Maravilhoso — disse o Conde.

Assembleia

— Ah, venha também.
— É melhor não.
— Não seja tão esnobe.
— Eu não sou esnobe.
—Tem certeza?
— Um homem nunca pode ter certeza absoluta de que não é esnobe. Isso é axiomático.
— Exatamente.

Dessa maneira, Nina coagiu o Conde a se juntar a ela em uma de suas incursões favoritas: espiar da sacada do salão de baile. O Conde estava relutante em acompanhá-la nessa empreitada por duas razões. Primeiro, a sacada do salão de baile era estreita e empoeirada e, para ficar fora da vista, ele precisava permanecer curvado atrás da balaustrada, uma posição incrivelmente desconfortável para um homem com mais de 1,90 metro de altura. (A última vez que o Conde acompanhara Nina à varanda, rasgou a costura de suas calças e levou três dias para o torcicolo passar). E, segundo, a reunião dessa tarde quase certamente seria outra Assembleia.

No decorrer do verão, as Assembleias aconteciam no hotel com frequência cada vez maior. Em vários momentos do dia, pequenos grupos de homens se apressavam pelo corredor, já gesticulando, interrompendo e ansiosos para mostrar seus argumentos. No salão de baile, eles se juntavam a seus confrades, esbarrando ombro no ombro, e um ou outro fumava um cigarro.

Até onde o Conde podia determinar, os bolcheviques se reuniam a qualquer momento, de qualquer forma e por qualquer motivo. Em uma única semana, pode haver comitês, assembleias, colóquios, congressos e convenções ocorrendo para diversamente estabelecer códigos, definir linhas de ação, levantar queixas e, em geral, reclamar sobre os problemas mais antigos do mundo por meio de sua novíssima nomenclatura.

Se o Conde se mostrava relutante em observar essas reuniões, não era porque achava deselegantes as inclinações ideológicas dos participantes. Ele também não teria se agachado atrás de uma balaustrada para assistir a Cícero debater com Catilina ou Hamlet debater consigo mesmo. Não, não era uma questão de ideologia. Para simplificar, o Conde achava tedioso o discurso político de qualquer pretensão.

Mas então, não seria exatamente esse o argumento de um esnobe?...

Não é necessário dizer que o Conde seguiu Nina escada acima até o segundo andar. Após contornar a entrada do Boiarski e se assegurar de que o caminho estava livre, eles usaram a chave de Nina para abrir a porta sem identificação que dava para a sacada.

Lá embaixo, uma centena de homens já estava em suas cadeiras e outra centena discutia nos corredores, enquanto três sujeitos impressionantes tomavam seus assentos atrás de uma longa mesa de madeira no palanque. Ou seja, a Assembleia estava quase assentada.

Como era o segundo dia de agosto e já tinha havido duas Assembleias mais cedo naquele dia, a temperatura no salão de baile era de 33°C. Nina se abaixou para contornar a balaustrada engatinhando. Quando o Conde se inclinou para fazer o mesmo, a costura nos fundilhos de sua calça cedeu de novo.

— *Merde* — murmurou.

— Shhh — admoestou Nina.

Na primeira vez em que o Conde se juntara a Nina na sacada, não pudera deixar de sentir alguma admiração por quão profundamente a vida do salão de baile tinha mudado. Nem dez anos antes, toda a sociedade moscovita teria se reunido com seus ornatos sob os grandes candelabros para dançar a mazurca e brindar com o tsar. Mas depois de testemunhar algumas Assembleias, o Conde chegou a uma conclusão ainda mais surpreendente: que, apesar da Revolução, o salão pouco havia mudado.

Nesse exato momento, por exemplo, dois rapazes estavam entrando pelas portas com ares de quem está pronto para a batalha; mas antes de trocar uma palavra sequer com qualquer um ali, atravessaram o salão para prestar honras a um velho sentado à parede. Presumivelmente, esse ancião tinha participado da revolução de 1905, escrito um panfleto em 1880 ou jantado com Karl

Marx em 1852. Qualquer que fosse sua pretensão de eminência, o velho revolucionário recebeu a deferência dos dois jovens bolcheviques com um aceno autoconfiante de cabeça, o tempo todo sentado na mesma cadeira na qual a grã-duquesa Anapova recebera os cumprimentos de jovens príncipes respeitosos em seu baile anual de Páscoa.

Ou considere o camarada de aparência encantadora que, à maneira do príncipe Tetrakov, estava agora percorrendo a sala, apertando mãos e dando tapinhas nas costas alheias. Após deixar sistematicamente uma impressão em todos os cantos, com uma observação de peso aqui e outra espirituosa ali, ele agora pedia licença "por um momento". Mas, ao sair pela porta, não voltará. Assegurando-se de que todos no salão de baile notaram sua presença, ele agora se dirigirá para uma Assembleia completamente diferente, que acontecerá em um pequeno e aconchegante local na Arbat.

Mais tarde, sem dúvida, algum jovem turco que, segundo os boatos, tem bom trânsito com Lênin chegará quando o assunto da noite estiver quase terminado, exatamente como o capitão Radianko fazia quando tinha bom trânsito com o tsar, e exibirá assim sua indiferença pelas convenções insignificantes de etiqueta, reforçando a sua reputação como um homem com muito que fazer e pouquíssimo tempo para fazê-lo.

Naturalmente, há agora mais lona do que caxemira no salão, mais cinza do que dourado. Mas o remendo no cotovelo é mesmo muito diferente da dragona no ombro? Não são usadas essas boinas simples, assim como o bicorne e a barretina antes delas, a fim de atingir uma nota particular? Ou veja esse burocrata no estrado com seu martelo. Certamente, ele pode pagar por um casaco feito sob medida e um par de calças plissadas. Se está vestindo essa roupa esfarrapada, é para garantir a todos ali reunidos que ele também é um membro traquejado da classe trabalhadora!

Como se estivesse ouvindo os pensamentos do Conde, esse secretário de repente bateu o martelo na mesa, pedindo ordem na Segunda Reunião do Primeiro Congresso do Ramo Moscovita do Sindicato Russo do Trabalhador Ferroviário. As portas foram fechadas, os assentos foram ocupados, Nina prendeu a respiração e a Assembleia teve início.

Nos primeiros quinze minutos, seis questões administrativas diferentes foram levantadas e dispensadas em rápida sucessão, levando a imaginar que essa Assembleia em particular poderia realmente ser concluída antes que alguém desse as costas. Mas o tópico seguinte em pauta era mais controverso. Tratava-

-se de uma proposta de emenda à Carta do Sindicato, ou, mais precisamente, à sétima frase do segundo parágrafo, que o Secretário começou a ler na íntegra.

Aqui, de fato, havia uma frase formidável, muito intimamente ligada à vírgula e com um desprezo saudável pelo ponto final. Pois seu propósito aparente era catalogar sem medo ou hesitação cada uma das virtudes do Sindicato, incluindo, mas não se limitando a: seus ombros inabaláveis, seus passos imperturbáveis, o ressoar de seus martelos no verão, de suas pás contra o carvão no inverno e o som esperançoso de seus assobios à noite. Mas, nas frases finais desse discurso impressionante, no apogeu que agora alcançava, estava a observação de que, por meio de seus incansáveis esforços, os trabalhadores ferroviários da Rússia "facilitam a comunicação e o comércio entre as províncias".

Depois de toda a gradação, isso foi de certa forma um anticlímax, admitiu o Conde.

Mas a objeção levantada não era devido à falta de verve geral da frase; em vez disso, era por causa da palavra *facilitam*. Especificamente, o verbo tinha sido acusado de ser tão tépido e pudico que não fazia justiça ao trabalho dos homens na sala.

— Nós não estamos ajudando uma senhora a colocar o casaco! — gritou alguém do fundo.

— Ou a pintar as unhas!

— Ouçam, ouçam!

Bem, era justo.

Mas qual verbo expressaria melhor o trabalho do Sindicato? Que verbo faria justiça à suada devoção dos engenheiros, à incansável vigilância dos guarda-freios e aos retesados músculos daqueles que assentavam os trilhos?

Uma enxurrada de propostas soou no andar de baixo:

Estimular.

Impulsionar.

Capacitar.

Os méritos e limitações de cada uma dessas alternativas foram fervorosamente debatidos. Havia argumentos de três pontos contados nas pontas dos dedos, perguntas retóricas, conclusões passionais e vaias das fileiras do fundo pontuadas pelas batidas do martelo, enquanto a temperatura ambiente na sacada subia para 35°C.

Então, assim que o Conde começou a sentir um risco de tumulto, um rapaz de aparência tímida na décima fileira deu a sugestão de que *facilitar* talvez pudesse ser substituído por *possibilitar e garantir*. Esta combinação, explicou ele (enquanto suas faces ficavam vermelhas como uma framboesa), poderia abranger não só a fixação de trilhos e a operação das máquinas, mas a manutenção contínua do sistema.

— Sim, é isso.
— Fixação, operação e manutenção.
— Possibilitar e garantir.

Com aplausos calorosos de todos os cantos, a proposta do rapaz parecia ir em direção à aprovação tão rápida e certa quanto uma das locomotivas do Sindicato atravessa a estepe. Mas, ao se aproximar de sua estação, um sujeito um tanto esquálido na segunda fileira se levantou. Era tal a fragilidade do homem que alguém podia se perguntar como tinha assegurado uma posição no Sindicato, para início de conversa. Depois de conseguir a atenção da sala, esse funcionário de escritório ou contador, esse empurrador de lápis, afirmou em uma voz tão tépida e pudica quanto a palavra *facilitar*:

— A concisão poética exige que se evite o uso de um par de palavras quando uma única palavra é suficiente.
— O que foi?
— O que ele disse?

Vários presentes se levantaram com a intenção de agarrá-lo pelo colarinho e arrastá-lo para fora do salão. Mas antes que pudessem pôr as mãos nele, um camarada corpulento na quinta fileira falou sem se levantar:

— Com todo o respeito à *concisão poética*, o macho da espécie foi dotado com um par quando um único poderia ter sido suficiente.

Aplausos estrondosos!

A resolução de substituir *facilitar* por *possibilitar e garantir* foi adotada ao unânime erguer de mãos e ao universal bater de pés. Enquanto isso, na sacada, houve um reconhecimento privado de que talvez o discurso político não fosse sempre tão maçante, afinal.

Ao fim da Assembleia, quando o Conde e Nina engatinharam para fora da sacada e de volta para o corredor, ele sentia-se bastante satisfeito consigo mesmo. Sentia-se satisfeito com os pequenos paralelos entre os atuais beija-mãos, os arroz de festa e os atrasadinhos quando comparados com aqueles do passado. Também tinha uma série de alternativas divertidas para *possibilitar e garantir*, que iam desde *deitar e rolar* até *emperrar e enterrar*. E quando Nina inevitavelmente perguntou o que ele tinha achado do debate do dia, o Conde ia responder que era positivamente shakespeariano. Shakespeariano, isto é, à moda de Dogberry em *Muito barulho por nada*. Muito barulho por nada, mesmo. Pelo menos era assim que pretendia ironizar.

Mas, por um golpe de sorte, o Conde não teve a oportunidade. Pois quando Nina perguntou o que ele tinha achado da Assembleia, incapaz de esperar sequer mais um instante por suas impressões, ela o atropelou com opiniões próprias:

— Não foi fascinante? Não foi fantástico? Você já andou de trem?

— O trem é o meu meio de transporte favorito — comentou o Conde, um tanto espantado.

Ela assentiu com entusiasmo.

— O meu também. E quando viajou de trem, você viu a paisagem passando pelas janelas, ouviu as conversas de seus companheiros de viagem e dormiu ouvindo o barulho das rodas?

— Sim, eu fiz tudo isso.

— Exatamente. Mas você já considerou, por um momento sequer, como o carvão entra no motor da locomotiva? E quando ele passa por uma floresta ou por uma encosta rochosa, você já considerou como os trilhos foram parar ali?

O Conde fez uma pausa. Pensou. Imaginou. Admitiu.

— Nunca.

Ela lançou a ele um olhar astuto.

— Não é espantoso?

E, visto sob essa luz, quem poderia discordar?

☆

Poucos minutos depois, o Conde estava batendo à porta da sala de Marina, o deleite tímido, enquanto segurava um jornal dobrado sobre a parte de trás de suas calças.

Não fazia muito tempo, recordou o Conde, havia três costureiras trabalhando naquela sala, cada uma diante de uma máquina de costura americana. Como as três Moiras, deusas gregas do destino, elas tinham fiado, medido e cortado — apertando vestidos, levantando bainhas e alargando calças — com todas as implicações proféticas típicas de suas predecessoras. No rescaldo da Revolução, as três tinham sido dispensadas; as máquinas de costura silenciadas tinham, provavelmente, se tornado propriedade do Povo. E a sala? Estava inativa como a floricultura de Fatima. Pois aqueles não tinham sido anos de apertar vestidos, levantar bainhas ou arremessar buquês e usar flores na lapela.

Então, em 1921, confrontado com um acúmulo de lençóis esfarrapados, cortinas puídas e guardanapos rasgados que ninguém tinha a intenção de substituir, o hotel promoveu Marina, e mais uma vez uma costura confiável era realizada dentro das paredes do hotel.

— Ah, Marina — exprimiu o Conde quando ela abriu a porta com agulha e linha na mão. — Que bom encontrá-la costurando na sala de costura.

Marina olhou para o Conde com certa desconfiança.

— O que mais eu estaria fazendo?

— De fato.

Em seguida, dispôs seu mais afetuoso sorriso, virou noventa graus, levantou o jornal rapidamente e, humilde, pediu sua ajuda.

— Eu não consertei uma calça sua na semana passada?

— Eu estava espiando com Nina outra vez — explicou ele. — Da sacada do salão de baile.

A costureira encarou o Conde: um de seus olhos expressava consternação, e o outro, descrença.

— Se vai se arrastar por aí com uma menina de nove anos, então por que insiste em usar calças como essa?

O Conde ficou um pouco surpreso com o tom da costureira.

— Quando eu me vesti hoje de manhã, nos meus planos não estava me arrastar. Mas, de qualquer forma, fique sabendo que esta calça foi feita sob medida em Savile Row.

— Sim. Feita sob medida para jantar em uma sala de jantar ou se vestir no vestíbulo.

— Mas eu nunca me vesti em um vestíbulo.

— O que é muito bom, já que você provavelmente teria rasgado as calças do mesmo jeito.

Como Marina naquele dia não parecia particularmente nem um deleite nem tímida, o Conde lhe ofereceu a reverência de quem ia se retirar e seguir seu caminho.

— Ah, pare com isso — reclamou ela. — Para trás do biombo e tire a calça.

Sem mais uma palavra, o Conde foi para trás do biombo, despiu-se, ficando de calção, e entregou sua calça a Marina. Pelo silêncio que se seguiu, ele pôde dizer que ela tinha encontrado seu carretel, lambido a linha e a dirigia cuidadosamente através do buraco da agulha.

— Oras, você bem que podia me contar o que estava fazendo na sacada — disse ela.

Assim, quando Marina começou a costurar a calça do Conde — a pôr os trilhos da locomotiva em miniatura, por assim dizer —, ele descreveu a Assembleia e todas as suas impressões. Então, quase com nostalgia, notou que, enquanto ele testemunhava a intratabilidade das convenções sociais e a tendência humana de se levar a sério demais, Nina ficara encantada com a energia da Assembleia e seu sentido de propósito.

— E o que há de errado com isso?

— Nada, imagino — admitiu o Conde. — É que há apenas algumas semanas, ela me convidou para tomar chá pois queria me perguntar quais eram as regras para ser uma princesa...

Entregando a calça de volta para o Conde, Marina meneou a cabeça como quem devesse agora revelar uma dura verdade a uma mente inocente.

— Todas as meninas perdem o interesse pelas princesas — afirmou ela. — Na verdade, eles superam seu interesse pelas princesas mais rápido do que os meninos superam seu interesse por se arrastar por aí.

Quando o Conde saiu do estúdio de Marina com um agradecimento, um aceno e os fundilhos da calça intactos, praticamente caiu sobre um dos carregadores, que por acaso estava parado do lado de fora.

— Desculpe-me, Conde Rostov!

— Está tudo bem, Petia. Nenhuma desculpa é necessária. A culpa foi minha, estou certo disso.

O pobre rapaz, que estava de olhos arregalados, nem notara que tinha perdido sua boina. Assim, pegando-a do chão e pondo-a de volta na cabeça do carregador, o Conde lhe desejou boa sorte com sua tarefa e se virou para sair.

— Mas minha tarefa é com *você*.

— Comigo?

— É o sr. Halecki. Ele quer dar uma palavra. Em seu escritório.

Não era de admirar que o rapaz estivesse de olhos arregalados. Não só o Conde nunca fora convocado pelo sr. Halecki nos quatro anos em que morara no Metropol, como tinha visto o gerente não mais que em cinco ocasiões.

Pois Jozef Halecki era um daqueles raros executivos que haviam dominado o segredo de delegar; tendo atribuído a supervisão das várias funções do hotel a representantes capacitados, ele se fez raro. Chegando ao hotel às oito e meia, ia direto para o seu escritório com uma expressão atribulada, como se já estivesse atrasado para uma reunião. No caminho, retribuía saudações com um aceno breve de cabeça e, quando passava por sua secretária, informava-a (ainda em movimento) que não deveria ser incomodado. Então desaparecia atrás de sua porta.

E o que acontecia quando ele estava dentro de seu escritório?

Era difícil dizer, já que poucos tinham visto tal situação. (Entretanto, aqueles que tiveram um vislumbre relataram que sua mesa era impressionantemente livre de papéis, seu telefone quase nunca tocava e, junto à parede, havia uma *chaise longue* cor de vinho com almofadas bastante amassadas…)

Quando os representantes do gerente não tinham outra escolha senão bater (por causa de um incêndio na cozinha ou de uma discussão sobre uma conta), o gerente abria a porta com uma expressão tal de fadiga, decepção e derrota moral que era inevitável os interrompedores sentirem um arrebatamento de compaixão, assegurarem o gerente de que eles podiam resolver a questão sozinhos e, em seguida, pedindo desculpas, saírem de novo pela porta. Como resultado, o Metropol funcionava de modo tão impecável quanto qualquer hotel na Europa.

Não é necessário dizer que o Conde estava ao mesmo tempo ansioso e intrigado pelo súbito desejo do gerente de vê-lo. Sem mais delongas, Petia conduziu-o pelo corredor, pelos escritórios nos fundos do hotel e, enfim, à porta do gerente, que, como era previsível, estava fechada. Esperando que o carregador o anunciasse formalmente, o Conde parou a poucos metros do escritório, mas o outro fez um gesto tímido em direção à porta e depois desapareceu. Sem alternativa clara, bateu. Seguiu-se um breve sussurro, um momento de silêncio e uma ordem aborrecida para que entrasse.

Quando o Conde abriu a porta, encontrou o sr. Halecki sentado à sua mesa com uma caneta firme na mão, mas sem pedaço de papel à vista. E, embora não fosse de fazer suposições, ele notou que o cabelo do gerente estava emaranhado em um lado de sua cabeça e seus óculos de leitura estavam tortos em seu nariz.

— Você queria me ver?
— Ah! Conde Rostov. Por favor. Entre.

Quando o Conde se aproximou de uma das duas cadeiras vazias diante da mesa, notou que, pendurada acima da *chaise longue* cor de vinho, havia uma bela série de gravuras coloridas à mão que retratavam cenas de caça ao estilo inglês.

— São excelentes exemplares — disse o Conde, sentando-se.
— O quê? Ah, sim. As gravuras. Muito boas. Sim.

Mas, depois de dizer isso, o gerente tirou seus óculos e passou uma das mãos sobre os olhos. Então meneou a cabeça e suspirou. E, ao fazê-lo, o Conde sentiu brotar aquela afamada compaixão.

— Como posso lhe servir? — perguntou o Conde, na beira do assento.

O gerente fez um aceno com a cabeça mostrando familiaridade, pois presumivelmente já ouvira essa pergunta mil vezes antes, e em seguida pôs as duas mãos sobre a mesa.

— Conde Rostov — começou ele. — Você é hóspede deste hotel há muitos anos. Na verdade, acho que sua primeira estadia aqui remonta aos dias de meu antecessor...

— É verdade — confirmou o Conde com um sorriso. — Foi em agosto de 1913.

— Por aí.

— Quarto 215, acredito.

— Ah! Um quarto muito agradável.

Os dois ficaram em silêncio. Então o gerente continuou, um tanto hesitante:

— Trouxeram ao meu conhecimento que vários membros da equipe de funcionários, ao falar com você... continuam usando certos... honoríficos.

— Honoríficos?

— Sim. Mais precisamente, percebo que se dirigem a você como *Excelência*...

O Conde considerou a afirmação do gerente por um momento.

— Bem, sim. Suponho que alguns de seus funcionários se dirigem a mim dessa maneira.

O gerente assentiu e depois sorriu um pouco tristemente.

— Tenho certeza de que você consegue entender a posição em que isso me deixa.

Na verdade, o Conde não conseguia ver a posição em que isso deixava o gerente. Mas, dado seu sentimento de compaixão inabalado, definitivamente não o queria deixar em posição alguma. Então ouviu com atenção enquanto o sr. Halecki prosseguia:

— Se dependesse de mim, é claro, não haveria problema. Mas e se...

Aqui, exatamente quando o gerente poderia apontar a mais específica das causas, ele fez um giro indefinido com mão e deixou sua voz sumir. Depois pigarreou.

— Naturalmente, tenho pouca escolha senão insistir em que minha equipe se abstenha de se dirigir a você nesses termos. Afinal, acho que podemos concordar sem exagero ou medo de contradição que os tempos mudaram.

A essa conclusão, o gerente olhou para o Conde com tanta esperança que o Conde imediatamente se propôs a tranquilizá-lo.

— Convém aos tempos mudar, sr. Halecki. E convém aos cavalheiros mudar com eles.

O gerente olhou para o Conde com um semblante de profunda gratidão por alguém ter compreendido tão perfeitamente o que ele dissera que mais explicações não eram necessárias.

Houve uma batida à porta, e ela se abriu para revelar Arkadi, o chefe da recepção do hotel. Os ombros do gerente arquearam quando ele o viu. Então fez um gesto para o Conde.

— Como você pode ver, Arkadi, estou no meio de uma conversa com um de nossos hóspedes.

— Peço desculpas, sr. Halecki, Conde Rostov.

Arkadi fez uma mesura para ambos, mas não se retirou.

— Está bem, então — aquiesceu o gerente. — O que foi?

Arkadi fez um ligeiro gesto para sugerir que seria melhor relatar em particular aquilo que precisava ser relatado.

— Muito bem.

Apoiando-se com ambas as mãos para se pôr de pé, o gerente contornou a mesa, saiu para o corredor e fechou a porta, de modo que o Conde ficou sozinho.

Vossa Excelência, filosofou o Conde. *Vossa Eminência, Vossa Santidade, Vossa Alteza*. Houve um tempo em que o uso desses termos era uma indicação confiável de que se estava em um país civilizado. Mas agora, e se...

Aqui, o Conde fez um giro indefinido com a mão.

— Bem. Provavelmente é melhor assim — disse ele.

Em seguida, levantando-se da cadeira, aproximou-se das gravuras que, em uma inspeção mais detalhada, retratavam três fases da caça a uma raposa: "O perfume", "Tally-ho" e "A perseguição". Na segunda gravura, um jovem de botas pretas rígidas e um casaco vermelho brilhante soprava uma corneta de bronze que fazia uma volta completa de 360° do bocal até a campânula. Sem dúvida, a corneta era um objeto cuidadosamente elaborado, representante do belo e da tradição, mas será que era essencial para o mundo moderno? Por falar nisso, precisávamos realmente de uma equipe de homens vestidos elegantemente, cavalos de raça pura e cães bem treinados para encurralar uma raposa em um buraco? Sem exagero ou medo de contradição, o Conde poderia usar a negativa para responder a sua própria pergunta.

Pois os tempos, de fato, mudam. Eles mudam implacavelmente. Inevitavelmente. Inventivamente. E, à medida que mudam, lançam luz não só sobre os honoríficos ultrapassados e as cornetas de caça, como também em sinetas de prata, binóculos de ópera em madrepérola e todo tipo de objetos cuidadosamente criados que sobreviveram à sua utilidade.

Objetos cuidadosamente criados que sobreviveram à sua utilidade, pensou o Conde. Eu me pergunto...

Caminhando silenciosamente para o outro lado da sala, o Conde encostou a orelha na porta, onde conseguiu ouvir as vozes do gerente, de Arkadi e de uma terceira pessoa conversando lá fora. Embora abafados, o tom sugeria que ainda demorariam a chegar a uma resolução. Rapidamente, o Conde voltou para a parede com as águas-fortes e contou dois painéis acima da representação de "A caçada". Colocando a mão no centro do painel, empurrou com firmeza. O painel se afundou um pouco. Quando ouviu um estalido, recuou os dedos e o painel se abriu, revelando um armário escondido. Lá dentro, exatamente como o Grão-Duque descrevera, havia uma caixa com detalhes de latão incrustados. Esticando a mão até o armário, o Conde levantou suavemente a tampa da caixa e lá estavam elas, perfeitamente trabalhadas e pacificamente em repouso.

— Maravilhosas — disse. — Simplesmente maravilhosas.

Arqueologias

— Escolha uma carta — dizia o Conde para a menor das três bailarinas.

Quando entrara no Chaliapin para seu *apéritif* noturno já restabelecido, o Conde se deparara com elas de pé em fila, seus dedos delicados descansando no balcão como se fossem fazer um *plié*. Mas, para um homem que iria beber sozinho, curvado sobre seu consolo, as moças estavam sozinhas no bar; então pareceu apropriado que o Conde se juntasse a elas para um pouco de conversa.

Em um instante, soube que eram novas em Moscou — três das pombinhas que Gorski sempre recrutava das províncias em setembro para se juntar ao *corps de ballet*. Seus torsos curtos e membros longos eram do estilo clássico preferido pelo diretor, mas suas expressões ainda tinham que adquirir a indiferença de suas bailarinas mais experientes. E o próprio fato de estarem bebendo desacompanhadas no Metropol insinuava uma ingenuidade juvenil. Haja vista que a proximidade do hotel com o Bolshoi o tornava uma escolha natural para as jovens bailarinas que desejavam escapar ao fim de um ensaio, a mesma proximidade também fazia dele o lugar preferido de Gorski sempre que desejava discutir assuntos artísticos com sua primeira bailarina. E, se o diretor encontrasse essas pombinhas bebericando moscatel, logo estariam fazendo o *pas de deux* em Petropavlosk.

Com isso em mente, talvez o Conde devesse alertá-las.

Mas a liberdade de escolha é um princípio bem estabelecido da filosofia moral desde a época dos gregos. E, embora os dias de romance do Conde tivessem ficado para trás, vai contra a natureza até do cavalheiro mais bem-intencionado recomendar que as jovens encantadoras deixassem sua companhia com base em hipóteses.

Em vez disso, o Conde comentou sobre a beleza das moças, perguntou o que as trazia a Moscou, parabenizou-as por suas realizações, insistiu em pagar pelo vinho, conversou com elas sobre suas cidades de origem e, por fim, se ofereceu para lhes mostrar um truque de mágica.

Um baralho de cartas com as insígnias do Metropol foi providenciado por Audrius, sempre alerta.

— Há anos não faço este truque — confessou o Conde. — Portanto, sejam pacientes comigo.

Quando ele começou a embaralhar as cartas, as três bailarinas o observaram com atenção. Mas, como semideusas da mitologia antiga, elas o faziam de três maneiras diferentes: a primeira, pelos olhos dos inocentes; a segunda, pelos olhos dos românticos; e a terceira, pelos olhos dos céticos. Foi à pombinha com olhos inocentes que o Conde pediu que escolhesse uma carta.

Enquanto a bailarina fazia a seleção, o Conde tomou ciência de alguém a suas costas, mas isso era de se esperar. Em um bar, um truque de mágica inevitavelmente atrairá um ou dois espectadores curiosos. Mas, quando ele se virou para a esquerda para oferecer uma piscadela, não foi um espectador curioso o que encontrou, mas sim o imperturbável Arkadi, parecendo estranhamente perturbado.

— Perdoe-me, Conde Rostov. Lamento interromper, mas posso ter um momento de sua atenção?

— Certamente, Arkadi.

Sorrindo com ar de culpa para as bailarinas, o capitão da recepção guiou o Conde para um ponto a alguns passos de distância e deixou os fatos da noite falarem por si: às seis e meia um cavalheiro batera à porta do secretário Tarakóvski. Quando o estimado secretário abriu a porta, esse cavalheiro exigiu saber quem era ele e o que estava fazendo lá! Desconcertado, o camarada Tarakóvski explicou que ele era o atual hóspede da suíte e era *isso* que ele estava fazendo ali. Não convencido por esse raciocínio, o cavalheiro insistiu em ser recebido imediatamente. Quando o camarada se recusou, o cavalheiro o empurrou, atravessou a soleira e começou a vasculhar os quartos um a um, incluindo, aham, a *salle de bain* — onde a sra. Tarakóvski estava cuidando de sua *toilette* noturna.

Foi nesse momento que Arkadi entrou em cena, após ser convocado urgentemente por telefone. Em estado de agitação, o camarada Tarakóvski balançou a bengala e exigiu, "como hóspede frequente do Metropol e membro sênior do Partido", ver o gerente na mesma hora.

O cavalheiro, que então estava sentado no sofá de braços cruzados, respondeu que isso lhe convinha com perfeição, pois ele mesmo estava prestes a convocar o gerente. E quanto à adesão ao Partido, afirmou que era um membro desde antes de o camarada Tarakóvski nascer, o que era uma afirmação de fato incrível, visto que o camarada Tarakóvski tem oitenta e dois anos...

Agora, o Conde, que tinha ouvido com interesse cada palavra que Arkadi relatara, seria o primeiro a admitir que essa era uma história emocionante. Na verdade, era o tipo de incidente pitoresco que um hotel internacional deveria aspirar a ter como parte de sua tradição e um relato que ele, como hóspede do hotel, provavelmente recontaria na primeira oportunidade. Mas o que ele não conseguia entender era por que Arkadi tinha escolhido esse momento específico para compartilhar essa história com *ele*.

— Ora, porque o camarada Tarakóvski está na suíte 317. E era por você que o cavalheiro em questão estava procurando.

— Por mim?

— Creio que sim.

— Qual é o nome dele?

— Ele se recusou a dizer.

...

— Então, onde ele está agora?

Arkadi apontou para o saguão.

— Atrás dos vasos de palmeiras, gastando as solas dos sapatos.

— Gastando as solas dos sapatos...?

O Conde pôs a cabeça para fora do Chaliapin enquanto Arkadi se inclinava cautelosamente atrás dele. E, de fato, lá do outro lado do saguão estava o cavalheiro em questão, fazendo rápidas viagens de três metros entre o par de plantas.

O Conde sorriu.

Apesar de alguns quilos mais pesado, Mikhail Fiodorovitch Minditch tinha a mesma barba áspera e o ritmo inquieto de quando tinham vinte e dois anos.

— Você o conhece? — perguntou o capitão da recepção.

— Apenas como a um irmão.

Quando o Conde e Mikhail Fiodorovitch se conheceram, na Universidade Imperial em São Petersburgo, no outono de 1907, eram dois tigres de pelagens muito diferentes. Enquanto o Conde havia crescido em uma mansão de vinte quartos com quatorze criados, Mikhail vivera em um apartamento de dois quartos com sua mãe. E, enquanto o Conde era conhecido em todos os salões da capital por sua inteligência e seu charme, Mikhail era conhecido quase em qualquer lugar como aquele que preferia ficar lendo em seu quarto em vez de desperdiçar a noite com conversas frívolas.

Dessa forma, os dois rapazes não pareciam destinados a ser amigos. Mas o destino não teria a reputação que tem se simplesmente fizesse o que é previsível. De fato, enquanto Mikhail era capaz de se atirar em uma briga por uma mínima diferença de opinião, independentemente do número ou do tamanho de seus oponentes, o Conde Aleksandr Rostov era propenso a se jogar em defesa de um homem em desvantagem, independentemente de quão ruim fosse sua causa. Assim, no quarto dia de seu primeiro ano, os dois alunos viram-se ajudando um ao outro a se levantar do chão, enquanto batiam a poeira dos joelhos e limpavam o sangue dos lábios.

Se por um lado os esplendores que nos iludem na juventude são suscetíveis a receber o nosso desprezo casual na adolescência e nossa consideração comedida na idade adulta, por outro eles nos tornam cativos para sempre. Assim, nos dias que se seguiram ao seu encontro, o Conde ouviu, maravilhado, a expressão passional dos ideais de Mikhail, e este ouviu as descrições do Conde sobre os salões da cidade. E, naquele mesmo ano, estavam dividindo um apartamento alugado em cima da loja do sapateiro em Sredni Prospekt.

Como o Conde mais tarde observaria, foi sorte eles terem acabado em cima de um sapateiro, pois ninguém em toda a Rússia gastava mais os sapatos do que Mikhail Minditch. Podia facilmente caminhar mais de trinta quilômetros em um quarto de cinco metros. Podia caminhar cinquenta quilômetros em um camarote de ópera e oitenta em um confessionário. Em termos simples, andar de um lado para outro era o estado natural de Michka.

Se o Conde arranjasse convites para que eles bebessem no Platonov's, para a ceia no Petróvski e para o baile da princesa Petrossian, Michka recusava invariavelmente, alegando que acabara de descobrir nos fundos de uma livraria um volume de alguém chamado Flammenhescher que exigia uma leitura do começo ao fim sem demora. Mas, uma vez sozinho, depois de vencer as primeiras cinquenta páginas da pequena monografia de Herr Flammenhescher, Mikhail levantava rapidamente e começava a andar de um lado para outro, expressando sua fervorosa concordância ou sua dissidência furiosa com a tese do autor, seu estilo ou seu uso da pontuação. De modo que, quando o Conde voltava, às duas da manhã, embora Michka não tivesse avançado além da quinquagésima página, gastara mais o couro do sapato do que um peregrino nos caminhos de São Paulo.

Portanto, invadir suítes do hotel e gastar sola de sapato não era especialmente estranho à personalidade de seu velho amigo. Mas, como Michka tinha recentemente recebido uma nova nomeação de sua *alma mater* em São Petersburgo, o Conde ficou surpreso de vê-lo aparecer tão de repente e em tal estado.

Depois de se abraçarem, os dois homens subiram os cinco andares para o sótão. Depois de ser alertado sobre o que esperar, Michka assimilou as novas circunstâncias de seu amigo sem nenhuma expressão de surpresa. Mas fez uma pausa diante da escrivaninha de três pernas e inclinou a cabeça para dar uma segunda olhada no tampo.

— Os *Ensaios* de Montaigne?

— Sim — confirmou o Conde.

— Acho que não combinam com você.

— Pelo contrário. Acho que têm o nível perfeito. Mas diga-me, meu amigo, o que o traz a Moscou?

— Oficialmente, Sacha, estou aqui para ajudar a planejar o congresso inaugural da RAPP, que será realizado em junho. Porém, mais importante...

Nesse momento Michka enfiou a mão em uma bolsa a tiracolo e pegou uma garrafa de vinho com uma imagem de duas chaves cruzadas gravada no vidro acima do rótulo.

— Espero não ter chegado tarde demais.

O Conde pegou a garrafa. Deslizou o polegar sobre a insígnia. Então meneou a cabeça com um sorriso profundamente comovido.

— Não, Michka. Como sempre, você chegou na hora.

Então ele levou seu velho amigo por entre seus casacos.

☆

Quando o Conde pediu licença para enxaguar um par de copos do Embaixador, Michka examinou o estúdio de seu amigo com um olhar solidário. As mesas, as cadeiras, os *objets d'art* — ele reconheceu tudo. E bem sabia que tinham sido recolhidos dos corredores de Idlehour como lembranças dos dias elísios.

Devia ter sido em 1908 que Aleksandr começara a convidá-lo a passar o mês de julho em Idlehour. Viajando de São Petersburgo em uma série de trens cada vez menores, eles enfim chegavam àquela pequena parada de grama alta na ramificação da ferrovia, onde eram recebidos por uma carruagem de quatro cavalos dos Rostov. Com as malas no topo, o cocheiro na carruagem e Aleksandr nas rédeas, eles seguiam pelo campo acenando para todas as jovens camponesas até virarem para a estrada ladeada por macieiras que levava à propriedade da família.

Enquanto se desfaziam de seus casacos no hall de entrada, suas malas logo eram despachadas aos grandes quartos da ala leste, onde cordas de veludo podiam ser puxadas para pedir um copo de cerveja gelada ou requisitar água quente para um banho. Mas, antes, eles iam à sala de visitas, onde — nesta mesma mesa com seu pagode vermelho — a Condessa estaria recebendo uma vizinha de sangue azul para o chá.

Invariavelmente vestida de preto, a Condessa era uma dessas matronas cuja independência inata de sua mente, deferência proporcionada pela idade e impaciência com o mesquinho faziam que fosse aliada de toda juventude irreverente. Ela não apenas tolerava, mas gostava quando seu neto interrompia uma conversa educada para questionar a posição da igreja ou da classe dominante. E, quando sua convidada ficava vermelha e bufava em resposta, a Condessa dava a Michka uma piscadela conspiradora, como se estivessem de braços dados na batalha contra o decoro grosseiro e as atitudes desatualizadas da época.

Depois de prestar seus respeitos à Condessa, Michka e Aleksandr saíam pelas portas do terraço em busca de Helena. Às vezes a encontravam debaixo da pérgula com vista para os jardins, às vezes sob o olmo na curva do rio. Mas, onde quer que a encontrassem, ao som de sua aproximação ela levantava o olhar de seu livro e oferecia um sorriso de boas-vindas — não muito diferente daquele capturado neste retrato na parede.

Com Helena, Aleksandr se tornava ainda mais excêntrico, alegando, enquanto desabava na grama, que eles tinham acabado de encontrar Tolstói no trem ou que tinha decidido, após cuidadosa consideração, se juntar a um mosteiro e fazer um voto eterno de silêncio. Imediatamente. Sem um momento de demora. Ou logo depois do almoço.

—Você realmente acha que o silêncio combinaria com você? — perguntava Helena.

— Como a surdez combinava com Beethoven.

Então, depois de lançar um olhar amigável a Michka, Helena ria, olhava para o irmão e perguntava:

— O que vai ser de você, Aleksandr?

Todos faziam essa pergunta ao Conde. Helena, a Condessa, o Grão-Duque. *O que vai ser de você, Aleksandr?* Mas perguntavam isso de três maneiras diferentes.

Para o Grão-Duque a questão era, é claro, retórica. Ao confrontar-se com um relatório de um semestre perdido ou com uma conta não paga, convocava seu afilhado à biblioteca, lia a carta em voz alta, colocava-a em sua mesa e fazia a pergunta sem esperar resposta, sabendo muito bem que a resposta era prisão, falência ou as duas coisas.

Para sua avó, que tendia a fazer a pergunta quando o Conde tinha dito algo particularmente escandaloso, *O que vai ser de você, Aleksandr?* era uma admissão para todos na área de alcance de que ali estava seu favorito, então não era necessário esperar que *ela* puxasse as rédeas do comportamento do neto.

Mas quando Helena fazia a pergunta, era como se a resposta fosse um autêntico mistério. Como se, apesar dos estudos erráticos de seu irmão e das maneiras despreocupadas, o mundo ainda houvesse de vislumbrar o homem que ele estava destinado a se tornar.

— O que vai ser de você, Aleksandr? — perguntava Helena.

— Essa é a questão — concordava o Conde.

E então se deitava na grama e olhava pensativo para as voltas que faziam os vaga-lumes, como se também estivesse ponderando esse enigma essencial.

Sim, aqueles eram os dias elísios, pensou Michka. Mas, como os Campos Elísios, pertenciam ao passado. Pertenciam ao mesmo lugar que os coletes e corpetes, as quadrilhas e o besigue, a posse de almas, o pagamento de tributo e o acúmulo de imagens sagradas no canto. Pertenciam a uma era de artifício intrincado e superstição humilde — quando alguns poucos sortudos jantavam costeletas de vitela e a maioria sobrevivia em ignorância.

Aqueles dias elísios pertenciam a essa classe de coisas, pensou Michka, enquanto olhava o retrato de Helena e os romances do século XIX alinhados na estante familiar. Todos aqueles romances e aventuras enredados nos estilos fantasiosos que seu velho amigo tanto admirava. Mas aqui, em cima da estante, em seu longo e estreito quadro, havia um verdadeiro artefato: a fotografia em preto e branco dos homens que assinaram o Tratado de Portsmouth para acabar com a Guerra Russo-Japonesa.

Michka pegou a foto e examinou as feições, sóbrias e seguras. Os representantes japoneses e russos, configurados em pose formal, trajavam colarinhos brancos, bigodes, gravatas-borboletas, e carregavam expressões que sugeriam um grande senso de realização, tendo acabado de encerrar com uma canetada a guerra, a qual, por sinal, foram seus semelhantes que começaram. E lá, à esquerda, estava o próprio Grão-Duque: enviado especial da corte do tsar.

Foi em Idlehour, em 1910, que Michka testemunhou pela primeira vez a longa tradição dos Rostov: reunir-se no décimo aniversário da morte de um membro da família para fazer um brinde regado a Châteauneuf-du-Pape. Dois dias depois de o Conde e ele terem chegado para suas férias, os convidados começaram a aparecer. Às quatro da tarde, o passeio estava repleto de charretes, *britzkas*, *drochkis* e convidados de Moscou, São Petersburgo e todos os distritos vizinhos. E quando a família se reuniu no salão às cinco horas, foi o Grão-Duque que teve a honra de fazer o primeiro brinde em memória dos pais do Conde, que tinham morrido com apenas poucas horas de intervalo entre si.

Que formidável figura tinha sido o Grão-Duque. Aparentemente nascido em traje completo, ele quase nunca se sentava, nunca bebia e morrera nas costas de seu cavalo no dia 21 de setembro de 1912, dez anos antes.

— Ele era uma alma velha.

Michka se virou e encontrou o Conde de pé atrás dele com dois copos de Bordeaux na mão.

— Um homem de outra época — disse Michka, não sem reverência, devolvendo o quadro à sua prateleira.

Então a garrafa foi aberta, o vinho foi servido, e os dois velhos amigos ergueram seus copos no ar.

☆

— Que grupo reunimos, Sacha...

Depois de brindar ao Grão-Duque e rememorar os dias passados, os velhos amigos voltaram sua atenção para o próximo congresso da RAPP, que era a Associação Russa de Escritores Proletários.

— Será uma assembleia extraordinária. Uma assembleia extraordinária em um tempo extraordinário. Akhmatova, Bulgakov, Maiakóvksi, Mandelstam: escritores que há pouco tempo não poderiam ter jantado na mesma mesa sem medo de serem presos. Estarão todos lá. Sim, ao longo dos anos eles vêm defendendo seus diferentes estilos, mas em junho vão se reunir para forjar a *novaia poezia*, uma nova poesia. Uma que seja universal, Sacha. Uma que não hesite e que não precise se curvar. Uma que tenha o espírito humano como sujeito e o futuro como musa!

Pouco antes de pronunciar seu primeiro *Uma que,* Michka se levantou de um pulo e agora andava de um lado para outro, como se estivesse formulando suas ideias na privacidade de seu próprio apartamento.

—Você se lembra, sem dúvida, daquele trabalho do dinamarquês Thomsen...

(O Conde não se lembrava da obra do dinamarquês Thomsen, mas não teria interrompido Mikhail andando, assim como não interromperia Vivaldi com seu violino.)

— Como arqueólogo, quando Thomsen dividiu as idades do homem em Pedra, Bronze e Ferro, naturalmente o fez de acordo com as ferramentas físicas que definiam cada época. Mas e quanto ao desenvolvimento *espiritual* do homem? E quanto ao seu desenvolvimento *moral*? Eu lhe digo, eles progrediram ao longo da mesma linha. Na Idade da Pedra, as ideias na cabeça do homem das cavernas eram tão broncas quanto o tacape em sua mão. Eles eram tão ásperos quanto a pederneira da qual ele extraíra uma faísca. Na Idade do Bronze, quando os poucos de talento descobriram a ciência da metalurgia, quanto tempo demorou para fazerem moedas, coroas e espadas? Essa trindade profana à qual o homem comum foi escravizado durante os mil anos seguintes.

Michka fez uma pausa para examinar o teto.

— Então veio a Idade do Ferro, e com ela a máquina a vapor, a imprensa e a arma. Ali estava uma trindade muito diferente. Pois, embora essas ferramentas tivessem sido desenvolvidas pela burguesia para promover os próprios interesses, foi através do motor, da imprensa e da pistola que o proletariado começou a se libertar da labuta, da ignorância e da tirania.

Michka fazia um aceno com a cabeça para denotar apreciação pela trajetória da história, ou talvez pela concatenação de suas frases.

— Bem, meu amigo, acho que podemos concordar que uma nova era começou: a Idade do Aço. Agora temos a capacidade de construir estações de energia, arranha-céus, aviões.

Michka se voltou para o Conde.

—Você viu a Torre de Rádio Chukhov?

O Conde não tinha visto.

— Que beleza, Sacha. Uma estrutura espiral com sessenta metros de aço, a partir da qual podemos transmitir as últimas notícias, informações secretas e, sim, as tensões sentimentais de seu Tchaikóvski para a casa de cada cidadão em um raio de 160 quilômetros. E com cada um desses avanços, a moralidade russa tem mantido o passo. Em nosso tempo, poderemos testemunhar o fim da ignorância, o fim da opressão e o advento da fraternidade do homem.

Michka parou e acenou com a mão no ar.

— E a *poesia?*, você pergunta. *E a escrita?* Bem, posso lhe garantir que também mantém o ritmo. Uma vez feita de bronze e ferro, agora está sendo moldada com aço. Não é mais uma arte de quadras, dátilos e tropos elaborados, nossa poesia transformou-se em uma arte da ação. Uma arte que vai correr os continentes e transmitir música para as estrelas!

Se o Conde ouvisse um discurso desses proferido por um estudante em um café, poderia ter observado, com um brilho nos olhos, que, aparentemente, já não era suficiente para um poeta escrever versos. Agora, um poema deve surgir de uma escola com seu próprio manifesto e fazer sua reivindicação do momento por meio do uso do futuro e da primeira pessoa do plural, com perguntas retóricas, letras maiúsculas e um exército de pontos de exclamação! E, acima de tudo, deve ser *novaia*.

Mas, como observado, esses teriam sido os pensamentos do Conde se ouvisse *outra* pessoa falando. Ouvir o discurso de Michka enchia o Conde de alegria.

Pois é um fato que um homem pode estar profundamente fora do seu tempo. Um homem pode ter nascido em uma cidade famosa por sua cultura idiossincrática e, no entanto, os próprios hábitos, modas e ideias que exaltam essa cidade aos olhos do mundo podem não fazer sentido para ele. À medida que prossegue pela vida, ele vigia em estado de confusão, sem entender nem as inclinações nem as aspirações de seus pares.

Para esse tipo, esqueça qualquer chance de romance ou sucesso profissional; são territórios dos homens em sintonia com seu tempo. Em vez disso, para esse companheiro, as opções serão zurrar como uma mula ou achar o consolo que conseguir em volumes desprezados em livrarias abandonadas. E quando seu companheiro de quarto chega às duas da manhã, ele tem pouca escolha senão fingir calado enquanto ouve o amigo lhe contar os últimos dramas dos salões da cidade.

Esse tinha sido o quinhão de Michka durante a maior parte de sua vida.

Mas os acontecimentos podem se desenrolar de tal maneira que, de uma hora para outra, o homem fora de seu tempo se vê no lugar certo e na hora certa. Os modos e as atitudes que lhe pareciam tão estranhos de repente são descartados e suplantados por modos e atitudes em perfeita sintonia com seus sentimentos mais profundos. Então, como um marinheiro solitário que passara anos à deriva em mares estranhos, ele acorda uma noite e descobre as constelações familiares no céu.

E quando isso acontece, esse realinhamento extraordinário das estrelas, o homem há muito fora de passo com seu tempo experimenta uma lucidez suprema. De repente, tudo o que passou entra em foco na forma de uma sequência necessária de acontecimentos, e todas as promessas do que virá têm o mais claro dos sentidos.

Quando o relógio de duas badaladas soou as doze horas, até Michka conseguia ver o mérito de tomar outro copo de vinho. E brindes foram feitos não só ao Grão-Duque, mas a Helena e à Condessa, à Rússia e a Idlehour, a andar de um lado para outro, à poesia, e a qualquer outra digna faceta de vida em que pudessem pensar.

Advento

Certa noite no final de dezembro, enquanto caminhava pelo corredor até a Piazza, o Conde sentiu uma brisa de ar gélido, apesar de estar a cinquenta metros da saída mais próxima para a rua. Resvalou nele com todo o frescor e clareza de uma noite de inverno estrelada. Depois de parar e procurar, percebeu que a corrente de ar vinha... da chapelaria. A qual Tania, a atendente, deixara desatendida. Assim, olhando para a esquerda e para a direita, o Conde entrou.

Nos minutos anteriores, o fluxo de grupos para o jantar deve ter sido tal que o ar de inverno ainda precisava se dissipar do tecido de seus casacos. Ali estava o sobretudo de um soldado com flocos de neve sobre os ombros; aqui, o casaco de lã ainda úmido de um burocrata; e mais adiante um casaco de *vison* preto com gola de arminho (ou seria zibelina?) usado, com toda a probabilidade, pela senhora de um comissário.

Levando uma das mangas ao rosto, o Conde pôde detectar a fumaça de uma lareira e traços de uma *eau de cologne* oriental. Partindo de alguma casa elegante no Anel dos Bulevares, essa jovem beldade, presume-se, chegara em um automóvel tão preto quanto seu casaco. Ou talvez tivesse optado por caminhar pela rua Tverskaia, onde a estátua de Púchkin permanecia pensativa, porém resoluta, na neve que acabara de cair. Ou, melhor ainda, ela viera de trenó com os cascos dos cavalos ecoando nas ruas de paralelepípedo e o estalido do chicote sincronizado aos *Arre!* do cocheiro!

Era assim que o Conde e sua irmã desbravavam o frio na véspera de Natal. Prometendo a sua avó que não voltariam depois da meia-noite, os irmãos partiam em sua *troika* no ar fresco da noite para visitar seus vizinhos. Com o Conde nas rédeas e ambos de pernas cobertas por pele de lobo, atravessavam o pasto baixo até a estrada da aldeia, onde o Conde gritava: *Quem será o primeiro? Os Bobrinski? Ou os Davidov?*

Mas, não importava se eles iam a um, a outro ou a um terceiro completamente diferente, havia sempre um banquete, uma lareira e braços abertos. Havia vestidos brilhantes, pele corada e os tios sentimentais que faziam brindes com os olhos embaçados, enquanto as crianças espiavam da escada. E música? Havia músicas que esvaziavam o copo e convidavam a dançar. Canções que faziam pular e descer de uma maneira que negava a idade. Canções que inspiravam cirandas e giros até que as pessoas perdessem o rumo não só entre a sala e o salão, mas entre o céu e a terra.

À medida que a meia-noite se aproximava, os irmãos Rostov saíam cambaleantes a procurar seu trenó após a segunda ou terceira visita. Suas risadas ecoavam sob as estrelas, e seus passos criavam largas curvas para a frente e para trás, entrelaçando-se com o rastro reto de sua chegada — de modo que, de manhã, seus anfitriões encontrariam a imagem gigante de uma clave de sol desenhada por suas botas na neve.

De volta à *troika*, lançavam-se pelo campo, atravessando a aldeia de Petrovskoie, onde a Igreja da Ascensão não ficava longe das muralhas do mosteiro. Erguido em 1814 em homenagem à derrota de Napoleão, a torre dos sinos da igreja tinha como rival apenas o Campanário de Ivan, o Grande, no Kremlin. Seus vinte sinos haviam sido forjados a partir de canhões que os invasores tinham sido obrigados a abandonar durante sua retirada, de tal forma que cada repique parecia soar: *Viva a Rússia! Viva o tsar!*

Mas, quando chegavam à curva na estrada, onde o Conde normalmente dava rédeas para os cavalos acelerarem para casa, Helena colocava a mão em seu braço para sinalizar que devia diminuir o ritmo dos animais — pois a meia-noite tinha acabado de chegar e, um quilômetro e meio atrás deles, os sinos da Ascensão haviam começado a dobrar, suas badaladas cascateando sobre a terra gelada em cântico sagrado. E na pausa entre os hinos, ouvindo com cuidado, mais alto que o passo dos cavalos e que o assobio do vento, conseguia-se escutar os sinos da Catedral de São Miguel Arcanjo a quinze quilômetros de distância — e então os sinos da Santa Sofia ainda mais longe — chamando uns aos outros como rebanhos de gansos em uma lagoa ao anoitecer.

Os sinos da Ascensão...

Quando o Conde passou por Petrovskoie em 1918 durante seu retorno apressado de Paris, tinha se deparado com um grupo de camponeses correndo de um lado para outro em muda consternação diante dos muros do monastério. A Cavalaria Vermelha, ao que parecia, tinha chegado naquela manhã com uma caravana de carroças vazias. À instrução de seu jovem capitão, uma tropa de cossacos tinha escalado a torre e arriado os sinos do pináculo, um a um. Quando chegou a hora de tirar o Grande Sino, uma segunda tropa de cossacos foi enviada escada acima. O velho gigante foi içado de seu gancho, equilibrado no trilho e solto no ar, dando uma cambalhota pouco antes de pousar na poeira com um baque.

O abade saiu correndo do monastério para enfrentar o capitão, exigindo, em nome do Senhor, que interrompessem imediatamente aquela profanação. O capitão se apoiou contra um poste e acendeu um cigarro.

— Devemos dar a César o que é de César, e a Deus o que é de Deus — disse o oficial.

Com isso, instruiu seus homens a arrastar o abade pela escada da torre e atirá-lo lá de cima para os braços de seu Criador.

Provavelmente, os sinos da Igreja da Ascensão foram reivindicados pelos bolcheviques para a fabricação de artilharia, voltando assim ao reino de onde vieram. Apesar de tudo o que o Conde sabia, os canhões que foram salvos da retirada de Napoleão para fazer os sinos da Ascensão haviam sido forjados pelos franceses com os sinos de La Rochelle, que, por sua vez, tinham sido forjados a partir de bacamartes britânicos apreendidos na Guerra dos Trinta Anos. De sinos a canhões e vice-versa, de agora até o fim dos tempos. Esse é o destino do minério de ferro.

— Conde Rostov...?

O Conde levantou os olhos de seu devaneio e encontrou Tania parada à entrada.

— Zibelina, eu acho — disse o Conde, soltando a manga. — Sim, definitivamente é zibelina.

☆

Dezembro na Piazza...

Desde o dia em que o Metropol abrira as portas, o bom povo de Moscou se inspirava na Piazza para dar o tom da temporada. Por volta das cinco horas do dia 1º de dezembro, a sala já estava enfeitada em antecipação ao ano-novo. Guirlandas de sempre-vivas com frutos vermelhos brilhantes pendiam da fonte. Pisca-piscas pendiam das varandas. E os foliões? Eles vinham de todas as partes de Moscou, de tal modo que, às oito horas, quando a orquestra tocava a primeira música festiva, todas as mesas já estavam tomadas. Às nove, os garçons arrastavam cadeiras dos corredores para que os retardatários pudessem apoiar os braços nos ombros dos amigos. E, no centro de cada mesa, quer fosse ocupada pelos nobres ou pelos humildes, havia uma porção de caviar, pois a genialidade dessa iguaria particular podia ser apreciada por quilo ou por grama.

Dessa forma, foi com um toque de decepção que o Conde entrou na praça no solstício de inverno e se deparou com o salão sem guirlandas, as balaustradas sem luzes, um acordeonista no coreto e dois terços das mesas vazios.

Mas, como toda criança sabe, a marcação de ritmo das festividades deve soar de dentro para fora. E lá, na sua mesa de sempre ao lado da fonte, estava Nina com uma fita verde-escura amarrada à cintura de seu vestido amarelo-vivo.

— Feliz Natal — saudou o Conde com uma reverência quando chegou à mesa.

Nina se levantou e retribuiu a reverência.

— Que os festejos o encham de alegria, senhor.

Quando se sentaram com os guardanapos no colo, Nina explicou que, como ela ia encontrar o pai para jantar um pouco mais tarde, tinha tomado a liberdade de pedir um *hors d'oeuvre*.

— Muito sensato — disse o Conde.

Naquele momento, o Bispo apareceu, carregando uma pequena torre de sorvetes.

— O *hors d'oeuvre*?

— *Oui* — respondeu Nina.

Com um sorriso sacerdotal, o Bispo pousou o prato diante de Nina, virando-se para perguntar se o Conde queria o cardápio (como se ele não o conhecesse de cor!).

— Não, obrigado, meu bom homem. Apenas uma taça de champanhe e uma colher.

Sistemática em todos os assuntos relevantes, Nina tomou seu sorvete um sabor de cada vez, do mais leve ao mais pesado em tons. Assim, depois de despachar o sorvete de baunilha à moda francesa, ela agora estava se encaminhando para a bola sabor limão, que combinava perfeitamente com seu vestido.

— Então, você está ansiosa para visitar sua terra? — perguntou o Conde.

— Sim, será bom ver todos — disse Nina. — Mas quando voltarmos a Moscou em janeiro, vou começar a escola.

— Você não parece muito animada com a ideia.

— Temo que seja extremamente entediante, e certamente cheio de crianças — admitiu ela.

O Conde assentiu com um gesto amplo de cabeça como reconhecimento da probabilidade incontestável de haver crianças na escola. Então, enquanto mergulhava a própria colher na bola de morango, ele percebeu que tinha gostado muito da escola.

— Todo mundo me diz isso.

— Adorei ler a *Odisseia* e a *Eneida*, e fiz alguns dos melhores amigos da minha vida...

— Sim, sim — interveio ela, revirando os olhos. — Todo mundo também me diz isso.

— Bem, às vezes, se todos lhe dizem algo, é porque é verdade.

— Às vezes todos lhe dizem algo porque são todos — retorquiu Nina. — Mas por que deveríamos ouvir todos? Foram *todos* que escreveram a *Odisseia*? Foram *todos* que escreveram a *Eneida*? — Ela meneou a cabeça e concluiu definitivamente: — A única diferença entre todos e ninguém são os sapatos.

Talvez fosse melhor o Conde deixar o assunto de lado. Mas ele odiava a ideia de sua jovem amiga começar a trajetória escolar em Moscou com uma visão tão desoladora. À medida que progredia para a bola roxo-escura (provavelmente de amora), ele considerou o melhor modo de articular as virtudes de uma educação formal.

— Certamente há alguns aspectos exasperantes na escola — concordou ele depois de um momento. — Contudo acho que você descobrirá, para seu eventual deleite, que a experiência ampliou seus horizontes.

Nina ergueu os olhos.

— O que você quer dizer com isso?

— O que quero dizer com o quê?

— Com *ampliar meus horizontes*.

A afirmação do Conde tinha parecido tão evidente que ele não preparara uma elaboração. Então, antes de responder, fez sinal ao Bispo para que trouxesse outra taça de champanhe. Durante séculos o champanhe fora usado para inaugurar casamentos e navios. A maioria presume que seja porque a bebida é intrinsecamente comemorativa; na verdade ele é usado no início dessas empreitadas perigosas porque aumenta de forma eficiente a capacidade de decisão das pessoas. Quando a taça foi colocada sobre a mesa, o Conde tomou um gole grande o suficiente para fazer cócegas no interior de seu nariz, e só então se aventurou:

— Com ampliar seus horizontes, quis dizer que a educação lhe dará uma noção do alcance do mundo, de suas maravilhas, de suas muitas e variadas formas de vida.

— Viajar não seria um modo mais eficaz de conseguir isso?

— Viajar?

— Estamos falando de horizontes, não estamos? Essa linha horizontal no limite da visão? Em vez de sentar em filas ordenadas em uma escola, não seria melhor a pessoa seguir em direção a um horizonte *de verdade*, para que pudesse ver o que está além dele? Foi isso que Marco Polo fez quando viajou para a China. E o que Colombo fez quando viajou para a América. E o que Pedro, o Grande, fez quando viajou pela Europa *incognito*!

Nina fez uma pausa para tomar uma grande colherada de sorvete de chocolate, e quando o Conde estava prestes a responder, ela acenou com a colher para indicar que ainda não tinha terminado. Ele esperou, prestimoso, enquanto ela engolia.

— Ontem à noite meu pai me levou à *Scheherazade*.

— Ah. Rimski-Korsakov no seu melhor — comentou o Conde, grato pela mudança de assunto.

— Possivelmente. Eu não saberia. O ponto é: de acordo com o programa, a composição foi destinada a "encantar" os ouvintes com "o mundo das noites árabes".

— Aquele reino de Aladdin e a lâmpada — disse o Conde com um sorriso.

— Exatamente. E, de fato, todos no teatro pareciam completamente encantados.

— Bem, aí está.

— E ainda assim, nenhum deles tem a intenção de *ir* para a Arábia, mesmo que seja lá que a lâmpada esteja.

Por alguma conspiração extraordinária do destino, no instante em que Nina fez esse pronunciamento, o acordeonista concluiu uma velha e adorada canção e o salão escassamente ocupado irrompeu em aplausos. Recostando-se, Nina gesticulou para seus colegas clientes com ambas as mãos, como se a ovação fosse a prova final de seu ponto de vista.

É típico de um bom jogador de xadrez derrubar seu próprio rei quando vê que a derrota é inevitável, não importa quantos movimentos restem no jogo. Assim, o Conde perguntou:

— Como estava o *hors d'oeuvre*?
— Esplêndido.
O acordeonista atacou uma melodia alegre que lembrava uma canção natalina inglesa. Tomando isso como deixa, o Conde indicou que gostaria de fazer um brinde:

— É um fato triste mas inevitável da vida que, à medida que envelhecemos, nossos círculos sociais ficam cada vez menores. Seja pela acentuação da rotina ou pela diminuição do vigor, de repente nos encontramos na companhia de apenas alguns rostos conhecidos. Então, vejo como um incrível golpe de sorte ter encontrado, nesta etapa da minha vida, uma nova e tão boa amiga.

Com isso, o Conde enfiou a mão no bolso e ofereceu a Nina um presente.

— Aqui está algo que usei muito quando tinha a sua idade. Que isso lhe ajude até você viajar *incognito*.

Nina sorriu de uma maneira que sugeria (de modo bem pouco convincente) que ele de forma alguma deveria ter se incomodado. Em seguida, abriu o embrulho e revelou os binóculos de ópera hexagonais da Condessa Rostov.

— Eram da minha avó — disse o Conde.

Desde o começo de sua amizade, essa foi a primeira vez que Nina ficou estupefata. Ela virou os binóculos em suas mãos, admirando os escopos de madrepérola e delicados acessórios de latão. Então os levou aos olhos para examinar lentamente o salão.

— Você é a pessoa que melhor me conhece — disse depois de uma pausa.
— Terei apreço por eles até o dia de minha morte.

Parecia perfeitamente compreensível que ela não tivesse pensado em trazer um presente para o Conde. Afinal, ela era apenas uma criança; e, decididamente, ele tinha deixado para trás os dias de desembrulhar surpresas.

— Está ficando tarde — disse o Conde. — Não quero que deixe seu pai esperando.

— Sim — admitiu ela, pesarosa. — É hora de ir.

Depois, voltando a olhar para a estação do capitão, ergueu a mão como quem pede a conta. Mas, quando o capitão se aproximou da mesa, não estava com a conta. Em vez disso, tinha uma grande caixa amarela amarrada com uma fita verde-escura.

— Aqui está, uma coisinha para você — disse Nina. — Mas deve prometer que não vai abri-la até o badalar da meia-noite.

★ ★ ★

Quando Nina deixou a Piazza para se juntar ao pai, a intenção do Conde era pagar a conta, seguir para o Boiarski (para uma costeleta de cordeiro com crosta de ervas) e depois se retirar para o seu estúdio com um cálice de porto para aguardar o dobre da meia-noite. Mas quando o acordeonista se lançou em uma segunda canção de natal, o Conde se pegou voltando sua atenção para a mesa vizinha, onde um jovem parecia estar nos primeiros estágios da descoberta romântica.

Em alguma sala de aula, esse rapaz com uma insinuação de bigode provavelmente admirara sua colega por seu intelecto sagaz e pela seriedade de seu semblante. Por fim, ele tinha se esforçado para convidá-la para sair, talvez sob o pretexto de discutir alguma questão de interesse ideológico. E agora ali estava ela, sentada diante dele na Piazza, olhando pela sala sem um sorriso no rosto nem uma palavra nos lábios.

Tentando quebrar o silêncio, o rapaz comentou sobre a próxima conferência para unificar as repúblicas soviéticas — uma jogada razoável, dada a aparente intensidade dela. Por certo a jovem tinha opiniões sobre o assunto, mas quando ela expressou seu ponto de vista sobre o problema da Transcaucásia, o teor da conversa decididamente tornou-se técnico. Além do mais, o jovem, após adotar uma expressão tão séria quanto a dela, estava claramente fora de sua alçada. Se quisesse se aventurar a dar a própria opinião agora, era quase certo que seria desmascarado como um *poseur*, alguém que não estava adequadamente informado sobre as questões cruciais do momento. A partir daí, a noite só poderia piorar, e ele acabaria arrastando suas esperanças como uma criança castigada arrasta seu urso de pelúcia escada acima.

Mas, no momento em que a jovem o convidou a compartilhar seus pensamentos sobre o assunto, o acordeonista começou a tocar uma pequena peça com um traço espanhol. Deve ter tocado em algum ponto sensível, porque ela se interrompeu para olhar o músico e se perguntar em voz alta de onde era aquela melodia.

— É de O *quebra-nozes* — respondeu o jovem sem pensar.

— O *quebra-nozes*... — repetiu ela.

Dada a sobriedade predominante de sua expressão, não estava claro o que ela pensava dessa música de outra era. Assim, mesmo os experientes teriam aconselhado o jovem a proceder com cautela — esperar e ouvir as associações que a música trazia para ela. Em vez disso, ele agiu, e com coragem.

— Quando eu era menino, minha avó me levava todos os anos.

A jovem tirou o olhar do músico e o pousou em seu acompanhante, que prosseguiu:

— Imagino que alguns achem música algo sentimental, mas nunca deixo de assistir ao balé quando ele é encenado em dezembro, mesmo que isso signifique ir sozinho.

Muito bem, rapaz.

A expressão no rosto da moça se suavizou visivelmente e seus olhos exibiram um toque de interesse, pois era um aspecto inesperado de seu novo contato, algo puro, sincero e sem culpa. Seus lábios se separaram quando ela se preparou para fazer uma pergunta...

— Vocês estão prontos para fazer o pedido?

Era o Bispo, inclinado sobre a mesa.

Claro que eles não estão prontos para pedir, o Conde quis gritar. *Qualquer tolo pode ver!*

Se o jovem fosse sábio, mandaria o Bispo às favas e pediria à moça que continuasse sua pergunta. Em vez disso, ele obedientemente apanhou o cardápio. Talvez imaginasse que o prato perfeito saltasse da página e se identificasse pelo nome. Mas, para um jovem esperançoso tentando impressionar uma jovem séria, o cardápio da Piazza era tão perigoso quanto o estreito de Messina. À esquerda havia uma Cila de pratos mais baratos que poderiam sugerir uma avareza deselegante; à direita, um Caribdes de iguarias que podiam esvaziar os bolsos e o fariam parecer pretensioso. O olhar do rapaz se moveu de um lado para outro entre esses perigos opostos. Mas, em um golpe de gênio, pediu o guisado letão.

Esse prato tradicional de porco, cebolas e damascos tinha um preço razoável e, ao mesmo tempo, era relativamente exótico; de alguma forma, remontava àquele mundo de avós, feriados e melodias sentimentais que eles estavam prestes a discutir quando foram tão bruscamente interrompidos.

— Eu vou querer o mesmo — disse a nossa jovem, séria.

O mesmo!

E então ela olhou para o esperançoso jovem com um toque daquela ternura que Natacha tinha demonstrado a Pierre no fim do volume dois de *Guerra e Paz*.

— E você gostaria de um vinho para acompanhar o guisado? — perguntou o Bispo.

O jovem hesitou e pegou a carta de vinhos com mãos indecisas. Podia muito bem ser a primeira vez em sua vida que ele pedia uma garrafa de vinho. Que ele não compreendesse os méritos da safra de 1900 comparados à de 1901 não era relevante, pois sequer sabia diferenciar um Borgonha de um Bordeaux.

Dando ao jovem não mais de um minuto para avaliar suas opções, o Bispo se inclinou para a frente e apontou à carta com um sorriso condescendente.

— Talvez o Rioja.

O Rioja? Ali estava um vinho que entraria em choque com o guisado como Aquiles se chocara com Heitor. Seria matar o prato com um golpe na cabeça e arrastá-lo amarrado à carruagem, testando a resiliência de cada homem em Troia. Além disso, custava três vezes o que o jovem podia pagar.

Balançando a cabeça, o Conde concluiu que simplesmente não havia substituto para a experiência. Ali estava uma oportunidade perfeita para um garçom cumprir seu propósito. Recomendando um vinho adequado, ele poderia ter deixado o jovem à vontade, aperfeiçoado a refeição e promovido a causa do romance, tudo de uma só vez. Mas, fosse por falta de sutileza ou de bom senso, o Bispo não só falhara em seu propósito, como também encurralara seu cliente. E o jovem, claramente inseguro sobre o que fazer e começando a sentir que o restaurante todo o estivesse observando, estava a um passo de aceitar a sugestão do Bispo.

— Se me permite — interveio o Conde. — Para um guisado letão, você não encontrará escolha melhor do que uma garrafa do Mukuzani.

Inclinando-se em direção à mesa e imitando os dedos perfeitamente separados de Andrei, o Conde apontou para o item na carta. Que esse vinho custasse uma fração do Rioja não precisava ser discutido entre cavalheiros. Em vez disso, simplesmente observou:

— Os georgianos praticamente cultivam suas uvas na esperança de que um dia elas acompanhem esse guisado.

O jovem trocou um breve olhar com sua acompanhante como se dissesse: *Quem é este excêntrico?* Mas então ele se voltou para o Bispo.

— Uma garrafa de Mukuzani.

— É claro — respondeu o Bispo.

Minutos depois, o vinho tinha sido apresentado e servido, e a jovem estava perguntando a seu companheiro como era sua avó. De sua parte, o Conde descartava a ideia do cordeiro em crosta de ervas no Boiarski. Em vez disso, convocou Petia para levar o presente de Nina a seu quarto e pediu o guisado letão e uma garrafa de Mukuzani para si.

E, exatamente como ele suspeitava, era o prato perfeito para a temporada. As cebolas cuidadosamente caramelizadas, a carne de porco lentamente refogada e os damascos brevemente cozidos, os três ingredientes se juntavam em uma mistura doce e defumada que sugeria ao mesmo tempo o conforto de uma taberna no meio da neve e o ruído de um pandeiro cigano.

Quando o Conde tomou um gole de vinho, o jovem casal chamou sua atenção e levantou as próprias taças em um brinde de gratidão e afinidade. Depois voltaram à conversa, que se tornara muito íntima e que já não se podia ouvir por causa do som do acordeão.

Amor jovem, pensou o Conde com um sorriso. Não há nada de *novaia* nisso.

— Deseja mais alguma coisa?

Era o Bispo dirigindo-se ao Conde. Ele refletiu por um momento, então pediu uma única bola de sorvete de baunilha.

☆

Quando o Conde chegou ao saguão, notou quatro homens de traje a rigor entrando no hotel com valises de couro preto na mão, claramente um dos quartetos de cordas que ocasionalmente tocavam nos salões de jantar privados no andar de cima.

Três dos músicos davam a impressão de se apresentarem juntos desde o século XIX, compartilhando os cabelos brancos e o mesmo profissionalismo cansado. Mas o segundo violinista se destacava dos demais, pois parecia ter cerca de vinte e dois anos e mantinha certo fulgor em seu passo. Só quando o quarteto se aproximou do elevador, o Conde o reconheceu.

O Conde não via Nikolai Petrov desde 1914 provavelmente, quando o Príncipe não passava de um rapaz de treze anos; e, dado o avanço do tempo, o Conde não o reconheceria não fosse seu sorriso modesto — um traço distintivo da linhagem Petrov por gerações.

— Nikolai?

Quando o Conde falou, os quatro músicos se viraram do elevador e o observaram com curiosidade.

— Aleksandr Ilitch...? — perguntou o príncipe depois de um momento.

— O próprio.

O príncipe incentivou seus colegas a seguirem em frente e ofereceu ao Conde o sorriso familiar.

— É bom revê-lo, Aleksandr.

— E você também.

Ficaram em silêncio por um momento, então a expressão do príncipe mudou da surpresa para a curiosidade.

— Isso é... sorvete?

— O quê? Ah! Sim. Embora não seja para mim.

O príncipe aquiesceu, desconcertado, mas sem comentários a mais.

— Diga-me, tem notícias de Dmitri? — aventurou-se o Conde.

— Acredito que esteja na Suíça.

— Ah — disse o Conde com um sorriso. — O ar mais puro da Europa.

O príncipe deu de ombros, como se dissesse que tinha ouvido algo do gênero, mas não sabia de primeira mão.

— A última vez que vi você foi em um dos jantares de sua avó — observou o Conde. — Você estava tocando Bach.

O príncipe riu e ergueu a valise.

— Creio que continuo tocando Bach em jantares.

Então ele gesticulou para o elevador que partira e disse com carinho inconfundível:

— Aquele era Sergei Eisenov.

— Não!

Na virada do século, Sergei Eisenov dava aulas de música para metade dos meninos no Anel dos Bulevares.

— Não é fácil para os nossos semelhantes encontrar trabalho — disse o príncipe. — Mas Sergei me contrata quando pode.

O Conde tinha tantas perguntas. Ainda havia outros membros da família Petrov em Moscou? Sua avó estava viva? Ele ainda morava naquela maravilhosa casa na Praça Púchkin? Mas os dois estavam de pé no meio do saguão de um hotel, enquanto homens e mulheres subiam as escadas — inclusive alguns em roupas formais.

— Eles devem estar se perguntando o que aconteceu comigo — disse o príncipe.

— Sim, claro. Não era minha intenção atrasá-lo.

O príncipe acenou e se virou para subir as escadas, mas depois deu meia--volta.

— Tocaremos aqui novamente na noite de sábado — comentou. — Talvez pudéssemos nos encontrar depois para um drinque.

— Seria esplêndido — respondeu o Conde.*

---

* Entre os leitores de ficção europeia, os nomes de personagens em romances russos são notórios por sua dificuldade. Não nos contentando com nomes e sobrenomes, nós, russos, gostamos de fazer uso de honoríficos, patronímicos e uma série de diminutivos — de modo que um único personagem em um de nossos romances pode ser chamado de quatro maneiras diferentes em um igual número de páginas. Para piorar as coisas, parece que nossos maiores autores, devido a algum senso de tradição profundamente arraigado ou a uma completa falta de imaginação, se restringiram ao uso de trinta nomes próprios. Você não pode pegar uma obra de Tolstói, Dostoiévski ou Turguêniev sem encontrar uma Anna, um Andrei ou um Aleksandr. Assim, deve ser com alguma apreensão que nosso leitor ocidental encontra qualquer novo personagem em um romance russo — sabendo que, na possibilidade remota de esse personagem desempenhar um papel importante em capítulos futuros, deve agora parar e memorizar seu nome.

Desse modo, creio que seja justo lhe informar que, embora o príncipe Nikolai Petrov tenha combinado de se encontrar sábado à noite com o Conde para um drinque, ele não vai honrar o compromisso.

Pois, quando o quarteto termina de tocar à meia-noite, o jovem príncipe Nikolai abotoa seu sobretudo, aperta seu cachecol e caminha até a residência de sua família na praça Púchkin. Não é preciso dizer que, ao chegar à meia-noite e meia, não há lacaios para recebê-lo. Com o violino na mão, ele sobe a escada em direção ao aposento no quarto andar, reservado para seu uso.

Embora a casa pareça vazia, no segundo andar Nikolai encontra dois dos novos moradores fumando cigarros. Nikolai reconhece um deles como a mulher de meia-idade que agora mora no antigo berçário. O outro é o operador de ônibus com uma família de quatro pessoas que mora no antigo *boudoir* de sua mãe. Quando o príncipe lhes deseja boa noite com o sorriso modesto da família, nenhum dos dois diz uma palavra sequer. Mas, quando ele chega ao quarto andar, entende sua reticência e mal consegue culpá-los. Pois, no corredor, estão três homens da Tcheka esperando para vasculhar seu quarto.

Ao avistá-los, o príncipe Nikolai não faz uma cena ou exprime um protesto vão. Afinal, é a terceira vez que eles vasculham seu quarto em seis meses, e ele até reconhece um dos homens. Assim, familiarizado com o procedimento e cansado de um longo dia, oferece-lhes o mesmo sorriso modesto, deixa-os entrar e senta-se à pequena mesa perto da janela enquanto eles cumprem sua tarefa.

O príncipe não tem nada a esconder. Com apenas dezesseis anos na queda do Hermitage, ele nunca leu um tratado ou guardou um rancor. Se você lhe pedisse para tocar o hino imperial, ele não se lembraria de como é. Até vê algum sentido em compartilhar sua grande casa velha. Com sua mãe e irmãs em Paris, seus avós mortos, os criados da família debandados, o que ele ia fazer com trinta quartos? Tudo o que realmente precisava era de uma cama, um lavatório e uma oportunidade de trabalhar.

Mas às duas da manhã, o príncipe é acordado com um empurrão pelo oficial responsável. Em suas mãos está um livro: uma gramática de latim dos dias de Nikolai no Liceu Imperial.

— É seu?

☆

Quando o Conde chegou ao sexto andar, estalou a língua três vezes e entrou em seu quarto, deixando a porta entreaberta. Sobre a mesa onde Petia o colocara estava o presente de Nina. Ele o pegou e pôs debaixo do braço, passou por seus casacos e adentrou o estúdio, pondo na mesa de sua avó o presente e no chão a tigela de sorvete derretido. Enquanto o Conde se servia de um copo de vinho, uma sombra prateada contornou seus pés e se aproximou da tigela.

— Boas festas para você, *Herr* Drosselmeyer.

— Miau — respondeu o gato.

De acordo com o relógio de badalada dupla, eram apenas onze horas. Assim, com seu porto em uma das mãos e *Um conto de Natal* na outra, o Conde inclinou sua cadeira para trás e obedientemente esperou o carrilhão da meia-noite. Por certo é preciso uma certa dose de disciplina para se sentar em uma cadeira

---

Não adianta mentir.

— Sim — confirma Nikolai. — Eu fui à escola quando era criança.

O oficial abre o livro; e ali, na página inicial, parecendo régio e sábio, está uma imagem do Tsar Nicolau II, cuja posse é um crime. O príncipe tem que rir, pois tinha se esforçado muito para remover todos os retratos, cristas e insígnias reais de seu quarto.

O capitão arranca a página da gramática com a lâmina de uma faca. Escreve no verso o dia e o lugar e obriga o príncipe a assinar.

O príncipe é levado para o Lubianka, onde é mantido por vários dias e interrogado mais uma vez sobre sua lealdade. No quinto dia, considerando todas as coisas, o destino o poupa. Pois ele não é conduzido ao pátio e colocado contra a parede de fuzilamento, nem enviado à Sibéria. A ele é dado apenas um Menos Seis: a sentença administrativa que lhe permite percorrer a Rússia à vontade, desde que ele nunca ponha os pés em Moscou, São Petersburgo, Kiev, Carcóvia, Ecaterimburgo e Tbilisi — ou seja, as seis maiores cidades do país.

A cerca de oitenta quilômetros de Moscou, em Tukovo, o jovem príncipe retoma sua vida e, em geral, o faz sem ressentimento, indignação ou nostalgia. Em sua nova cidade, a grama ainda cresce, as árvores frutíferas florescem e as jovens moças se tornam mulheres. Além disso, em virtude do seu afastamento, a ele é poupado o conhecimento de que, um ano após a sua sentença, um trio de Tcheka estará à espera de seu antigo professor quando ele chega ao pequeno apartamento onde mora com sua esposa envelhecida. Quando o conduzem a uma *troika*, o que sela seu destino e o envia para os campos é a evidência de que em várias ocasiões contratara o ex-cidadão Nikolai Petrov para tocar em seu quarteto, apesar da clara proibição de fazê-lo.

Mas, tendo dito que você não precisa se preocupar em lembrar o nome do príncipe Petrov, devo notar que, apesar da breve aparição do companheiro de rosto redondo com entradas na testa um capítulo adiante, ele é alguém de quem você deve se lembrar, porque, anos mais tarde, ele terá grande influência sobre o desfecho deste conto.

e ler um romance, mesmo sazonal, quando um presente belamente embrulhado o espera ao alcance da mão e a única testemunha é um gato caolho. Mas tal disciplina o Conde tinha dominado ainda criança, quando, nos dias que antecediam o Natal, ele passava pelas portas fechadas da sala de visitas com o olhar fixo de um guarda do Palácio de Buckingham.

O autocontrole do jovem Conde não provinha de uma admiração precoce do regimento militar, nem de uma adesão moralista às regras do lar. Quando tinha dez anos, era perfeitamente claro que o Conde não era nem moralista nem regimental (como uma legião de educadores, zeladores e oficiais poderia atestar). Não, se o Conde dominava a disciplina de marchar para longe das portas fechadas da sala de visitas, era porque a experiência lhe tinha ensinado que era o melhor meio de assegurar o esplendor da temporada de festas.

Pois na véspera de Natal, quando o pai finalmente dava o sinal e ele e Helena eram autorizados a abrir as portas, havia o abeto de três metros e meio iluminado do tronco às pontas e as guirlandas penduradas em cada ramo. Havia os vasos com laranjas de Sevilha e os doces de Viena com cores alegres. E, escondido em algum lugar debaixo da árvore, estaria um presente inesperado, fosse uma espada de madeira com a qual defender o bastião ou uma lanterna com a qual explorar a tumba de uma múmia.

A magia do Natal na infância é tão grande, pensou o Conde um pouco melancolicamente, que um único presente pode proporcionar infinitas horas de aventura, sem que seja preciso sair de casa.

Drosselmeyer, que se retirara para a outra cadeira de espaldar alto para lamber suas patas, de repente virou seu olhar caolho e suas pequenas orelhas eretas em direção à porta do armário. Ele deve ter ouvido o zumbido de engrenagens internas, porque, um segundo mais tarde, soou o primeiro dos carrilhões da meia-noite.

Colocando seu livro e seu porto de lado, o Conde pôs no colo o presente de Nina. Com os dedos na fita verde-escura, escutou o badalo do relógio. Somente com o décimo segundo e último carrilhão ele puxou as extremidades da fita.

— O que você acha, *mein Herr*? Um chapéu elegante?

O gato olhou para o Conde e, em deferência à ocasião, começou a ronronar. O Conde respondeu com um aceno de cabeça e levantou a tampa com cuidado... Então descobriu outra caixa embrulhada em amarelo e amarrada com uma fita verde-escura.

Deixando a caixa vazia de lado, o Conde acenou novamente para o gato, puxou as fitas do segundo laço e levantou a segunda tampa... e descobriu então uma terceira caixa. Diligentemente, o Conde repetiu o desembrulhar e desenlaçar com as três caixas seguintes, até que chegou a uma do tamanho de uma caixa de fósforos. Mas, quando desatou o laço e levantou a tampa desta caixa, dentro da câmara aconchegante, amarrada em um pedaço da fita verde-escura, estava a chave-mestra de Nina para o hotel.

Quando o Conde foi para a cama com seu Dickens à 0h15, supôs que leria apenas um parágrafo ou dois antes de apagar a luz; mas, em vez disso, se viu lendo com mais interesse.

Ele tinha alcançado a parte na história em que Scrooge é animado por aquele gigante alegre, o Fantasma do Natal Presente. Ao longo de sua infância, o Conde havia lido *Um conto de Natal* nada menos do que três vezes. Tanto que certamente se lembrava da visita que Scrooge e seu guia fizeram à festa repleta de risos na casa do sobrinho de Scrooge. Assim como se lembrava da visita que eles fizeram à humilde porém afetuosa celebração no Cratchits. Mas ele tinha esquecido completamente que, ao deixar o Cratchits, o Segundo Fantasma tinha levado Scrooge para fora da cidade de Londres, a um brejo deserto onde uma família de mineiros comemorava a data em sua cabana em ruínas à beira da mina; e, de lá, para um farol em um posto rochoso onde as ondas trovejavam enquanto os dois guardiões davam as mãos em saudações natalinas; e, de lá, o Fantasma levou Scrooge mais e mais adentro da escuridão do mar ondulante, até que eles subiram no convés de um navio onde todo homem bom ou mau tinha pensamentos de afeição por seu lar e uma palavra amável para seus companheiros.

Quem sabe.

Talvez o que comovesse o Conde fossem essas figuras distantes compartilhando o companheirismo típico da época, apesar de suas vidas de trabalho duro em climas inóspitos. Talvez fosse a visão que tivera mais cedo naquela noite do jovem casal moderno avançando para o romance à moda antiga. Talvez fosse o acaso do encontro com Nikolai, que, apesar de sua linhagem, parecia estar encontrando um lugar para si na nova Rússia. Ou talvez fosse a bênção totalmente inesperada da amizade de Nina. Fosse qual fosse a causa, quando o Conde fechou seu livro e apagou a luz, adormeceu com uma grande sensação de bem-estar.

Mas, se o Fantasma do Natal Futuro surgisse de repente e despertasse o Conde para lhe dar um vislumbre do que estava por vir, ele teria visto que a sensação de bem-estar tinha sido prematura. Pois em menos de quatro anos depois, após outra contagem cuidadosa dos doze badalos do relógio, Aleksandr Ilitch Rostov escalaria o telhado do Hotel Metropol com seu casaco mais luxuoso e se aproximaria corajosamente do seu limiar para se jogar na rua lá embaixo.

LIVRO DOIS

1923

A atriz, a aparição, o apiário

Às cinco horas de 21 de junho, o Conde estava de pé diante do armário, a mão no modesto blazer cinza, e hesitava. Em poucos minutos, estaria a caminho da barbearia para sua visita semanal e depois iria ao Chaliapin encontrar Michka, que provavelmente estaria com o mesmo casaco marrom que usava desde 1913. Dessa forma, o blazer cinza parecia uma escolha de vestuário perfeitamente adequada. A não ser que a data fosse considerada uma espécie de aniversário, pois completava um ano desde a última vez que o Conde pusera os pés fora do Hotel Metropol.

Mas como se comemora um aniversário desses? Deve ser comemorado? Pois, além de a prisão domiciliar ser uma restrição definitiva à liberdade de alguém, presume-se que também seja uma espécie de humilhação. Assim, tanto o orgulho quanto o senso comum sugeriam que era melhor deixar esse aniversário passar em branco.

Mas ainda assim...

Mesmo os homens nas mais difíceis circunstâncias, tais como aqueles perdidos no mar ou confinados na prisão, encontrarão os meios para contar a passagem de um ano com extremo cuidado. Apesar de uma tirania de dias indistinguíveis tomar o lugar de todos os esplêndidos matizes das estações e das festividades coloridas que se sucedem no curso da vida normal, homens em tal situação vão esculpir seus 365 entalhes em um pedaço de madeira ou riscá-los nas paredes de sua cela.

Por que se esforçam tanto para marcar o tempo? Mesmo que essa atividade seja, evidentemente, da menor importância para eles? Bem, por um lado, lhes dá oportunidade de refletir sobre o progresso inevitável do mundo que deixaram para trás: *Ah, Aliocha agora deve conseguir escalar na árvore do quintal; e Vania provavelmente está entrando na faculdade; e Nadia, querida Nadia, logo estará na idade de se casar...*

E, tão importante quanto, a contagem cuidadosa dos dias permite aos encarcerados que tomem consciência de mais um ano de dificuldades enfrentado; sobrevivido; vencido. Quer tenham encontrado força para perseverar por meio de uma determinação incansável ou por algum otimismo imprudente, essas 365 marcas são uma prova de resistência. Afinal, se a atenção é medida em minutos e a disciplina, em horas, então a resistência deve ser medida em anos. Ou, caso investigações filosóficas não lhe agradem, vamos simplesmente concordar que o homem sábio comemora o que pode.

Assim, o Conde vestiu seu melhor paletó de smoking (feito sob medida em Paris em veludo borgonha) e desceu as escadas.

Quando ele chegou ao saguão, antes que pudesse seguir para a barbearia, seu olhar foi atraído por uma figura parecida com um salgueiro, a qual adentrava pela porta do hotel. Nada demais até aí, visto que todos os olhares no saguão foram atraídos para ela. Era uma mulher alta de vinte e poucos anos, sobrancelhas arqueadas e cabelos ruivos; sem dúvida, impressionante. E, ao se aproximar da recepção, caminhou com uma assertividade aprazível, sem tomar nota das penas que se projetavam de seu chapéu nem dos mensageiros arrastando a bagagem atrás dela. Mas o que garantiu sua posição como o centro natural das atenções foram os dois borzóis que ela trazia presos por coleiras.

Levou um único instante para o Conde perceber que eram animais magníficos. Os pelos prateados, as ancas magras, seus sentidos em todo alertas, aqueles cães haviam sido criados para perseguições no frio de outubro com uma equipe de caça em seu rastro. E no fim do dia? Eram feitos para se sentar aos pés de seu dono diante de uma lareira em uma casa senhorial, não para enfeitar as mãos de um salgueiro no saguão de um hotel grandioso...

Essa injustiça não passava despercebida aos cães. Enquanto sua dona se dirigia a Arkadi na recepção, eles puxavam para todos os lados, farejando em busca de pontos familiares.

— Parem! — ordenou o salgueiro com voz surpreendentemente rouca.

Então os puxou de uma maneira que deixou claro que tinha pouca intimidade com os cães de caça na coleira, tanto quanto com os pássaros que emplumavam seu chapéu.

O Conde comentou a situação com o meneio de cabeça que ela merecia. Mas, quando se virou para seguir seu caminho, notou com certo divertimento que uma sombra delgada saltou subitamente de trás de uma poltrona Bergère para a beira de um dos vasos de palmeiras. Não era ninguém menos que o Marechal de Campo Kutuzov se posicionando em um ponto mais alto para avaliar seus inimigos. Quando os cães, com as orelhas eretas, viraram a cabeça em sincronia, o gato zarolho escorregou para trás do tronco da árvore. Depois de se convencer de que os cachorros estavam presos com firmeza, o felino saltou da palmeira para o chão e, sem nem se preocupar em arquear as costas, abriu as pequenas mandíbulas e chiou.

Latindo furiosamente, os cães saltaram, retesando suas coleiras até o limite e arrastando sua dona da mesa da recepção enquanto a caneta caía estrondosamente no chão.

— Ôa! — gritou ela. — Ôa!

Aparentemente pouco familiarizados com os comandos equestres, os cães de caça saltaram de novo e, libertando-se do salgueiro, arremeteram em direção à sua presa.

Kutuzov saiu em disparada. Deslizando sob a barragem de cadeiras do lado oeste do saguão, o gato zarolho arremeteu em direção à porta da frente, como se pretendesse escapar para a rua. Sem um momento sequer de hesitação, os cães partiram no encalço. Optaram por um movimento em pinça: eles se separaram perto dos vasos de palmeiras e foram atrás do gato por lados opostos das cadeiras, na esperança de interceptá-lo na porta. Uma luminária que bloqueava o caminho do primeiro cachorro foi derrubada no chão com uma chuva de faíscas, enquanto um cinzeiro de pé que bloqueava o caminho do segundo saiu girando pelos ares, soltando uma nuvem de poeira.

Mas, no momento em que os cães fechavam o cerco, Kutuzov — que, como seu homônimo, contava com a vantagem de conhecer o terreno — alterou o curso de repente. Cortando na frente de uma mesa de centro, arremeteu por baixo da barragem de cadeiras do lado leste do saguão e partiu em retirada rumo à escada.

Levou apenas alguns segundos para que os borzóis reconhecessem a tática do gato; mas, se a atenção é medida em minutos, a disciplina em horas e a resistência em anos, a vantagem de conhecer o campo de batalha é medida em instantes. Porque, no momento em que os cães de caça perceberam a mudança de direção do gato e tentaram se virar, o grande tapete oriental do saguão chegou ao fim e o *momentum* dos cachorros os fez deslizar pelo chão de mármore até a bagagem de um hóspede recém-chegado.

Com uma vantagem de trinta metros sobre seus adversários, Kutuzov ignorou os primeiros degraus ao saltar, parou por um momento no alto da escada para admirar sua obra, fez uma curva e desapareceu.

Pode-se acusar os cães de comer sem graciosidade ou de demonstrar um entusiasmo equivocado pelo arremesso de gravetos, mas nunca de perder a esperança. Apesar de o gato ter uma vantagem decisiva e conhecer todos os recantos dos andares superiores do hotel, assim que os cães conseguiram se reequilibrar, dispararam em total sincronia pelo saguão com a plena intenção de subir as escadas.

Mas o Hotel Metropol não era um campo de caça. Era uma residência *par excellence*, um oásis para os fartos e exauridos. Assim, com um suave dobrar de língua, o Conde deu um assobio tendendo a sol sustenido. Ao ouvir o som, os cães interromperam a perseguição e começaram a andar inquietos de um lado para outro ao pé da escada. O Conde deu dois assobios em sequência, e os cães, resignando-se ao fato de que o dia estava perdido, trotaram para ele e se encolheram a seus pés.

— Muito bem, meus meninos — congratulou ele, dando-lhes um bom afago atrás das orelhas. — Então, qual é sua procedência?

— Arf — responderam os cães.

— Oh — disse o Conde. — Que adorável.

Depois de alisar a saia e de endireitar o chapéu, o salgueiro atravessou graciosamente o saguão até o Conde, onde, graças aos saltos franceses, olhou-o à altura. Tão perto assim, o Conde viu que ela era ainda mais bonita do que ele suspeitava; e mais arrogante também. A simpatia natural dele permaneceu com os cães.

— Obrigada — disse ela (com um sorriso que parecia lançar uma armada). — Creio que eles não tenham um bom *pedigree*.

— Ao contrário, parecem ter um *pedigree* perfeito — respondeu o Conde.

O salgueiro fez uma segunda tentativa de sorrir.

— O que eu quis dizer é que não têm um bom comportamento.

— Sim, talvez malcomportados; mas isso é uma questão de controle, não de *pedigree*.

Enquanto o salgueiro estudava o Conde, ele notou que os arcos sobre suas sobrancelhas eram muito parecidos com a notação de *marcato* na música — aquele sinal que instrui alguém a tocar uma passagem um pouco mais alto. Isso, sem dúvida, indicava certa preferência do salgueiro por dar ordens e a consequente rouquidão de sua voz. Mas quando o Conde estava chegando a essa conclusão, o salgueiro aparentemente chegava a uma conclusão própria, pois agora dispensava qualquer intenção de agradar.

— Lidar com eles parece ter certo efeito de eclipsar o *pedigree* — disse ela, amarga. — E, por isso mesmo, acho que até alguns dos cães de melhor *pedigree* precisam de coleiras mais curtas.

— Uma conclusão compreensível — respondeu o Conde. — Mas acho que os cães de melhor *pedigree* precisam é de mãos mais firmes.

☆

Uma hora mais tarde, com os cabelos bem aparados e o maxilar barbeado, o Conde entrou no Chaliapin e escolheu uma pequena mesa no canto para esperar Michka, que estava na cidade para o congresso inaugural do RAPP, a Associação Russa dos Escritores Proletários.

Foi só quando se acomodou que ele percebeu que o belo salgueiro, agora com um longo vestido azul, estava sentado no banco bem em frente ao dele. Havia poupado o bar do espetáculo de tentar controlar seus cães, mas, no lugar deles, levara um companheiro de rosto redondo e cabelos com entradas, em quem a devoção de cachorrinho parecia surgir mais naturalmente. Enquanto o Conde ria-se de sua observação, seu olhar cruzou com o do salgueiro. Como era apropriado, os dois adultos imediatamente agiram como se não tivessem se visto, um deles voltando-se para o cachorrinho, e o outro virando-se para a porta. Por sorte, Michka chegou na hora certa, mas com um casaco novo em folha e a barba bem arrumada...

O Conde saiu de trás da mesa para abraçar seu amigo. Então, em vez de reaver seu assento, ofereceu a Michka o lugar ao banco, o que foi um gesto ao mesmo tempo cortês e oportuno, pois permitia ao Conde dar as costas ao salgueiro.

— Muito bem — disse o Conde, batendo as palmas das mãos uma vez. — O que vai ser, meu amigo? Champanhe? Château d'Yquem? Um prato de esturjão antes do jantar?

Porém, meneando a cabeça, Michka pediu uma cerveja e explicou que não poderia ficar para o jantar, afinal.

Naturalmente o Conde ficou decepcionado com a notícia. Depois de um discreto interrogatório, descobrira que o prato especial da noite no Boiarski era pato assado, perfeito para dois velhos amigos dividirem. E Andrei tinha prometido separar um certo Grand Cru que não só complementava o pato, como inevitavelmente levaria a um relato da noite infame em que o Conde ficara trancado na adega dos Rothschild com a jovem baronesa...

Embora estivesse desapontado, o Conde soube que Michka tinha suas próprias histórias para contar pela inquietação do velho amigo. Assim, tão logo suas cervejas chegaram, o Conde perguntou como as coisas estavam progredindo no congresso. Tomando um gole, Michka assentiu, reconhecendo que esse era o assunto do momento: a conversa que logo estaria ocupando toda a Rússia, se não o mundo.

— Hoje não houve sussurros, Sacha. Ninguém cochilando ou batendo com o lápis. Pois em todo canto havia trabalho sendo feito.

Se oferecer a Michka o lugar ao banco tinha sido gentil e oportuno, também tinha o benefício adicional de mantê-lo sentado. Pois, se ele não estivesse contido pela mesa, já teria se levantado e estaria andando de um lado do bar ao outro. E qual foi o trabalho feito nesse congresso? Até onde o Conde podia entender, incluía a redação de "Declarações de Intenção", "Proclamações de Lealdade" e "Declarações Abertas de Solidariedade". De fato, a Associação Russa dos Escritores Proletários não hesitava em expressar sua solidariedade. Eles a expressavam não só a seus colegas escritores e editores, mas a pedreiros e estivadores, soldadores e operários, e até mesmo aos varredores de rua.*

Tão acalorado fora o primeiro dia do congresso que o jantar só foi servido às onze da noite. E então, numa mesa posta para sessenta pessoas, ouviram o próprio Maiakóvski. Não havia púlpitos, veja bem. Quando os pratos foram servidos, ele simplesmente bateu na mesa e ficou de pé em sua cadeira.

Para agregar realismo, Michka tentou ficar de pé no banco, quase derrubando a cerveja. Ele se decidiu por um discurso sentado, com um dedo no ar:

Eu, de repente,
inflamo a minha flama
e o dia fulge novamente.

---

* Ora, *especialmente* aos varredores de rua!
Aqueles poucos anônimos que se levantam ao alvorecer e pisam as ruas vazias, recolhendo o lixo da era. Não apenas as caixas de fósforos, papéis de doces, pedaços de bilhetes, veja bem; mas os jornais e panfletos; folhinhas de catecismo e hinários, histórias e memórias; os contratos, escrituras e títulos; os tratados e constituições e todos os Dez Mandamentos.
Varram, varredores de rua! Varram até que os paralelepípedos da Rússia brilhem como ouro!

Brilhar pra sempre,
brilhar em todo canto,
brilhar com brilho eterno,
Gente é pra brilhar,
que tudo mais vá pro inferno,
este é o meu lema e o do sol!!!

Naturalmente, o poema de Maiakóvski provocou aplausos irrestritos e o estilhaçar de vidros. Mas então, quando todos haviam se aquietado e se preparavam para se aventurar no frango servido, um sujeito chamado Zelinski ficou de pé em sua cadeira.

— Porque, claro, *temos* de ouvir Zelinski — murmurou Michka. — Como se *ele* estivesse em pé de igualdade com Maiakóvski. Como se ele estivesse em pé de igualdade com uma garrafa de leite!

Michka tomou outro gole.

— Você se lembra de Zelinski. Não? Aquele alguns anos atrás de nós na universidade? Aquele que usava um monóculo em 1916 e um boné de marinheiro no ano seguinte? Bem, tanto faz, você conhece o tipo, Sacha... O tipo que deve ter sempre as mãos no volante. No fim do jantar, digamos que dois de vocês ainda estejam em suas cadeiras para continuar uma discussão do início do dia. Bem, então chega Zelinski declarando que conhece o lugar ideal para continuar a conversa. De repente há dez de vocês aglomerados em torno de uma mesa em algum café de porão. Quando você vai se sentar, ele põe a mão em seu ombro para conduzi-lo a esta mesa ou àquela. E quando alguém pede pão, ele tem uma ideia melhor. Eles têm o melhor *zavituchki* em Moscou, diz. E antes que você perceba, ele estala os dedos no ar.

Aqui, Michka estalou os dedos três vezes de forma tão enfática que o Conde precisou acenar para dispensar o sempre alerta Audrius, que já estava no meio do salão.

— E as ideias dele! — continuou Michka com desdém. — Ele não para com suas declarações, como se estivesse em posição de iluminar alguém sobre questões relativas ao verso. E o que ele tem a dizer à jovem e impressionável aluna ao seu lado? Que todos os poetas devem eventualmente curvar-se ao haicai. *Curvar-se ao haicai!* Imagine só.

— De minha parte, fico feliz que Homero não tenha nascido no Japão — comentou o Conde.

Michka olhou fixamente para o Conde por um momento e depois começou a rir.

— Sim — disse, batendo na mesa e secando uma lágrima. — Fico feliz que Homero não tenha nascido no Japão. Terei que me lembrar de contar essa a Katerina.

Michka sorriu com a expectativa de contar essa a Katerina.

— Katerina...? — perguntou o Conde.

Michka apanhou com casualidade sua cerveja.

— Katerina Litvinov. Não falei dela antes? É uma talentosa e jovem poeta de Kiev, está no segundo ano da universidade. Sentamos juntos em um comitê.

Michka recostou-se para beber de seu copo. O Conde recostou-se e sorriu para seu companheiro enquanto todo o quadro entrava em foco.

Um casaco novo e a barba bem arrumada...

Uma discussão após o jantar que tinha começado mais cedo naquele dia...

E um Zelinski que, após arrastar todos para o seu ponto de encontro noturno favorito, leva uma impressionável jovem poeta para uma extremidade da mesa e Michka para a outra...

Enquanto Michka continuava sua descrição da noite anterior, a ironia da situação não escapou ao Conde: durante todos aqueles anos em que moraram em cima do sapateiro, era Michka quem tinha ficado em casa e o Conde quem, pedindo desculpas por não ter podido jantar com seu amigo, voltava horas mais tarde com histórias de brindes animados, *tête-à-têtes* e incursões espontâneas a cafés à luz de velas.

Será que o Conde sentiu certo prazer ao ouvir as escaramuças notívagas de Michka? Claro que sim. Particularmente ao saber que, no final da noite, quando o grupo estava a ponto de subir em três táxis diferentes, Michka lembrou a Zelinski que este havia esquecido seu chapéu; e, quando Zelinski entrou correndo de volta para buscá-lo, Katerina de Kiev se inclinou para fora de seu táxi e chamou: *Ei, Mikhail Fiodorovich, por que você não vem conosco...*

Sim, o Conde gostou da escaramuça romântica de seu velho amigo; mas isso não quer dizer que não tenha sentido uma pontada de inveja.

Meia hora mais tarde, depois de o Conde enviar Michka para uma discussão sobre o futuro da métrica (na qual era provável que Katerina de Kiev estivesse presente), ele se dirigiu ao Boiarski, aparentemente destinado a jantar o pato sozinho. Mas, quando estava saindo, Audrius acenou.

Deslizando um pedaço de papel dobrado no bar, Audrius explicou em voz baixa:

— Pediram-me para entregar isto a você.

— Para mim? De quem?

— Srta. Urbanova.

— Srta. Urbanova?

— Anna Urbanova. A estrela de cinema.

Como o Conde ainda não mostrava nenhum sinal de compreensão, o barman explicou um pouco mais alto:

— Aquela que estava sentada à mesa em frente à sua.

— Ah, sim. Obrigado.

Quando Audrius voltou ao trabalho, o Conde desdobrou o pedaço de papel, que trazia o seguinte pedido em uma letra de salgueiro:

Por favor, conceda-me uma segunda chance
de uma primeira impressão
na suíte 208

☆

Quando o Conde bateu à porta da suíte 208, ela foi aberta por uma mulher mais velha que o olhou com impaciência.

— Pois não?

— Eu sou Aleksandr Rostov...

— Você está sendo aguardado. Entre. A srta. Urbanova virá em um instante.

Por instinto, o Conde se preparou para oferecer à mulher uma observação espirituosa sobre o clima, mas, tão logo entrou, ela saiu e fechou a porta, deixando-o sozinho à entrada.

Decorada no estilo de um *palazzo* veneziano, a suíte 208 era uma das melhores acomodações do andar e parecia nova em folha agora que os incansáveis datilógrafos de diretivas tinham enfim se mudado para o Kremlin. Tinha um quarto e uma sala de visitas de cada lado de um salão nobre, o teto era pintado com figuras alegóricas que contemplavam dos céus o aposento. Em uma mesa de canto ornamentada, havia dois enormes arranjos de flores: um de lírios e outro de rosas de caule comprido. O fato de os dois arranjos combinarem em extravagância ao mesmo tempo que contrastavam em termos de cores sugeria que eram de admiradores concorrentes. Só se podia imaginar o que um terceiro admirador se sentiria obrigado a enviar...

— Já estou indo — disse do quarto uma voz.

— Tome o tempo que precisar — respondeu o Conde.

Ao som de sua voz, um leve barulho de unhas no chão anunciou a chegada dos borzóis na sala.

— Olá, rapazes — saudou o Conde, dando-lhes outro afago atrás das orelhas.

Depois de cumprimentá-lo, os cães trotaram até as janelas que davam para a Praça dos Teatros e repousaram as patas dianteiras nos peitoris para observar o movimento dos carros lá embaixo.

— Conde Rostov!

Virando-se, o Conde encontrou a atriz vestida em sua terceira roupa do dia: calça preta e blusa marfim. Com o sorriso de uma velha conhecida e a mão estendida, ela se aproximou.

— É um grande prazer poder recebê-lo.

— O prazer é meu, srta. Urbanova.

— Duvido. Mas, por favor, me chame de Anna.

Antes que o Conde respondesse, houve uma batida à porta.

— Ah, aí está — disse ela.

Abrindo a porta, ela se afastou para que Oleg, do serviço de quarto, passasse. Quando Oleg avistou o Conde, quase bateu seu carrinho de jantar nos arranjos de flores adversários.

— Talvez ali, perto da janela — sugeriu a atriz.

— Sim, srta. Urbanova — disse Oleg, que, recuperando a compostura, pôs a mesa para dois, acendeu uma vela e saiu pela porta.

A atriz se virou para o Conde.

— Você comeu? Estive em dois restaurantes e um bar hoje e não comi nada. Estou faminta. Você me acompanharia?

— Certamente.

O Conde puxou uma cadeira para a anfitriã e, ao sentar-se na outra face da vela, os borzóis na janela olharam para trás. Provavelmente, aquela era uma cena que nenhum dos cães poderia ter previsto mais cedo. Mas há muito tendo perdido o interesse pelo curso inconstante das relações humanas, eles caíram ao chão e voltaram trotando para a sala sem olhar uma segunda vez.

A atriz viu-os se recolher um pouco melancolicamente.

— Confesso que não gosto tanto de cachorros.

— Então por que os tem?

— Eles foram... um presente.

— Ah! De um admirador.

Ela respondeu com um sorriso torto.

— Eu teria me contentado com um colar.

O Conde retribuiu o sorriso.

— Bem, vamos ver o que temos aqui — determinou ela.

Tirando a cúpula de prata da bandeja, a atriz revelou um dos pratos que levavam a assinatura de Emile: uma perca inteira assada com azeitonas pretas, erva-doce e limão.

— Adorável — disse ela.

O Conde não poderia estar mais de acordo. Pois, regulando o forno em 230°C, Emile garantiu que a carne do peixe ficasse macia; a erva-doce, aromática; e as fatias de limão, torradas e crocantes.

— Então, dois restaurantes e um bar sem ter comido nada...

Assim começou o Conde, com a intenção natural de deixar a atriz contar seu dia enquanto ele servia o prato dela. Mas, antes que ele conseguisse levantar um dedo sequer, ela pegou a faca e o garfo de servir. E quando começou a relatar as obrigações profissionais que lhe haviam confiscado a tarde, fez um talho com a ponta da faca sobre a espinha do peixe e abriu diagonais na cabeça e na cauda. Então, deslizando o garfo de servir entre a espinha do peixe e sua carne, habilmente soltou o filé. Com alguns movimentos sucintos, tinha servido porções de erva-doce e azeitonas e coberto o filé com o limão torrado. Entregando ao Conde este prato servido com perfeição, ela tirou a espinha do peixe e se serviu do segundo filé com acompanhamentos, uma operação que não demorou mais de um minuto. Em seguida, deixando os utensílios de servir no prato, voltou sua atenção para o vinho.

Meu Deus, pensou o Conde. Ficara tão absorto observando sua técnica que negligenciara as próprias responsabilidades. Saltando da cadeira, pegou a garrafa pelo gargalo.

— Posso?

— Obrigada.

Quando o Conde serviu o vinho, notou que era um Montrachet seco, o acompanhamento perfeito para o peixe de Emile, sem dúvida obra de Andrei. Levantou a taça para sua anfitriã.

— Devo dizer que você separou a carne desse peixe como uma especialista.

Ela riu.

— Isso é um elogio?

— Claro que é um elogio! Bem. Pelo menos, a intenção era essa...

— Neste caso, obrigada. Mas não foi nada demais. Fui criada em uma vila de pescadores no mar Negro, então já amarrei muitas linhas e já limpei muitos peixes, muito mais que minha cota.

— Há coisas muito piores que jantar peixe todas as noites.

— Isso é verdade. Mas quando você mora em uma casa de pescador, tende a comer o que não é vendido. Assim, era muito frequente jantarmos linguado e sargo.

— Os tesouros do mar...

— Os *restos* do mar.

E com essa lembrança apaziguadora, Anna Urbanova de repente começou a descrever como, quando menina, fugia de sua mãe no crepúsculo e corria pelas ladeiras de sua vila para encontrar o pai na praia e ajudá-lo a consertar suas redes. Enquanto ela falava, o Conde teve de reconhecer mais uma vez as virtudes de refrear o julgamento.

Afinal, o que uma primeira impressão pode nos dizer sobre alguém que acabamos de conhecer por um minuto no saguão de um hotel? Aliás, o que uma primeira impressão pode nos dizer sobre qualquer pessoa? Ora, nada mais do que um acorde pode nos dizer sobre Beethoven ou uma pincelada sobre Botticelli. Por sua própria natureza, os seres humanos são tão caprichosos, tão complexos, tão deliciosamente contraditórios, que merecem não só a nossa consideração, mas a nossa *reconsideração*, além de nossa firme determinação em refrear nossa opinião até que tenhamos nos envolvido com eles em todos os cenários possíveis, em cada hora possível.

Tomemos o exemplo simples da voz de Anna Urbanova. No contexto do saguão, onde a atriz estava lutando para controlar seus cães, sua voz rouca tinha dado a impressão de uma jovem imperiosa propensa a gritar. Muito bem. Mas ali na suíte 208, na companhia de limões torrados, vinho francês e lembranças do mar, sua voz revelava uma mulher cuja profissão raramente lhe concedia a chance de descansar, isso sem mencionar o prazer de uma refeição decente.

Quando o Conde tornou a encher as taças, foi atingido por uma lembrança que parecia apropriada à conversa.

— Passei boa parte da minha juventude na província de Níjni Novgorod, que é a capital mundial da maçã — comentou ele. — Lá, macieiras não estão apenas espalhadas pelo campo; há *florestas* de macieiras, florestas selvagens e antigas como a própria Rússia, onde crescem maçãs em todas as cores do arco-íris e em tamanhos que vão de uma noz a uma bala de canhão.

— Acho que você já comeu mais que sua cota de maçãs.

— Ah, nós as achávamos escondidas em nossos omeletes no café da manhã, flutuando em nossas sopas no almoço e recheando nossos faisões no jantar. Chegava o Natal, e tínhamos comido todas as variedades que a floresta tinha a oferecer.

O Conde estava prestes a levantar a taça para brindar à abrangência de sua experiência com maçãs, mas levantou o dedo para se corrigir.

— Na verdade, havia uma maçã que não comíamos...

A atriz ergueu uma sobrancelha.

— Qual?

— De acordo com o folclore local, escondida nas profundezas da floresta, havia uma árvore com maçãs pretas como carvão... e, se você encontrasse essa árvore e comesse seu fruto, poderia recomeçar sua vida do zero.

O Conde tomou um gole generoso do Montrachet, satisfeito por ter evocado esse pequeno conto de fadas do passado.

— E você faria isso? — perguntou a atriz.

— Isso o quê?

— Se encontrasse aquela maçã escondida na floresta, daria uma mordida?

O Conde pousou o copo sobre a mesa e meneou a cabeça.

— Há certamente algum fascínio na ideia de um novo começo; mas como eu poderia abandonar as lembranças da minha casa, da minha irmã, dos meus anos de escola? — O Conde apontou para a mesa. — Como eu poderia renunciar a essas lembranças?

E Anna Urbanova, depois de colocar o guardanapo no prato e empurrar a cadeira para trás, deu a volta na mesa, pegou o Conde pelo colarinho e beijou-o na boca.

★ ★ ★

Desde que lera o bilhete dela no Chaliapin, o Conde sentia-se a um passo atrás da srta. Urbanova. A recepção casual em sua suíte, o jantar à luz de velas para dois, o corte do peixe seguido de lembranças da infância... Ele não havia previsto nenhum desses acontecimentos. Sem dúvida tinha sido pego desprevenido pelo beijo. E agora, ali estava ela, caminhando para seu quarto, desabotoando a blusa e deixando-a escorregar para o chão com um farfalhar delicado.

Quando jovem, o Conde se orgulhava de estar um passo à frente. A aparição na hora certa, a expressão apropriada, a antecipação de uma necessidade... Para o Conde, esses eram o emblema do homem de *pedigree*. Porém, dadas as circunstâncias, descobriu que estar um passo atrás tinha seus próprios méritos.

Para começar, era muito mais relaxante. Estar um passo à frente em matéria de romance exige vigilância constante. Se alguém espera fazer uma investida bem--sucedida, precisa estar atento a cada expressão, cada gesto e cada olhar. Em outras palavras, estar um passo à frente no romance é exaustivo. Mas estar um passo atrás? Ser seduzido? Ora, bastava recostar-se na cadeira, tomar o vinho e responder a uma pergunta com o primeiro pensamento que lhe passava pela cabeça.

No entanto, paradoxalmente, se estar um passo atrás era mais relaxante do que estar um passo à frente, também era mais excitante. De sua posição relaxada, aquele que está um passo atrás imagina que sua noite com um novo alguém será como qualquer outra: uma pequena mensagem, uma pequena conversa e um simpático boa-noite na porta. Mas, no meio do jantar, há um elogio inesperado e um roçar acidental de dedos; uma leve confissão e uma risada modesta; então, de repente, um beijo.

A partir daqui, as surpresas só crescem em potência e alcance. Como quando se descobre (quando a blusa cai no chão) que as sardas decoram as costas como as estrelas decoram o céu. Ou quando (depois de escorregar suavemente para debaixo das cobertas) os lençóis são jogados para o lado e um encontra-se às costas do outro, com as mãos apertadas em seu peito e os lábios emitindo instruções sem fôlego. Mas, embora cada uma dessas surpresas inspire um novo estado de admiração, nada se compara ao espanto que se experimenta quando, à uma da manhã, uma mulher, ao rolar para o lado, ordena, sem deixar margem para dúvidas:

— Quando sair, não se esqueça de fechar as cortinas.

Basta dizer que, uma vez reunidas as roupas do Conde, as cortinas foram devidamente fechadas. Além disso, antes que caminhasse em direção à porta, pé ante pé, semivestido, ele demorou um momento para apanhar do chão a blusa marfim da atriz e pendurá-la no cabide. Afinal, como o próprio Conde havia observado poucas horas antes: os cães de melhor *pedigree* precisam de mãos mais firmes.

☆

O clique da porta se fechando atrás de você...

O Conde não sabia se já tinha ouvido tal som antes, não com certeza. Seu tom era delicado e discreto; no entanto, continha uma sugestão definitiva de dispensa capaz de colocar a pessoa em um estado filosófico.

Mesmo que um homem geralmente torcesse o nariz para um comportamento grosseiro e intempestivo, naquelas circunstâncias precisaria concordar que havia certa justiça brutal ao se encontrar em um corredor vazio com os sapatos na mão e a camisa para fora da calça, enquanto a mulher que ele acabava de deixar dormia profundamente. Pois, se um homem teve a sorte de ser escolhido em meio à multidão por uma beldade impetuosa, será que não deveria esperar ser mandado embora sem cerimônia?

Bem, talvez sim. Mas, parado no corredor vazio em frente a uma tigela de borche pela metade, o Conde se sentia mais como um fantasma e menos como um filósofo.

Sim, um fantasma, pensou ele, enquanto se movia silenciosamente pelo corredor. Como o pai de Hamlet vagando pelas muralhas de Elsinore depois da vigília da meia-noite... Ou como Akaki Akakievitch, aquele espírito abandonado de Gógol, que nas primeiras horas assombrava a ponte Kalinkin em busca de seu casaco roubado...

Por que tantos fantasmas preferem viajar pelos corredores da noite? Pergunte aos vivos e eles dirão que esses espíritos têm algum desejo insaciado ou uma injustiça não resolvida que os tira do sono e os envia para o mundo em busca de expiação.

Mas os vivos são muito egocêntricos.

É claro que julgariam as andanças noturnas de um espírito como produto de lembranças terrenas. Quando, de fato, se essas almas inquietas quisessem explorar as movimentadas avenidas do meio-dia, não haveria nada que as impedisse de fazê-lo.

Não. Se elas vagam pelos corredores da noite, não é por descontentamento com os vivos ou por inveja deles. Pelo contrário, é porque não têm nenhuma vontade de vê-los. Não mais do que as cobras querem ver jardineiros ou as raposas, cães de caça. Eles vagam à meia-noite porque nessa hora geralmente conseguem fazê-lo sem serem atormentados pelo som e pela fúria das emoções terrenas. Depois de todos esses anos de luta, de esperança e de oração, de carregar expectativas, suportar opiniões, respeitar o decoro e participar de conversas, o que eles procuram é apenas um pouco de paz e silêncio. Pelo menos, foi o que o Conde disse a si mesmo enquanto descia pelo corredor.

Embora, como regra, o Conde sempre usasse as escadas, naquela noite, quando se aproximou do patamar do segundo andar, por algum capricho fantasmagórico chamou o elevador, presumindo que o teria só para si. Mas, quando as portas se abriram, ali estava o gato zarolho.

— Kutuzov! — exclamou com surpresa.

Observando cada detalhe da aparência do Conde, o gato respondeu exatamente como o Grão-Duque tinha respondido em circunstâncias semelhantes muitos anos antes: com um olhar severo e um silêncio decepcionado.

— A-hã — fez o Conde, enquanto entrava no elevador e tentava enfiar a camisa para dentro da calça sem deixar cair os sapatos.

Separando-se do gato no quinto andar, o Conde se arrastou pelos degraus do campanário com o triste reconhecimento de que a comemoração de seu aniversário tinha sido um fiasco. Depois de se propor corajosamente a gravar sua marca na parede, a parede tinha gravado sua marca nele. E, conforme a experiência ensinara ao Conde muitos anos antes, quando isso acontece, é melhor lavar o rosto, escovar os dentes e puxar as cobertas sobre a cabeça.

Mas quando ele estava prestes a abrir a porta de seus aposentos, sentiu na nuca um sopro de ar que lembrava claramente uma brisa de verão. Virando-se para a esquerda, o Conde ficou imóvel. Lá estava ela novamente, vindo da outra ponta do andar...

Intrigado, o Conde caminhou pelo corredor apenas para descobrir que todas as portas estavam bem fechadas. No final, parecia não haver nada além de um emaranhado de canos e dutos. Mas no canto mais distante, à sombra da maior tubulação, ele descobriu na parede uma escada fixa que levava a uma escotilha no telhado, a qual fora deixada aberta. O Conde calçou os sapatos, subiu silenciosamente a escada e saiu para a noite.

A brisa de verão que havia acenado para o Conde agora o envolveu em um abraço. Calorosa e clemente, evocou sentimentos de noites de verão anteriores em sua vida, de quando ele tinha cinco, dez e vinte anos, nas ruas de São Petersburgo ou nos campos de Idlehour. Quase dominado pela onda de velhos sentimentos, ele precisou parar por um momento antes de continuar para a borda ocidental do telhado.

Diante dele estava a antiga cidade de Moscou, que, depois de esperar pacientemente por duzentos anos, era novamente a sede do governo russo. Apesar da hora, o Kremlin brilhava com a luz elétrica de cada janela, como se seus mais novos habitantes ainda estivessem demasiadamente embriagados pelo poder, o que os impedia de dormir. Mas, se por um lado as luzes do Kremlin brilhavam intensamente, por outro eram iguais a todas as outras luzes da Terra, e sua beleza era diminuída pela majestade das constelações acima.

Erguendo o olhar, o Conde tentou identificar as poucas que tinha aprendido em sua juventude: Perseus, Órion, Ursa Maior, cada uma delas impecável e eterna. Com que finalidade o Divino havia criado as estrelas, cogitou ele, se elas enchiam de inspiração um homem em um dia e, no outro, de insignificância?

Baixando o olhar para a linha do horizonte, o Conde perscrutou para além dos limites da cidade, para onde aquele antigo alento de marinheiros, a Estrela da Manhã, ardia mais brilhante em todo o firmamento.

E então piscou.

— Bom dia, Excelência.

O Conde se virou.

Poucos metros atrás dele estava um homem de uns sessenta anos, usando uma boina de lona. Quando o homem deu um passo adiante, o Conde o reconheceu como um dos faz-tudo que consertavam as tubulações com vazamento e as portas empenadas do hotel.

— Aquela é a Chukhov — disse ele.

— Chukhov?

— A torre de rádio.

Apontou no horizonte para o alento dos marinheiros.

Ah, pensou o Conde com um sorriso. A estrutura espiral de aço mencionada por Michka, transmitindo as últimas notícias e informações secretas...

Os dois homens ficaram em silêncio por um momento, como se esperassem que o farol piscasse de novo, o que de fato aconteceu.

— Bem. O café já vai ficar pronto. Você também pode vir.

O velho faz-tudo conduziu o Conde até o canto do telhado, onde havia montado uma espécie de acampamento entre duas chaminés. Além de um banquinho de três pernas, havia uma pequena fogueira acesa em um braseiro, no qual uma cafeteira fumegava. O velho tinha escolhido bem o local, pois, embora abrigado do vento, ainda tinha uma visão do Bolshoi, apenas ligeiramente prejudicada por algumas caixas antigas empilhadas na beirada do telhado.

— Eu não recebo muitos visitantes, então não tenho outro banco — lamentou o faz-tudo.

— Não há problema algum — disse o Conde enquanto pegava uma tábua de sessenta centímetros para posicioná-la de lado e se equilibrar em sua borda.

— Posso lhe servir uma xícara?

— Obrigado.

Enquanto o café era servido, o Conde se perguntou se esse era o começo ou o fim do dia para o velho. Fosse qual fosse a resposta, tinha para si que uma xícara de café seria perfeito. O que é mais versátil? Seja em casa, em um recipiente de estanho ou em Limoges, o café pode energizar os trabalhadores ao amanhecer, acalmar os reflexivos ao meio-dia ou elevar os ânimos dos enclausurados no meio da noite.

— Está perfeito — elogiou o Conde.

O velho se inclinou para a frente.

— O segredo está na moagem — disse ele, e apontou para um pequeno aparelho de madeira com uma manivela de ferro. — Nem um minuto antes de passar.

O Conde ergueu as sobrancelhas, em apreço de iniciante.

Sim, ao ar livre de uma noite de verão, o café do velho senhor era perfeito. Na verdade, a única coisa que estragou o momento foi um zumbido no ar, do tipo que poderia ser emitido por um fusível defeituoso ou por um receptor de rádio.

— É a torre? — perguntou o Conde.

— O que da torre?

— O zumbido.

O velho olhou para o ar por um momento, depois riu.

— São as meninas trabalhando.

— As meninas?

O velho apontou com o polegar para as caixas que comprometiam a vista para o Bolshoi. Na iluminação antes da alvorada, o Conde conseguia distinguir apenas um turbilhão de atividade acima deles.

— Isso são... abelhas?
— São, sim.
— O que estão fazendo aqui?
— Mel.
— Mel!
O velho riu outra vez.
— Mel é o que as abelhas fazem. Aqui.

Inclinando-se para a frente, o velho estendeu uma telha em que havia duas fatias de pão preto cobertas de mel. O Conde aceitou uma e deu uma mordida.

A primeira coisa que o acertou foi o pão preto. Quando fora a última vez que o comera? Se perguntado sem rodeios, ficaria envergonhado de admitir. O gosto do centeio escuro e do melaço ainda mais escuro era um complemento perfeito para uma xícara de café. E o mel? Que contraste extraordinário proporcionava. Se o pão era, de certa forma, terroso, castanho e melancólico, o mel era solar, dourado e alegre. Mas havia outra dimensão nisso... Um elemento fugidio, porém familiar... Uma nota de graça escondida por baixo, ou por trás, ou dentro da sensação de doçura.

— O que é esse sabor...? — perguntou o Conde, quase para si mesmo.
— Os lilases — respondeu o velho senhor.

Sem se virar, apontou com o polegar para trás, na direção do Jardim de Alexandre.

Claro, pensou o Conde. Era exatamente isso. Como não tinha identificado? Ora, houve um tempo em que ele conhecia os lilases do Jardim de Alexandre melhor do que qualquer homem em Moscou. Quando as árvores estavam na estação propícia, ele podia passar tardes inteiras em feliz repouso sob suas flores brancas e roxas.

— Que extraordinário! — exclamou o Conde, balançando a cabeça em um gesto de apreço.

— É e não é — disse o velho. — Quando os lilases estão em flor, as abelhas voam para o Jardim de Alexandre, e o mel tem gosto de lilases. Mas em uma semana mais ou menos, elas voarão para o Anel de Jardins, e então você sentirá o sabor das cerejeiras.

— O Anel de Jardins! Quão longe elas vão?

— Alguns dizem que uma abelha é capaz de cruzar o oceano por uma flor — respondeu o velho com um sorriso. — Embora eu nunca tenha visto alguma fazer isso.

O Conde assentiu, deu outra mordida e aceitou uma segunda xícara de café.

— Quando criança, passei muito tempo em Níjni Novgorod — lembrou ele pela segunda vez naquele dia.

— Onde as flores de maçã caem como neve — comentou o velho senhor com um sorriso. — Eu fui criado lá. Meu pai era o zelador da propriedade de Chernik.

— Eu a conheço bem! — exclamou o Conde. — Que bela parte do mundo...

Enquanto o sol do verão começava a subir, o fogo, a morrer, e as abelhas, a circular acima deles, os dois homens falavam dos dias de sua infância, quando as rodas das carroças chacoalhavam na estrada, as libélulas davam rasantes sobre a grama e as macieiras floresciam até onde a vista alcança.

Adendo

No exato momento em que o Conde ouviu a porta do quarto 208 se fechar, Anna Urbanova estava, de fato, dormindo, mas não profundamente.

Quando a atriz dispensou o Conde (rolando de lado com um suspiro lânguido), ela observou com um prazer frio enquanto ele juntava as roupas e fechava as cortinas. Até sentiu certa satisfação quando o viu fazer uma pausa para pegar sua blusa e pendurá-la no armário.

Mas em algum momento durante a noite, essa imagem do Conde pegando sua blusa começou a perturbar seu sono. No trem de volta a São Petersburgo, ela se viu murmurando sobre aquilo. E, já em casa, estava de fato enfurecida. Na semana seguinte, se tinha o menor intervalo em seus exigentes horários, a imagem irrompia, e suas famosas faces de alabastro enrubesciam de raiva.

— Quem ele pensa que é, esse Conde Rostov? Puxando cadeiras e assobiando para cachorros? Agindo de modo superior e olhando os outros com o nariz empinado, mais especificamente. Mas com que direito? Quem lhe deu permissão para pegar uma blusa e pendurá-la no cabide? Se minha blusa está no chão, qual é o problema? A roupa é minha e posso tratá-la como eu quiser!

E se surpreendia em meio a tais argumentos para ninguém em específico.

Certa noite, voltando de uma festa, a simples lembrança do delicado gesto do Conde foi tão irritante que, quando se despiu, ela não só deixou no chão o vestido de seda vermelha, como também instruiu seus criados de que ele não devia ser tocado. A cada noite que se seguia, ela jogava outra roupa no chão. Vestidos e blusas, de veludo e seda, de Londres e Paris: quanto mais caro, melhor. Jogados aqui no chão do banheiro e ali perto da lata de lixo. Ou seja, em qualquer lugar que lhe conviesse.

Após duas semanas, seu *boudoir* começou a parecer uma tenda árabe com tecidos de todas as cores pelo piso.

Olga, a georgiana de sessenta anos que encontrara o Conde na porta da suíte 208 e que servia fielmente como camareira da atriz desde 1920, a princípio observou o comportamento de sua patroa com uma indiferença experiente. Mas certa noite, quando Anna deixou cair um vestido azul com decote nas costas sobre um vestido de seda branca, Olga afirmou o óbvio:

— Minha querida, você está agindo como uma criança. Se não recolher suas roupas, não terei escolha senão lhe dar uma palmada.

Anna Urbanova ficou vermelha como um pote de geleia.

— Recolher minhas roupas? — gritou. — Você quer que eu recolha minhas roupas? Então eu vou recolher!

Juntando vinte peças em seus braços, ela marchou até a janela aberta e as jogou na rua lá embaixo. Com a maior satisfação, a atriz as viu flutuar e cair no chão. Quando se virou para confrontar triunfante a camareira, Olga observou friamente que os vizinhos iam se divertir com essa evidência da petulância da famosa atriz, então se virou e saiu do quarto.

Anna apagou as luzes, deitou na cama e esbravejou:

— Que me importa o que os vizinhos vão dizer sobre minha petulância? Que me importa o que São Petersburgo diga, ou toda a Rússia?!

Mas às duas da madrugada, depois de muito se revirar, Anna Urbanova desceu nas pontas dos pés a grande escadaria, saiu para a rua e recolheu suas roupas uma a uma.

1924

Anonimato

Sonhos de invisibilidade são tão antigos quanto as lendas. Por meio de algum talismã ou poção, ou com a ajuda dos próprios deuses, a presença corporal do herói é tornada insubstancial e, pela duração do feitiço, ele pode vagar invisível entre seus pares.

Qualquer criança de dez anos poderia enumerar as vantagens desse poder. Seja para desviar de dragões, entreouvir conspiradores e esgueirar-se para dentro de cofres, ou roubar uma torta da despensa, derrubar o quepe de um policial e pôr fogo na aba do fraque do diretor da escola, basta dizer que milhares de contos foram criados em torno das vantagens da invisibilidade.

Mas menos contada é a lenda em que o feitiço da invisibilidade é lançado como uma maldição sobre o herói desconhecido. Após viver no calor da batalha, ser o centro das conversas e sentar-se na vigésima fileira com vista privilegiada para as damas nos camarotes — isto é, no coração dos acontecimentos —, de repente ele se percebe invisível tanto ao amigo quanto ao inimigo. E foi exatamente esse tipo de feitiço que Anna Urbanova lançou sobre o Conde em 1923.

Naquela fatídica noite em que o Conde jantara com a encantadora atriz em sua suíte, presume-se que ela teve o poder de torná-lo invisível de imediato. Em vez disso, para brincar com sua paz de espírito, lançara seu feitiço de modo que ele se manifestasse ao longo de um ano, pouco a pouco.

Nas semanas seguintes, de repente o Conde notou que de vez em quando sumia por alguns minutos. Ele estava jantando na Piazza, e um casal se aproximava de sua mesa com a clara intenção de tomá-la para si; ou podia estar perto da recepção, e um hóspede irritado quase o derrubava. No inverno, aqueles dispostos a cumprimentá-lo com um aceno de cabeça ou um sorriso muitas vezes não conseguiam vê-lo até que ele estivesse a três metros de distância. E agora, um ano depois? Quando ele atravessava o saguão, muitas vezes era necessário um minuto inteiro para que seus amigos mais próximos percebessem que ele estava bem na frente deles.

— Ah. Perdoe-me, Conde Rostov. Não o vi aí. Como posso ajudá-lo? — disse Vasili, devolvendo o telefone ao gancho.

O Conde deu um tapinha leve na mesa do porteiro.

— Por acaso você saberia onde Nina está?

Quando questionou Vasili sobre o paradeiro de Nina, não o fez em vão para o primeiro que encontrara: Vasili tinha uma consciência extraordinária de onde as pessoas estavam em todos os momentos.

— Ela está na sala de carteado, creio eu.

— Ah — disse o Conde com um sorriso de compreensão.

Virando-se, atravessou o corredor até a sala e abriu a porta sem fazer barulho, supondo que encontraria quatro senhoras de meia-idade trocando palavrões e biscoitos enquanto faziam truques de uíste, acompanhadas de um espírito atencioso que prendia a respiração dentro do armário. Em vez disso, encontrou o objeto de sua busca sentado sozinho à mesa de carteado. Com duas pilhas de papel na frente e um lápis em punho, ela parecia o próprio modelo de entusiasmo estudantil. O lápis se movia com tanto vigor que parecia um guarda de honra, desfilando de cabeça erguida pela página, girando na margem para marchar rapidamente de volta.

— Saudações, minha amiga.

— Olá, Vossa Condelência — respondeu Nina sem tirar os olhos do trabalho.

— Você gostaria de me acompanhar para uma incursão antes do jantar? Estava pensando em visitar a central telefônica.

— Creio que não posso no momento.

Enquanto Nina colocava uma folha de papel em uma das pilhas e tirava outra da segunda, o Conde tomou para si o assento na frente dela. Por hábito, pegou o baralho que estava na ponta da mesa e o embaralhou duas vezes.

— Gostaria de ver um truque?

— Outra hora, talvez.

Arrumando o baralho, o Conde o pôs de volta na mesa. Depois pegou a primeira folha da pilha de papéis preenchidos. Em colunas cuidadosamente alinhadas, encontrou todos os números cardinais de 1.100 até 1.199. De acordo com algum sistema desconhecido, treze dos números tinham sido circulados de vermelho.

Não é preciso dizer que o Conde ficou intrigado.

— O que temos aqui?

— Matemática.

— Percebo que você está enfrentando o assunto com vigor.

— O professor Lisitski diz que é preciso lutar com a matemática da mesma maneira que se luta com um urso.

— É mesmo? E com que espécie de urso estamos lutando hoje? Mais um urso polar do que um panda, imagino.

Nina fitou o Conde com seu olhar baço.

O Conde pigarreou e adotou um tom mais sério:

— Vejo que o projeto envolve algum subconjunto de inteiros...

— Você sabe o que é um número primo?

— Como dois, três, cinco, sete, onze, treze...?

— Exatamente — confirmou Nina. — Esses números inteiros que são *indivisíveis* por qualquer número além de um e deles próprios.

Dada a maneira dramática como ela tinha dito *indivisíveis*, era de se imaginar que Nina estivesse falando da impenetrabilidade de uma fortaleza.

— Enfim, estou fazendo uma lista de todos eles — disse ela.

— Todos eles!

— É uma tarefa de Sísifo — admitiu ela (embora com um entusiasmo que levava qualquer um a se perguntar se ela compreendia por completo a etimologia do termo).

Ela apontou para as páginas já escritas sobre a mesa.

— A lista de números primos começa com dois, três e cinco, como você diz. Mas eles se tornam cada vez mais raros à medida que vão crescendo. Uma coisa é identificar um sete ou onze. Mas apontar o mil e nove é bem diferente. Você consegue identificar um número primo na casa das centenas de milhares...? Dos milhões...?

Nina olhou ao longe, como se pudesse ver o maior e mais inexpugnável de todos os números situado em seu promontório rochoso, onde, por milhares de anos, tinha resistido aos ataques de dragões cuspindo fogo e hordas bárbaras. Então retomou o trabalho.

Com um senso de respeito redobrado, o Conde tornou a olhar para a folha em suas mãos. Afinal, um homem refinado deve admirar qualquer estudo, seja lá quão arcano for, desde que perseguido com curiosidade e dedicação.

— Aqui. Este número não é primo — disse ele no tom de quem se intromete.

Nina olhou para cima com uma expressão de descrença.

— Qual número?

Ele pôs o papel na frente dela e tocou em um número circulado de vermelho.
— Mil cento e setenta e três.
— Como você sabe que não é primo?
— Se a soma dos algarismos que formam um número é divisível por três, então esse número também é divisível por três.

Confrontada com esse fato extraordinário, Nina respondeu:
— *Mon Dieu*.

Então se recostou em sua cadeira e avaliou o Conde, como se reconhecesse que o subestimara.

Bem, quando um homem é subestimado por um amigo, ele tem um motivo para se ofender, uma vez que são nossos amigos que devem *superestimar* nossas capacidades. Eles deveriam ter uma opinião exagerada sobre nossa firmeza moral, nossa sensibilidade estética e nosso alcance intelectual. Ora, deveriam praticamente nos imaginar pulando através de uma janela no tempo, com as obras de Shakespeare em uma das mãos e uma pistola na outra! Mas, nesse caso específico, o Conde teve de admitir que tinha poucas razões para se ofender. Porque, considerando-se sua vida, ele não podia imaginar de que canto obscuro de sua mente adolescente esse fato extraordinário tinha se materializado.

— Bem — disse Nina, apontando para a pilha de papéis completos na frente do Conde. — É melhor você me passar esses.

Deixando Nina com o trabalho, o Conde se consolou com a ideia de que ia encontrar Michka para jantar dali a quinze minutos; além disso, ainda faria a leitura dos jornais do dia. Então, voltando ao saguão, pegou uma cópia do *Pravda* na mesa de centro e se acomodou na cadeira entre os vasos de palmeiras.

Depois de passar os olhos pelas manchetes, dedicou-se a uma matéria sobre uma fábrica de Moscou que estava ultrapassando suas metas. Em seguida leu um texto sobre várias melhorias de vida nas aldeias russas. Quando voltou sua atenção para uma reportagem sobre os gratos estudantes de Kazan, não pôde deixar de notar a repetitividade do novo estilo jornalístico. Os bolcheviques não apenas permaneciam com o mesmo tipo de assunto todos os dias, eles exaltavam um grupo tão estreito de pontos de vista usando um vocabulário tão limitado que era inevitável parecer que já se tinha lido tudo aquilo antes.

Só no quinto artigo o Conde percebeu que já *havia* lido tudo aquilo antes. Era o jornal de ontem. Com um grunhido, jogou-o de volta na mesa e olhou para o relógio atrás da recepção, que indicava que Michka agora estava quinze minutos atrasado.

Mas, entre um homem ativo e um homem sem nada para fazer, a extensão dos quinze minutos era completamente diferente. Se, para o Conde, os doze meses anteriores poderiam ser educadamente descritos como sem intercorrências, o mesmo não poderia ser dito para Michka. O velho amigo do Conde havia deixado o congresso da RAPP de 1923 com uma comissão para editar e comentar uma antologia de contos russos em vários volumes. Só isso teria sido uma desculpa bastante razoável para se atrasar; mas havia um segundo desdobramento na vida de Michka que concedia margens maiores a seus compromissos...

Quando menino, o Conde tinha uma merecida reputação de bom atirador. Ele ficou famoso por ter acertado o sino da escola com uma pedra, a qual lançara por detrás dos arbustos no outro extremo do pátio. Tinha ficado conhecido por ter mergulhado um copeque em um tinteiro do outro lado da sala de aula. E, com arco e flecha, podia perfurar uma laranja a cinquenta passos. Mas ele nunca tinha acertado um alvo tão pequeno a uma distância tão grande quanto no momento em que notou o interesse de seu amigo por Katerina de Kiev. Nos meses que se seguiram ao congresso de 1923, a beleza dela tornou-se tão incontestável, seu coração, tão terno, e seu comportamento, tão amável que Michka não teve escolha senão se esconder atrás de uma pilha de livros na antiga Biblioteca Imperial em São Petersburgo.

— Ela é um vagalume, Sacha. Um cata-vento — disse Michka com o espanto pesaroso de alguém a quem foi dado apenas um momento para admirar uma maravilha do mundo.

Mas então, em uma tarde de outono, ela apareceu em sua alcova precisando de um confidente. Atrás de seus livros, eles sussurraram por uma hora e, quando soou o sino de fechamento na biblioteca, levaram a conversa para a avenida Nevski e seguiram andando todo o trajeto até o cemitério de Tikhvin, onde, em um ponto com vista para o rio Neva, esse vagalume, esse cata-vento, essa maravilha do mundo, de repente pegou sua mão.

— Ah, Conde Rostov — exclamou Arkadi de forma casual. — Aí está. Tenho uma mensagem para você...

Voltando para a recepção, Arkadi rapidamente folheou alguns bilhetes.

— Aqui.

O bilhete, que tinha sido anotado pelo recepcionista do hotel, transmitia as desculpas de Michka e explicava que, como Katerina não estava bem, retornava para São Petersburgo antes do previsto. Depois de um momento para disfarçar sua decepção, o Conde levantou os olhos do bilhete para agradecer a Arkadi, mas o capitão da recepção já tinha voltado sua atenção para outro hóspede.

— Boa noite, Conde Rostov. — Andrei olhou rapidamente para o Livro. — Mesa para dois esta noite, não é?

— Receio que será apenas para um, Andrei.

— Mesmo assim, é um prazer recebê-lo. Sua mesa estará pronta em alguns minutos.

Com o reconhecimento recente da URSS pela Alemanha, pela Inglaterra e pela Itália, uma espera de alguns minutos se tornava cada vez mais comum no Boiarski; mas esse era o preço de ser recebido de volta à irmandade das nações e do comércio.

Quando o Conde se afastou, um homem com uma barba pontuda veio marchando pelo corredor com um protegido a reboque. Embora o Conde só o tivesse visto uma ou duas vezes antes, sabia que era o Comissário Disso ou Daquilo, pois caminhava com urgência, falava com urgência e até parava com urgência.

— Boa noite, camarada Soslóvski — saudou Andrei com um sorriso de boas-vindas.

— Sim — respondeu Soslóvski, como se tivessem lhe perguntado se queria sentar-se imediatamente.

Com um aceno de compreensão, Andrei fez sinal para um garçom, entregou-lhe dois cardápios e ordenou que levasse os cavalheiros à mesa quatorze.

Em termos geométricos, o Boiarski era um quadrado com um imponente arranjo floral no centro (hoje, ramos de forsythia em flor), em torno do qual se espalhavam vinte mesas de tamanhos variados. Se comparássemos as mesas com os pontos cardeais de uma bússola, o garçom, segundo a instrução de Andrei, estava conduzindo o Comissário e seu protegido à mesa para dois no canto nordeste, bem ao lado de onde um bielorrusso com queixo duplo estava jantando.

— Andrei, meu amigo...

O *maître* levantou os olhos do Livro.

— Esse não é o sujeito que há alguns dias trocou farpas com aquele senhor cujas feições são semelhantes às de um buldogue?

"Trocou farpas" era um eufemismo educado. Pois na tarde em questão, quando Soslóvski perguntou em alto e bom som a seus companheiros de almoço por que os bielorrussos pareciam particularmente lentos em aceitar as ideias de Lênin, o buldogue (que estava sentado a uma mesa vizinha) jogou seu guardanapo no prato e exigiu saber "o que significava aquilo"! Com um desprezo tão agudo quanto sua barba, Soslóvski sugeriu que havia três razões e começou a enumerá-las:

— Primeiro, há a preguiça inerente da população, um traço pelo qual os bielorrussos são conhecidos no mundo todo. Em segundo lugar, há sua paixão pelo Ocidente, que presumivelmente decorre de sua longa história de endogamia com os poloneses. Mas, em terceiro, e acima de tudo...

Infelizmente, o restaurante nunca ouviria o acima-de-tudo. O buldogue, que tinha empurrado a cadeira para trás ao ouvir falar de *endogamia*, içou Soslóvski de sua cadeira. Na confusão que se seguiu, foram necessários três garçons para separar as várias mãos das várias lapelas e dois ajudantes para varrer o frango *à la Maréchale* do chão.

Recordando a cena em um piscar de olhos, Andrei olhou de volta para a mesa treze, onde o referido buldogue estava sentado com uma mulher de aspecto tão semelhante ao seu que qualquer especialista em lógica concluiria ser sua esposa. Virando-se, Andrei contornou as flores de forsythia, alcançou Soslóvski e seu protegido e os conduziu à mesa três, um ótimo lugar no sul-sudeste do restaurante, que poderia acomodar confortavelmente um grupo de quatro pessoas.

— *Merci beaucoup* — disse Andrei quando voltou.

— *De rien* — respondeu o Conde.

Responder "De nada" para Andrei representava mais do que a figura de linguagem gaulesa pretendia, posto que o Conde merecia tantos agradecimentos por sua pequena intervenção quanto uma andorinha merece por seu piado. Pois desde os quinze anos, Aleksandr Rostov era um mestre em organizar os lugares às mesas.

Sempre que estava em casa nas férias, sua avó inevitavelmente o chamava à biblioteca, onde ela gostava de tricotar em uma cadeira avulsa ao lado da lareira.

— Entre, meu rapaz, e sente-se um momento comigo.

— Claro, minha avó — responderia o Conde, equilibrando-se na beira da lareira. — Como posso ajudar?

— O prelado virá jantar na sexta-feira, e também a duquesa Obolenski, o conde Keragin *e* os Minski-Polotov...

Aqui ela deixaria a voz sumir sem mais explicações; mas nenhuma era necessária. A Condessa acreditava que o jantar devia oferecer às pessoas um descanso das provações e tribulações da vida. Assim, não aceitava discussões sobre religião, política ou tristezas pessoais em sua mesa. Para complicar mais as coisas, o prelado era surdo do ouvido esquerdo, parcial quanto aos epigramas latinos e propenso a olhar para decotes sempre que bebia um copo de vinho. Já a duquesa Obolenski, que era especialmente mordaz no verão, franzia o cenho para ditados grosseiros e não tolerava discussões sobre artes. E os Keragin? Seu bisavô tinha sido chamado de bonapartista pelo príncipe Minski-Polotov em 1811 e, desde então, eles não trocavam uma palavra sequer com um Minski-Polotov.

— Quantos estarão presentes? — perguntaria o Conde.

— Quarenta.

— O grupo habitual?

— Mais ou menos.

— Os Osipov?

— Sim. Mas Pierre está em Moscou...

— Ah — clamaria o Conde com o sorriso de um campeão de xadrez quando confrontado com um novo desafio.

A província de Níjni Novgorod tinha uma centena de famílias proeminentes que, ao longo de dois séculos, se casaram e se divorciaram, emprestaram e alugaram, aceitaram e lamentaram, ofenderam, defenderam e duelaram ao mesmo tempo que adotavam uma série de posições conflitantes que variavam de acordo com a geração, o gênero e a casa. E, no centro desse turbilhão, ficava o salão de jantar da Condessa Rostov, com suas duas mesas de vinte lugares lado a lado.

— Não se preocupe, *Grand-mère* — garantiria o Conde. — Vou encontrar uma solução.

No jardim, enquanto o Conde, de olhos fechados, começava a percorrer as permutações individuais uma a uma, sua irmã gostava de subestimar sua tarefa:

— Por que você está franzindo o cenho desse jeito, Sacha? Não importa como a mesa seja organizada, sempre temos conversas deliciosas durante os jantares.

— Não importa como a mesa seja organizada! Conversas deliciosas! — exclamava o Conde. — Saiba, querida irmã, que acomodações descuidadas desfizeram o melhor dos casamentos e levaram ao colapso das *détentes* mais duradouras. De fato, se Páris não tivesse se sentado ao lado de Helena quando jantou na corte de Menelau, nunca teria havido a Guerra de Troia.

Uma contestação encantadora, sem dúvida, refletiu o Conde, tantos anos mais tarde. Mas onde estavam agora os Obolenski e os Minski-Polotov?

Com Heitor e Aquiles.

— Sua mesa está pronta, Conde Rostov.

— Ah! Obrigado, Andrei.

Dois minutos depois, o Conde estava confortavelmente sentado à sua mesa com uma taça de champanhe em mãos (um pequeno gesto de agradecimento de Andrei por sua oportuna intervenção).

Tomando um gole, o Conde olhou o cardápio de trás para a frente, como de costume. Aprendera com a experiência que averiguar as entradas antes do prato principal só podia levar a arrependimentos. E aqui estava um exemplo perfeito. O último item no cardápio era a única necessidade da noite: ossobuco, um prato que deveria ser precedido por um aperitivo leve e animado.

Fechou o cardápio e examinou o restaurante. Não havia como negar que se sentira um pouco triste ao subir as escadas para o Boiarski; mas ali estava ele, com uma taça de champanhe na mão, um ossobuco a caminho e a satisfação de ter ajudado um amigo. Talvez o Destino — que, de todos os seus filhos, amava mais a Mudança de Sorte — estivesse determinado a elevar seu ânimo.

—Você tem alguma dúvida?

Assim veio a pergunta por trás do Conde.

Sem hesitar, o Conde começou a responder que estava pronto para pedir, mas, ao se virar na cadeira, ficou atônito ao descobrir que era o Bispo que estava debruçado sobre seu ombro, trajado com o paletó branco do Boiarski.

Era preciso admitir que, com o recente retorno de hóspedes internacionais para o hotel, a equipe do Boiarski se tornara insuficiente. O Conde conseguia entender por que Andrei decidira reforçar a equipe. Mas, de todos os garçons na Piazza, de todos os garçons no mundo, por que escolheria *esse*?

O Bispo parecia seguir a linha de raciocínio do Conde, pois seu sorriso se tornou especialmente presunçoso. *Sim,* parecia dizer, *aqui estou eu no seu famoso Boiarski, um dos poucos escolhidos que passam impunemente pelas portas da cozinha do chef Jukóvski.*

— Talvez o senhor precise de mais tempo... — sugeriu o Bispo, com o lápis sobre o bloco.

Por um instante, o Conde considerou dispensá-lo e pedir outra mesa. Mas os Rostov sempre se orgulharam de admitir quando seu comportamento carecia de benevolência.

— Não, meu bom homem — respondeu o Conde. — Estou pronto para fazer o pedido. Vou querer salada de erva-doce e laranja de entrada e, em seguida, o ossobuco.

— É claro — disse o Bispo. — E como vai querer o ossobuco?

O Conde quase o deixou vislumbrar seu espanto. Como vou querer? Será que ele espera que eu diga a temperatura de uma carne?

— Como o chef o prepara — respondeu o Conde de forma magnânima.

— Claro. E vai querer vinho?

— Com certeza. Uma garrafa do San Lorenzo Barolo, 1912.

— Tinto ou branco?

— Um Barolo é um tinto encorpado do norte da Itália — explicou o Conde da forma mais condescendente possível. — Assim, é o acompanhamento perfeito para o ossobuco de Milão.

— Então você quer o tinto.

O Conde estudou o Bispo por um momento. O sujeito não dá nenhuma mostra de ser surdo, ponderou; e seu sotaque sugere que o russo é sua língua materna. Portanto, certamente, a essa altura, ele já deveria estar indo para a cozinha, não? Mas como a Condessa Rostov gostava de comentar: se um teste de paciência fosse fácil, dificilmente seria uma virtude...

— Sim — disse o Conde depois de contar até cinco. — O Barolo *é* um tinto.

O Bispo continuou ali parado, com o lápis posicionado sobre o bloco.

— Peço desculpas se não estou sendo claro — disse, sem remorso. — Mas esta noite há apenas *duas* opções de vinho para escolher: branco e tinto.

Os dois homens se entreolharam.

— Talvez você possa pedir a Andrei que venha aqui um instante.

— É claro — disse o Bispo, afastando-se com uma reverência eclesiástica.

O Conde tamborilou sobre a mesa.

É claro, diz ele. É claro, é claro, é claro. É claro o quê? É claro que você está aí e eu estou aqui? É claro que você disse alguma coisa e eu respondi? É claro que o tempo de um homem na Terra é finito e pode chegar ao fim a qualquer momento!
— Algum problema, Conde Rostov?
— Ah, Andrei. É sobre o seu novo funcionário. Eu o conheço bem pelo trabalho lá embaixo. E lá imagino que certa falta de experiência seja tolerada ou mesmo esperada. Mas aqui no Boiarski...

O Conde abriu as mãos para fazer um gesto em direção à sala sagrada e então olhou para o *maître* esperando que ele compreendesse.

Ninguém que conhecesse Andrei o mínimo que fosse poderia descrever seu comportamento como alegre. Ele não era um folião no carnaval ou um empresário de entretenimento. Sua posição como *maître* do Boiarski pedia discernimento, tato, decoro. Assim, o Conde estava bastante acostumado a Andrei ter uma expressão solene. Mas, em todos os seus anos de jantares no Boiarski, nunca tinha visto o homem parecer *tão* solene.

— Ele foi promovido por ordens do sr. Halecki — explicou o *maître* em voz baixa.
— Mas por quê?
— Não sei ao certo. Imagino que tenha um amigo.
— Um amigo?
De modo nada típico, Andrei deu de ombros.
— Um amigo influente. Alguém dentro do Sindicato dos Garçons, talvez; ou na Comissão do Trabalho; ou nos altos escalões do Partido. Hoje em dia, quem vai saber?
— Sinto muito — disse o Conde.
Andrei inclinou-se em gratidão.
— Bem, você certamente não pode ser responsabilizado se o impingem esse companheiro; e vou ajustar minhas expectativas em conformidade. Mas, antes que você vá, pode me fazer um pequeno favor? Por alguma razão incompreensível, ele não me deixa pedir meu vinho. Só esperava conseguir uma garrafa do San Lorenzo Barolo para acompanhar o ossobuco.

Se é que isso era possível, a expressão de Andrei se tornou ainda mais solene.

— Talvez fosse melhor o senhor me acompanhar...

★ ★ ★

Depois de ter seguido Andrei pelo salão, através da cozinha e para baixo por uma longa e sinuosa escada, o Conde encontrou-se em um lugar aonde Nina nunca tinha ido: a adega do Metropol.

Com arcos de tijolo e aclimatação fria e escura, a adega lembrava a beleza sombria de uma catacumba. Só que, em vez de sarcófagos com imagens de santos, fileiras carregadas de garrafas de vinho avançavam até os confins da câmara. Ali estava reunida uma impressionante coleção de Cabernets e Chardonnays, Rieslings e Syrahs, Portos e Madeiras, um século de colheitas de todo o continente europeu.

Ao todo, havia quase dez mil caixas. Mais de cem mil garrafas. E todas elas sem rótulo.

— O que aconteceu?! — exclamou o Conde.

Andrei assentiu com um gesto de tristeza.

— Foi apresentada uma queixa ao camarada Teodorov, o Comissário de Alimentos, alegando que a existência de nossa carta de vinhos era completamente contrária aos ideais da Revolução; que era um verdadeiro monumento ao privilégio da nobreza, à afetação da elite intelectual e ao preço predatório dos especuladores.

— Mas isso é absurdo.

Pela segunda vez em uma hora, Andrei deu de ombros.

— Uma reunião convocada, uma votação feita e uma ordem proferida... Daqui para a frente, o Boiarski venderá somente o vinho tinto e o branco com preço único para todas as garrafas.

Com a mão nunca concebida para este propósito, Andrei fez um gesto em direção ao canto, onde, ao lado de cinco barris de água, uma confusão de rótulos repousava no chão.

— Foram necessários dez dias de trabalho de dez homens para completar a tarefa — disse com tristeza.

— Mas quem diabo apresentaria uma queixa dessas?

— Não tenho certeza. Embora tenham me dito que pode ter começado com seu amigo...

— Meu amigo?

— Seu garçom de lá debaixo.

O Conde olhou para Andrei com espanto. Mas então uma lembrança lhe sobreveio: uma lembrança do Natal anterior, quando ele se inclinara em sua cadeira para corrigir a recomendação de um garçom para um Rioja como acompanhamento de um guisado letão. Quão presunçoso o Conde tinha sido no momento ao observar que nada substituía a experiência.

Bem, pensou o Conde, aqui está a substituição.

Com Andrei alguns passos atrás dele, o Conde começou a andar pelo corredor central da adega, do mesmo modo que um comandante e seu tenente caminhariam por um hospital de campo no rescaldo da batalha. Perto do final do corredor, o Conde se virou para uma das fileiras. Com uma contagem rápida de colunas e prateleiras, ele determinou que só naquela fileira havia mais de mil garrafas — mil garrafas praticamente idênticas em forma e peso.

Pegou uma ao acaso e refletiu sobre como a curva do vidro cabia perfeitamente na palma da mão, como o seu volume pesava com perfeição sobre o braço. Mas por dentro? O que exatamente havia dentro daquele vidro verde-escuro? Um Chardonnay para harmonizar com um camembert? Um Sauvignon Blanc para acompanhar um chèvre?

Fosse qual fosse o vinho ali, decididamente não era idêntico aos vizinhos. Pelo contrário, o conteúdo da garrafa em sua mão era produto de uma história tão singular e complexa quanto a de uma nação ou de um homem. Em sua cor, aroma e sabor, com certeza expressaria a geologia idiossincrática e o clima predominante de seu *terroir* de origem. Mas, além disso, expressaria todos os fenômenos naturais de seu *vintage*. Em um gole, evocaria o período de degelo daquele inverno, a extensão da chuva daquele verão, os ventos dominantes e a frequência das nuvens.

Sim, uma garrafa de vinho era a destilação final do tempo e do lugar; uma expressão poética da própria individualidade. No entanto, ali estava, lançado de volta ao mar do anonimato, aquele reino de medíocres e desconhecidos.

E, de repente, o Conde vivenciou seu próprio momento de lucidez. Assim como Michka tinha entendido o presente como o subproduto natural do passado e podia ver com perfeita clareza como ele moldaria o futuro, o Conde agora entendia *seu próprio lugar* na passagem do tempo.

À medida que envelhecemos, somos obrigados a encontrar conforto na ideia de que leva gerações até um modo de vida desaparecer. Conhecemos as canções preferidas de nossos avós, mesmo que nunca as tenhamos dançado. Nos feriados festivos, as receitas que puxamos da gaveta com frequência têm décadas de idade e, em alguns casos, são escritas à mão por um parente morto há muito tempo. E os objetos em nossas casas? As mesas de centro orientais e as escrivaninhas desgastadas que foram transmitidas de geração em geração? Apesar de estarem "fora de moda", não só acrescentam beleza à nossa vida diária, como dão credibilidade concreta à nossa suposição de que a passagem de uma era será glacial.

O Conde, no entanto, enfim reconheceu que, sob certas circunstâncias, esse processo pode acontecer em um piscar de olhos. Rebeliões populares, turbulência política, progresso industrial... Qualquer combinação desses fatores pode fazer o desenvolvimento de uma sociedade saltar gerações, varrendo aspectos do passado que, de outra forma, poderiam ter durado décadas. E deve ser especialmente assim quando aqueles com poder recém-descoberto são homens que desconfiam de qualquer forma de hesitação ou nuance e que premiam a autoconfiança acima de tudo.

Durante anos, com um pequeno sorriso, o Conde observara que tinha deixado uma ou outra coisa para trás, como seus dias de poesia, viagem ou romance. Mas, ao fazê-lo, nunca tinha de fato acreditado nisso. No fundo de seu coração, ele tinha imaginado que, mesmo que negligenciados, esses aspectos de sua vida permaneciam em algum lugar na periferia, esperando para serem convocados. Mas, olhando para a garrafa em sua mão, o Conde se impressionou com a percepção de que, de fato, tudo *ficara* para trás. Porque os bolcheviques, que estavam tão decididos a reformular o futuro a partir de um molde de sua própria criação, não descansariam até que cada vestígio de sua Rússia tivesse sido arrancado, destruído ou apagado.

O Conde devolveu a garrafa a seu lugar e foi se juntar a Andrei no pé da escada. Mas ao passar por entre as prateleiras, ocorreu-lhe que tinha deixado *quase* tudo para trás. Pois tinha um último dever a cumprir.

— Só um momento, Andrei.

A partir do final da adega, o Conde começou a ziguezaguear por entre as fileiras de modo sistemático, olhando as prateleiras de cima para baixo, o que possivelmente fez Andrei duvidar de sua sanidade. Mas, na sexta fileira, ele parou. Ao chegar a uma prateleira à altura de seu joelho, pegou com cuidado uma garrafa dentre as milhares. Segurando-a com um sorriso melancólico, passou o polegar sobre a insígnia das duas chaves cruzadas gravadas no vidro.

No dia 22 de junho de 1926 — o décimo aniversário da morte de Helena —, o Conde Aleksandr Ilitch Rostov beberia à memória de sua irmã. E então largaria o fardo da existência de uma vez por todas.

1926
Adieu

É um fato da vida humana que a pessoa deve, em algum momento, escolher uma filosofia. Ou tal era a opinião do Conde diante de suas antigas janelas na suíte 317, depois de entrar com a ajuda da chave de Nina.

Seja por meio de uma reflexão cuidadosa gerada por livros e um debate animado regado a café às duas da manhã ou simplesmente por uma tendência natural, todos nós devemos em algum momento adotar uma estrutura essencial, algum sistema com razoável coerência de causas e efeitos que nos ajudarão a encontrar sentido não apenas nos acontecimentos importantes, mas em todas as pequenas ações e interações que constituem nossa vida diária, sejam elas deliberadas ou espontâneas, inevitáveis ou imprevistas.

Para a maioria dos russos, durante séculos o conforto filosófico foi encontrado sob o teto da igreja. Quer favorecessem o Antigo Testamento e sua mão inabalável ou o Novo Testamento e sua mão mais condescendente, sua submissão à vontade de Deus os ajudava a entender, ou pelo menos a aceitar, o inevitável curso dos acontecimentos.

Em dia com a moda da época, a maioria dos colegas de escola do Conde tinha virado as costas para a igreja; mas só o fizeram em favor de confortos alternativos. Alguns que preferiam a clareza da ciência aderiram às ideias de Darwin, vendo a cada passo a marca da seleção natural; enquanto outros optaram por Nietzsche e seu eterno retorno ou Hegel e sua dialética — cada sistema bastante sensato, sem dúvida, quando enfim se chegava à milésima página.

Mas, para o Conde, suas tendências filosóficas sempre foram essencialmente meteorológicas. Especificamente, ele acreditava na influência inevitável de climas clementes e inclementes. Acreditava na influência das geadas antecipadas e dos verões persistentes, das nuvens ameaçadoras e das chuvas delicadas, da neblina, da luz do sol e das nevascas. E ele acreditava, acima de tudo, na remodelação dos destinos pela menor mudança no termômetro.

Como exemplo, bastava olhar para baixo por essa janela. Menos de três semanas antes, com a temperatura em torno de 7°C, a Praça dos Teatros estava vazia e cinza. Mas com um aumento de apenas três graus na temperatura média, as árvores tinham começado a florescer, os pardais começaram a cantar e os casais jovens e idosos se demoravam nos bancos. Se essa pequena mudança de temperatura era suficiente para transformar a vida de uma praça pública, por que deveríamos pensar que o curso da história humana é menos suscetível?

Napoleão teria sido o primeiro a admitir que, depois de reunir um intrépido corpo de comandantes e quinze divisões, depois de avaliar as fraquezas do inimigo, estudar o seu terreno e formular com cuidado um plano de ataque, deve-se entrar em acordo com a temperatura. Pois a leitura do termômetro não só ditará o ritmo do avanço, como também determinará a adequação dos suprimentos e reforçará ou trairá a coragem de seus homens. (Ah, Napoleão, talvez você nunca tivesse vencido em seu avanço pela Mãe Rússia; mas estivesse cinco graus mais quente e você poderia ao menos ter chegado em casa com metade de suas forças intactas, em vez de perder outros trezentos mil homens entre as portas de Moscou e as margens do rio Neman.)

Se os exemplos do campo de batalha não são de seu gosto, considere então uma festa no final do outono, à qual você e um grupo de amigos e conhecidos foram convidados para comemorar o aniversário de 21 anos da encantadora princesa Novobaczki...

Às cinco horas, quando se olha pela janela do seu quarto de vestir, o clima parece que vai pesar sobre as festividades. Com a temperatura de 1°C, nuvens até onde a vista alcança e o início de uma chuva fina, os convidados da princesa chegarão à festa com frio, molhados e um tanto desgastados. Mas, às seis horas, quando saem, a temperatura terá descido apenas o suficiente para que caia sobre seus ombros não apenas uma simples chuva outonal cinza, mas a primeira neve da estação. Assim, a mesma precipitação que poderia ter estragado a noite confere a ela uma aura de magia. Na verdade, o modo como os flocos de neve espiralam no ar é tão fascinante que você é jogado para fora da estrada, quando uma *troika* passa a pleno galope com um jovem oficial hussardo de pé às rédeas como um centurião em sua carruagem.

Depois de passar uma hora tirando a carruagem de uma vala, você chega à festa da princesa atrasado, mas, por sorte, um velho amigo dos tempos de escola também se atrasou. De fato, você pode ver quando ele se afasta de seu *drochki*, ajeita os ombros para trás, estufa o peito e, em seguida, testa a formalidade dos lacaios ao escorregar em um pedaço de gelo e cair sentado. Ajudando-o a se levantar, você engancha seu braço sob o dele e o leva para dentro da casa no momento em que os outros convidados estão deixando a sala de visitas.

Na sala de jantar, você circula rapidamente a mesa à procura de seu nome, presumindo que, por conta de sua reputação como contador de histórias, será outra vez acomodado ao lado de algum primo desajeitado. Mas, veja só, você está sentado à direita da convidada de honra. Enquanto à esquerda da princesa está... ninguém menos que o hussardo apressado que o jogou para fora da estrada.

Basta um olhar para ver que ele se considera o receptor natural da atenção da princesa. Claro, espera brindá-la com histórias do regimento enquanto, de vez em quando, reabastece sua taça de vinho. Ao terminar a refeição, ele vai lhe oferecer o braço e levá-la ao salão de baile, onde mostrará seus talentos na mazurca. E quando a orquestra tocar Strauss, ele não precisará valsar com a princesa pelo salão, porque estará em seus braços no terraço.

Mas, no momento em que o jovem tenente está prestes a contar sua primeira história, as portas da cozinha se abrem e três lacaios aparecem com travessas. Todos os olhos se voltam para ver o que a sra. Trent preparou para a ocasião e, quando as três cúpulas de prata são levantadas ao mesmo tempo, há suspiros de apreciação. Pois, em homenagem à princesa, ela preparou sua especialidade: assado inglês com pudim Yorkshire.

Na história da humanidade, nenhum rancho militar despertou inveja. Devido a uma combinação de eficiência, desinteresse e falta de um toque feminino, todos os alimentos de uma cozinha de campanha são fervidos até as tampas saltarem das panelas. Assim, após três meses consecutivos passados a repolho e batata, o jovem tenente não está preparado para a chegada da carne da sra. Trent. Cozida por quinze minutos a 230°C e depois assada por duas horas a 180°C, o assado é macio e vermelho no centro, mas crocante e dourado na crosta. Assim, o nosso jovem hussardo deixa de lado seus contos regimentais em favor de porções extras e do reabastecimento de sua própria taça de vinho; enquanto, seguindo as regras da etiqueta, é você quem deve entreter a princesa com algumas de suas próprias histórias divertidas.

Depois de limpar o molho de seu prato com a última crosta do pudim, o jovem tenente enfim volta sua atenção para a anfitriã; mas, nesse exato momento, a orquestra começa a tocar no salão de baile e os convidados empurram suas cadeiras para trás. Então ele simplesmente estende o braço para a princesa, enquanto seu amigo corpulento aparece ao seu lado.

Não há nada que seu amigo ame mais do que uma boa quadrilha; e, apesar do seu físico, ele é conhecido por saltar como um coelho e cabriolar como um bode. Mas, levando a mão ao cóccix, explica que a queda na entrada o deixou dolorido demais para dançar. Ele estava se perguntando se, em vez disso, você não gostaria de jogar algumas rodadas de carteado e você responde que seria um prazer. Mas acontece que o tenente entreouve essa conversa e, em um estado mental agitadiço, imagina que essa é a oportunidade perfeita para ensinar a alguns dândis uma coisa ou outra sobre os jogos de azar. Além disso, ele argumenta consigo mesmo, a orquestra passará horas tocando e a princesa não vai a lugar algum. Assim, sem pensar mais, passa o braço dela para o cavalheiro mais próximo e se oferece para acompanhá-los na mesa de cartas, enquanto faz sinal ao mordomo pedindo outra taça de vinho.

Bem.

Talvez tenha sido a taça extra de vinho. Talvez, a tendência do tenente em subestimar um homem bem vestido. Ou talvez simplesmente má sorte. Qualquer que fosse a causa, basta dizer que, depois de duas horas, foi o tenente quem perdeu mil rublos e é você que está com as notas promissória dele em mãos.

No entanto, por mais que o sujeito conduzisse sua *troika* de modo imprudente, você não tem vontade de colocá-lo em seu lugar. Então diz:

— É o aniversário da princesa. Em homenagem a ela, vamos dizer que está tudo certo.

E com isso você rasga a nota promissória do tenente ao meio e joga as metades no feltro verde. Em agradecimento, ele joga sua taça de vinho para o chão, empurra a cadeira para trás e tropeça pelas portas do terraço noite adentro.

Embora durante o jogo houvesse apenas cinco jogadores e três observadores, a história da promissória rasgada rapidamente corre pelo salão de baile e, de repente, a princesa procura-o para expressar sua gratidão por esse ato de gentileza. Enquanto você se curva e responde *Não foi nada*, a banda ataca uma valsa, e você não tem opção a não ser tomá-la em seus braços e deslizá-la pelo salão.

A princesa valsa divinamente. Ela é leve e gira como um pião. Porém, com mais de quarenta casais dançando e as chamas inusitadamente altas das duas lareiras, a temperatura no salão de baile alcança 27°C, fazendo as bochechas da princesa corarem e seu peito arfar. Preocupado que ela esteja se sentindo mal, naturalmente você pergunta se ela gostaria de tomar um ar...

☆

Está vendo?

Se a sra. Trent não tivesse dominado tão perfeitamente a arte de assar, o jovem tenente poderia ter mantido sua atenção na princesa em vez de se servir de uma terceira porção de carne com uma oitava taça de vinho. Se a temperatura naquela noite não tivesse caído 4°C em seis horas, não teria se formado gelo na entrada, seu amigo corpulento não teria caído, e o jogo de cartas poderia não ter acontecido. E, se a visão da neve não tivesse feito com que os lacaios deixassem o fogo tão alto, talvez você não tivesse terminado no terraço nos braços da aniversariante enquanto um jovem hussardo devolvia seu jantar ao pasto de onde ele viera.

E, mais do que isso, pensou o Conde com uma expressão séria, todos os acontecimentos lamentáveis que se seguiram poderiam nunca ter acontecido...

— O que é isso? Quem é você?

Virando-se da janela, o Conde encontrou um casal de meia-idade parado na porta com a chave da suíte nas mãos.

— O que está fazendo aqui? — perguntou o marido.

— Eu sou... do setor de tecidos do hotel — respondeu o Conde.

Voltando-se para a janela, segurou a cortina e deu um puxão.

— Sim — afirmou o Conde. — Parece que está tudo em ordem.

Então, em cumprimento, tirou o chapéu que não estava usando e saiu para o corredor.

☆

— Boa noite, Vasili.

— Ah. Boa noite, Conde Rostov.

O Conde deu um tapinha leve na mesa do porteiro:

— Por acaso você saberia onde Nina está?

— Ela está no salão de baile, acredito.

— Ah! Exatamente.

O Conde ficou agradavelmente surpreso ao ouvir que Nina estava de volta a um dos lugares que costumava frequentar. Agora com treze anos, ela tinha abdicado de seus passatempos de infância em favor de livros e professores. Para ter deixado de lado seus estudos, devia haver uma Assembleia assentada.

Mas quando o Conde abriu a porta, não havia cadeiras sendo arrastadas nem passos pesados em palanques. Nina estava sentada sozinha a uma pequena mesa debaixo do lustre central. O Conde notou que seu cabelo estava preso para trás das orelhas, uma indicação inequívoca de que algo importante estava em andamento. E, de fato, no bloco diante dela havia uma tabela de seis por três e, sobre a mesa, havia um conjunto de escalas, uma fita métrica e um cronômetro.

— Saudações, minha amiga.
— Ah, olá, Vossa Condelência.
— Por obséquio, diga-me: o que está fazendo?
— Nós estamos nos preparando para uma experiência.

O Conde olhou ao redor do salão de baile.
— Nós?

Nina apontou com o lápis para a sacada.

Olhando para cima, o Conde descobriu um garoto da idade de Nina agachado no velho esconderijo atrás da balaustrada. Bem vestido, apesar da simplicidade, o menino estava com os olhos arregalados e uma expressão séria e atenta. Ao longo da balaustrada havia uma série de objetos de diferentes formas e tamanhos enfileirados.

Nina fez as apresentações:
— Conde Rostov, Boris. Boris, Conde Rostov.
— Boa tarde, Boris.
— Boa tarde, senhor.

O Conde voltou-se para Nina:
— Qual é a natureza desse empreendimento?
— Pretendemos testar as hipóteses de dois renomados matemáticos em um único experimento. Especificamente, testaremos o cálculo de Newton da velocidade da gravidade e o princípio de Galileu de que objetos com massa diferente caem a uma velocidade equivalente.

Da balaustrada, Boris, de olhos arregalados, assentiu com seriedade e atenção.

A título de ilustração, Nina apontou o lápis para a primeira coluna de sua tabela, na qual seis objetos estavam listados em ordem crescente de tamanho.

— Onde arranjou o abacaxi?
— Na fruteira do saguão — disse Boris com entusiasmo.

Nina pousou o lápis.

— Vamos começar com o copeque, Boris. Lembre-se de segurá-lo *rigorosamente* no topo da balaustrada e soltá-lo *exatamente* no momento que eu lhe disser para fazê-lo.

Por um momento, o Conde se perguntou se a altura da sacada era suficiente para medir a influência da massa na queda de diferentes objetos. Afinal, Galileu não tinha subido a Torre de Pisa quando fez seu experimento? E, certamente, a sacada não era alta o suficiente para calcular a aceleração da gravidade. Mas não cabe ao observador casual questionar a metodologia do cientista experiente. Assim, o Conde manteve suas ponderações em seu devido lugar.

Boris pegou o copeque e, mostrando a devida consideração pela seriedade de sua tarefa, ajeitou-se com cuidado para que pudesse segurar o objeto designado precisamente no topo da balaustrada.

Depois de fazer uma anotação em seu bloco, Nina pegou o cronômetro.

— No três, Boris. Um. Dois. Três!

Boris soltou a moeda e, após um momento de silêncio, ela caiu no chão. Nina olhou para o relógio.

— Um segundo e vinte e cinco — gritou para Boris.

— Entendido — respondeu o rapaz.

Anotando com atenção o dado no quadrado correspondente, em uma folha de papel separada Nina dividiu o número por um fator, pegou o resto, subtraiu a diferença, e assim por diante, até que arredondou a solução para a segunda casa decimal. Então meneou a cabeça com uma decepção aparente.

— Dez metros por segundo ao quadrado.

Boris respondeu com uma expressão de preocupação científica.

— O ovo — disse Nina.

O ovo (que provavelmente tinha sido liberado pela cozinha da Piazza) foi segurado com precisão, lançado com exatidão e cronometrado até os centésimos de segundo. O experimento continuou com uma xícara de chá, uma bola de bilhar, um dicionário e o abacaxi, e todos eles completaram sua jornada até a pista de dança no mesmo tempo. Assim, no salão de baile do Hotel Metropol, em 21 de junho de 1926, o herético Galileu Galilei foi inocentado por um retinir, uma quebra, um estilhaçar, um baque, um baque mais alto e um estouro.

Dos seis objetos, a xícara de chá foi o favorito do Conde. Não apenas se estilhaçou satisfatoriamente com o impacto, como logo em seguida foi possível ouvir os cacos de porcelana derrapando pelo chão como bolotas no gelo.

Depois de completar o cálculo, Nina observou um pouco triste:

— Professor Lisitski disse que essas hipóteses foram testadas ao longo do tempo…

— Sim — disse o Conde. — Imagino que tenham sido...

Então, para alegrá-la um pouco, sugeriu que, como eram quase oito horas, talvez ela e seu jovem amigo quisessem acompanhá-lo para jantar no Boiarski. Infelizmente, ela e Boris tinham outra experiência a fazer, uma que envolvia um balde de água, uma bicicleta e o perímetro da Praça Vermelha.

Nessa noite mais do que em qualquer outra, será que o Conde ficou desapontado por Nina e seu jovem amigo não poderem se juntar a ele para o jantar? Claro que sim. No entanto, sempre fora da opinião de que Deus, que poderia facilmente ter dividido por igual as horas de escuridão e luz, escolhera fazer os dias de verão mais longos justamente para expedições científicas desse tipo. Além disso, o Conde tinha a agradável sensação de que Boris poderia se provar o primeiro em uma longa lista de jovens sérios e atentos que deixariam cair ovos de balaustradas e pedalariam bicicletas com baldes.

— Então vou deixá-los cuidar disso — disse o Conde com um sorriso.

— Tudo bem. Mas você veio por algum motivo em particular?

— Não — respondeu ele depois de uma pausa. — Nada em particular. — Mas, quando se virou para a porta, algo lhe ocorreu. — Nina...

Ela ergueu os olhos do trabalho.

— Mesmo que essas hipóteses tenham sido testadas ao longo do tempo, acho que você estava perfeitamente certa ao testá-las de novo.

Nina estudou o Conde por um momento.

— Sim — disse com um aceno de cabeça. — Você sempre me conheceu melhor do que ninguém.

☆

Às dez horas, o Conde estava sentado no Boiarski com um prato vazio e uma garrafa de Branco quase vazia sobre a mesa. Com o dia chegando rapidamente ao fim, ele se orgulhava de saber que tudo estava em ordem.

Naquela manhã, depois de receber a visita de Konstantin Konstantinovitch, o Conde acertara suas contas da Muir & Mirrielees (agora conhecida como Loja de Departamento Universal Central), da Filippov's (a Primeira Padaria de Moscou) e, claro, do Metropol. Na mesa do Grão-Duque, tinha escrito uma carta para Michka, que em seguida confiara a Petia com instruções de que fosse enviada no dia seguinte. Na parte da tarde, fizera sua visita semanal ao barbeiro e arrumara seus aposentos. Vestira seu paletó de smoking borgonha (que, para ser totalmente honesto, era desconcertantemente confortável) e pôs no bolso uma única moeda de ouro para o agente funerário, com instruções de que ele fosse vestido com o terno preto recém-passado (o qual deixara sobre a cama) e de que seu corpo fosse enterrado na sepultura da família em Idlehour.

Mas, se era orgulho o que o Conde sentia ao saber que tudo estava em ordem, era conforto o que lhe sobrevinha com a certeza de que o mundo continuaria sem ele — o que, de fato, já acontecera. Na noite anterior, ele estava de pé na recepção quando Vasili entregou um mapa de Moscou para um dos hóspedes do hotel. Enquanto Vasili desenhava uma linha em zigue-zague do centro da cidade até o Anel de Jardins, mais da metade das ruas que citava eram desconhecidas do Conde. Mais cedo naquele dia, Vasili lhe informara que o famoso saguão azul e dourado do Bolshoi tinha sido pintado de branco, ao passo que no Arbat, a estátua sombria de Gógol assinada por Andreev fora arrancada do pedestal e substituída por uma mais edificante de Gorki. Simples assim, a cidade de Moscou podia se orgulhar de novos nomes de ruas, novos saguões e novas estátuas, e nem os turistas, nem os frequentadores do teatro, nem os pombos pareciam particularmente exaltados.

A tendência em relação aos funcionários, que tinha começado com a promoção do Bispo, continuou inabalável, de modo que qualquer jovem com mais influência do que experiência poderia agora vestir o paletó branco, tirar os pratos pela esquerda e servir o vinho em copos de água.

Marina, que antes gostava da companhia do Conde enquanto costurava na sala de costura, agora tinha uma costureira júnior a quem supervisionar, assim como uma criança pequena em casa (Deus a abençoasse).

Nina, que tinha dado seus primeiros passos no mundo moderno e o achara tão digno de sua inteligência audaz quanto o estudo de princesas, estava se mudando com o pai para um grande apartamento em um dos novos edifícios designados para o uso dos representantes do Partido.

E, como era a terceira semana de junho, o Quarto Congresso Anual do RAPP estava em andamento, mas Michka não compareceria, pois tinha tirado uma licença de seu cargo na universidade para terminar a antologia de contos (já alcançando cinco volumes) e seguir sua Katerina de volta a Kiev, onde ela dava aulas em uma escola primária.

De tempos em tempos, o Conde ainda compartilhava uma xícara de café no telhado com o faz-tudo, Abram, onde conversavam sobre noites de verão em Níjni Novgorod. Mas o velho estava agora tão míope e capenga que, certa manhã no início daquele mês, como se antecipando sua aposentadoria, as abelhas tinham desaparecido de suas colmeias.

Então, sim, a vida se desenrolava, como sempre acontecia.

Olhando para trás, o Conde recordou como, na primeira noite de sua prisão domiciliar, no espírito da antiga máxima de seu padrinho, ele tinha se comprometido a dominar suas circunstâncias. Bem, em retrospecto, havia outra história que seu padrinho contava que era igualmente digna de cópia. Envolvia o grande amigo do Grão-Duque, o almirante Stepan Makarov, que comandara a Marinha Imperial da Rússia durante a Guerra Russo-Japonesa. No dia 13 de abril de 1904, com Port Arthur sob ataque, Makarov conduziu seus navios de guerra para a batalha e fez a frota japonesa recuar para o mar Amarelo. Mas ao retornar ao porto em águas calmas, o capitânia atingiu uma mina japonesa e começou encher de água. Assim, com a batalha ganha e a costa de sua pátria à vista, Makarov subiu ao leme com o traje militar completo e afundou com seu navio.

A garrafa de Branco do Conde (que ele tinha quase certeza de que era um Chardonnay da Borgonha que devia ser servido a 12°C) estava suando sobre a mesa. Estendendo o braço sobre o prato, pegou a garrafa e se serviu. Depois de fazer um brinde de gratidão ao Boiarski, o Conde esvaziou a taça e se dirigiu ao Chaliapin para uma última dose de conhaque.

☆

Quando chegou ao Chaliapin, seu plano era saborear um conhaque, saudar Audrius e, depois, se retirar para seu estúdio e aguardar o carrilhão das doze. Mas quando a bebida chegava ao fim, não pôde evitar entreouvir uma conversa mais adiante no bar, entre um animado jovem britânico e um viajante alemão, para quem a viagem obviamente perdera todo o encanto.

O que primeiro chamou a atenção do Conde foi o entusiasmo do britânico pela Rússia. Em particular, o jovem estava encantado com a arquitetura caprichosa das igrejas e o teor ruidoso da língua. Mas com uma expressão severa, o alemão respondeu que a única contribuição que os russos tinham feito para o Ocidente fora a invenção da vodca. Então, provavelmente para enfatizar seu argumento, esvaziou o copo.

— Ora, você não pode estar falando sério — retrucou o britânico.

O alemão lançou ao vizinho mais novo o olhar de alguém cuja vida não tinha visto nada além da seriedade.

— Pago um copo de vodca para qualquer homem neste bar que possa citar mais três — anunciou ele.

Bem, vodca não era a bebida favorita do Conde. De fato, apesar de seu amor por seu país, ele raramente a bebia. Além do mais, já dera fim a uma garrafa de Branco e a uma dose de conhaque, e ainda tinha seu assunto pessoal bastante urgente para cuidar. Mas quando o país de um homem é desprezado com tanto despeito, ele não pode se esconder atrás de suas preferências ou de seus compromissos — *sobretudo* depois de ter bebido uma garrafa de Branco e uma dose de conhaque. Assim, depois de esboçar uma instrução rápida para Audrius na parte de trás de um guardanapo e escondido sob uma nota de um rublo, o Conde pigarreou.

— Com licença, cavalheiros. Não pude deixar de ouvir a conversa. Não tenho dúvidas, *mein Herr*, de que sua observação sobre as contribuições da Rússia para o Ocidente foi uma espécie de hipérbole invertida, uma diminuição exagerada dos fatos para efeito poético. Todavia, vou tomar suas palavras por empenhadas e ficarei feliz em aceitar seu desafio.

— Por Deus — disse o britânico.

— Mas tenho uma condição — acrescentou o Conde.

— E qual é? — perguntou o alemão.

— Que para cada uma das contribuições que eu citar, nós três bebamos um copo de vodca *juntos*.

O alemão, que estava de cenho franzido, levou a mão ao ar como se fosse acenar em desprezo ao Conde, assim como desprezara o país. Mas o sempre alerta Audrius já havia posto três copos vazios no bar e os enchia até a borda.

— Obrigado, Audrius.

— É um prazer, Excelência.

— Número um — começou o Conde, acrescentando uma pausa para um efeito dramático: — Tchékhov e Tolstói.

O alemão soltou um grunhido.

— Sim, sim. Eu sei o que você vai dizer: que cada nação tem seus poetas no panteão. Mas com Tchékhov e Tolstói, nós, russos, colocamos os suportes de bronze na lareira da narrativa. De agora em diante, os escritores de ficção, seja qual for a procedência, se posicionarão no *continuum* que começa com um e termina com o outro. Pois quem, eu lhe pergunto, demonstrou maior domínio da forma mais curta do que Tchékhov em seus contos impecáveis? Precisos e organizados, eles nos convidam a um canto de uma casa em alguma hora discreta em que toda a condição humana de repente está ao nosso alcance, mesmo que de forma dolorosa. Ao passo que, no outro extremo: você consegue conceber uma obra de maior alcance que *Guerra e Paz*? Uma que se mova tão habilmente da sala de visitas para o campo de batalha e de volta? Que investigue tão plenamente como o indivíduo é moldado pela história e a história pelo indivíduo? Eu lhe digo que, nas próximas gerações, não haverá novos autores para suplantar esses dois como alfa e ômega da narrativa.

— Eu diria que ele tem um bom argumento — disse o britânico.

Depois levantou o copo e o esvaziou. Então o Conde esvaziou o dele e, após um resmungo, o alemão seguiu o exemplo.

— Número dois? — perguntou o britânico, enquanto Audrius enchia de novo os copos.

— Ato um, cena um de *O Quebra-Nozes*.

— Tchaikóvski! — exclamou o alemão, gargalhando.

— Você ri, *mein Herr*. E, ainda assim, eu apostaria mil coroas que você é capaz de imaginar. Na véspera de Natal, depois de celebrar a data com a família e os amigos em uma sala decorada com guirlandas, Clara dorme profundamente no chão com seu magnífico brinquedo novo. Mas à meia-noite em ponto, com o caolho Drosselmeyer empoleirado como uma coruja no relógio do avô, a árvore de Natal começa a crescer...

Quando o Conde levantou as mãos lentamente sobre o balcão para sugerir o crescimento da árvore, o britânico começou a assobiar a famosa marcha do ato de abertura.

— Sim, exato — disse o Conde ao britânico. — Costuma-se dizer que os ingleses sabem celebrar o Advento como ninguém. Mas, com todo o respeito, para testemunhar a essência da alegria do inverno, é preciso se aventurar bem mais ao norte de Londres. É preciso aventurar-se acima do paralelo quinquagésimo para onde o curso do sol é mais elíptico e a força do vento é mais implacável. Escura, fria e nevada, a Rússia tem o tipo de clima no qual o espírito de Natal se ilumina com mais brilho. E é por isso que Tchaikóvski parece tê-lo capturado em som melhor do que qualquer outra pessoa. Garanto-lhes que todas as crianças europeias do século XX não só conhecerão as melodias de *O Quebra-nozes*, como imaginarão o seu Natal tal como é representado no balé; e nas vésperas de Natal durante sua velhice, a árvore de Tchaikóvski crescerá do chão de suas lembranças até que elas fiquem maravilhadas outra vez.

O britânico deu uma risada sentimental e esvaziou o copo.

— A história foi escrita por um prussiano — disse o alemão rancoroso enquanto levantava sua bebida.

— Concordo — concedeu o Conde. — E, se não fosse por Tchaikóvski, teria permanecido na Prússia.

Quando Audrius encheu de novo os copos, o sempre alerta *barman* notou a expressão interrogativa do Conde e respondeu com um aceno de confirmação.

— Terceiro — disse o Conde.

Então, em vez de explicar, ele simplesmente gesticulou para a entrada do Chaliapin, onde um garçom apareceu de repente com uma bandeja de prata equilibrada na palma da mão. Pondo o prato no balcão entre os dois estrangeiros, levantou a cúpula para revelar uma generosa porção de caviar acompanhada de *blini* e creme azedo. Mesmo o alemão não pôde deixar de sorrir — seu apetite sobressaía em meio a seus preconceitos.

Qualquer um que tenha passado uma hora bebendo vodca sabe que tamanho tem surpreendentemente pouco a ver com a tolerância de um homem. Há homens diminutos para quem o limite é sete; e gigantes para quem é dois. Para nosso amigo alemão, o limite parecia ser três. Pois, se Tolstói o pusera num barril, e Tchaikóvski o largara à deriva, então o caviar o jogara das cataratas. Assim, depois de ter apontado um dedo acusatório para o Conde, ele se moveu para o canto do bar, deitou a cabeça nos braços e sonhou com a Fada Açucarada.

Tomando isso como um sinal, o Conde se preparou para empurrar para trás sua banqueta, mas o jovem britânico estava enchendo seu copo outra vez.

— O caviar foi um golpe de mestre — disse ele. — Mas como você conseguiu? Não saiu do alcance da nossa vista por um instante sequer.

— Um mágico nunca revela seus segredos.

O britânico riu. Então o estudou com uma espécie de curiosidade renovada.

— Quem é você?

O Conde deu de ombros.

— Eu sou uma pessoa que você conheceu em um bar.

— Não. Não é exatamente assim. Reconheço um homem de erudição quando estou diante de um. E ouvi como o *barman* se referiu a você. Quem é você realmente?

O Conde ofereceu um sorriso autodepreciativo.

— Houve um tempo em que fui o Conde Aleksandr Ilitch Rostov, condecorado com a Ordem de Santo André, membro do Jockey Club, Mestre de Caça...

O jovem britânico estendeu a mão.

— Charles Abernethy, provável herdeiro do Conde de Westmorland, aprendiz de financista e arqueiro da extinta equipe de Cambridge em Henley em 1920.

Os dois cavalheiros apertaram as mãos e beberam. E então o provável herdeiro do Conde de Westmorland estudou o Conde outra vez.

— Deve ter sido uma década e tanto para você...

— Pode-se dizer que sim — disse o Conde.

—Você tentou ir embora depois da Revolução?

— Pelo contrário, Charles. Voltei por causa dela.

Charles olhou para o Conde, surpreso.

—Você voltou?

— Eu estava em Paris quando o Hermitage caiu. Eu tinha deixado o país antes da guerra devido a certas... circunstâncias.

—Você não era anarquista, era?

O Conde riu.

— De jeito nenhum.

— Então o quê?

O Conde olhou para seu copo vazio. Havia muitos anos que não falava desses acontecimentos.

— Está tarde — disse ele. — E a história é longa.

Como resposta, Charles encheu os copos.

Então, o Conde levou Charles de volta ao outono de 1913, quando em uma noite inclemente partira para o vigésimo primeiro aniversário da princesa Novobaczki. Ele descreveu o gelo na entrada da casa, o assado da sra. Trent e a nota promissória rasgada, e como alguns graus aqui e ali o tinham levado ao terraço nos braços da Princesa enquanto o tenente imprudente vomitava na grama.

Charles riu.

— Mas, Aleksandr, isso é maravilhoso. Certamente não foi por isso que partiu da Rússia.

— Não — admitiu o Conde. Então continuou sua fatídica narrativa: — Sete meses se passam, Charles. É a primavera de 1914, e eu volto para a propriedade da família para uma visita. Depois de cumprimentar minha avó na biblioteca, me arrisco em busca de minha irmã, Helena, que gosta de ler sob o grande olmo na curva do rio. A trinta metros de distância, posso dizer que ela não é ela mesma... Quero dizer, posso dizer que ela é *mais* do que ela mesma. Ao me ver, se senta com um brilho nos olhos e um sorriso nos lábios, claramente ansiosa para compartilhar alguma notícia, que agora estou também ansioso para ouvir. Mas quando cruzo o gramado em sua direção, ela olha com atenção e sorri ainda mais intensamente ao ver uma figura solitária se aproximar em um corcel... uma figura solitária com o uniforme dos hussardos...

"Você vê o dilema em que o bonitão me colocou, Charles. Enquanto eu estava voltando a Moscou, ele havia procurado minha irmã. Arranjara uma apresentação e depois a cortejara com cuidado, paciência e *sucesso*. E quando ele desceu da sela e nossos olhos se encontraram, mal pôde conter o toque de alegria de seus lábios. Mas como eu ia explicar a situação a Helena? Esse anjo de mil virtudes? Como lhe dizer que o homem pelo qual ela se apaixonara havia buscado seu afeto não por apreciar suas qualidades, mas por um acerto de contas?"

— O que você fez?

— Ah, Charles. O que eu fiz? Eu não fiz nada. Acreditei que a verdadeira natureza dele certamente encontraria ocasião para se expressar, como acontecera na casa dos Novobaczki. Assim, nas semanas que se seguiram, acompanhei aquele namoro. Sofri durante almoços e chás. Trinquei meus dentes enquanto os via passear pelos jardins. Mas, enquanto eu esperava, seu autocontrole superou minhas expectativas mais selvagens. Ele puxava a cadeira para ela; colhia flores; lia versos; *escrevia* versos! E sempre que cruzava os olhos com os meus havia aquele leve toque em seu sorriso.

"Mas na tarde do vigésimo aniversário de minha irmã, quando ele estava fora em manobras e nós fomos visitar um vizinho, voltamos ao anoitecer e encontramos sua *troika* na frente de nossa casa. Ao olhar uma vez para Helena, pude sentir sua empolgação. Ele voltara todo o caminho desde seu batalhão, ela pensou, para lhe felicitar em seu dia. Ela quase saltou do cavalo e subiu os degraus correndo; e eu a segui como um homem condenado à forca."

O Conde esvaziou o copo e lentamente o pôs de volta no balcão.

— Mas lá dentro, no saguão, não encontrei minha irmã em seus braços. Eu a encontrei a dois passos da porta, tremendo. Contra a parede estava Nadejda, a criada dela. Com o corpete aberto, os braços sobre o peito e o rosto vermelho de humilhação, ela olhou brevemente para minha irmã, em seguida correu escadas acima. Com horror, minha irmã cambaleou pelo corredor, desabou em uma cadeira e cobriu o rosto com as mãos. E o nosso nobre tenente? Ele sorriu para mim como um gato.

"Quando comecei a expressar minha indignação, ele disse: 'Ora, Aleksandr. É o aniversário de Helena. Em homenagem a ela, vamos dizer que está tudo certo.'

"Então, gargalhando alto, saiu pela porta sem sequer olhar para minha irmã."

Charles assobiou baixinho.

O Conde assentiu.

— Mas, nesse momento, Charles, não fiquei de braços cruzados. Atravessei a entrada até a parede, de onde pendia um par de pistolas sob o brasão da família. Quando minha irmã agarrou a manga da minha camisa e perguntou aonde eu ia, também saí pela porta sem olhar para ela.

O Conde balançou a cabeça, condenando o próprio comportamento.

— Ele teve um minuto de vantagem, mas não o usou para abrir distância entre nós. Ele tinha casualmente subido em sua *troika* e posto seus cavalos em pouco mais do que um trote. E esse é o resumo dele, meu amigo: um homem que corria em direção às festas e trotava de suas próprias transgressões.

Charles encheu outra vez os copos e esperou.

— Nossa entrada era um grande círculo que ligava a casa à estrada principal por dois arcos opostos ladeados por macieiras. Meu cavalo ainda estava amarrado em seu poste. Então, quando o vi se afastando, montei e parti a galope na direção oposta. Em questão de minutos, eu tinha chegado ao ponto em que os dois arcos se ligavam à estrada. Desmontando, parei e esperei que ele se aproximasse.

"Imagine a cena: eu sozinho na entrada, com o céu azul, a brisa soprando e as macieiras em flor. Embora ele tivesse saído da casa a pouco mais que um trote, quando me viu se levantou, ergueu o chicote e incitou seus cavalos a toda a velocidade. Não havia dúvida do que ele pretendia fazer. Então, sem pensar duas vezes, levantei o braço, mirei e puxei o gatilho. O impacto da bala o derrubou. As rédeas se soltaram e os cavalos saíram da pista, derrubando a *troika* e o jogando na terra, onde ele permaneceu imóvel.

—Você o matou?

— Sim, Charles. Eu o matei.

O provável herdeiro do Conde de Westmorland assentiu devagar.

— Bem ali na poeira...

O Conde suspirou e tomou seu drinque.

— Não. Foi oito meses depois.

Charles parecia confuso.

— Oito meses depois...?

— Sim. Em fevereiro de 1915. Veja bem, desde jovem eu era conhecido por minha pontaria e tinha toda a intenção de acertar o calhorda no coração. Mas a estrada era irregular... E ele estava estalando as rédeas... E as flores de maçã estavam flutuando ao vento... Em uma palavra, errei. Acabei o acertando aqui.

O Conde tocou o ombro direito.

— Então você não o matou...

— Não naquele momento. Depois de cuidar de seu ferimento e consertar sua *troika*, eu o levei para casa. Ao longo do caminho ele me amaldiçoou a cada volta da roda, e com razão. Pois, embora tivesse sobrevivido ao ferimento à bala, com o braço direito agora defeituoso, ele seria forçado a entregar seu cargo nos hussardos. Quando seu pai apresentou uma queixa oficial, minha avó me mandou para Paris, como era costume na época. Porém, mais tarde naquele verão, quando a guerra estourou, apesar de sua lesão, ele insistiu em retomar seu lugar à frente do regimento. E, na Segunda Batalha dos Lagos Masurianos, ele foi derrubado do cavalo e executado com uma baioneta por um dragão austríaco.

Houve um momento de silêncio.

— Aleksandr, lamento que esse homem tenha morrido em batalha; mas acho que posso dizer com segurança que você assumiu mais culpa do que tem por esse acontecimento.

— Mas há mais um acontecimento relacionado: amanhã faz dez anos que, enquanto eu passava meu tempo em Paris, minha irmã morreu.

— De coração partido...?

— As mulheres jovens só morrem de coração partido em romances, Charles. Ela morreu de escarlatina.

O provável Conde balançou a cabeça, perplexo.

— Mas você não vê? É uma série de acontecimentos — explicou o Conde. — Aquela noite na casa dos Novobaczki, quando eu magnanimamente rasguei a nota promissória, tinha plena consciência de que a notícia chegaria à Princesa; e fiquei muito satisfeito ao virar o jogo sobre aquele grosseirão. Mas, se eu não o tivesse tão presunçosamente posto em seu lugar, ele não teria perseguido Helena, não a teria humilhado, eu não teria atirado nele, ele poderia não ter morrido na Masúria, e há dez anos eu estaria onde era meu lugar: ao lado de minha irmã quando ela deu seu último suspiro.

☆

Depois de completar a dose de conhaque com seis copos de vodca, quando o Conde emergiu no sótão pela escotilha pouco antes da meia-noite, cambaleou pelo telhado do hotel. Com o vento um pouco selvagem e o prédio se balançando de um lado para outro, era quase possível imaginar que a travessia era feita no convés de um navio em alto-mar. Que apropriado, pensou o Conde, enquanto parava para se equilibrar em uma chaminé. Em seguida, abrindo caminho entre as sombras irregulares que se erguiam aqui e ali, aproximou-se do canto noroeste do prédio.

Pela última vez, olhou para aquela cidade, que era dele e ao mesmo tempo não era. Dada a frequência dos postes nas ruas principais, ele podia facilmente identificar o Anel dos Bulevares e o Anel de Jardins — aqueles círculos concêntricos em cujo centro ficava o Kremlin e além dos quais ficava toda a Rússia.

Desde o primeiro homem na Terra, refletiu o Conde, houve homens no exílio. De tribos primitivas às sociedades mais avançadas, alguém ocasionalmente era informado por seus semelhantes de que devia fazer as malas, atravessar a fronteira e nunca mais pisar em sua terra natal. Mas talvez isso fosse de se esperar. Afinal, o exílio fora o castigo que Deus infligira a Adão no primeiro capítulo da comédia humana; e à qual submeteu Caim algumas páginas depois. Sim, o exílio era tão antigo quanto a humanidade. Mas os russos foram os primeiros que tiveram a ideia de exilar um homem em casa.

Já no século XVIII, os tsares deixaram de expulsar seus inimigos do país, optando por enviá-los à Sibéria. Por quê? Porque tinham determinado que exilar um homem da Rússia, como Deus havia exilado Adão do Éden, não era castigo suficiente. Afinal, em outro país, um homem pode mergulhar em seu trabalho, construir uma casa, criar uma família. Ou seja, ele poderia começar sua vida de novo.

Mas, quando você exila um homem em seu *próprio* país, não há um novo começo. Para o exilado em casa — seja ele enviado à Sibéria ou submetido ao Menos Seis —, o amor por seu país não se tornará vago nem será encoberto pelas brumas do tempo. De fato, como espécie, nós evoluímos para prestar máxima atenção àquilo que está além de nosso alcance, de forma que esses homens provavelmente se debruçarão mais sobre os esplendores de Moscou do que qualquer moscovita que seja livre para desfrutá-los.

Mas chega de tudo isso.

Depois de pegar um copo de Bordeaux do Embaixador, o Conde o colocou sobre uma chaminé. Tirou a rolha da garrafa de Châteauneuf-du-Pape sem rótulo que tinha conseguido na adega do Metropol em 1924. Mesmo enquanto apenas servia o vinho, já podia dizer que era uma excelente safra. Talvez um 1900 ou 1921. Com a taça cheia, levantou-a na direção de Idlehour.

— A Helena Rostov, a flor de Níjni Novgorod — brindou. — Amante de Púchkin, defensora de Aleksandr, bordadeira de cada fronha ao seu alcance. Uma vida muito breve, um coração muito doce.

Então ele bebeu toda a taça.

Embora a garrafa estivesse longe de ficar vazia, o Conde não encheu a taça outra vez nem a jogou por sobre o ombro. Em vez disso, pousou-a com cuidado na parte superior da chaminé e, em seguida, aproximou-se do parapeito, onde parou em total aprumo.

Diante dele, estendia-se a cidade, gloriosa e grandiosa. As legiões de luzes cintilavam e giravam até se misturarem com o movimento das estrelas. Rodavam em um círculo zonzo, confundindo as obras do homem com as obras do céu.

Colocando o pé direito na borda do parapeito, o Conde Aleksandr Ilitch Rostov disse:

— Adeus, meu país.

Como se fosse uma resposta, o farol na torre de Michka piscou.

Agora era a mais simples das questões. Como se estivesse de pé no cais na primavera, se preparando para dar o primeiro mergulho da estação, tudo o que restava era um salto. Começando a apenas seis andares do chão e caindo na mesma velocidade de um copeque, uma xícara de chá ou um abacaxi, a viagem inteira levaria apenas alguns segundos; e então o círculo estaria completo. Pois, como o nascer do sol leva ao pôr do sol e a poeira ao pó, como todo rio volta ao mar, assim também o homem deve retornar ao abraço do esquecimento, de onde...

— Vossa Excelência!

Consternado com a interrupção, o Conde se virou e viu Abram atrás dele, muito agitado. De fato, estava tão agitado que não mostrou a menor surpresa ao se deparar o Conde no lugar onde o telhado se encontrava com o vazio.

— Pensei ter ouvido sua voz — disse o velho faz-tudo. — Estou muito feliz que esteja aqui. Você deve vir comigo agora mesmo.

— Abram, meu amigo — começou a explicar o Conde, mas o velho continuou, inabalável.

— Você não vai acreditar, se eu lhe disser. Tem que ver pessoalmente.

Então, sem esperar resposta, ele se apressou com surpreendente agilidade em direção ao seu acampamento.

O Conde soltou um suspiro. Garantindo à cidade que voltaria em um instante, ele seguiu Abram pelo telhado até a fogueira, onde o velho parou e apontou para o canto nordeste do hotel. E ali, contra o pano de fundo brilhantemente iluminado do Bolshoi, podia-se distinguir um frenesi de pequenas sombras se mexendo pelo ar.

— Elas voltaram! — exclamou Abram.

— As abelhas...?

— Sim. Mas não é só isso. Sente-se, sente-se.

Abram apontou para a tábua de madeira que tão frequentemente servira de cadeira ao Conde.

Quando o Conde permaneceu de pé, Abram se inclinou sobre a mesa improvisada. Sobre ela havia um pedaço de uma das colmeias. Cortou o favo com uma faca, espalhou o mel em uma colher e entregou-a ao Conde. Então se afastou com um sorriso de antecipação.

— Bem? — incentivou. — Vá em frente.

Obedientemente, o Conde levou a colher à boca. Em um instante, sentiu a familiar doçura de mel fresco — iluminado pelo sol, dourado e alegre. Dada a época do ano, o Conde esperava que essa primeira impressão fosse seguida por uma sugestão de lilases do Jardim de Alexandre ou flores de cerejeira do Anel dos Jardins. Mas, quando o elixir se dissolveu em sua língua, o que o Conde sentiu foi algo completamente diferente. Em vez das flores das árvores do centro de Moscou, o mel tinha uma pitada de um gramado à beira do rio... O traço de uma brisa de verão... A sugestão de uma pérgula... Mas, acima de tudo, havia a essência inconfundível de mil pomares de macieiras em flor.

Abram estava assentindo.

— Níjni Novgorod — disse ele.

E era mesmo.

Inconfundivelmente.

— Elas devem ter nos escutado durante todos esses anos — acrescentou Abram em um sussurro.

O Conde e o faz-tudo olharam para a beira do telhado, onde as abelhas, depois de percorrer mais de 150 quilômetros e se dedicar de bom grado ao trabalho, agora rodavam acima de suas colmeias como pontinhos de escuridão, como o inverso das estrelas.

Eram quase duas da manhã quando o Conde desejou boa noite a Abram e voltou para seu quarto. Tirando a moeda de ouro do bolso, ele a pôs de volta na pilha dentro da perna da mesa do seu padrinho — onde permaneceria intocada por mais 28 anos. E, na noite seguinte, às seis, quando o Boiarski abriu, o Conde foi o primeiro a atravessar suas portas.

— Andrei — disse ao *maître*. —Você tem um momento...?

LIVRO TRÊS

1930

Às oito e meia, o Conde Aleksandr Ilitch Rostov se revirou ao som da chuva no beiral. Com um olho entreaberto, jogou as cobertas para o lado e saiu da cama. Vestiu o robe e calçou os sapatos. Pegou a lata na escrivaninha, colheu uma colherada de grãos para o Aparato e manejou a manivela.

Mesmo enquanto girava e girava a manivela, o quarto permaneceu sob a tênue autoridade do sono. Ainda incontestada, a sonolência continuava a lançar sua sombra sobre as visões e as sensações, sobre as formas e formulações, sobre o que foi dito e o que devia ser feito, impingindo a cada coisa a impalpabilidade de seu domínio. Mas quando o Conde abriu a pequena gaveta de madeira do moedor, o mundo e tudo o que havia sobre a terra foram transformados por aquela malevolência dos alquimistas: o aroma do café recém-moído.

Naquele instante, a escuridão foi separada da luz; as águas, da terra firme; os céus, da Terra. Árvores frutificaram e florestas se agitaram com o movimento de pássaros, feras e todo tipo de coisas rastejantes. Embora estivesse ao alcance da mão, um pombo paciente raspou as patas no rufo.

Tirando a pequena gaveta do Aparato, o Conde despejou seu conteúdo no bule (o qual ele havia prestimosamente abastecido com água na noite anterior). Acendeu o fogareiro e balançou o palito de fósforo. Enquanto esperava o café ficar pronto, fez trinta agachamentos, trinta alongamentos e respirou fundo trinta vezes. No pequeno armário do canto, pegou um pequeno pote de creme, dois biscoitos ingleses e um pedaço de fruta (hoje era maçã). Depois de servir o café, começou a desfrutar ao máximo as sensações da manhã:

A acidez crocante da maçã...

O amargor quente do café...

A doçura saborosa do biscoito com seu toque de manteiga rançosa...

Tão perfeita era a combinação que, ao terminar, o Conde ficou tentado a manejar a manivela, cortar a maçã e desfrutar do café da manhã outra vez, deixando de lado os biscoitos.

Mas o tempo não para. Assim, depois de derramar o resto do café do bule, o Conde espanou as migalhas de biscoito de seu prato para seu amigo emplumado na borda da janela. Então esvaziou o pequeno pote de creme em um pires e virou-se para a porta com a intenção de colocá-lo no corredor, e foi quando viu o envelope no chão.

Alguém devia tê-lo escorregado por baixo da porta no meio da noite.

Pousando o pires no chão para seu amigo zarolho, ele apanhou o envelope e se deparou com uma sensação incomum, como se ali dentro algo muito diferente tivesse sido postado. Na parte de trás, havia a designação do hotel em azul-escuro, ao passo que na frente, em vez de um nome e um endereço, estava escrita a pergunta: "*Quatro horas?*"

O Conde sentou-se em sua cama e tomou o último gole de café. Em seguida, enfiou a ponta de sua faca sob a aba do envelope, cortou-a de ponta a ponta e olhou para dentro.

— *Mon Dieu!*

A arte de Aracne

História é a arte de identificar, no conforto de uma cadeira de espaldar alto, os eventos cruciais. Com a vantagem do tempo, o historiador olha para trás e aponta para uma data, assim como um marechal de campo grisalho aponta para a curva de um rio em um mapa: *Ali estava*, diz ele. *O ponto da virada. O fator decisivo. O dia fatídico que alterou fundamentalmente tudo o que estava por vir.*

Lá, no dia 3 de janeiro de 1928, dizem os historiadores, foi o lançamento do Primeiro Plano Quinquenal — aquela iniciativa que daria início à transformação da Rússia, de uma sociedade agrária do século XIX em uma potência industrial do século XX. No dia 17 de novembro de 1929, Nikolai Bukharin, fundador e editor do *Pravda* e último amigo verdadeiro do camponês, foi enganado por Stálin e expulso do Politburo, abrindo caminho para um retorno à autocracia em tudo, menos no nome. E ali, no dia 25 de fevereiro de 1927, aconteceu a redação do artigo 58 do Código Penal, a rede que acabaria por nos enredar a todos.

Ali, no dia 27 de maio, ou ali no dia 6 de dezembro, às oito ou nove da manhã.

Lá estava, dizem. Conforme em uma ópera, era como se fechassem uma cortina, puxassem uma alavanca, erguessem um cenário em direção às vigas e descessem outro para o palco, de modo que, ao abrir das cortinas um momento depois, o público se veria transportado de um salão de baile ricamente decorado para as margens de um córrego no bosque...

Mas os acontecimentos dessas várias datas não fizeram a cidade de Moscou se rebelar. Quando a página do calendário foi arrancada, as janelas do quarto não brilharam de repente com a luz de um milhão de lâmpadas elétricas; aquele olhar Paternal não pairou de repente acima de cada mesa e apareceu em cada sonho; nem os motoristas de uma centena de camburões viraram as chaves em suas ignições e saíram pelas ruas em sombras. Pois o lançamento do Primeiro Plano Quinquenal, a queda de Bukharin e a expansão do Código

Penal para permitir a prisão de qualquer um por dissidência, tudo isso não passava de anúncios, presságios, a base. E ainda levaria uma década até que seus efeitos fossem totalmente sentidos.

Não. Para a maioria de nós, o final dos anos 1920 não foi caracterizado por uma série de acontecimentos cruciais. Pelo contrário, a passagem daqueles anos foi como o giro de um caleidoscópio.

No fundo cilíndrico de um caleidoscópio ficam cacos de vidro coloridos em arranjo aleatório; mas, graças a um facho de luz solar, à interação dos espelhos e à magia da simetria, quando se olha para dentro, o que se encontra é um padrão tão colorido, tão perfeitamente intricado, que parece ter sido projetado com extremo cuidado. Em seguida, ao menor giro do pulso, os fragmentos começam a mudar e se estabelecem em uma nova configuração — uma configuração com sua própria simetria de formas, sua própria complexidade de cores, seus próprios toques de arte.

Assim era na cidade de Moscou no final dos anos 1920.

E assim era no Hotel Metropol.

Na verdade, se um moscovita experiente atravessasse a Praça dos Teatros no último dia da primavera de 1930, encontraria o hotel muito parecido com aquele de que se lembrava.

Nos degraus da frente ainda está Pavel Ivanovitch em seu casaco, imponente como sempre (embora seu quadril agora lhe dê algum problema nas tardes de neblina). Do outro lado das portas giratórias estão os mesmos rapazes ansiosos, com os mesmos boinas azuis, prontos para despachar as malas escada acima (apesar de agora responderem por Gricha e Genia, e não Pacha e Petia). Vasili, com seu estranho conhecimento sobre o paradeiro das pessoas, ainda coordena a recepção na mesa diretamente em frente a Arkadi, que permanece pronto para virar o registro e oferecer-lhe uma caneta. E no escritório do gerente, o sr. Halecki ainda se senta atrás de sua mesa imaculada (embora um novo subgerente de sorriso monástico esteja propenso a interromper seus devaneios à menor infração às regras do hotel).

Na Piazza, russos de todos os tipos (ou pelo menos aqueles com acesso a moeda estrangeira) se reúnem para se demorar em um café e esbarrar com amigos. Enquanto no salão de baile, as observações de peso e os atrasos que uma vez marcaram as Assembleias agora marcam Jantares de Estado (embora não haja mais ninguém com predileção por amarelo espiando da sacada).

E o Boiarski?

Às duas horas a cozinha já está a pleno vapor. Ao longo das mesas de madeira, os *chefs* juniores cortam cenouras e picam cebolas, enquanto Stanislav, o *sous-chef*, delicadamente desossa pombos com um apito nos lábios. Nos grandes fogões, oito queimadores foram acesos para ferver molhos, sopas e ensopados. O confeiteiro que parece tão polvilhado de farinha quanto uma de suas *pâtisseries*, abre uma porta do forno para retirar duas bandejas de brioches. E, no meio de toda essa atividade, com um olho em cada assistente e um dedo em cada panela, está Emile Jukóvski empunhando sua faca de corte.

Se a cozinha do Boiarski é uma orquestra que tem Emile como maestro, então sua faca é a batuta. Com uma lâmina de cinco centímetros de largura na base e 25 centímetros de comprimento até a ponta, ela está raramente fora de sua mão e nunca longe de seu alcance. Embora a cozinha seja equipada com facas de *chef*, de descascar, de desossar e cutelos, Emile consegue fazer com seu talhador de 25 centímetros qualquer uma das várias tarefas para as quais essas facas foram projetadas. Com ela, o *chef* pode tirar a pele de um coelho. Raspar um limão. Descascar e cortar uma uva. Virar uma panqueca ou mexer uma sopa e, com a ponta, medir uma colher de chá de açúcar ou uma pitada de sal. Mas, acima de tudo, ele a usa para apontar.

— Você — diz ao cozinheiro de molhos, acenando com a ponta do talhador. — Você vai reduzir isso a nada? Para que vai usar isso, hein? Para pavimentar estradas? Para pintar ícones? E você — diz para o novo aprendiz dedicado no final do balcão. — O que está fazendo aí? Essa salsinha levou menos tempo para crescer do que você está levando para picá-la!

E no último dia da primavera? É para Stanislav que se vira a ponta da faca. Pois, enquanto tira a gordura das costelas de cordeiro, Emile de repente para e olha para a mesa.

—Você! — diz, apontando o talhador para o nariz de Stanislav. — O que é isso?

Stanislav, um estoniano esguio que estudou com atenção todos os movimentos de seu mestre, ergue o olhar de seus pombos, assustado.

— O que é o quê, senhor?

— O que é que você está assobiando?

De fato, havia uma melodia tocando na cabeça de Stanislav, algo que tinha ouvido na noite anterior ao passar pela entrada do bar do hotel, mas ele não tinha consciência de estar assobiando. E agora que ele enfrenta o talhador, não consegue nem lembrar qual era a melodia para salvar a própria pele:

— Não tenho certeza — confessa.

— Não tem certeza! Você estava assobiando ou não estava?

— Sim, senhor. Devia ser eu quem estava assobiando. Mas eu lhe asseguro que era apenas uma melodia.

— Apenas uma melodia?

— Uma pequena canção.

— Eu sei o que é uma melodia! Mas com autorização de quem você está assobiando? Hein? O Comitê Central o nomeou comissário de Assobiar Melodias? A Grande Ordem da Melodia está pendurada no seu peito?

Sem olhar para baixo, Emile bate o talhador no balcão, separando uma unidade de costeleta de cordeiro como se arrancasse a melodia da memória de Stanislav de uma vez por todas. O *chef* levanta o talhador novamente e aponta, mas antes que consiga elaborar sua fala, abre-se a porta que separa a cozinha de Emile do resto do mundo. É Andrei, preparado como sempre, com seu Livro na mão e um par de óculos no topo da cabeça. Como um pistoleiro depois do embate, Emile desliza a faca por sob o laço de seu avental e depois olha com expectativa para a porta, que um momento depois balança novamente.

Com um levíssimo giro do pulso, os cacos de vidro tombam em um novo arranjo. A boina azul do carregador é passada de um rapaz para outro, um vestido amarelo como um canário é guardado em um baú, um pequeno guia vermelho é atualizado com os novos nomes de ruas, e pela porta de vaivém de Emile entra o Conde Aleksandr Ilitch Rostov, com o paletó branco do Boiarski dobrado em seu braço.

Um minuto depois, sentados à mesa do pequeno escritório com vista para a cozinha, estavam Emile, Andrei e o Conde — o Triunvirato que se reunia todos os dias às 14h15 para decidir o destino da equipe do restaurante, de seus clientes, de seus frangos e tomates.

Como de costume, Andrei deu início à reunião ao colocar seus óculos de leitura na ponta do nariz e abrir o Livro.

— Não há grupos nos salões privativos hoje à noite, mas todas as mesas da sala de jantar estão reservadas para dois.

— Ah — exclamou Emile com o sorriso sombrio do comandante que prefere estar em desvantagem numérica. — Mas você não vai apressá-los, não é?

— De forma alguma — assegurou o Conde. — Vamos apenas cuidar para que seus cardápios sejam entregues prontamente e seus pedidos anotados de imediato.

Emile assentiu.

— Há alguma complicação? — perguntou o Conde ao *maître*.

— Nada de extraordinário.

Andrei girou o Livro para que o chefe dos garçons pudesse ver por si mesmo.

O Conde correu o dedo pela lista de reservas. Como Andrei dissera, não havia nada de extraordinário. O Comissário dos Transportes abominava jornalistas americanos; o embaixador alemão abominava o Comissário dos Transportes; e o vice-chefe da OGPU era abominado por todos.* A questão mais delicada era que dois membros diferentes do Politburo tinham reserva no segundo horário. Como ambos eram relativamente novos em suas posições, não era essencial que ficassem com a melhor mesa da casa. O *realmente* essencial era que recebessem tratamento idêntico em todos os aspectos. Deviam ser servidos com igual atenção em mesas do mesmo tamanho e equidistantes da porta da cozinha. E, idealmente, estariam em lados opostos do vaso central (hoje à noite um arranjo de íris).

— O que você acha? — perguntou Andrei, com a caneta na mão.

Enquanto o Conde fazia as sugestões sobre quem deveria se sentar onde, soou da porta uma batida delicada. Stanislav entrou, carregando uma tigela e uma travessa.

— Boa tarde, cavalheiros — disse o *sous-chef* a Andrei e ao Conde com um sorriso amigável. — Além da nossa refeição normal, hoje à noite temos sopa de pepino e...

---

* Fundada em 1923, a OGPU substituiu a Tcheka como o órgão central da polícia secreta russa. Em 1934, a OGPU seria substituída pela NKVD, que, por sua vez, seria substituída pelo MGB em 1943 e pela KGB em 1954. Por alto, isso pode parecer confuso. Mas a boa notícia é que, ao contrário de partidos políticos, movimentos artísticos ou escolas de moda — que passam por reinvenções radicais —, as metodologias e intenções da polícia secreta nunca mudam. Assim você não precisa distinguir um acrônimo do outro.

— Sim, sim — disse Emile, franzindo o cenho. — Nós sabemos, nós sabemos.

Desculpando-se, Stanislav pôs a tigela e a travessa sobre a mesa, enquanto Emile acenava dispensando-o da sala. Quando ele saiu, o *chef* fez um gesto para a cortesia.

— Além do nosso cardápio normal, hoje à noite temos sopa de pepino e costela de cordeiro com redução de vinho tinto.

Sobre a mesa havia três xícaras de chá. Com uma concha, Emile encheu de sopa dois dos recipientes e aguardou enquanto seus colegas a experimentavam.

— Excelente — disse Andrei.

Emile assentiu e depois, de sobrancelhas erguidas, se virou para o Conde.

Um purê de pepino descascado, pensou o Conde. Iogurte, é claro. Uma pitada de sal. Não tanto endro quanto se poderia esperar. Na verdade, algo completamente diferente... Algo que também fala de forma eloquente sobre a proximidade do verão, mas com um pouco mais de estilo...

— Hortelã? — perguntou.

O *chef* respondeu com o sorriso dos derrotados.

— *Bravo, monsieur.*

— ... em antecipação ao cordeiro — acrescentou o Conde com apreço.

Emile fez uma reverência ao inclinar uma vez a cabeça e, em seguida, pegando o talhador em sua cintura, trinchou quatro unidades de costeletas e pôs duas em cada um dos pratos de seus colegas.

O cordeiro, com crosta de alecrim e farinha de rosca, estava saboroso e macio. Tanto o *maître* quanto o chefe dos garçons suspiraram em apreço.

Graças a um membro do Comitê Central que tentara sem êxito pedir uma garrafa de Bordeaux para o novo embaixador francês em 1927, os vinhos com rótulos podiam ser novamente encontrados na adega do Metropol (afinal, era de conhecimento público que, apesar do tamanho considerável, a cabeça de um dragão tinha rolado como a de uma víbora). Então, voltando-se para o Conde, Andrei perguntou sobre suas ideias a respeito do complemento para o cordeiro.

— Para aqueles que podem pagar, o Château Latour 99.

O *chef* e o *maître* assentiram.

— E para os que não podem?

O Conde refletiu.

— Talvez um Côtes du Rhône.

— Excelente — concordou Andrei.

Pegando a faca, Emile apontou para o restante da costela e advertiu o Conde:

— Diga a seus rapazes que meu cordeiro é servido malpassado. Se alguém o quiser ao ponto, que vá a uma cantina.

O Conde expressou entendimento e anuência. Então Andrei fechou o Livro e Emile limpou sua faca. Mas, quando começaram a afastar suas cadeiras, o Conde permaneceu onde estava e tomou a palavra:

— Cavalheiros. Só mais uma coisa antes de encerrarmos...

Dada a expressão no rosto do Conde, o *chef* e o *maître* aproximaram as cadeiras da mesa novamente.

Pela janela, o Conde olhou para a cozinha para confirmar que a equipe estava ocupada em seu trabalho. Depois tirou do bolso do paletó o envelope que tinha sido passado por baixo de sua porta. Quando ele o virou sobre a xícara de chá de Emile, que não fora utilizada, derramaram-se de dentro dele filamentos de um tom vermelho e dourado.

Os três homens ficaram em silêncio por um momento.

Emile se recostou.

— *Bravo* — disse novamente.

— Posso? — perguntou Andrei.

— Certamente.

Andrei pegou a xícara de chá e a inclinou de um lado para outro. Então a pousou tão suavemente em seu pires que o contato entre as porcelanas sequer fez som.

— É suficiente?

Depois de ver os filamentos se derramarem do envelope, o *chef* não precisava olhar outra vez.

— Sem dúvida.

— Ainda temos a erva-doce?

— Há alguns bulbos no fundo da despensa. Teremos que descartar as folhas externas, mas, fora isso, estão boas.

— Você teve notícias das laranjas? — perguntou o Conde.

Com um olhar sombrio, o *chef* meneou a cabeça.

— De quantas precisaríamos? — perguntou Andrei.

— Duas. Talvez três.

— Acho que sei onde podemos encontrar algumas...

— Podemos encontrá-las hoje? — perguntou o *chef*.

Andrei tirou o relógio de bolso do colete e consultou-o na palma da mão.

— Com um pouco de sorte.

Onde Andrei conseguiria arranjar três laranjas em tão pouco tempo? Outro restaurante? Uma das lojas especiais para moedas fortes? Um patrono nos altos escalões do Partido? Bem, por falar nisso, onde o Conde conseguira quarenta gramas de açafrão? Essas perguntas tinham deixado de ser feitas havia anos. Basta dizer que o açafrão estava na mão e as laranjas estavam ao alcance.

Os três conspiradores trocaram olhares satisfeitos e depois empurraram suas cadeiras para trás. Andrei colocou os óculos na cabeça enquanto Emile se voltava para o Conde:

— Você vai entregar os cardápios imediatamente e anotar logo seus pedidos, hein? Nada de enrolação?

— Nada de enrolação.

— Está bem, então — concluiu o *chef*. — Nós nos encontramos ao meio-dia e meia.

☆

Quando o Conde saiu do Boiarski com o paletó branco dobrado no braço, havia um sorriso em seus lábios e uma vivacidade em seu passo. Na verdade, seu comportamento fulgurava por inteiro.

— Saudações, Gricha — disse ao passar pelo carregador (que estava subindo as escadas com um vaso de lírios-tigre de sessenta centímetros de altura).

— *Guten tag* — disse à encantadora jovem *Fräulein* de blusa lavanda (que estava esperando junto à porta do elevador).

Parte do bom humor do Conde com certeza se devia à leitura do termômetro. Durante as três semanas anteriores, a temperatura subira 2,5 °C, pondo em movimento esse curso de acontecimentos naturais e humanos que culminam em toques de hortelã em sopas de pepino, blusas lavanda na porta do elevador e entregas de lírios-tigre de sessenta centímetros no meio do dia. Incutindo fulgor em seu passo, também havia a perspectiva de uma atividade vespertina e um encontro à meia-noite. Mas o fator que contribuíra mais diretamente para o bom humor do Conde foi o *bravo* duplo de Emile. Isso era algo que só ocorrera uma ou duas vezes em quatro anos.

Atravessando o saguão, o Conde retribuiu o aceno amigável do novo colega na janela do setor de correspondência e saudou Vasili em seguida, o qual estava desligando o telefone (sem dúvida depois de garantir mais dois bilhetes para alguma apresentação de ingressos esgotados).

— Boa tarde, meu amigo. Trabalhando duro, pelo que vejo.

Em reconhecimento, o porteiro gesticulou para o saguão, quase tão movimentado quanto estivera na época antes da guerra. Em sincronia, o telefone em sua mesa começou a tocar, a campainha dos mensageiros soou três vezes e alguém gritou:

— Camarada! Camarada!

Ah, *camarada*, pensou o Conde. Agora, tal palavra era um sinal dos tempos...

Quando o Conde era um menino em São Petersburgo, o vocábulo raramente era ouvido. Estava sempre à espreita atrás de um moinho ou debaixo da mesa em uma taberna, deixando ocasionalmente marcas de sua pata nos panfletos recém-impressos que secavam no chão de algum porão. Agora, trinta anos depois, era a palavra da língua russa ouvida com mais frequência.

Uma maravilha de eficiência semântica, *camarada* poderia ser usada como saudação ou despedida. Como um parabéns ou um alerta. Como uma chamada à ação ou uma censura. Ou poderia simplesmente ser a forma de conseguir a atenção de alguém no saguão lotado de um grande hotel. E graças à versatilidade da palavra, o povo russo finalmente tinha sido capaz de dispensar formalidades ultrapassadas, títulos antiquados, incômodos idiomáticos e até mesmo nomes! Onde mais em toda a Europa se poderia gritar uma única palavra para chamar qualquer um de seus compatriotas, fossem homens ou mulheres, jovens ou velhos, amigos ou inimigos?

— Camarada! — chamou alguém de novo, desta vez com um pouco mais de urgência.

E então puxou a manga da camisa do Conde.

Assustado, ele se virou e encontrou em sua cola aquele novo colega da janela do setor de correspondência.

— Ah, olá. Como posso ajudá-lo, meu jovem?

O sujeito pareceu perplexo com a pergunta do Conde, pois estava acostumado a assumir para si a postura de estar à disposição alheia.

— Há uma carta para você — explicou o novo colega.

— Para mim?

— Sim, camarada. Chegou ontem.

O rapaz apontou para a janela para indicar onde a carta estava.

— Bem, nesse caso, eu o acompanho — disse o Conde.

Funcionário público e cliente postaram-se adequadamente nas estações, cada qual nos respectivos lados da pequena janela que separava o escrito do lido.

— Aqui está — disse ele, depois de uma breve triagem.
— Obrigado, meu bom homem.

Com o envelope na mão, o Conde tinha por certo que estaria destinada como *Camarada*, mas lá (sob dois selos postais com a imagem de Lênin) estava o nome completo do Conde, escrito em uma letra de requinte indiferente, de aspecto um tanto recluso e caligrafia ocasionalmente argumentativa.

Após sair do Boiarski e chegar ao saguão, o Conde partiu rumo à oficina do deleite tímido, onde esperava arranjar uma linha branca para um botão frouxo de seu paletó. Mas fazia quase meio ano que não via Michka; e no momento em que reconheceu a caligrafia de seu velho amigo, uma senhora com um cachorrinho se levantou de sua cadeira favorita entre os vasos de palmeiras. Sempre respeitando o Destino, o Conde adiou sua visita à costureira, reivindicou seu assento e abriu a carta.

Leningrado
14 de junho de 1930

Caro Sacha,

Às quatro da manhã, sem conseguir dormir, aventurei-me pela cidade velha. Como os foliões das noites brancas já haviam retornado trôpegos para casa e os condutores do bonde ainda não tinham colocado suas boinas, caminhei pela avenida Nevski no silêncio primaveril que parecia roubado de outra província, senão de outro tempo.

Nevski, como a cidade em si, tem um novo nome: avenida 25 de Outubro — um dia digno reivindicando uma via célebre. Mas a essa hora, era como você lembra, meu amigo. E, sem nenhum destino em mente, cruzei os canais Moika e Fontanka, passei pelas lojas e as fachadas em tons de rosa das grandes casas antigas até finalmente chegar ao Cemitério Tikhvin, onde os corpos de Dostoiévski e Tchaikóvski jazem a poucos metros de distância (você se lembra de quão tarde da noite discutíamos a genialidade de um contra a do outro)?

E de repente me pareceu que caminhar ao longo de Nevski Prospekt era como caminhar pela literatura russa. Lá no início — bem ao lado da avenida no dique de Moika — está a casa onde Púchkin terminou seus dias. Poucos passos adiante ficam os aposentos onde Gógol começou Almas mortas. Então a Biblioteca Nacional, onde

Tolstói vasculhou os arquivos. E aqui, atrás das paredes do cemitério, encontra-se o irmão Fiódor, nossa incansável testemunha da alma humana sepultada sob as cerejeiras.

Enquanto eu estava perdido em pensamentos, o sol se ergueu sobre as paredes do cemitério, fazendo brilhar sua luz pela avenida e, quase subjugado, eu recordei aquela grande afirmação, aquela proclamação, aquela promessa:

> *Brilhar pra sempre,*
> *brilhar em todo canto,*
> *brilhar com brilho eterno...*

Antes de passar para a segunda página da carta de seu velho amigo, o Conde se flagrou a erguer os olhos, profundamente comovido.

Não foram as lembranças de São Petersburgo que o afetaram, nem certa nostalgia por sua juventude entre as fachadas cor-de-rosa ou por seus anos com Michka no apartamento em cima do sapateiro. Tampouco foram as lembranças sentimentais de Michka a respeito da grandeza literária da Rússia. O que comoveu o Conde foi a ideia de seu velho amigo se aventurando pelas ruas nessa primavera roubada, sem saber direito para onde estava indo. Pois, desde a primeira linha da carta, o Conde sabia exatamente para onde Michka ia.

Havia quatro anos Michka se mudara para Kiev com Katerina; havia um ano ela o deixara por outro homem; e havia seis meses ele retornara a São Petersburgo para se entrincheirar novamente atrás de seus livros. Então, em uma noite de primavera às quatro da manhã, sem conseguir dormir, ele se encontra na avenida Nevski, seguindo o mesmo caminho que havia percorrido com Katerina no dia em que ela pegou na sua mão pela primeira vez. E lá, quando o sol começa a se erguer, ele é dominado por pensamentos de afirmação, proclamação, promessa — uma promessa de brilhar para sempre, com o brilho eterno —, o que, afinal, é tudo o que se pede do amor.

Quando esses pensamentos perpassaram a mente do Conde, será que ele ficou preocupado que Michka ainda sofresse por Katerina? Será que ele estava preocupado que seu velho amigo estivesse refazendo de maneira mórbida os passos de um romance arruinado?

Preocupado? Michka sofreria por Katerina pelo resto de sua vida! Nunca mais andaria pela avenida Nevski, não importava como decidissem renomeá-la, sem ter uma sensação insuportável de perda. E é assim que deve ser. Esse senso de perda é exatamente o que devemos antever; para o que devemos nos preparar; o que devemos apreciar até nossos últimos dias. Pois é apenas nosso desgosto que finalmente refuta tudo o que há de efêmero no amor.

O Conde pegou a carta de Michka com a intenção de continuar a lê-la, mas, quando virou a página, três jovens que deixavam a Piazza pararam do outro lado de um dos vasos de palmeiras para dar prosseguimento a uma conversa séria.

O trio era formado por tipos bem-apessoados de vinte e poucos anos ao estilo de membros da Komsomol e duas mulheres mais jovens — uma loura, uma morena. Os três aparentemente se dirigiam à província de Ivanovo em alguma missão oficial, e o jovem que era seu capitão agora advertia suas compatriotas sobre as privações que inevitavelmente enfrentariam ao mesmo tempo que reforçava para elas a importância histórica de seu trabalho.

Quando terminou, a morena perguntou qual era o tamanho da província, mas, antes que ele pudesse responder, a loura falou:

— Tem mais de setecentos e setenta quilômetros quadrados, com uma população de meio milhão. E, embora a região seja em grande parte agrícola, tem apenas oito estações de tratores e máquinas e seis usinas modernas.

O belo capitão não parecia nem um pouco incomodado por sua camarada mais jovem ter respondido em seu lugar. Pelo contrário, pela expressão em seu rosto estava claro que ele a tinha na mais alta conta.

Quando a loura terminou sua aula de geografia, um quarto membro do partido veio correndo da direção da Piazza. Mais baixo e mais jovem que o líder, ele estava usando o quepe de marinheiro que tinha sido moda entre jovens sem acesso ao mar desde o lançamento do filme *O Encouraçado Potemkin*. Trazia na mão um casaco de lona, que agora entregava para a loura.

— Tomei a liberdade de pegar seu casaco quando peguei o meu — comentou, afoito.

A loura aceitou o casaco com um aceno, mas sem nenhuma palavra de agradecimento.

Sem nenhuma palavra de agradecimento...?

O Conde se levantou.

— Nina?

Os quatro jovens encararam a palmeira.

Deixando seu paletó branco e a carta de Michka em sua cadeira, o Conde saiu de trás das árvores.

— Nina Kulikova! — exclamou ele. — Que surpresa maravilhosa.

Para o Conde, era exatamente isto: uma surpresa maravilhosa. Pois fazia mais de dois anos que não via Nina; e várias foram as ocasiões em que passara pela sala de carteado ou pelo salão de baile perguntando-se onde ela estaria e fazendo o quê.

Mas, em um instante, o Conde viu que, para Nina, sua súbita aparição não era tão oportuna. Talvez ela preferisse não se ver obrigada a explicar a seus companheiros que conhecia um ex-nobre. Talvez não tivesse mencionado que, quando criança, havia morado em um hotel tão bom. Ou talvez simplesmente quisesse continuar aquela conversa cheia de propósito com seus amigos cheios de propósito.

— Só um minuto — disse ela, depois se aproximou do Conde.

Naturalmente, depois de tão longa separação, o instinto do Conde era abraçar a pequena Nina como um urso; mas a postura dela parecia querer dissuadi-lo desse impulso.

— É bom ver você, Nina.

— E você, Aleksandr Ilitch.

Os velhos amigos se observaram por um instante; então Nina fez um gesto para o paletó branco pendurado sobre o braço da cadeira.

—Vejo que você ainda está presidindo mesas no Boiarski.

— Sim — disse ele com um sorriso, embora sem saber se, pelo tom profissional dela, deveria tomar a observação como um elogio ou uma crítica... Ele ficou tentado, por sua vez, a perguntar (com um brilho nos olhos) se ela comera um *hors d'oeuvre* na Piazza, mas achou melhor não fazê-lo.

— Acho que você está partindo em uma aventura — observou ele.

— Suponho que haverá aspectos aventureiros — respondeu Nina. — Mas principalmente haverá muito trabalho.

Ela explicou que os quatro partiriam na manhã seguinte com outros dez membros da juventude local do Komsomol para o antigo centro agrícola do distrito de Kadi, no coração da província de Ivanovo, para ajudar os *udarniks*, ou "trabalhadores de choque", com a coletivização da região. No final de 1928, apenas dez por cento das fazendas de Ivanovo operavam como coletivos. Até o final de 1931, quase todas elas o seriam.

— Durante gerações, os *kulaks* cultivaram a terra para si próprios, organizando o trabalho dos camponeses locais para seus próprios fins. Mas chegou a hora de a terra comum servir ao bem comum. É uma necessidade histórica e inevitável — acrescentou ela com naturalidade. — Afinal, um professor só ensina a seus filhos? Um médico só cuida de seus pais?

Por um momento, quando Nina começou esse pequeno discurso, o Conde ficou surpreso com o tom e a terminologia, pela avaliação exata dos *kulaks* e pela necessidade "inevitável" de coletivização. Mas quando ela prendeu o cabelo atrás das orelhas, ele percebeu que seu fervor não deveria ter sido uma surpresa. Ela estava simplesmente trazendo ao Komsomol o mesmo entusiasmo inabalável e a mesma atenção precisa aos detalhes que dedicara à matemática do Professor Lisitski. Nina Kulikova sempre fora e sempre seria uma alma séria em busca de ideias sérias para tratar com seriedade.

Nina dissera a seus camaradas que demoraria apenas um minuto, mas enquanto discorria sobre o trabalho que tinha à frente, parecia ter esquecido que eles ainda estavam de pé do outro lado da palmeira em vaso.

Sorrindo por dentro, o Conde notou por cima do ombro que o belo capitão, tendo se oferecido para esperar Nina, mandava os outros irem na frente (uma jogada razoável em qualquer ideologia).

— Eu tenho que ir — disse ela, depois de terminar suas observações.

— Sim. Claro. Você deve ter muito do que cuidar.

Ela admitiu de forma sóbria e apertou sua mão; e, quando se virou, mal parecia notar que dois de seus camaradas já haviam partido, como se ter um belo homem esperando por ela fosse algo a que já estava acostumada.

Quando os dois jovens idealistas deixaram o hotel, o Conde observou através das portas giratórias. Observou enquanto o jovem falava com Pavel, e este chamava um táxi. Mas quando o táxi apareceu e o jovem abriu a porta, Nina gesticulou para o outro lado da Praça dos Teatros, indicando que iria em outra direção. O belo capitão fez um gesto semelhante, provavelmente se oferecendo para acompanhá-la, mas Nina apertou a mão dele com a mesma sobriedade com que tinha apertado a do Conde e então atravessou a praça, em direção à necessidade histórica.

☆

— Não está mais para creme do que para pérola?

Juntos, o Conde e Marina olhavam para um carretel que ela acabara de tirar de uma gaveta cheia de linhas em todos os tons esbranquiçados possíveis.

— Sinto muito, Excelência — respondeu Marina. — Agora que você chamou minha atenção para isso, parece mais cremosa do que perolada.

O Conde ergueu os olhos do carretel para o olhar fixo de Marina, que estava cheio de preocupação; mas seu olho errante parecia repleto de alegria. Então ela riu como uma estudante.

— Ah, me dê isso — disse ele.
— Aqui — disse ela num tom conciliador. — Permita-me.
— Absolutamente, não.
— Ah, por favor.
— Sou perfeitamente capaz de fazer isso sozinho, obrigado.

Mas, para crédito do Conde, ele não estava simplesmente se fazendo de ultrajado. Ele era, de fato, perfeitamente capaz de fazer aquilo sozinho.

É uma questão de lógica que, se você quer ser um bom garçom, deve ser o mestre de sua própria aparência. Precisa estar limpo, bem cuidado e gracioso. Mas também deve estar bem vestido. Certamente não pode perambular pelo salão de jantar com colarinhos ou punhos gastos. E Deus o guarde de servir com um botão frouxo, pois, de repente, ele estaria flutuando na *vitchissoise* de um cliente. Assim, três semanas depois de se juntar à equipe do Boiarski, o Conde havia pedido a Marina que lhe ensinasse a arte de Aracne. Para ser conservador, ele havia reservado uma hora para a aula. Acabou por fazer oito horas ao longo de quatro semanas.

Quem saberia que havia uma variedade tão grande de pontos? O ponto atrás, o ponto cruz, o ponto invisível, o pesponto, o ponto de chuleio. Aristóteles, Larousse e Diderot, aqueles grandes enciclopedistas que passaram a vida classificando, catalogando e definindo todo tipo de fenômenos, nunca teriam imaginado que havia tantos pontos e cada um indicado a um propósito diferente!

Com a linha creme na mão, o Conde se acomodou em uma cadeira; e quando Marina estendeu sua almofada de alfinetes, ele examinou as agulhas como uma criança examina chocolates em uma caixa.

— Esta — disse.

Lambendo o fio e fechando um olho (exatamente como Marina lhe ensinara), o Conde enfiou a linha na agulha mais depressa do que os santos entram pelas portas do céu. Formando um fio duplo, amarrando-o com um nó e cortando a linha do carretel, aprumou-se na cadeira e se dedicou ao seu trabalho enquanto Marina se dedicava ao dela (o conserto de uma fronha).

Como acontecia em qualquer círculo de costura desde o início dos tempos, os dois estavam acostumados a compartilhar observações de seu dia enquanto costuravam. A maioria dessas observações eram respondidas com *Hum* ou com *É mesmo?* sem abalar o ritmo do trabalho; mas, de vez em quando, algum tópico que chamava mais atenção fazia a costura parar. E foi assim que, depois de trocar comentários sobre o tempo e o belíssimo casaco novo de Pavel, a agulha de Marina de repente paralisou no meio de um ponto quando o Conde mencionou que tinha encontrado Nina.

— Nina Kulikova? — perguntou ela, surpresa.
— A própria.
— Onde?
— No saguão. Estava almoçando com três de seus camaradas.
— Vocês conversaram?
— Por um tempo.
— O que ela contou?
— Parece que eles estão indo para Ivanovo para conscientizar *kulaks*, coletivizar tratores e coisas do tipo.
— Isso não importa, Aleksandr. Como ela *estava*?

Então o Conde parou sua costura.

— Estava absolutamente como sempre foi — disse ele depois de um momento. — Ainda cheia de curiosidade, paixão e autoconfiança.
— Que maravilha — disse Marina com um sorriso.

O Conde observou enquanto ela retomava a costura.

— E ainda assim...

Marina parou de novo e encontrou seu olhar.

— E ainda assim?
...
— Não é nada.
— Aleksandr, sem dúvida há alguma coisa em sua cabeça.
...
— É só que ouvir Nina falar de sua viagem iminente... ela é tão apaixonada, tão autoconfiante e talvez tão obcecada que parece não ter senso de humor. Como um explorador intrépido, ela parece pronta para colocar sua bandeira em uma calota polar e reivindicá-la em nome da Inevitabilidade. Mas não posso deixar de suspeitar que, ao mesmo tempo, sua felicidade pode estar esperando em um lugar completamente diferente.

— Ora, Aleksandr. A pequena Nina deve ter quase dezoito anos. Sem dúvida, quando tinham essa idade, você e seus amigos falavam com paixão e autoconfiança.

— Claro que sim. Nós nos sentávamos em cafés e discutíamos ideias até que limpassem o chão e apagassem as luzes.

— Bem, aí está.

— É verdade que discutíamos ideias, Marina; mas nunca tivemos intenção de fazer nada a respeito delas.

Marina revirou um de seus olhos.

— Deus não permita que você faça algo a respeito de uma ideia.

— Não, estou falando sério. Nina é tão determinada que a força de suas convicções, temo eu, possa interferir nas alegrias de sua juventude.

Marina apoiou a costura no colo.

— Você sempre gostou da pequena Nina.

— Claro que gostei.

— E, em parte, porque ela é um espírito independente.

— Precisamente.

— Então você deve confiar nela. E mesmo que ela seja obcecada, você deve confiar que a vida vai encontrá-la no tempo certo. Pois no fim ela encontra todos nós.

O Conde assentiu por um momento, refletindo sobre a perspectiva de Marina. Em seguida, voltando à sua tarefa, percorreu os orifícios do botão, enrolou a alça, amarrou o nó e cortou a linha com os dentes. Espetando a agulha de Marina na almofada, notou que já eram 16h05, fato que, mais uma vez, confirmou como o tempo voa depressa quando alguém está imerso em uma tarefa agradável acompanhado de uma conversa agradável.

Espere um momento..., pensou o Conde.

Já eram 16h05?

— Nossa!

Agradecendo a Marina, o Conde pegou seu paletó, correu para o saguão e subiu as escadas de dois em dois degraus. Quando chegou à suíte 311, encontrou a porta entreaberta. Olhando para a esquerda e para a direita, deslizou para dentro e fechou a porta.

Na mesinha de canto diante de um espelho ornamentado estavam os lírios-tigre de sessenta centímetros que haviam passado por ele mais cedo naquele dia. Depois de dar uma rápida olhada ao redor, o Conde atravessou a sala vazia e entrou no quarto, onde uma silhueta alta como um salgueiro destacava-se diante de uma das grandes janelas. Ao som de sua aproximação, ela se virou e deixou seu vestido deslizar para o chão com um farfalhar delicado...

Atividade vespertina

Depois de dar uma rápida olhada ao redor, o Conde atravessou a sala vazia e entrou no quarto, onde uma silhueta alta como um salgueiro destacava-se diante de uma das grandes janelas. Ao som de sua aproximação, ela se virou e deixou seu vestido deslizar para o chão com um farfalhar delicado...

O que é isso!

Quando deixamos esse par em 1923, Anna Urbanova não dispensara o Conde com uma instrução definitiva para "fechar as cortinas"? E quando ele fechou a porta atrás de si com um clique, não assumiu o aspecto de um fantasma antes de vagar desamparadamente para o telhado? E agora, enquanto escorrega debaixo das cobertas, essa figura antes arrogante oferece um sorriso sugestivo de paciência, ternura, até mesmo de gratidão, traços que se espelham de forma quase idêntica no sorriso de seu antigo adversário enquanto pendura o paletó branco do Boiarski nas costas de uma cadeira e começa a desabotoar sua camisa!

O que poderia ter acontecido para reunir essas almas contrárias? Que curva no caminho conseguiria levá-los à suíte 311 e de volta aos braços um do outro?

Bem, não foi o caminho do Conde que fez uma curva. Pois Aleksandr Rostov tinha passado os anos desse ínterim subindo e descendo as escadas do Metropol, de seu quarto ao Boiarski e vice-versa. Não, o caminho que virou, revirou e voltou atrás não foi o do Conde; foi o de Anna.

Quando encontramos a srta. Urbanova pela primeira vez no saguão do Metropol, em 1923, a arrogância que o Conde notara em sua atitude não era sem fundamento, pois era resultado de sua fama indiscutível. Descoberta em um teatro local nos subúrbios de Odessa em 1919 por Ivan Rosótski, Anna fora escalada como protagonista de seus dois filmes seguintes. Ambos eram romances históricos que celebravam a pureza moral daqueles que labutam, enquanto depreciavam a corrupção daqueles que não o faziam. No primeiro, Anna interpretou uma ajudante de cozinha do século XVIII, para quem um jovem nobre direciona as armadilhas de sua corte. No segundo, ela era uma herdeira do século XIX que dá as costas à sua herança para se casar com um aprendiz de ferreiro. Ambientando suas fábulas nos palácios de outrora, Rosótski as iluminou com a aura nebulosa dos sonhos, lançou-as no foco suave das memórias e terminou o primeiro, segundo e terceiro atos com closes de sua estrela: Anna ambiciosa; Anna perturbada; Anna, por fim, apaixonada. Ambos os filmes se tornaram populares entre o público, ambos caíram nas graças do Politburo (que estava ansioso para dar ao povo algum refúgio dos anos de guerra através de desvios temáticos apropriados), e nossa jovem estrela colheu sem esforço as recompensas da fama.

Em 1921, Anna foi incluída na Associação de Cinema Russo e teve acesso a seus espaços; em 1922, concederam-lhe o usufruto de uma *datcha* perto de Peterhof; e, em 1923, foi-lhe dada a mansão de um antigo comerciante de peles, decorada com cadeiras douradas, armários pintados e uma cômoda Luís XIV, todos os quais poderiam facilmente ter sido objetos de cena em algum dos filmes de Rosótski. Foi nos *soirées* que oferecia nessa casa que Anna dominou a antiga arte de descer uma escada. Com uma das mãos no corrimão e a cauda de um longo vestido de seda atrás dela, descia passo a passo, enquanto pintores, autores, atores e membros do alto escalão do Partido esperavam ao pé da escada.*

---

* Naqueles primeiros anos da União Soviética, como os bolcheviques permitiam cadeiras douradas e cômodas Luís XIV nas mansões das estrelas? Aliás, como podiam suportá-las em seus próprios apartamentos? Simples. Pregada na parte de baixo de cada peça de mobiliário havia uma pequena placa de cobre em relevo com um número. Este número servia para identificar a peça como parte do vasto inventário do Povo. Assim, um bom bolchevique podia dormir profundamente sabendo que a cama de mogno em que estava deitado não era dele; e, apesar de seu apartamento ser decorado com antiguidades inestimáveis, ele tinha menos posses do que um pobre!

Mas a arte é o servo mais antinatural do Estado. Não só é criada por pessoas fantasiosas que se cansam da repetição ainda mais depressa do que se cansam de receber ordens, como também é aflitivamente ambígua. Quando um diálogo elaborado com cuidado está prestes a passar uma mensagem cristalina, uma pitada de sarcasmo ou a elevação de uma sobrancelha pode estragar todo o efeito. Na verdade, pode transmitir uma ideia que é exatamente o oposto do que se pretendia. Então, talvez seja compreensível que as autoridades governamentais sejam obrigadas a reconsiderar suas preferências artísticas de vez em quando, se não por outra razão, no mínimo para se manterem ajustadas.

De fato, na estreia em Moscou do quarto filme de Rosótski com Anna como protagonista (no qual, interpretando uma princesa confundida com uma órfã, ela se apaixona por um órfão confundido com um príncipe), os críticos na plateia notaram que o secretário-geral Stálin, tão carinhosamente conhecido em sua juventude como Soso, não estava sorrindo de todo o coração para a tela como fizera no passado. Por instinto, eles contiveram seu próprio entusiasmo, o que reduziu o entusiasmo daqueles no mezanino e por sua vez moderou aqueles na varanda, até que todos na casa puderam sentir que algo estava acontecendo.

Dois dias após a estreia, uma carta aberta foi escrita ao *Pravda* por um promissor *apparatchik* (que estava sentado poucas cadeiras atrás de Soso). O filme era divertido a seu modo, admitia ele, mas o que se podia entender do incessante retorno de Rosótski à era de príncipes e princesas? Da valsa, da luz de velas e das escadarias de mármore? Seu fascínio pelo passado não começava a parecer uma suspeita nostalgia? E sua linha narrativa não parecia centrada, mais uma vez, nas provações e nos triunfos do indivíduo? Uma predileção que ele reforça por sua excessiva dependência do close? Sim, temos outra bela mulher em outro belo vestido, mas onde estava a contemporaneidade histórica? E onde estava a luta coletiva?

Quatro dias depois que a carta apareceu no *Pravda*, Soso, antes de falar na Plenária, tirou um instante para citar esse novo crítico de cinema e elogiar seu estilo. Duas semanas depois da Plenária, o conteúdo da carta (e um pouco de seu estilo) foram ecoados em mais três jornais e um jornal de artes. O filme recebeu distribuição limitada para teatros de segunda categoria, onde foi recebido com aplausos abafados. Naquele outono, não só o próximo projeto de Rosótski estava suspenso, mas sua confiabilidade política tinha sido questionada…

Uma *ingénue* nos filmes, mas não na vida, Anna compreendeu que a queda de Rosótski era uma pedra que poderia arrastá-la rapidamente para as profundezas. Começou a evitar aparições públicas em sua companhia, enquanto elogiava abertamente a estética de outros diretores; e esse estratagema bem poderia ter lhe assegurado um novo caminho de estrelato, mas havia um desdobramento infeliz do outro lado do Atlântico: o cinema falado. Apesar de o rosto de Anna ainda ser um dos mais atraentes na tela, a audiência que por anos a imaginara falando em tons doces não estava preparada para ouvir seu tom rouco. Assim, na primavera de 1928, aos 29 anos, Anna Urbanova era o que os norte-americanos chamavam de "ultrapassada".

Infelizmente, enquanto a placa de cobre na parte de baixo de uma antiguidade inestimável pode permitir que um bom camarada durma profundamente, ser recuperado e disponibilizado com uma canetada é da natureza de objetos cujos números de série estão anotados em inventários. Em questão de meses, as cadeiras douradas, os armários pintados e a cômoda Luís XIV desapareceram, assim como a mansão do comerciante de peles e a *datcha* em Peterhof, e Anna se viu na rua com dois baús de roupas. Em sua bolsa, ainda tinha a passagem de trem para sua cidade natal, à margem de Odessa. Em vez disso, se mudou para um apartamento de um quarto com sua criada de sessenta anos, posto que Anna Urbanova não tinha a intenção de voltar para casa nunca mais.

A segunda vez que o Conde viu Anna foi em novembro de 1928, cerca de oito meses depois de ela ter perdido sua mansão. Ele estava servindo água no copo de um importador italiano quando ela entrou pela porta do Boiarski com um vestido vermelho sem manga e sapatos de salto alto. Quando o Conde se desculpou com o importador e tentou secar seu colo com um guardanapo, entreouviu a atriz explicar a Andrei que um convidado se juntaria a ela a qualquer momento.

Andrei levou-a a uma mesa para dois no canto.

Quarenta minutos depois, seu convidado chegou.

De seu lugar privilegiado do outro lado do arranjo central do Boiarski (girassóis), o Conde pôde dizer que a atriz e seu convidado só se conheciam de nome. Ele era um sujeito de boa aparência, alguns anos mais novo do que

Anna, e vestia um paletó feito sob medida, mas claramente era um tanto grosseiro. Pois, ao tomar seu assento, mesmo enquanto se desculpava pelo atraso, ele já estava olhando o cardápio; e, quando ela lhe assegurou que estava tudo bem, ele já estava chamando o garçom. Anna, por sua vez, parecia perfeitamente encantadora. Ela relatou suas histórias com brilho no olhar e ouviu as dele com uma risada pronta; e era a própria imagem da paciência sempre que a conversa era interrompida por alguém que tinha se aproximado da mesa para tietá-lo a respeito de seu filme mais recente.

Poucas horas depois, com o Boiarski vazio e a cozinha fechada, o Conde atravessou o saguão bem no momento em que Anna e seu convidado saíam do bar Chaliapin. Enquanto ele fazia uma pausa para vestir o sobretudo, Anna gesticulou para o elevador, claramente convidando-o para subir e tomar mais um drinque. Mas ele continuou enfiando os braços nas mangas. Foi um encontro agradável, ele garantiu dando uma olhada no relógio; infelizmente, esperavam-no em outro lugar. Então seguiu em linha reta para a porta.

Quando o jovem diretor atravessou o saguão, o Conde achou que Anna parecia tão radiante quanto em 1923. Mas, no momento em que o rapaz desapareceu na rua, o sorriso e os ombros da atriz desabaram. Depois de passar a mão pela testa, ela se virou da porta e lá encontrou o olhar do Conde.

Em um instante, jogou os ombros para trás, ergueu o queixo e caminhou em direção à escada. Mas, depois de dominar a arte de descer as escadas para uma reunião de admiradores, ela ainda precisava dominar a arte de subi-las sozinha (talvez ninguém a domine). No terceiro degrau, ela parou. Ficou imóvel. Então se virou, desceu e foi até onde o Conde estava parado.

— Sempre que estou neste saguão com você, parece que estou destinada a ser humilhada — disse ela.

O Conde pareceu surpreso.

— Humilhada? Você não tem motivo para se sentir humilhada, até onde posso ver.

— Creio que você está cego.

Ela olhou para a porta giratória como se ainda estivesse girando por causa da saída do jovem diretor.

— Eu o convidei para um drinque noturno. Ele disse que tinha que acordar cedo.

— Nunca tive que acordar cedo na vida — disse o Conde.

Abrindo seu primeiro sorriso sincero da noite, ela gesticulou com a mão para a escada.

— Então você pode muito bem subir.

Na ocasião, Anna estava hospedada no quarto 428. Não era a melhor suíte do quarto andar, tampouco era a pior. Antes do pequeno quarto, havia uma pequena área de estar com um pequeno sofá, uma pequena mesa de centro e duas pequenas janelas com vista para os trilhos do bonde no Teatralni Proiezd. Era o quarto de alguém que esperava causar uma boa impressão quando não tinha muitas condições financeiras para isso. Na mesa de centro havia dois copos, uma porção de caviar e uma garrafa de vodca em um balde com gelo derretendo.

Enquanto olhavam para aquele *mise-en-scène*, ela balançou a cabeça.

— Isso vai me custar uma fortuna.

— Então não devemos desperdiçar.

O Conde tirou a garrafa do gelo e serviu-lhes um copo.

— Aos velhos tempos — brindou ele.

— Aos velhos tempos — concordou ela com uma risada.

E eles esvaziaram os copos.

Quando se experimenta um profundo revés no curso de uma vida invejável, há várias opções. Incitado pela vergonha, pode-se tentar esconder todas as evidências da mudança de circunstâncias. Assim, o comerciante que torra suas economias se apega a seus melhores ternos até que se desgastem e conta anedotas dos salões dos clubes secretos dos quais há muito tempo não faz mais parte. Em um estado de autopiedade, pode se retirar do mundo em que se teve a bênção de viver. Assim, o marido sofredor, ao fim desgraçado por sua esposa na sociedade, pode deixar sua casa por um apartamento pequeno e escuro do outro lado da cidade. Ou, como o Conde e Anna, é possível simplesmente se juntar à Confederação dos Humildes.

Tal como os maçons, a Confederação dos Humildes é uma fraternidade unida, cujos membros viajam sem sinais externos, mas se reconhecem com um único olhar. Por terem caído de repente em desgraça, os membros da Confederação compartilham certa perspectiva. Como sabem que beleza, influência, fama e privilégio são coisas emprestadas e não concedidas, não se impressionam facilmente. Não são rápidos em invejar ou se ofender. Certamente não vasculham os jornais em busca do próprio nome. Continuam empenhados em viver entre seus pares, mas recebem adulação com cautela, ambição com simpatia e condescendência com sorrisos secretos.

Quando a atriz serviu mais vodca, o Conde olhou ao redor do quarto.
— Como estão os cachorros? — perguntou.
— Melhor do que eu.
— Aos cães, então — disse ele, erguendo o copo.
— Sim, aos cães — concordou ela com um sorriso.

E foi assim que começou.

Ao longo do próximo ano e meio, Anna visitaria o Metropol a cada poucos meses. Antes, entrava em contato com algum diretor que conhecia. Admitindo com algum alívio que seus dias de cinema tinham ficado para trás, ela o convidava para jantar no Boiarski. Depois de aprender a lição em 1928, já não chegava ao restaurante primeiro. Com uma pequena gorjeta para a jovem da chapelaria, ela garantia que chegaria dois minutos *depois* de seu convidado. Durante o jantar, confessava que era uma das maiores fãs do diretor. Lembrava os elementos favoritos de vários de seus filmes e depois se debruçava sobre uma cena em particular, alguma facilmente ignorada porque envolvia um personagem secundário e apenas algumas linhas de diálogo, mas que tinha sido criada com sutilezas de nuance e muito cuidado. E, após conduzir seu convidado para o saguão, ela não sugeria um drinque no Chaliapin; certamente não o convidava para um drinque em seu quarto. Em vez disso, expressava o grande prazer que fora encontrá-lo e depois lhe desejava boa noite.

Vestindo o casaco, o diretor fazia uma pausa. Ao ver as portas do elevador se fecharem, reconhecia que os dias de estrelato de Anna Urbanova provavelmente tinham ficado para trás e, no entanto, se perguntava se ela não seria perfeita para aquele pequeno papel no segundo ato.

E depois de entrar em sua suíte, no quarto andar, Anna colocava um vestido simples (depois de pendurar o outro no armário), se acomodava com um livro e esperava o Conde chegar.

Como consequência de um desses jantares com um velho amigo diretor, Anna foi escalada para uma única cena como uma trabalhadora de meia-idade em uma fábrica que estava lutando para bater a meta. Faltando duas semanas para o fim do trimestre, os trabalhadores se reúnem para redigir uma carta para a liderança do Partido, detalhando as causas de sua inevitável defasagem. Mas, quando começam a enumerar os vários obstáculos que enfrentaram, Anna, com o cabelo puxado para trás em um lenço, se levanta para dar um discurso breve e apaixonado que os motiva a continuar.

À medida que a câmera se aproxima dessa personagem sem nome, é possível notar que ela é uma mulher que já não é mais jovem nem arrebatadora, mas permanece orgulhosa e austera. E a sua voz?

Ah, sua voz...

Desde as primeiras palavras de seu discurso, o público percebe que ela não era nenhuma desocupada. Pois sua voz era a de uma mulher que respirara o pó das estradas não pavimentadas; que gritara durante o parto; que chamara por suas irmãs no chão da fábrica. Em outras palavras, era a voz de minha irmã, minha esposa, minha mãe, minha amiga.

Não é necessário dizer que é seu discurso que leva as mulheres a redobrarem seus esforços até que tenham ultrapassado a meta. O mais importante, porém, quando o filme estreia, é que há um companheiro de rosto redondo com o cabelo rareando sentado na 15ª fileira, que em certa época tinha Anna em alta conta; e, embora fosse apenas o diretor do Departamento de Artes Cinematográficas de Moscou quando teve o prazer de encontrá-la no Chaliapin em 1923, era agora um alto funcionário no Ministério da Cultura e, segundo rumores, diziam que era o provável sucessor de seu atual chefe. Ficou tão emocionado com o discurso dela na fábrica que logo perguntava a todos os diretores a que tinha acesso se eles não tinham visto seu espantoso desempenho; e sempre que ela estava em Moscou, mandava um arranjo de lírios para seu quarto...

Ah, você pode dizer com um sorriso de compreensão. *Então foi assim que aconteceu. Foi assim que ela se reergueu...* Mas Anna Urbanova era uma artista legítima, treinada no palco. Além do mais, como membro da Confederação dos Humildes, ela se tornara uma atriz que chegava na hora, sabia suas falas e nunca se queixava. E, à medida que a preferência oficial mudou para os filmes com senso de realismo e um espírito de perseverança, muitas vezes havia um papel para uma mulher com beleza experiente e voz rouca. Em outras palavras, havia muitos fatores dentro e fora do controle de Anna que contribuíram para seu ressurgimento.

Talvez você ainda esteja cético. Bem, então, e quanto a você?

Sem dúvida, houve momentos em que sua vida deu um salto à frente; e sem dúvida você olha para trás e vê esses momentos com autoconfiança e orgulho. Mas não havia realmente nenhuma terceira parte que merecesse um mínimo crédito? Algum mentor, amigo da família ou colega de escola que lhe deu conselhos oportunos, fez uma apresentação ou ofereceu uma palavra de cortesia?

Então, não vamos dissecar os comos e os porquês. Basta saber que Anna Urbanova era novamente uma estrela com uma casa no canal Fontanka e placas ovais de cobre pregadas em seus móveis; embora agora, quando tem convidados, ela os receba na porta.

☆

De repente, às 16h45, girando diante do Conde estava a constelação de cinco estrelas Delphinus, o Golfinho.

Se alguém desenhasse uma linha com o dedo entre suas duas estrelas mais baixas e seguisse sua trajetória pelos céus, chegaria a Aquila, a Águia; ao passo que, se traçasse uma linha entre suas estrelas mais altas, chegaria a Pegasus, o cavalo alado de Belerofonte; e, se alguém traçasse uma linha na direção oposta, chegaria àquilo que parecia ser uma nova estrela, um sol que pode ter se expandido mil anos atrás, mas cuja luz tinha acabado de chegar ao Hemisfério Norte, a fim de fornecer orientações para viajantes cansados, residentes e aventureiros pelo milênio que estava por vir.

— O que você está fazendo?

Anna rolou para ficar de frente para o Conde.

— Acho que você tem uma nova sarda — disse ele.

— O quê?!

Anna tentou olhar por cima do próprio ombro.

— Não se preocupe — assegurou-lhe ele. — É bonita.

— Onde fica?

— Alguns graus a leste de Delphinus.

— Delphinus?

— Você sabe. A constelação do golfinho. Você a tem entre as omoplatas.

— Quantas sardas eu tenho?

— Quantas estrelas há no céu...?

— Bom Deus.

Anna rolou para deitar de costas.

O Conde acendeu um cigarro e tragou.

—Você não conhece a história de Delphinus? — perguntou, entregando-lhe o cigarro.

— Por que eu conheceria a história de Delphinus? — respondeu ela com um suspiro.

— Porque é filha de pescador.

...

— Por que você não me conta?

— Está bem. Havia um rico poeta chamado Arion. Um grande tocador de lira e inventor do ditirambo.

— Ditirambo?

— Um antigo tipo de verso. De qualquer forma, um dia ele estava voltando da ilha da Sicília quando sua tripulação decidiu acabar com sua sorte. Especificamente, lhe deram a opção de se matar ou ser jogado ao mar. Enquanto Arion avaliava essas alternativas pouco atraentes, cantou uma canção triste; e tão bonito era o seu canto que um bando de golfinhos se reuniu ao redor do navio; quando ele finalmente saltou para o mar, um dos golfinhos o levou à praia em segurança. Como recompensa, Apolo colocou essa criatura caridosa entre as estrelas para brilhar por toda a eternidade.

— Que adorável.

O Conde assentiu, pegando o cigarro de Anna e rolando sobre as costas.

— É a sua vez — disse ele.

— Minha vez de quê?

— De me contar uma história sobre o mar.

— Não conheço nenhuma história sobre o mar.

— Ah, pare com isso. Seu pai deve ter lhe contado algumas. Não há um pescador na cristandade que não conte histórias sobre o mar.

...

— Sacha, tenho uma confissão a fazer...

— Uma confissão?

— Não fui criada no mar Negro.

— Mas e o seu pai? E os encontros com ele no crepúsculo à beira da praia para consertar as redes?

— Meu pai era um camponês de Poltava.

...

— Mas por que você inventaria uma história tão ridícula?
— Talvez eu tenha julgado que seria interessante para você.
— Talvez você tenha julgado?
— Exatamente.

O Conde refletiu por um momento.

— Mas e o peixe desossado?
— Trabalhei em uma taberna em Odessa depois que fugi de casa.

O Conde meneou a cabeça.

— Que desanimador.

Anna rolou de lado para encará-lo.

— Você me contou aquela história absurda sobre as maçãs de Níjni Novgorod.
— Mas essa história é verdade!
— Ora, por favor. Maçãs grandes como balas de canhão? Em todas as cores do arco-íris?

O Conde ficou em silêncio por um momento. Depois bateu o cigarro no cinzeiro na mesinha de cabeceira.

— Eu tenho que ir — anunciou ele, e começou a se levantar da cama.
— Tudo bem. Eu me lembro de uma — disse ela, puxando-o de volta.
— Uma o quê?
— Uma história sobre o mar.

Ele revirou os olhos.

— Não. Estou falando sério. É uma história que minha avó costumava me contar.
— Uma história sobre o mar.
— Com um jovem aventureiro, uma ilha deserta e uma fortuna em ouro...

A contragosto, o Conde se recostou nos travesseiros e fez um gesto para que ela começasse.

Era uma vez, contou Anna, um rico comerciante com uma frota de navios e três filhos, dos quais o mais novo era muito baixo em estatura. Em uma primavera, o comerciante deu a seus filhos mais velhos navios carregados de peles, tapetes e lençóis finos, instruindo um a navegar para o leste e outro a navegar para o oeste em busca de novos reinos com os quais negociar. Quando o filho mais novo perguntou onde estava seu barco, o comerciante e os irmãos mais velhos riram. Por fim, o comerciante deu ao filho mais novo uma corveta frágil com velas esfarrapadas, uma tripulação desdentada e sacos vazios para lastro. Quando o jovem perguntou a seu pai em que direção devia navegar, o comerciante respondeu que deveria navegar até que o sol nunca se pusesse em dezembro.

Então o filho navegou para o sul com sua tripulação doente. Depois de três períodos de três meses em mar aberto, eles chegaram a uma terra onde o sol nunca se punha em dezembro. Lá, ancoraram em uma ilha que parecia ter uma montanha de neve, mas que acabou se revelando uma montanha de sal. O sal era tão abundante em sua terra natal que as donas de casa o jogavam sobre os ombros para ter boa sorte sem pensar duas vezes. No entanto, o jovem instruiu sua tripulação a encher os sacos no casco com o sal; se não tivesse outra utilidade, pelo menos aumentaria o lastro do navio.

Velejando com mais precisão e mais rápido do que antes, eles logo chegaram a um grande reino. O rei recebeu o filho do comerciante em sua corte e perguntou o que ele tinha para negociar. O jovem respondeu que tinha um casco cheio de sal. Observando que nunca tinha ouvido falar disso, o rei lhe desejou sorte e o mandou embora. Sem se deixar intimidar, o rapaz visitou as cozinhas do rei, onde discretamente salpicou sal no carneiro, na sopa, nos tomates e no creme de ovos.

Naquela noite, o rei ficou espantado com o sabor de sua comida. O carneiro, a sopa, os tomates e até mesmo o creme de ovos estavam melhores. Chamando seus cozinheiros, ele animadamente perguntou que nova técnica eles estavam usando. Perplexos, os cozinheiros admitiram que não tinham feito nada diferente; embora tivessem sido visitados na cozinha pelo jovem que chegara pelo mar...

Na tarde seguinte, o filho do comerciante partiu para casa em um navio carregado com um saco de ouro para cada saco de sal.

...

— Sua avó lhe contou isso?
— Contou.

...

— É uma boa história...
— É, sim.

...

— Mas isso não a absolve.
— Acho que não.

Aliança

Às 17h45, com seus cinco garçons de pé em seus postos, o Conde fez a ronda noturna do Boiarski. Começando no canto noroeste, ele circulava pelas vinte mesas para assegurar que cada disposição, cada saleiro, cada vaso de flores estivesse em seu devido lugar.

Na mesa quatro, uma faca foi realinhada para ficar paralela ao garfo. Na mesa cinco, um copo d'água foi movido da posição doze para a posição um do relógio. Na mesa seis, uma taça de vinho que tinha um vestígio de batom foi levada embora, enquanto na mesa sete os pontos de sabão em uma colher foram polidos até que a imagem invertida da sala pudesse ser claramente vista na superfície da prata.

Devia ter sido essa, alguém poderia comentar, a aparência de Napoleão na última hora antes do amanhecer, quando andava entre suas fileiras, examinando tudo, desde as provisões de munições até o traje da infantaria, tendo aprendido por experiência que a vitória no campo de batalha começa com o brilho em uma bota.

Mas muitas das maiores batalhas de Napoleão duraram apenas um dia e nunca mais seriam travadas novamente...

Dessa forma, a analogia mais apropriada poderia ser Gorski no Bolshoi. Tendo estudado a intenção do compositor, colaborado de perto com seu diretor, treinado seus dançarinos, supervisionado a criação dos figurinos e cenários, Gorski também percorria suas fileiras nos minutos que antecediam a batalha. Mas, depois que a cortina caía e o público partia, não havia desfile ao longo da Champs-Élysées. Pois, em menos de 24 horas, seus bailarinos, músicos e técnicos se reuniam para executar a mesma apresentação, com o mesmo padrão de perfeição. Era *essa* a vida no Boiarski: uma batalha que devia ser travada com precisão, ao mesmo tempo que dava a impressão de não haver esforço, todas as noites do ano.

Confiante de que tudo estava em ordem no salão de jantar, às 17h55 o Conde voltou sua atenção, mesmo que de forma breve, para a cozinha de

Emile. Olhando pela pequena janela redonda na porta, o Conde viu que os assistentes do cozinheiro estavam a postos em seus casacos recém-lavados; viu que os molhos estavam fervendo no fogão e a salsinha estava pronta para ser salpicada. Mas e aquele *chef* notoriamente misantropo? Com a abertura das portas do Boiarski a poucos minutos, não estaria ele criticando sua equipe, seus clientes e todos os seus companheiros?

Na verdade, Emile Jukóvski começava seus dias em um estado do mais sombrio pessimismo. No momento em que, debaixo das cobertas, espiava o mundo, franzia o cenho para cumprimentar a existência, sabendo que era uma condição fria e implacável. Com suas piores suspeitas confirmadas pelos jornais da manhã, às onze horas ele estaria esperando na calçada para tomar um bonde cheio de gente que o levaria ao hotel enquanto murmurava:

— Que mundo.

Mas, à medida que o dia se desdobrava hora a hora, o pessimismo de Emile lentamente dava lugar à possibilidade de que nem tudo estivesse perdido. Essa perspectiva mais otimista começava a surgir silenciosamente por volta do meio-dia, quando ele entrava em sua cozinha e via suas panelas de cobre. Penduradas em seus ganchos, ainda brilhando do polimento da noite anterior, elas transmitiam uma indiscutível percepção de possibilidade. Entrando no frigorífico, ele içava a metade de um cordeiro sobre o ombro e, quando a deixava cair no balcão com um baque satisfatório, sua visão de mundo era iluminada por outros cem lúmens. Assim, às três da tarde, quando ouvia o som de legumes e verduras sendo cortados e sentia o aroma do alho sendo refogado, Emile podia reconhecer, a contragosto, que a existência tinha lá seus consolos. Então, às cinco e meia, se tudo estivesse em ordem, ele se permitia provar o vinho com o qual estava cozinhando — só para terminar a garrafa, entenda; desperdiçar dá azar; nem muito ao céu nem muito à terra. E, por volta de 18h25, aquele humor obscuro que, ao amanhecer, parecia ser a essência da alma de Emile, ficaria irreversivelmente otimista quando o primeiro pedido fosse entregue à sua cozinha.

Então, o que o Conde viu quando olhou através da janela às 17h55? Viu Emile mergulhar uma colher em uma tigela de mousse de chocolate e lambê-la até ficar limpa. Com aquela confirmação, o Conde virou-se para Andrei e assentiu. Então assumiu sua posição entre a mesa um e mesa dois enquanto o *maître* deslizava o ferrolho para abrir as portas do Boiarski.

★ ★ ★

Por volta das nove horas, o Conde verificou o restaurante de canto a canto, satisfeito pelo fato de o primeiro turno ter transcorrido sem problemas. Os cardápios tinham sido entregues, e os pedidos foram anotados conforme planejado. Quatro pedidos de cordeiro bem passado haviam sido evitados por pouco, mais de cinco garrafas de Latour foram servidas, e os dois membros do Politburo haviam sido igualmente acomodados e igualmente servidos. Mas então Andrei (que acabara de levar o Comissário de Transportes ao lado oposto da sala dos jornalistas americanos) fez sinal para o Conde com uma expressão de aparente aflição.

— O que aconteceu? — perguntou o Conde quando chegou ao lado do *maître*.

— Acabei de ser informado de que haverá um serviço privativo no Salão Amarelo, afinal.

— De que tamanho?

— Eles não foram específicos, disseram apenas que seria pequeno.

— Então podemos enviar Vasenka. Vou pegar as mesas cinco e seis; Maxim pode ficar com as mesas sete e oito.

— Mas aí é que está. Não podemos enviar Vasenka — disse Andrei.

— Por que não?

— Porque eles pediram você especificamente.

☆

Em posição de sentido diante do Salão Amarelo havia um Golias que faria qualquer Davi hesitar. À medida que o Conde se aproximava, o gigante parecia prestar quase nenhuma atenção ao ambiente; então, sem dar sinal de ter reparado a presença do Conde, ele de repente chegou para o lado e habilmente abriu a porta.

Não foi particularmente surpreendente para o Conde encontrar um gigante na porta de um salão privativo no Metropol; surpreendente foi a disposição do salão de jantar. A maior parte da mobília fora afastada para as extremidades, deixando uma única mesa para dois sob o lustre, à qual um homem de meia-idade de terno cinza-escuro estava sentado sozinho.

Embora muito menor que o guarda à porta e substancialmente mais bem vestido, o homem à mesa transmitiu ao Conde a impressão de ser alguém que não era alheio à força bruta. Seu pescoço e seus pulsos eram tão grossos quanto os de um lutador, e seu cabelo curto revelava uma cicatriz acima da orelha esquerda, provavelmente resultado de um golpe que tinha o objetivo de partir seu crânio. Aparentemente sem pressa, o homem estava brincando com a colher.

— Boa noite — saudou o Conde com uma reverência.

— Boa noite — respondeu o homem com um sorriso, devolvendo a colher à mesa.

— Posso lhe trazer algo para beber enquanto espera?

— Não virá mais ninguém.

— Ah.

Ele começou a tirar o segundo prato.

— Você não precisa tirar isso.

— Sinto muito. Pensei que não estivesse esperando mais ninguém.

— Não estou esperando mais ninguém. Estou esperando você, Aleksandr Ilitch.

Os dois homens se avaliaram por um momento.

— Por favor. Sente-se — disse o homem.

O Conde hesitou em tomar a cadeira que lhe era oferecida.

Sob tais circunstâncias, pode-se facilmente concluir que o Conde hesitou devido a uma suspeita ou mesmo medo desse estranho. Mas, principalmente, hesitou porque, por questão de decoro, parecia absolutamente inapropriado sentar-se à mesa quando se está vestido para servi-la.

— Vamos — falou o estranho, em tom amigável. — Você não recusaria a um conviva solitário o prazer de sua companhia.

— Com certeza, não — respondeu o Conde.

Mas, depois de aceitar a cadeira, ele não pôs o guardanapo no colo.

Depois de uma batida à porta, ela se abriu para que o Golias entrasse. Sem olhar para o Conde, ele se aproximou da mesa e estendeu uma garrafa para a avaliação do desconhecido.

O anfitrião se inclinou para a frente e olhou o rótulo.

— Excelente. Obrigado, Vladímir — disse.

Era possível que Vladímir pudesse simplesmente ter quebrado o topo da garrafa, mas, com uma agilidade surpreendente, ele tirou um saca-rolha do bolso, girou-o em sua mão e puxou a rolha. Então, tendo recebido um aceno de seu superior, colocou a garrafa aberta sobre a mesa e voltou para o corredor. O estranho serviu-se uma taça e, com a garrafa erguida acima da mesa em um ângulo de 45 graus, olhou para o Conde.

—Você me acompanha?

— Com prazer.

Depois que o estranho serviu o vinho, ambos ergueram suas taças e beberam.

— Conde Aleksandr Ilitch Rostov — disse ele, depois de devolver a taça à mesa. — Condecorado com a Ordem de Santo André, membro do Jockey Club, Mestre de Caça...

—Você me deixou em desvantagem.

—Você não sabe quem eu sou?

— Sei que é um homem que pode reservar um dos salões privativos do Boiarski para jantar sozinho enquanto uma monstruosidade espera à porta.

O estranho riu.

— Muito bem. O que mais você vê? — perguntou ele, recostando-se na cadeira.

O Conde estudou seu anfitrião mais indiscretamente e então deu de ombros.

— Eu diria que você é um homem de quarenta anos que já foi soldado. Suspeito que tenha se juntado à infantaria, mas foi coronel no final da guerra.

— Como saberia que me tornei coronel?

— Convém a um cavalheiro saber distinguir homens de posição.

— Convém a um cavalheiro — repetiu o coronel com um sorriso, como se apreciasse a construção da frase. — E você pode dizer de onde sou?

O Conde dispensou a pergunta com um gesto de mão.

— A maneira mais garantida de insultar um valão é confundi-lo com um francês, embora vivam a poucos quilômetros de distância e compartilhem a mesma língua.

— Suponho que seja verdade — concordou o coronel. — Mas ainda assim. Estou interessado em suas conjecturas e prometo não me sentir insultado.

O Conde tomou um gole de vinho e devolveu a taça à mesa.

—Você quase certamente é do leste da Geórgia.

O capitão recostou-se com uma expressão de entusiasmo.

— Extraordinário. Tenho sotaque?

— Nada perceptível. Mas os exércitos, assim como as universidades, são onde os sotaques são perdidos com mais frequência.

— Então por que leste da Geórgia?

O Conde gesticulou para o vinho.

—Apenas um georgiano oriental começaria sua refeição com uma garrafa de Rkatsiteli.

— Porque ele é um caipira?

— Porque ele sente saudade de casa.

O coronel riu de novo.

— Que sujeito esperto você é.

Houve outra batida à porta, e ela se abriu para que o gigante entrasse empurrando um carrinho de serviço.

—Ah! Excelente. Aí está.

Quando Vladímir conduziu o carrinho até a mesa, o Conde começou a afastar a cadeira, mas seu anfitrião fez um gesto para que ele permanecesse sentado. Vladímir tirou a cúpula e colocou uma bandeja no centro da mesa. Quando ele saiu da sala, o coronel pegou uma faca e um garfo.

— Vejamos. O que temos aqui? Ah, pato assado. Ouvi dizer que o do Boiarski é incomparável.

—Você não está mal informado. Não deixe de comer algumas cerejas e parte da pele.

O coronel serviu-se uma porção, incluindo cerejas e pele, e depois serviu o Conde.

— Absolutamente delicioso — disse, depois da primeira garfada.

O Conde inclinou a cabeça para aceitar o elogio em nome de Emile.

O coronel gesticulou para o Conde com o garfo.

—Você tem um arquivo muito interessante, Aleksandr Ilitch.

— Eu tenho um arquivo?

— Sinto muito. Um terrível hábito. O que eu quis dizer é que você tem uma *história* interessante.

—Ah, sim. Bem. A vida tem sido generosa comigo em sua variedade.

O coronel sorriu. Então começou no tom de alguém que está tentando fazer justiça aos fatos:

—Você nasceu em Leningrado...

— Nasci em São Petersburgo.

— Ah, sim, claro. Em São Petersburgo. Como seus pais morreram quando você era jovem, foi criado por sua avó. Estudou no Liceu e depois na Universidade Imperial em... *São Petersburgo*.

—Tudo certo.

— E viajou muito, creio eu.

O Conde deu de ombros.
— Paris. Londres. Florença.
— Mas quando deixou o país pela última vez, em 1914, você foi para a França?
— No dia 16 de maio.
— Isso mesmo. Poucos dias depois do incidente com o tenente Pulonov. Diga-me, por que você atirou no sujeito? Não era um aristocrata como você?

O Conde mostrou uma leve expressão de choque.
— Atirei nele *porque* era um aristocrata.

O coronel riu e voltou a agitar o garfo.
— Eu não tinha pensado nisso dessa forma. Mas, sim, esse é um conceito que nós, bolcheviques, entenderíamos. Então você estava em Paris na época da Revolução e logo depois voltou para casa.
— Exatamente.
— Agora, acho que entendo por que você se apressou em voltar: para ajudar sua avó a deixar o país a salvo. Mas depois de ter arranjado a fuga, por que escolheu ficar?
— Pela culinária.
— Não, estou falando sério.

...

— Meus dias de deixar a Rússia tinham ficado para trás.
— Mas você não pegou em armas com os Brancos.
— Não.
— E você não me parece um covarde...
— Espero que não.
— Então por que não se juntou à luta?

O Conde fez uma pausa, depois deu de ombros.
— Quando parti para Paris em 1914, jurei que nunca mais atiraria em outro compatriota.
— E você considera os bolcheviques seus compatriotas.
— É claro.
—Você os considera cavalheiros?
— Isso é algo completamente diferente. Mas certamente alguns deles são.
— Entendo. Mas mesmo pelo modo como você diz isso, posso afirmar que não *me* considera um cavalheiro. Por quê?

O Conde respondeu com uma risada leve, que era o mesmo que dizer que nenhum cavalheiro jamais responderia a essa pergunta.

— Ora, vamos — insistiu o coronel. — Estamos os dois jantando juntos o pato assado do Boiarski com uma garrafa de vinho da Geórgia, o que praticamente nos torna velhos amigos. E estou genuinamente interessado. O que em mim faz você ter tanta certeza de que não sou um cavalheiro?

Como sinal de encorajamento, o coronel se inclinou sobre a mesa para encher a taça do Conde.

— Não é algo específico. É um conjunto de pequenos detalhes — expressou o Conde depois de um momento.

— Como em um mosaico.

— Sim. Como em um mosaico.

— Então, dê um exemplo de um desses pequenos detalhes.

O Conde tomou um gole da taça e devolveu-a à mesa, à posição de uma hora.

— Como anfitrião, era perfeitamente apropriado que você pegasse os utensílios de serviço. Mas um cavalheiro teria servido seu convidado antes de servir a si mesmo.

O coronel, que tinha acabado de comer uma porção de pato, sorriu ante o primeiro exemplo do Conde e fez um gesto com o garfo.

— Continue — pediu ele.

— Um cavalheiro não gesticularia para outro homem com o garfo nem falaria com a boca cheia. Mas, talvez o mais importante, ele teria se apresentado no início de uma conversa, especialmente se tinha vantagem sobre seu convidado.

O coronel pousou os talheres.

— E pedi o vinho errado — acrescentou com um sorriso.

O Conde ergueu um dedo.

— Não. Há muitas razões para pedir determinada garrafa de vinho. E as lembranças de casa estão entre as melhores.

— Então permita que eu me apresente: sou Óssip Ivanovitch Glebnikov, ex-coronel do Exército Vermelho e oficial do Partido, que, quando criança no leste da Geórgia, sonhava com Moscou, e que, como homem de trinta e nove anos em Moscou, sonha com o leste da Geórgia.

— É um prazer conhecê-lo — disse o Conde, estendendo a mão sobre a mesa.

Os dois homens apertaram as mãos e depois voltaram a comer. Após um momento, o Conde arriscou:

— Se me permite a ousadia, Óssip Ivanovitch: o que exatamente você *faz* como oficial do Partido?

— Digamos apenas que sou encarregado de fazer o acompanhamento de certos homens de interesse.

— Ah! Bem, imagino que isso se torne bastante fácil quando você os coloca em prisão domiciliar.

— Na verdade — corrigiu Glebnikov —, é mais fácil quando você os coloca debaixo da terra...

O Conde admitiu a derrota.

— Mas, sem dúvida, parece que você se adaptou à sua situação — continuou Glebnikov.

— Tanto como estudante de história quanto como um homem dedicado a viver no presente, admito que não passo muito tempo imaginando como as coisas poderiam ter sido. Mas gosto de pensar que há uma diferença entre se adaptar a uma situação e se resignar com ela.

Glebnikov soltou uma risada e deu um tapa de leve na mesa.

— Aí está. Esse é exatamente o tipo de nuance que me trouxe implorando à sua porta.

Pousando seus talheres, o Conde olhou para seu anfitrião com interesse.

— Como nação, Aleksandr Ilitch, estamos em um momento muito interessante. Temos relações diplomáticas abertas com os franceses e os britânicos há sete anos, e parece que em breve as teremos com os americanos. Desde os tempos de Pedro, o Grande, agimos como o primo pobre do Ocidente, admirando suas ideias tanto quanto admiramos suas roupas. Mas estamos prestes a assumir um papel muito diferente. Em questão de anos, estaremos exportando mais grãos e fabricando mais aço do que qualquer outro país da Europa. E estamos vários passos à frente de todos eles em ideologia. Como resultado, pela primeira vez, estamos a ponto de assumir nosso lugar de direito no palco mundial. E, quando fizermos isso, será bom para nós ouvir com cuidado e falar com clareza.

—Você gostaria de aprender francês e inglês.

Óssip levantou a taça em confirmação.

— Sim, senhor. Mas não quero simplesmente aprender as línguas. Quero entender aqueles que as falam. E, mais especialmente, eu gostaria de entender suas classes privilegiadas, pois são elas que permanecem no comando. Gostaria de entender como veem o mundo; o que consideram um imperativo moral; o que eles estariam propensos a valorizar e a desprezar. É uma questão de desenvolver certas habilidades diplomáticas, se quiser chamar assim. Mas, para um homem em minha posição, é melhor desenvolver tais habilidades... discretamente.

— Como você propõe que eu ajude?

— Simples. Jante comigo uma vez por mês neste mesmo salão. Fale comigo em francês e inglês. Compartilhe comigo suas impressões sobre as sociedades ocidentais. E em troca...

Glebnikov deixou sua frase no ar, não para enfatizar a parcimônia do que poderia fazer pelo Conde, mas para sugerir a abundância.

Mas o Conde levantou a mão para refrear qualquer conversa sobre trocas.

— Se você é cliente do Boiarski, Óssip Ivanovitch, então já estou a seu serviço.

Absinto

Quando o Conde se aproximou do Chaliapin à 0h15, o que emanava dessa antiga capela de oração e reflexão era um som que teria sido impensável dez anos antes. Era um som marcado por ataques de riso, uma *mélange* de línguas, o balido de uma trombeta e o tilintar de copos. Em outras palavras, o som de desinibição festiva.

Que desdobramentos poderiam ter provocado tal transformação? No caso do Chaliapin, havia três. O primeiro foi o retorno bastante tenso da forma musical americana conhecida como jazz. Tendo esmagado essa mania em razão de sua decadência intrínseca, em meados da década de 1920 os bolcheviques começaram a apoiá-la novamente. Provavelmente para que pudessem estudar mais de perto a maneira como uma única ideia podia varrer o globo. Fosse qual fosse a causa, ali estavam os assobios, os agudos e as batidas no palquinho ao fundo do salão.

O segundo desdobramento foi o retorno de correspondentes estrangeiros. Após a Revolução, os bolcheviques os conduziram direto para a porta (juntamente com divindades, suspeitos e todos os outros agitadores). Mas os correspondentes são um grupo astuto. Tendo escondido suas máquinas de escrever, cruzado a fronteira, trocado de roupa e contado até dez, eles começaram a escorregar um por um de volta para o país. Assim, em 1928, o Gabinete de Imprensa Estrangeira tinha sido reaberto no último dos seis andares de um prédio sem elevador, convenientemente localizado a meio caminho entre o Kremlin e os escritórios da polícia secreta (um local que por acaso era em frente ao Metropol). Assim, numa noite qualquer, seria possível encontrar quinze membros da imprensa internacional no Chaliapin prontos para alugar seu ouvido. E quando não encontravam ouvintes, eles se enfileiravam no balcão como gaivotas nas rochas e gritavam todos ao mesmo tempo.

E então houve aquele desdobramento extraordinário de 1929. Em abril daquele ano, o Chaliapin de repente tinha não apenas uma, nem somente duas, mas três recepcionistas, todas jovens, bonitas e usando vestidos pretos à altura do joelho. Com tamanho charme e elegância, elas se moviam entre os clientes do bar, enfeitando a atmosfera com sua silhueta esguia, seu riso delicado e notas de perfume. Se os correspondentes no bar eram propensos a falar mais do que escutavam, em um exemplo de perfeita simbiose, as recepcionistas eram mais propensas a escutar do que a falar. Em parte, é claro, porque seu emprego dependia disso. Uma vez por semana, elas eram obrigadas a visitar um pequeno prédio cinza na esquina da rua Dzerjinski, onde algum camaradinha cinzento atrás de uma escrivaninha cinza gravaria o que elas tinham ouvido, palavra por palavra.*

Será que essa obrigação das recepcionistas fazia com que os jornalistas agissem com mais cautela ou contivessem a língua, por medo de que alguma observação descuidada fosse retransmitida?

Pelo contrário. O corpo de imprensa estrangeiro tinha uma aposta permanente de dez dólares americanos caso qualquer um deles fosse convocado ao Comissariado de Assuntos Internos. Com esse fim, criavam provocações ultrajantes e as enfiavam em sua tagarelice. Um americano deixou escapar que no quintal de uma *datcha*, um engenheiro desencantado estava construindo um balão com as especificações que tinha encontrado em Julio Verne... Outro relatou que um biólogo estava cruzando galinhas com pombos para criar um pássaro que pudesse pôr ovos pela manhã e entregar mensagens à noite... Em suma, eles diziam qualquer coisa quando as recepcionistas estavam ouvindo,

---

* Sim, este camaradinha cinzento atrás de sua escrivaninha cinza estava encarregado não só de registrar as informações que as garçonetes reuniam, mas de assegurar sua participação voluntária, lembrando-lhes de seu dever para com seu país, sugerindo como seria fácil perderem o emprego e, quando necessário, fazendo algumas outras insinuações mais sinistras. Mas não vamos nos apressar em condenar o rapaz.

Pois ele nunca fora ao bar Chaliapin. Tampouco jantara no Boiarski. Foi-lhe atribuída uma vida vicária — uma vida em que todas as experiências estão ao alcance do braço, todas as sensações, em segundo plano. Para ele nada do balir de trombetas, nada de copos batendo, nada de ver os joelhos de uma jovem. Tal e qual o assistente de um cientista, seu quinhão era simplesmente registrar os dados e então retransmitir um resumo a seus superiores, sem embelezamento nem elaboração.

Para ser justo, ele não era preguiçoso nesse empreendimento e era mesmo conhecido em todo o departamento como um prodígio. Pois ninguém em toda Moscou podia escrever um relatório com tamanha perfeição monótona. Com instrução limitada, ele aperfeiçoou a arte de conter suas ideias, renunciando à sua sagacidade, restringindo o uso de metáforas, símiles e analogias — em essência, exercitando cada músculo de contenção poética. Na verdade, se os repórteres que ele transcrevia tão obedientemente vissem sua obra, teriam tirado o chapéu, feito uma mesura com a cabeça e reconhecido que ali estava um mestre da objetividade.

ou melhor, qualquer coisa que pudesse ser sublinhada em um relatório e jogada com um baque sobre uma mesa no Kremlin.

Parado diante do Chaliapin, o Conde pôde ver que nessa noite havia ainda mais alarde do que de costume. O grupo de jazz reunido ao fundo, encarregado de definir o ritmo, lutava para acompanhar as gargalhadas e os tapas nas costas. Abrindo caminho através do burburinho, o Conde se aproximou do canto mais discreto do bar (onde um pilar de alabastro descia do teto ao chão). Um momento depois, Audrius estava se inclinando na direção dele com o antebraço no balcão.

— Boa noite, Conde Rostov.

— Boa noite, Audrius. Parece que há uma comemoração hoje à noite.

O *barman* fez um gesto com a cabeça em direção a um dos americanos.

— O sr. Lyons foi levado ao escritório da OGPU hoje.

— À OGPU! Por quê?

— Parece que uma carta escrita com a caligrafia dele foi encontrada no chão da Casa de Chá de Perlov, uma carta que incluía descrições de movimentos de tropas e posicionamento de artilharia nos arredores de Smolensk. Mas, quando a carta foi posta sobre a mesa e o sr. Lyons foi convidado a se explicar, ele disse que estava simplesmente transcrevendo seu trecho favorito de *Guerra e paz*.

— Ah, sim. A Batalha de Borodino — disse o Conde com um sorriso.

— Graças a esse feito, ele ganhou a aposta e agora está pagando uma rodada para todos. Mas o que podemos fazer por você esta noite?

O Conde bateu duas vezes no balcão.

— Você não teria nenhum absinto, teria?

Muito levemente, Audrius ergueu uma sobrancelha.

O *barman* conhecia muito bem as preferências do Conde. Sabia que, antes do jantar, ele desfrutava de uma taça de champanhe ou de vermute seco. Sabia que, depois do jantar, desfrutava de uma taça de conhaque até que a temperatura média da noite caísse a menos de 4°C, quando passaria para um copo de uísque ou porto. Mas absinto? Durante toda a década que se conheciam, o Conde não havia pedido uma única dose. Na verdade, ele raramente se entregava a qualquer um dos licores adocicados, e certamente não aqueles de cor verde e conhecidos por causar loucura.

Mas, sempre profissional, Audrius resumiu sua surpresa ao movimento de sua sobrancelha.

— Talvez eu ainda tenha uma garrafa — falou.

Então, abrindo uma porta de divisórias invisíveis, desapareceu dentro do gabinete onde mantinha suas bebidas mais caras e exóticas.

No estrado do outro lado do bar, o grupo de músicos tocava uma melodia vibrante. É bem verdade que, quando o Conde foi apresentado ao jazz, não teve muita afinidade com o estilo. Fora criado para apreciar a música do sentimento e da nuance, música que recompensava a paciência e a atenção com crescendos e diminuendos, alegros e adágios dispostos habilmente sobre quatro movimentos inteiros, e não um punhado de notas entulhadas de qualquer jeito em trinta compassos.

Mas ainda assim...

Mas ainda assim, aquela forma de arte tinha conquistado seu espaço nas predileções dele. Como os correspondentes americanos, o jazz parecia uma força naturalmente gregária, um tanto rebelde e propensa a dizer a primeira coisa que lhe viesse à cabeça, mas geralmente de bom humor e com intenção amigável. Além disso, parecia decididamente despreocupado com trajetórias e pontos de chegada, de alguma forma demonstrando ao mesmo tempo a confiança do mestre e a inexperiência do aprendiz. Alguma surpresa que tal arte não tivesse se originado na Europa?

O devaneio do Conde foi quebrado pelo som de uma garrafa sendo colocada no balcão.

— Absinto Robette — anunciou Audrius, inclinando a garrafa para que o Conde pudesse ler o rótulo. — Mas temo que só tenha sobrado uma ou duas doses.

—Vai ter que servir.

O *barman* esvaziou a garrafa em um copo cordial.

— Obrigado, Audrius. Ponha na minha conta, por favor.

— Não há necessidade. É por conta do sr. Lyons.

Quando o Conde se virou para partir, um americano que tinha se apropriado do piano começou a tocar uma breve e alegre peça sobre bananas em falta. Um momento depois, todos os jornalistas cantavam junto. Em outra noite, o Conde poderia ter se demorado mais para observar a comemoração, mas tinha sua própria celebração a fazer. Assim, com sua preciosa carga na mão, navegou por entre a multidão de cotovelos, tomando cuidado para não derramar uma gota sequer.

★ ★ ★

Sim, pensou o Conde enquanto subia as escadas para o segundo andar, esta noite o Triunvirato tinha seu próprio motivo para celebrar...

O plano havia sido criado quase três anos antes, a partir de um comentário melancólico de Andrei, por sua vez ecoado por Emile.

— Infelizmente, é impossível — lamentara o *maître*.
— Sim — concordara o *chef* com um movimento de cabeça.

Mas era mesmo?

Ao todo, eram quinze ingredientes. Seis deles poderiam ser tirados da despensa do Boiarski em qualquer época do ano. Outros cinco ficavam prontamente disponíveis na estação. A raiz do problema era que, apesar da melhoria na disponibilidade dos produtos de modo geral, os quatro últimos ingredientes ainda eram relativamente raros.

Desde o início, eles concordaram que não haveria restrições, nada de cortes ou substituições. Era a sinfonia ou o silêncio. Portanto, o Triunvirato teria de ser paciente e atento. Eles teriam que estar dispostos a mendigar, trocar, conspirar e, se necessário, recorrer a trapaças. Três vezes o sonho tinha estado ao seu alcance, apenas para ser arrebatado no último momento por circunstâncias imprevistas (uma vez por acidente, uma vez por bolor e uma vez por ratos).

Mais cedo naquela semana, porém, parecia que as estrelas estavam se alinhando outra vez. Com nove elementos já na cozinha de Emile, quatro hadoques inteiros e uma cesta dos mexilhões destinados ao Hotel Nacional foram entregues por engano no Metropol. Eram os ingredientes dez e onze de uma só tacada. O Triunvirato se reuniu e debateu. Andrei poderia cobrar um favor, Emile poderia negociar uma troca, e o Conde procuraria Audrius. Assim, estariam garantidos os ingredientes doze, treze e quatorze. Mas o décimo quinto? Isso demandaria acesso a uma despensa com os mais raros luxos, ou seja, uma que servisse os membros de mais alto escalão do Partido. Um discreto pedido foi feito pelo Conde a uma certa atriz com certas conexões. E, *mirabile dictu*, um envelope não assinado fora passado por baixo de sua porta. Com os quinze ingredientes então disponíveis, a paciência do Triunvirato estava prestes a ser recompensada. Dentro de uma hora, eles experimentariam mais uma vez aquela complexidade de sabores, aquela destilação divina, uma sensação tão rica e fugidia quanto...

— Boa noite, camarada.

O Conde parou no meio do caminho.

Por um momento, hesitou. Então se virou lentamente, enquanto o subgerente do hotel emergia das sombras de uma alcova.

Como seu homônimo no tabuleiro de xadrez, o Bispo do Metropol nunca se movia em linha reta. Com ele, era sempre enviesado: deslizando diagonalmente de canto a canto, contornando um vaso de planta, escorregando através de uma fenda na porta. Se alguém o via, era de canto de olho.

— Boa noite — respondeu o Conde.

Os dois homens se olharam dos pés à cabeça, ambos experientes em confirmar com um olhar suas piores suspeitas sobre o outro. Inclinado um pouco para a direita, o Bispo adotou uma expressão de curiosidade preguiçosa.

— O que temos aqui...?

— O que temos onde?

— Ora, aí. Atrás de você.

— Nas minhas costas?

O Conde lentamente trouxe as mãos para a frente e ergueu as palmas para mostrar que estavam vazias. O canto superior direito do sorriso do Bispo estremeceu, transformando-o numa breve careta. O Conde retribuiu a gentileza e, com uma reverência cordial, se virou para ir embora.

— Indo ao Boiarski...?

O Conde parou e se virou de novo.

— Sim. Isso mesmo. Ao Boiarski.

— Não está fechado...?

— Está. Mas acho que posso ter deixado minha caneta no escritório de Emile.

— Ah! O homem das letras perdeu sua pena. Onde ela está agora... Hum? Se não estiver na cozinha, talvez deva olhar no pagode azul de sua bela *Chinoiserie*.

E, virando-se com seu sorriso, o Bispo deslizou diagonalmente pelo corredor.

O Conde esperou até que ele se estivesse fora de vista, então correu na direção oposta, murmurando enquanto seguia em frente:

— *Onde está agora...? Talvez no pagode azul...* Muito espirituoso, sem dúvida. Vindo de um homem que não saberia rimar *gado* com *arado*. E o que foram todas aquelas reticências?

Desde que o Bispo fora promovido, tinha passado a usar elipses ao final de cada pergunta. Mas o que se poderia inferir disso...? Que essa pontuação em particular devia ser evitada...? Que uma sentença interrogativa nunca deveria

terminar...? Que mesmo que ele esteja fazendo uma pergunta, não precisa de resposta porque já formou uma opinião...?
Claro.

Entrando pelas portas do Boiarski, que Andrei tinha deixado destrancadas, o Conde atravessou o salão de jantar vazio e passou pela porta de vaivém da cozinha. Lá, encontrou o *chef* em sua bancada cortando um bulbo de erva-doce, enquanto quatro talos de aipo esperavam em uma fila ordenada, como espartanos aguardando seu destino. Ao lado estavam os filés de hadoque e a cesta de mexilhões, enquanto no fogão havia uma grande panela de cobre, de onde pequenas nuvens de vapor agraciavam o ar com outras alusões de mar.

Erguendo o olhar da erva-doce, Emile encontrou os olhos do Conde e sorriu. Imediatamente este pôde ver que o *chef* estava de bom humor. Tendo percebido às duas que nem tudo estava perdido, à meia-noite e meia o *chef* não tinha a menor dúvida de que o sol brilharia no dia seguinte, que a maioria das pessoas tinha um bom coração e que, quando tudo fosse dito e feito, as coisas tendiam a dar certo.

O *chef* não perdeu tempo com saudações. Em vez disso, sem parar o talhador, inclinou a cabeça em direção à pequena mesa, que tinha sido trazida de seu escritório para a cozinha e esperava pacientemente para ser preparada.

Mas uma coisa de cada vez.

Com cuidado, o Conde retirou o pequeno copo de bebida do bolso traseiro e o pôs na bancada.

— Ah — disse o cozinheiro, esfregando as mãos no avental.

— É suficiente?

— É para ser apenas um traço. Um toque. Uma insinuação. Se for verdadeiro, deve ser o bastante.

Emile mergulhou seu dedo mindinho no absinto e em seguida o lambeu.

— Perfeito — disse ele.

Após selecionar no armário de toalhas de mesa uma que fosse apropriada, o Conde a desdobrou com um estalo e deixou-a ondular sobre a mesa. Enquanto dispunha os lugares, o *chef* começou a assobiar uma melodia, e o Conde sorriu ao perceber que era a mesma canção sobre bananas em falta que tinha ouvido no Chaliapin. Como se tivesse sido dada uma deixa, a porta da escada dos fundos se abriu e Andrei entrou apressado com uma pilha de laranjas quase caindo dos braços. Chegando ao lado de Emile, curvou-se na altura da cintura e as largou sobre a bancada.

Com o instinto dos condenados que encontram as grades de sua prisão abertas, cada laranja rolou em uma direção para aumentar suas chances de fuga. Em um piscar de olhos, Andrei criou um grande círculo com os braços para cercá-las. Mas uma delas se esquivou do alcance do *maître* e rolou pela bancada, indo direto para o absinto! Deixando cair o talhador, Emile pulou e arrancou o copo do caminho bem a tempo. A laranja, que estava ganhando confiança, passou correndo pela erva-doce, pulou do balcão para o chão e fez uma pausa antes de rolar para a saída. Mas, no último instante, a porta que separava a cozinha de Emile do restante do mundo se moveu para dentro, fazendo com que a laranja voltasse pelo chão na direção oposta, ao passo que, à porta, aparecia o Bispo.

Os três membros do Triunvirato congelaram.

Avançando dois passos ao norte pelo noroeste, o Bispo entrou em cena.

— Boa noite, cavalheiros — saudou ele em seu tom mais amigável. — O que traz todos vocês à cozinha a esta hora...?

Andrei, que tivera a presença de espírito de se posicionar na frente da panela no fogo, gesticulou com uma das mãos em direção à comida na bancada.

— Estamos fazendo um inventário.

— Inventário...?

— Sim. Nosso inventário trimestral.

— É claro — respondeu o Bispo com seu sorriso monástico. — E a pedido de quem estão fazendo um inventário trimestral...?

Durante essa conversa entre o Bispo e o *maître*, o Conde notou que Emile, que ficara pálido quando a porta se abrira para dentro, recuperava a cor segundo a segundo. Começara com um ligeiro rosado nas bochechas quando o Bispo cruzara a soleira. Depois passou a rosa quando ele perguntou "O que traz todos vocês à cozinha...?" Mas quando ele perguntou "A pedido de quem...?", as bochechas, o pescoço e as orelhas do *chef* ficaram escarlate tal foi sua indignação moral, levando alguém a se questionar se proferir uma frase interrogativa em sua cozinha era por si só um crime capital.

— A pedido de quem? — perguntou o *chef*.

O Bispo virou o olhar de Andrei para Emile e ficou claramente impressionado com a transformação do *chef*. Ele pareceu vacilar.

— A pedido de quem? — repetiu o *chef*.

Sem tirar os olhos do Bispo, Emile de repente pegou o talhador.

— A pedido de quem!

Quando Emile deu um passo adiante, erguendo acima da cabeça o braço hábil no corte, o Bispo ficou tão branco quanto o hadoque. Então a porta da cozinha se balançou em sua dobradiça e o Bispo havia desaparecido.

Os olhares de Andrei e do Conde desviaram da porta para Emile. Então, com os olhos arregalados de espanto, Andrei apontou um dedo delicado para a mão erguida de Emile. No calor da indignação, o *chef* não tinha pegado sua faca, mas um talo de aipo, cujas folhas verdes agora tremiam no ar. Em uníssono, o Triunvirato explodiu em gargalhadas.

À uma da manhã, os conspiradores se assentaram em suas respectivas cadeiras. Sobre a mesa diante deles havia uma única vela, um pedaço de pão, uma garrafa de rosé e três tigelas de *bouillabaisse*.

Depois de trocar um olhar, os três homens mergulharam ao mesmo tempo as colheres no guisado, mas, para Emile, o gesto foi um truque. Pois, quando Andrei e o Conde levaram as colheres à boca, Emile deixou a sua pairar acima da tigela com o intuito de estudar as expressões de seus amigos na primeira prova.

Totalmente ciente de que estava sendo observado, o Conde fechou os olhos para prestar mais atenção nas suas impressões.

Como descrever?

Primeiro, experimenta-se o caldo, aquela destilação por cozimento de espinha de peixe, erva-doce e tomates, com vigorosos sabores da Provença. Então degusta-se os pedaços tenros de hadoque e a salmoura da carne resiliente dos mexilhões. Maravilha-se com a audácia das laranjas vindas da Espanha e do absinto servido nas tabernas. E todas essas várias impressões de alguma forma são reunidas, harmonizadas e realçadas pelo açafrão, aquela essência de um sol de verão que, tendo sido colhido em colinas gregas e levado de mula para Atenas, navegou pelo Mediterrâneo em um falucho. Em outras palavras, com a primeira colherada, a pessoa se vê transportada para o porto de Marselha ao encontro de suas ruas cheias de marinheiros, ladrões e madonas, com sol e verão, idiomas e vida.

O Conde abriu os olhos.

— *Magnifique*.

Andrei, que tinha pousado sua colher, juntou suas mãos elegantes em uma mostra reverente de um aplauso silencioso.

Radiante, o *chef* se curvou para seus amigos e, em seguida, juntou-se a eles na tão esperada refeição.

Durante as duas horas seguintes, cada um dos três membros do Triunvirato comeu três tigelas de *bouillabaisse*, bebeu uma garrafa de vinho e falou abertamente.

E sobre o que esses velhos amigos falaram? Melhor perguntar o que eles *não* falaram! Conversaram sobre a infância em São Petersburgo, Minsk e Lyon. Sobre seus primeiros e segundos amores. Sobre os quatro anos do filho de Andrei e sobre os quatro anos de ciática de Emile. Falaram do que foi e do que era, do desejado e do maravilhoso.

Raramente acordado a essa hora, Emile estava em um estado de euforia sem precedentes. À medida que histórias de juventude eram contadas, ele ria tão calorosamente que sua cabeça rolava sobre os ombros, e a ponta de seu guardanapo foi levada ao canto dos olhos duas vezes mais do que foi aos lábios.

E a *pièce de résistance*? Às três da manhã, Andrei se referiu breve e despreocupadamente, quase como um parêntese, a seus dias sob a grande lona.

— Hein? Como é? Sob o quê?

— Você disse "a grande lona"?

Sim. De fato: o circo.

Criado pelo pai viúvo propenso à violência quando alcoolizado, aos dezesseis anos Andrei tinha fugido para se juntar a um circo itinerante. Foi com essa trupe que chegara a Moscou em 1913, onde, tendo se apaixonado por uma livreira no Arbat, disse *adieu* ao circo. Dois meses depois, foi contratado como garçom no Boiarski, e desde então estava lá.

— O que você fazia no circo? — perguntou o Conde.

— Era acrobata? Palhaço? — sugeriu Emile.

— Domador de leões?

— Eu fazia malabarismo.

— Não! — exclamou Emile.

Em vez de responder, o *maître* se levantou da mesa e pegou de sobre a bancada três das laranjas não usadas. Com a fruta nas mãos, ele aprumou com perfeição sua postura. Ou melhor, com uma ligeira inclinação induzida pelo vinho, uma espécie de 12h02. Depois de uma breve pausa, pôs as esferas em movimento.

Com toda a honestidade, o Conde e Emile tinham ficado céticos quanto à alegação do velho amigo; mas, assim que Andrei começou, eles só podiam se perguntar como não tinham adivinhado antes. Porque Deus tinha feito as mãos de Andrei para o malabarismo. Tão habilidoso era seu toque que as laranjas pareciam se mover por vontade própria. Ou, melhor, se moviam como planetas governados por uma força gravitacional que simultaneamente as impulsionava para a frente e as impedia de sair voando para o espaço; enquanto Andrei, diante desses planetas, parecia simplesmente arrancá-los de órbita e liberá-los um momento depois para que seguissem seu curso natural.

Tão suave e ritmado era o movimento das mãos de Andrei que o espectador corria o risco constante de entrar em transe. E, de fato, sem que Emile ou o Conde notassem, outra laranja subitamente se juntou ao sistema solar. E então, com um floreio delicado, Andrei pegou as quatro bolas e dobrou o corpo em uma mesura.

Foi a vez de o Conde e Emile aplaudirem.

— Mas certamente você não fazia malabarismos com laranjas — disse Emile.

— Não — admitiu Andrei, enquanto devolvia cuidadosamente as frutas à bancada. — Eu fazia com facas.

Antes que o Conde e Emile pudessem expressar sua descrença, Andrei pegou três lâminas em uma gaveta e colocou-as em movimento. Aquilo não eram planetas. Giravam pelo ar como partes de alguma máquina infernal, um efeito aumentado pelos fachos de luz que a chama da vela refletia na superfície das facas. E então, tão repentinamente quanto foram postos em movimento, seus cabos repousaram nas mãos de Andrei.

— Ah, mas você consegue fazer com quatro *dessas*? — provocou o Conde.

Sem dizer uma palavra, Andrei recuou em direção à gaveta de facas; mas, antes que pudesse alcançar seu interior, Emile se levantou. Com a expressão de um menino encantado por um mágico da rua, saiu timidamente da multidão e estendeu seu talhador, aquela lâmina que não havia sido tocada por outra mão humana em quase quinze anos. Com um tom cerimonial apropriado, Andrei fez outra mesura ao aceitá-la. Quando pôs as quatro facas em movimento, Emile recostou-se na cadeira e, com uma lágrima no olho, viu sua lâmina confiada ao amigo voar sem esforço pelo espaço, sentindo que, nesse momento, nessa hora, o universo não poderia se tornar melhor.

☆

Às três e meia da manhã, o Conde escalou trôpego as escadas, guinou para seu quarto, cambaleou pelo armário, esvaziou os bolsos na estante, serviu-se de um conhaque e, com um suspiro de satisfação, se jogou em sua poltrona. Enquanto isso, de seu lugar na parede, Helena o observava com um sorriso terno e sábio.

— Sim, sim, está um pouco tarde, e eu estou um pouco bêbado — admitiu ele. — Mas, em minha defesa, foi um dia agitado.

Como se quisesse enfatizar seu argumento, o Conde de repente se levantou da cadeira e puxou uma das pregas do paletó.

— Está vendo este botão? Pois saiba que eu o costurei sozinho.

Então, caindo de volta na poltrona, o Conde pegou seu conhaque, tomou um gole e refletiu.

— Ela estava perfeitamente certa, você sabe. Marina, quero dizer. Absoluta, positiva e perfeitamente certa.

O Conde suspirou outra vez. Então compartilhou uma ideia com sua irmã.

Desde o início da arte narrativa, explicou ele, a Morte persegue os desavisados. Em um conto ou outro, ela chega de fininho à cidade e aluga um quarto em uma pousada, espreita em um beco ou espera no mercado, clandestinamente. Então, quando o herói tem um momento de descanso de seus assuntos diários, a Morte lhe presta uma visita.

Tudo muito bom, tudo muito bem, concedeu o Conde. Mas o que raramente se conta é o fato de que a Vida é tão perversa quanto a Morte. Ela também pode usar um capuz. Também pode chegar à cidade de fininho, espreitar em um beco ou esperar nos fundos de uma taberna.

Não tinha feito tal visita a Michka? Não o encontrara escondido atrás de seus livros, o atraíra para fora da biblioteca e tomara sua mão em um ponto isolado com vista para o Neva?

Não encontrara Andrei em Lyon e o chamara para a grande tenda?

Esvaziando o copo, o Conde se levantou de sua cadeira e tropeçou na estante enquanto buscava a garrafa.

— *Excusez-moi, monsieur.*

O Conde serviu-se de um tantinho, só uma gota, não mais do que um gole, e caiu de volta em seu assento. Então, acenando um dedo suavemente no ar, continuou:

— A coletivização dos coletivos, Helena, e a dekulakinização dos *kulaks*... em toda a probabilidade, são bem prováveis. É até provável que sejam prováveis. Mas *inevitáveis*?

Com um sorriso sábio, o Conde balançou a cabeça ao ouvir a palavra pronunciada.

— Permita-me dizer-lhe o que é inevitável. Inevitável é que a Vida também faça uma visita a Nina. Ela pode ser tão sensata quanto Santo Agostinho, mas é alerta e vibrante demais para que a Vida permita que ela acene e vá embora sozinha. A Vida a seguirá em um táxi. Vai esbarrar nela por acaso. Vai encontrar o caminho para seus sentimentos. E, para isso, vai implorar, barganhar, tramar e, se necessário, recorrer a trapaças. Que mundo...

O Conde suspirou por fim, antes de adormecer em sua poltrona.

☆

Na manhã seguinte, com a visão um pouco turva e a cabeça um pouco dolorida, o Conde serviu-se de uma segunda xícara de café, sentou-se na poltrona e se inclinou para o lado para recuperar a carta de Michka em seu paletó.

Mas ela não estava lá.

O Conde se lembrava claramente de ter enfiado a carta no bolso interno quando estava saindo do saguão no dia anterior; e ela definitivamente estava lá no escritório de Marina enquanto ele recolocava o botão...

Devia ter caído quando dobrou o paletó no espaldar da cadeira de Anna, pensou. Então, depois de terminar o café, o Conde foi até a suíte 311, só para encontrar a porta aberta, os armários tão vazios quanto o fundo das latas de lixo.

Mas a carta de Michka, lida pela metade, não havia caído do paletó do Conde no quarto de Anna. Depois de ter esvaziado os bolsos às três e meia, quando o Conde tropeçou em busca do conhaque, ele lançara a carta no espaço entre a estante e a parede, onde estava destinada a permanecer.

Mas talvez fosse melhor assim.

Pois, embora o Conde tivesse ficado muito comovido com a caminhada agridoce de Michka ao longo da avenida Nevski e seus versos românticos, eles não tinham sido escritos por Michka. Eram do poema que Maiakóvski recitara, de pé em cima de sua cadeira, em 1923. E o que tinha levado Michka a citá-los não tinha nada a ver com o dia em que Katerina pegara a mão dele pela primeira vez. O que motivou a reprodução de tais versos e a escrita da carta foi o fato de que, no dia 14 de abril, Vladímir Maiakóvski, poeta laureado da Revolução, deu um tiro de revólver no próprio coração.

Adendo

Na manhã do dia 22 de junho, enquanto o Conde procurava nos bolsos a carta de Michka, Nina Kulikova e seus três camaradas subiram a bordo de um trem com destino a leste, para Ivanovo, cheios de energia, empolgação e um claro senso de propósito.

Desde o lançamento do Primeiro Plano Quinquenal, em 1928, dezenas de milhares de camaradas nos centros urbanos haviam trabalhado incansavelmente para construir usinas, siderúrgicas e fábricas de maquinaria pesada. À medida que esse esforço histórico se desenrolava, era essencial que as regiões produtoras de grãos do país fizessem sua parte, atendendo com saltos na produção agrícola à crescente demanda de pão nas cidades.

Mas, para preparar o caminho para esse ambicioso esforço, julgava-se necessário exilar um milhão de *kulaks*, esses exploradores e inimigos do bem comum, que por acaso também eram os agricultores mais habilidosos das regiões. O restante dos camponeses, que viam com ressentimento e suspeita as metodologias agrícolas recentemente introduzidas, mostravam-se contrários até mesmo aos menores esforços de inovação. Tratores, que deveriam chegar às frotas e inaugurar a nova era, acabaram sendo insuficientes. A essas dificuldades foram acrescidas condições meteorológicas inoportunas, resultando em um colapso da produção agrícola. Mas, dado o imperativo de alimentar as cidades, o declínio acentuado da colheita deparou-se com o aumento das cotas e das requisições, ambos reforçados sob a mira de armas.

Em 1932, a combinação dessas forças intransigentes resultaria em dificuldades generalizadas para as províncias agrícolas da antiga Rússia e na morte por fome de milhões de camponeses na Ucrânia.*

---

* Enquanto muitos dos jovens legalistas (como Nina) que se juntaram aos *udarniks* no campo teriam sua fé no Partido testada pelo que testemunharam, a maior parte da Rússia, e do mundo, por sinal, seria poupada do espetáculo desse desastre criado pelo homem. Pois, assim como os camponeses eram proibidos de entrar nas cidades, os jornalistas das cidades eram proibidos de entrar no campo; a entrega de correspondência pessoal foi suspensa; e as janelas dos trens

Mas, como observamos, tudo isso ainda estava em andamento. E quando o trem de Nina enfim chegou aos confins de Ivanovo, onde os campos de trigo recém-plantado se curvavam à brisa até onde os olhos podiam ver, ela foi quase arrebatada pela beleza da paisagem e pela sensação de que sua vida tinha acabado de começar.

---

de passageiros foram pintadas de preto. Na verdade, a campanha para manter a crise fora do conhecimento público foi tão bem-sucedida que, quando vazou a notícia de que milhões de pessoas estavam passando fome na Ucrânia, Walter Duranty, o principal correspondente do *New York Times* na Rússia (e um dos *habitués* do bar Chaliapin), relataria que esses rumores de fome eram um exagero grosseiro e que provavelmente se originavam de propagandistas antissoviéticos. Assim, o mundo daria de ombros. E, enquanto o crime se desenrolava, Duranty ganharia o Prêmio Pulitzer.

1938
Ajuda

Vamos admitir que o início dos anos 1930 na Rússia foram inclementes.

Além da fome no campo, a Grande Fome de 1932 acabou gerando uma migração de camponeses para as cidades, o que, por sua vez, contribuiu para a superlotação de moradias, escassez de bens essenciais e até vandalismo. Ao mesmo tempo, os trabalhadores nos centros urbanos, mais robustos, estavam se exaurindo sob o peso da semana de trabalho contínua; os artistas enfrentavam restrições mais rígidas a respeito do que eram autorizados ou desautorizados a fantasiar; as igrejas eram fechadas, reaproveitadas para outros fins ou demolidas; e, quando o herói revolucionário Sergei Kirov foi assassinado, a nação foi expurgada de uma série de indivíduos politicamente suspeitos.

Mas então, no dia 17 de novembro de 1935, na Primeira Conferência Geral de Sindicatos de Stakhanovistas, o próprio Stálin declarou: "A vida melhorou, camaradas. A vida está mais alegre..."

Sim, geralmente, uma observação como essa, vinda dos lábios de um estadista, deveria ser varrida do chão com a poeira. Mas, quando saía dos lábios de Soso, tinha-se uma boa razão para lhe dar crédito. Pois com frequência era por meio de observações secundárias em discursos secundários que o Secretário-Geral do Comitê Central do Partido Comunista sinalizava suas mudanças de pensamento.

Na verdade, poucos dias antes de fazer esse discurso, Soso tinha visto no *Herald Tribune* a fotografia de três jovens e saudáveis moças bolcheviques de pé diante do portão de uma fábrica, vestidas com a túnica e o lenço que há muito eram os favoritos do Partido. Normalmente tal imagem teria enternecido seu coração. Mas, no contexto da imprensa ocidental, o Secretário dos Secretários considerou que esse traje simples poderia sugerir ao mundo que, depois de dezoito anos de comunismo, as moças russas ainda viviam como camponesas. Assim, as frases fatídicas foram introduzidas no discurso e a direção em que seguia o país deu uma guinada.

Pois, ao ler no *Pravda* que a vida tinha melhorado, os atentos *apparatchiks* compreenderam que um ponto de virada havia chegado; que, tendo em conta o sucesso incondicional da Revolução, havia chegado a hora de o Partido não apenas aceitar, mas encorajar, um pouco mais de glamour, um pouco mais de luxo, um pouco mais de riso. Em poucas semanas, a árvore de Natal e a música cigana, ambas por muito tempo exiladas, receberam boas-vindas acolhedoras; Polina Molotova, esposa do ministro das Relações Exteriores, foi encarregada do lançamento dos primeiros perfumes soviéticos; a New Light Factory (com a ajuda de maquinaria importada) foi encarregada de produzir champanhe à razão de dez mil garrafas por dia; membros do Politburo trocaram seus uniformes militares por ternos feitos sob medida; e as garotas trabalhadoras que saíam das fábricas não eram mais encorajadas a ter o aspecto de camponesas, mas sim o de meninas da Champs-Élysées.*

Assim, não foi diferente do sujeito no Gênesis que disse "Haja isto!" e "Haja aquilo!", e então houve isto ou aquilo. Pois quando Soso disse "A vida melhorou, camaradas", a vida, de fato, melhorou!

Exemplo: neste momento, duas jovens estão passeando pela rua Kuznetski Most usando vestidos de cores vivas, justos na cintura e na altura da panturrilha. Uma delas até ostenta um chapéu amarelo com uma aba que se inclina sedutoramente sobre os cílios compridos. Com o barulho do novíssimo metrô subterrâneo, elas param diante de três das grandes vitrines da TsUM, a Loja de Departamento Central Universal, que exibiam, respectivamente, uma pirâmide de chapéus, uma pirâmide de relógios e uma pirâmide de sapatos de salto alto.

Era bem verdade que as moças ainda moravam em apartamentos com muita gente e lavavam seus belos vestidos em um tanque comunitário, mas elas olhavam a vitrine da loja com ressentimento? Nem um pouco. Com inveja, talvez, ou maravilhadas, mas não com ressentimento. Posto que as portas da TsUM já não estavam mais fechadas para elas. Tendo servido por muito tempo a estrangeiros e funcionários do alto escalão do Partido, a loja fora aberta aos cidadãos em 1936, contanto que pudessem pagar com moedas estrangeiras, prata ou ouro. Na verdade, no subsolo da TsUM há um escritó-

---

* Na verdade, ainda havia mais um expurgo a ser feito, mas este era dirigido a funcionários do alto escalão do Partido e a membros da polícia secreta. Na verdade, Genrikh Iagoda, o temido líder da NKVD, estava prestes a ser expurgado. Acusado de traição, conspiração e contrabando de diamantes, Iagoda seria julgado publicamente no Palácio dos Sindicatos — do outro lado da praça do Hotel Metropol —, declarado culpado e sumariamente executado. Desse modo, este também seria considerado por muitos como um prenúncio de dias melhores...

rio bem equipado, onde um cavalheiro discreto lhe dará crédito na loja por metade do valor da joia da sua avó.

Entende? A vida *está* mais alegre.

Assim, após admirar o conteúdo das vitrines e imaginar o dia em que também poderiam ter um apartamento com armários onde guardar seus chapéus, relógios e sapatos, nossa dupla encantadora retoma seu passeio, o tempo todo conversando sobre os dois rapazes bem-relacionados com os quais se encontrarão para jantar.

Na Teatralni Proiezd, elas esperam na calçada por uma pausa no fluxo de automóveis. Em seguida, atravessando a rua, entram no Hotel Metropol, onde, enquanto passam pela mesa da recepção a caminho da Piazza, são admiradas por um homem de aparência distinta com um toque grisalho nos cabelos...

— Ah, o fim da primavera — observou o Conde a Vasili, (que analisava as reservas daquela noite). — Pelas bainhas das saias daquelas moças, aposto que deve estar fazendo uns vinte graus na Tverskaia, apesar de serem sete da noite. Em poucos dias, os meninos estarão roubando flores do Jardim de Alexandre e Emile estará espalhando ervilhas em seus pratos...

— Sem dúvida — concordou o porteiro, à maneira de um bibliotecário concordando com um erudito.

Mais cedo naquele dia, aliás, os primeiros morangos da estação haviam chegado à cozinha, e Emile tinha subtraído um punhado para o Conde, para o desjejum do dia seguinte.

— Sem dúvida — concluiu o Conde —, o verão já está batendo à porta e os dias que virão certamente serão longos e descontraídos...

— Aleksandr Ilitch.

Ao ouvir o som inesperado de seu próprio nome, o Conde se virou e encontrou de pé bem atrás dele uma outra jovem, embora esta estivesse usando calça comprida. Tinha 1,68 metro de altura, cabelos louros lisos, olhos azul-claros e passava uma impressão rara de autossuficiência.

— Nina! — exclamou ele. — Que visão agradável! Não temos notícias suas há séculos. Quando voltou para Moscou?

— Posso falar com você um momento?

— Certamente...

Percebendo que algo pessoal devia ter originado a visita, o Conde seguiu Nina alguns passos além da escrivaninha da recepção.

— É o meu marido... — começou ela.

— Seu marido? — interveio o Conde. —Você se casou!

— Sim. Leo e eu estamos casados há seis anos. Trabalhamos juntos em Ivanovo...

— Ora, eu me lembro dele!

Frustrada com as interrupções do Conde, Nina meneou a cabeça.

—Vocês não se conheceram.

— Tem razão. Nós não nos conhecemos, *per se*; mas ele estava aqui com você no hotel pouco antes de você partir.

O Conde não pôde deixar de sorrir ao se lembrar do belo capitão da Komsomol que tinha despachado os outros na frente para que pudesse esperar sozinho por Nina.

Por um momento Nina tentou se lembrar dessa visita com seu marido ao Metropol; mas depois fez um gesto com uma das mãos para indicar que não fazia a menor diferença se estiveram ou não no hotel tantos anos antes.

— Por favor, Aleksandr Ilitch. Não tenho muito tempo. Há duas semanas, fomos convocados de Ivanovo para participar de uma conferência sobre o futuro do planejamento agrícola. No primeiro dia das reuniões, Leo foi preso. Depois de algum esforço, eu o localizei na Lubianka, mas eles não me deixaram vê-lo. Naturalmente, comecei a temer o pior. Mas ontem recebi a notícia de que ele foi condenado a cinco anos de trabalho corretivo. Hoje à noite ele será enviado de trem para o Sevvostlag. Vou segui-lo até lá. O que preciso é de alguém que cuide de Sofia enquanto eu me instalo.

— Sofia?

O Conde seguiu o olhar de Nina pelo saguão até onde uma garota de cinco ou seis anos com cabelos pretos e pele de marfim estava sentada em uma cadeira de espaldar alto, seus pés pendendo a poucos centímetros do chão.

— Não posso levá-la comigo agora, porque vou precisar encontrar trabalho e um lugar para morar. Pode levar um mês ou dois, mas, assim que eu me estabelecer, voltarei para buscá-la.

Nina havia explicado tudo isso como se relatasse uma série de resultados científicos, uma sucessão de fatos que justificavam nosso medo e indignação tanto quanto as leis da gravidade ou do movimento. Mas o Conde não podia mais conter certo choque, mesmo que fosse por conta da rapidez com que os detalhes estavam se desenrolando: um marido, uma filha, uma prisão, a Lubianka, trabalho corretivo...

Interpretando a expressão do Conde como de hesitação, Nina, a mais autoconfiante das almas, o segurou pelo braço.

— Não tenho mais ninguém a quem recorrer, Aleksandr.

Então, depois de uma pausa, acrescentou:

— Por favor.

Juntos, o Conde e Nina atravessaram o saguão até aquela criança de cinco ou seis anos com cabelos pretos, pele branca e olhos azul-escuros. Se o Conde tivesse sido apresentado a Sofia em circunstâncias diferentes, poderia ter achado, discretamente, alguma graça ao observar os sinais da praticidade rude de Nina: que Sofia usava roupas simples; que seu cabelo era quase tão curto quanto o de um menino; e que a boneca de pano que ela segurava pelo pescoço sequer tinha um vestido.

Nina se ajoelhou para que seus olhos ficassem na altura dos da filha. Ela pôs a mão no joelho de Sofia e começou a falar em um tom que o Conde nunca a ouvira usar antes. Era o tom da ternura.

— Sonia, este é o seu Tio Sacha, de quem tanto lhe falei.

— Aquele que lhe deu o binóculo bonito?

— Sim — confirmou Nina com um sorriso. — Ele mesmo.

— Olá, Sofia — disse o Conde.

Nina então explicou que, enquanto a Mama ia preparar a nova casa delas, Sofia ficaria algumas semanas naquele hotel encantador. Nina lhe disse que, até que a Mama voltasse, ela devia ser forte, respeitosa e obedecer ao Tio.

— E depois vamos pegar o grande trem para encontrar Papa — disse a garota.

— Isso mesmo, minha querida. Depois vamos pegar o grande trem para encontrar seu Papa.

Sofia estava fazendo o melhor que podia para imitar a coragem de sua mãe; mas ela ainda não tinha a mesma autoridade de Nina sobre as próprias emoções. Assim, embora não questionasse, suplicasse, nem se alvoroçasse, quando acenou com a cabeça para mostrar que compreendia, lágrimas correram pelo seu rosto.

Enquanto Sofia usava o dorso de sua mão para enxugar um dos lados do rosto, Nina usou o polegar para enxugar o outro. Nina olhou nos olhos de Sofia até ter certeza de que as lágrimas haviam secado. Depois, assentindo uma vez, deu um beijo na testa da menina e levou o Conde a poucos metros de distância.

— Aqui — disse ela, entregando-lhe uma bolsa de lona com alças, do tipo que poderia ser usado nas costas de um soldado. — Estas são as coisas dela. E isso também precisa ficar com você — continuou, entregando-lhe uma pequena fotografia sem moldura. — Talvez seja melhor guardá-la com você. Eu não sei. Você vai ter que decidir.

Nina segurou o Conde novamente pelo braço; então atravessou o saguão com a rapidez de alguém que espera não ter margem para mudar de ideia.

O Conde a observou sair do hotel e atravessar a Praça dos Teatros, exatamente como tinha feito oito anos antes. Quando ela se foi, ele olhou para a fotografia em sua mão. Era uma foto de Nina e o marido, o pai de Sofia. Pelo rosto de Nina, o Conde concluiu que a foto havia sido tirada alguns anos antes. Ele também percebeu que estivera apenas parcialmente certo. Porque, embora tivesse visto seu marido todos aqueles anos antes no saguão do Metropol, Nina não se casara com o belo capitão, e sim com o jovem desafortunado de boné de marinheiro que tão ansiosamente lhe trouxera seu casaco.

Toda essa interação, desde Nina dizer o nome do Conde até sair pelas portas do hotel, tinha levado menos de quinze minutos. Assim, o Conde teve pouco mais do que um instante para considerar a natureza do compromisso que lhe foi pedido para assumir.

Tudo bem que seria apenas por um mês ou dois. Ele não seria responsável pela educação da menina, por sua instrução moral ou sua formação religiosa. Mas sua saúde e conforto? Ele seria responsável por isso mesmo que fosse cuidar dela só por uma noite. O que a menina iria comer? Onde iria dormir? E, apesar de aquela ser sua noite de folga, o que ele faria com ela na noite seguinte, quando ele tivesse que vestir o paletó branco do Boiarski?

Mas imaginemos que, antes de se comprometer, o Conde tivesse tido tempo de analisar completamente o problema, de considerar todos os desafios e obstáculos, de reconhecer sua própria falta de experiência, de admitir que, muito provavelmente, ele era o menos apropriado, menos equipado e mais mal situado homem de Moscou para cuidar de uma criança. Se ele tivesse tempo e presença de espírito para sopesar tudo isso, teria negado o pedido de Nina?

Ele sequer teria tentado dissuadi-la.

Como poderia?

Aquela era a mulher que, quando criança, tinha cruzado a Piazza sem hesitar para se tornar sua amiga; que lhe mostrara os recantos ocultos do hotel e lhe conferira, literalmente, a chave de seus mistérios. Quando uma amiga assim procurava alguém para pedir ajuda, especialmente uma amiga que não julgava natural pedir favores em um momento de necessidade, então só havia uma resposta aceitável.

O Conde deslizou a fotografia para dentro do bolso e se recompôs. Então se virou para encontrar sua nova responsabilidade olhando para ele.

— Bem, Sofia. Está com fome? Você gostaria de comer alguma coisa?

Ela negou.

— Então, por que não subimos e nos acomodamos?

O Conde ajudou Sofia a descer da cadeira e a conduziu através do saguão. Mas, quando estava prestes a subir as escadas, notou que ela ficou olhando fixamente quando as portas do elevador se abriram para deixar sair dois hóspedes do hotel.

— Você já entrou em um elevador antes? — perguntou ele.

Agarrando a boneca pelo pescoço, Sofia meneou a cabeça novamente.

— Nesse caso...

Mantendo abertas as portas, o Conde fez um gesto para que Sofia seguisse adiante. Com uma expressão de curiosidade cautelosa, ela pisou no elevador, abriu espaço para o Conde e, então, observou enquanto as portas se fechavam.

Com um floreio teatral e o comando de *Presto!*, o Conde apertou o botão para o quinto andar. O elevador deu um tranco e começou a se mover. Sofia se equilibrou; então se inclinou um pouco para a direita a fim de ver os andares passando através da grade.

— *Voilà* — exclamou o Conde quando, um momento depois, chegaram a seu destino.

Levando Sofia pelo corredor e entrando no campanário, o Conde gesticulou novamente para que ela seguisse em frente. Mas, depois de olhar para a escada caracol estreita, Sofia voltou-se para o Conde e ergueu as duas mãos no ar, no sinal internacional de "colo".

— Hum — murmurou o Conde.

Então, apesar de sua idade, ele a pegou.

Ela bocejou.

Em seu quarto, o Conde colocou Sofia na cama, pôs a bolsa com os pertences dela na mesa do Grão-Duque e então disse que voltaria logo. Caminhou pelo corredor e pegou um cobertor de inverno em seu baú. Seu plano era fazer uma pequena cama no chão para a menina, ao lado da sua própria, e emprestar-lhe um de seus travesseiros. Teria que ter cuidado para não pisar nela se acordasse à noite.

Mas o Conde não precisava ter se preocupado em pisar em Sofia. Pois, quando voltou para o quarto com o cobertor, ela já havia se enfiado debaixo das cobertas dele e adormecido.

Ajustes

Nunca o toque de um relógio foi tão bem-vindo. Nem em Moscou. Nem na Europa. Nem em qualquer parte do mundo. Quando o francês Carpentier enfrentou o americano Dempsey, ele não poderia ter sentido mais alívio ao ouvir o gongo que sinalizou o fim do terceiro *round* do que o Conde sentiu ao ouvir seu próprio relógio bater as doze horas. Nem mesmo cidadãos de Praga quando ouviram os sinos da igreja assinalando o fim de seu cerco às mãos de Frederico, o Grande.

O que havia naquela criança que levava um homem adulto a contar com tanto cuidado os minutos até o almoço? Ela tagarelava coisas sem sentido? Andava por aí rindo? Desmanchava-se em lágrimas ou lançava-se em birras à menor provocação?

Pelo contrário. Ela era quieta.

Às raias do aflitivo.

Ao acordar, Sofia se levantava, se trocava e arrumava a cama sem uma palavra sequer. Quando o Conde servia o café da manhã, ela mordiscava seus biscoitos como um trapista. Então, depois de ter silenciosamente limpado o prato, subia na cadeira à escrivaninha do Conde, sentava-se sobre as mãos e olhava para ele em silêncio. E que olhar a menina tinha. Com as íris tão escuras e agourentas quanto as profundezas, era definitivamente enervante. Sem timidez ou impaciência, parecia simplesmente dizer: *E agora, Tio Aleksandr?*

De fato: e agora? Depois de ter arrumado as camas e mordiscado seus biscoitos, os dois tinham o dia inteiro diante deles. Dezesseis horas. Novecentos e sessenta minutos. Cinquenta e sete mil e seiscentos segundos!

A ideia era indiscutivelmente assustadora.

Mas quem era Aleksandr Rostov, se não um conversador experiente? Nos casamentos e comemorações de Moscou a São Petersburgo, ele fora inevitavelmente acomodado ao lado dos convidados mais obstinados do jantar. Das tias melindrosas e dos tios afetados. Dos melancólicos, sarcásticos e tímidos. Por quê? Porque era possível contar com Aleksandr Rostov para envolver seus companheiros de jantar em uma conversa animada, quaisquer que fossem seus ânimos.

Se tivesse se sentado ao lado de Sofia em um jantar (ou, quem sabe, num vagão de um trem viajando pelo campo), o que faria? Naturalmente, perguntaria sobre a vida da menina: *De onde você é, minha amiga? Ivanovo, é? Eu nunca estive lá, mas sempre quis. Qual é a melhor época para visitar? E o que se deve ver enquanto estiver lá?*

— Então, me diga... — começou o Conde com um sorriso, enquanto os olhos de Sofia se arregalavam.

Mas, mesmo enquanto as palavras saíam de seus lábios, o Conde tinha suas dúvidas. Afinal, ele definitivamente não estava sentado ao lado de Sofia em um jantar ou em um vagão de trem. Ela era uma criança que, com pouca explicação, fora arrancada de sua casa. Dar início a um questionamento a respeito das paisagens e estações do ano em Ivanovo, ou sobre o dia a dia com seus pais, quase certamente levantaria uma série de associações tristes, estimulando sentimentos de saudade e perda.

— Então, me diga... — repetiu, sentindo um início da tontura quando os olhos da menina se abriram mais.

Porém, bem a tempo, teve um lampejo de inspiração:

— Qual é o nome da sua boneca?

Um passo seguro, pensou o Conde, secretamente se parabenizando com um tapinha nas costas.

— Ela não tem nome.

— Como assim? Não tem nome? É fato que ela *precisa* ter um nome.

Sofia olhou para o Conde por um momento e inclinou a cabeça como um corvo.

— Por quê?

— Por quê? — repetiu o conde. — Ora, para que possamos nos dirigir a ela. Para que possa ser convidada para o chá; chamada do outro lado da sala; para que possam conversar sobre ela quando estiver ausente; e para ser incluída em suas orações. Isto é, por todas as razões pelas quais *você* se beneficia de ter um nome.

Enquanto Sofia levava isso em consideração, o Conde se inclinou para a frente, pronto para elaborar o assunto até o mais ínfimo detalhe. Mas, após um gesto de cabeça, a menina disse:

—Vou chamá-la de Dolly.

Então olhou para o Conde com seus grandes olhos azuis como se dissesse: *Pronto, isso está decidido; e agora?*

O Conde se recostou na cadeira e começou a examinar seu vasto catálogo de perguntas casuais, descartando uma após outra. Mas, por sorte, percebeu que o olhar de Sofia se movia quase furtivamente para algo atrás dele.

Discretamente, o Conde olhou para aquela direção.

O elefante de ébano, percebeu com um sorriso. Criada a vida inteira em uma província rural, a criança provavelmente nunca sequer imaginou que tal animal existisse. *Que tipo de animal fantástico é esse?*, ela devia estar se perguntando. É mamífero ou réptil? Real ou fábula?

— Você já viu um desses antes? — perguntou o Conde com um gesto para trás e um sorriso.

— Um elefante? Ou um abajur?

O Conde tossiu.

— Eu estava falando do elefante.

— Só nos livros — admitiu ela, um pouco tristemente.

— Ah! Bem. É um animal magnífico. Uma maravilha da criação.

Com o interesse de Sofia despertado, o Conde fez uma descrição da espécie, animando cada uma de suas características com um floreio ilustrativo.

— Nativo do Continente Negro, um animal adulto pode pesar mais de quatro toneladas e meia. Suas pernas são grossas como troncos de árvore, e ele se banha pegando água com a tromba e a pulverizando no ar...

— Então você já viu algum? — interrompeu ela, alegre. — No Continente Negro?

O Conde se agitou.

— Não exatamente no Continente Negro...

— Então onde?

— Em vários livros...

— Ah — disse Sofia, encerrando o assunto com a eficiência da guilhotina.

...

...

O Conde cogitou por um momento que outro tipo de maravilha poderia capturar a imaginação dela, mas uma que ele tivesse de fato visto pessoalmente.

— Você gostaria de ouvir uma história sobre uma princesa? — sugeriu ele.

Sofia se endireitou.

— A era da nobreza deu lugar à era do homem comum — falou ela com o orgulho de quem recitou corretamente a tabuada. — Era historicamente inevitável.

— Sim — disse o conde. — Foi o que me disseram.

...

...

—Você gosta de fotos? — perguntou ele, pegando um guia ilustrado do Louvre que tinha trazido do porão. — Aqui há um suprimento para toda a vida. Enquanto eu me lavo, por que você não dá uma olhada?

Sofia se moveu um pouco para colocar Dolly ao seu lado e então aceitou o livro com prontidão e determinação.

Retirando-se para a segurança do banheiro, o Conde tirou a camisa, banhou a parte superior do corpo e ensaboou as bochechas, murmurando o principal enigma do dia:

— Ela não pesa mais do que quinze quilos; não tem mais de um metro de altura; todos os pertences em sua bolsa caberiam em uma única gaveta; ela raramente fala, a menos que falem com ela; e a batida de seu coração não é nem mais alta que a de um pássaro. Então, como é possível que ocupe tanto espaço?!

Com o passar dos anos, o Conde tinha começado a considerar seus aposentos bastante amplos. Pela manhã, acomodavam facilmente vinte agachamentos e vinte alongamentos, um café da manhã vagaroso e a leitura de um romance em uma cadeira inclinada. À noite, depois do trabalho, alimentavam voos fantasiosos, lembranças de viagens e reflexões sobre a história, tudo isso coroado por uma boa noite de sono. No entanto, de alguma forma, aquela pequena visitante com sua bolsa de viagem e sua boneca de pano tinha alterado todas as dimensões do quarto. Simultaneamente, ela trouxera o teto para baixo, o chão para cima e as paredes para dentro, de tal forma que, a qualquer lugar para que ele desejasse se mover, ela já estava lá. Após despertar de uma noite agitada no chão, quando o Conde estava pronto para seu exercício matinal, ela estava de pé no lugar dedicado à ginástica. No café da manhã, ela comia mais do que sua parte dos morangos; quando o Conde estava prestes a mergulhar o segundo biscoito em sua segunda xícara de café, ela ficava olhando com tanto desejo que ele não tinha escolha senão perguntar se ela queria mais. E quando ele enfim estava pronto para se sentar com seu livro e inclinar sua poltrona para trás, ela já estava sentada ali, olhando para ele, expectante.

Mas, ao se flagrar acenando enfaticamente para seu próprio reflexo com sua escova de barbear, o Conde parou.

Meu Deus, pensou. Será possível?

Já?

Aos 48 anos?

— Aleksandr Rostov, será possível que você tenha desenvolvido manias?

Quando jovem, o Conde *nunca* teria se incomodado com uma alma companheira. Tão logo acordava, ele procurava uma boa companhia.

Quando ele lia em sua poltrona, nenhuma interrupção era considerada uma perturbação. Na verdade, ele preferia ler com um pouco de ruído de fundo. Como os gritos de um vendedor na rua; ou as escalas de um piano em um apartamento vizinho; ou, na melhor das hipóteses, passos nos degraus da escada que, subindo rapidamente dois lances, parariam de repente, e então haveria uma batida na porta e a explicação sem fôlego que dois amigos em uma carruagem estavam esperando na calçada. (Afinal, não é por isso que as páginas dos livros são numeradas? Para facilitar que se encontre o lugar em que se parou depois de uma interrupção justificável?)

Quanto às posses, não se importava nem um pouco com elas. Era o primeiro a emprestar um livro ou um guarda-chuva a um conhecido (e era irrelevante que, desde Adão, nenhum conhecido tivesse devolvido um livro ou um guarda-chuva).

E rotina? Ele se orgulhava de nunca ter uma. Tomava café da manhã às dez horas em um dia e às duas da tarde no dia seguinte. Em seus restaurantes favoritos, nunca tinha pedido o mesmo prato duas vezes na mesma temporada. Em vez disso, percorria os cardápios como o sr. Livingstone viajava pela África e Fernão de Magalhães pelos sete mares.

Não, aos 22 anos, o Conde Aleksandr Rostov não podia ser incomodado, interrompido nem perturbado. Cada aparição inesperada, comentário ou reviravolta nos eventos eram tão bem recebidos quanto uma explosão de fogos de artifício em um céu de verão, algo com que se maravilhar e aplaudir.

Mas, aparentemente, não era mais o caso...

A chegada imprevista de um pacote de quinze quilos levantara o véu de sobre seus olhos. Sem sequer perceber — sem o seu conhecimento, sua vontade ou permissão —, a rotina tinha se estabelecido em sua vida diária. Aparentemente, ele agora fazia o desjejum em hora marcada. Aparentemente, devia beber seu café e mordiscar seus biscoitos sem interrupção. Devia ler em uma determinada poltrona, inclinada em um determinado ângulo com nada mais do que o arranhar das patas de um pombo para distraí-lo. Devia fazer a barba começando pela bochecha direita, depois a esquerda, e só então passar para a parte inferior do queixo.

Com essa finalidade, o Conde inclinou a cabeça para trás e levantou a lâmina, mas a mudança no ângulo de seu olhar revelou dois olhos insondáveis fitando-o do reflexo no espelho.

— Por Deus!
— Acabei de ver as fotos — disse ela.
— Quais?
— Todas elas.
— Todas elas! — Agora foram os olhos do Conde que se arregalaram. — Bem, não é esplêndido?
— Acho que isto é para você — disse ela, entregando um pequeno envelope.
— De onde veio isso?
— Deslizou por debaixo da porta...

Pegando o envelope, o Conde pôde dizer que estava vazio; mas no lugar do endereço, a pergunta *Três horas?* estava escrita em uma caligrafia de salgueiro.

— Ah, sim. Nada demais — disse o Conde, enfiando-o no bolso.

Então ele agradeceu Sofia de modo a indicar que agora ela podia sair.

E ela respondeu:
— De nada — de modo a indicar que não tinha a intenção de ir a lugar algum.

Assim, o Conde saltou da cama e bateu palmas ao primeiro toque do meio-dia.

— Certo. Que tal um almoço? Você deve estar faminta. Acho que vai adorar a Piazza. Mais do que um simples restaurante, a Piazza foi projetada para ser uma extensão da cidade, de seus jardins, mercados e ruas.

Enquanto o Conde prosseguia com sua descrição das vantagens da Piazza, notou que Sofia estava olhando para o relógio do pai dele com uma expressão de surpresa. E, quando passaram pelo limiar da porta para descer, ela olhou para trás e hesitou, como se estivesse a ponto de perguntar como um dispositivo tão delicado poderia gerar um som tão lindo.

Bem, pensou o Conde enquanto começava a fechar a porta, se ela queria saber os segredos do relógio de badalada dupla, veio ao lugar certo. Pois não só o Conde sabia algo de cronometria, como sabia absolutamente tudo o que havia para saber sobre aquele relógio em particular...

— Tio Aleksandr — interpôs Sofia com a ternura de quem deve dar uma notícia ruim. — Acho que seu relógio está quebrado.

Surpreso, o Conde largou a maçaneta da porta.

— Quebrado? Não, não. Eu lhe garanto, Sofia, que meu relógio marca o tempo *perfeitamente*. Na verdade, ele foi feito por artesãos conhecidos no mundo inteiro por seu compromisso com a precisão.

— Não é o marcador do tempo que está quebrado. É o carrilhão — explicou ela.

— Mas ele acabou de tocar lindamente.

— Sim. Ele tocou ao meio-dia. Mas não conseguiu tocar às nove, dez e onze horas.

— Ah! — exclamou o Conde em meio a um sorriso. — Se fosse outro o relógio, você estaria absolutamente certa, minha querida. Mas, veja bem, este é um relógio de badalada dupla. Foi feito, há muitos anos, seguindo as especificações de meu pai para tocar apenas duas vezes por dia.

— Mas por quê?

— Ora, ora, por quê, minha amiga? Eu vou lhe dizer uma coisa. Vamos juntos para a Piazza, onde, depois de termos nos acomodado e feito nosso pedido, investigaremos todos os porquês do relógio de meu pai. Pois não há nada mais essencial para aproveitar um almoço civilizado do que ter um assunto animado para conversar.

☆

Às 12h10, a Piazza ainda não estava cheia. Talvez isso fosse bom o suficiente, porque o Conde e Sofia foram colocados a uma mesa excelente e receberam atenção imediata de Martin, um novo garçom capaz de puxar a cadeira para Sofia com modos admiravelmente corteses.

— Minha sobrinha — explicou o Conde, enquanto Sofia olhava ao redor da sala, admirada.

— Tenho um filho de seis anos — respondeu Martin com um sorriso. — Vou deixar vocês à vontade por um momento.

De fato, Sofia não era tão alheia ao mundo a ponto de não estar familiarizada com elefantes, mas nunca tinha visto nada parecido com a Piazza. Não só estava maravilhada com as dimensões e a elegância do salão, mas com cada um dos elementos individuais que deixavam o senso comum de ponta-cabeça em sua mente: um teto de vidro; um jardim tropical interno; uma fonte no meio de um salão!

Após terminar sua análise dos paradoxos da Piazza, Sofia deu a impressão de ter instintivamente compreendido que tal cenário merecia um padrão elevado de comportamento. De repente, tirou a boneca da mesa e colocou-a na cadeira vazia à sua direita; quando o Conde puxou o guardanapo de debaixo de seus talheres para acomodá-lo no colo, Sofia seguiu seu exemplo, tomando o cuidado especial de não balançar seu garfo e sua faca; e quando, tendo feito seu pedido a Martin, o Conde disse *Muito obrigado, meu bom rapaz*, Sofia o imitou palavra por palavra. Depois olhou para o Conde, na expectativa.

— E agora? — perguntou.

— E agora o quê, querida?

— É agora que você vai me falar sobre o relógio de badalada dupla?

— Ah, sim. Precisamente.

Mas por onde começar?

Naturalmente, pelo início.

O relógio, explicou o Conde, fora encomendado pelo seu pai à venerável firma de Breguet. Estabelecendo sua loja em Paris em 1775, os Breguet ficaram rapidamente conhecidos no mundo inteiro, não só pela precisão de seus cronômetros (ou seja, pela precisão de seus relógios), mas pelos meios elaborados pelos quais seus relógios podiam sinalizar a passagem do tempo. Tinham modelos que tocavam algumas notas de Mozart ao fim de cada hora. Tinham modelos que soavam não só a cada hora, mas na meia-hora e no quarto de hora. Outros que marcavam as fases da lua, a mudança das estações e o ciclo das marés. Mas, quando o pai do Conde visitou a loja em 1882, apresentou um desafio muito diferente para a empresa: um relógio que tocasse apenas duas vezes por dia.

— *Por que* ele faria isso? — questionou o Conde, antecipando a pergunta favorita de sua jovem ouvinte.

Simples: o pai do Conde acreditava que, estando atento à vida, o homem não devia dar muita atenção ao relógio. Um estudante dos estoicos e de

Montaigne, o pai do Conde acreditava que nosso Criador tinha reservado as horas da manhã para a indústria. Ou seja, se um homem acordasse até as seis, fizesse uma refeição leve e depois se dedicasse sem interrupção, ao meio-dia deveria ter concluído um dia inteiro de trabalho.

Assim, na opinião de seu pai, o toque das doze era um momento de avaliação. Quando o sino do meio-dia soava, o homem diligente poderia ter orgulho de ter feito bom uso da manhã e então se sentaria para almoçar com a consciência limpa. Mas, quando soava para o homem frívolo (o homem que desperdiçara na cama sua manhã, ou no café da manhã com três jornais, ou de papo furado na sala de estar), ele não tinha escolha senão pedir perdão ao Senhor.

Na parte da tarde, o pai do Conde acreditava que um homem deveria cuidar de viver fora do relógio em seu colete, que marcava os minutos como se os acontecimentos de sua vida fossem estações em uma linha de trem. Em vez disso, tendo sido devidamente trabalhador antes do almoço, ele deveria passar a tarde em sábia liberdade. Isto é, caminhar entre os salgueiros, ler um texto atemporal, conversar com um amigo sob a pérgula ou refletir diante da lareira, engajando-se naqueles empreendimentos que não têm hora marcada e que ditam seu próprio começo e fim.

E o segundo toque?

O pai do Conde acreditava que nunca se devia ouvi-lo. Se o indivíduo tivesse vivido bem o seu dia — a serviço da indústria, da liberdade e do Senhor —, devia estar dormindo profundamente muito antes da meia-noite. Assim, o segundo toque do relógio era, definitivamente, uma censura. *O que você está fazendo acordado?*, dizia ele. *Você desperdiçou tanto a luz do seu dia que precisa caçar coisas para fazer no escuro?*

— Sua vitela.

— Ah! Obrigado, Martin.

Muito apropriadamente, Martin pôs o primeiro prato diante de Sofia e o segundo diante do Conde. E então se demorou um pouco mais que o necessário perto da mesa.

— Obrigado — repetiu o Conde em um sinal educado de dispensa.

Mas, quando o Conde pegou os talheres e começou a relembrar para Sofia como ele e sua irmã se sentavam ao lado do relógio de badalada dupla na última noite de dezembro para ouvir o toque do Ano-Novo, Martin deu um passo mais para perto.

— Pois não? — perguntou o Conde, um tanto impaciente.

Martin hesitou.

— Devo... cortar a carne para a senhorita?

O Conde olhou para a mesa onde Sofia, com o garfo na mão, fitava o prato.

Mon Dieu, pensou o Conde.

— Não precisa, meu amigo. Vou cuidar disso.

Após uma reverência, Martin se afastou e o Conde contornou a mesa para, em alguns golpes rápidos, cortar a vitela de Sofia em oito pedaços. Então, antes de pousar seus talheres, cortou os oito pedaços em dezesseis. Quando voltou para seu assento, ela já havia comido quatro.

Tendo recuperado sua energia por conta do alimento, Sofia desencadeou uma procissão de porquês. Por que era melhor se dedicar ao trabalho pela manhã e à natureza à tarde? Por que um homem leria três jornais? Por que deveríamos andar sob os salgueiros em vez de algum outro tipo de árvore? E o que era uma pérgula? O que, por sua vez, levou a inquirições adicionais sobre Idlehour, a Condessa e Helena.

A princípio, o Conde costumava achar indelicada uma enxurrada de questionamentos. Por si só, as palavras *quem, o quê, por quê, quando* e *onde* não compunham uma conversa. Mas, quando o Conde começou a responder à ladainha de perguntas de Sofia (esboçando um mapa de Idlehour na toalha de mesa com os dentes de seu garfo, descrevendo as personalidades de membros da família e fazendo referência a várias tradições), notou que a menina estava inteira, absoluta e totalmente envolvida. O que os elefantes e as princesas não conseguiram alcançar, a vida em Idlehour aparentemente o fizera. E, assim, a vitela de Sofia desapareceu.

Terminada a refeição, Martin reapareceu para perguntar se gostariam de sobremesa. O Conde olhou para Sofia com um sorriso, presumindo que ela agarraria essa oportunidade. Mas ela mordeu o lábio inferior e balançou a cabeça.

— Você tem certeza? — perguntou o Conde. — Sorvete? Biscoitos? Um pedaço de torta?

Remexendo-se um pouco na cadeira, ela balançou a cabeça outra vez.

Esta é a nova geração, pensou o Conde, dando de ombros, enquanto devolvia o cardápio de sobremesas a Martin.

— Aparentemente, já terminamos.

Martin aceitou o cardápio, mas novamente se demorou. Então, virando um pouco as costas para a mesa, ele realmente se inclinou com a clara intenção de sussurrar no ouvido do Conde.

Pelo amor de Deus, pensou o Conde. O que foi agora?

— Conde Rostov, acredito que sua sobrinha... talvez precise ir.

— Ir? Ir aonde?

Martin hesitou.

— Ao toalete...

O Conde olhou para o garçom e depois para Sofia.

— Não diga mais nada, Martin.

O garçom fez uma mesura e pediu desculpas.

— Sofia, que tal visitar o toalete das damas? — sugeriu o Conde, hesitante.

Ainda mordendo o lábio, Sofia assentiu.

— Você precisa que eu... acompanhe você lá dentro? — perguntou ele, depois de levá-la pelo corredor.

Sofia negou e desapareceu atrás da porta do banheiro.

Enquanto esperava, o Conde se repreendeu por sua estupidez. Ele não apenas tinha falhado em cortar sua carne e levá-la ao toalete, como claramente não pensara em ajudá-la a desfazer as malas, porque ela usava exatamente as mesmas roupas do dia anterior.

— E você se diz garçom... — falou para si mesmo.

Um momento depois, Sofia voltou, parecendo aliviada. Mas então, apesar de seu amor prontamente visível pelos questionamentos, hesitou como alguém que está lutando para fazer uma pergunta.

— O que foi, minha querida? Algo está incomodando você?

Sofia lutou por mais um momento, depois juntou coragem:

— Ainda podemos comer sobremesa, Tio Aleksandr?

Agora era o Conde que parecia aliviado.

— Sem dúvida, minha querida. Sem dúvida.

Acima, abaixo

Às duas horas, quando Marina atendeu à porta da sala de costura e encontrou o Conde na soleira acompanhado por uma menina com uma boneca de pano que ela segurava com força pelo pescoço, tamanha foi a surpresa que seus olhos quase se alinharam.

— Ah, Marina — disse o Conde, arqueando significativamente as sobrancelhas. — Você se lembra de Nina Kulikova? Permita-me lhe apresentar sua filha, Sofia. Ela ficará conosco no hotel por um tempo...

Como mãe de dois filhos, Marina não precisava do sinal feito pelo Conde para entender que alguma coisa importante tinha acontecido na vida da criança. Mas ela também podia ver que a menina estava curiosa sobre o zumbido que vinha do outro lado da sala.

— É um prazer conhecê-la, Sofia — disse ela. — Eu tinha bastante contato com a sua mãe quando ela tinha apenas alguns anos a mais do que você tem agora. Mas, me diga uma coisa, você já viu uma máquina de costura?

Sofia fez que não.

— Muito bem, então. Venha que irei lhe mostrar uma.

Oferecendo sua mão a Sofia, Marina conduziu a menina para o outro lado da sala, onde sua assistente estava consertando um drapeado azul real. Abaixando-se para ficar na altura de Sofia, Marina apontou várias partes da máquina e explicou seu uso. Então, pedindo à jovem costureira que mostrasse à menina sua coleção de tecidos e botões, ela voltou para junto do Conde com uma expressão interrogativa.

Em voz baixa, ele contou rapidamente os acontecimentos do dia anterior.

— Você pode ver a situação em que me encontro — concluiu o Conde.

— Posso ver a situação em que Sofia se encontra — corrigiu-o Marina.

— Sim. Você tem toda a razão — admitiu o Conde, pesaroso.

Então, quando estava prestes a continuar, teve uma ideia; uma ideia tão inspirada que era incrível que não tivesse pensado nisso antes.

— Eu vim, Marina, para ver se você estaria disposta a olhar Sofia por uma hora enquanto estou na reunião diária do Boiarski...
— Claro que sim.
— Como eu disse, eu vim com essa intenção... Como você tão bem destacou, no entanto, é Sofia que merece o nosso apoio e consideração. E vendo vocês juntas agora, vendo a sua ternura instintiva e o modo como ela se sentiu instantaneamente à vontade em sua companhia, de repente ficou muito claro que o que ela precisa, especialmente nesta conjuntura em sua vida, é um toque materno, um jeito materno, um...

Mas Marina o interrompeu. E, do fundo de seu coração, ela disse:
— Não me peça isso, Aleksandr Ilitch. Peça a si mesmo.

Eu consigo fazer isso, disse o Conde a si mesmo enquanto subia aos pulos as escadas para o Boiarski. Afinal, era realmente apenas uma questão de fazer alguns pequenos ajustes, como reorganizar alguns móveis e mudar alguns hábitos. Como Sofia era muito pequena para ficar sozinha, ele precisaria encontrar alguém que pudesse estar com ela enquanto ele trabalhava. Esta noite, ele simplesmente pediria uma folga, sugerindo que suas mesas fossem divididas entre Denis e Dmitri.

Mas, em um extraordinário exemplo de um amigo antecipando as necessidades de outro, quando o Conde chegou à reunião do Triunvirato com alguns minutos de atraso, Andrei disse:
— Aí está você, Aleksandr. Emile e eu estávamos agora mesmo falando que Denis e Dmitri podem dividir suas mesas hoje à noite.

Deixando-se cair na cadeira, o Conde soltou um suspiro de alívio.
— Perfeito. Até amanhã, terei uma solução a longo prazo — disse ele.

O *chef* e o *maître* olharam confusos para o Conde.
— Uma solução a longo prazo?
— Vocês não estavam dividindo minhas mesas para que eu pudesse ficar com a noite livre?
— A noite livre! — arfou Andrei.

Emile gargalhou.
— Aleksandr, meu amigo, é o terceiro sábado do mês. Você é esperado no Salão Amarelo às dez...

Mein Gott, pensou o Conde. Ele tinha esquecido completamente.

— ... além do mais, o jantar da GAZ acontecerá no Salão Vermelho às sete e meia.

O diretor da *Gorkovski Avtomobilni Zavod*, a principal fábrica estatal de automóveis, estava oferecendo um jantar formal para comemorar o quinto aniversário da empresa. Além dos principais funcionários, o evento contava com a presença do Comissário da Indústria Pesada e de três representantes da Ford Motor Company, que não falavam uma palavra sequer em russo.

—Vou cuidar disso pessoalmente — anunciou o Conde.

— Ótimo. Dmitri já preparou o salão — informou o *maître*.

Depois deslizou dois envelopes na mesa para o Conde.

De acordo com o costume bolchevique, as mesas do Salão Vermelho tinham sido dispostas em forma de um longo U, com as cadeiras arrumadas no perímetro exterior, de modo que todos os homens sentados pudessem observar o líder da mesa sem esticar o pescoço. Satisfeito com o fato de os assentos estarem em ordem, o Conde voltou sua atenção para os envelopes que Andrei lhe dera. Abrindo o menor, pegou o mapa de assentos, que provavelmente tinha sido preparado em algum escritório no Kremlin. Então abriu o envelope maior, derramou os cartões indicadores de lugar e começou a posicioná-los de acordo com o mapa. Depois de contornar a mesa uma segunda vez, a fim de verificar a precisão de sua própria execução, o Conde enfiou os dois envelopes no bolso de sua calça para então descobrir outro envelope...

Pegando o terceiro envelope, o Conde o analisou com uma sobrancelha arqueada. Até que o virou e viu a caligrafia de salgueiro.

— Minha nossa!

De acordo com o relógio na parede, já eram 15h15.

O Conde saiu correndo do Salão Vermelho, desceu o corredor e subiu um lance de escadas. Encontrou a porta da suíte 311 entreaberta, entrou, fechou a porta e atravessou o grande salão. No quarto, uma silhueta se virou da janela enquanto seu vestido caía no chão com um farfalhar delicado. O Conde respondeu com um ligeiro pigarro.

— Anna, meu amor...

Notando a expressão no rosto do Conde, a atriz puxou seu vestido para cima, em direção aos ombros.

— Eu sinto muito, mas devido a uma confluência de eventos inesperados, não poderei honrar nosso encontro de hoje. Na verdade, por razões relacionadas a esses eventos, talvez precise lhe pedir um pequeno favor...

Nos quinze anos em que se conheciam, o Conde só pedira a Anna um favor, que pesava menos de cinquenta gramas.

— Claro, Aleksandr — respondeu ela. — O que é?

— Com quantas malas você viaja?

Alguns minutos mais tarde, o Conde descia depressa a escada de serviço, com duas malas de Paris em suas mãos. Com renovado respeito, pensou em Gricha e Genia e em todos os seus antecessores. Pois, embora as malas de Anna tivessem sido feitas com os melhores materiais, pareciam ter sido projetadas sem levar em consideração o fato de que teriam que ser carregadas. As alças de couro eram tão pequenas que mal se podia escorregar dois dedos através delas; e as dimensões das malas eram tão generosas que, a cada passo, batiam do corrimão para o joelho. Como os carregadores conseguiam levar essas coisas por aí sem nenhum esforço aparente? E muitas vezes com uma caixa de chapéu jogada por cima!

Chegando ao subsolo, o Conde abriu caminho através das portas dos funcionários na lavanderia. Na primeira mala, guardou dois lençóis, uma colcha e uma toalha. Na segunda, um par de travesseiros. Em seguida, subiu de novo os seis andares, batendo os joelhos a cada volta da escada caracol do campanário. Em seu quarto, ele descarregou a roupa de cama e, em seguida, atravessou o corredor para pegar um segundo colchão em um dos quartos abandonados.

Ao ser concebida, a ideia parecera excelente para o Conde, mas o colchão decididamente era contra, cruzando os braços, inflexível, recusando-se a sair do lugar. Quando o Conde conseguiu colocá-lo na posição vertical, ele imediatamente caiu sobre sua cabeça, quase o derrubando. E quando enfim o arrastou pelo corredor e o colocou no quarto, o colchão se estendeu todo, reivindicando do chão cada centímetro livre.

Isso não vai funcionar, pensou o Conde com as mãos nos quadris. Se deixasse o colchão ali, como se moveriam? E ele certamente não o arrastaria para dentro e para fora do quarto todos os dias. Mas, em um lampejo de inspiração, o Conde se lembrou daquela manhã, dezesseis anos antes, quando se consolou de que viver naquele quarto proporcionaria o prazer de viajar de trem.

Sim, pensou. É isso, exatamente.

Levantando o colchão pela borda, reclinou-o contra a parede e advertiu-o de que era melhor ele ficar parado ali, se não ia ver o que era bom para tosse. Então pegou as malas de Anna e desceu correndo quatro lances de escada até a despensa do Boiarski, onde os tomates enlatados eram guardados. Com uma altura aproximada de vinte centímetros e um diâmetro de quinze, eles eram perfeitamente adequados para a tarefa. Assim, depois de tê-los arrastado de volta para o andar de cima (com uma boa quantidade de bufadas), ele empilhou, içou, puxou e empoleirou até o quarto estar pronto. Então, tendo devolvido as malas de Anna, desceu correndo as escadas.

Quando o Conde chegou ao escritório de Marina (mais de uma hora atrasado), ficou aliviado ao encontrar a costureira e a menina sentadas no chão, em uma reunião fechada. Aproximando-se dele, Sofia estendeu sua boneca, que agora usava um vestido azul real com pequenos botões pretos na frente.

— Está vendo o que fizemos para Dolly, Tio Aleksandr?

— Que adorável!

— Ela é uma costureira e tanto — elogiou Marina.

Sofia abraçou Marina e então saiu para o corredor com sua companheira recém-vestida. O Conde começou a segui-la, mas Marina o chamou de volta.

— Aleksandr: o que você programou para Sofia enquanto estiver trabalhando hoje à noite...?

O Conde mordeu o lábio.

— Está bem, vou ficar com ela esta noite — intercedeu Marina. — Mas amanhã você terá que encontrar outra pessoa. Fale com uma das camareiras mais jovens. Natacha, talvez. Ela é solteira e seria boa com crianças. Mas você tem que lhe pagar um salário razoável.

— Natacha — confirmou o Conde com gratidão. — Vou falar com ela amanhã bem cedo. E um salário razoável, claro. Muito obrigado, Marina. Vou mandar comida do Boiarski para você e Sofia por volta das sete. E, se a noite de ontem for uma indicação, ela estará dormindo às nove.

O Conde se virou para partir, depois voltou.

— E sinto muito sobre o ocorrido mais cedo...

— Tudo bem, Aleksandr. Você estava ansioso porque nunca esteve na companhia de uma criança. Mas estou certa de que está à altura do desafio. Se em algum momento estiver em dúvida, lembre-se de que, ao contrário dos adultos, as crianças *querem* ser felizes. Por isso ainda têm a capacidade de tirar grande prazer das coisas mais simples.

A título de exemplo, a costureira pôs algo pequeno e aparentemente insignificante na mão do Conde com uma garantia e algumas palavras de instrução.

Como resultado, depois que o Conde e Sofia subiram os cinco andares de volta para seus aposentos e a menina lhe direcionou seu profundo olhar azul cheio de expectativas, o Conde estava pronto.

— Você gostaria de jogar um jogo? — perguntou.

— Sim — respondeu ela.

— Então venha por aqui.

Com certa cerimônia, o Conde conduziu Sofia pela porta do armário até o escritório.

— Ooh! — exclamou ela quando saiu do outro lado. — Esta é a sua sala secreta?

— É a *nossa* sala secreta — respondeu o Conde.

Sofia assentiu com seriedade para mostrar que compreendia.

Mas, de fato, as crianças entendem o propósito de salas secretas melhor do que entendem o propósito de congressos, tribunais e bancos. Um tanto timidamente, Sofia apontou para a pintura.

— Aquela é a sua irmã?

— Sim. Helena.

— Eu também gosto de pêssegos.

Ela passou uma das mãos ao longo da mesa de centro.

— Era aqui que sua avó tomava chá?

— Exatamente.

Sofia assentiu gravemente outra vez.

— Estou pronta para o jogo.

— Muito bem então. É assim que funciona: você vai voltar ao quarto e contar até duzentos. Ficarei aqui para esconder *isto* dentro dos limites deste estúdio. — Então, como se do nada, o Conde fez surgir o dedal de prata que Marina lhe dera. — Sofia, você sabe contar até duzentos?

— Não. Mas posso contar até cem duas vezes.

— Muito bem.

Sofia saiu pelo armário, fechando a porta atrás de si.

O Conde olhou ao redor da sala em busca de um local apropriado, um que se revelasse razoavelmente desafiador para a criança, sem tirar vantagem injusta de sua idade. Depois de alguns minutos de consideração, aproximou-se da pequena estante e cuidadosamente pôs o dedal em cima de *Anna Kariênina*; e então se sentou.

Ao fim da contagem até duzentos, uma fresta da porta do armário se abriu.

—Você está pronto? — perguntou ela.

— Estou, sim.

Quando Sofia entrou, o Conde tinha para si que ela correria pelo quarto, vacilante, olhando para todos os lados. Em vez disso, ela permaneceu à porta e, calmamente, de um jeito quase inquietante, estudou a sala de quadrante em quadrante. Superior esquerdo, inferior esquerdo, superior direito, inferior direito. Então, sem dizer uma palavra, caminhou diretamente para a estante e pegou o dedal em cima do Tolstói. Aquilo tinha levado menos tempo do que o Conde levaria para contar até cem.

— Muito bem — disse ele, contrariado. —Vamos jogar de novo.

Sofia entregou o dedal ao Conde. Mas, assim que ela saiu da sala, ele se repreendeu por não ter pensado a respeito do próximo esconderijo antes do início da segunda rodada. Agora ele tinha apenas duzentos segundos para encontrar um local adequado. Como se para irritá-lo ainda mais, Sofia começou a contar tão alto que ele podia ouvi-la através da porta do armário fechado.

—Vinte e um, vinte e dois, vinte e três...

De repente, era o Conde que estava correndo de um lado para outro e olhando para todos os lados, descartando esse lugar por ser muito fácil e aquele outro por ser muito difícil. No fim, colocou o dedal sob a alça do Embaixador, do lado oposto ao da estante.

Quando Sofia voltou, seguiu o mesmo procedimento de antes. Embora, como se estivesse antecipando o pequeno truque do Conde, desta vez tenha começado seu levantamento pelo canto oposto de onde tinha encontrado o dedal na primeira rodada. Levou vinte segundos para que ela o tirasse de seu esconderijo.

Claramente, o Conde havia subestimado sua adversária. Mas, colocando o dedal em lugares tão baixos, ele estava favorecendo os pontos fortes naturais de Sofia. Na rodada seguinte, tiraria vantagem de suas limitações, escondendo-o entre 1,5 metro e dois metros acima do chão.

— Outra vez? — sugeriu ele com um sorriso de raposa.

— É sua vez.

— Como assim?

— É sua vez de procurar, e minha vez de esconder.

— Não, veja bem, neste jogo eu sempre escondo e você sempre procura.

Sofia avaliou o Conde como sua mãe teria feito.

— Se você *sempre* esconde e eu *sempre* procuro, então não é um jogo.

O Conde franziu a testa diante da irrefutabilidade daquele argumento. Estendeu a mão e ele servilmente colocou o dedal na sua palma. Como se essa reviravolta não bastasse, quando ele pegou a maçaneta da porta, ela puxou sua manga.

— Tio Aleksandr, você não vai espiar, vai?

Espiar? O Conde teve vontade de dizer uma ou duas coisas sobre a integridade dos Rostov. Em vez disso, se recompôs.

— Não, Sofia. Não vou espiar.

—Você promete...?

...

— Prometo.

O Conde foi para o quarto murmurando alguma coisa sobre a sua palavra ser seu contrato e sobre nunca ter trapaceado nas cartas ou se esquivado de pagar uma aposta perdida, e então começou a contar. Quando passou de 150, pôde ouvir Sofia se movendo ao redor do estúdio e, quando chegou a 175, ouviu uma cadeira sendo arrastada pelo chão. Bem ciente da diferença entre um cavalheiro e um grosseirão, o Conde contou até que o quarto ficasse em silêncio, ou seja, até 222.

— Pronta ou não, aí vou eu — anunciou.

Quando entrou no quarto, Sofia estava sentada em uma das cadeiras de espaldar alto.

Com um pouco de teatralidade, o Conde cruzou as mãos atrás das costas e circulou a sala enquanto dizia *humm*. Mas, depois de duas voltas, o pequeno dedal de prata ainda não havia se revelado. Então ele começou a procurar um pouco mais a sério. Seguindo a lição de Sofia, dividiu a sala em quadrantes e os revisou sistematicamente, mas sem sucesso.

Lembrando-se de que tinha ouvido uma das cadeiras ser arrastada e calculando a altura de Sofia e a extensão de seu braço, o Conde estimou que ela conseguiria alcançar um ponto a pelo menos um metro e meio acima do chão. Então, ele olhou atrás do quadro de sua irmã sob o fecho da pequena janela e até acima do batente da porta.

Mas nada de dedal.

De vez em quando, ele olhava de volta para Sofia, na esperança de que ela entregasse o jogo ao olhar para o esconderijo. Mas ela mantinha uma expressão irritantemente desinteressada, como se nem sequer tivesse conhecimento da busca em andamento, o tempo todo balançando os pezinhos para a frente e para trás.

Como um estudante da psicologia, o Conde decidiu que devia tentar resolver o problema do ponto de vista de sua adversária. Assim como ele quisera tirar vantagem da estatura limitada dela, talvez ela tivesse se aproveitado de sua altura. *É claro*, pensou. O som da mobília sendo arrastada não implicava necessariamente que ela havia subido em uma cadeira; talvez tivesse empurrado algo a fim de esconder o dedal *debaixo* de alguma coisa. O Conde se jogou no chão e rastejou como um lagarto, da estante até o Embaixador, e então o inverso.

Ela continuava sentada balançando seus pezinhos.

O Conde ficou de pé, batendo a cabeça no teto reclinado ao se aprumar por inteiro. Além disso, seus joelhos doíam devido ao chão de madeira e seu paletó estava coberto de poeira. De repente, enquanto olhava um pouco descontroladamente ao redor da sala, notou uma discreta invasão. Escorregava lentamente para ele como um gato pelo gramado; e o nome desse gato era Derrota.

Seria possível?

Estaria ele, um Rostov, se preparando para se render?

Bem, em uma palavra: sim.

Não havia dúvida quanto a isso. Ele tinha sido superado e sabia. Naturalmente, teria que haver uma palavra ou duas de autorrecriminação, mas primeiro amaldiçoou Marina e os supostos prazeres dos joguinhos bobos. Respirou fundo e soltou o ar. Em seguida, apresentou-se a Sofia como o general Mack se apresentara a Napoleão, deixando o exército russo escapar.

— Muito bem, Sofia.

Sofia olhou fixamente para o Conde pela primeira vez desde que ele entrara na sala.

— Você está desistindo?
— Estou abrindo mão — disse o Conde.
— Isso é o mesmo que desistir?
...
— Sim, é o mesmo que desistir.
— Então você deveria dizer.
Naturalmente. Sua humilhação tinha de ser completa.
— Eu desisto — disse ele.

Sem um toque de satisfação, Sofia aceitou a rendição. Então pulou da cadeira e caminhou em direção a ele. O Conde se afastou um pouco do caminho, supondo que ela tivesse escondido o dedal em algum lugar na estante. Mas ela não se aproximou da estante. Em vez disso, parou na frente dele, enfiou a mão no bolso de seu paletó e retirou o dedal de lá.

O Conde ficou pasmo.

Na verdade, gaguejou de nervosismo.

— Mas, mas, mas, Sofia... isso não é justo!

Sofia analisou o Conde com curiosidade.

— Por que não é justo?

Sempre esse maldito "por quê".

— Porque não é — respondeu o Conde.

— Mas você disse que era para esconder o dedal em qualquer lugar da sala.

— Exatamente, Sofia. Meu bolso não estava nesta sala.

— Seu bolso estava na sala quando escondi o dedal; e também estava enquanto você procurava...

E, enquanto o Conde olhava para seu rosto inocente, tudo ficou claro. Ele, um mestre das nuances e dos truques de carta, tinha sido enganado. Quando ela o chamara de volta para insistir que ele não espiasse, tinha puxado sua manga com doçura, um estratagema para despistá-lo enquanto deslizava o dedal para seu bolso. E o movimento dos móveis quando o ducentésimo segundo se aproximava? Puro teatro. Um caso cruel de dissimulação. E mesmo enquanto ele procurava, Sofia ficou sentada ali, segurando sua pequena Dolly em seu vestido azul vivo, sem jamais entregar seu jogo.

O Conde deu um passo para trás e fez uma mesura.

☆

Às seis horas da noite, tendo descido ao andar térreo para deixar Sofia aos cuidados de Marina, voltado ao sexto andar para buscar a boneca esquecida e retornado ao térreo para entregá-la, o Conde seguiu para o Boiarski.

Desculpando-se com Andrei pelo atraso, rapidamente conferiu sua equipe, reavaliou as mesas, ajeitou as taças, alinhou a prataria, deu uma espiada em Emile e, por fim, deu o sinal de que o restaurante podia ser aberto. Às sete e meia, foi para o Salão Vermelho para supervisionar o jantar da GAZ. Depois, às dez, dirigiu-se pelo corredor em direção às portas do Salão Amarelo, guardadas por um Golias.

Desde 1930, o Conde e Óssip jantavam juntos no terceiro sábado do mês, a fim de aprofundar a compreensão do ex-coronel do Exército Vermelho a respeito do Ocidente.

Tendo dedicado os primeiros anos ao estudo dos franceses (cobrindo seu idioma e suas formas de tratamento, as personalidades de Napoleão, Richelieu e Talleyrand, a essência do Iluminismo, os gênios do Impressionismo e sua aptidão predominante para o *je ne sais quoi*), o Conde e Óssip passaram os anos seguintes estudando os ingleses (cobrindo a necessidade do chá, as regras implausíveis do críquete, a etiqueta da caça à raposa, o seu implacável, embora merecido, orgulho de Shakespeare e a abrangente e primordial importância dos *pubs*). Mais recentemente, porém, eles tinham voltado sua atenção para os Estados Unidos.

Com essa finalidade, esta noite, sobre a mesa, ao lado de seus pratos quase vazios, estavam duas cópias da obra-prima de Alexis de Tocqueville, *A democracia na América*. Óssip tinha ficado um tanto intimidado pela quantidade de páginas, mas o Conde lhe assegurara que não havia obra melhor para se obter uma compreensão fundamental da cultura americana. Assim, por três semanas, o ex-coronel tinha ficado de luzes acesas, lendo até tarde, e chegou ao Salão Amarelo com a avidez do aluno bem preparado para o exame final. E, depois de apoiar o gosto do Conde pelas noites de verão, ecoar seus elogios ao molho *au poivre* e compartilhar seu apreço pelo aroma do vinho clarete, Óssip estava ansioso para começar a trabalhar.

— É realmente um vinho adorável, uma carne adorável e uma noite de verão adorável — elogiou o ex-coronel. — Mas não deveríamos voltar nossa atenção para o livro?

— Sim, sem dúvida — disse o Conde, pousando a taça. —Voltemos nossa atenção para o livro. Por que você não começa...

— Bem, primeiro tenho que dizer que não é nenhum *O chamado selvagem*.

— Não. Certamente não é *O chamado selvagem* — concordou o Conde com um sorriso.

— É preciso admitir que, embora eu aprecie a atenção de Tocqueville aos detalhes, em geral achei o primeiro volume, sobre o sistema político americano, uma leitura um pouco lenta.

— Sim — aquiesceu o Conde, sabiamente. — O primeiro volume pode muito bem ser caracterizado como exageradamente detalhado...

— Mas o segundo volume, sobre as características da sociedade, achei absolutamente fascinante.

— Nisso você não está sozinho.

— Na verdade, desde a primeira linha... Espere. Onde está? Aqui: "Não há, penso eu, um único país no mundo civilizado onde se preste menos atenção à filosofia do que nos Estados Unidos." Ah! Isso deve nos dizer alguma coisa.

— Muito bem — disse o Conde com uma risada.

— E aqui. Alguns capítulos à frente, ele destaca a paixão incomum dos americanos pelo bem-estar material. A mente dos americanos, diz ele, "é universalmente preocupada em satisfazer todas as necessidades do corpo e atender aos pequenos confortos da vida". E isso era em mil oitocentos e quarenta. Imagine se ele os tivesse visitado na década de vinte!

— Ah. Se os tivesse visitado na década de vinte. Bem colocado, meu amigo.

— Mas diga-me, Aleksandr: como devemos entender a afirmação do autor de que a democracia é particularmente adequada à produção?

O Conde se recostou na cadeira e remexeu seus talheres.

— Sim. A questão da produção. Esse é um excelente ponto a aprofundar, Óssip. Bem no cerne da questão. Como você entende isso?

— Mas eu estava perguntando como você entendia, Aleksandr.

— E você sem dúvida ouvirá o que penso. Mas, como seu tutor, eu seria negligente se induzisse suas impressões antes que você tivesse a chance de formulá-las por conta própria. Então vamos começar com o frescor de seus pensamentos.

Óssip avaliou o Conde, que, por sua vez, pegou sua taça de vinho.

— Aleksandr... Você leu o livro... ?

— Claro que li o livro — confirmou o Conde, baixando a taça.

— Quero dizer, você leu os dois volumes... até a última página?

— Óssip, meu amigo, é uma verdade fundamental do estudo acadêmico que ler cada palavra de um texto é menos importante para o estudante do que estabelecer uma familiaridade razoável com a essência do material.

— E até que página se estende sua familiaridade razoável com este trabalho em particular?

— Arrã — fez o Conde, abrindo seu exemplar no sumário. — Deixe-me ver... Sim, sim, sim. — Ele ergueu os olhos para Óssip. — Oitenta e sete?

Óssip analisou o Conde por um momento. Então pegou o Tocqueville e o atirou do outro lado do salão. O historiador francês caiu de cabeça em uma foto emoldurada de Lênin discursando para uma multidão na Praça dos Teatros, o que fez o vidro quebrar. Em seguida, caiu no chão com um baque. A porta do Salão Amarelo se abriu e o Golias saltou para dentro com a arma em punho.

— Deus do céu! — exclamou o Conde, erguendo as mãos acima da cabeça.

Óssip, prestes a mandar seu guarda-costas atirar em seu tutor, respirou fundo, então simplesmente balançou a cabeça.

— Está tudo bem, Vladímir.

Vladímir acenou uma vez e voltou para seu posto no corredor.

Óssip cruzou as mãos sobre a mesa e olhou para o Conde, aguardando uma explicação.

— Sinto muito — desculpou-se o Conde, parecendo verdadeiramente envergonhado. — Eu tentei terminar, Óssip. Na verdade, tinha liberado minha agenda ontem à noite, a fim de ler o restante, quando... as circunstâncias me impediram.

— Circunstâncias.

— Circunstâncias inesperadas.

— Que tipo de circunstâncias inesperadas?

— Uma jovem.

— Uma jovem!

— A filha de uma velha amiga. Ela apareceu do nada e vai ficar comigo por um tempo.

Óssip olhou para o Conde como se estivesse perplexo, depois soltou uma gargalhada.

— Ora, ora, ora. Aleksandr Ilitch. Uma jovem que vai ficar com você. Por que você não disse? Você está completamente perdoado, sua raposa velha. Ou pelo menos, em grande parte. Saiba que vamos voltar ao nosso Tocqueville;

você deve ler até a última página. Mas, por enquanto, não me deixe prendê-lo aqui nem mais um segundo. Não é tarde demais para um caviar no Chaliapin. E depois você pode levá-la à Piazza para dançar um pouco.

— Na realidade... Ela é muito jovem.
...
— Jovem quanto?
— Cinco ou seis?
— Cinco ou seis!
— Eu diria quase com certeza seis.
—Você vai abrigar uma menina de quase com certeza seis anos.
— Sim...
— No seu quarto.
— Precisamente.
— Por quanto tempo?
— Algumas semanas. Talvez um mês. Mas não mais do que dois...
Óssip sorriu e assentiu:
— Entendo.
— Para ser honesto, até agora essa visita tem sido um pouco perturbadora para a rotina diária. Mas seria de se esperar, suponho, visto que ela acabou de chegar. Depois que fizermos alguns pequenos ajustes e ela tiver a chance de se ambientar, então tudo deve voltar a transcorrer sem problemas.

— Sem dúvida — concordou Óssip. — Enquanto isso, não me deixe prendê-lo.

Prometendo ler o Tocqueville para o próximo encontro, o Conde se desculpou e saiu pela porta enquanto Óssip pegava o clarete. Como a garrafa estava vazia, ele estendeu a mão sobre a mesa para a taça inacabada do Conde e virou o conteúdo na sua.

Ele se lembrava do tempo em que seus filhos tinham quase com certeza seis? Quando havia passinhos nos corredores uma hora antes do amanhecer? Quando todos os tipos de objetos menores do que uma maçã desapareciam até ressurgirem debaixo das solas dos pés? Quando os livros não eram lidos, cartas ficavam sem resposta e cada linha de pensamento era deixada incompleta? Ele se lembrava como se fosse ontem.

— Sem dúvida — disse novamente com um sorriso no rosto. — Depois de alguns pequenos ajustes, tudo deve voltar a transcorrer sem problemas...

☆

Em geral, o Conde achava que homens adultos não deviam correr pelos corredores. Mas, quando deixou Óssip, eram quase onze horas da noite, e ele já tinha se aproveitado muito da boa vontade de Marina. Então, abrindo uma exceção apenas dessa vez, ele correu pelo corredor, fez a curva e deu de cara com um sujeito com uma barba mal aparada que andava de um lado para o outro no topo da escada.

— Michka!

— Ah! Aí está você, Sacha.

No momento em que o Conde reconheceu seu velho amigo, a primeira coisa que lhe sobreveio foi a necessidade de dispensá-lo. O que mais poderia fazer? Não havia opção.

Mas, quando olhou bem para o rosto de Michka, pôde perceber que seria impossível. Estava claro que algo importante havia acontecido. Então, em vez de dispensá-lo, o Conde o levou ao seu estúdio, onde, depois de se sentar, Michka remexia o chapéu nas mãos.

— Você não ia chegar a Moscou amanhã? — arriscou o Conde após um breve silêncio.

— Sim — aquiesceu Michka com um aceno distraído do chapéu. — Mas cheguei um dia antes, a pedido de Chalamov...

Viktor Chalamov, um conhecido de seu tempo de universidade, era agora o editor sênior do *Goslitizdat*. Tinha sido ideia dele que Michka editasse seus próximos volumes de cartas coletadas por Anton Tchékhov, um projeto do qual Michka era escravo desde 1934.

— Ah, você deve estar quase terminando — disse o Conde, alegremente.

— Quase terminando — repetiu Michka com uma risada. — Você tem razão, Sacha. Estou quase terminando. Na verdade, tudo o que resta é remover uma palavra.

Eis o que tinha acontecido:

Cedo naquela manhã, Mikhail Minditch chegara a Moscou no trem noturno vindo de Leningrado. Com as provas a caminho da gráfica, Chalamov dissera que queria levar Michka à Casa Central de Escritores para um almoço de comemoração. Mas, quando Michka chegou à sala de recepção do editor, pouco antes de uma hora, Chalamov lhe pediu que fossem a seu escritório.

Uma vez acomodados, Chalamov parabenizou Michka pelo trabalho bem feito. Depois deu um tapinha nas provas que, como se via, não estavam a caminho da gráfica, mas ali na mesa do editor.

Sim, era um trabalho sutil e de primor intelectual, disse Chalamov. Um modelo de erudição. Mas havia um pequeno assunto que precisava ser tratado antes da impressão. Uma supressão na carta de 6 de junho de 1904.

Michka conhecia bem a carta. Era a missiva agridoce escrita por Tchékhov a sua irmã, Maria, na qual ele prediz sua recuperação completa apenas algumas semanas antes de morrer. Durante a composição, deviam ter pulado uma palavra, o que apenas mostrava que, não importa quantas vezes você revise uma prova, você nunca pegará todos os erros.

— Vamos cuidar disso — informou Michka.

— Aqui — indicou Chalamov, virando a prova para que Michka pudesse rever a carta por si mesmo.

Berlim,
6 de junho de 1904

Cara Macha,
Estou lhe escrevendo de Berlim. Estou aqui há um dia inteiro agora. Ficou muito frio em Moscou e até nevou depois que você saiu; o mau tempo deve ter me deixado resfriado, comecei a ter dores reumáticas nos braços e nas pernas, não conseguia dormir à noite, perdi muito peso, tomei injeções de morfina, milhares de diferentes tipos de remédios e lembro com gratidão da heroína que Altschuller uma vez prescreveu para mim. No entanto, no momento da partida, comecei a recuperar minhas forças. Meu apetite voltou, comecei a autoinjetar arsênico, e assim por diante, e finalmente, na quinta-feira, deixei o país muito magro, com pernas muito magras e emaciadas. Fiz uma viagem boa e agradável. Aqui em Berlim, nos hospedamos em um quarto confortável no melhor hotel. Estou apreciando muito a vida aqui e fazia muito tempo que não comia tão bem e com tanto apetite. O pão aqui é incrível, tenho me enchido dele, o café é excelente, e os jantares estão além das palavras. Pessoas que nunca estiveram no exterior não sabem como o pão pode ser bom. Não há chá decente (temos o nosso próprio tipo) e nenhum dos nossos *hors d'oeuvres*, mas todo o resto é soberbo, embora seja mais barato aqui do que na Rússia. Já ganhei peso e, hoje, apesar do frio no ar, até peguei o caminho mais longo

para o Tiergarten. E assim você pode dizer à mãe e a qualquer outra pessoa interessada que estou caminhando para a recuperação ou mesmo que já estou recuperado... Etc., etc.
Seu,
A. Tchékhov

Michka leu a passagem uma vez, depois a leu novamente, invocando mentalmente a imagem da carta original. Depois de quatro anos, conhecia a maioria delas de cor. Mas, por mais que tentasse, não conseguia identificar a discrepância.

— O que está faltando? — perguntou, por fim.

— Ah — disse Chalamov, no tom de alguém que de repente entende um simples mal-entendido entre amigos. — Não é que algo esteja faltando. É que algo deve ser retirado. Aqui.

Chalamov estendeu a mão para apontar para as linhas em que Tchékhov tinha compartilhado suas primeiras impressões de Berlim, mas particularmente o seu louvor ao pão incrível, no qual dizia que os russos que não tinham viajado não tinham noção de que pão podia ser tão bom.

— Essa parte deve ser retirada?
— Sim. Isso mesmo.
— Como uma intervenção.
— Da forma que você desejar.
— E por quê, posso perguntar?
— Pelo bem da concisão.

— Então é para economizar papel! E uma vez que retirar esta pequena passagem do dia 6 de junho, onde devo colocá-la? No banco? Em uma gaveta de cômoda? No túmulo de Lênin?

Enquanto Michka relatava essa conversa ao Conde, sua voz ficava cada vez mais alta, como se dotada de um renovado sentimento de indignação; mas de repente ele ficou em silêncio, uma breve pausa antes de prosseguir:

— E então Chalamov, aquele Chalamov da nossa juventude, me diz que, por ele, posso disparar de um canhão tal passagem, mas que deve ser retirada. Sabe o que eu fiz, Sacha? Você consegue imaginar?

Seria possível concluir que um homem propenso a andar de um lado para outro agiria com cautela, dada a quantidade incomum de tempo que atribui à consideração de causas e consequências, ramificações e repercussões. Mas, segundo a experiência do Conde, os homens propensos a andar de um lado para outro estão sempre prestes a agir impulsivamente. Porque, embora os homens que andam de um lado para outro sejam chicoteados pela lógica durante todo o processo, é um tipo de lógica multifacetada, que não os aproxima de uma compreensão clara ou mesmo de um estado de convicção. Pelo contrário, deixa-os tão perdidos que acabam expostos à influência do mais simples capricho, à sedução do ato imprudente, quase como se nunca tivessem considerado a questão.

— Não, Michka. Não consigo imaginar — admitiu o Conde com certo agouro. — O que você fez?

Michka passou a mão pela testa.

— O que um homem deveria fazer quando confrontado com tal loucura? Retirei a passagem. E então saí da sala sem dizer uma palavra sequer.

Ao ouvir esse desfecho, sobreveio ao Conde uma grande sensação de alívio. Não fosse pela aparência derrotada de seu velho amigo, poderia até ter sorrido. Porque, é preciso admitir, havia algo genuinamente cômico nas circunstâncias. A cena poderia ter sido um conto de Gógol, com Chalamov interpretando o papel de um conselheiro particular bem-nutrido pressionado por seu próprio cargo. E a passagem ofensiva, ouvindo seu destino pendente, poderia ter saído por uma janela e escapado por um beco, para nunca mais ser vista, ou melhor, até reaparecer, dez anos depois, no braço de uma condessa francesa, usando pincenês e a insígnia da *Légion d'honneur*.

Mas o Conde manteve uma expressão solene.

—Você estava perfeitamente certo. Eram apenas algumas frases. Cinquenta palavras entre algumas centenas de milhares — consolou.

O Conde ressaltou que, no fim das contas, Mikhail tinha muito do que se orgulhar. Uma coleção autorizada de cartas de Tchékhov já devia ter sido publicada havia muito tempo. Prometia inspirar toda uma nova geração de estudiosos, estudantes, leitores e escritores. E Chalamov? Com seu nariz comprido e olhos pequenos, o Conde sempre o achara parecido com um furão; não se deve deixar que um furão estrague seu senso de realização ou seus motivos para comemorar. O Conde, por fim, concluiu:

— Escute, meu amigo, você chegou no trem noturno e não almoçou. Isso é metade do problema. Volte para o seu hotel. Tome um banho. Coma alguma coisa e tome uma taça de vinho. Tenha uma boa noite de sono. Então, amanhã à noite, nos encontraremos no Chaliapin como planejado, faremos um brinde ao irmão Anton e daremos uma boa risada à custa do furão.

Dessa maneira, o Conde tentou confortar seu velho amigo, animar seu espírito e conduzi-lo gentilmente em direção à porta.

Às 23h40, o Conde finalmente desceu ao térreo e bateu à porta de Marina.

— Sinto muito pelo atraso — lamentou ele com um sussurro quando a costureira atendeu. — Onde está Sofia? Posso levá-la lá para cima.

— Não precisa sussurrar, Aleksandr. Ela está acordada.

—Você a manteve acordada!

— Não mantive ninguém coisa nenhuma — retorquiu Marina. — Ela insistiu em esperar por você.

Os dois entraram. Sofia estava sentada em uma cadeira com a postura perfeita. Ao ver o Conde, pulou para o chão, caminhou até o lado dele e pegou sua mão.

Marina arqueou uma sobrancelha, como se dissesse: *Está vendo...*

O Conde levantou as sobrancelhas, como se respondesse: *Vejam só...*

— Obrigada pelo jantar, tia Marina — disse Sofia à costureira.

— Obrigada por ter vindo, Sofia.

Sofia olhou para o Conde.

— Podemos ir agora?

— Certamente, minha querida.

Quando deixaram Marina, estava claro para o Conde que a pequena Sofia estava pronta para ir para a cama. Sem soltar sua mão, ela o levou direto para o saguão, até o elevador, e apertou o botão para o quinto andar ao comando *Presto*. Quando chegaram ao campanário, em vez de pedir colo, ela praticamente o arrastou até o último lance de escadas. E, quando ele a apresentou ao engenhoso formato de seu beliche novo, ela mal notou. Em vez disso, correu pelo corredor para escovar os dentes e vestir sua camisola.

Mas ao voltar do banheiro, em vez de deslizar para baixo das cobertas, subiu na cadeira.

—Você não está pronta para ir dormir? — perguntou o Conde, surpreso.

— Espere — respondeu ela, levantando uma das mãos para silenciá-lo.

Então ela se inclinou um pouco para a direita para olhar ao redor dele. Surpreso, o Conde se afastou e se virou, apenas a tempo de ver o longo ponteiro dos minutos alcançar seu irmão de pernas curvas das horas. À medida que os dois se abraçavam, as molas se afrouxaram, as rodas giraram e o martelo em miniatura do relógio de badalada dupla começou a sinalizar a chegada da meia-noite. Enquanto ouvia, Sofia permaneceu imóvel. Então, com o duodécimo e último carrilhão, ela saltou da cadeira e subiu na cama.

— Boa noite, tio Aleksandr — disse.

E antes que o Conde pudesse acomodá-la, ela adormeceu profundamente.

☆

Fora um dia longo para o Conde, um dos mais longos em sua memória. À beira da exaustão, ele escovou os dentes e vestiu o pijama quase tão rapidamente quanto Sofia. Depois, voltando ao quarto, apagou a luz e se acomodou no colchão sob o estrado da cama de Sofia. É verdade que o Conde não tinha um estrado próprio e as latas de tomate empilhadas mal suspendiam a cama de Sofia o suficiente para que ele se virasse de lado; mas, decididamente, era melhor do que o piso de madeira. Assim, tendo vivido um dia do qual seu pai teria se orgulhado e ouvindo as respirações delicadas de Sofia, o Conde fechou os olhos e se preparou para mergulhar em um sono sem sonhos. Mas, que pena, o sono não veio tão facilmente para nosso amigo cansado.

Como em uma ciranda, em que cada participante toma o centro do círculo para dançar ao menos uma vez, uma preocupação do Conde se apresentaria para sua consideração, se curvaria com um floreio e então tomaria seu lugar na roda novamente, de modo que a próxima pudesse vir dançar à frente.

Quais eram exatamente as preocupações do Conde?

Estava preocupado com Michka. Embora estivesse genuinamente aliviado ao descobrir que a angústia de seu amigo provinha da supressão de quatro frases na terceira página do terceiro volume, não pôde deixar de pressentir que ele não havia deixado completamente para trás a questão das cinquenta palavras...

Ele estava preocupado com Nina e sua viagem para o leste. O Conde não tinha ouvido falar muito sobre Sevvostlag, mas ouvira o suficiente sobre a Sibéria para compreender como era inóspito o caminho que Nina escolhera para si...

Ele estava preocupado com a pequena Sofia, e não simplesmente por precisar cortar sua carne e trocar suas roupas. Fosse jantando na Piazza ou subindo no elevador até o quinto andar, uma menina pequena não passaria muito tempo despercebida no Metropol. Embora Sofia só fosse ficar com o Conde por algumas semanas, sempre havia a possibilidade de que, antes do retorno de Nina, algum burocrata ficasse sabendo de sua estada e a proibisse...

E, por fim, para ser absolutamente franco, deve-se acrescentar que o Conde estava preocupado com a manhã seguinte, quando, tendo mordiscado seu biscoito e roubado seus morangos, Sofia novamente subiria na poltrona e olharia para ele com seus olhos azul-escuros.

Quando nossas vidas estão em fluxo, talvez seja inevitável que, apesar do conforto de nossas camas, sejamos obrigados a ficar acordados lutando com nossas ansiedades, não importa se grandes ou pequenas, se reais ou imaginárias. Mas, na verdade, o Conde Rostov tinha boas razões para se preocupar com seu velho amigo Michka.

Quando deixou o Metropol tarde da noite em 21 de junho, Mikhail Minditch seguiu à risca o conselho do Conde. Foi direto ao hotel, tomou banho, comeu e se acomodou para uma boa noite de sono. E, quando acordou, olhou para os acontecimentos do dia anterior por um panorama maior.

À luz da manhã, viu que o Conde estava absolutamente certo, que era apenas uma questão de cinquenta palavras. E não era como se Chalamov tivesse lhe pedido para cortar as últimas linhas de *O jardim das cerejeiras* ou de *A gaivota*. Era uma passagem que poderia ter aparecido na correspondência de qualquer um que viajasse pela Europa e que o próprio Tchékhov, com toda a probabilidade, escrevera sem pensar duas vezes.

Mas, depois de se vestir e tomar um café da manhã tardio, quando Michka se dirigiu para a Casa Central de Escritores, passou pela estátua de Gorki na Praça Arbatskaia, onde a sinistra estátua de Gógol estivera antes. Além de Maiakóvski, Máximo Gorki tinha sido o maior herói contemporâneo de Michka.

— Este foi um homem que escreveu com uma franqueza tão pura e sem sentimentalismo que suas lembranças de juventude se tornaram as nossas lembranças de juventude — disse Michka a si mesmo (parado no meio da calçada, alheio aos transeuntes).

Mas, tendo se estabelecido na Itália, ele foi atraído de volta para a Rússia por Stálin em 1934 e acomodado na mansão de Riabuchinski, para que pudesse presidir o estabelecimento do realismo socialista como o único estilo artístico de todo o povo russo...

— E qual foi a consequência disso? — perguntou Michka à estátua.

Completamente arruinado, Bulgákov não tinha escrito uma palavra em anos. Akhmátova tinha aposentado sua caneta. Mandelstam, que já cumprira a sentença, aparentemente fora preso de novo. E Maiakóvski? Ah, Maiakóvski...

Michka puxou os pelos da barba.

Em 1922, com que coragem ele havia predito a Sacha que esses quatro se reuniriam para forjar uma nova poesia para a Rússia. Improvável, talvez. Mas, no fim, isso é exatamente o que eles tinham feito. Criaram a poesia do silêncio.

— Sim, o silêncio pode ser uma opinião — disse Michka. — O silêncio pode ser uma forma de protesto. Pode ser um meio de sobrevivência. Mas também pode ser uma escola de poesia, com sua própria métrica, seus tropos e suas convenções. Uma que não precisa ser escrita com lápis ou canetas, mas que pode ser escrita na alma com um revólver contra o peito.

Michka deu as costas para Máximo Gorki e para a Casa Central de Escritores e então para os escritórios do *Goslitizdat*. Lá, subiu as escadas, passou pela recepcionista e abriu uma porta após outra até encontrar o furão em uma sala de reuniões, presidindo uma reunião editorial. No centro da mesa havia pratos de queijo, figos e arenque curado, cuja visão, por alguma razão inexplicável, encheu Michka de raiva. Ali, virando-se de Chalamov para ver quem tinha atravessado a porta, estavam os editores juniores e os editores-assistentes, todos jovens e diligentes, fato que só o enfureceu ainda mais.

— Muito bem! — gritou ele. — Vejo que você está com as facas em punho. O quê vai cortar pela metade hoje? *Os irmãos Karamázov*?

— Mikhail Fiodorovitch — disse Chalamov, em choque.

— O que é *isso*! — exclamou Michka, apontando para uma jovem que tinha na mão uma fatia de pão coberto com arenque. — Isso é pão de Berlim? Cuidado, camarada. Se você der uma mordida, Chalamov vai atirá-la de um canhão.

Michka podia ver que a jovem achava que ele estava louco; mas mesmo assim pôs o pedaço de pão de volta na mesa.

— Arrá! — exclamou Michka, em desagravo.

Chalamov se levantou da cadeira, nervoso e preocupado.

— Mikhail, você está claramente chateado — falou ele. — Eu ficaria feliz em conversar com você mais tarde em meu escritório sobre o que o está perturbando, seja lá o que for. Mas, como pode ver, estamos no meio de uma reunião. E ainda temos horas de negócios a tratar...

— Horas de negócios. Não tenho dúvidas disso.

Michka começou a ticar os trabalhos do resto do dia como se tivessem sido terminados e, a cada item, pegava um manuscrito na frente de um dos membros da equipe e o jogava na direção de Chalamov.

— Há estátuas a serem retiradas! Linhas a serem eliminadas! E, às cinco horas, você não deve se atrasar para o seu banho com o camarada Stálin. Pois, se isso acontecer, quem estará lá para esfregar as costas dele?

— Ele está delirando — clamou um jovem de óculos.

— Mikhail — implorou Chalamov.

— O futuro da poesia russa é o haicai! — gritou Michka para concluir, e então, com grande satisfação, saiu batendo a porta.

Na verdade, tão gratificante foi esse gesto que ele bateu cada porta que estava entre ele e a rua lá embaixo.

E qual foi a consequência disso?

No dia seguinte, a essência dos comentários de Michka foi compartilhada com as autoridades; em uma semana, foram anotados, palavra por palavra. Em agosto, ele foi chamado aos escritórios da NKVD em Leningrado para interrogatório. Em novembro, foi levado diante de uma das *troikas* extrajudiciais da época. E, em março de 1939, estava em um trem com destino à Sibéria e ao reino das reconsiderações.

Como era de se esperar, o Conde estava certo ao se preocupar com Nina, embora nunca saibamos com certeza, pois ela não voltou ao Metropol dentro de um mês, de um ano nem nunca mais. Em outubro, o Conde fez alguns esforços para descobrir seu paradeiro, todos infrutíferos. Supõe-se que Nina fez seus próprios esforços para se comunicar com o Conde, mas nenhuma palavra foi proferida, e Nina Kulikova simplesmente desapareceu na vastidão do leste da Rússia.

★ ★ ★

O Conde também estava certo ao se preocupar que notassem a estadia de Sofia. Porque não apenas sua presença não passou despercebida como, quinze dias após sua chegada, uma carta foi enviada a um escritório administrativo do Kremlin afirmando que um ex-cidadão que vivia sob prisão domiciliar no último andar do Hotel Metropol estava cuidando de uma criança de cinco anos de filiação desconhecida.

Após o recebimento, esta carta foi cuidadosamente lida, carimbada e encaminhada para um escritório superior, onde foi novamente carimbada e encaminhada para dois andares acima. Lá, chegou ao tipo de escrivaninha de onde, com o movimento de uma caneta, supervisoras do orfanato estatal poderiam ser enviadas.

Ocorreu, porém, que uma análise superficial das relações recentes desse ex-cidadão levou a uma certa atriz imponente como um salgueiro, que durante anos tinha sido a famosa amante de um comissário de rosto redondo recém-nomeado para o Politburo. Dentro das paredes de um escritório pequeno e monótono em um setor especialmente burocrático do governo, em geral é difícil imaginar com precisão o mundo lá fora. Mas nunca é difícil imaginar o que poderia acontecer à carreira de um deles caso tomasse a filha ilegítima de um membro do Politburo e a mandasse para um orfanato. Tal iniciativa seria recompensada com uma venda nos olhos e um último cigarro.

Resultaram disso apenas interrogatórios. Foram obtidos indícios de que essa atriz estava, muito provavelmente, em um relacionamento com o membro do Politburo havia pelo menos seis anos. Além disso, um funcionário do hotel confirmou que, no mesmo dia em que a menina chegou, a atriz também estivera hospedada ali. Assim, todas as informações recolhidas no decurso da investigação foram postas em uma gaveta fechada à chave (para o caso de serem úteis algum dia). Ao passo que a perniciosa carta que tinha dado início ao inquérito foi incendiada e jogada na lixeira, que era seu lugar.

Então, sim, o Conde tinha todas as razões para se preocupar com Michka, Nina e Sofia. Mas tinha motivo para estar ansioso sobre a manhã seguinte?

Conforme transcorrido, depois de terem feito a cama e mordiscado seus biscoitos, Sofia subiu na cadeira; mas, em vez de olhar fixamente para o Conde, ela desenrolou uma ladainha de perguntas adicionais sobre Idlehour e sua família, como se as tivesse formulado enquanto dormia.

E, nos dias que se seguiram, um homem que havia muito se orgulhava de sua capacidade de contar uma história da maneira mais sucinta, com ênfase nos pontos mais importantes, por necessidade se tornou um mestre da digressão, da observação entre parênteses, da nota de rodapé, aprendendo até a antecipar as incessantes investigações de Sofia antes que ela tivesse tempo de expressá-las.

☆

A sabedoria popular nos diz que, quando a ciranda de nossas preocupações nos impede de dormir, o melhor remédio é contar carneirinhos. Mas, preferindo carneiros sob uma crosta de ervas e servidos com redução de vinho tinto, o Conde escolheu uma metodologia bem diferente. Enquanto ouvia Sofia respirar, voltou ao momento em que acordou no chão de madeira e, reconstruindo sistematicamente suas várias visitas ao saguão, à Piazza, ao Boiarski, à suíte de Anna, ao porão e ao escritório de Marina, ele cuidadosamente calculou quantos degraus subira ou descera ao longo do dia. De cima a baixo, pensou, contando um andar após outro, até que, com a última subida até o relógio de badalada dupla, alcançou um total de 59 e, nesse momento, mergulhou em um merecido sono.

Adendo

—Tio Aleksandr...?
...
— Sofia...?
...
—Você está acordado, tio Aleksandr?
...
— Agora estou, minha querida. O que foi?
...
...
— Deixei Dolly no quarto da tia Marina...
...
...
— Ah, sim...

1946

No sábado, dia 21 de junho de 1946, quando o sol se erguia sobre o Kremlin, uma figura solitária subiu lentamente os degraus da barragem do rio Moscou, seguiu pela Catedral de São Basílio e entrou na Praça Vermelha.

Vestido com um casaco de inverno esfarrapado, ele capengava a perna direita em um pequeno semicírculo enquanto caminhava. Em outro momento, a combinação do casaco maltrapilho e da perna ferida poderia ter feito o homem se destacar em um dia tão claro de verão. Mas, em 1946, havia homens mancando e usando roupas emprestadas em cada canto da capital. Aliás, eles estavam mancando em todas as cidades da Europa.

Naquela tarde, a praça estava lotada, como se fosse um dia de feira. As mulheres em vestidos floridos se demoravam sob as arcadas da antiga Loja de Departamento do Estado. Diante dos portões do Kremlin, os alunos escalavam dois tanques desarmados, enquanto soldados de casacas brancas, parados de pé a uma distância regular um do outro, observavam com as mãos entrelaçadas às costas. E, da entrada do túmulo de Lênin, serpenteava uma fila de 150 cidadãos.

O homem do casaco esfarrapado parou por um momento para admirar o comportamento ordeiro de seus compatriotas, que esperavam na fila distante. Na frente estavam oito uzbeques, com bigodes compridos e vestidos com seus melhores casacos de seda; depois vinham quatro meninas do leste com longas tranças e gorros bordados; depois dez mujiques da Geórgia, e assim por diante — um esperando pacientemente atrás do outro para prestar seus respeitos aos restos de um homem que morrera mais de vinte anos antes.

Se não aprendemos mais nada, refletiu a figura solitária, com um sorriso torto, ao menos aprendemos a fazer fila.

Para um estrangeiro, devia parecer que a Rússia se tornara a terra das dez mil filas. Pois havia filas nas paradas do bonde, diante da mercearia e nas agências de trabalho, educação e habitação. Mas, na verdade, não havia dez mil filas, ou mesmo dez. Havia uma fila única que abrangia tudo, que serpenteava pelo país e voltava no tempo. Essa tinha sido a maior inovação de Lênin: uma fila que, como o próprio Proletariado, era universal e infinita. Ele a estabelecera por decreto em 1917 e pessoalmente ocupara o primeiro lugar nela, enquanto seus companheiros se empurravam para se alinhar atrás dele. Um a um, cada russo tomou seu lugar, e a fila cresceu mais e mais até envolver todos os atributos da vida. Nela, amizades se formaram e romances foram iniciados; a paciência era fomentada; a civilidade, praticada; até mesmo a sabedoria era alcançada.

Se alguém está disposto a ficar na fila por oito horas para comprar um pedaço de pão, pensou a figura solitária, o que é uma ou duas horas para ver gratuitamente o cadáver de um herói?

Passando pelo ponto onde a catedral de Cazã uma vez fora erigida, ele virou à direita e seguiu seu caminho; mas, ao entrar na Praça dos Teatros, parou. Pois, quando seu olhar se moveu do Palácio das Uniões para o Bolshoi, para o Teatro Mali e, finalmente, para o Hotel Metropol, ele não pôde deixar de se maravilhar ao encontrar tantas das antigas fachadas intocadas.

Cinco anos antes, os alemães lançaram a Operação Barbarossa, a ofensiva na qual mais de três milhões de soldados, deslocados de Odessa para o Báltico, atravessaram a fronteira russa.

Deflagrada a operação, Hitler estimava que a Wehrmacht asseguraria Moscou dentro de quatro meses. De fato, depois de ter capturado Minsk, Kiev e Smolensk, no final de outubro as forças alemãs já haviam avançado quase mil quilômetros e estavam se aproximando de Moscou pelo norte e pelo sul na clássica formação de pinça. Em questão de dias, a cidade estaria ao alcance de sua artilharia.

Àquela altura, havia sido decretado estado de exceção na capital. As ruas estavam lotadas de refugiados e desertores que dormiam em acampamentos improvisados e cozinhavam em fogueiras comidas saqueadas. Com o deslocamento em progresso da sede do governo para Kuibichev, as dezesseis pontes da cidade tinham sido minadas para que pudessem ser demolidas a qualquer momento. Colunas de fumaça subiam acima das paredes do Kremlin, vindas das fogueiras de arquivos confidenciais; nas ruas, os servidores municipais e os trabalhadores das fábricas, que não recebiam salário havia meses, assistiam com mau agouro à medida que as janelas eternamente iluminadas da antiga fortaleza começavam a escurecer, uma por uma.

Mas, na tarde do dia 30 de outubro, um observador, no mesmo lugar em que o nosso caminhante maltrapilho se encontrava agora, teria testemunhado uma visão desconcertante. Um pequeno grupo de trabalhadores, sob ordens da polícia secreta, carregava cadeiras do Bolshoi rumo à estação de metrô Maiakóvski.

Mais tarde naquela noite, todos os membros do Politburo se reuniram na plataforma, trinta metros abaixo da superfície da cidade. Fora do alcance da artilharia alemã, sentaram-se, às nove horas, a uma longa mesa cheia de comida e vinho. Pouco depois, um único comboio entrou na estação, as portas se abriram e dele saiu Stálin, em traje militar completo. Assumindo sua posição legítima à cabeceira da mesa, o marechal Soso disse que seu propósito ao convocar a liderança do Partido era duplo. Em primeiro lugar, para declarar que, enquanto aqueles ali reunidos eram bem-vindos para seguirem para Kuibichev, ele não tinha intenção de ir a lugar algum. Permaneceria em Moscou até que a última gota de sangue russo tivesse sido derramada. Em segundo lugar, anunciou que, no dia 7 de novembro, a comemoração anual da Revolução seria celebrada na Praça Vermelha, como de costume.

Muitos moscovitas viriam a se lembrar desse desfile como um ponto de virada. Ouvir o som inflamado da "Internationale" acompanhado de cinquenta mil botas enquanto seu líder se sentava, desafiador, na tribuna, reforçou sua confiança e fortaleceu sua determinação. Naquele dia, eles se lembrariam, a maré decididamente virara.

Outros, no entanto, apontariam os setecentos mil soldados que Soso tinha mantido na reserva no Extremo Oriente e que, mesmo enquanto a celebração acontecia, atravessavam o país para vir em socorro de Moscou. Outros ainda notariam que nevara em 28 dos trinta e um dias em dezembro, efetivamente soterrando a Luftwaffe. Certamente não causava mal algum a temperatura média ter caído para menos -29°C, uma temperatura tão estranha à Wehrmacht quanto tinham sido às forças de Napoleão. Qualquer que fosse a causa, embora as tropas de Hitler tivessem levado apenas cinco meses para marchar da fronteira russa para os limites de Moscou, elas nunca passariam pelos portões da cidade. Após tomar mais de um milhão de prisioneiros e um milhão de vidas, elas começariam sua retirada em janeiro de 1942, deixando a cidade surpreendentemente intacta.

★ ★ ★

Saindo do meio-fio, nossa figura solitária cedeu lugar a um jovem oficial pilotando uma moto com uma garota de vestido laranja-vivo no *sidecar* e passou entre os dois caças alemães capturados em exibição na praça desfolhada; em seguida, contornando a entrada principal do Metropol, ele virou a esquina e desapareceu no beco nos fundos do hotel.

Absurdos, antítese, acidente

À uma e meia da tarde, no escritório do gerente do Hotel Metropol, o Conde Aleksandr Ilitch Rostov tomou a cadeira em frente à mesa do homem de cabeça estreita e ar superior.

Quando o Conde recebera a convocação do Bispo na Piazza, ele havia presumido que o assunto devia ser urgente, porque o mensageiro esperara que ele terminasse seu cafezinho. Mas, depois que o Conde foi conduzido pela porta do gerente, o Bispo mal tirou os olhos dos papéis que assinava. Em vez disso, apontou sua caneta para a cadeira vazia, como alguém que quer dizer que em breve lhe dará atenção.

— Obrigado — disse o Conde, aceitando a oferta superficial de uma cadeira com uma reverência superficial.

O Conde, que não era do tipo que se sentava ocioso, usou os minutos livres para examinar o escritório, que tinha sofrido uma transformação desde que Jozef Halecki o ocupara. Embora a mesa do antigo gerente tivesse permanecido, não era mais impressionantemente vazia. Junto com seis pilhas de papel, agora ostentava um grampeador, um porta-lápis e *dois* telefones (presumivelmente assim o Bispo poderia deixar o Comitê Central em espera enquanto discava para o Politburo). No lugar da *chaise longue* cor de vinho, onde o velho Pole supostamente se reclinou, havia agora três armários de arquivo cinza com fechaduras de aço inoxidável que chamavam atenção. E as agradáveis cenas de caça que uma vez adornaram os painéis de mogno haviam sido substituídas, é claro, por retratos de Stálin, Lênin e Marx.

Tendo inscrito sua assinatura em doze folhas de papel, para sua completa satisfação, o Bispo criou uma sétima pilha na borda de sua mesa, recolocou a caneta em seu porta-lápis e, pela primeira vez, olhou o Conde nos olhos.

— Tenho a impressão de que você é do tipo que acorda cedo, Aleksandr Ilitch — disse ele depois de um momento de silêncio.

— Homens com propósito normalmente são.

O canto da boca do Bispo se levantou, quase imperceptivelmente.

— Sim, claro. Homens com propósito.
Ele estendeu a mão sobre a mesa para endireitar sua mais nova pilha de papéis.
— E você toma café da manhã no seu quarto por volta das sete...?
— Isso mesmo.
— Então, às oito, tem o hábito de ler os jornais no saguão.

Maldito seja esse sujeito, pensou o Conde. Ele interrompe a conclusão de um almoço perfeitamente delicioso com a entrega de uma convocação. Claramente, tem algo em mente. Mas tudo com ele precisa ser sempre assim, enviesado? Ele não consegue fazer perguntas diretas? Não gosta delas? Eles ficariam ali sentados, revisitando um dia típico na vida do Conde, minuto a minuto, enquanto o Triunvirato tinha marcado de se reunir em menos de uma hora?

— Sim — confirmou o Conde um pouco impaciente. — Leio os jornais da manhã pela manhã.
— Mas no saguão. Você desce ao saguão.
— Sem falta, eu desço as escadas para ler no conforto do saguão.

O Bispo voltou a sentar-se em sua cadeira e deu um breve sorriso.
— Então talvez você esteja ciente do incidente que ocorreu hoje de manhã no corredor do quarto andar, às quinze para as oito...

A título de informação, o Conde havia acordado pouco depois das sete. Tendo completado quinze agachamentos e quinze alongamentos, tendo desfrutado de seu café, biscoito e um pedaço de fruta (hoje uma tangerina), tendo se banhado, barbeado e vestido, beijou Sofia na testa e saiu de seu quarto com a intenção de ler os jornais em sua cadeira favorita no saguão. Após descer um lance de escadas, ele saiu do campanário e atravessou o corredor até a escada principal, como era seu costume. Mas, quando se virou no patamar do quinto andar, ouviu os sons de uma comoção vindos de baixo.

A impressão imediata era de quinze vozes gritando em vinte línguas. O vozerio vinha acompanhado por uma batida de porta, a quebra de um prato e um gritinho bastante insistente que parecia claramente de uma ave. Quando chegou ao quarto andar, aproximadamente às 7h45, o Conde, de fato, encontrou um verdadeiro estado de agitação.

Quase todas as portas estavam abertas e todos os hóspedes no corredor. Entre os ali reunidos havia dois jornalistas franceses, um diplomata suíço, três uzbeques comerciantes de peles, um representante da Igreja Católica Romana e um tenor de ópera repatriado com sua família de cinco pessoas. Ainda de pijamas, a maioria dos membros dessa convenção agitava os braços e se expressava enfaticamente, enquanto três gansos adultos corriam entre suas pernas, guinchando e batendo as asas.

Várias das mulheres estavam aterrorizadas, como se tivessem sido atacadas por Harpias. A mulher do tenor estava encolhida atrás do prodigioso torso de seu marido, e Kristina, uma das camareiras do hotel, estava apoiada contra uma parede, segurando uma bandeja vazia junto ao peito, enquanto a seus pés havia uma confusão de talheres e *kacha*.

Quando os três filhos do tenor mostraram sua bravura perseguindo as três aves em três direções diferentes, o embaixador do Vaticano advertiu o tenor sobre o comportamento adequado das crianças. O tenor, que falava apenas algumas palavras em italiano, informou ao prelado (*fortissimo*) que era melhor não mexer com ele. O diplomata suíço, que falava fluentemente russo e italiano, ouviu de boca fechada os dois homens, exemplificando a reputação de neutralidade de sua nação. Quando o prelado se adiantou para argumentar em um tom mais pontífice, um dos gansos, que tinha sido encurralado pelo filho mais velho do tenor, se lançou por baixo de suas pernas rumo ao interior do quarto, momento esse em que uma jovem, que decididamente não era representante da Igreja Católica Romana, saiu às pressas para o corredor envolta apenas em um quimono azul.

Àquela altura, a comoção aparentemente tinha acordado os hóspedes do quinto andar, pois vários vinham descendo as escadas a passos pesados para ver o que era todo aquele alarido. Na vanguarda desse contingente estava o general americano, uma figura pragmática que vinha do que era conhecido como "O Grandioso Estado do Texas". Depois de avaliar a situação rapidamente, o general pegou um dos gansos pelo pescoço. A velocidade com que ele capturou a ave deu às pessoas ali reunidas um impulso de confiança. Vários até o ovacionaram. Isto é, até ele passar a outra mão em volta do pescoço do ganso com a clara intenção de esganá-lo. Isso provocou um grito da jovem de quimono azul, lágrimas da filha do tenor e uma severa reprimenda do diplomata suíço. Frustrado no último instante da ação decisiva, o general expressou sua exasperação com a futilidade dos civis, entrou no apartamento do prelado e arremessou o ganso pela janela.

Comprometido a restaurar a ordem, o general voltou um instante depois e agarrou habilmente um segundo ganso. Mas, quando levantou a ave para assegurar à plateia sua intenção pacífica, o laço em sua cintura se desfez e seu roupão se abriu, revelando uma cueca verde-oliva velha, levando a esposa do tenor a desmaiar.

Do patamar, observando tais acontecimentos, o Conde notou uma presença a seu lado. Virando-se, descobriu se tratar do ajudante de campo do general, um sujeito gregário que se tornara uma espécie de ornamento fixo no Chaliapin. Entrando na cena de relance, o ajudante de campo emitiu um suspiro de satisfação e depois comentou para ninguém em particular:

— Como eu adoro este hotel.

Então, o Conde estava "ciente" do que acontecera no corredor do quarto andar, às quinze para as oito? Poderíamos também perguntar se Noé tinha ciência do Dilúvio ou se Adão fora informado sobre a Maçã. Claro que ele estava ciente. Ninguém na Terra estava *mais* ciente do que ele. Mas que aspecto de sua ciência dos fatos poderia justificar a interrupção de um cafezinho?

— Estou familiarizado com os acontecimentos desta manhã, pois ocorreu de eu ter chegado ao patamar no momento em que eles ocorriam — confirmou o Conde.

— Então você testemunhou o caos *pessoalmente*...?

— Sim. Vi o absurdo se desdobrando em primeira mão. Mesmo assim, não estou inteiramente certo da razão por que estou aqui.

— Você está no escuro, por assim dizer.

— Na verdade, estou perplexo. Estupefato.

— Claro.

Após um momento de silêncio, o Bispo ofereceu seu sorriso mais eclesiástico. Então, como se fosse perfeitamente normal vagar por um escritório no meio de uma conversa, levantou-se e caminhou até a parede, onde endireitou cautelosamente o retrato do Sr. Marx, que, tendo deslizado no gancho, estava realmente minando a autoridade ideológica da sala.

Voltando, o Bispo continuou:

— Posso ver por que, ao descrever esses eventos infelizes, você escolheu usar o termo *absurdo* em vez de *travessura*. Já que *travessura* poderia sugerir uma certa infantilidade...

O Conde considerou a observação por um momento.

—Você não suspeita dos filhos do tenor?

— De jeito nenhum. Afinal, os gansos estavam trancados em uma gaiola na despensa do Boiarski.

—Você está sugerindo que Emile teve algo a ver com isso?

O Bispo ignorou a pergunta do Conde e retomou seu lugar atrás da mesa.

— O Hotel Metropol hospeda alguns dos mais eminentes estadistas e proeminentes artistas do mundo — informou ele ao Conde, desnecessariamente. — Quando esses indivíduos passam por nossas portas, têm o direito de esperar conforto incomparável, serviço insuperável e manhãs livres de caos. Não é preciso dizer que vou investigar a fundo esse incidente — concluiu ele, estendendo a mão para a caneta.

— Bem, se chegar ao fundo é como isso é chamado, estou certo que não há homem mais adequado para o trabalho.

— *Uma certa infantilidade* — murmurou o Conde quando saiu da suíte executiva. — *Manhãs de caos...*

O Bispo achava que ele era idiota? Será que imaginou por um segundo sequer que o Conde não entendia o que ele estava sugerindo? O que ele estava insinuando? A pequena Sofia estaria de alguma forma envolvida?

Não só o Conde podia dizer *exatamente* o que o Bispo estava pensando, como também poderia ter respondido com algumas insinuações próprias, e em pentâmetro iâmbico, ainda por cima. Mas a ideia do envolvimento de Sofia era tão infundada, tão absurda, que não *merecia* resposta.

O Conde não podia negar que Sofia tinha, é claro, certa veia lúdica, como qualquer criança de treze anos. Mas ela não era uma à-toa. Não era impertinente. Não tinha má índole. Na verdade, quando o Conde voltou do escritório do gerente, lá estava ela sentada no saguão, debruçada sobre um livro grosso. Era uma cena familiar para qualquer membro da equipe do Metropol. Durante horas e horas ela ficava sentada naquela mesma cadeira, memorizando capitais, conjugando verbos e encontrando os valores de x ou y. Com igual diligência, estudava costura com Marina e molhos com Emile. Ora, peça a qualquer um que conhecesse Sofia para descrevê-la e lhe dirão que era estudiosa, tímida e bem comportada; em uma palavra, *recatada*.

Enquanto subia as escadas para os andares superiores, o Conde enumerava os fatos relevantes como um jurista: em oito anos, Sofia não tinha feito uma única birra; tinha escovado os dentes todos os dias e ido à escola sem alarde; e, se era hora de se vestir, estudar ou comer suas ervilhas, ela o fazia sem se queixar. Até mesmo aquele pequeno jogo que inventara, que ela gostava tanto de jogar, era baseado em uma compostura que estava além de sua idade.

Eis como ele era jogado:

Os dois se sentavam em algum lugar do hotel, digamos, lendo em seu estúdio em um domingo de manhã. Ao carrilhão do meio-dia, o Conde baixava seu livro e pedia licença a ela para fazer sua visita semanal ao barbeiro. Depois de descer um lance até o campanário e atravessar o corredor até a escada principal, continuaria sua jornada por cinco andares até o subsolo, onde, depois de passar pela loja de flores e de jornais, entraria na barbearia só para encontrar... Sofia lendo calmamente no banco junto da parede.

Naturalmente, isso resultava em dizer o nome do Senhor em vão e em deixar cair tudo o que estava em sua mão (três livros e um copo de vinho até agora neste ano).

Deixando de lado o fato de que tal jogo poderia ser fatal para um homem que se aproximava dos sessenta anos, o Conde não podia deixar de se maravilhar com a esperteza da jovem. Aparentemente, Sofia era capaz se transportar de um extremo do hotel a outro em um piscar de olhos. No decorrer dos anos, deve ter dominado todos os corredores secretos, passagens e portas de conexão, enquanto desenvolvia um *timing* espantoso. Mas o que era particularmente impressionante era sua assombrosa tranquilidade ao ser descoberta. Não importava quão longe ou quão rápido ela tivesse viajado, não havia qualquer sinal de esforço. Nem um batimento acelerado, nem uma respiração ofegante, nem uma gota de suor na testa. Tampouco ela dava uma risadinha ou exibia o menor sorriso. Pelo contrário. Com uma expressão estudiosa, tímida e bem comportada, cumprimentava o Conde com um aceno simpático e, olhando de volta para seu livro, virava a página, com recato.

A ideia de que uma criança tão bem comportada conspiraria para a soltura de gansos era simplesmente absurda. Seria como acusá-la de derrubar a Torre de Babel ou quebrar o nariz da Esfinge.

É verdade que estivera na cozinha, comendo sua ceia, quando o *chef de cuisine* recebeu a notícia de que certo diplomata suíço, que tinha pedido ganso assado, tinha questionado o frescor das aves. E, reconhecidamente, ela era afeiçoada a seu tio Emile. Mesmo assim, como uma menina de treze anos ia levar três aves adultas ao quarto andar de um hotel internacional às sete da manhã sem ser vista? A simples ideia, concluiu o Conde quando abriu a porta de seus aposentos, desafiava a razão, ofendia as leis da natureza e se lançava contra o bom senso...

— *Iesu Christi*!

Sofia, que no momento anterior estava no saguão, encontrava-se sentada na mesa do Grão-Duque, diligentemente inclinada sobre seu tomo.

— Ah, olá, papai — disse ela, sem olhar para cima.

...

— Aparentemente, já não é considerado educado tirar os olhos de seu trabalho quando um cavalheiro entra no aposento.

Sofia se virou na cadeira.

— Desculpe, papai. Eu estava imersa na leitura.

— Hum. E o que seria isso?

— Um ensaio sobre o canibalismo.

— Um ensaio sobre o canibalismo!

— De Michel de Montaigne.

— Ah! Sim. Bem. Isso é um tempo bem gasto, tenho certeza — admitiu o Conde.

Mas enquanto se dirigia para o escritório, pensou, *Michel de Montaigne...?* Então ele lançou um olhar para o pé de sua mesa.

...

— É *Anna Kariênina*?

Sofia seguiu seu olhar.

— Sim, creio que sim.

— Mas o que ele está fazendo ali embaixo?

— Era o mais próximo da espessura do Montaigne.

— O mais próximo da espessura!

— Algum problema?

...

— Tudo o que posso dizer é que *Anna Kariênina* nunca teria colocado você sob uma escrivaninha só porque você era tão grossa quanto Montaigne.

☆

— A ideia é absurda por si só — reclamou o Conde. — Como uma menina de treze anos carregaria três gansos crescidos por dois lances de escadas, sem ser vista? Além disso, eu lhe pergunto: esse comportamento é mesmo típico dela?

— Certamente não — confirmou Emile.

— Não, nem um pouco — concordou Andrei.

Os três homens balançaram a cabeça, indignados.

Uma das vantagens de trabalhar juntos por muitos anos é que a conversa fiada diária pode ser dispensada rapidamente, deixando bastante tempo para discutir preocupações mais graves, como reumatismo, a inadequação do transporte público e o comportamento mesquinho do inexplicavelmente promovido. Depois de duas décadas, os membros do Triunvirato sabiam uma ou duas coisas sobre os homens de mente pequena que se sentavam atrás de pilhas de papel e sobre os assim chamados *gourmands* de Genebra que não conseguiam distinguir um ganso de um galo.

— É ultrajante — disse o Conde.

— Sem dúvida.

— E me convocar meia hora antes de nossa reunião diária, na qual nunca faltam assuntos importantes para discutir.

— Exatamente — concordou Andrei. — O que me lembra, Aleksandr...

— Sim?

— Antes de abrirmos hoje à noite, você poderia mandar alguém varrer o elevador de alimentos?

— Claro. Está sujo?

— Temo que sim. De alguma forma, ele ficou cheio de penas...

Ao dizer isso, Andrei usou um de seus lendários dedos para coçar o lábio superior, enquanto Emile fingia beber seu chá. E o Conde? Abriu a boca com toda a intenção de fazer a réplica perfeita, o tipo de observação que, tendo magoado um homem, seria citada por outros pelos anos seguintes.

Mas houve uma batida à porta, e o jovem Ilia entrou com sua colher de pau.

Ao longo da Grande Guerra Patriótica, Emile perdera os membros experientes de sua equipe um a um, até mesmo o assobiador Stanislav. Como cada homem fisicamente apto fora convocado ao Exército, ele tinha sido obrigado a contratar adolescentes para sua cozinha. Assim, Ilia, que tinha sido contratado em 1943, em 1945 foi promovido a *sous-chef*, com base em sua antiguidade na casa, com a idade madura de dezenove anos. Como reflexo da confiança em sua competência, Emile lhe dera uma colher em vez de uma faca.

— Pois não? — disse Emile, levantando a cabeça com impaciência.

Em resposta, Ilia hesitou.

Emile olhou para os outros membros do Triunvirato e revirou os olhos, como se para dizer: *Estão vendo o que tenho de suportar?* Depois se voltou para seu aprendiz.

— Como qualquer um pode ver, somos homens com negócios a tratar. Mas, aparentemente, você tem algo tão importante que sente necessidade de nos interromper. Bem, então, diga o que é... antes que a gente morra de curiosidade.

O jovem abriu a boca, mas, em vez de se explicar, apontou a colher para a cozinha. Seguindo a direção do utensílio, os membros do Triunvirato olharam pela janela do escritório e ali, perto da porta da escada dos fundos, havia uma alma de aparência desafortunada com um casaco de pano esfarrapado. Ao vê-lo, Emile ficou vermelho.

— Quem o deixou entrar aqui?

— Eu, senhor.

Emile se levantou de modo tão abrupto que quase derrubou a cadeira. Então, assim como um comandante rasgará as dragonas dos ombros de um oficial errante, Emile arrancou a colher da mão de Ilia.

— Então, você é o Comissário dos Idiotas agora, é isso? Hein? Enquanto eu não estava vendo, você foi promovido a Secretário Geral dos Incompetentes?

O jovem deu um passo para trás.

— Não, senhor. Eu não fui promovido.

Emile bateu na mesa com a colher, quase a quebrando ao meio.

— Claro que não! Quantas vezes eu disse para não deixar mendigos entrarem na cozinha? Você não vê que, se lhe der uma crosta de pão hoje, haverá cinco amigos dele aqui amanhã e cinquenta no dia seguinte?

— Sim, senhor, mas... mas... mas...

— Mas, mas, mas o quê?

— Ele não pediu comida.

— Hein?

O jovem apontou para o Conde.

— Ele perguntou por Aleksandr Ilitch.

Andrei e Emile olharam para o colega, surpresos. O Conde, por sua vez, olhou pela janela para o mendigo. Então, sem dizer uma palavra, levantou-se da cadeira, saiu do escritório e abraçou aquele companheiro com o qual não se encontrava havia oito longos anos.

★ ★ ★

Embora Andrei e Emile nunca tivessem conhecido o estranho, assim que ouviram seu nome, souberam exatamente quem ele era: aquele que tinha vivido com o Conde acima da loja do sapateiro; aquele que caminhara mais de mil quilômetros em um trecho de apenas quatro metros; o amante de Maiakóvski e Mandelstam que, como tantos outros, tinha sido julgado e condenado em nome do Artigo 58.

— Por que vocês não ficam mais à vontade? — sugeriu Andrei com um gesto de mão. —Vocês podem usar o escritório de Emile.

— Sim. É claro... Meu escritório — concordou Emile.

Com seus instintos impecáveis, Andrei levou Michka para a cadeira, de costas para a cozinha, enquanto Emile colocava pão e sal sobre a mesa, aquele antigo símbolo russo de hospitalidade. Um momento depois voltou com um prato de batatas e costeletas de vitela. Em seguida, o *chef* e o *maître* pediram licença, fechando a porta para que os dois velhos amigos pudessem conversar sem serem incomodados.

Michka olhou para a mesa.

— Pão e sal — disse com um sorriso.

Quando o Conde olhou para Michka, foi tomado por duas correntes de emoções contrárias. Por um lado, havia aquela alegria especial de se encontrar inesperadamente com um amigo da juventude, um evento bem-vindo, independentemente da ocasião ou local. Mas, ao mesmo tempo, o Conde foi confrontado com os fatos irrefutáveis da aparência de Michka. Quinze quilos mais leve, vestido com um casaco surrado e mancando de uma perna, não era de admirar que Emile o tivesse confundido com um mendigo. Naturalmente, o Conde notara como, nos últimos anos, a idade começara a cobrar seu preço ao Triunvirato. Tinha percebido o tremor ocasional na mão esquerda de Andrei e a leve surdez no ouvido direito de Emile. Tinha notado o embranquecimento dos cabelos do primeiro e o rareamento dos cabelos do último. Mas, com Michka, não eram apenas os estragos do tempo. Ali estavam as marcas de um homem sobre outro, de uma era sobre seus descendentes.

Talvez o mais impressionante fosse o sorriso de Michka. Em sua juventude, Michka tinha sido quase fervoroso e nunca falava com ironia. No entanto, quando disse "pão e sal", vestia o sorriso do sarcasmo.

— É tão bom ver você, Michka — disse o Conde depois de um momento. — Não tenho como expressar como fiquei aliviado quando você enviou a notícia de sua libertação. Quando voltou a Moscou?

— Não voltei — respondeu seu amigo com seu novo sorriso.

Após a conclusão obediente de seus oito anos, Michka explicou, ele tinha sido recompensado com um Menos Seis. Para visitar Moscou, pegara emprestado um passaporte de uma alma simpática com uma leve semelhança.

— Isso é uma atitude prudente? — perguntou o Conde, preocupado.

Michka deu de ombros.

— Cheguei hoje de manhã de Iavas, por trem. Voltarei a Iavas mais tarde, à noite.

— Iavas... Onde fica isso?

— Um ponto entre o local em que se cultiva o trigo e o lugar em que o pão é comido.

—Você está lecionando... ? — perguntou o Conde, hesitante.

— Não. Não somos encorajados a lecionar. Mas também não somos encorajados a ler ou a escrever. Mal somos encorajados a comer.

Foi assim que Michka começou a descrever sua vida em Iavas; e, ao fazê-lo, usou a primeira pessoa do plural com tanta frequência que o Conde supôs que ele devia ter se mudado para lá com algum companheiro dos campos de prisão. Mas, aos poucos, ficou claro que, ao dizer "nós", Michka não tinha apenas uma pessoa em mente. Para Michka, "nós" englobava *todos* os seus companheiros de encarceramento — e não simplesmente aqueles que ele conhecera em Arkhangelsk. Abrangia o milhão ou mais que trabalhava nas Ilhas Solovetski, em Sevvostlag ou no Canal do Mar Branco, não importava se essas pessoas tinham trabalhado lá nos anos 1920, 1930, ou se ainda trabalhavam lá.*

---

* Despojados de seus nomes e laços familiares, de suas profissões e posses, unidos na fome e nas dificuldades, os residentes dos Gulags, os chamados *zeks*, tornavam-se indistinguíveis entre si. Isso, naturalmente, era parte da questão. Não contentes com o preço pago por meio do encarceramento e do trabalho forçado em climas inóspitos, as autoridades supremas procuravam *obliterar* os Inimigos do Povo.

Mas uma consequência imprevista dessa estratégia foi a criação de uma nova *polis*. Tendo sido despojados de suas identidades, doravante os *zeks*, embora milhões em número, se moveriam em perfeita sincronia, compartilhando suas privações, bem como sua vontade de persistir. Daí em diante, se reconheceriam sempre e onde quer que se encontrassem. Abririam espaço uns para os outros sob seus tetos e a suas mesas, se chamando de *irmão*, *irmã* e *amigo*; mas nunca, jamais, sob nenhuma circunstância, de *camarada*.

Michka ficou em silêncio.

— É engraçado o que acontece com a pessoa à noite — manifestou-se ele após uma pausa. — Depois de largar nossas pás e caminhar até o quartel, nós engolíamos nosso mingau e puxávamos nossos cobertores até o queixo, ansiosos por dormir. Mas, inevitavelmente, surgia algum pensamento inesperado, alguma lembrança indesejada que queria ser avaliada, medida e pesada. E muitas foram as noites em que me encontrei pensando naquele alemão que você encontrou no bar, aquele que afirmou que a vodca era a única contribuição da Rússia para o Ocidente e que desafiava alguém a citar mais três.

— Lembro bem. Peguei emprestado sua observação de que Tolstói e Tchékhov eram os alicerces da narrativa, invoquei Tchaikóvski e então pedi uma porção de caviar para o grosseirão.

— Isso mesmo.

Michka balançou a cabeça e olhou para o Conde com seu sorriso.

— Uma noite, há alguns anos, pensei em outra, Sacha.

— Uma quinta contribuição?

— Sim, uma quinta contribuição: o incêndio de Moscou.

O Conde ficou surpreso.

— Está falando de 1812?

Michka assentiu.

— Consegue imaginar a expressão no rosto de Napoleão quando foi despertado às duas da manhã e saiu de seu novo quarto no Kremlin apenas para descobrir que a cidade que ele havia tomado poucas horas antes tinha sido incendiada por seus cidadãos? — disse Michka e deu uma risada discreta. — Sim, o incêndio de Moscou foi *especialmente* russo, meu amigo. Quanto a isso não pode haver dúvida. Porque não foi um acontecimento discreto; foi a *fabricação* de um evento. Um exemplo arrancado de uma história de milhares. Pois, como povo, nós, russos, provamos ser incomumente capazes de destruir o que criamos.

Talvez por causa de sua coxeadura, Michka já não se levantava para andar de um lado para outro na sala; mas o Conde podia ver que o amigo fazia com os olhos tal movimento.

— Cada país tem sua grande tela, Sacha, a suposta obra-prima pendurada em um *hall* sagrado que resume a identidade nacional para as gerações vindouras. Para os franceses, é *A liberdade guiando o povo*, de Delacroix; para os holandeses, *A ronda noturna*, de Rembrandt; para os americanos, *Washington atravessando o Delaware*. E para nós, russos? É um par de gêmeos: *Pedro, o Gran-*

de interrogando Alexei, de Nikolai Ge, e *Ivan, o Terrível e Seu Filho*, de Ilia Repin. Durante décadas, essas duas pinturas foram reverenciadas por nosso público, elogiadas por nossos críticos e esboçadas por nossos diligentes estudantes de artes. E o que eles retratam? Em uma delas, nosso tsar mais esclarecido avalia seu filho mais velho com suspeita, prestes a condená-lo à morte; enquanto na outra, Ivan, inabalável, aninha o corpo de *seu* primogênito, tendo já executado a medida suprema com um golpe do cetro na cabeça.

"Nossas igrejas, conhecidas em todo o mundo por sua beleza idiossincrática, por seus pináculos de cores vivas e cúpulas improváveis, nós as rasgamos uma a uma. Derrubamos as estátuas de velhos heróis e tiramos seus nomes das ruas, como se fossem fruto da nossa imaginação. Nossos poetas, nós silenciamos ou esperamos pacientemente que eles mesmos se calem."

Michka pegou o garfo, enfiou-o na vitela intocada e ergueu-o no ar.

— Você sabe que na década de trinta, quando anunciaram a coletivização obrigatória da agricultura, metade de nossos camponeses abateu seu próprio gado em vez de entregá-lo às cooperativas? Quatorze milhões de cabeças de gado deixadas para os urubus e moscas.

Ele delicadamente devolveu o corte de carne ao prato, como se em uma demonstração de respeito.

— Como podemos entender isso, Sacha? O que há com uma nação que promove em seu povo a disposição para destruir suas próprias obras de arte, devastar suas próprias cidades e matar sua própria prole sem remorso? Deve ser chocante para os estrangeiros. Deve parecer que nós, russos, temos uma indiferença tão bruta que nada, nem mesmo o fruto de nosso sacrifício, é visto como sacrossanto. E como essa ideia me incomodava. Como isso me perturbou. Exausto como eu estava, o simples pensamento podia me manter acordado até o amanhecer.

"Então, certa noite, ele veio a mim em sonho, Sacha: o próprio Maiakóvski. Ele citou alguns versos, belos e assustadores, que eu nunca tinha ouvido antes, sobre a casca de uma bétula refletindo sob o sol de inverno. Então carregou seu revólver com um ponto de exclamação e pôs o cano em seu peito. Quando acordei, percebi de repente que essa propensão para a autodestruição não era uma aberração, nem algo para abominar ou do que se envergonhar; era a nossa maior força. Nós voltamos o cano das armas contra nós mesmos não porque somos mais indiferentes e menos cultos do que os britânicos, franceses ou os italianos. Pelo contrário. Estamos preparados para destruir o que criamos porque acreditamos mais do que qualquer um deles no poder da pintura, do poema, da oração ou da pessoa."

Michka meneou a cabeça.

— Anote minhas palavras, meu amigo: não será a última vez que incendiamos Moscou.

Como no passado, Michka falou com uma intensidade febril, quase como se argumentasse consigo mesmo. Mas, depois que terminou de falar, olhou para a mesa e viu a expressão angustiada no rosto do Conde. Então, de repente, riu de uma maneira sincera, sem amargura nem ironia, e estendeu a mão sobre a mesa para apertar o antebraço de seu velho amigo.

—Vejo que o perturbei, Sacha, com minha conversa sobre armas. Mas não se preocupe. Ainda não terminei. Eu ainda tenho algo a fazer. Na verdade, foi por isso que entrei sorrateiramente na cidade: quero visitar a biblioteca para um pequeno projeto em que estou trabalhando...

Com certo alívio, o Conde reconheceu a velha centelha nos olhos de Michka, a que inevitavelmente brilhava antes de ele se lançar de cabeça em um labor.

— É um trabalho de poesia? — perguntou o Conde.

— Poesia? Sim, de certo modo, suponho que sim... Mas também é algo mais fundamental. Algo que poderá servir de base no futuro. Ainda não posso compartilhá-lo; mas, quando puder, você será o primeiro a saber.

Após saírem do escritório e o Conde conduzir Michka até a escada dos fundos, a cozinha estava a pleno vapor. No balcão havia cebolas sendo picadas, beterrabas sendo fatiadas, galinhas sendo depenadas. Do fogão onde seis panelas fervilhavam, Emile indicou ao Conde que ele deveria esperar um momento. Depois de esfregar as mãos no avental, aproximou-se da porta com um pouco de comida embrulhada em papel pardo.

— Uma coisinha para a sua viagem, Mikhail Fiodorovitch.

Michka pareceu surpreso com a oferta, e, por um momento, o Conde achou que seu amigo ia recusar por princípios. Mas, em vez disso, ele agradeceu ao *chef* e pegou o pacote.

Andrei também estava lá para expressar seu prazer em finalmente encontrar Michka e lhe desejar sucesso.

Tendo retribuído os sentimentos, Michka abriu a porta para a escada, mas então parou. Depois de parar um momento para olhar para a cozinha em toda a sua atividade e abundância, para olhar do gentil Andrei para o sincero Emile, ele se virou para o Conde e disse:

— Quem poderia imaginar, quando você foi condenado a viver no Metropol tantos anos atrás, que se tornaria o homem mais sortudo de toda a Rússia?

☆

Às sete e meia da noite, quando o Conde entrou no Salão Amarelo, Óssip apagou seu cigarro e pulou da cadeira.

— Ah! Aqui está você, Aleksandr. Achei que uma viagem rápida para San Frantchesko seria adequada. Não voltamos há um ano. Apague as luzes, por favor.

Quando Óssip correu para o fundo da sala, o Conde sentou-se distraidamente na mesa para dois e pôs o guardanapo no colo.

...
— Aleksandr...

O Conde olhou para trás.

— Sim?
— As luzes.
— Ah. Desculpe-me.

O Conde se levantou, apagou as luzes e se demorou na parede.

...
— Você vai se sentar de novo? — perguntou Óssip.
— Ah, sim. Claro.

O Conde voltou para a mesa e se sentou na cadeira de Óssip.

...
— Está tudo bem, meu amigo? Você parece estranho...
— Não, não — garantiu o Conde com um sorriso. — Está tudo excelente. Por favor, continue.

Óssip esperou por um momento para ter certeza, então acionou o interruptor e correu de volta para a mesa enquanto as sombras começaram a bruxulear na parede do salão de jantar.

★ ★ ★

Dois meses depois do que Óssip gostava de chamar de "O Caso de Tocqueville", ele havia aparecido no Salão Amarelo com um projetor e uma cópia sem censura de *Um dia nas corridas*. Daquela noite em diante, os dois homens deixaram os tomos de história em seus devidos lugares nas estantes e avançaram em seus estudos sobre a América usando o cinema como mídia.

Já em 1939, Óssip Ivanovitch tinha de fato dominado a língua inglesa até o passado perfeito contínuo. Mas os filmes americanos ainda mereciam sua análise cuidadosa, argumentou ele, não apenas como janelas para a cultura ocidental, mas como mecanismos sem precedentes de repressão de classe. Com o cinema, os Yankees aparentemente tinham descoberto como aplacar toda a classe trabalhadora ao preço de um níquel por semana.

— Basta olhar para a Depressão que enfrentaram — disse Óssip. — Do começo ao fim, durou dez anos. Uma década inteira em que o proletariado foi deixado à própria sorte, rastejando em becos e mendigando às portas de igrejas. Se alguma vez houve um tempo para o trabalhador americano quebrar os grilhões, certamente foi esse. Mas eles se juntaram aos seus irmãos de luta? Empunharam seus machados e estilhaçaram as portas das mansões? Nem por uma tarde sequer. Em vez disso, foram ao cinema mais próximo, onde a mais recente fantasia balançava diante deles como um relógio de bolso no final de uma corrente. Sim, Aleksandr, devemos estudar esse fenômeno com a maior diligência e cuidado.

Então eles estudaram.

E o Conde poderia confirmar que Óssip se dedicara à tarefa com a maior diligência e cuidado, pois, quando um filme estava passando, ele mal conseguia ficar quieto. Durante os de faroeste, quando uma briga começava em um *saloon*, ele apertava os punhos, se esquivava de um golpe, dava um soco de esquerda na barriga e um gancho no queixo. Quando Fiódor Astaire dançava com Ginger Rogiévski, seus dedos se abriam largamente e se agitavam em torno de sua cintura enquanto seus pés se arrastavam de um lado para outro no tapete. E quando Béla Lugosi saiu das sombras, Óssip saltou do assento e quase caiu no chão. Então, enquanto os créditos subiam, ele balançava a cabeça com uma expressão de decepção moral.

— Vergonhoso — disse.

— Escandaloso.

— Insidioso!

Como um cientista experiente, Óssip dissecaria friamente o que eles acabavam de observar. Os musicais eram "guloseimas projetadas para aplacar os pobres com sonhos de uma felicidade inatingível". Os filmes de terror eram "truques nos quais os temores do trabalhador eram substituídos pelos das moças bonitas". As comédias *vaudeville* eram "narcóticos absurdos". E os faroestes? Eram a mais tortuosa propaganda de todas: fábulas em que o mal é representado por grupos que furtam e roubam; ao passo que a virtude é um indivíduo solitário que arrisca sua vida para defender a santidade da propriedade privada de outra pessoa. Em suma?

— Hollywood é simplesmente a força mais perigosa da história da luta de classes.

Ou era o que Óssip argumentava, até descobrir o gênero de filmes americanos que viria a ser conhecido como filme noir. Hipnotizado, ele assistiu a filmes como *Alma torturada*, *A sombra de uma dúvida* e *Pacto de sangue*.

— O que é isso? — perguntava ele a ninguém em particular. — Quem está fazendo esses filmes? Sob que circunstâncias?

Sem exceção, eles pareciam retratar uma América em que a corrupção e a crueldade descansavam no sofá; em que a justiça era um mendigo e a bondade era uma tola; em que as lealdades eram feitas de papel e os interesses próprios eram forjados em aço. Em outras palavras, forneciam uma imagem inflexível do capitalismo como ele realmente era.

— Como isso aconteceu, Aleksandr? Por que eles permitem que esses filmes sejam feitos? Será que não percebem que estão martelando uma cunha sob suas próprias pedras de fundação?

Mas nenhuma estrela do gênero cativou Óssip mais do que Humphrey Bogart. Com exceção de *Casablanca* (que Óssip considerava um filme de mulher), eles tinham assistido a todos os filmes de Bogart pelo menos duas vezes. Fosse em *A floresta petrificada*, *Uma aventura na Martinica* ou, especialmente, *O Falcão Maltês*, Óssip apreciava o semblante de seriedade do ator, suas observações mordazes, a ausência de sentimentos em geral.

— Observe como, no primeiro ato, ele sempre parece tão distante e indiferente; mas, uma vez despertada sua indignação, Aleksandr, não há ninguém mais disposto a fazer o que é necessário, agir com clareza, rapidez e sem remorsos. Este é, verdadeiramente, um Homem com Propósito.

No Salão Amarelo, Óssip comeu dois pedaços da carne de vitela cozida com molho de caviar feita por Emile, tomou um gole de vinho da Geórgia e ergueu os olhos bem a tempo de ver a imagem da ponte Golden Gate.

Nos minutos que se seguiram, mais uma vez os serviços de Sam Spade foram solicitados pela sedutora, embora um pouco misteriosa, srta. Wonderly. Mais uma vez, o parceiro de Spade foi morto a tiros em um beco poucas horas antes de Floyd Thursby encontrar destino semelhante. E, mais uma vez, Joel Cairo, o Bandido Gordo e Brigid O'Shaughnessy, tendo clandestinamente unido forças, colocaram drogas no uísque de Spade e se dirigiram para o cais, sua difícil busca finalmente ao alcance. Mas, enquanto Spade aninhava a cabeça nas mãos, um estranho de casaco preto e chapéu entrou cambaleando em seu escritório, deixou cair um pacote no chão e desabou morto no sofá!

— Você acha que os russos são particularmente animalescos, Óssip? — perguntou o Conde.

— Como assim? — sussurrou Óssip, como se houvesse na plateia outras pessoas que ele não queria incomodar.

—Você acha que somos essencialmente mais animalescos do que os franceses, os ingleses ou esses americanos?

— Aleksandr — sibilou Óssip (enquanto Spade lavava o sangue do estranho de suas mãos). — Do que você está falando?

— Quero dizer, você acha que somos mais aptos do que os outros a destruir o que criamos?

Óssip, que ainda não tinha tirado os olhos da tela, voltou-se para o Conde, incrédulo. Então se levantou abruptamente, foi pisando forte até o projetor e parou o filme no momento em que Spade, tendo colocado o pacote embrulhado em sua mesa, tirava o canivete do bolso.

— Será possível que você não veja o que está acontecendo? — questionou enquanto apontava para a tela. — Depois de viajar do Oriente para as docas de San Frantchesko, o capitão Jacoby foi baleado cinco vezes. Saltou de um navio em chamas, cambaleou pela cidade e usou seu último suspiro para levar ao companheiro Spadski este pacote misterioso embrulhado em papel e amarrado em corda. E você escolhe esse momento para tratar de metafísica!

O Conde, que tinha se virado, estava levantando uma das mãos para se proteger da luz da projeção.

— Mas, Óssip, nós o vimos abrir esse pacote em pelo menos três ocasiões — disse ele.

— Que diferença isso faz? Você leu *Anna Kariênina* pelo menos dez vezes, mas aposto que ainda chora quando ela se joga embaixo do trem.

— Isso é completamente diferente.

— É mesmo?

Houve silêncio. Então, com uma expressão de exasperação, Óssip desligou o projetor, acendeu as luzes e voltou para a mesa.

— Tudo bem, meu amigo. Posso ver que você está chateado com alguma coisa. Vamos ver se conseguimos entender isso, para que possamos continuar com nossos estudos.

Assim, o Conde descreveu para Óssip a conversa que tivera com Michka. Ou melhor, transmitiu o ponto de vista de Michka a respeito do incêndio de Moscou, a derrubada de estátuas, o silenciamento de poetas e o abate de quatorze milhões de cabeças de gado.

Óssip, depois de ter expressado suas frustrações, agora ouvia o Conde com atenção, ocasionalmente assentindo para os diversos argumentos de Michka.

— Está bem — disse ele, quando o Conde terminou. — Então, o que exatamente está incomodando você, Aleksandr? A afirmação de seu amigo o choca? Ofende sua sensibilidade? Entendo que você esteja preocupado com o estado de espírito dele, mas não é possível que ele esteja certo em suas opiniões, embora errado em seus sentimentos?

— Como assim?

— É como o falcão maltês.

— Óssip. Por favor.

— Não, estou falando sério. O que é o pássaro preto, se não um símbolo da herança ocidental? Uma escultura feita com ouro e joias como tributo a um rei pelos cavaleiros das Cruzadas; um emblema da igreja e das monarquias, essas instituições vorazes que serviram de base para toda a arte e todas as ideias da Europa. Bem, quem pode dizer que seu amor por essa herança não é tão equivocado quanto o do Bandido Gordo por seu falcão? Talvez seja *exatamente* isso que precise ser deixado de lado antes que seus povos possam ter a esperança de progredir.

Seu tom tornou-se mais suave:

— Os bolcheviques não são visigodos, Aleksandr. Não somos as hordas bárbaras descendo sobre Roma e destruindo por ignorância e inveja tudo o que é bom. É o contrário. Em 1916, a Rússia era um estado bárbaro. Era a nação mais analfabeta da Europa, com a maioria de sua população vivendo em servidão disfarçada: cultivando campos com arados de madeira, batendo em suas esposas à luz de velas, desabando embriagados de vodca pelos bancos e acordando ao amanhecer para se humilhar diante de seus ícones. Ou seja, vivendo exatamente como seus antepassados tinham vivido quinhentos anos antes. Não é possível que nossa reverência por todas as estátuas, catedrais e antigas instituições fosse exatamente o que nos atrasasse?

Óssip fez uma pausa e aproveitou o momento para reabastecer as taças de vinho.

— Mas onde estamos agora? Quão longe chegamos? Ao casar o ritmo americano com os objetivos soviéticos, estamos à beira da alfabetização *universal*. As mulheres sofredoras da Rússia, nossa segunda servidão, foram elevadas ao status de iguais. Construímos cidades completamente novas e nossa produção industrial supera a da maioria dos países da Europa.

— Mas a que preço?

Óssip bateu na mesa.

— Ao mais caro de todos! Mas você acha que as conquistas dos americanos, invejadas pelo mundo inteiro, foram de graça? Basta perguntar a seus irmãos africanos. E você acha que os engenheiros que projetaram seus ilustres arranha-céus ou construíram suas rodovias hesitaram por um momento sequer ao nivelar os adoráveis bairros que se colocaram em seu caminho? Garanto a você, Aleksandr, que instalaram a dinamite e empurraram eles próprios os êmbolos. Como eu já disse antes, nós e os americanos lideraremos o restante deste século porque somos as únicas nações que aprenderam a varrer o passado em vez de se curvar diante dele. Mas, ao passo que eles o fizeram em serviço de seu amado individualismo, nós estamos tentando fazer a serviço do bem comum.

☆

Quando se despediu de Óssip, às dez horas da noite, em vez de subir as escadas para o sexto andar, o Conde se dirigiu para o Chaliapin na esperança de encontrá-lo vazio. Mas, quando entrou no bar, encontrou um grupo barulhento composto por jornalistas, membros do corpo diplomático e duas das jovens recepcionistas em seus vestidos pretos curtos. No centro da comoção, pela terceira noite seguida, estava o ajudante de campo do general americano. Curvado com os braços estendidos, balançando-se para a frente e para trás, ele recontava sua história como um pugilista no ringue.

— ... contornando o monsenhor, o velho Porterhouse avançou lentamente sobre o segundo ganso, esperando que sua presa o olhasse nos olhos. Esse é o segredo, vejam bem: olhar nos olhos. Esse é o momento em que Porterhouse permite que seus adversários imaginem, por um segundo, que são seus iguais. Depois de dar dois passos para a esquerda, Porterhouse de repente deu três para a direita. Perdendo o equilíbrio, o ganso encontrou o olhar do velho... e então Porterhouse saltou!

O ajudante de campo saltou.

As duas recepcionistas gritaram.

E depois riram.

Quando o ajudante de campo tornou a erguer o corpo, estava segurando um abacaxi. Com uma das mãos sob a coroa e a outra em volta do ponto onde esta se unia ao fruto, o capitão mostrou o abacaxi para que todos vissem, assim como o general exibira o segundo ganso.

— E foi neste momento fatal que a faixa do bom general se soltou e seu roupão se abriu, revelando... a cueca oficial do exército dos Estados Unidos, à vista da qual madame Velochki desmaiou.

Quando o público aplaudiu, o ajudante de campo fez uma reverência. Então pousou o abacaxi com cuidado no balcão e ergueu seu copo.

— A reação de madame Velochki parece perfeitamente compreensível — disse um dos jornalistas. — Mas o que *você* fez quando viu a cueca do velho?

— O que eu fiz? — exclamou o ajudante de campo. — Ora, eu a saudei, é claro.

Enquanto os outros riam, ele esvaziou seu copo.

— Agora, senhores, sugiro sairmos todos para a noite. Posso lhes garantir, por experiência própria, que no National se pode ouvir o pior samba do hemisfério Norte. O baterista, que é cego de um olho, não consegue acertar os pratos. E o líder da banda não tem a menor noção do andamento de um ritmo latino. O mais próximo que ele chegou da América do Sul foi quando caiu um lance das escadas de mogno. Mas ele tem excelentes intenções e um topete postiço divino.

Com isso, o grupo heterogêneo saiu cambaleando para a noite, deixando o Conde se aproximar do bar em relativa paz e silêncio.

— Boa noite, Audrius.

— Boa noite, Conde Rostov. O que vai querer?

— Um copo de Armagnac, talvez.

Um momento depois, quando o Conde girou o conhaque em seu copo, se viu sorrindo da descrição do ajudante de campo, o que, por sua vez, o levou a refletir sobre a personalidade dos americanos em geral. De maneira persuasiva, Óssip argumentara que, durante a Depressão, Hollywood havia minado as forças inevitáveis da revolução por meio de sua elaborada zombaria. Mas o Conde se perguntou se a análise de Óssip não estaria invertida. Certamente, parecia verdade que musicais cintilantes e comédias vulgares tinham florescido durante a década de 1930 na América. Mas também o jazz e os arranha-céus. Seriam também eles narcóticos projetados para adormecer uma nação inquieta? Ou eram sinais de um espírito nativo tão irreprimível que nem mesmo uma Depressão podia sufocar?

Quando o Conde girou pela segunda vez o conhaque, um cliente sentou-se três bancos à esquerda. Para surpresa do Conde, era o ajudante de campo.

Audrius, sempre atento, apoiou o antebraço no bar.

— Bem-vindo de volta, capitão.

— Obrigado, Audrius.

— O que posso lhe servir?

— O mesmo de antes, suponho.

Quando Audrius se virou para preparar a bebida, o capitão tamborilou no bar e olhou distraidamente. Quando encontrou o olhar do Conde, deu um aceno e abriu um sorriso amigável.

— Você não estava indo ao National? — o Conde não pôde deixar de perguntar.

— Parece que meus amigos tinham tanta pressa em me acompanhar que me deixaram para trás — respondeu o americano.

O Conde abriu um sorriso simpático.

— Lamento ouvir isso.

— Não. Por favor, não. Eu gosto muito de ser deixado para trás. Sempre me dá uma nova perspectiva do local que eu pensava estar deixando. Além disso, amanhã bem cedo parto para passar um tempo em casa, então provavelmente foi melhor assim.

Ele estendeu a mão para o Conde.

— Richard Vanderwhile.

— Aleksandr Rostov.

O capitão deu outro aceno simpático e, depois de desviar o olhar, de repente se virou para trás.

—Você não era meu garçom ontem à noite no Boiarski?
— Sim, eu era.
O capitão deu um suspiro aliviado.
— Graças a Deus. Caso contrário, eu teria que cancelar minha bebida.

Como quem segue uma deixa, Audrius a pôs no balcão. O capitão tomou um gole e deu outro suspiro, agora de satisfação. Então estudou o Conde por um momento antes de perguntar:
—Você é russo?
— Até a alma.
— Bem, deixe-me dizer de cara que estou definitivamente apaixonado pelo seu país. Adoro seu alfabeto engraçado e aquelas coisinhas de massa recheadas com carne. Mas é bastante desconcertante a ideia que vocês têm de um coquetel...
— Como assim?

O capitão apontou discretamente para mais adiante no balcão, onde um *apparatchik* de sobrancelhas fartas conversava com uma jovem morena. Ambos seguravam bebidas de um impressionante tom de magenta.

— Arranquei de Audrius que essa mistura contém dez ingredientes diferentes. Além de vodca, rum, conhaque e xarope de romã, inclui um extrato de rosas, um pouco de licor e um pirulito derretido. Mas um coquetel não é para ser uma mistura. Não é um *pot-pourri* ou um desfile de Páscoa. Na melhor das hipóteses, um coquetel deve ser simples, elegante, sincero e limitado a dois ingredientes.
— Só dois?
— Sim. Mas devem ser dois ingredientes que se complementem; que riam das brincadeiras um do outro e que deem espaço às suas falhas; que nunca tentem gritar mais alto que o outro. Como gim e água tônica — exemplificou ele, apontando para sua bebida. — Ou *bourbon* e água... Ou uísque e refrigerante.

Meneando a cabeça, ergueu o copo e bebeu.
— Desculpe-me a falação.
— Está tudo bem.

O capitão assentiu em sinal de gratidão, mas, depois de um momento, perguntou:
—Você se importa se eu fizer uma observação? Quero dizer, uma pessoal.
— De jeito nenhum — disse o Conde.

O capitão deslizou sua bebida no balcão e chegou o banquinho mais perto.

— Parece que algo o está perturbando. Quero dizer, você começou a girar esse conhaque há meia hora. Se não tomar cuidado, o vórtice que criou vai abrir um buraco pelo chão e vamos acabar no porão.

Com uma risada, o Conde pousou o copo.

— Acho que você está certo. Algo deve estar me perturbando.

— Bem, então você veio ao lugar certo — disse Richard, gesticulando para o bar vazio. — Desde o início dos tempos, os homens bem-educados se reuniam em lugares como este para se aliviarem de seus fardos na companhia de almas afins.

— Ou de estranhos?

O capitão ergueu um dedo.

— Não há almas mais afins do que os estranhos. Então, podemos ignorar os preâmbulos. Mulheres? Dinheiro? Bloqueio criativo?

O Conde riu de novo; e então, como outros homens bem-educados desde o início dos tempos, ele desabafou com aquela alma afim. Falou de Michka e sua ideia de que os russos eram, de certa forma, incomumente aptos a destruir o que criavam. Então falou de Óssip e sua ideia de que Michka estava perfeitamente certo, mas que a destruição de monumentos e obras-primas era essencial para o progresso de um povo.

— Ah, então é isso — disse o capitão, como se esse fosse seu quarto palpite.

— Sim. Mas que conclusões você tiraria de tudo isso? — perguntou o Conde.

— Que conclusões?

Richard tomou um gole de sua bebida.

— Acho que seus dois amigos são muito pungentes. Quero dizer, é preciso um pouco de destreza para puxar um fio de um tecido sem arrebentá-lo. Mas não posso evitar sentir que estão deixando escapar alguma coisa...

Ele tamborilou os dedos no balcão enquanto tentava formular seus pensamentos.

— Entendo que há alguma história de destruição aqui na Rússia; e que destruir um belo edifício antigo sem dúvida gera alguma tristeza pelo que se foi e alguma emoção em relação ao que está por vir. Mas, no fim das contas, não posso deixar de suspeitar que coisas grandiosas persistem.

"Tome o exemplo do companheiro Sócrates. Dois mil anos atrás, ele perambulava pelo mercado compartilhando seus pensamentos com qualquer um com quem esbarrasse; e ele sequer se preocupava em anotá-los. Então, depois de uma dose extra de alguma substância, ele esticou as canelas, bateu as botas. *Adios. Adieu. Finis.*

"O tempo seguiu sua marcha, como sempre. Os romanos ascenderam. Depois, os bárbaros. E então jogamos toda a Idade Média sobre ele. Centenas de anos de pragas, envenenamentos e queima de livros. E, de alguma forma, depois de tudo isso, as grandes coisas que esse sujeito dizia no mercado ainda estão conosco.

"O que estou tentando dizer é que, como espécie, apenas não somos bons em escrever obituários. Não sabemos como um homem ou suas realizações serão percebidas daqui a três gerações, não mais do que sabemos o que seus tataranetos comerão na manhã em uma determinada terça-feira de março. Porque, quando o Destino entrega algo à posteridade, ele o faz pelas costas."

Ambos ficaram em silêncio por um momento. Então o capitão esvaziou o copo e apontou para o conhaque do Conde.

— Diga-me, porém, essa coisa está fazendo a parte dela?

☆

Quando o Conde saiu do Chaliapin, uma hora mais tarde (tendo acompanhado o capitão Vanderwhile em duas rodadas da mistura magenta de Audrius), surpreendeu-se ao ver Sofia ainda lendo no saguão. Cruzando o olhar com o dela, ele deu um pequeno aceno, e ela retribuiu com outro antes de retornar ao seu livro, recatadamente...

O Conde precisou de toda a sua presença de espírito para atravessar o saguão a um passo tranquilo. Com a aparência inegável de um homem à vontade, ele se dirigiu às escadas com cuidado e começou a subir lentamente. Mas, no momento em que fez a curva, saiu em disparada.

Enquanto subia, ele mal conseguia conter sua alegria. O segredo do jogo de Sofia sempre residiu no fato de que era ela quem escolhia quando jogar. Naturalmente, esperava por esses momentos em que ele estava distraído ou de guarda baixa, de forma que o jogo geralmente já havia terminado antes mesmo que ele soubesse que tinha começado. Mas hoje à noite as coisas seriam diferentes porque, pela casualidade do aceno de Sofia, o Conde podia dizer que o jogo estava em andamento.

Agora eu a peguei, pensou ele com uma risadinha sinistra enquanto passava pelo segundo andar. Mas, quando virou no patamar do terceiro andar, foi obrigado a reconhecer uma segunda vantagem que Sofia tinha naquele jogo: a juventude. Porque, sem dúvida, seu ritmo começara a diminuir consideravelmente. A julgar por sua falta de ar, ele estaria rastejando quando chegasse ao sexto andar — isso se chegasse lá vivo. Por questão de segurança, quando chegou ao quinto, o Conde desacelerou, adotando uma passada com determinação.

Abrindo a porta para o campanário, fez uma pausa para ouvir. Olhando para as escadas abaixo, não conseguia ver nada. Será que ela já o havia ultrapassado imperceptivelmente? Impossível. Não tivera tempo. Ainda assim, com a possibilidade remota de que ela se transportasse por bruxaria, o Conde subiu o último andar nas pontas dos pés e, quando abriu a porta, o fez com uma indiferença afetada, apenas para descobrir que, de fato, o quarto estava vazio.

Esfregando as mãos, ele se perguntou: *Onde devo me posicionar?* Considerou deitar na cama e agir como se estivesse dormindo, mas queria ver a expressão no rosto dela. Então sentou-se na cadeira, inclinou-a para trás em duas pernas e pegou o livro que estava mais à mão, que por acaso era um do *monsieur* Montaigne. Abrindo o tomo ao acaso, caiu no ensaio "Da educação das crianças".

— Exatamente — disse com um sorriso astuto.

Então assumiu uma expressão de perfeita erudição enquanto fingia ler.

Mas, passados cinco minutos, ela não tinha aparecido.

— Ah, bem. Devo ter me enganado — concluiu ele com alguma decepção.

A porta então se abriu, mas não era Sofia. Era uma das camareiras, muito aflita.

— Ilana. O que foi?

— É a Sofia! Ela caiu!

O Conde se levantou da cadeira de um salto.

— Caiu!? Onde?

— Na escada de serviço.

O Conde passou depressa pela camareira e correu para o campanário. Depois de dois lances de escada vazios, uma voz em algum canto de sua mente começou a sussurrar que Ilana devia estar enganada; mas, quando estava chegando ao patamar do terceiro andar, Sofia estava caída nos degraus, os olhos fechados, o cabelo coberto de sangue.

— Meu Deus.

O Conde caiu de joelhos.

— Sofia...

Ela não respondeu.

Levantando suavemente sua cabeça, o Conde pôde ver o corte acima da testa. Seu crânio não parecia ferido, mas ela estava sangrando e inconsciente.

Ilana estava atrás dele agora, aos prantos.

— Vou chamar um médico — disse ela.

Mas já passavam das onze da noite. Quem poderia dizer quanto tempo levaria?

O Conde deslizou os braços sob o pescoço e os joelhos de Sofia, levantou-a dos degraus e levou-a pelos andares restantes. No térreo, abriu a porta com o ombro e atravessou o saguão. Teve apenas uma leve ciência do casal de meia-idade que esperava o elevador; de Vasili à mesa; das vozes no bar. E, de repente, ele se viu nos degraus de entrada do Metropol, no ar quente do verão, pela primeira vez em mais de vinte anos.

Rodion, o porteiro da noite, olhou para o Conde em estado de choque.

— Um táxi — disse o Conde. — Eu preciso de um táxi.

Por cima do ombro do porteiro, pôde ver quatro deles estacionados a quinze metros da entrada, esperando os últimos clientes do Chaliapin. Dois motoristas na frente da fila fumavam e conversavam. Antes que Rodion pudesse levar o apito aos lábios, o Conde correu na direção deles.

Quando os motoristas notaram a aproximação do Conde, a expressão no rosto de um deles era a de um sorriso forçado e, no do outro, de um olhar de condenação, tendo ambos concluído que o cavalheiro tinha uma menina bêbada nos braços. Ambos se recompuseram quando viram o sangue em seu rosto.

— Minha filha — disse o Conde.

— Aqui — indicou um dos motoristas, jogando o cigarro no chão e correndo para abrir a porta traseira do táxi.

— Para o St. Anselm's — ordenou o Conde.

— St. Anselm's...?

— O mais rápido que puder.

Engatando a marcha, o motorista saiu na Praça dos Teatros e se dirigiu para o norte, enquanto o Conde, pressionando um lenço dobrado no ferimento de Sofia com uma das mãos e alisando seus cabelos com a outra, murmurava garantias que não eram ouvidas enquanto as ruas da cidade passavam despercebidas.

Em questão de minutos, o táxi parou.

— Chegamos — avisou o motorista.

Ele saiu e abriu a porta de trás.

O Conde saltou cuidadosamente com Sofia nos braços e de repente parou.

— Eu não tenho dinheiro — disse ele.
— Que dinheiro! Pelo amor de Deus, vá.

O Conde atravessou a calçada e correu em direção ao hospital, mas mesmo quando passou pelas portas, soube que tinha cometido um erro terrível. No saguão, havia homens adultos dormindo em bancos, como refugiados em uma estação de trem. As luzes do corredor piscavam como se alimentadas por um gerador defeituoso, e o ar tinha cheiro de amônia e fumaça de cigarro. Quando o Conde era jovem, o St. Anselm's estava entre os melhores hospitais da cidade. Mas isso tinha sido trinta anos antes. Agora, os bolcheviques provavelmente tinham construído novos hospitais mais modernos, bem iluminados e limpos, e essa velha instalação havia sido deixada para trás como uma espécie de clínica para os veteranos, os sem-teto e os abandonados.

Afastando um homem que parecia estar dormindo de pé, o Conde se aproximou de uma mesa onde uma jovem enfermeira lia.

— É minha filha. Ela se machucou — disse ele.

Erguendo os olhos, a enfermeira largou a revista. Ela desapareceu por uma porta. Depois do que pareceu uma eternidade, voltou com um jovem usando jaleco branco de residente. O Conde ainda segurava Sofia enquanto retirava o lenço empapado de sangue para mostrar o ferimento. O residente passou a mão pela boca.

— Um cirurgião precisa vê-la — disse ele.
— Há algum aqui?
— O quê? Não, claro que não. — Ele olhou para um relógio na parede. — Às seis, talvez.
— Às seis? Ela sem dúvida precisa ser atendida agora. Você tem que fazer alguma coisa.

O residente esfregou a mão na boca outra vez e depois se virou para a enfermeira.

— Encontre o dr. Kraznakov. Mande-o para o Centro Cirúrgico Quatro.

Quando a enfermeira desapareceu de novo, o residente puxou uma maca.

— Coloque-a aqui e venha comigo.

Com o Conde ao seu lado, ele empurrou Sofia por um corredor e para um elevador. Uma vez no terceiro andar, passaram por um par de portas vaivém em um longo corredor em que havia duas outras macas, cada uma com um paciente dormindo.

— Ali.

O Conde empurrou a porta e o residente seguiu com a maca de Sofia para o Centro Cirúrgico Quatro. Era uma sala fria, ladrilhada do chão ao teto. A um canto, os azulejos começavam a se soltar do gesso. Havia uma mesa cirúrgica, luzes penduradas e uma bandeja de pé. Depois de alguns minutos, a porta se abriu e um médico mal barbeado entrou com a jovem enfermeira. Parecia ter acabado de acordar.

— O que houve? — perguntou com a voz cansada.

— Uma jovem com uma lesão na cabeça, dr. Kraznakov.

— Tudo bem, tudo bem — falou ele. Depois, acenando com a mão ao Conde, acrescentou: — Não são permitidos visitantes na cirurgia.

O residente pegou o Conde pelo cotovelo.

— Espere um segundo. Esse homem é qualificado? — questionou o Conde Olhando para o Conde, Kraznakov ficou com o rosto vermelho.

— O que ele disse?

O Conde continuou falando com o jovem residente:

— Você disse que ela precisava de um cirurgião. Esse homem é cirurgião?

— Tire-o daqui, eu ordeno! — gritou Kraznakov.

Mas a porta do centro cirúrgico se abriu de novo e um homem alto, de quarenta e poucos anos, entrou, acompanhado de uma colega vestida com primor.

— Quem está no comando aqui? — perguntou.

— Eu — anunciou Kraznakov. — Quem é você? O que é isso?

Empurrando Kraznakov para o lado, o recém-chegado se aproximou da mesa de cirurgia e se inclinou sobre Sofia. Cuidadosamente afastou os cabelos dela para examinar o ferimento. Puxou uma de suas pálpebras com o polegar e então tomou seu pulso e olhou para o relógio. Só então voltou-se para Kraznakov.

— Eu sou Lazóvski, chefe de cirurgia do Primeiro Hospital Municipal. Vou cuidar dessa paciente.

— O que é isso? Escute aqui!

Lazóvski virou-se para o Conde.

— Você é Rostov?

— Sim — confirmou o Conde, espantado.

— Diga-me quando e como isso aconteceu. Seja o mais preciso possível.

— Ela caiu enquanto subia as escadas. Acho que bateu a cabeça na quina do patamar. No Hotel Metropol. Não pode ter sido há mais de trinta minutos.
— Ela andou bebendo?
— O quê? Não. Ela é uma criança.
— Quantos anos?
— Treze.
— O nome dela?
— Sofia.
— Está certo. Muito bem.
Ignorando os protestos de Kraznakov, Lazóvski voltou sua atenção para a colega primorosamente vestida e começou a dar instruções: que ela encontrasse uniformes para a equipe e um lugar adequado para se lavarem; que reunisse os instrumentos cirúrgicos necessários; que esterilizasse tudo.
A porta se abriu, e um jovem apareceu, usando a expressão cavalheiresca de quem acabou de sair de um baile.
— Boa noite, camarada Lazóvski — cumprimentou com um sorriso. — Que lugar encantador você tem aqui.
— Muito bem, Antonovitch. Já chega. É uma fratura na frente do osso parietal esquerdo com provável risco de hematoma subdural. Vista-se. E veja se pode fazer algo a respeito desta iluminação.
— Sim, senhor.
— Mas, antes, tire-os daqui.
Enquanto Antonovitch começava a pastorear os dois médicos residentes para fora do centro cirúrgico com seu sorriso despreocupado, Lazóvski apontou para a jovem enfermeira que tinha estado lá embaixo na recepção.
— Você, não. Prepare-se para ajudar.
Então ele se virou para o Conde.
— Sua filha tem uma fratura e tanto, Rostov, mas não caiu de cabeça de um avião. O crânio foi projetado para suportar certa quantidade de maus-tratos. Em casos desse tipo, o maior risco é de edema, não de danos diretos. Mas não é nada que não tenhamos tratado antes. Vamos atender sua filha imediatamente. Enquanto isso, você vai precisar esperar lá fora. Vou até lá lhe dar notícias assim que puder.
O Conde foi conduzido a um banco fora do centro cirúrgico. Levou alguns instantes para perceber que, nos minutos anteriores, o corredor havia

sido esvaziado: as duas macas com os pacientes dormindo tinham sumido. A porta no fim do corredor de repente se abriu para admitir Antonovitch, que agora estava uniformizado e assobiando. Quando a porta se fechou, o Conde viu que um homem de terno preto tinha aberto a porta para ele. Quando Antonovitch voltou para o Centro Cirúrgico Quatro, o Conde estava sozinho no corredor vazio.

E como ele passou os minutos seguintes? Como qualquer homem os passaria.

Rezou pela primeira vez desde a infância. Permitiu-se imaginar o pior, então se assegurou de que tudo ficaria bem, revendo as poucas observações do cirurgião repetidamente.

— O crânio foi projetado para suportar certa quantidade de maus-tratos — repetiu para si mesmo.

Contudo, contra sua vontade, sobrevieram-lhe exemplos em contrário. Lembrou-se de um amável madeireiro da aldeia de Petrovskoie, por exemplo, que tinha sido atingido na cabeça no auge da vida por um tronco derrubado. Quando recuperou a consciência, estava forte como sempre, mas mal-humorado; por vezes, não reconhecia seus amigos; e, mesmo sem a menor provocação, podia explodir de raiva contra as próprias irmãs, como se na cama tivesse sido colocado um homem e fosse outro a sair dela.

O Conde começou a se punir: como pudera deixar Sofia fazer algo tão imprudente? Como pudera passar uma hora em um bar preocupado com pinturas e estátuas históricas, enquanto o Destino se preparava para pôr a vida de sua filha em risco?

Apesar de todas as diversas preocupações relacionadas com a criação de uma criança, como os deveres de casa, as roupas e as boas maneiras, no fim, a responsabilidade de um pai não poderia ser mais simples: levar uma criança com segurança à idade adulta a fim de que ela tivesse uma chance de experimentar uma vida com propósito e, se Deus permitisse, contentamento.

Minutos incontáveis se passaram.

A porta do centro cirúrgico se abriu, e o dr. Lazóvski apareceu. A máscara estava puxada para baixo do queixo. Suas mãos estavam nuas, mas havia sangue em sua blusa.

O Conde se levantou de um salto.

— Por favor, Rostov. Sente-se.

O Conde se sentou no banco.

Lazóvski não se juntou a ele. Em vez disso, pôs as mãos nos quadris e olhou para o Conde com uma expressão inconfundível de competência.

— Como eu disse, nesses casos, o maior risco é o edema. Diminuímos esse risco. No entanto, ela sofreu uma concussão, que é basicamente uma contusão no cérebro. Sofia vai ter dores de cabeça e vai precisar de um bom descanso. Mas, em uma semana, estará de pé.

O cirurgião se virou para ir embora.

O Conde estendeu a mão.

— Dr. Lazóvski... — começou, como alguém que deseja fazer uma pergunta mas de repente não sabe como.

O cirurgião, contudo, que já estivera naquela situação, entendia bem.

— Ela vai voltar absolutamente ao normal, Rostov.

Quando o Conde começou a agradecer, o homem de terno preto abriu novamente a porta no final do corredor, só que desta vez era para Óssip Glebnikov.

— Com licença — disse o cirurgião ao Conde.

Encontrando-se no meio do corredor, Óssip e Lazóvski conversaram por um minuto em voz baixa, enquanto o Conde olhava assombrado. Quando o cirurgião desapareceu no centro cirúrgico, Óssip juntou-se ao Conde no banco.

— Bem, meu amigo. Sua Sofia nos deu um susto — disse o oficial, com as mãos sobre os joelhos.

— Óssip... O que você está fazendo aqui?

— Eu queria ter certeza de que vocês dois estavam bem.

— Mas como você nos encontrou?

Óssip sorriu.

— Como eu já lhe disse, Aleksandr, é meu dever monitorar alguns homens de interesse. Mas isso não importa no momento. O que importa é que Sofia vai ficar bem. Lazóvski é o melhor cirurgião da cidade. Amanhã de manhã, ele vai levá-la para o Primeiro Hospital Municipal, onde ela poderá se recuperar com conforto. Mas temo que você não possa ficar aqui nem mais um minuto.

O Conde começou a protestar, mas Óssip levantou a mão para acalmá-lo.

— Ouça-me, Sacha. Se eu sei o que aconteceu hoje à noite, logo outros também saberão. E não seria do seu interesse, nem do de *Sofia*, que eles o encontrassem sentado aqui. Então é isto que você deve fazer: há uma escada ali no fim deste corredor. Você precisa descer até o térreo e atravessar a porta de metal preto que leva ao beco atrás do hospital. No beco, há dois homens esperando. Eles o levarão de volta ao hotel.

— Não posso deixar Sofia — relutou o Conde.

— Você precisa, temo eu. Mas sua preocupação é perfeitamente compreensível. Então providenciei alguém para ficar com Sofia até que ela esteja pronta para ir para casa.

Após essa observação, a porta se abriu para deixar entrar uma mulher de meia-idade que parecia desconcertada e assustada. Era Marina. Atrás da costureira havia uma matrona de uniforme.

— Ah, aqui está ela — disse Óssip, levantando-se.

Como Óssip se levantou, Marina olhou para ele primeiro. Sem nunca tê-lo visto, ela o olhou aflita. Mas então viu o Conde sentado no banco e correu para a frente.

— Aleksandr! O que aconteceu? O que você está fazendo aqui? Não me contaram nada.

— É Sofia, Marina. Ela tomou um tombo feio nas escadas de serviço do hotel, mas um cirurgião está com ela agora. Ela vai ficar bem.

— Graças a Deus.

O Conde se virou para Óssip como se estivesse prestes a apresentá-lo, mas Óssip previu e interrompeu:

— Camarada Samarova — disse ele com um sorriso. — Nós não nos conhecemos, mas também sou amigo de Aleksandr. Receio que ele precise voltar para o Metropol. Mas seria um consolo para ele se você pudesse ficar com Sofia até sua recuperação. Não é verdade, meu amigo?

Óssip pôs a mão no ombro do Conde sem tirar o olhar de Marina.

— Sei que é pedir muito, Marina — iniciou o Conde, à guisa de desculpas. — Mas...

— Nem mais uma palavra, Aleksandr. É claro que vou ficar.

— Excelente — concordou Óssip.

Ele se virou para a mulher uniformizada.

— Pode garantir que a camarada Samarova tenha tudo o que precisar?

— Sim, senhor.

Óssip ofereceu a Marina mais um sorriso reconfortante e então segurou o Conde pelo cotovelo.

— Por aqui, meu amigo.

E conduziu o Conde pelo corredor até a escada dos fundos. Eles desceram um lance juntos em silêncio, então Óssip parou no patamar.

— É aqui que nos separamos. Lembre-se: mais um lance e para fora pela porta de metal preto. Naturalmente, seria melhor se você nunca mencionasse a ninguém que qualquer um de nós esteve aqui.

— Óssip, não sei como retribuir.

— Aleksandr, você está a meu serviço há mais de quinze anos. É um prazer estar uma vez ao seu — disse ele com um sorriso e então se foi.

O Conde desceu o último lance e atravessou a porta de metal preto. Já estava quase amanhecendo e, apesar de estar em um beco, podia sentir o toque delicado da primavera no ar. Do outro lado do beco, havia uma van branca com as palavras *Red Star Baking Collective* pintadas em letras grandes na lateral. Um rapaz mal barbeado estava encostado na porta do carona, fumando. Quando viu o Conde, atirou o cigarro e bateu a porta atrás dele. Sem perguntar ao Conde quem ele era, foi para os fundos da van e abriu a porta traseira.

— Obrigado — disse o Conde enquanto subia, sem receber resposta.

A porta se fechou, e o Conde se viu curvado na parte de trás da van. Só então se deu conta de uma sensação extraordinária: o cheiro de pão fresco. Quando viu a insígnia do Padaria Coletiva, tinha presumido que fosse um ardil. Mas nas prateleiras que corriam ao longo de um dos lados da van havia mais de duzentos pães bem ordenados. Suavemente, quase em descrença, o Conde estendeu a mão para um deles e viu que estava macio e quente. Com certeza tinham sido tirados do forno havia menos de uma hora.

Lá de fora, veio o som da porta do carona se fechando e do motor da van sendo ligado. O Conde se sentou rapidamente no banco de metal, de frente para as prateleiras, e então o veículo começou a andar.

No silêncio, o Conde podia ouvir o motorista trocando de marcha. Após acelerar e reduzir a marcha à medida que entrava e saía de várias curvas, a van agora ganhava uma velocidade compatível com a de uma estrada.

Avançando com as costas curvadas para os fundos da van, o Conde olhou pela pequena janela quadrada da porta. Enquanto observava os prédios, as copas das árvores e os letreiros das lojas passando, por um momento não conseguiu dizer onde estava. Então, de repente, viu o velho Clube Inglês e percebeu que deviam estar em Tverskaia, a antiga rua que levava do Kremlin em direção a São Petersburgo, por onde havia passeado mil vezes antes.

No final dos anos 1930, a Tverskaia havia sido ampliada para acomodar os desfiles oficiais que terminavam na Praça Vermelha. Naquela época, alguns dos edifícios mais belos haviam sido construídos e reconstruídos; a maioria agora tinha sido derrubada e substituída por torres, de acordo com uma nova regulamentação de que os edifícios nas ruas principais deviam ter pelo menos dez andares. Como resultado, o Conde teve que se esforçar para encontrar outros marcos familiares enquanto a van avançava. Mas ele parou de olhar para o que era familiar e, em vez disso, estava observando o borrão de fachadas e postes de iluminação que passava rapidamente por sua vista, como se estivessem sendo puxadas para longe.

☆

De volta ao sótão do Metropol, o Conde encontrou a porta ainda aberta e o Montaigne no chão. Pegando o livro de seu pai, o Conde se sentou na cama de Sofia. Então, pela primeira vez naquela noite, se permitiu chorar, seu peito se agitando levemente devido ao desafogo. Mas as lágrimas que caíam livremente pelo seu rosto não eram de dor. Eram as lágrimas do homem mais sortudo de toda a Rússia.

Depois de alguns minutos, respirou fundo e teve uma sensação de paz. Percebendo que ainda tinha na mão o livro de seu pai, levantou-se da cama de Sofia para guardá-lo, e foi então que viu o estojo de couro preto que tinha sido deixado na mesa do Grão-Duque. Cada lado tinha cerca de trinta centímetros, com altura de quinze centímetros, uma alça de couro e fechos cromados. Em cima dele havia um bilhete dirigido a ele em uma caligrafia desconhecida. Puxando o bilhete, o Conde desdobrou-o e leu:

Aleksandr,
Que prazer encontrá-lo hoje à noite. Como mencionei, estou indo para casa por um tempo. Pensei que você poderia fazer bom uso disto enquanto eu estiver fora. Você deve prestar especial atenção ao conteúdo do envelope superior, pois acho que o considera bastante adequado à nossa conversa.

Com cordiais saudações até o próximo encontro,
Richard Vanderwhile

Abrindo os fechos, o Conde levantou a tampa do estojo. Era um fonógrafo portátil. Lá dentro havia uma pequena pilha de discos em envelopes de papel pardo. Por sugestão de Richard, o Conde pegou o que estava por cima. No rótulo do centro, estava identificada uma gravação de Vladímir Horowitz interpretando o Primeiro Concerto para Piano de Tchaikóvski no Carnegie Hall, em Nova York.

O Conde tinha visto uma apresentação de Horowitz em Moscou em 1921, menos de quatro anos antes de o pianista viajar a Berlim para um concerto oficial, com um monte de moedas estrangeiras escondidas em seus sapatos...

Na parte de trás do estojo, o Conde encontrou um compartimento pequeno no qual o cabo estava dobrado e guardado. Desenrolando-o, ligou o aparelho à tomada. Tirou o disco do envelope, colocou-o na mesa giratória, acionou o braço, posicionou a agulha e sentou-se na cama de Sofia.

A princípio, ouviu vozes suaves, algumas tosses e o último murmúrio do público se acomodando; depois silêncio; e então aplausos sinceros quando o artista provavelmente subiu ao palco.

O Conde prendeu a respiração.

Depois que as trompas soaram suas primeiras notas marciais, o volume das cordas aumentou e, então, seu compatriota começou a tocar, evocando para a audiência americana o movimento de um lobo através das bétulas, o vento através da estepe, o cintilar de uma vela em um salão de baile e o disparo de um canhão em Borodino.

Adendo

No dia 23 de junho, às quatro da tarde, Andrei Duras estava voltando de ônibus para seu apartamento no Arbat, tendo aproveitado seu dia de folga para visitar Sofia no Primeiro Hospital Municipal.

No dia seguinte, estava ansioso para relatar na reunião diária do Triunvirato que ela estava de bom humor. Acomodada em uma ala especial do hospital, tinha um quarto privativo cheio de luz solar e recebia a atenção constante de um batalhão de enfermeiras. Emile ficaria satisfeito ao saber que seus biscoitos tinham sido bem recebidos e que Sofia prometera enviar uma mensagem assim que acabassem. De sua parte, Andrei levara um livro de histórias de aventura que sempre fora um dos favoritos de seu filho.

Na altura da praça Smolenskaia, Andrei cedeu seu lugar a uma idosa. De toda forma, faltavam poucos quarteirões até seu ponto, pois saltaria para comprar alguns pepinos e batatas no mercado de camponeses na praça. Emile lhe dera duzentos gramas de carne de porco picada, e ele ia fazer *kotleti* para a esposa.

Andrei e sua esposa moravam em um prédio estreito de quatro andares no meio do quarteirão. O apartamento deles era um dos menores dos dezesseis, mas era próprio. Pelo menos, por enquanto.

Após completar a tarefa no mercado, Andrei subiu as escadas para o terceiro andar. Ao passar pelas outras portas ao longo do corredor, sentiu o cheiro de cebola salteada vindo de um apartamento e, de outro, ouviu vozes no rádio. Passando a sacola de mantimentos para o braço esquerdo, pegou a chave.

Ao entrar, Andrei chamou a esposa, embora soubesse que ela não estaria em casa. Estaria na fila da nova loja de leite que tinha aberto em uma igreja desativada do outro lado do bairro. Ela dissera que o leite lá era mais fresco e que a fila era mais curta, mas Andrei sabia que isso não era verdade. Como tantas outras mulheres, ela ia lá porque a pequena capela no fundo da igreja tinha um mosaico de Cristo e a Mulher no Poço que ninguém tinha se dado o trabalho de destruir; e as mulheres que esperavam na fila pelo leite estavam dispostas a guardar seu lugar enquanto você dava uma saidinha para rezar.

Andrei carregou os mantimentos para o pequeno cômodo com vista para a rua, que servia de cozinha e sala de estar. Na pequena bancada, pousou os legumes. Depois de lavar as mãos, lavou os pepinos e cortou-os. Descascou as batatas e as pôs em uma panela com água. Misturou a carne de Emile com cebola picada, deu formato aos *kotleti* e os cobriu com uma toalha. Pôs a frigideira no fogo e despejou um pouco de óleo, para mais tarde. Depois de ter esvaziado a bancada, lavou as mãos de novo, pôs a mesa e percorreu o corredor com a intenção de ir se deitar. Mas, sem pensar muito, passou pela porta do quarto do casal e entrou no cômodo ao lado.

Muitos anos antes, Andrei tinha visitado o apartamento de Púchkin em São Petersburgo, onde ele vivera seus últimos anos. Os quartos do apartamento tinham sido preservados, permanecendo inalterados desde o dia da morte do poeta. Havia até um poema inacabado e uma caneta sobre a mesa. Naquele momento, de pé atrás do pequeno cordão de isolamento e olhando para a mesa do poeta, Andrei achara todo o empreendimento um tanto absurdo, como se um momento realmente pudesse ser protegido da implacável investida do tempo ao se manter alguns pertences no lugar.

Mas quando Ilia, seu único filho, foi morto na Batalha de Berlim poucos meses antes do fim da guerra, Andrei e a esposa fizeram a mesma coisa: deixaram cada cobertor, cada livro, cada peça de roupa exatamente onde estavam no dia em que receberam a notícia.

Inicialmente, Andrei tinha que admitir, a medida trouxera um grande conforto. Quando estava sozinho no apartamento, se flagrava visitando o quarto. E, quando o fazia, podia ver a depressão na cama que sua esposa deixara ao se sentar nela enquanto ele estava no trabalho. Agora, entretanto, preocupava-se que esse quarto cuidadosamente preservado tivesse começado a sustentar o sofrimento de ambos, em vez de aliviá-lo; e ele sabia que tinha chegado a hora de se livrar dos pertences do filho.

Embora soubesse disso, não abordara o assunto com a esposa, pois também sabia que, em breve, alguém no prédio chamaria a atenção das autoridades de habitação para a morte de seu filho; e então eles seriam transferidos para um apartamento ainda menor ou teriam que abrigar um estranho, e a vida reclamaria o quarto para si.

Mas, mesmo com esse pensamento, Andrei caminhou até a cama e alisou os cobertores onde sua esposa estivera sentada; e só então apagou a luz.

LIVRO QUATRO

1950
Adágio, andante, alegro

— Em um piscar de olhos.

Foi assim que, no dia 21 de junho, o Conde Aleksandr Rostov resumiu a jornada percorrida por sua filha dos treze aos dezessete anos, quando Vasili comentou quanto ela havia crescido.

— Dia desses, ela estava correndo pelas escadas, uma verdadeira pândega, impertinente, um desperdício; no seguinte, é uma jovem inteligente e refinada.

E isso era verdade. Pois, se o Conde havia sido prematuro ao descrever Sofia como recatada aos treze anos, antecipara perfeitamente a personalidade que ela teria à entrada da idade adulta. De pele clara e longos cabelos negros (exceto pela mecha branca que nascia no ponto de seu antigo ferimento), Sofia poderia passar horas sentada ouvindo música no estúdio do quarto deles. Podia passar horas costurando com Marina na sala de costura ou conversando com Emile na cozinha sem se remexer na cadeira uma vez sequer.

Quando Sofia tinha apenas cinco anos, o Conde presumira, talvez ingenuamente, que ela fosse crescer e se tornar uma versão da mãe, mas com cabelos escuros. Porém, embora Sofia compartilhasse a clareza de percepção e a confiança de Nina, seu comportamento era completamente diferente. Sua mãe era propensa a expressar impaciência com a menor das imperfeições do mundo, enquanto Sofia parecia acreditar que, apesar de a Terra girar um pouco torta de vez em quando, era, em geral, um planeta bem-intencionado. E, ao passo que Nina não hesitava em interromper alguém no meio de uma frase a fim de expor um argumento contrário e depois dar o assunto por encerrado definitivamente, Sofia ouvia com tanta atenção e com um sorriso tão simpático que seu interlocutor, depois de ter a liberdade de expressar à vontade seus pontos de vista, muitas vezes via sua voz vacilando quando começava a questionar as próprias premissas...

Recato. Era a única palavra para isso. E a transição tinha acontecido em um piscar de olhos.

— Quando se chega à nossa idade, Vasili, tudo passa muito rápido. Temporadas inteiras se acabam sem deixar a menor marca em nossa memória.

— Isso é bem verdade... — concordou o *concierge* (enquanto separava um lote de bilhetes).

— Mas, certamente, podemos tirar algum conforto disso — continuou o Conde. — Pois, mesmo quando as semanas começam a passar por nós como um borrão, estão deixando uma marca maior do que todas as outras em nossos filhos. Quando alguém faz dezessete anos e começa a experimentar aquele primeiro período de verdadeira independência, os sentidos estão tão alertas, os sentimentos tão finamente sintonizados que cada conversa, cada olhar e cada risada podem ficar escritos em tinta indelével em sua memória. E os amigos que fazem nesses anos marcantes? A cada reencontro sentirão uma onda de afeto.

Depois de expressar esse paradoxo, o Conde olhou para o outro lado do saguão, onde Gricha arrastava a bagagem de um hóspede em direção à recepção e Genia carregava a de outro em direção à porta.

— Talvez seja uma questão de equação celestial — refletiu ele. — Uma espécie de equilíbrio cósmico. Talvez a soma das vivências do Tempo seja uma constante e, portanto, para nossos filhos estabelecerem impressões tão vívidas deste mês de junho em particular, devemos abandonar nossas reivindicações sobre ele.

— Para que eles possam se lembrar, devemos esquecer — resumiu Vasili.

— Exatamente! — exclamou o Conde. — Para que eles possam se lembrar, devemos esquecer. Mas devemos nos ofender com isso? Devemos nos sentir enganados pela ideia de que suas experiências, por enquanto, podem ser mais ricas do que as nossas? Acho que não. Pois dificilmente é nosso propósito, nesta fase tardia, registrar um novo portfólio de lembranças duradouras. Em vez disso, devemos nos dedicar a garantir que *eles* desfrutem livremente da experiência. E devemos fazê-lo sem medo. Em vez de aninhá--los em cobertores e abotoar seus casacos, temos de ter confiança de que se aninharão e se agasalharão por conta própria. E se vierem a se atrapalhar com tal liberdade recém-descoberta, devemos permanecer serenos, generosos, sensatos. Devemos encorajá-los a se aventurar sob nosso olhar atento, e então suspirar com orgulho quando passarem finalmente pelas portas giratórias da vida...

Como para ilustrar, o Conde gesticulou de modo generoso e sensato em direção à entrada do hotel, com um suspiro. Então bateu na mesa do recepcionista.

— A propósito. Por acaso sabe onde ela está?

Vasili ergueu os olhos dos bilhetes.
— A srta. Sofia?
— Sim.
— Ela está no salão de baile com Viktor, creio eu.
— Ah! Ela deve estar ajudando a polir os pisos para um próximo banquete.
— Não. Não Viktor Ivanovitch. Viktor Stepanovitch.
— Viktor Stepanovitch?
— Sim. Viktor Stepanovitch Skadóvski. O maestro da orquestra da Piazza.

O Conde estava, em parte, tentando expressar a Vasili como a passagem do tempo na idade da razão é tão rápida e deixa tão poucas marcas em nossa memória que era quase como se nunca tivesse ocorrido. E eis um exemplo perfeito.

Pois que passaram igualmente em um piscar de olhos os três minutos que o Conde levou para transitar de uma conversa agradável à mesa da recepção até o salão de baile, onde agarrou um canalha pelo colarinho. Passara tão depressa que, veja só, o Conde não se lembrava de, ao marchar pelo corredor, ter derrubado a bagagem que Gricha carregava; nem de abrir a porta e gritar *Arrá!*; nem de arrancar da poltrona namoradeira o suposto Casanova, onde entrelaçara os dedos com os de Sofia.

Não, o Conde não se lembrava de nada disso. Mas, para garantir a equação celestial e o equilíbrio cósmico, aquele canalha bigodudo em roupas de noite decerto se lembraria de cada segundo pelo resto de sua vida.

— Sua Excelência — implorou ele, enquanto balançava no ar. — Houve um terrível mal-entendido!

Olhando para o rosto assustado acima de seus punhos, o Conde confirmou que não havia nenhum mal-entendido. Era, sem dúvida, o mesmo sujeito que empunhava a batuta com tanta alegria no coreto da Piazza. E, embora aparentemente soubesse como verbalizar um título honorífico em tempo hábil, era claramente a serpente mais vil que já tinha deslizado pela vegetação rasteira do Éden.

Mas, qualquer que fosse seu nível de vilania, a situação atual representava um dilema. Pois, uma vez que você tenha erguido um canalha pelas lapelas, o que vai fazer com ele? Quando você segura um sujeito pela nuca, pode ao menos levá-lo porta afora e jogá-lo pelas escadas. Mas, quando o segura pelo colarinho, não é tão fácil dispensá-lo. Antes que o Conde pudesse resolver seu dilema, Sofia expressou sua perplexidade.

— Papai! O que você está fazendo?

— Vá para o seu quarto, Sofia. Este cavalheiro e eu temos alguns assuntos a tratar... antes que eu lhe dê a maior surra de sua vida.

— A maior surra de sua vida? Mas Viktor Stepanovitch é meu instrutor.

Mantendo um olho no canalha, o Conde voltou o outro para a filha.

— Seu o quê?

— Meu instrutor. Ele está me ensinando a tocar piano.

O chamado instrutor assentiu quatro vezes em rápida sucessão.

Sem soltar o colarinho do sujeito, o Conde inclinou a cabeça para trás a fim de estudar o *mise-en-scène* com um pouco mais de cuidado. Em uma inspeção mais atenciosa, a namoradeira em que os dois estavam sentados, de fato, parecia ser o banco de um piano. E, no lugar onde suas mãos haviam estado entrelaçadas havia uma fila ordenada de teclas de marfim.

O Conde apertou mais forte.

— Então esse é o seu jogo? Seduzir jovens com canções alegres?

O tal instrutor parecia horrorizado.

— De jeito nenhum, Excelência. Nunca seduzi vivalma com uma canção. Temos tocado escalas e sonatas. Eu mesmo estudei no Conservatório, onde recebi a Medalha Mussorgski. Sou regente no restaurante para pagar as despesas.

Aproveitando a hesitação do Conde, o maestro apontou para o piano com um meneio de cabeça.

— Vamos lhe mostrar. Sofia, por que você não toca o noturno que estamos ensaiando?

O noturno...?

— Como quiser, Viktor Stepanovitch — respondeu Sofia polidamente, depois se virou para o teclado para organizar a partitura.

— Talvez... — disse o instrutor ao Conde com outro aceno para o piano.

— Se eu pudesse...

— Ah, sim, claro — cedeu o Conde.

Colocou-o de volta no chão e ajeitou-lhe rapidamente o colarinho.

Então o instrutor se juntou a sua aluna no banco.

— Muito bem, Sofia.

Endireitando a postura, Sofia pousou os dedos nas teclas; então, com a maior delicadeza, começou a tocar.

Ao som do primeiro compasso, o Conde deu dois passos para trás.

Aquelas oito notas lhe eram familiares? Ele as reconhecia? Ora, ele as teria reconhecido mesmo que não as visse havia trinta anos e elas entrassem no seu vagão em um trem. Ele as teria reconhecido se esbarrasse nelas nas ruas de Florença no auge da temporada. Em uma palavra, ele as teria reconhecido em qualquer lugar.

Era Chopin.

Opus 9, número 2, em mi bemol maior.

Quando ela terminou a primeira parte da melodia em um perfeito pianíssimo e fez a transição para a segunda com sua sugestão de uma crescente força emocional, o Conde deu mais dois passos para trás e se sentou em uma cadeira.

Teria sentido orgulho de Sofia antes? Claro que sim. Todos os dias. Orgulhava-se de seu sucesso na escola, de sua beleza, de suas boas-maneiras, do carinho com que era vista por todos os que trabalhavam no hotel. E era assim que ele podia ter certeza de que suas emoções naquele momento não poderiam ser classificadas como orgulho. Pois há algo de familiar no orgulho. *Veja*, diz ele, *eu não disse quanto ela era especial? Quanto era brilhante? Adorável? Bem, agora você pode ver por si mesmo*. Mas, ouvindo Sofia tocar Chopin, o Conde havia deixado o domínio do conhecimento e entrado no reino do espanto.

Em certo aspecto, ele ficou espantado com a revelação de que Sofia sabia tocar piano; por outro, que ela dominava a melodia e o contraponto com tanta habilidade. Mas realmente surpreendente era a sensibilidade de sua expressão musical. Uma pessoa poderia passar a vida inteira dominando os aspectos técnicos do piano e nunca alcançar o nível da expressão musical, aquela alquimia pela qual o instrumentista não só compreende os sentimentos do compositor, mas, de alguma forma, os transmite ao público pela maneira como toca.

Qualquer que fosse o sentimento pessoal de dor que Chopin esperava expressar por meio daquela pequena composição — quer tivesse sido provocado pela perda de um amor ou simplesmente pela doce angústia que se sente ao testemunhar uma névoa em um prado pela manhã —, ele estava ali, pronto para ser experimentado em toda a sua extensão no salão de baile do Hotel Metropol, cem anos após a morte do compositor. Mas como, persistia a pergunta, uma garota de dezessete anos conseguiria essa façanha de expressão, senão canalizando uma sensação particular de perda e anseio?

Enquanto Sofia começava a terceira parte da melodia, Viktor Stepanovitch olhou por sobre o ombro, sobrancelhas erguidas, como se dissesse: *Você acredita nisso? Em algum momento, em todos esses anos, imaginou uma coisa dessas?* Então ele rapidamente olhou de volta para o piano e obedientemente virou a página para Sofia, quase como um aprendiz o faz para seu mestre.

Depois que o Conde levara Viktor Stepanovitch para o corredor, onde puderam conversar em particular por um momento, voltou ao salão de baile. Ao encontrar Sofia ainda ao piano, ele se sentou ao seu lado, de costas para as teclas.
    Ambos ficaram em silêncio.
    — Por que você não me disse que estava estudando piano? — perguntou o Conde depois de um momento.
    — Eu queria que fosse surpresa. Para o seu aniversário. Eu não queria aborrecê-lo. Sinto muito se o fiz.
    — Sofia, se alguém aqui deve se desculpar, sou eu. Você não fez nada de errado. Pelo contrário. Isso foi maravilhoso... sem dúvida alguma.
    Sofia corou e olhou para as teclas.
    — É uma composição encantadora — disse ela.
    — Bem, é sim, é uma composição linda — concordou o Conde com uma risada. — Mas também é um pedaço de papel com círculos, linhas e pontos. Há um século, quase todo estudante de piano aprende a tocar essa peça de Chopin. Mas, para a maioria deles, é um ato de recitação. Apenas um em mil, ou mesmo em cem mil, pode fazer a música ganhar vida como você acabou de fazer.
    Sofia continuou a olhar para o teclado. O Conde hesitou. E então, com um toque de incerteza, perguntou:
    — Está tudo bem?
    Sofia ergueu os olhos, um pouco surpresa. Depois de ver a expressão séria de seu pai, ela sorriu.
    — Claro, papai. Por que a pergunta?
    O Conde meneou a cabeça.
    — Nunca toquei um instrumento em minha vida, mas entendo um pouco de música. Para ter tocado os primeiros compassos dessa peça com sentimentos que fazem uma alusão tão perfeita à mágoa, só se pode supor que você evocou alguma fonte de tristeza dentro de si.

— Ah, entendo — disse ela. Então, com o entusiasmo de uma jovem estudiosa, começou a explicar: — Viktor Stepanovitch chama isso de *espírito*. Ele diz que, antes de se tocar uma nota, é preciso descobrir um exemplo do espírito da composição escondido em nosso coração. Então, para tocar essa peça, eu penso na minha mãe. Trago à mente as poucas lembranças que tenho dela e percebo que estão desaparecendo, então começo a tocar.

O Conde ficou calado, dominado por outra onda de assombro.

— Isso faz sentido? — perguntou Sofia.

— Totalmente — disse ele. Então, depois de um momento de reflexão, acrescentou: — Quando era mais jovem, eu costumava sentir o mesmo em relação à minha irmã. A cada ano que passava, parecia que um pouco mais dela tinha escapado; e comecei a temer que um dia eu a esquecesse por completo. Mas a verdade é: não importa quanto tempo passe, aqueles que amamos nunca nos escapam inteiramente.

Ambos ficaram em silêncio. Então, olhando ao redor, o Conde gesticulou com a mão.

— Este era o local favorito dela.

— Da sua irmã?

— Não, não. Da sua mãe.

Sofia olhou ao redor com surpresa.

— O salão de baile...?

— Definitivamente. Depois da Revolução, todas as antigas formas foram abandonadas, o que era seu objetivo, suponho. Mas as novas maneiras de fazer as coisas ainda tinham de ser estabelecidas. Assim, em toda a Rússia, todos os tipos de grupos, sindicatos, comissariados e comitês de cidadãos se reuniam em ambientes como este para discutir as coisas.

O Conde apontou para a sacada.

— Quando sua mãe tinha nove anos, costumava se agachar ali atrás da balaustrada para assistir a essas assembleias por horas a fio. Ela achava tudo muito emocionante. O arrastar de cadeiras, os discursos sinceros e a batida do martelo. E, em retrospecto, estava absolutamente certa. Afinal, um novo curso para o país estava sendo traçado diante de nossos olhos. Mas, na época, rastejar e ficar agachado eram coisas que simplesmente me davam dor no pescoço.

—Você se escondia ali também?

— Ah, ela insistia.

O Conde e Sofia sorriram.

— Aliás, foi assim que estreitei os laços com sua tia Marina — acrescentou o Conde depois de um momento. — Porque, a cada poucas visitas à sacada, os fundilhos da minha calça se rasgavam.

Sofia riu. Então o Conde agitou um dedo como alguém que se lembra de algo mais.

— Mais tarde, quando sua mãe tinha treze ou quatorze anos, ela vinha aqui para fazer experiências...

— Experiências!

— Sua mãe não aceitava cegamente o que lhe diziam. Se ela não tivesse testemunhado um fenômeno com os próprios olhos, então, no que lhe dizia respeito, era apenas uma hipótese. E isso incluía todas as leis da física e da matemática. Um dia, encontrei-a aqui testando os princípios de Galileu e Newton, deixando cair vários objetos da sacada e cronometrando sua descida.

— Isso é mesmo possível?

— Foi para sua mãe.

Ficaram em silêncio por um momento, depois Sofia se virou e deu um beijo no rosto do Conde.

☆

Quando Sofia saiu para encontrar um amigo, o Conde foi até a Piazza e se presenteou com uma taça de vinho ao almoçar, algo que ele fazia diariamente aos trinta e poucos anos, mas que raramente fizera desde então. Dadas as revelações da manhã, parecia apropriado. Na verdade, quando seu prato foi recolhido e ele obedientemente recusou a sobremesa, pediu uma segunda taça.

Ao se inclinar para trás com o vinho na mão, olhou para o jovem na mesa ao lado, que esboçava algo em seu bloco de desenho. O Conde o notara no saguão no dia anterior, com o bloco no colo e uma pequena lata de lápis de cor ao seu lado.

O Conde chegou um pouco mais para a direita.

— Paisagem, retrato ou natureza-morta?

O jovem ergueu os olhos com um toque de surpresa.

— Perdão?

— Não pude deixar de notar você esboçando. Estava me perguntando se seria uma paisagem, um retrato ou uma natureza-morta.

— Temo que nenhuma dessas coisas — respondeu o jovem educadamente.
— É um interior.
— Do restaurante?
— Sim.
— Posso ver?
O jovem hesitou e entregou o bloco ao Conde.

Assim que o Conde o teve em mãos, lamentou ter chamado aquilo de *esboço*. A palavra dificilmente fazia jus às habilidades artísticas do jovem, pois ele havia capturado a Piazza perfeitamente. Os clientes às mesas eram desenhados com os traços curtos e vibrantes do Impressionismo, aumentando a sensação de que estavam em conversas animadas, ao passo que os garçons, movendo-se habilmente entre as mesas, foram representados em uma espécie de borrão. Mas o estilo sugestivo com que o jovem desenhava as pessoas contrastava com o nível de detalhes com que havia desenhado o salão em si. As colunas, a fonte e os arcos estavam em perfeita perspectiva e proporção, com todos os detalhes no lugar.

— É um desenho maravilhoso — elogiou o Conde. — Mas devo dizer que seu senso de espaço é particularmente refinado.

O estranho sorriu um pouco melancolicamente.

— É porque sou arquiteto por formação, não artista.

—Você está projetando um hotel?

O arquiteto deu uma risada.

— Do jeito que as coisas estão, eu ficaria feliz em projetar até uma gaiola.

Dada a expressão de curiosidade do Conde, o jovem explicou:

— No momento, muitos edifícios estão sendo construídos em Moscou, mas há pouca necessidade de arquitetos. Então arrumei um emprego na Intourist. Eles estão elaborando uma brochura dos melhores hotéis da cidade, e eu estou desenhando os interiores.*

---

* Que tipo de circunstâncias confusas levaria a uma grande procura por construtores e pouca por arquitetos? Simples:
Em janeiro, o prefeito de Moscou convocara uma convenção dos arquitetos da cidade para discutir as necessidades da capital, dado o rápido crescimento de sua população. Ao longo de três dias, rapidamente se chegou a um consenso animado entre os vários comitês de que era o momento de dar passos novos e ousados. Aproveitando os mais recentes materiais e tecnologias, propuseram que a cidade erguesse torres de quarenta andares com elevadores que iam do átrio ao telhado e apartamentos que poderiam ser configurados para atender a todo tipo de necessidade individual, cada um com uma cozinha moderna, banheiro privativo e janelas com painéis de vidro que deixavam entrar a luz natural!

— Ah, porque uma fotografia não pode capturar a *energia* de um lugar!

— Na verdade, porque uma fotografia capta imediatamente a *condição* de um lugar — respondeu o arquiteto.

— Ah, entendo — disse o Conde, sentindo-se um pouco insultado em nome da Piazza.

Em sua defesa, ele não podia deixar de destacar que, embora o restaurante tivesse sido celebrado por sua elegância em seu tempo, a grandeza do salão nunca tinha sido definida por seus móveis ou detalhes arquitetônicos.

— Pelo que, então? — perguntou o jovem.

— Por sua cidadania.

— Como assim?

O Conde virou a cadeira para olhar melhor o vizinho.

— No meu tempo, tive o luxo de poder viajar um bocado. E posso lhe dizer por experiência própria que a maioria dos restaurantes de hotel, não só na Rússia, veja bem, mas em toda a Europa, foi concebida para receber e servir os hóspedes do hotel. Mas não este restaurante. Ele foi concebido para ser, e tem sido, um ponto de encontro para toda a cidade de Moscou.

O Conde gesticulou em direção ao centro do salão.

— Durante a maior parte dos últimos quarenta anos, em uma típica noite de sábado, você podia encontrar russos de todos os tipos reunidos ao redor daquela fonte, tropeçando em conversas com quem estivesse na mesa vizi-

---

Na cerimônia de encerramento da convenção, o prefeito — um sujeito calvo e ignorante a quem teremos motivos para revisitar mais tarde — agradeceu aos participantes por sua arte, seu talento e sua dedicação ao Partido. "É gratificante descobrir que estamos todos de acordo", concluiu. "A fim de abrigar nossos camaradas o mais rápido possível dentro das possibilidades econômicas, precisamos, na verdade, dar novos passos audaciosos. Então, não vamos ficar assoberbados com desenhos elaborados ou nos curvar a vaidades estéticas. Em vez disso, nos apliquemos a um ideal universal que seja apropriado para nossos tempos."

Assim nasceu a idade de ouro dos prédios de cinco andares pré-fabricados de concreto — e das residências de quarenta metros quadrados com acesso fácil a banheiros comunitários com banheiras de 1,20 metro (afinal, quem tem tempo para se deitar em uma banheira quando seus vizinhos estão batendo na porta?).

Tão engenhoso foi o design desses novos prédios de apartamentos, tão intuitiva sua arquitetura, que poderiam ser construídos com base em uma única página de especificações, independentemente de a página estar na vertical ou na horizontal! Dentro de seis meses, milhares deles haviam surgido nos arredores de Moscou, como cogumelos depois da chuva. E tão sistemática era a sua construção que você poderia equivocadamente entrar em qualquer apartamento e se sentir imediatamente em casa.

nha. Naturalmente, isso levou a romances espontâneos e a debates acalorados acerca das vantagens de Púchkin sobre Petrarca. Cheguei a ver taxistas se associarem a comissariados e bispos a comerciantes do mercado negro; e, em pelo menos uma ocasião, realmente vi uma jovem mudar o ponto de vista de um velho.

O Conde apontou para um lugar a cerca de seis metros de distância.

— Está vendo aquelas duas mesas ali? Em uma tarde de mil novecentos e trinta e nove, observei enquanto dois estranhos, cada um achando o outro vagamente familiar, passaram todo o *apéritif*, a *entrée* e a sobremesa falando passo a passo de suas vidas, em busca do momento em que deveriam ter se conhecido.

Olhando ao redor do restaurante com apreciação renovada, o arquiteto observou:

— Suponho que um salão seja o somatório de tudo o que aconteceu dentro dele.

— Sim, acho que sim — concordou o Conde. — E, embora eu não esteja exatamente certo do que surgiu de toda a mistura deste salão em particular, estou seguro de que o mundo tem sido um lugar melhor por causa disso.

O Conde ficou quieto por um momento enquanto também olhava ao redor. Então, apontando um dedo, dirigiu a atenção do arquiteto para o coreto no lado mais distante do salão.

— Alguma vez você já viu a orquestra tocar aqui à noite?
— Não, nunca vi. Por quê?
— Hoje me aconteceu a coisa mais incrível...

☆

— Aparentemente, ele estava andando pelo corredor quando ouviu uma variação de Mozart emanando do salão de baile. Intrigado, enfiou a cabeça lá dentro e descobriu Sofia ao piano.

— Não! — exclamou Richard Vanderwhile.
— Naturalmente, o sujeito perguntou onde ela estava estudando. Ficou surpreso ao saber que não fazia aulas com ninguém. Aprendera sozinha a tocar a peça ouvindo uma das gravações que você me deu e, em seguida, repetindo as notas uma a uma.

— Incrível.

— O sujeito ficou tão impressionado com suas habilidades naturais que a tomou como pupila na hora; e tem ensinado seu repertório clássico no salão de baile desde então.

— E este é o sujeito da Piazza, você diz?

— O próprio.

— Aquele que agita a batuta?

— Em pessoa.

Richard meneou a cabeça, maravilhado.

— Audrius, ouviu isso? Temos de fazer um brinde à jovem, e o mais rápido possível. Dois Goldenrods, meu caro.

O *barman*, sempre alerta, já estava alinhando garrafas de vários tamanhos, incluindo Chartreuse amarelo, licor de ervas, mel e uma vodca com limão. Naquela noite em 1946, quando o Conde e Richard se familiarizaram com a mistura magenta de Audrius, o americano desafiou o *barman* a criar um coquetel com cada uma das cores da Catedral de São Basílio. Assim nasceram o Goldenrod, o Robin's Egg, o Brick Wall e uma poção verde-escura chamada Árvore de Natal. Além disso, tinha se tornado de conhecimento de todos no bar que qualquer um que conseguisse beber todos os quatro drinques inteiros ganhava o direito de ser chamado de "Patriarca de Toda a Rússia" assim que recuperasse a consciência.

Embora Richard, agora ligado ao Departamento de Estado, costumasse ficar na embaixada quando estava em Moscou, ainda passava pelo Metropol de vez em quando para tomar um drinque com o Conde. Assim, os Goldenrods foram servidos e os dois cavalheiros bateram seus copos com o brinde: "Aos velhos amigos."

Alguns podem se perguntar se os dois homens deveriam se considerar velhos amigos, mesmo tendo se conhecido havia apenas quatro anos; mas a força das amizades nunca foi governada pela passagem do tempo. Esses dois se sentiriam como velhos amigos mesmo se tivessem se conhecido apenas horas antes. Até certo ponto, isso se devia ao fato de que eram espíritos afins, encontrando grandes evidências de pontos em comum e motivos para rir em conversas sem esforço; mas também quase certamente tinha a ver com a criação que tiveram. Ambos cresceram em grandes casas em cidades cosmopolitas e foram educados nas artes liberais, agraciados com horas ociosas e expostos às melhores coisas; embora o Conde e o americano tivessem nascido a uma diferença de dez anos de idade e 6.500 quilômetros de distância, tinham mais em comum entre si do que com a maioria de seus compatriotas.

Isso, naturalmente, porque os grandes hotéis das capitais do mundo todo se parecem. O Plaza em Nova York, o Ritz em Paris, o Claridge em Londres, o Metropol em Moscou: construídos a intervalos de quinze anos, eles também eram espíritos afins, os primeiros hotéis em suas cidades com aquecimento central, água quente e telefones nos quartos, com jornais internacionais nos saguões, cozinha internacional nos restaurantes e bares no térreo. Esses hotéis foram construídos para os tipos de Richard Vanderwhile e Aleksandr Rostov, de modo que, quando viajavam para uma cidade estrangeira, se sentissem muito mais em casa e na companhia de parentes.

— Ainda não consigo acreditar que seja aquele sujeito da Piazza — disse Richard balançando outra vez a cabeça.

— Eu sei — disse o Conde. — Mas ele realmente estudou no Conservatório aqui em Moscou, onde recebeu a Medalha Mussorgski. Ele só rege na Piazza para pagar as despesas.

— Um homem precisa encontrar seus meios ou encontrará seu fim — afirmou Audrius com naturalidade.

Richard estudou o *barman* por um momento.

— Bem, essa é a essência, não é?

Audrius deu de ombros, reconhecendo que a essência de um *barman* eram suas bebidas, e então pediu licença para atender o telefone atrás do balcão. Enquanto se afastava, o Conde parecia particularmente impressionado com a observação.

— Você conhece as mariposas de Manchester? — perguntou a Richard.

— As mariposas de Manchester... É um time de futebol?

— Não — disse o Conde com um sorriso. — Não é um time de futebol. É um caso extraordinário dos anais das ciências naturais que meu pai me relatou quando eu era criança.

Mas antes que o Conde pudesse elaborar, Audrius voltou.

— Era a sua esposa ao telefone, sr. Vanderwhile. Ela me pediu para lembrá-lo de seu compromisso na parte da manhã; e para avisá-lo que seu motorista o aguarda lá fora.

Embora a maioria dos clientes no bar nunca tivesse conhecido a sra. Vanderwhile, ela era famosa por ser tão imperturbável quanto Arkadi, tão alerta quanto Audrius e tão ciente do paradeiro do marido quanto Vasili. Tudo isso caso se tratasse de acabar com as noites do sr. Vanderwhile.

— Ah, sim — admitiu Richard.

Concordando que o dever vem primeiro, o Conde e o sr. Vanderwhile apertaram as mãos e desejaram tudo de bom um ao outro até que se encontrassem novamente.

Quando Richard saiu, o Conde olhou ao redor da sala para ver se havia algum conhecido e ficou satisfeito ao descobrir que o jovem arquiteto da Piazza estava em uma mesa no canto, inclinado sobre o bloco, provavelmente desenhando o bar.

Ele também, pensou o Conde, é uma das mariposas de Manchester.

Quando o Conde tinha nove anos, seu pai o sentara para explicar a teoria da seleção natural de Darwin. Enquanto o Conde ouvia, a essência da ideia do britânico lhe pareceu perfeitamente intuitiva: ao longo de dezenas de milhares de anos, uma espécie evolui aos poucos para maximizar suas chances de sobrevivência. Afinal, se as garras do leão ficavam mais afiadas, era melhor que a gazela se tornasse mais rápida. Mas o que o perturbou foi quando seu pai explicou que a seleção natural não precisava de dezenas de milhares de anos para acontecer. Nem mesmo de uma centena de anos. Tinha sido observada ao longo de algumas décadas.

Era verdade, disse seu pai, que, em um ambiente relativamente estático, o ritmo da evolução tendia a desacelerar, já que as espécies individuais têm poucas coisas novas às quais se adaptar. Mas os ambientes nunca ficam estáticos por muito tempo. As forças da natureza inevitavelmente irrompem de tal maneira que a necessidade de adaptação é desencadeada. Eventos como uma seca prolongada, um inverno excepcionalmente frio ou uma erupção vulcânica poderiam alterar o equilíbrio entre os traços que melhoram a chance de sobrevivência de uma espécie e aqueles que a dificultam. Essencialmente, foi o que aconteceu em Manchester, na Inglaterra, no século XIX, quando a cidade se tornou uma das primeiras capitais da revolução industrial.

Por milhares de anos, as mariposas de Manchester tinham asas brancas com pintas pretas. Essa coloração dava à espécie a camuflagem perfeita sempre que pousavam na casca cinza-clara das árvores da região. Em qualquer geração, pode haver algumas aberrações, tais como mariposas com asas pretas, mas elas eram arrancadas das árvores pelos pássaros antes que tivessem a chance de acasalar.

Mas, quando Manchester ficou apinhada de fábricas no início do século XIX, a fuligem das chaminés começou a se fixar em todas as superfícies imagináveis, incluindo as cascas das árvores. E, assim, as asas levemente pintadas, que haviam servido para proteger a maioria das mariposas, de repente as expuseram aos seus predadores, enquanto as asas mais escuras das aberrações as tornavam invisíveis. Dessa forma, as variedades escuras, que representavam menos de dez por cento da população de mariposas de Manchester em 1800, passaram a representar mais de noventa por cento no final do século. E essa foi a explicação do pai do Conde, com a satisfação pragmática dos iniciados nas ciências.

Mas a lição não caiu bem ao jovem Conde. Se isso podia acontecer tão facilmente com as mariposas, pensou, então o que impedia que acontecesse com as crianças? O que aconteceria com ele e sua irmã, por exemplo, se fossem expostos ao excesso de fumaça de chaminé ou a temperaturas extremas repentinas? Eles não poderiam ser vítimas de uma evolução acelerada? Na verdade, o Conde ficou tão perturbado com essa ideia que, quando Idlehour foi inundada por tempestades em setembro, gigantescas mariposas negras atormentaram seus sonhos.

Alguns anos mais tarde, o Conde compreenderia que tinha entendido mal a questão. O ritmo da evolução não era algo com o qual se assustar. Pois, embora a natureza não tenha interesse em saber se as asas de uma mariposa são pretas ou brancas, espera genuinamente que a mariposa salpicada de pontinhos pretos sobreviva. E foi por isso que projetou as forças da evolução para atuar ao longo das gerações, em vez de eras: para garantir que as mariposas e os homens tenham uma chance de se adaptar.

Como Viktor Stepanovitch, pensou o Conde. Casado e com dois filhos, ele tinha que encontrar seus meios. Então empunhava sua batuta na Piazza, ostensivamente deixando para trás o repertório clássico. Então, em certa tarde, quando acontece de esbarrar com uma jovem pianista promissora, ensina-lhe os noturnos de Chopin em um piano emprestado durante o pouco tempo livre de que dispõe. Do mesmo modo, Michka tem seu "projeto"; e aquele jovem arquiteto, incapaz de construir prédios, encontra orgulho e prazer no desenho cuidadoso dos interiores do hotel em seu bloco de desenhos.

Por um momento, o Conde pensou em se aproximar do jovem, mas ele parecia tão contente usando seu talento que seria um crime interrompê-lo. Então, em vez disso, o Conde esvaziou o copo, bateu duas vezes no balcão e subiu para ir se deitar.

☆

Claro, o Conde estava absolutamente certo. Pois, quando a vida torna impossível para um homem perseguir seus sonhos, ele maquina um jeito de persegui-los independentemente de qualquer coisa. Assim, enquanto o Conde escovava os dentes, Viktor Stepanovitch punha de lado um arranjo no qual vinha trabalhando para sua orquestra a fim de procurar nas Variações Goldberg alguma que pudesse ser adequada para Sofia. Enquanto isso, na aldeia de Iavas, em um quarto alugado não muito maior que o do Conde, à luz de uma vela, Mikhail Minditch, debruçado sobre uma mesa, costurava outro livreto de dezesseis páginas. E no Chaliapin? O jovem arquiteto continuava encontrando orgulho e prazer em seu trabalho. Mas, contrariamente à suposição do Conde, não estava acrescentando uma ilustração do bar à sua coleção de ambientes do hotel. Na verdade, estava trabalhando em um bloco de desenho completamente diferente.

Na primeira das muitas páginas desse bloco estava o projeto de um arranha-céu de duzentos andares com uma prancha de mergulho no telhado, a partir da qual os moradores poderiam pular de paraquedas para um parque gramado lá embaixo. Em outra página havia uma catedral ao ateísmo com cinquenta cúpulas diferentes, várias das quais podiam ser lançadas como foguetes para a Lua. E em outra havia um museu gigante da arquitetura que exibiria réplicas em tamanho real de todos os antigos prédios que tinham sido destruídos na cidade de Moscou para abrir caminho para o novo.

Mas nesse momento em particular, o arquiteto trabalhava em um desenho detalhado de um restaurante lotado que se parecia muito com a Piazza. Só que, sob o piso desse restaurante, havia uma elaborada mecânica de eixos e engrenagens; e, saindo de uma parede externa, uma manivela gigante que, quando acionada, fazia com que cada uma das cadeiras do restaurante desse piruetas como uma bailarina em uma caixa de música e então girasse ao redor do salão até parar em uma mesa diferente. Erguendo-se sobre este cenário, olhando pelo teto de vidro, estava um cavalheiro de sessenta anos, com a mão na manivela, preparando-se para botar os comensais em movimento.

1952
América

Numa noite de quarta-feira, no final de junho, o Conde e Sofia caminharam de braços dados para o Boiarski, onde costumavam jantar na noite de folga do Conde.

— Boa noite, Andrei.
— *Bonsoir, mon ami. Bonsoir, mademoiselle.* Sua mesa está pronta.

Quando Andrei os conduziu ao salão de jantar com um gesto, o Conde pôde ver que era mais uma noite movimentada. No caminho para a mesa dez, passaram pelas esposas de dois comissários sentadas na mesa quatro. Jantando sozinho na mesa seis estava um eminente professor de literatura que, diziam, tinha tentado derrubar as obras de Dostoiévski sozinho. E, na mesa sete, ninguém menos que a sedutora Anna Urbanova na companhia de seus seduzidos.

Após retornar com sucesso às telas nos anos 1930, em 1948 Anna tinha sido atraída de volta ao palco pelo diretor do teatro Mali. Esse tinha sido um golpe de sorte para a atriz de cinquenta anos, pois, ao passo que a tela grande mostrava uma clara preferência por jovens belas, o teatro parecia acolher as virtudes da idade. Afinal, Medeia, Lady Macbeth e Irina Arkadina não eram personagens para olhos azuis e faces coradas. Eram papéis para mulheres que tinham conhecido a amargura da alegria e a doçura do desespero. Mas o retorno de Anna ao palco também se provou afortunado para o Conde, porque, em vez de visitar o Metropol alguns dias por ano, ela agora passava meses morando ali, o que permitiu a nosso astrônomo experiente traçar as novidades de suas constelações com todo o cuidado...

Uma vez que o Conde e Sofia estavam sentados, os dois estudaram cuidadosamente o cardápio (olhando das entradas para os aperitivos, como de costume), fizeram seus pedidos a Martin (que, por recomendação do Conde, tinha sido promovido ao Boiarski em 1942) e, finalmente, voltaram sua atenção para o assunto que tinham em mãos.

Certamente, o intervalo entre fazer o pedido e a chegada dos *apéritives* é um dos mais perigosos em toda a interação humana. Quais jovens amantes não se encontraram em um silêncio tão repentino nesse momento, tão aparentemente insuperável que ameaçou lançar dúvidas sobre sua química como casal? Que marido e mulher não se viram repentinamente nervosos com o medo de que nunca mais tivessem algo urgente, apaixonado ou surpreendente para dizer um ao outro? Assim, é com razão que a maioria de nós enfrenta esse perigoso interstício com certa apreensão.

Mas o Conde e Sofia? Eles aguardaram ansiosos o dia inteiro, porque era o momento reservado para *Zut*.

Era um jogo inventado por eles mesmos, e as regras eram simples. O Jogador Um propõe uma categoria que engloba um subconjunto específico de fenômenos, como instrumentos de cordas, ilhas famosas ou criaturas aladas que não sejam pássaros. Os dois jogadores se alternam até que um deles não consiga citar um exemplo apropriado em um intervalo de tempo razoável (digamos, dois minutos e meio). A vitória é do jogador que ganhar duas rodadas de três. E por que o jogo foi chamado de *Zut*? Porque de acordo com o Conde, *Zut alors!* era a única exclamação apropriada diante da derrota.

Depois de terem procurado durante todo o dia categorias desafiadoras e cuidadosamente considerado as respostas viáveis, quando Martin recuperou os cardápios, pai e filha enfrentaram um ao outro de pronto.

Por ter perdido o jogo anterior, o Conde tinha o direito de propor a primeira categoria e o fez com confiança:

— Quartetos famosos.
— Boa escolha — elogiou Sofia.
— Obrigado.

Ambos tomaram um gole de água, então o Conde começou:

— As quatro estações.
— Os quatro elementos.
— Norte, Sul, Leste e Oeste.
— Ouros, paus, copas e espadas.
— Baixo, tenor, alto e soprano.

Sofia refletiu.

...

— Mateus, Marcos, Lucas e João: os Quatro Evangelistas.
— Bóreas, Zéfiro, Noto e Euro: os Quatro Ventos.

...

...

Sorrindo por dentro, o Conde começou a contar os segundos, mas se precipitou.

— Bílis negra, bílis amarela, fleuma e sangue: os Quatro Humores — disse Sofia.

— *Três bien!*
— *Merci.*

Sofia tomou um gole de água para suprimir de seus lábios a pontada de orgulho. Mas agora era ela quem comemorava cedo demais.

— Os Quatro Cavaleiros do Apocalipse.

— Ah — exclamou Sofia com o suspiro de quem recebeu o *coup de grâce*, bem no momento em que Martin chegou com o Château d'Yquem.

Tendo apresentado a garrafa, o garçom tirou a rolha, serviu a prova e, em seguida, as taças.

— Segunda rodada? — perguntou Sofia quando Martin partiu.
— Com prazer.
— Animais pretos e brancos, como a zebra.
— Excelente — disse o Conde.

Por um momento, ele reorganizou seus talheres. Tomou um gole de vinho e lentamente devolveu a taça à mesa.

— Pinguim — disse ele.
— Papagaio-do-mar.
— Cangambá.
— Panda.

O Conde refletiu; depois sorriu.

— Orca.
— A mariposa de Manchester — respondeu Sofia.

O Conde se empertigou, indignado.

— Mas esse é o *meu* animal!
— Não é o seu animal; mas é a sua vez...

O Conde franziu o cenho.

...

— Dálmata! — exclamou ele.

Agora foi a vez de Sofia arrumar a prataria e tomar vinho.

...

...

— O tempo está passando... — disse o Conde.

...
...
— Eu — disse Sofia.
— O quê!
Inclinando a cabeça, ela estendeu a mecha branca de seus longos cabelos pretos.
— Mas você não é um animal.
Sofia sorriu simpaticamente e disse:
— Sua vez.
...
...
Existe um peixe preto e branco?, o Conde perguntou a si mesmo. *Uma aranha preta e branca? Uma cobra preta e branca?*
...
...
— Tique-taque, tique-taque — disse Sofia.
— Sim, sim. Espere um momento.
...
...
Sei que há outro animal preto e branco, pensou o Conde. *É algo relativamente comum. Eu já o vi pessoalmente. Está na ponta da...*
— Tenho o prazer de me dirigir a Aleksandr Rostov?
O Conde e Sofia ergueram os olhos, surpresos. Em pé diante deles estava o eminente professor da mesa seis.
— Sim — disse o Conde, levantando-se. — Eu sou Aleksandr Rostov. Esta é minha filha, Sofia.
— Sou o professor Matej Sirovitch, da Universidade Estadual de Leningrado.
— Muito bem — disse o Conde.
O professor fez uma breve mesura em sinal de gratidão.
— Como tantos outros, sou admirador de sua poesia — continuou o professor. — Talvez me dê a honra de se juntar a mim para um copo de conhaque depois do jantar?
— Seria um prazer.
— Estou na suíte 317.
— Estarei lá em uma hora.
— Por favor, não se apresse.

O professor sorriu e se afastou da mesa devagar.

Ao tornar a se sentar, o Conde pôs o guardanapo no colo.

— Matej Sirovitch é um dos nossos mais reverenciados professores de literatura — informou a Sofia. — Aparentemente, ele gostaria de discutir poesia comigo tomando um copo de conhaque. O que você acha disso?

— Acho que seu tempo acabou.

O Conde baixou as sobrancelhas.

— Sim. Bem. Eu tinha uma resposta na ponta da língua. Eu a teria dado em mais um instante se não tivéssemos sido interrompidos...

Sofia assentiu de modo amigável, como quem não tem intenção de considerar os méritos de um apelo.

— Está bem — admitiu o Conde. — Uma rodada cada.

O Conde tirou um copeque do bolso do colete e o pôs sobre o polegar para que sorteassem quem escolheria a categoria de desempate. Mas, antes que pudesse lançar a moeda, Martin apareceu com o primeiro prato: para Sofia, a interpretação de Emile da salada de Olivier; para o Conde, o patê de fígado de ganso.

Como nunca jogavam enquanto comiam, ambos voltaram sua atenção para uma agradável discussão dos acontecimentos do dia. Foi quando o Conde estava espalhando a última parte de seu patê no canto de uma torrada que Sofia observou, casualmente, que Anna Urbanova estava no restaurante.

— O quê? — perguntou o Conde.

— Anna Urbanova, a atriz. Ela está sentada na mesa sete.

— Está?

O Conde ergueu a cabeça para olhar através do salão de jantar com uma curiosidade sem urgência; então voltou a espalhar o patê.

— Por que você nunca a convida para jantar conosco?

O Conde ergueu os olhos com uma leve expressão de choque.

— Convidá-la para jantar! Devo convidar Charlie Chaplin também? — disse ele, rindo. Com um meneio de cabeça, prosseguiu: — É costume conhecer alguém antes de convidá-lo para jantar, minha querida.

Então terminou o patê, assim como a conversa.

— Acho que você se preocupa com a ideia de que eu ficaria escandalizada de alguma forma — continuou Sofia. — Mas Marina acha que é porque...

— Marina! — exclamou o Conde. — Marina tem uma opinião sobre convidar ou não essa... essa Anna Urbanova para jantar conosco?

— Naturalmente, papai.

O Conde se recostou na cadeira.

— Entendo. Então, qual é a opinião que Marina tão *naturalmente* tem?

— Ela acha que é porque você gosta de manter cada botão em sua caixa.

— Cada botão em sua caixa!

— Você sabe: seus botões azuis em uma caixa, os botões pretos em outra, os botões vermelhos em uma terceira. Você tem seus relacionamentos aqui, seus relacionamentos acolá, e gosta de mantê-los separados.

— Então é assim? Eu não tinha ideia de que era conhecido por tratar as pessoas como botões.

— Nem todas as pessoas, papai. Apenas seus amigos.

— Que alívio.

— Posso?

Era Martin, apontando para os pratos vazios.

— Obrigado — disparou o Conde.

Sentindo que havia interrompido uma conversa acalorada, Martin rapidamente retirou o primeiro prato, voltou com duas porções de *pojarski* de vitela, encheu as taças de vinho e saiu sem uma palavra sequer. O Conde e Sofia sentiram a fragrância amadeirada dos cogumelos e então começaram a comer em silêncio.

— Emile se superou — disse o Conde depois de algumas mordidas.

— Realmente — concordou Sofia.

O Conde tomou um gole generoso do Château d'Yquem, que era um 1921 perfeitamente adequado para a vitela.

— Anna acha que é porque você é apegado a suas manias.

O Conde começou a tossir em seu guardanapo, pois havia determinado há muito tempo que este era o jeito mais eficaz de remover o vinho de sua traqueia.

— Você está bem? — perguntou Sofia.

O Conde recolocou o guardanapo no colo e fez um gesto com a mão na direção geral da mesa sete.

— E como, se posso perguntar, você sabe o que Anna Urbanova pensa?

— Ela me disse.

— Então vocês duas se conhecem.

— É claro que sim. Há anos.

— Bem, que ótimo! — exclamou o Conde, bufando de raiva. — Por que então *você* não a convida para jantar? De fato, se sou um botão em uma caixa, talvez você, Marina, e a srta. Urbanova devam jantar sozinhas.

— Foi exatamente o que Andrei sugeriu!
— Como está tudo esta noite?
— Por falar no diabo! — bradou o Conde enquanto jogava seu guardanapo no prato.
Surpreso, Andrei olhou do Conde para Sofia com preocupação.
— Há algo errado?
— A comida do Boiarski está magnífica, e o serviço é excelente — respondeu o Conde. — Mas a fofoca? É verdadeiramente insuperável.
O Conde se levantou.
— Acho que você tem alguma aula de piano a comparecer, mocinha — disse para Sofia. — Agora, se vocês dois me dão licença, estão me esperando lá em cima.

Enquanto o Conde irrompia pelo corredor, não pôde deixar de observar para si mesmo que houvera um tempo, não muito antes, em que um cavalheiro podia esperar certa privacidade em relação a seus assuntos pessoais. Com certa dose de confiança, podia colocar sua correspondência em uma gaveta da mesa e deixar seu diário sobre um criado-mudo.

Embora, por outro lado, desde o começo dos tempos, os homens em busca de sabedoria tenham recuado rotineiramente para cumes de montanhas, cavernas e cabanas na floresta. Então, talvez seja para aí que a pessoa deva se dirigir eventualmente caso queira alcançar a iluminação sem a interferência de intrometidos. Caso em questão: enquanto o Conde seguia para a escada, com quem esbarrou esperando o elevador? Ninguém menos do que a renomada especialista em comportamento humano, Anna Urbanova.

— Boa noite, Excelência. — disse ela ao Conde com um sorriso sugestivo.
Mas então franziu o cenho, intrigada com a expressão no rosto dele.
— Está tudo bem?
— Não posso acreditar que você tenha conversas clandestinas com Sofia — sussurrou o Conde, embora não houvesse mais ninguém ali.
— Não eram clandestinas — sussurrou Anna de volta. — Simplesmente aconteceram enquanto você estava no trabalho.
— E você acha que isso é de alguma forma apropriado? Fazer amizade com minha filha na minha ausência?

— Bem, você gosta de seus botões cada qual em sua caixa, Sacha...
— Foi o que disseram!

O Conde se virou para partir, mas depois voltou.

— E daí se eu gostar de meus botões cada qual em sua caixa, há algo errado com isso?

— Certamente não.

— O mundo seria um lugar melhor se mantivéssemos todos os botões em um grande frasco de vidro? Em um mundo como esse, sempre que você tentasse pegar um botão de determinada cor, as pontas de seus dedos inevitavelmente o empurrariam para baixo dos outros botões até que você não pudesse mais vê-lo. Por fim, em estado de exasperação, você acabaria jogando todos os botões no chão e, depois, passaria uma hora e meia recolhendo-os de volta.

— Estamos falando de botões de verdade agora? Ou ainda é uma metáfora? — perguntou Anna com interesse genuíno.

— O que não é uma metáfora é meu compromisso com um eminente professor — disse o Conde. — O que, aliás, exigirá o cancelamento de qualquer outro compromisso para esta noite!

Dez minutos mais tarde, o Conde estava batendo àquela porta que ele havia atendido mil vezes, mas à qual nunca tinha batido.

— Ah, aqui está você — disse o professor. — Por favor, entre.

O Conde não estivera em sua antiga suíte havia mais de 25 anos, desde aquela noite em 1926, quando ficara parado no parapeito.

Ainda decorada à moda de um salão francês do século XIX, os cômodos permaneciam elegantes, embora um pouco mais desgastados. Apenas um dos dois espelhos dourados continuava pendurado na parede; as cortinas vermelho-escuras tinham desbotado; o conjunto de sofá e cadeiras precisava de um novo estofamento; e, embora o relógio de sua família ainda estivesse de guarda perto da porta, seus ponteiros tinham sido interrompidos às 4h22, tornando-se um objeto da decoração da sala, em vez de um instrumento essencial para se honrar compromissos. Mas, se já não se ouvia o som suave do tempo transcorrendo na suíte, em seu lugar estavam as tensões de uma valsa emanando de um rádio elétrico na cornija da sala de jantar.

Acompanhando o professor até a sala de estar, o Conde, por hábito, olhou para o canto noroeste com sua vista privilegiada do Bolshoi e, ali, emoldurada pela janela, estava a silhueta de um homem contemplando a noite. Alto, magro, com um porte aristocrático, poderia ter sido uma sombra do Conde de outra época. Mas então a sombra se virou e atravessou a sala com a mão estendida.
— Aleksandr!
...
— Richard?
O próprio. Vestido com um terno feito sob medida, Richard Vanderwhile sorriu e segurou a mão do Conde.
— É muito bom ver você! Faz quanto tempo? Quase dois anos?
Na sala de jantar, as tensões da valsa ficaram um pouco mais altas. O Conde olhou bem a tempo de ver o professor Sirovitch fechando as portas de seu quarto e girando o fecho de latão. Richard gesticulou para uma das cadeiras perto da mesa de café, na qual havia uma variedade de *zakuski*.
— Sente-se. Presumo que tenha comido, mas não se importa se eu me servir, não é? Estou absolutamente faminto.
Sentando-se no sofá, Richard pôs uma fatia de salmão defumado em um pedaço de pão e mastigou com gosto enquanto espalhava caviar em um *blini*.
— Eu vi Sofia do outro lado do saguão hoje à tarde e não pude acreditar em meus olhos. Como ficou bonita! Você deve ter todos os rapazes de Moscou batendo à sua porta.
— Richard, o que estamos fazendo aqui? — perguntou o Conde com uma gesto para a sala.
Richard assentiu, removendo as migalhas das mãos.
— Peço desculpas pela encenação. O professor Sirovitch é um velho amigo, generoso o bastante para me emprestar sua sala de estar de vez em quando. Eu só ficarei na cidade por alguns dias e não queria perder a oportunidade de falar com você em particular, pois não tenho certeza exatamente de quando voltarei.
— Aconteceu alguma coisa? — perguntou o Conde, preocupado.
Richard ergueu as duas mãos.
— De modo algum. Na verdade, eles dizem que é uma promoção. Estarei trabalhando fora da embaixada nos próximos anos, supervisionando uma pequena iniciativa nossa em Paris, e é provável que isso me mantenha preso a uma mesa. Na verdade, Aleksandr, foi por isso que quis vê-lo...

Richard se sentou um pouco para a frente no sofá, apoiando os cotovelos nos joelhos.

— Desde a guerra, as relações entre nossos países podem não ter sido especialmente amigáveis, mas foram previsíveis. Lançamos o Plano Marshall, vocês lançaram o Plano Molotov. Formamos a OTAN, vocês formaram o Cominform. Desenvolvemos uma bomba atômica, vocês desenvolveram uma bomba atômica. Tem sido como um jogo de tênis, que não é apenas uma boa forma de exercício, mas incrivelmente divertido de assistir. Vodca?

Richard serviu-lhes um copo.

— *Za vas* — disse ele.

— *Za vas* — respondeu o Conde.

Os homens esvaziaram seus copos, e Richard os reabasteceu.

— O problema é que seu melhor jogador era tão bom e jogou por tanto tempo que é o único jogador que conhecemos. Se ele parasse amanhã, não teríamos a menor ideia de quem assumiria sua raquete e se ele jogaria na linha de base ou na rede.

Richard fez uma pausa.

— Você joga tênis?

— Receio que não.

— Ah! Certo. A questão é que o camarada Stálin parece estar nas últimas, e quando ele partir dessa para a melhor, as coisas vão se tornar muito imprevisíveis. E não apenas em questões de diplomacia internacional. Refiro-me a Moscou mesmo. Dependendo de quem ficar no comando, as portas da cidade podem ser abertas ao mundo ou fechadas e trancadas por dentro.

— Temos que torcer pela primeira opção — declarou o Conde.

— Certamente — concordou Richard. — Sem dúvida não ganhamos nada rezando pela última. Mas, aconteça o que acontecer, é preferível tentar prever. O que nos leva ao motivo da minha visita. Veja bem, o grupo que vou liderar em Paris atua no campo da inteligência. Uma espécie de unidade de pesquisa, por assim dizer. E estamos procurando alguns amigos aqui e lá que possam estar em posição de lançar alguma luz sobre uma questão ou outra de vez em quando...

— Richard, você está me pedindo para espionar meu país — disse o Conde com alguma surpresa.

— O quê? Espionar seu país? Absolutamente não, Aleksandr. Gosto mais de pensar nisso como uma forma de fofoca cosmopolita. Você sabe: quem foi convidado para o baile e quem apareceu sem ser convidado; quem estava de mãos dadas no canto; quem ficou com raiva. Os assuntos típicos de um café da manhã de domingo em qualquer lugar do mundo. E em troca dessas ninharias, poderíamos ser extremamente generosos...

O Conde sorriu.

— Richard, não estou mais inclinado a fofocas do que à espionagem. Então, não falemos mais sobre isso e continuemos sendo os melhores amigos.

— Aos melhores amigos, então — brindou Richard, batendo no copo do Conde com o seu.

E, durante a hora seguinte, os dois deixaram de lado o jogo de tênis e, em vez disso, falaram da vida. O Conde falou de Sofia, que estava fazendo avanços maravilhosos no Conservatório e que continuava muito pensativa e quieta. Richard falou de seus meninos, que estavam fazendo avanços maravilhosos no berçário e que continuavam nem pensativos nem quietos. Falaram de Paris, Tolstói e do Carnegie Hall. Então, às nove horas, os dois espíritos afins se levantaram de seus assentos.

— Provavelmente é melhor você se retirar — sugeriu Richard. — Ah, e se alguma vez o assunto surgir, você e o professor Sirovitch tiveram um longo debate sobre o futuro do soneto. Você era a favor, ele era contra.

Depois que eles apertaram as mãos, o Conde viu Richard desaparecer no quarto, então se virou para a porta para sair. Mas, ao passar pelo relógio do avô, hesitou. Aquele objeto estivera lealmente na sala de estar de sua avó e anunciara a hora do chá, do jantar, de dormir. Na véspera de Natal, tinha assinalado o momento em que o Conde e sua irmã podiam adentrar pelas portas.

Abrindo a estreita porta de vidro no armário do relógio, o Conde levou a mão lá dentro e encontrou a pequena chave ainda em seu gancho. Inserindo-a no buraco da fechadura, o Conde girou o relógio até o limite, acertou a hora e deu um empurrãozinho no pêndulo, pensando: *Vamos deixar o velho amigo marcar o tempo por mais algumas horas.*

Quase nove meses depois, no dia 3 de março de 1953, o homem conhecido como Querido Pai, *Vojd*, Koba, Soso ou simplesmente Stálin morreria em sua residência em Kuntsevo, em decorrência de um acidente vascular cerebral.

No dia seguinte, trabalhadores e caminhões carregados de flores chegaram ao Palácio dos Sindicatos na Praça dos Teatros e, em poucas horas, a fachada do edifício foi adornada com um retrato de três andares de Stálin.

No dia 6, Harrison Salisbury, o novo chefe da agência de Moscou do *New York Times*, estava nos antigos aposentos do Conde (agora ocupado pelo *charge d'affaires* mexicano), para assistir aos membros do Presidium chegarem em uma carreata de limusines ZIM enquanto o caixão de Soso, retirado de uma ambulância azul brilhante, era cerimoniosamente carregado para dentro. E no dia 7, quando o Palácio dos Sindicatos foi aberto ao público, Salisbury viu com algum assombro a fila de cidadãos que esperava para prestar suas homenagens se esticar oito quilômetros ao longo da cidade.

Por que, muitos observadores ocidentais se perguntavam, mais de um milhão de cidadãos fariam fila para ver o cadáver de um tirano? Os levianos diriam que era para garantir que ele estava mesmo morto; mas tal observação não fazia justiça aos homens e mulheres que esperavam e choravam. De fato, legiões lamentavam a perda do homem que os havia levado à vitória na Grande Guerra Patriótica contra as forças de Hitler; legiões mais lamentavam a perda do homem que tinha, sozinho, levado a Rússia a se tornar uma potência mundial; enquanto outros simplesmente choravam por reconhecer que uma nova era de incerteza havia começado.

Pois, é claro, a previsão de Richard se mostrou perfeitamente correta. Quando Soso deu o último suspiro, não havia nenhum plano de sucessão, nenhum indicado óbvio. Dentro do Presidium havia oito homens que poderiam razoavelmente reivindicar o direito de liderar: Beria, o ministro da Segurança; Bulganin, o ministro das Forças Armadas; Malenkov, o vice-presidente do Conselho de Ministros; Mikoian, o ministro do Comércio Exterior; Molotov, o ministro das Relações Exteriores; Kaganovitch e Vorochilov, membros do Secretariado, e até mesmo o ex-prefeito de Moscou, Nikita Khruschóv. Todos eles do *apparatchik* embotado, bruto e calvo que não muito antes havia aperfeiçoado o prédio de apartamentos de concreto de cinco andares.

Muito para alívio do Ocidente, parecia que, após o funeral, o homem mais provável era o progressista internacionalista e franco crítico das armas nucleares, Malenkov, porque, como Stálin, Malenkov fora nomeado primeiro-ministro do Partido e Secretário Geral do Comitê Central. Mas um consenso rapidamente se formou dentro do alto escalão do Partido: nenhum homem deveria poder manter ambas as posições simultaneamente. Assim, dez dias depois, o primeiro-ministro Malenkov foi forçado a passar a presidência do Secretariado ao conservador Khruschóv, preparando o terreno para um duunvirato de antagonistas, um delicado equilíbrio de autoridade entre dois homens de pontos de vista contrários e alianças ambíguas que manteria o mundo em suspense durante os anos vindouros.

☆

— Como alguém pode viver a vida em expectativa pelo passado?

Apesar de ter anunciado que não teria mais tempo para compromissos naquela noite, quando o Conde fez essa pergunta, estava na cama de Anna Urbanova...

— Eu sei que há algo quixotesco em sonhar com o novo — continuou ele —, mas, depois de tudo dito e feito, se o novo é ao menos uma remota possibilidade, então como alguém pode se submeter à probabilidade do passado? Fazer isso seria contrário ao espírito humano. Tão fundamental é nosso desejo de vislumbrar outro modo de vida ou de compartilhar um vislumbre de nosso modo de vida com outra pessoa que, mesmo quando as forças do passado tiverem cerrado as portas da cidade, as forças do novo encontrarão um modo de escorregar pelas frestas.

O Conde se aproximou, pegou o cigarro de Anna e deu uma tragada. Depois de pensar por um momento, acenou com o cigarro para o teto.

— Nos últimos anos, esperei que os americanos que viajavam até Moscou fossem assistir a uma apresentação no Bolshoi. Enquanto isso, o nosso pequeno trio aleatório no Chaliapin ataca qualquer música americana que ouve no rádio. Estas são, sem dúvida, as forças do novo se mostrando.

O Conde deu outra tragada.

— Quando Emile está em sua cozinha, ele cozinha o passado? Claro que não. Ele ferve, tosta e serve o novo. Uma vitela de Viena, uma codorna de Paris ou um guisado de frutos do mar do sul da França. Ou considere o caso de Viktor Stepanovitch...

— Você não vai começar de novo com as mariposas de Manchester...

— Não — respondeu o Conde, zangado. — É um argumento completamente diferente. Quando Viktor e Sofia se sentam ao piano, tocam Mussorgski, Mussorgski e Mussorgski? Não. Eles tocam Bach e Beethoven, Rossini e Puccini, enquanto, no Carnegie Hall, o público reage à apresentação de Horowitz tocando Tchaikóvski com aplausos estrondosos.

O Conde se virou de lado para estudar a atriz.

—Você está estranhamente quieta — comentou ele, devolvendo o cigarro.

— Talvez não concorde?

Anna tragou e, lentamente, exalou.

— Não é que eu discorde de você, Sacha. Mas não tenho tanta certeza de que se pode simplesmente levar a vida ao ritmo do novo, como você o chama. Certas realidades devem ser enfrentadas onde quer que você viva e, na Rússia, isso pode significar certa concessão ao passado. Tome como exemplo sua querida *bouillabaisse* ou aquela ovação no Carnegie Hall. Não é por acaso que as cidades de onde vêm sejam portuárias: Marselha e Nova York. Ouso dizer que você encontra exemplos semelhantes em Xangai e Roterdã. Mas Moscou não é um porto, meu amor. No centro de tudo o que é a Rússia, de sua cultura, sua psicologia e, talvez, de seu destino, está o Kremlin, uma fortaleza murada de mil anos e a seiscentos e quarenta quilômetros de distância do mar. Fisicamente falando, suas paredes já não são altas o suficiente para afastar o ataque; e, mesmo assim, ainda lançam uma sombra em todo o país.

O Conde rolou para ficar com a barriga para cima e olhou para o teto.

— Sacha, eu sei que você não quer aceitar a ideia de que a Rússia pode ser intrinsecamente voltada para seu interior, mas você acha que na América eles estão sequer tendo essa conversa? Querendo saber se os portões de Nova York estão prestes a serem abertos ou fechados? Querendo saber se o novo é mais provável do que o passado? Ao que parece, a América foi fundada no novo. Eles nem sabem o que é o passado.

—Você fala como se sonhasse viver na América.

— Todo mundo sonha viver na América.

— Isso é ridículo.

— Ridículo? Metade dos habitantes da Europa se mudaria para lá amanhã apenas pelas conveniências.

— Conveniências! Que conveniências?

Virando-se para o lado, Anna apagou o cigarro, abriu a gaveta do criado-mudo e pegou uma grande revista americana, que, segundo o Conde, era presunçosamente intitulada *LIFE*. Folheando as páginas, começou a apontar várias fotografias coloridas. Cada uma parecia mostrar a mesma mulher em vestidos variados, sorrindo diante de alguma quinquilharia da moda.

— Máquinas de lavar louça. Máquinas de lavar roupas. Aspiradores de pó. Torradeiras. Televisões. E, veja só, uma porta automática de garagem.

— O que é uma porta automática de garagem?

— É uma porta de garagem que se abre e fecha sozinha. O que você acha disso?

— Acho que, se eu fosse uma porta de garagem, sentiria falta dos velhos tempos.

Anna acendeu outro cigarro e o entregou ao Conde. Ele tragou e observou a espiral de fumaça que ia em direção ao teto, de onde as Musas em suas nuvens olhavam para baixo.

— Vou lhe dizer o que é conveniente — declarou ele depois de um momento. — Dormir até o meio-dia e mandar alguém trazer o seu café da manhã em uma bandeja. Cancelar um compromisso no último minuto. Manter uma carruagem esperando na porta de uma festa, para que, sem aviso prévio, possa levá-lo embora para outra. Evitar o casamento em sua juventude e adiar para sempre a paternidade. Estas são as maiores conveniências, Anuchka, e um dia tive todas elas. Mas, no fim, foram as inconveniências que mais me importaram.

Anna Urbanova tirou o cigarro dos dedos do Conde, jogou-o em um copo d'água e beijou-o no nariz.

1953
Apóstolos e apóstatas

— Como o movimento das estrelas — murmurou o Conde enquanto andava de um lado para outro.

É assim que o tempo passa para alguém que é deixado a esperar indefinidamente. As horas se tornam intermináveis. Os minutos são implacáveis. E os segundos? Ora, não só cada um deles exige seu momento no palco, como insiste em fazer um solilóquio cheio de pausas pesadas e hesitações artísticas e, em seguida, salta em um bis à menor sugestão de aplausos.

Mas certa vez o Conde não se fizera poético a respeito de quão lentamente as estrelas se moviam? Ele não trovara sobre como as constelações pareciam estancar em seu trajeto quando, em uma noite quente de verão, alguém se deitava de costas e ouvia passos na grama, como se a própria natureza conspirasse para alongar as últimas horas antes do amanhecer, de forma que pudessem ser saboreadas ao máximo?

Bem, sim. Certamente esse era o caso quando se tinha 22 anos e se esperava por uma moça em um prado (isso após se ter escalado a hera e batido no vidro). Mas manter um homem esperando quando ele tem 63? Quando seus cabelos rarearam, suas articulações enrijeceram e cada respiração sua podia ser a última? Existia algo chamado cortesia, afinal.

Devia ser quase uma da manhã, calculou o Conde. A apresentação estava programada para terminar por volta das onze. A recepção, à meia-noite. Deviam estar ali havia meia hora.

— Não há mais táxis em Moscou? Nenhum bonde elétrico? — perguntou-se em voz alta.

Ou eles tinham parado em algum lugar no caminho para casa...? Seria possível que, ao passar por um café, não puderam resistir ao impulso de entrar e dividir um doce enquanto ele esperava, esperava e esperava? Poderiam ter sido tão cruéis? (Se sim, eles que não ousassem tentar esconder o fato, pois ele poderia dizer se um doce tinha sido comido mesmo a uma distância de quinze metros!)

O Conde fez uma pausa para espiar atrás do Embaixador, onde havia escondido cuidadosamente o Dom Pérignon.

Preparar-se para uma *possível* celebração é um negócio complicado. Se a Fortuna lhe sorri, então a pessoa deve estar pronta para estourar o champanhe. Mas se a Fortuna der de ombros, então a pessoa deve estar preparada para agir como se fosse apenas mais uma noite, sem qualquer consequência especial (e depois afundar a garrafa fechada no fundo do mar).

O Conde enfiou a mão no balde. Quase metade do gelo estava derretida, e a temperatura da água era de perfeitos 10°C. Se não voltassem logo, a temperatura ficaria tão morna que o fundo do mar seria *de fato* o destino dessa garrafa.

Bem, seria bem feito para eles.

Mas quando o Conde retirou a mão e se aprumou novamente, ouviu um som extraordinário vindo do quarto ao lado. Era o carrilhão do relógio de badalada dupla. O confiável Breguet anunciando a meia-noite.

Impossível! O Conde estivera esperando por pelo menos duas horas. Tinha andado mais de trinta quilômetros. Tinha que ser uma e meia. Nem um minuto antes.

— Talvez o confiável Breguet já não seja mais tão confiável — murmurou o Conde.

Afinal, o relógio tinha mais de cinquenta anos, e mesmo os melhores relógios estão sujeitos aos danos do Tempo. As engrenagens acabam perdendo seus encaixes assim como as molas perdem sua elasticidade. Mas enquanto o Conde refletia a esse respeito, através da pequena janela no beiral ouviu o relógio de uma torre ao longe dobrar uma vez, duas vezes, três vezes...

— Certo, certo — disse ele, desabando em sua cadeira. — Você venceu.

Aparentemente, aquele estava destinado a ser um dia de exasperações.

Mais cedo naquela tarde, o pessoal do Boiarski fora reunido pelo gerente-adjunto para que este pudesse apresentar novos procedimentos para a anotação, o serviço e a cobrança dos pedidos.

De agora em diante, explicara ele, quando um garçom anotasse um pedido, o escreveria em um bloco projetado para este fim. Deixando a mesa, levaria o pedido ao contador, que, tendo anotado a entrada em seu livro-razão, emitiria uma ordem de serviço para a cozinha. Uma entrada correspondente seria então feita no registro de cozinha, e assim a preparação do prato poderia começar. Quando a comida estivesse pronta, um boletim de confirmação seria emitido pela cozinha para o contador, o qual, por sua vez, forneceria um recibo carimbado para o garçom autorizando o serviço dos alimentos. Assim, alguns minutos depois, o garçom seria capaz de fazer a anotação apropriada em seu bloco, confirmando que o prato que tinha sido pedido, registrado, preparado e apresentado finalmente estava na mesa...

Ora, em toda a Rússia, não havia maior admirador da palavra escrita do que o Conde Aleksandr Ilitch Rostov. Em seu tempo, vira uma quadra de Púchkin arrebatar um coração hesitante. Testemunhara uma única passagem de Dostoiévski levar um homem à ação e outro à indiferença, ao mesmo tempo. O Conde certamente considerou providencial que, quando Sócrates se apresentou na Ágora e Jesus, na Montanha, alguém na audiência tivesse a presença de espírito de registrar as palavras deles para a posteridade. Então, vamos concordar que as preocupações do Conde com este novo regime não eram fundamentadas por alguma repulsa por papel e lápis.

Em vez disso, era uma questão de contexto. Pois, se alguém escolhia jantar na Piazza, devia esperar que o garçom se inclinasse sobre a mesa rabiscando em um bloco. Mas, desde que o Conde se tornara chefe dos garçons do Boiarski, seus clientes poderiam esperar que seu atendente os olhasse nos olhos, respondesse às suas perguntas, fizesse sugestões e memorizasse suas preferências sem nunca tirar as mãos das costas.

Com certeza, quando o novo regime foi implantado naquela noite, os clientes do Boiarski ficaram chocados ao encontrar um funcionário sentado em uma escrivaninha atrás do púlpito do *maître*. Ficaram aturdidos ao ver pedaços de papel passando pelo salão como se ali fosse a bolsa de valores. Mas ficaram fora de si ao ver as costeletas de vitela e seus aspargos chegando à mesa frios como gelatina.

Naturalmente, isso não ia funcionar.

Por sorte, no meio do segundo horário de jantar, o Conde notou o Bispo parando por um instante à porta do Boiarski. Assim, tendo sido criado com a ideia de que homens civilizados devem compartilhar suas preocupações e buscar um consenso, o Conde cruzou o salão e seguiu o Bispo no corredor.

— Gerente Leplévski!

— Chefe de garçons Rostov — disse o Bispo, mostrando surpresa ao ser chamado pelo Conde. — O que posso fazer por você...?

— É realmente um assunto tão pouco importante que eu sequer o queria incomodar.

— Se o assunto diz respeito ao hotel, então me diz respeito.

— Exatamente — concordou o Conde. — Agora, eu lhe garanto, gerente Leplévski, que em toda a Rússia não há maior admirador da palavra escrita...

E tendo assim abordado o assunto, o Conde falou sobre aplaudir as quadras de Púchkin, os parágrafos de Dostoiévski e as transcrições de Sócrates e Jesus. Depois explicou a ameaça que os lápis e blocos representavam para a tradição de elegância romântica do Boiarski.

— Imagine se, ao pedir a mão de sua esposa, você tivesse que fazer a proposta com o carimbo de uma agência controladora — concluiu o Conde com brilho nos olhos. — E então fosse obrigado a anotar a resposta dela em um pequeno bloco de papel em três vias, para que você pudesse dar uma cópia para ela, outra para seu pai e outra para o sacerdote da família?

Mas, mesmo enquanto o Conde apresentava essa sátira, a expressão no rosto do Bispo o fazia lembrar que, em geral, se devem evitar piadas sobre o casamento de um homem...

— Não vejo o que minha esposa tem a ver com isso — disse o Bispo.

— Não — concordou o Conde. — Eu me expressei mal. O que estou tentando dizer é que Andrei, Emile e eu...

— Então você está apresentando esta queixa em nome do *maître* Duras e do *chef* Jukóvski?

— Bem, não. Eu o abordei por conta própria. E não é uma queixa propriamente. Mas nós três estamos comprometidos a garantir a satisfação dos clientes do Boiarski.

O Bispo sorriu.

— Claro. E estou certo de que vocês três têm suas próprias preocupações especiais, dadas suas funções específicas. Mas, como *gerente* do Metropol, sou eu quem deve garantir que o hotel atenda a um padrão de perfeição em *todos* os aspectos; e *isso* exige uma atenção vigilante à eliminação de todas as discrepâncias.

O Conde estava confuso.

— Discrepâncias? Que tipo de discrepâncias?

— De todos os tipos. Um dia, pode haver uma discrepância entre quantas cebolas chegaram à cozinha e quantas foram servidas no ensopado. Em outro, pode haver uma discrepância entre quantos copos de vinho foram pedidos e quantos foram servidos.

O Conde gelou.

—Você está falando de roubo.

— Estou?

Os dois homens ficaram olhando um para o outro por um momento, então o Bispo sorriu sem graça.

— Dada a sua dedicação compartilhada, por favor, sinta-se à vontade para relatar nossa conversa ao *chef* Jukóvski e ao *maître* Duras assim que lhe for conveniente.

O Conde cerrou os dentes.

— Tenha a certeza de que vou relatá-la palavra por palavra amanhã, em nossa reunião diária.

O Bispo avaliou o Conde.

—Vocês têm uma reunião diária...?

Basta dizer que, no segundo horário do Boiarski, os clientes mais uma vez ficaram chocados, estupefatos e fora de si, enquanto os pedaços de papel voavam pelo salão de jantar como faisões ao disparo de um rifle. E depois de suportar tudo isso, aqui estava o Conde sentado sozinho em seu estúdio, contando os minutos.

Depois de tamborilar os dedos no braço de sua cadeira, o Conde se levantou e recomeçou a caminhar enquanto murmurava a Sonata para piano nº 1 em dó maior, de Mozart.

— Dum de dum de dum — cantarolou.

Era uma composição encantadora, tinha-se que admitir, e muito adequada à personalidade de sua filha. O primeiro movimento tinha o ritmo de Sofia ao voltar para casa da escola aos dez anos, com quinze coisas para contar. Sem pausas durante a explicação de quem era quem ou o que era o quê, ela falava muito rápido, pontuando seu relatório com *e então, e então, e então, e então*. No segundo movimento, a sonata fazia uma transição para um andante mais parecido com Sofia aos dezessete anos, quando receberia de bom grado as trovoadas nos sábados à tarde para que pudesse ficar no estúdio com um livro no colo ou ouvindo uma gravação no fonógrafo. No terceiro movimento, com seu ritmo ligeiro e estilo pontilhista, quase se podia ouvi-la aos treze anos, correndo pelas escadas do hotel, parando por um momento em um patamar para deixar alguém passar e então saltando alegremente adiante.

Sim, era uma composição encantadora. Não havia dúvida quanto a isso. Mas seria encantadora *demais*? Seria vista pelos avaliadores como insuficientemente densa para a época? Quando Sofia escolheu a composição, o Conde tentou assinalar suas preocupações diplomaticamente, referindo-se à peça como "agradável" e "bastante divertida"; e então ficou em silêncio. Pois é o papel de um pai expressar suas preocupações e, em seguida, dar três passos para trás. Não um, nem dois, veja bem, mas três. Ou talvez quatro. (Mas de maneira alguma cinco.) Sim, um pai deve compartilhar suas preocupações e, em seguida, dar três ou quatro passos atrás, para que o filho possa tomar sua decisão sozinho, mesmo quando essa decisão possa levar a uma decepção.

Mas espere!

O que foi isso?

Quando o Conde se virou, a porta do armário se abriu e Anna entrou no estúdio, arrastando Sofia atrás dela.

— Ela ganhou!

Pela primeira vez em vinte anos, o Conde soltou um grito:

— Ha-ha!

Abraçou Anna por ter lhe dado a notícia.

Então abraçou Sofia por ter ganhado.

E então abraçou Anna novamente.

— Sentimos muito por termos chegado tão tarde — disse Anna, sem fôlego. — Mas não a deixaram sair da recepção.

— Não se preocupem com isso! Eu nem percebi a hora. Mas sentem-se, sentem-se, sentem-se e me contem tudo.

Oferecendo às damas as cadeiras de espaldar alto, o Conde se sentou na borda do Embaixador e fixou seu olhar em Sofia, com expectativa. Sorrindo timidamente, Sofia esperou que Anna falasse.

— Foi incrível — disse a atriz. — Houve cinco apresentações antes de Sofia. Dois violinistas, um violoncelista...

— Onde foi isso? Em que teatro?

— No Grand Hall.

— Eu o conheço bem. Desenhado por Zagorski na virada do século. Estava muito cheio? Quem estava lá?

Anna franziu o cenho. Sofia riu.

— Papai. Deixe que ela conte.

— Está bem, está bem.

Então o Conde fez o que lhe foi pedido: deixou Anna contar. E ela contou sobre os cinco artistas antes de Sofia: dois violinistas, um violoncelista, um trompista e outro pianista. Todos os cinco deixaram o Conservatório orgulhoso, comportando-se profissionalmente e tocando seus instrumentos com precisão. Duas peças de Tchaikóvski, duas de Rimski-Korsakov e algo de Borodin. Mas então chegou a vez de Sofia.

— Eu lhe juro, Sacha, foi possível ouvir um suspiro quando ela apareceu. Ela cruzou o palco até o piano sem o menor farfalhar do vestido. Era como se estivesse flutuando.

— Você me ensinou isso, tia Anna.

— Não, não, Sofia. A maneira como você entrou é *impossível* de ser ensinada.

— Sem dúvida — concordou o Conde.

— Bem. Quando o diretor anunciou que Sofia tocaria a Sonata nº 1 para piano de Mozart, houve um murmúrio e um arrastar de cadeiras. Mas, no momento em que ela começou a tocar, todo barulho foi subjugado.

— Eu sabia. Eu não falei? Eu não disse que um pouco de Mozart nunca cai mal?

— Papai...

— Ela tocou com tanta ternura, tanta alegria, que a plateia foi conquistada desde o início — prosseguiu Anna. — Havia um sorriso em cada rosto em cada fileira, eu juro. E os aplausos quando ela terminou! Se você pudesse ouvi-los, Sacha. Sacudiu a poeira dos lustres.

O Conde bateu palmas e esfregou as mãos.

— Quantos músicos tocaram depois de Sofia?

— Não importava. A competição havia terminado, e todos sabiam disso. O pobre garoto que vinha em seguida praticamente teve que ser arrastado para o palco. E, então, ela foi a estrela da recepção, sendo brindada de todos os cantos.

— *Mon Dieu!* — exclamou o Conde, levantando-se. — Eu quase esqueci! Empurrou para o lado o Embaixador e pegou o balde com o champanhe.

— *Voilà!*

Quando sua mão mergulhou na água, o Conde pôde dizer que a temperatura tinha chegado a 12°C, mas até parece que *isso* importava. Com uma única torção dos dedos, ele girou o lacre da garrafa, então mandou a rolha para o teto! O champanhe fluiu sobre suas mãos e todos riram. Ele encheu duas taças para as damas e um copo de vinho para si mesmo.

— A Sofia — disse ele. — Que esta noite marque o começo de uma grande aventura que certamente a levará longe.

— Papai — disse ela, corando. — Foi apenas uma competição na escola.

— Apenas uma competição na escola! É uma das limitações intrínsecas de ser jovem, minha querida, que você nunca possa dizer quando uma grande aventura acaba de começar. Mas como um homem experiente, pode acreditar na minha palavra que...

De repente, Anna silenciou o Conde levantando a mão. Ela olhou para a porta do armário.

— Você ouviu isso?

Os três ficaram imóveis. Com certeza, embora abafado, podiam ouvir o som de uma voz. Alguém devia estar à porta do quarto.

— Vou ver quem é — sussurrou o Conde.

Pousando o copo, ele deslizou entre os casacos, abriu a porta do armário e entrou em seu quarto apenas para encontrar Andrei e Emile ao pé da cama, discutindo aos sussurros. Emile segurava um bolo de dez camadas na forma de um piano, e Andrei devia ter sugerido que ele o deixasse na cama com um bilhete, porque Emile estava respondendo que não "jogaria uma torta Dobos em uma colcha" quando a porta do armário se abriu e o Conde saiu.

Andrei arquejou.

O Conde respirou fundo.

Emile deixou cair o bolo.

E a noite poderia ter chegado ao fim naquele momento se não fosse a incapacidade instintiva de Andrei de deixar um objeto cair no chão. Com o menor dos passos e dedos estendidos, o antigo malabarista pegou a torta no ar.

Enquanto Andrei soltava um suspiro de alívio e Emile olhava de boca aberta, o Conde tentou agir com naturalidade.

— Ora, Andrei, Emile, que surpresa agradável...

Seguindo o exemplo do Conde, Andrei agiu como se nada fora do comum tivesse acabado de acontecer:

— Emile fez uma coisinha para Sofia, preparando-se à sua vitória. Por favor, dê a ela nossos sinceros parabéns.

Então, colocando o bolo suavemente na mesa do Grão-Duque, Andrei se virou para a porta.

Mas Emile não se moveu.

— Aleksandr Ilitch, em nome de Ivan, o que você estava fazendo no armário?

— No armário? — perguntou o Conde. — Ora, eu... Eu estava... — Sua voz foi sumindo.

Andrei ofereceu um sorriso simpático e então fez um movimento de desdém com as mãos, como se dissesse: *O mundo é amplo, e notáveis são os modos dos homens...*

Mas Emile franziu o cenho para Andrei, como se dissesse: *Conte outra.*

O Conde olhou de um membro do Triunvirato para o outro.

— Quão indelicado estou sendo? — disse por fim. — Sofia ficará encantada em ver vocês. Por favor. Venham por aqui. — Então fez um gesto de boas-vindas em direção ao armário.

Emile olhou para o Conde como se ele tivesse enlouquecido. Mas Andrei, que nunca hesitaria diante de um convite bem-educado, pegou o bolo e deu um passo em direção à porta do armário.

Emile soltou um grunhido de exasperação.

— Se vamos entrar, então é melhor você tomar cuidado com a cobertura nas mangas — disse ele a Andrei.

Então o *maître* passou o bolo para Emile e cuidadosamente afastou com as delicadas mãos os casacos do Conde.

Ao sair do outro lado, a surpresa de Andrei ao ver o estúdio do Conde pela primeira vez foi imediatamente substituída pela visão de Sofia.

— *Notre champion!* — exclamou ele, tomando-a pelos braços e beijando-a em ambas as bochechas.

Para Emile, no entanto, a surpresa ao ver o estúdio do Conde foi substituída pela surpresa ainda maior de encontrar a estrela de cinema Anna Urbanova de pé dentro dele. Pois, sem que o Triunvirato soubesse, o *chef* tinha visto todos os seus filmes, e geralmente da segunda fileira.

Observando a expressão estupefata de Emile, Andrei deu um rápido passo à frente e pôs as mãos sob o bolo. Mas Emile não perdeu o controle dessa vez. Em vez disso, de repente empurrou o bolo para Anna, como se o tivesse feito para ela.

— Muito obrigada — agradeceu ela. — Mas não é para Sofia?

Emile corou dos ombros até o topo de sua cabeça calva e se virou para Sofia.

— Fiz o seu favorito — disse ele. — Um torta Dobos com creme de chocolate.

— Obrigada, tio Emile.

— E tem o formato de um piano — acrescentou ele.

Quando Emile tirou o talhador da faixa do avental e começou a cortar o bolo, o Conde pegou mais dois copos no Embaixador e encheu-os de champanhe. A história da vitória de Sofia foi contada outra vez, e a perfeição de seu desempenho foi comparada por Anna à perfeição do bolo de Emile. Enquanto o *chef* começava a explicar à atriz o intrincado processo de preparo da torta, Andrei contava para Sofia sobre a noite, muitos anos antes, em que ele e vários outros tinham brindado a chegada do Conde ao sexto andar.

— Você se lembra, Aleksandr?

— Como se fosse ontem — respondeu o Conde em meio a um sorriso.

— Você fez as honras com o conhaque naquela noite, meu amigo; e Marina estava aqui junto com Vasili...

Como se em um passe de mágica, no instante em que o Conde disse o nome de Vasili, o *concierge* atravessou a porta do armário. À moda militar, ele bateu os calcanhares e cumprimentou os ali reunidos em rápida sucessão sem mostrar a menor indicação de surpresa quanto ao paradeiro deles:

— Srta. Urbanova. Sofia. Andrei. Emile. — Então, voltando-se para o Conde, ele disse: — Aleksandr Ilitch, podemos ter uma palavra...?

Pelo modo como Vasili fez a pergunta, ficou claro que ele queria afastar o Conde dos demais. Mas, como o estúdio tinha apenas nove metros quadrados, eles só podiam se afastar um metro dos outros para garantir sua privacidade — uma ação que se tornou imediatamente vã quando os outros quatro membros do grupo se moveram uma distância similar na mesma direção.

— Quero informá-lo de que o gerente do hotel está a caminho — disse Vasili (de uma maneira meio reservada).

Foi a vez do Conde de expressar surpresa.

— A caminho de onde?

— A caminho daqui. Ou melhor... — disse Vasili, apontando para o quarto do Conde.

— Mas qual seria o motivo?

Vasili explicou que, enquanto revisava as reservas da noite seguinte, percebeu que o Bispo se demorava no saguão. Quando, alguns minutos mais tarde, um cavalheiro franzino, de chapéu de abas, se aproximou da recepção e perguntou pelo Conde, o Bispo se apresentou, indicou que esperava o visitante e se ofereceu para levá-lo pessoalmente ao quarto do Conde.

— Quando foi isso?

— Eles estavam entrando no elevador quando subi pela escada; mas estavam acompanhados pelo sr. Harriman da suíte 215 e pelos Tarkov do 426. Considerando as paradas no segundo e no quarto andares, imagino que devam estar aqui a qualquer segundo.

— Bom Deus!

Os membros do grupo olharam um para o outro.

— Nenhum pio — ordenou o Conde.

Ao entrar no armário, fechou a porta do estúdio atrás de si e então abriu a porta do quarto um pouco mais cautelosamente do que da última vez. Aliviado ao encontrar o quarto vazio, fechou a porta do armário, pegou a cópia de *Pais e filhos* de Sofia, sentou-se em sua cadeira e inclinou-a para trás em duas pernas a tempo de ouvir a batida à porta.

— Quem é? — gritou o Conde.

— É o gerente Leplévski — retrucou o Bispo.

O Conde deixou as pernas da frente de sua cadeira tombarem com um baque e abriu a porta para revelar o Bispo e um estranho no corredor.

— Espero que não estejamos incomodando — disse o Bispo.

— Bem, é uma hora bastante incomum para uma visita...

— Claro — aquiesceu o Bispo com um sorriso. — Mas deixe-me apresentar-lhe o camarada Frinóvski. Ele estava perguntando por você no saguão, então tomei a liberdade de lhe mostrar o caminho em virtude da... distância de seu quarto...

— Que delicadeza a sua — respondeu o Conde.

Quando Vasili dissera que o camarada Frinóvski era franzino, o Conde tinha presumido que o porteiro estava sendo pitoresco em sua escolha de adjetivos. Mas, na verdade, a palavra *pequeno* não teria sido suficientemente diminuta para sugerir o tamanho do camarada Frinóvski. Quando o Conde se dirigiu ao visitante, precisou resistir à tentação de agachar.

— Como posso lhe ser útil, senhor Frinóvski?

— Estou aqui por causa de sua filha — explicou Frinóvski, tirando o chapéu da cabeça.

— Sofia? — perguntou o Conde.

— Sim, Sofia. Sou o diretor da Orquestra Juvenil Outubro Vermelho. Sua filha foi trazida recentemente à nossa atenção como um pianista talentosa. Na verdade, tive o prazer de assistir à apresentação dela esta noite, o que explica o horário tardio de minha visita. Mas, com o maior prazer, venho lhe conferir uma posição como nossa segunda pianista.

— A Orquestra Juvenil de Moscou! — exclamou o Conde. — Que maravilha. Onde vocês estão sediados?

— Não. Desculpe-me se não fui claro — explicou Frinóvski. — A Orquestra Juvenil Outubro Vermelho não fica em Moscou. Mas em Stalingrado.

Depois de um momento de perplexidade, o Conde tentou se recompor.

— Como eu disse, é uma oferta maravilhosa, sr. Frinóvski... Mas temo que Sofia não esteja interessada.

Frinóvski olhou para o Bispo como se não tivesse entendido a observação do Conde.

O Bispo meneou a cabeça.

— Mas não é uma questão de interesse — disse Frinóvski ao Conde. — Foi feita uma requisição e uma nomeação foi concedida pelo subsecretário regional de assuntos culturais.

O diretor pegou uma carta no casaco, entregou-a ao Conde e apontou a assinatura do subsecretário.

— Como você pode ver, Sofia deve se apresentar à orquestra no dia primeiro de setembro.

Sentindo-se enjoado, o Conde leu a carta que, em linguagem mais técnica possível, dava as boas-vindas a sua filha a uma orquestra em uma cidade industrial a quase mil quilômetros de distância.

— A Orquestra Juvenil de Stalingrado — disse o Bispo. — Como isso deve ser emocionante para você, Aleksandr Ilitch...

Tirando os olhos da carta, o Conde viu o brilho de rancor no sorriso do Bispo e, no mesmo instante, o enjoo e a perplexidade do Conde desapareceram, substituídos por uma fúria gélida. O Conde deu um passo em direção ao Bispo com toda a intenção de agarrá-lo pelo colarinho, ou melhor, pela garganta, quando a porta do armário se abriu e Anna Urbanova entrou no quarto.

O Conde, o Bispo e o diretor musical franzino ergueram o olhar, surpresos.

Atravessando graciosamente o cômodo até ficar ao lado do Conde, Anna delicadamente pousou a mão na base das costas de Aleksandr e estudou as expressões dos dois homens à porta, em seguida se dirigindo com um sorriso ao Bispo.

— Ora, gerente Leplévski, com essa expressão, parece que nunca viu uma bela mulher saindo de um armário antes.

— Eu não vi — exclamou o Bispo.
— É claro — disse ela com simpatia. Então voltou sua atenção para o estranho. — E quem temos aqui?

Antes que o Bispo ou o Conde pudessem responder, o homenzinho falou:
— Camarada Ivan Frinóvski, diretor da Orquestra Juvenil Outubro Vermelho, de Stalingrado. É uma honra e um privilégio conhecê-la, camarada Urbanova!
— Uma honra e um privilégio — repetiu Anna com seu sorriso mais desarmador. — Você está exagerando, camarada Frinóvski, mas não usarei isso contra você.

O camarada Frinóvski retribuiu o sorriso da atriz com um rubor.
— Aqui, deixe-me ajudá-lo com seu chapéu — acrescentou ela.

Pois, de fato, o diretor musical havia dobrado o chapéu duas vezes. Tirando-o de suas mãos, Anna suavemente ajeitou o topo, dobrou a aba e devolveu o chapéu de uma maneira que seria recontada pelo diretor algumas centenas de vezes nos anos seguintes.
— Então, você é o diretor musical da Orquestra Juvenil de Stalingrado?
— Sou — respondeu ele.
— Então talvez você conheça o camarada Natchevko?

À menção do ministro da Cultura, o diretor se empertigou tanto que cresceu três centímetros em altura.
— Nunca tive a honra.
— Panteleimon é um homem encantador e um grande defensor da arte juvenil — assegurou Anna. — Na verdade, ele desenvolveu um interesse pessoal pela filha de Aleksandr, a jovem Sofia.
— Interesse pessoal...?
— Ah, sim. Ora, ontem à noite mesmo, no jantar, ele estava me dizendo como seria emocionante ver o talento dela se desenvolver. Sinto que ele tem grandes planos para ela aqui na capital.
— Eu não estava ciente...

O diretor olhou para o Bispo com a expressão de alguém que fora posto em uma posição desconfortável, sem ter culpa de nada. Voltando-se para o Conde, ele tomou delicadamente a carta:
— Se a sua filha estiver interessada em se apresentar em Stalingrado, espero que não hesite em entrar em contato comigo.
— Obrigado, camarada Frinóvski. É muito gentil da sua parte — disse o Conde.

Olhando de Anna para o Conde, Frinóvski disse:

— Sinto muito que tenhamos incomodado vocês em hora tão inadequada.

Então pôs o chapéu na cabeça e se apressou para o campanário com o Bispo atrás dele.

Quando o Conde fechou a porta silenciosamente, virou-se para Anna, cuja expressão era inusitadamente séria.

— Quando o ministro da Cultura começou a ter interesse pessoal por Sofia? — perguntou ele.

— Amanhã à tarde — respondeu ela. — O mais tardar.

☆

Mesmo com um bom motivo prévio para comemorar, as pessoas reunidas no estúdio do Conde tinham ainda mais motivos para isso depois da visita do Bispo. Na verdade, quando o Conde abriu uma garrafa de conhaque, Anna encontrou um disco de jazz americano que Richard tinha enfiado entre as gravações clássicas e o colocou no fonógrafo. Nos minutos seguintes, o conhaque foi servido à vontade, a torta de Emile foi totalmente comida, a gravação de jazz foi repetida, e cada um dos cavalheiros teve a sua vez de se aventurar na dança com as damas presentes.

Quando o último conhaque foi servido, Emile, que, dada a hora, estava quase em estado de êxtase, sugeriu que todos descessem para outra rodada, um pouco mais de dança e para levar as festividades a Viktor Stepanovitch, que ainda estava no coreto na Piazza.

A sugestão de Emile foi imediatamente apoiada e aprovada por unanimidade. Sofia, que estava um pouco corada, então tomou a palavra:

— Mas, antes de irmos, eu gostaria de fazer um brinde: ao meu anjo da guarda, meu pai e meu amigo, o Conde Aleksandr Rostov. Um homem inclinado a ver o melhor em todos nós.

— Viva! Viva!

— E não precisa se preocupar, papai — continuou Sofia. — Não importa quem venha bater à nossa porta, eu não tenho a intenção de deixar o Metropol nunca.

Depois de se juntarem em um brinde, os membros da reunião esvaziaram seus copos, tropeçaram pelo armário e saíram para o corredor. Abrindo a porta para o campanário, o Conde fez uma ligeira reverência e gesticulou para que todos prosseguissem. Mas, bem quando o Conde estava prestes a segui-los pela escada, uma mulher na meia-idade com uma mochila no ombro e um lenço no cabelo saiu das sombras no final do corredor. Embora o Conde nunca a tivesse visto antes, seu comportamento deixava claro que ela esperava falar com ele a sós.

— Andrei, esqueci uma coisa no quarto — disse o Conde no campanário. —Vão na frente. Descerei em um instante...

Somente quando o último som de vozes sumiu na escada, a mulher se aproximou. À luz, o Conde podia ver que tinha uma beleza quase severa, como alguém para quem não haveria meias medidas em questões do coração.

— Eu sou Katerina Litvinov — anunciou ela sem sorrir.

Demorou um momento para o Conde perceber que não era outra senão a Katerina de Michka, o poeta de Kiev com quem ele tinha morado na década de 1920.

— Katerina Litvinov! Que extraordinário. A que devo a...

— Há algum lugar onde possamos conversar?

— Ora, sim... Claro...

O Conde levou Katerina para o quarto e, depois de um momento de hesitação, conduziu-a através dos casacos para o estúdio. Aparentemente, ele não devia ter hesitado, pois ela olhou ao redor da sala como quem já tinha ouvido descrições do local antes, balançando a cabeça ligeiramente para si mesma enquanto seu olhar se deslocava da estante para a mesa de centro e para o Embaixador. Tirando a mochila do ombro, ela de repente pareceu cansada.

— Aqui — disse o Conde, oferecendo-lhe uma cadeira.

Ela se sentou, colocando a mochila no colo. Depois, passando a mão por cima da cabeça, tirou o lenço, revelando um cabelo castanho-claro tão curto como o de um homem.

— Michka se foi, não é...? — disse o Conde depois de um momento.

— Sim.

— Quando?

— Faz uma semana hoje.

O Conde assentiu, como alguém que esperava a notícia havia algum tempo. Ele não perguntou a Katerina como seu velho amigo havia morrido, e ela não se ofereceu para lhe contar. Era bastante claro que ele tinha sido traído por seu tempo.

—Você estava com ele? — perguntou o Conde.

— Sim.

— Em Iavas?
— Sim.
...
— Eu tinha a impressão de que...
— Perdi meu marido há algum tempo.
— Sinto muito. Eu não sabia. Você tem filhos...?
— Não.

Ela disse isso de modo seco, como se respondesse a uma pergunta tola; mas então continuou, mais suavemente:

— Recebi notícias de Mikhail em janeiro. Fui até ele em Iavas. Passamos esses últimos seis meses juntos. — Depois de um momento, ela acrescentou: — Ele falou de você muitas vezes.

— Ele era um amigo leal — disse o Conde.

— Ele era um homem de devoções — corrigiu Katerina.

O Conde estava a ponto de comentar a propensão de Michka por entrar em encrencas e seu amor por andar de um lado para outro, mas ela havia acabado de descrever seu velho amigo melhor do que ele jamais seria capaz. Mikhail Fiodorovitch Minditch era um homem de devoções.

— E um excelente poeta — acrescentou o Conde, quase para si mesmo.

— Um de dois.

O Conde olhou para Katerina como se não entendesse. Então ofereceu um sorriso melancólico.

— Eu nunca escrevi um poema em minha vida — disse ele.

Agora era Katerina que não entendia.

— O que você quer dizer? E quanto a *Onde está agora*?

— Foi Michka que escreveu esse poema. Na sala sul de Idlehour... No verão de 1913...

Como Katerina ainda parecia confusa, o Conde explicou:

— Com a revolução de 1905 e as repressões que se seguiram, escrever poemas de impaciência política quando nos formamos ainda era perigoso. Dado o passado de Michka, o Okhrana o teria varrido com uma vassoura. Assim, uma noite depois de secar uma garrafa particularmente boa de Margaux, decidimos publicar o poema sob meu nome.

— Mas por que o seu?

— O que eles fariam com o Conde Aleksandr Rostov, membro do Jockey Club e afilhado de um conselheiro do tsar? — O Conde meneou a cabeça. —

A ironia, é claro, é que a vida que acabou sendo salva foi a minha, não a dele. Mas, por esse poema, eles teriam me matado em 1922.

Katerina, que tinha escutado atentamente essa história, de repente estava contendo as lágrimas.

— Ah, mas aí está você — disse ela.

Ambos ficaram calados enquanto ela recuperava a compostura.

— Quero que saiba quanto sou grato por ter vindo me contar pessoalmente — informou o Conde.

Mas Katerina dispensou a gratidão.

— Eu vim a pedido de Mikhail. Ele me pediu para lhe trazer algo.

De sua mochila, Katerina tirou um pacote retangular embrulhado em papel pardo e amarrado com barbante.

Pegando o pacote, o Conde pôde dizer por seu peso que se tratava de um livro.

— É o projeto dele — comentou o Conde em meio a um sorriso.

— Sim — confirmou ela. Então acrescentou com ênfase: — Ele foi escravo disso.

O Conde assentiu para expressar sua compreensão e para assegurar a Katerina que não seria negligente com aquilo que lhe era concedido.

Com um leve movimento de cabeça, Katerina olhou mais uma vez ao redor da sala, como se isso de alguma forma exemplificasse o mistério dos desfechos; então anunciou que precisava partir.

O Conde se levantou com ela, colocando o projeto de Michka na cadeira.

— Você vai voltar para Iavas? — perguntou ele.

— Não.

— Vai ficar em Moscou?

— Não.

— Onde, então?

— Isso importa?

Ela se virou para ir embora.

— Katerina...

— Sim?

— Posso fazer algo por você?

Katerina pareceu surpresa pela primeira vez com a oferta do Conde e, em seguida, pronta para descartá-la. Mas, depois de um momento, ela disse:

— Lembre-se dele.

E então saiu pela porta.

Voltando à sua cadeira, o Conde ficou em silêncio. Depois de alguns minutos, pegou o legado de Michka, desamarrou o barbante e tirou o papel. Lá dentro havia um pequeno volume amarrado em couro. Emoldurado na capa havia um simples desenho geométrico, no centro do qual estava o título do trabalho: *Pão e sal*. Das páginas grosseiramente cortadas e dos fios soltos, podia-se dizer que a costura era obra de um amador dedicado.

Depois de passar a mão pela capa, o Conde abriu o livro na folha de rosto. Lá, enfiada na costura, estava a fotografia que fora tirada em 1912 por insistência do Conde e muito para desgosto de Michka. À esquerda, o jovem Conde estava com um chapéu na cabeça, brilho nos olhos e bigodes que se estendiam para além dos limites de seu rosto; enquanto, à direita, estava Michka, observando como se estivesse prestes a correr da moldura.

E, no entanto, ele guardara a foto por todos aqueles anos.

Com um sorriso triste, o Conde pousou a fotografia e depois virou a folha do título para a primeira página do livro de seu velho amigo. Tudo o que continha era uma única citação em uma tipografia ligeiramente desigual:

E a Adão disse: "Porquanto deste ouvidos à voz de tua mulher e comeste da árvore de que te ordenei, dizendo 'Não comerás dela', maldita *é* a terra por causa de ti (...) No suor do teu rosto, comerás o teu **PÃO**, até que te tornes à terra; porque dela foste tomado, porquanto és pó e em pó te tornarás."
Gênesis
3:17-19

O Conde virou para a segunda página, na qual também havia uma citação:

E, chegando-se a Ele o tentador, disse: "Se tu és o Filho de Deus, manda que estas pedras se tornem em **PÃES**." Ele, porém, respondendo, disse: "Está escrito: 'Nem só de **PÃO** viverá o homem, mas de toda a palavra que sai da boca de Deus.'"
Mateus
4:3-4

E depois para a terceira...

E, tomando o **PÃO** e havendo dado graças, partiu-o e deu-lho, dizendo:"Isto é o meu corpo, que por vós é dado; fazei isso em memória de mim."
Lucas
22:19

Enquanto o Conde continuou passando as páginas devagar, se pegou rindo. Pois, em resumo, este era o projeto de Michka: um compêndio de citações de textos seminais dispostos em ordem cronológica, cada um deles com a palavra *pão* impressa em maiúsculas e em negrito. Começando com a Bíblia, as citações prosseguiam pelas obras dos gregos e romanos até as de Shakespeare, Milton e Goethe. Mas um tributo particular fora dado à idade de ouro da literatura russa:

Pelo bem da propriedade, Ivan Iakovlevitch pôs o casaco sobre a camisa e, sentando-se à mesa, derramou um pouco de sal, preparou duas cebolas, pegou uma faca nas mãos e, assumindo um ar expressivo, começou a cortar o **PÃO**. Depois de cortá-lo em dois, olhou para o meio e, para sua surpresa, viu algo branco. Ivan Iakovlevitch cutucou cautelosamente com a faca e sentiu com o dedo. "Firme!", disse a si mesmo. "O que poderia ser?"
Ele enfiou os dedos e retirou de lá — um nariz!
"O nariz"
Nikolai Gógol
(1836)

Quando um homem não é destinado a viver sobre a terra, a luz do sol não o aquece como faz aos outros, e o **PÃO** não o alimenta e o fortalece.
Esquetes de um esportista
Ivan Turguêniev
(1852)

O passado e o presente se fundiram. Ele estava sonhando que tinha alcançado a terra prometida que fluía com leite e mel, onde as pessoas comiam **PÃO** que não tinham conquistado e vestiam-se de ouro e prata...
Oblómov
Ivan Gontcharóv
(1859)

"É tudo bobagem", disse ele esperançoso, "e não havia nada com o que se incomodar! Apenas algum distúrbio físico. Um copo de cerveja, um pedaço de **PÃO** seco, e veja — em um instante a mente fica mais forte, os pensamentos mais claros, as intenções mais firmes!"
Crime e castigo
Fiódor Dostoiévski
(1866)

Eu, o vil Lebedev, não acredito nas carroças que entregam o **PÃO** à humanidade! Pois as carroças que entregam o **PÃO** a toda a humanidade, sem fundamentos morais para a sua ação, podem excluir a sangue-frio uma parte considerável da humanidade de desfrutar do que elas entregam.
O idiota
Fiódor Dostoiévski
(1869)

E você sabe, você sabe que a humanidade pode viver sem o inglês, pode viver sem a Alemanha, pode viver muito bem sem o russo, pode viver sem ciência, sem **PÃO**, e só não pode viver sem beleza...
Demônios
Fiódor Dostoiévski
(1872)

Tudo isso aconteceu ao mesmo tempo: um menino correu em direção a um pombo e, com um sorriso, olhou para Levin; o pombo bateu as asas e voou, refletindo a luz do sol em meio ao ar que tremulava com a neve, enquanto o cheiro do **PÃO** sendo assado flutuava através da janela quando as espirais apareciam. Tudo isso era tão extraordinariamente bom que Levin riu e chorou de alegria.
Anna Kariênina
Liev Tolstói
(1877)

Está vendo estas pedras neste deserto nu, abrasador? Transforme-as em **PÃO** e a humanidade as seguirá como ovelhas, grata e obediente... Mas você não quis privar o homem da liberdade e rejeitou a oferta, pois que

tipo de liberdade seria essa, você ponderou, se a obediência é comprada com **PÃO**?
De "O Grande Inquisidor"
Os irmãos Karamázov
Fiódor Dostoiévski
(1880)

À medida que virava as páginas, o Conde sorriu, reconhecendo a agressividade que o projeto de Michka expressava. Mas, após a citação de "O Grande Inquisidor", havia uma segunda citação de *Os irmãos Karamázov*, de uma cena que o Conde tinha quase esquecido. Referia-se ao menino, Iliuchetchka, aquele que foi perseguido por seus colegas até ficar perigosamente doente. Quando o garoto enfim morre, o pai enlutado diz ao pio Aliocha Karamázov que seu filho fizera um último pedido:

Papai, quando colocarem a terra no meu túmulo, esmigalhe uma casca de **PÃO** para que os pardais venham e eu ouça sua visita e fique feliz por não estar sozinho.

Ao ler isso, Aleksandr Rostov finalmente irrompeu em prantos. Certamente chorava por seu amigo, aquela alma generosa porém temperamental, que só brevemente encontrara seu momento no tempo e que, como esta criança desamparada, não estava inclinada a condenar o mundo por todas as suas injustiças.

Mas, é claro, o Conde também chorou por si mesmo. Apesar de suas amizades com Marina, Andrei e Emile, apesar de seu amor por Anna, apesar de Sofia — aquela bênção extraordinária que recebera do nada —, quando Mikhail Fiodorovitch Minditch morreu, partiu o último daqueles que o conheceram quando jovem. Embora, como Katerina tinha observado com tanta razão, pelo menos restava ele para se lembrar.

Respirando fundo, o Conde tentou recuperar a compostura, determinado a ler as últimas páginas do discurso final de seu velho amigo. A progressão das citações, que cobriram mais de dois mil anos, não ia muito mais longe. Em vez de se estender até o presente, a pesquisa terminou em junho de 1904, com as frases que Michka havia cortado da carta de Tchékhov tantos anos antes:

Aqui em Berlim, nos hospedamos em um quarto confortável no melhor hotel. Estou apreciando muito a vida aqui e fazia muito tempo que não comia tão bem e com tanto apetite. O **PÃO** aqui é incrível, tenho me empanturrado dele, o café é excelente, e os jantares estão além das palavras. Pessoas que nunca estiveram no exterior não sabem como o **PÃO** pode ser bom...

Dadas as dificuldades da década de 1930, o Conde supunha compreender por que Chalamov (ou seus superiores) insistiram nessa pequena censura, presumindo que a observação de Tchékhov só poderia levar a sentimentos de descontentamento ou má vontade. Mas a ironia, é claro, era que a observação de Tchékhov sequer continuava precisa. Com certeza, a essa altura, o povo russo sabia melhor do que nenhum outro na Europa como um pedaço de pão podia ser bom.

Quando o Conde fechou o livro de Michka, não foi direto lá para baixo se juntar aos outros. Em vez disso, permaneceu no seu estúdio, perdido em pensamentos.

Dadas as circunstâncias, um observador poderia compreensivelmente ter tirado a conclusão de que, enquanto o Conde estava sentado ali, pensava nas lembranças de seu velho amigo. Mas, na verdade, ele não estava mais pensando em Michka. Estava pensando em Katerina. Em particular, estava pensando com certo agouro que, ao longo de vinte anos, aquele vaga-lume, aquele cata-vento, aquela maravilha do mundo se tornara uma mulher que, quando perguntada aonde iria, poderia responder sem a menor hesitação: *Isso importa?*

LIVRO CINCO

1954
Aplausos e aclamação

— Paris...?
Foi o que Andrei perguntou no tom de alguém que não pode acreditar no que ouviu.
— Sim — disse Emile.
— Paris... *França*?
Emile arqueou a sobrancelha.
—Você está bêbado? Tomou uma pancada na cabeça?
— Mas como? — perguntou o *maître*.
Emile se recostou em sua poltrona e assentiu. Aquela era uma pergunta digna de um homem inteligente.
É um fato bem conhecido que, de todas as espécies na Terra, o *Homo sapiens* está entre os mais adaptáveis. Deixe uma tribo deles em um deserto e eles se enrolarão em algodão, dormirão em tendas e viajarão sobre o lombo de camelos; deixe-os no Ártico, e eles se cobrirão com pele de foca, dormirão em iglus e viajarão em trenós puxados por cães. E se você os deixar no clima soviético? Eles aprenderão a ter conversas amigáveis com estranhos enquanto esperam na fila; aprenderão a empilhar organizadamente suas roupas em sua metade da gaveta na cômoda; e aprenderão a desenhar prédios imaginários em seus blocos de desenho. Ou seja, eles vão se adaptar. Mas certamente uma expressão da adaptação para os russos que tinham visto Paris antes da Revolução era a aceitação de que nunca, jamais veriam Paris outra vez...
— Aí está ele — disse Emile, enquanto o Conde entrava pela porta. — Pergunte você mesmo.
Depois de se acomodar, o Conde confirmou que dali a seis meses, no dia 21 de junho, Sofia estaria em Paris, na França. E quando perguntado como isso tinha acontecido, dando de ombros, o Conde respondeu:
—VOKS.
Ou seja, a Sociedade Unificada para Relações Culturais com Países Estrangeiros.

Então foi a vez de Emile expressar descrença:
— Temos relações culturais com países estrangeiros?
— Aparentemente, agora estamos enviando nossos artistas para o mundo todo. Em abril mandaremos o balé para Nova York; em maio, um grupo teatral para Londres; e, em junho, a orquestra do Conservatório de Moscou para Minsk, Praga e Paris, onde Sofia tocará Rachmaninoff no Palácio Garnier.
— Que incrível! — exclamou Andrei.
— Fantástico — emendou Emile.
— Eu sei.
Os três homens riram, até que Emile apontou a faca de cozinha para os colegas:
— Mas é merecido.
— Ah, absolutamente.
— Sem dúvida.
Os três ficaram em silêncio, cada um deles perdido por um momento em suas respectivas lembranças da Cidade Luz.
— Vocês acham que ela mudou? — perguntou Andrei.
— Sim — disse Emile. — Tanto quanto as pirâmides.
Nesse momento, os três membros do Triunvirato poderiam ter se deixado vagar pelo passado cor-de-rosa, não fosse o fato de a porta do escritório de Emile ter se aberto e, por ela, passado o mais novo membro da reunião diária do Boiarski: o Bispo.
— Boa tarde, cavalheiros. Desculpem-me por fazê-los esperar. Havia assuntos na recepção que exigiam minha atenção imediata. No futuro, por favor, não é necessário que se reúnam até que eu tenha chegado.
Emile deu um resmungo quase inaudível.
Ignorando o *chef*, o Bispo voltou-se para o Conde.
— Chefe dos garçons Rostov, hoje não é seu dia de folga? Você não precisa estar presente na reunião diária quando não está escalado para trabalhar.
— Estar bem-informado é estar bem-preparado — disse o Conde.
— É claro.
Alguns anos antes, o Bispo havia explicado ao Conde que, embora cada um dos funcionários do Metropol tivesse suas pequenas tarefas, sozinho, o gerente devia garantir um padrão de excelência para todo o hotel. E, para ser justo, a personalidade do Bispo o tornava perfeitamente adequado para a

tarefa. Pois, fosse nos quartos, no saguão ou no armário de roupa de cama no segundo andar, nenhum detalhe era pequeno demais, nenhuma falha era muito insignificante, nenhum momento era inoportuno para receber o benefício da preciosa, mesquinha e levemente desprezível interferência do Bispo. E isso sem dúvida valia para o que se passava entre as paredes do Boiarski.

A reunião diária começou com uma descrição detalhada dos pratos especiais da noite. Naturalmente, o Bispo descartou a tradição de provar as especialidades, alegando que o *chef* sabia perfeitamente como era a comida e preparar amostras para a equipe era um desperdício sem sentido. Em vez disso, Emile foi instruído a escrever à mão uma descrição dos pratos.

Com outro grunhido, o *chef* deslizou seu cardápio por cima da mesa. Depois de rabiscar uma série de círculos, flechas e xises, o lápis do Bispo parou.

— Acho que beterrabas acompanhariam a carne de porco tão bem quanto maçãs — ponderou. — E, se não me engano, *chef* Jukóvski, você ainda tem um cesto de beterrabas na despensa.

Quando o Bispo introduziu essa melhoria no cardápio de Emile, o *chef* lançou um olhar furioso por sobre a mesa em direção ao homem a quem ele agora se referia como Conde Falastrão.

Devolvendo o cardápio corrigido ao *chef*, o Bispo voltou sua atenção para o *maître*, que deslizou o Livro sobre a mesa. Apesar de ser um dos últimos dias de 1953, o Bispo abriu o Livro na primeira página e percorreu as semanas do ano uma a uma. Finalmente, chegando ao presente, verificou as reservas da noite com a ponta do lápis. Em seguida deu instruções de lugares a Andrei e deslizou o Livro de volta. Então, como um último assunto, o Bispo alertou o *maître* para o fato de que as flores do arranjo central do salão de jantar tinham começado a murchar.

— Também notei isso — disse Andrei. — Mas receio que nossa floricultura não tenha o estoque necessário para assegurar a troca frequente do arranjo.

— Se você não pode garantir flores frescas o bastante com o florista Eisenberg, então talvez seja hora de mudar para um arranjo de seda. Isso eliminaria a necessidade de trocar o arranjo e ainda teria a vantagem extra de ser mais econômico.

— Falarei com o florista Eisenberg hoje — disse Andrei.
— É claro.

★ ★ ★

Depois que o Bispo encerrou a reunião e Emile saiu resmungando em busca de seu cesto de beterrabas, o Conde acompanhou Andrei até a escada principal.

— À tout à l'heure — disse o maître, quando desceu para a floricultura.

— À bientôt — disse o Conde, subindo para seus aposentos.

Mas, assim que Andrei sumiu de vista, o Conde voltou ao patamar do segundo andar. Espiando pela esquina para confirmar que seu amigo tinha ido embora, o Conde correu para o Boiarski. Depois de trancar a porta atrás de si, olhou para a cozinha para confirmar que Emile e sua equipe estavam, como sempre, ocupados. Só então se aproximou do balcão do maître, abriu a gaveta, fez o sinal da cruz duas vezes e pegou a edição de 1954 do Livro.

Em poucos minutos ele tinha revisto todas as reservas de Janeiro e Fevereiro. Fez uma pausa em um evento agendado para o Salão Amarelo em março e em outro agendado para o Salão Vermelho em abril, mas nenhum deles serviria. À medida que avançava nas datas, as páginas do Livro ficavam cada vez mais vazias. Passavam-se semanas inteiras sem uma única entrada. O Conde começou a folhear as páginas mais depressa, e até com uma pontada de desespero, ao menos até chegar ao dia 11 de junho. Tendo estudado as anotações escritas nas margens com a caligrafia delicada de Andrei, o Conde bateu na entrada duas vezes. Um jantar do Presidium e do Conselho de Ministros: dois dos mais poderosos grupos da União Soviética.

Devolvendo o Livro à gaveta, subiu as escadas para seu quarto, empurrou a poltrona para o lado, sentou-se no chão e, pela primeira vez em quase trinta anos, abriu uma das portas escondidas nas pernas da mesa do Grão-Duque. Pois, embora o Conde tivesse resolvido entrar em ação na noite da visita de Katerina, seis meses antes, apenas com a notícia da viagem do Conservatório o relógio começou a correr.

☆

Quando o Conde chegou ao Chaliapin, às seis horas daquela noite, os clientes do bar estavam comemorando as desventuras do "Gordo" Webster, um americano sociável, apesar de um pouco desafortunado, que havia chegado recentemente à capital. Aos 29 anos e ainda sofrendo do padecimento pelo qual fora apelidado quando garoto, Gordo fora enviado à Rússia por seu pai, o dono da American Vending Machine Company de Montclair, Nova Jersey, com instruções explícitas de que não voltasse para casa até que tivesse vendido mil máquinas. Depois de três semanas, ele finalmente conseguira seu primeiro encontro com um oficial do Partido (o assistente do gerente da pista de patinação do parque Gorki), e assim foi convencido por vários jornalistas a pagar uma rodada de champanhe.

Ocupando um banco na outra extremidade do bar, o Conde aceitou uma taça de Audrius com um aceno de gratidão e o sorriso de quem tem seus próprios motivos para comemorar. Os desígnios dos homens são notoriamente subservientes à casualidade, à hesitação e à pressa; mas se ao Conde fosse dado o poder de criar um curso de eventos ideal, ele não poderia ter feito um trabalho melhor do que aquele que o Destino estava realizando por conta própria. Então, com um sorriso nos lábios, ergueu a taça.

Mas brindar ao Destino é provocá-lo; e, de fato, mesmo quando o Conde pousou sua taça no bar, um sopro de ar gelado roçou sua nuca, seguido de um sussurro urgente:

— Excelência!

Virando-se no banco, o Conde ficou surpreso ao ver Viktor Stepanovitch de pé atrás dele, com gelo sobre os ombros e neve no chapéu. Poucos meses antes, Viktor se juntara a uma orquestra de câmara e, por isso, raramente estava no hotel à noite. Além disso, ele estava ofegante como se tivesse acabado de atravessar a cidade correndo.

— Viktor! — exclamou o Conde. — O que houve? Você parece nervoso.

Viktor ignorou a observação e começou a falar com uma impaciência que não lhe era característica.

— Sei que você é protetor com sua filha, Excelência, e com razão. Essa é a prerrogativa de qualquer pai e o dever de alguém que está criando um coração terno. Mas, com todo o respeito, acho que está cometendo um erro terrível. Ela vai se formar em seis meses, e as chances de que receba uma posição digna só serão prejudicadas com sua decisão.

— Viktor — disse o Conde, levantando-se do banco. — Eu não tenho ideia do que você está falando.

Viktor observou o Conde.

— Você não instruiu Sofia a desistir?

— Desistir?

— Acabei de receber um telefonema do diretor Vavilov. Ele me informou que ela recusou o convite para viajar com a orquestra do Conservatório.

— Recusou o convite! Eu lhe garanto, meu amigo, que eu não fazia ideia. De fato, concordo com você em gênero, número e grau quando diz que o brilho do futuro dela *depende* de sua atuação nessa turnê.

Os dois se entreolharam, aturdidos.

— Ela deve ter agido por vontade própria — concluiu o Conde depois de um momento.

— Mas com que fim?

Ele meneou a cabeça.

— Temo que a culpa possa ter sido minha, Viktor. Ontem à tarde, quando recebemos a notícia, eu lhe dei muita importância: *A chance de tocar Rachmaninoff para uma plateia de milhares de pessoas no Palácio Garnier!* Devo ter lhe deixado com medo. Ela tem um coração terno, como você mesmo disse, mas também é corajosa. Vai acabar mudando de ideia nas próximas semanas.

Viktor segurou o Conde pela manga.

— Mas não há próximas semanas. Na sexta-feira, um anúncio público será feito descrevendo o itinerário da orquestra e o programa musical. O diretor precisará ter todos os artistas confirmados antes disso. Supondo que a decisão de excluir Sofia fosse sua, consegui que ele me desse 24 horas antes de fazer uma nova convocação, para que eu tentasse persuadi-lo. Se ela tomou essa decisão sozinha, então você deve falar com ela hoje à noite e fazê-la mudar de ideia. Ela tem que ir, em prol de seu próprio talento!

Uma hora mais tarde, na mesa dez do Boiarski, depois de terem lido o cardápio e feito os pedidos, Sofia olhou para o Conde com expectativa — pois era sua vez de começar no *Zut*. Mas, apesar de ter preparado uma categoria promissora (usos comuns da cera)*, o Conde optou por invocar uma história não contada do passado.

— Eu já lhe falei sobre o Dia da Medalha na escola? — começou ele.

— Sim — disse Sofia. — Já falou.

---

* Fabricação de velas; selamento de letras; escultura de maquetes; polimento de parquês; remoção de pelos; modelação de bigodes!

Franzindo o cenho, o Conde revisou todas as conversas que tivera com sua filha, em ordem cronológica, e não conseguiu encontrar nenhuma evidência de ter lhe contado essa história.

— Posso ter mencionado algo sobre o Dia da Medalha uma ou duas vezes — admitiu, por educação. — Contudo, estou certo de que nunca lhe contei *especificamente* essa história. Veja, quando menino, eu tinha certa aptidão para pontaria. E, certa primavera, quando eu tinha mais ou menos a sua idade, houve o Dia da Medalha na escola, quando todos éramos escolhidos para competir em diferentes eventos...

— Você não estava mais perto dos treze anos?

— Como assim?

— Você não tinha treze anos quando isso aconteceu?

Os olhos do Conde se moveram de um lado para o outro enquanto ele fazia as contas.

— Bem, sim, suponho que eu devia ter por volta de treze anos — continuou ele, um tanto impaciente. — O *importante* é que, dada a minha pontaria, eu geralmente era considerado por toda a escola o favorito na competição de tiro com arco, e eu esperava pelo evento com muita ansiedade. Mas, quanto mais perto chegávamos do Dia da Medalha, pior ficava minha pontaria. Famoso por acertar uvas a cinquenta passos, de repente eu não conseguia atingir um elefante a menos de cinco metros. Só de ver meu arco, minhas mãos começavam a tremer e meus olhos marejavam. De repente, eu, um Rostov, me pegava flertando com a ideia de inventar um mal-estar e ir para a enfermaria...

— Mas você não fazia isso.

— Exatamente. Eu não inventava.

O Conde tomou um gole de vinho e fez uma pausa de efeito dramático.

— Por fim, chegou o dia tão temido; e, com todos os espectadores reunidos nos campos desportivos, chegou o momento da competição de tiro com arco. Mesmo enquanto mirava no alvo, eu podia antecipar a humilhação que certamente viria quando, apesar da minha reputação, minha flecha fosse parar longe do alvo. Mas, quando retesei o arco com as mãos trêmulas, pelo canto do olho, vi o velho professor Tartakov tropeçar em sua bengala e cair em um monte de estrume. Bem, ver aquilo me deixou tão alegre que meus dedos soltaram o arco por vontade própria...

— E, depois de cruzar o ar, sua flecha se cravou no centro do alvo.

— Bem, sim. Isso mesmo. Bem no centro. Então talvez eu já tenha lhe contado essa história antes. Mas você sabia que, desde aquele dia, sempre que eu me sentia ansioso com minha mira, pensava no velho professor Tartakov caindo no estrume e, com confiança, acertava o alvo?

O Conde virou a mão no ar em um floreio final.

Sofia sorriu, mas com uma expressão perplexa, como se não soubesse muito bem por que o renomado atirador tinha escolhido relatar essa história em particular naquele momento em particular. Então, o Conde explicou:

— Na vida, as coisas são iguais para todos nós. Enfrentamos momentos de medo, seja se nos aventurarmos no senado, no campo desportivo ou... no palco de uma sala de concertos.

Sofia olhou para o Conde por um momento e então soltou uma risada.

— No palco de uma sala de concertos.

— Sim — disse o Conde, um pouco ofendido. — No palco de uma sala de concertos.

— Alguém lhe contou sobre minha conversa com o diretor Vavilov.

O Conde realinhou seu garfo e sua faca, que de alguma forma tinham ficado tortos.

— Posso ter ouvido alguém dizer alguma coisa — respondeu ele, casualmente.

— Papai. Não tenho medo de tocar com a orquestra para uma plateia.

— Você tem certeza?

— Absoluta.

— Você nunca se apresentou em um lugar tão grande quanto o Palácio Garnier...

— Eu sei.

— E os franceses são um público notoriamente exigente...

Sofia riu de novo.

— Bem, se você está tentando me deixar mais tranquila, não está fazendo um bom trabalho. Mas, sinceramente, papai, ansiedade não teve nada a ver com minha decisão.

— Então o quê?

— Eu simplesmente não quero ir.

— Como você pode *não querer* ir?

Sofia olhou para a mesa e mexeu em seus talheres.

— Gosto daqui — justificou ela, apontando para o salão e, por extensão, para o hotel. — Eu gosto de estar aqui com você.

O Conde estudou a filha. Com seus longos cabelos pretos, pele clara e olhos azul-escuros, Sofia parecia muito serena para sua idade. E esse talvez fosse o problema. Pois, se a serenidade era o sinal da maturidade, então a impetuosidade devia ser a marca da juventude.

— Quero lhe contar uma história diferente, uma história que tenho certeza de que você nunca ouviu — prosseguiu o Conde. — Aconteceu neste hotel há cerca de trinta anos... Em uma noite de neve em dezembro, muito parecida com esta...

E o Conde começou a contar a Sofia sobre o Natal que ele tinha comemorado com a mãe dela na Piazza em 1922. Ele lhe contou sobre o *hors d'oeuvre* de sorvete de Nina, sua relutância em ir à escola e seu argumento de que, se alguém quisesse ampliar seus horizontes, seria melhor se aventurar *além* do horizonte.

O Conde ficou melancólico de repente.

— Temo ter lhe feito um grande desserviço, Sofia. Desde que você era criança, eu a encantei com uma vida que é essencialmente limitada às quatro paredes deste prédio. Nós todos fizemos isso. Marina, Andrei, Emile e eu. Tentamos fazer o hotel parecer tão vasto e maravilhoso quanto o mundo, para que você escolhesse passar mais tempo aqui conosco. Mas sua mãe estava perfeitamente certa. Ninguém alcança seu potencial ouvindo *Scheherazade* em um salão dourado ou lendo a *Odisseia* no covil de alguém. Isso só pode ser feito aventurando-se no desconhecido, como Marco Polo quando viajou para a China ou Colombo quando viajou para a América.

Sofia assentiu em sinal de compreensão.

O Conde continuou:

— Eu tive inúmeras razões para me orgulhar de você; e certamente uma das maiores foi a noite do concurso no Conservatório. Mas o momento em que senti esse orgulho não foi quando você e Anna trouxeram a notícia de sua vitória. Foi mais cedo, quando eu a vi sair pelas portas do hotel a caminho do teatro. Pois o que importa na vida não é se recebemos aplausos; o que importa é se temos coragem de nos aventurar apesar da incerteza da aclamação.

Depois de um momento, Sofia se manifestou:

— *Se* eu for tocar piano em Paris, só queria que você estivesse lá na plateia para me ouvir.

O Conde sorriu.

— Eu lhe garanto, minha querida, que, se você tocasse piano na Lua, eu ouviria cada acorde.

Aquiles Agonistes

— Saudações, Arkadi.
 — Saudações, Conde Rostov. O que posso fazer por você esta manhã?
 — Se não for incômodo, poderia me ceder um papel de carta?
 — Certamente.

Em pé na recepção, o Conde escreveu um bilhete de uma frase sob o nome do hotel e endereçou o envelope com uma caligrafia devidamente inclinada. Ele esperou até que o chefe da recepção estivesse ocupado com outra coisa, casualmente atravessou o saguão, deslizou o bilhete para a mesa dele e então desceu as escadas para sua visita semanal ao barbeiro.

Fazia muitos anos desde a época em que Iaroslav Iaroslavl fazia sua mágica na barbearia do Metropol e, nesse tempo, vários sucessores tentaram ocupar o lugar deixado por ele. O mais recente, Boris Qualquer-coisa-ovich, era perfeitamente qualificado para cortar cabelos; mas não era o artista nem o conversador que Iaroslav tinha sido. Na verdade, trabalhava com uma eficiência tão muda que se suspeitava que ele fosse metade máquina.

— Aparar? — perguntou ao Conde, sem perder tempo com sujeitos, objetos ou outras superficialidades da linguagem.

Considerando tanto o fato de que o cabelo do Conde estava rareando quanto a predisposição do barbeiro à eficiência, aparar podia levar belos dez minutos.

— Sim, aparar — disse o Conde. — Mas talvez barbear também...

O barbeiro franziu o cenho. A parte humana dele sem dúvida estava inclinada a observar que o Conde obviamente tinha se barbeado algumas horas antes; mas a parte máquina estava tão primorosamente afiada que já largava a tesoura e pegava o pincel de barbear.

Tendo batido espuma suficiente, Boris a espalhou nas partes do rosto do Conde onde haveria pelos, caso ele precisasse se barbear. Afiou uma de suas navalhas na faixa de couro, inclinou-se sobre a cadeira e, com a mão firme, raspou a parte de cima da face direita do Conde em um único movimento.

Limpando a lâmina na toalha em sua cintura, ele então se inclinou sobre a parte de cima da face esquerda do Conde e a raspou com igual diligência.

Nesse ritmo, inquietou-se o Conde, ele terminará em um minuto e meio.

Com o nó de um dos dedos, o barbeiro levantou o queixo do Conde, que sentiu o metal da navalha em contato com seu pescoço. E foi então que um dos mensageiros novos apareceu à porta.

— Com licença, senhor.
— Pois não? — disse o barbeiro com a lâmina parada na jugular do Conde.
— Tenho um bilhete para você.
— Deixe no banco.
— Mas é urgente — disse o jovem com alguma ansiedade.
— Urgente?
— Sim, senhor. Do gerente.

O barbeiro olhou para o mensageiro pela primeira vez.

— Do gerente?
— Sim, senhor.

Depois de um suspiro profundo, o barbeiro afastou a lâmina do pescoço do Conde, pegou o bilhete e, enquanto o mensageiro desaparecia pelo corredor, abriu o envelope com um corte de sua navalha.

Desdobrando o bilhete, o barbeiro olhou fixamente para ele por um minuto inteiro. Naqueles sessenta segundos, deve ter relido dez vezes, porque a mensagem continha apenas quatro palavras: *Venha me ver imediatamente!*

O barbeiro suspirou de novo e depois olhou para a parede.

— Não posso imaginar — disse ele para ninguém. Depois de pensar nisso por mais um minuto, voltou-se para o Conde: — Preciso cuidar de um assunto.

— Certamente. Faça o que tem que fazer. Não estou com pressa.

Para enfatizar o que dizia, o Conde recostou a cabeça e fechou os olhos, como se para tirar um cochilo; mas, quando os passos do barbeiro se afastaram pelo corredor, o Conde saltou da cadeira como um gato.

☆

Na juventude, o Conde se orgulhava de não se deixar perturbar pelo tique-taque do relógio. Nos primeiros anos do século XX, alguns conhecidos seus tinham incutido um novo sentido de urgência em seus mínimos esforços. Eles calculavam com tanta precisão a duração de seu café da manhã, a caminhada até o escritório e o tempo de pendurar o chapéu no gancho que pareciam se preparar para uma campanha militar. Atendiam ao telefone no primeiro toque, passavam os olhos pelas manchetes dos jornais, limitavam suas conversas ao que era mais relevante e, em geral, passavam os dias correndo atrás do ponteiro dos segundos. Deus os abençoasse.

Por sua vez, o Conde tinha optado pela vida dos propositalmente sem pressa. Não só não gostava de correr por conta de uma hora marcada, desprezando até mesmo o uso de um relógio, como tinha grande satisfação de garantir a um amigo que um assunto mundano poderia esperar em prol de um almoço tranquilo ou de um passeio pelas margens do rio. Afinal, o vinho não melhorava com o tempo? Não era a passagem dos anos que dava a um móvel sua maravilhosa pátina? No fim das contas, os esforços que a maioria dos homens modernos considerava urgentes (como reuniões com banqueiros e o embarque em trens) provavelmente poderiam ter esperado, ao passo que aqueles que consideravam frívolos (como tomar chá e ter conversas amigáveis) teriam merecido sua atenção imediata.

Tomar chá e ter conversas amigáveis!, desdenha o homem moderno. *Se alguém perder tempo com atividades tão sem propósito, como poderá atender às necessidades da vida adulta?*

Felizmente, a resposta a essa questão foi fornecida no século V a.C pelo filósofo Zenão. Aquiles, um homem de ação e urgência, treinado para medir seus esforços até o décimo de segundo, deveria ser capaz de vencer rapidamente um espaço de dezoito metros. Mas, para avançar um metro, o herói primeiro tem que avançar cinquenta centímetros; e, para avançar cinquenta centímetros, antes deve avançar vinte; mas, para avançar vinte, ele primeiro tem que avançar dez, e assim por diante. Dessa forma, para completar os vinte metros, Aquiles deve percorrer um número infinito de distâncias, o que, por definição, levaria uma quantidade infinita de tempo. Por extensão (como o Conde gostava de ressaltar), o homem que tem um compromisso ao meio-dia tem um número infinito de intervalos entre o momento presente e a hora marcada nos quais buscar as satisfações do espírito.

Quod erat demonstrandum.

Mas desde que Sofia voltara para casa naquela noite no fim de dezembro com a notícia da turnê do Conservatório, o Conde começou a ter uma perspectiva muito diferente sobre a passagem do tempo. Antes mesmo de terminarem de comemorar a notícia, ele calculou que restavam menos de seis meses antes da partida de sua filha. Cento e setenta e oito dias, para ser exato; ou 356 batidas do relógio de dois toques. E, nesse breve espaço, havia muito a ser feito...

Devido à adesão juvenil do Conde ao grupo dos propositalmente sem pressa, seria de se esperar que o tique-taque desse relógio zumbisse em seus ouvidos como um mosquito à noite; ou que o fizesse, como a Oblómov, se virar de lado e encarar a parede sentindo-se mal. Mas o que aconteceu foi o oposto. Nos dias que se seguiram, seus passos se animaram, seus sentidos ficaram mais aguçados e seu raciocínio se tornou mais rápido. Pois, assim como o despertar da indignação de Humphrey Bogart, o tique-taque do relógio revelou que o Conde era um Homem com Propósito.

Na última semana de dezembro, uma das Catarinas que o Conde havia recuperado da mesa do Grão-Duque foi levada por Vasili ao porão do TsUM e trocada por crédito na loja. Com os rendimentos, o recepcionista comprou uma pequena valise castanha, além de outros artigos de viagem, como uma toalha, sabonete, creme dental e uma escova de dentes. Tudo foi embrulhado em papel de presente e dado a Sofia na véspera do Natal (à meia-noite).

Segundo o diretor Vavilov, a apresentação de Sofia do Segundo Concerto para Piano de Rachmaninoff seria a penúltima parte do programa, seguida por um prodígio do violino tocando um concerto de Dvorák, ambos com orquestra completa. O Conde não tinha dúvidas de que o Segundo Concerto de Rachmaninoff estava bem ao alcance de Sofia; mas mesmo Horowitz tivera seu Tarnowski. Assim, no início de janeiro, o Conde contratou Viktor Stepanovitch para ajudá-la a ensaiar.

No final de janeiro, o Conde encomendou a Marina um vestido novo para o concerto. Depois de uma reunião para escolher o modelo, a qual incluiu Marina, Anna e Sofia (e que, por alguma razão incompreensível, excluiu o Conde), Vasili foi enviado de volta ao TsUM para buscar um corte de tafetá azul.

Ao longo dos anos, o Conde havia feito um bom trabalho ensinando a Sofia os rudimentos do francês para conversação. No entanto, a partir de fevereiro, pai e filha deixaram de lado as partidas de *Zut*, a fim de rever as aplicações mais práticas da língua francesa enquanto esperavam seus aperitivos.

— *Pardonnez-moi, Monsieur, avez-vous l'heure, s'il vous plaît?*

— *Oui, Mademoiselle, il est dix heures.*

— Merci. Et pourriez-vous me dire où se trouvent les Champs-Élysées?
— Oui, continuez tout droit dans cette direction.
— Merci beaucoup.
— Je vous en prie.

No início de março, pela primeira vez em anos, o Conde visitou o porão do Metropol. Passando pela caldeira e pela sala de eletricidade, ele seguiu até o pequeno canto onde o hotel guardava os itens esquecidos pelos hóspedes. Ajoelhado diante da prateleira dos livros, estudou as lombadas, prestando especial atenção aos pequenos exemplares vermelhos com letras douradas: os *Baedekers*. Naturalmente, a maioria dos guias de viagem no porão era sobre a Rússia, mas havia alguns de outros países, tendo provavelmente sido descartados ao fim de uma longa viagem. Assim, espalhados entre os romances abandonados, o Conde descobriu um *Baedeker* da Itália; um da Finlândia; um da Inglaterra; e, finalmente, dois da cidade de Paris.

Então, no dia 21 de março, o Conde escreveu aquela única frase insistente e em caligrafia inclinada sob o nome do hotel, deslizou-a sobre a mesa do capitão da recepção, fez sua visita semanal ao barbeiro e esperou que o bilhete chegasse...

☆

Depois de espiar para fora da barbearia e ver Boris subir as escadas, o Conde fechou a porta e voltou sua atenção para a famosa cômoda de vidro de Iaroslav. Na frente da cômoda havia duas fileiras de grandes frascos brancos com as insígnias da marca de xampu Hammer and Sickle. Mas, por trás desses soldados que lutavam pela higiene universal, havia uma seleção quase esquecida de frascos coloridos dos velhos tempos. Tirando vários frascos de xampu, o Conde examinou os tônicos, os sabonetes e os óleos, mas não conseguiu encontrar o que estava procurando.

Tem de estar aqui, pensou.

Começou a mover os frascos como peças de xadrez, para ver o que estava escondido atrás do quê. E ali, atrás de dois frascos de colônia francesa, coberto de poeira, estava aquele pequeno frasco preto a que Iaroslav Iaroslavl tinha se referido, com uma piscadela, como a Fonte da Juventude.

O Conde pôs a garrafa no bolso, rearrumou a cômoda e fechou suas portas. Correndo de volta para sua cadeira, alisou seu casaco e inclinou a cabeça para trás; mas quando fechou os olhos, foi tomado pela imagem de Boris cortando o envelope com a navalha. Pulando de novo da cadeira, o Conde pegou uma das navalhas sobressalentes na bancada, enfiou-a no bolso e retomou o seu lugar, bem quando o barbeiro entrou pela porta resmungando sobre tolices e tempo perdido.

Lá em cima, em seu quarto, o Conde pôs o pequeno frasco preto no fundo de sua gaveta, em seguida sentou-se à mesa com o *Baedeker* de Paris. Consultando o sumário, foi para a página cinquenta, onde começava a seção do 8º *arrondissement*. Como era de se esperar, antes das descrições do Arco do Triunfo e do Grand Palais, da Madeleine e do Maxim's, havia um encarte em papel fino com um mapa detalhado do bairro. Tirando a navalha de Boris do bolso, o Conde a usou para cortar o mapa do guia; depois, com uma caneta vermelha, desenhou cuidadosamente uma linha em zigue-zague da avenida George V até a rua Pierre Charron com a Champs-Élysées.

Após a tarefa com o mapa, o Conde foi ao seu estúdio e recuperou o exemplar dos *Ensaios* de Montaigne que fora de seu pai e que residia confortavelmente na estante de livros desde que Sofia o havia libertado de debaixo da escrivaninha. Levando o livro de volta à mesa do Grão-Duque, o Conde começou a percorrer as páginas, parando aqui e ali para ler as passagens que seu pai havia sublinhado. Enquanto se demorava em uma seção específica de "Da educação das crianças", o relógio de badalada dupla começou a sinalizar o meio-dia.

Cento e setenta e três batidas, pensou o Conde.

Então, soltando um suspiro, balançou a cabeça, fez o sinal da cruz duas vezes e, com a navalha de Boris, começou a remover o texto de duzentas páginas da obra-prima.

Arrivederci

Certa noite do início de maio, quando o Conde estava sentado na cadeira de encosto alto entre as palmeiras, espiou por cima da margem de seu jornal um jovem casal italiano saindo do elevador. Ela era uma beldade alta e morena com um vestido comprido e escuro; ele era um homem mais baixo, de calça e paletó. O Conde não tinha certeza do que levara o casal a Moscou, mas todas as noites eles deixavam o hotel às sete horas em ponto, provavelmente para aproveitar a vida noturna da cidade. Como exemplo disso, quando saíram do elevador às 18h55, foram direto para o balcão da recepção, onde Vasili estava a postos com dois ingressos para *Boris Godunov* e uma reserva para um jantar tardio. Em seguida, o casal desfilou até a recepção, a fim de deixar sua chave, que Arkadi guardou no escaninho 28 da quarta fileira.

Deixando o jornal sobre a mesa, o Conde se levantou, bocejou e se esticou. Dirigiu-se à porta giratória como quem deseja avaliar o tempo. Lá fora, nos degraus, Rodion trocou saudações com o jovem casal, fez sinal para um táxi e abriu a porta de trás para eles. Quando o carro se afastou, o Conde deu meia-volta e atravessou o saguão até a escada. Subindo um degrau de cada vez (como era seu hábito desde 1952), foi ao quarto andar, percorreu o corredor e parou diante da vigésima oitava porta. Enfiando dois dedos no bolso de seu colete, pegou a chave de Nina. Então, olhando à esquerda e depois à direita, entrou.

O Conde não estivera no quarto 428 desde o início dos anos 1930, época em que Anna tentava retomar sua carreira, mas não perdeu tempo avaliando como a decoração da pequena sala de estar havia mudado. Em vez disso, foi direto para o quarto e abriu a porta do lado esquerdo do armário. Estava cheia de vestidos exatamente iguais ao que a beldade morena usava essa noite: na altura do joelho, manga curta, monocromático. (Um estilo que lhe caía bem, afinal.) Fechando o lado feminino do armário, abriu a porta de seu companheiro. Lá dentro havia calças e paletós nos cabides, e uma boina de jornaleiro em um gancho. Escolhendo uma calça marrom, ele fechou a porta. Na segunda gaveta da cômoda, encontrou uma camisa Oxford branca. Tirando uma fronha dobrada de seu bolso, enfiou as roupas dentro dela. Voltou para a sala de estar, abriu uma fresta da porta, confirmou que o corredor estava vazio e saiu.

Somente quando ouviu o clique do fecho ocorreu ao Conde que deveria ter pegado a boina. Mas, enquanto enfiava os dedos de volta no bolso do colete, ouviu o som inconfundível do ranger de rodas. Dando três passos no corredor, o Conde desapareceu no campanário, no exato momento em que Oleg, do serviço de quarto, virou a quina, empurrando seu carrinho.

☆

Às onze horas daquela noite, o Conde estava no Chaliapin repassando sua lista de tarefas enquanto tomava uma dose de conhaque. Já tinha as Catarinas, o *Baedeker*, a Fonte da Juventude, a calça e a camisa, uma agulha de máquina de costura e linha que outrora foram de Marina. Ainda havia algumas coisas a arranjar, mas apenas uma ponta solta importante: a questão do aviso. Desde o início, sabia que essa seria a parte mais difícil do plano. Afinal, não podia simplesmente mandar um telegrama. Mas não era essencial. Se não restasse alternativa, estava preparado para seguir em frente sem ele.

O Conde esvaziou o copo com a intenção de subir, mas, antes de se levantar do banco, Audrius estava lá com a garrafa.

— Uma dose por conta da casa?

Desde que completara sessenta anos, o Conde geralmente se abstinha de tomar álcool depois das onze da noite, pois descobrira que drinques no fim da noite, assim como as crianças inquietas, provavelmente o acordariam às três ou quatro da madrugada. Contudo, teria sido rude de sua parte recusar a oferta do *barman*, especialmente depois que este se dera ao trabalho de tirar a rolha da garrafa. Assim, aceitando com uma expressão adequada de gratidão, se acomodou e voltou sua atenção para o pequeno grupo de americanos rindo na outra extremidade do bar.

Mais uma vez, a origem de seu bom humor era o vendedor desafortunado de Montclair, Nova Jersey. Depois da luta inicial para conseguir falar ao telefone com qualquer pessoa influente, o americano começou, em abril, a lograr reuniões com burocratas seniores em cada ramo concebível do governo. Ele havia se encontrado com funcionários dos Comissariados de Alimentação,

Finanças, Trabalho, Educação e até de Relações Exteriores. Sabendo que uma máquina de venda automática tinha tanta chance de ser comprada no Kremlin quanto um retrato de George Washington, os jornalistas haviam assistido com assombro a essa reviravolta. Mas só até ficarem sabendo que, para ilustrar melhor o funcionamento de suas máquinas, Webster pedira ao pai que lhe enviasse cinquenta caixas de cigarros e barras de chocolate dos Estados Unidos. Assim, o vendedor que não tinha sido capaz de conseguir um encontro de repente estava sendo recebido em uma centena de escritórios de braços abertos, sendo dispensado de mãos vazias.

— Eu realmente achei que tinha fisgado um hoje — dizia ele.

À medida que o americano narrava os detalhes de seu quase sucesso, o Conde inevitavelmente se lembrou de Richard, que era quase tão ingênuo quanto Webster, igualmente sociável e tão pronto para fazer piadas a sua própria custa.

O Conde pousou o copo no balcão e começou a se perguntar: seria possível?

Mas, antes que o Conde pudesse responder a sua própria pergunta, o americano gordo acenou amigavelmente para alguém no saguão, e quem retribuiu o aceno senão um certo professor eminente...

☆

Pouco depois da meia-noite, o americano acertou sua conta no bar, deu um tapinha nos ombros de seus companheiros e subiu as escadas assobiando algo que parecia "A Internacional". No corredor do quarto andar, atrapalhou-se com as chaves. Mas, depois que a porta de seu quarto se fechou, sua postura se tornou um pouco mais ereta, sua expressão um pouco mais sóbria.

Foi quando o Conde acendeu a lâmpada.

Embora presumivelmente assustado por encontrar um estranho sentado em uma de suas cadeiras, o americano não pulou para trás nem gritou.

— Perdão — desculpou-se com o sorriso dos bêbados. — Devo estar no quarto errado.

— Não. Você está no quarto certo — disse o Conde.

— Bem, se estou no quarto certo, então deve ser você que está no quarto errado...

— Talvez. Mas acho que não.

O americano deu um passo à frente e estudou o intruso com um pouco mais de cuidado.

— Você não é o garçom do Boiarski?
— Sim. Eu sou o garçom — confirmou o Conde.
O americano assentiu lentamente.
— Entendo. Sr...?
— Rostov. Aleksandr Rostov.
— Bem, sr. Rostov, eu gostaria de lhe oferecer uma bebida, mas está tarde e tenho um compromisso muito cedo. Há algo que eu possa fazer por você?
— Sim, sr. Webster, suspeito que sim. Veja, tenho uma carta que preciso entregar a um amigo em Paris, um amigo que talvez você conheça...

Apesar de ser tarde e de ter um compromisso cedo, Gordo Webster acabou oferecendo ao Conde um copo de uísque, afinal.

Agora, se, por regra, o Conde geralmente evitava beber depois das onze, absolutamente nunca bebia depois da meia-noite. Na verdade, chegou a citar seu pai para Sofia a respeito desse assunto, afirmando que as únicas coisas que advinham de tal prática eram atos inconsequentes, relações imprudentes e dívidas de jogo.

Mas, tendo entrado no quarto daquele americano e providenciado que uma mensagem fosse entregue, de repente ocorreu ao Conde que Humphrey Bogart nunca recusaria uma bebida depois da meia-noite. De fato, todas as evidências sugeriam que Bogart preferia beber *depois* da meia-noite, quando a orquestra tinha parado de tocar, os bancos do bar estavam vazios e os boêmios tinham tropeçado noite afora. Aquela era a hora em que, com as portas do salão fechadas, as luzes apagadas e uma garrafa de uísque sobre a mesa, os Homens com Propósito podiam falar sem as distrações do amor e do riso.

— Sim, obrigado. Um copo de uísque seria perfeito — agradeceu o Conde ao sr. Webster.

E, como se constatou, os instintos do Conde estiveram absolutamente certos, pois o copo de uísque foi perfeito. Assim como o segundo copo.

Então, quando ele enfim desejou boa noite ao sr. Webster (com um pacote de cigarros americanos para Anna em um bolso e uma barra de chocolate para Sofia no outro), se dirigiu para casa em um estado de espírito animado.

O corredor do quarto andar estava vazio e silencioso. Atrás da fileira de portas fechadas, dormia o prático e o previsível, o cauteloso e o confortável. Escondidos debaixo de suas cobertas, sonhavam com o café da manhã, deixando os corredores da noite para serem percorridos por pessoas como Samuel Spadsks, Philip Marlov e Aleksandr Ilitch Rostov...

— Sim — disse o Conde, enquanto seguia pelo corredor. — *Eu* sou o garçom.

Então, com o senso de localização finamente apurado, o Conde notou algo sugestivo com o canto do olho. A porta do quarto 428.

Boris Godunov era uma produção de três horas e meia. Um jantar após o teatro duraria uma hora e meia. Assim, com toda a probabilidade, os italianos permaneceriam fora do hotel por mais trinta minutos. O Conde bateu e esperou; bateu de novo para ter certeza; depois, pegando a chave no colete, destrancou a porta e, atento, atravessou o limiar com rapidez e sem escrúpulos.

De relance, percebeu que o serviço de quarto noturno já tinha visitado a suíte, pois tudo estava em seu devido lugar: as cadeiras, as revistas, a garrafa de água e os copos. No quarto, encontrou os cantos dos lençóis dobrados em ângulos de 45 graus.

Abrindo a porta direita do armário, estava prestes a tirar a boina de jornaleiro do gancho quando percebeu algo que tinha deixado passar antes. Na prateleira acima da roupa havia um pacote embrulhado em papel pardo e amarrado com barbante, um pacote do tamanho de uma pequena estatueta...

Colocando a boina de jornaleiro na cabeça, o Conde tirou o pacote da prateleira e o pousou na cama. Desamarrou o barbante e cuidadosamente abriu o papel, apenas para encontrar um conjunto de bonecas russas. Pintadas em estilo simples, porém tradicional, disponível em uma centena de lojas de Moscou, a *matriochka* era um tipo de brinquedo extravagante com que os pais presenteavam a filha ao chegar em casa após uma viagem à Rússia.

E no qual poderiam facilmente esconder alguma coisa...

Sentando-se na cama, o Conde abriu a maior das bonecas. Então abriu a segunda maior. E depois a terceira maior. E estava prestes a abrir a quarta, quando ouviu uma chave na fechadura.

Por um momento, o Homem com Propósito tornou-se um Homem Que Não Sabia o Que Fazer. Mas, ao som da porta do corredor se abrindo e das duas vozes italianas, o Conde agarrou as metades das bonecas, entrou no armário e fechou a porta silenciosamente.

A prateleira que corria acima da barra de cabides devia estar a menos de 1,80 metro do chão, porque, para caber no armário, o Conde teve que curvar a cabeça como um penitente. (Sem discussão.)

O casal levou apenas alguns instantes para tirar seus casacos e entrar no quarto. Se entrassem juntos no banheiro para fazer a toalete noturna, pensou o Conde, ele teria a oportunidade perfeita para escapar. Mas o quarto 428 tinha um banheiro pequeno e, em vez de se amontoarem na pia, o marido e esposa optaram por se revezar.

Ouvindo atentamente, o Conde pôde escutá-los escovando os dentes, abrindo gavetas e vestindo os pijamas. Pôde ouvir os lençóis sendo puxados. Pôde ouvir uma conversa baixa, livros sendo pegos e o virar de páginas. Depois de quinze minutos — ou uma eternidade —, houve uma troca de carinhos, um beijo delicado e as luzes se apagaram. Pela graça de Deus, aquele casal de aparência elegante optara pelo descanso em vez da intimidade...

Mas quanto tempo, imaginou o Conde, seria necessário para que adormecessem? Tendo cuidado para não mover um músculo, ficou escutando as respirações. Ouviu uma tosse; um fungado; um suspiro. Então alguém rolando de lado. Até se preocuparia em tentar não pegar no sono ele próprio, se não fosse pela dor lancinante em seu pescoço e pela percepção silenciosa de que logo precisaria de um banheiro para si.

Bem, aí está, pensou o Conde: mais uma razão para não beber depois da meia-noite...

☆

— *Che cos 'era questo?! Tesoro, svegliati!*
— *Cos'è?*
— *C'è qualcuno nella stanza!*
...
[Bum]
— *Chi è la?*
— *Scusa.*
— *Claudio! Accendi la luce!*
[Bam]
— *Scusa.*
[Crash]
— *Arrivederci!*

Adulta

— Estão prontos? — perguntou Marina.

O Conde e Anna, sentados lado a lado no sofá da suíte da atriz, responderam que sim.

Com um senso apropriado de cerimônia, Marina abriu a porta do quarto para revelar Sofia.

O vestido que a costureira tinha feito para o concerto era de mangas compridas em estilo sereia, justo acima da cintura e mais largo abaixo do joelho. O azul do tecido, que lembrava as profundezas do oceano, proporcionava um contraste incrível com a brancura da pele de Sofia e a escuridão de seus cabelos.

Anna deixou escapar um arquejo.

Marina sorriu.

E o Conde?

Aleksandr Rostov não era nem cientista nem filósofo; mas, aos 64 anos, era sábio o suficiente para ter consciência de que a vida não avança a grandes saltos. Ela se desenrola. A qualquer momento, é a manifestação de mil transições. Nossas aptidões crescem e depois diminuem, nossas experiências se acumulam e nossas opiniões evoluem — se não glacialmente, pelo menos gradualmente. Dessa forma, os acontecimentos de um dia comum são tão propensos a transformar quem somos como uma pitada de pimenta transforma um guisado. E, ainda assim, para o Conde, quando as portas do quarto de Anna se abriram e Sofia apareceu em seu vestido, naquele exato momento, ela cruzou um limiar e se tornou adulta. De um lado dessa divisória havia uma menina de cinco, dez ou vinte anos, com uma atitude tranquila e uma imaginação extravagante que confiava nele para ter companhia e conselhos; ao passo que, do outro lado, havia uma jovem mulher de discernimento e graciosidade que não precisava confiar em ninguém além de si mesma.

— Bem? O que acham? — perguntou Sofia timidamente.

— Estou sem palavras — disse o Conde com orgulho desmedido.

— Você está magnífica — elogiou Anna.

— Não está? — disse Marina.

Contente com os elogios e o som dos aplausos de Anna, Sofia girou uma vez.

E foi então que o Conde descobriu, para sua total incredulidade, que o vestido era de costas nuas. O tafetá (que tinha sido comprado por rolo, veja só) descia por seus ombros em uma parábola vertiginosa que atingiu seu ponto mais baixo na base das costas de Sofia.

O Conde se virou para Anna.

— Suponho que isso seja coisa *sua*!

A atriz parou de bater palmas.

— O que é coisa minha?

Ele acenou com a mão na direção de Sofia.

— Este vestido nu. Sem dúvida foi tirado de uma de suas revistas *convenientes*.

Antes que Anna pudesse responder, Marina bateu o pé.

— Isso foi coisa minha!

Assustado com o tom da costureira, o Conde viu, com certo susto, que, enquanto um de seus olhos rolava exasperado em direção ao teto, o outro disparava na direção dele como uma bala de canhão.

— É um vestido desenhado por *mim*, feito com o *meu* trabalho para a *minha* Sofia — disse ela.

Reconhecendo que podia ter involuntariamente insultado uma artista, o Conde adotou um tom mais conciliador.

— É sem dúvida um lindo vestido, Marina. Um dos mais bonitos que já vi; e eu vi muitos vestidos bonitos no meu tempo.

Nesse ponto o Conde deu uma risadinha constrangida na esperança de melhorar o clima. Então continuou em tom de camaradagem e bom senso:

— Mas, depois de meses de preparação, Sofia vai tocar Rachmaninoff no *Palais* Garnier. Não seria uma pena se, em vez de ouvi-la tocar, o público ficasse olhando para suas costas?

— Talvez devêssemos cobri-la com um saco de aniagem — sugeriu a costureira. — Para garantir que o público não se distraia.

— Eu nunca sugeriria um saco de aniagem — protestou o Conde. — Mas há algo chamado moderação, mesmo dentro dos limites do glamour.

Marina bateu o pé novamente.

— Chega! Não estamos interessadas nos seus escrúpulos, Aleksandr Ilitch. Só porque você testemunhou o Cometa de 1812, não significa que Sofia deve usar uma anágua e anquinhas.

O Conde começou a protestar, mas Anna interveio.

— Talvez devêssemos ouvir o que Sofia tem a dizer.

Todos olharam para Sofia, que, ignorando a discussão, se admirava no espelho. Ela se virou e pegou as mãos de Marina.

— Acho que é esplêndido.

Marina olhou para o Conde em triunfo; depois, virando-se para Sofia, inclinou a cabeça e estudou sua obra com um olhar mais crítico.

— O que foi? — perguntou Anna, posicionando-se ao lado da costureira.

— Precisa de alguma coisa...

— Uma capa? — murmurou o Conde.

Todas as três mulheres o ignoraram.

— Já sei — disse Anna depois de um momento.

Deslizando para seu quarto, ela voltou com uma gargantilha com um pingente de safira. Passou o acessório a Marina, que o prendeu ao pescoço de Sofia, e então as duas mulheres mais velhas recuaram.

— Perfeito — concordaram.

— É verdade?— perguntou Anna, enquanto ela e o Conde andavam pelo corredor após a prova.

— O que é verdade?

—Você realmente viu o Cometa de 1812?

O Conde pigarreou.

— Só porque sou um homem de decoro não significa que sou antiquado.

Anna sorriu.

—Você percebe que acabou de pigarrear, certo?

— Talvez. Mas ainda sou o pai dela. O que você quer que eu faça? Abdique das minhas responsabilidades?

— Abdicar! — rebateu Anna com uma risada. — Certamente não, Vossa Alteza.

Os dois haviam chegado ao ponto no corredor onde a porta da escada de serviço estava escondida em plena vista. Parando, o Conde se virou para Anna com um sorriso falsamente educado.

— Está na hora da reunião diária do Boiarski. Portanto, temo que agora eu tenha que lhe dizer *adieu*.

Então, com uma reverência, o Conde desapareceu atrás da porta.

Sentiu-se aliviado ao descer as escadas. Com sua geometria precisa e silêncio penetrante, o campanário era muito semelhante a uma capela ou sala de leitura, um lugar projetado para oferecer solidão e descanso ao indivíduo. Ao menos era, até a porta se abrir e Anna surgir no patamar.

Sem acreditar, o Conde tornou a subir as escadas.

— O que você está fazendo? — sussurrou.

— Preciso ir ao saguão — respondeu ela. — Pensei em lhe fazer companhia na descida.

—Você não pode me fazer companhia. Esta é a escada de serviço!

— Mas eu sou hóspede do hotel.

— É exatamente o que estou dizendo. A escada de serviço é reservada para os serviçais. Logo adiante no corredor há uma escadaria glamourosa reservada para os glamourosos.

Anna sorriu e deu um passo em direção ao Conde.

— Que bicho mordeu você?

— Nenhum bicho me mordeu. Não fui mordido.

— Suponho que seja compreensível — prosseguiu ela, filosófica. — Um pai está destinado a ficar um pouco nervoso ao descobrir que sua filha se transformou em uma bela jovem.

— Eu não estou nervoso — retrucou o Conde, dando um passo para trás. — Só acho que as costas do vestido não precisavam ser tão cavadas.

—Você deve admitir que as costas de Sofia são lindas.

— Pode ser. Mas o mundo não precisa ser apresentado a cada uma de suas vértebras.

Anna deu outro passo adiante.

—Você sempre gostou das minhas vértebras...

— Isso é completamente diferente.

O Conde tentou dar um passo para trás, mas se viu contra a parede.

—Vou lhe dar o Cometa de 1812 — disse Anna.

☆

— Devemos começar?

Essa pergunta surpreendentemente direta veio de ninguém menos do que o homem que comia, bebia e dormia enviesado.

Com um grunhido, Emile deslizou seu cardápio pela mesa.

O Conde e Andrei se remexeram em suas cadeiras.

Tendo começado a participar da reunião diária do Boiarski no verão de 1953, em abril de 1954 o Bispo mudou o local do encontro, do escritório de Emile para o seu, com o argumento de que a atividade na cozinha era uma distração. Para acomodar os membros do Triunvirato, o gerente tinha três cadeiras francesas alinhadas em frente à sua mesa. As cadeiras tinham proporções tão delicadas que só se podia supor que haviam sido originalmente concebidas para as criadas na corte de Luís XIV. O que significa que era praticamente impossível que homens adultos se sentassem nelas confortavelmente, ainda mais quando espremidos em uma fileira apertada. O efeito geral era fazer com que o *maître*, o *chef* e o chefe dos garçons do Boiarski se sentissem como alunos chamados diante de seu diretor.

Aceitando o cardápio, o Bispo o alinhou com a borda de sua mesa. Depois, com a ponta do lápis, examinou cada item da mesma maneira que um banqueiro verificava as contas de seu aprendiz.

Naturalmente, nesse meio-tempo os três alunos permaneceram olhando para os lados. Se as paredes fossem decoradas com mapas-múndi ou uma tabela periódica, poderiam ter usado seu tempo de um jeito proveitoso, imaginando que eram Colombo cruzando o Atlântico ou um alquimista na antiga Alexandria. Com apenas os retratos de Stálin, Lênin e Marx para olhar, os três homens não tiveram escolha a não ser ficarem inquietos.

Quando o Bispo terminou de editar o cardápio de Emile e o devolveu ao *chef*, virou-se fungando para Andrei, que obedientemente lhe entregou o Livro. Como de costume, o Bispo o abriu no início, e o Triunvirato assistiu em muda exasperação enquanto ele percorria as páginas até que enfim chegou à última noite de maio.

— Aqui está — disse.

Novamente, a ponta do lápis do banqueiro passou de entrada a entrada, coluna a coluna, linha a linha. O Bispo deu a Andrei instruções para a noite e pousou o lápis.

Percebendo que a reunião estava prestes a terminar, os membros do Triunvirato se moveram para a borda de suas cadeiras. Mas, em vez de fechar o Livro, o Bispo de repente foi em frente para examinar as semanas seguintes. Depois de virar algumas páginas, fez uma pausa.

— Como estão os preparativos para o jantar do Presidium e do Conselho de Ministros...?

Andrei pigarreou.

— Está tudo em ordem. Seguindo um pedido oficial, o jantar não será realizado no Salão Vermelho, mas na suíte 417, que Arkadi providenciou para que fique livre; Emile acabou de finalizar o cardápio; e Aleksandr, que vai supervisionar o jantar, tem trabalhado em estreita colaboração com o camarada Propp, nosso contato do Kremlin, para garantir que a noite transcorra sem problemas.

O Bispo ergueu o olhar do Livro.

— Dada a importância do evento, você não deveria supervisioná-lo pessoalmente, *maître* Duras?

— Era minha intenção ficar no Boiarski, como de costume. Mas eu certamente poderia acompanhar o jantar, se achar melhor.

— Excelente — disse o Bispo. — Então, o chefe dos garçons Rostov pode ficar no restaurante para garantir que tudo corra bem.

Quando o Bispo fechou o Livro, o Conde congelou.

O jantar para o Presidium e o Conselho de Ministros era uma ocasião sob medida para suas intenções. Ele não podia conceber momento melhor. Mas, mesmo que houvesse, com apenas dezesseis dias até a turnê do Conservatório, o Conde simplesmente não tinha tempo.

O Bispo deslizou o Livro de volta por sobre a mesa e a reunião foi concluída.

Como de costume, os membros do Triunvirato caminharam em silêncio do escritório do diretor para a escada. Mas, no patamar, quando Emile começou a subir as escadas para o segundo andar, o Conde puxou Andrei pela manga.

— Andrei, meu amigo — disse em voz baixa. — Você tem um momento...?

Anúncio

Às 18h45 do dia 11 de junho, o Conde Aleksandr Rostov estava de pé na suíte 417, vestido com o paletó branco do Boiarski, garantindo que os lugares estivessem devidamente arrumados e seus garçons adequadamente vestidos antes de abrir as portas para o jantar de 1954 do Presidium e do Conselho de Ministros.

Onze dias antes, como sabemos, o Conde havia sido dispensado de sua tarefa de forma pouco cerimoniosa. Mas, no começo da tarde do dia 10 de junho, o *maître* Duras chegou à reunião diária do Boiarski com notícias angustiantes. Havia algum tempo, disse ele, vinha experimentando um tremor nas mãos compatível com o início de uma paralisia. Depois de uma noite difícil de sono, acordou e descobriu que a condição havia piorado consideravelmente. A título de ilustração, ergueu a mão direita sobre a mesa, e ela tremia como uma folha.

Emile olhou com uma expressão de choque. *Que tipo de Divindade*, parecia estar pensando, *imaginaria um mundo em que a doença de um homem envelhecido afligisse justamente o atributo que o distinguira de seus semelhantes e o elevara aos olhos de todos?*

Que tipo de Divindade, Emile? A mesma que tornou Beethoven surdo e Monet cego. Pois o que o Senhor dá é precisamente o que mais tarde vai tirar.

Mas, se o rosto de Emile expressava uma indignação quase sacrílega diante da condição de seu amigo, o Bispo exprimia a careta dos incomodados.

Notando o aborrecimento do gerente, Andrei procurou tranquilizá-lo.

— Não precisa se preocupar, gerente Leplévski. Já entrei em contato com o camarada Propp no Kremlin e assegurei-lhe que, embora eu não possa supervisionar o evento de amanhã à noite, o chefe dos garçons Rostov assumirá minhas responsabilidades. Não é preciso dizer que o camarada Propp ficou muito aliviado com a notícia — acrescentou o *maître*.

— É claro — disse o Bispo.

★ ★ ★

Ao relatar que o camarada Propp se sentia muito aliviado por ter o chefe dos garçons Rostov no comando desse jantar de Estado, Andrei não estava exagerando. Nascido dez anos depois da Revolução, o camarada Propp não sabia que o chefe dos garçons Rostov estava no Metropol em prisão domiciliar nem que o chefe dos garçons Rostov era um ex-cidadão. O que ele sabia, e por experiência própria, era que o chefe dos garçons Rostov era confiável para cuidar de cada detalhe à mesa e reagir imediatamente à menor sugestão de insatisfação de um cliente. E, embora o camarada Propp ainda fosse relativamente inexperiente nos meandros do Kremlin, tinha experiência suficiente para saber que quaisquer falhas da noite com certeza seriam creditadas a ele, como se ele próprio tivesse posto a mesa, cozinhado a refeição e servido o vinho.

O camarada Propp comunicou pessoalmente seu alívio ao Conde durante uma breve reunião na manhã do evento. Em uma mesa para dois no Boiarski, o jovem contato revisou com ele, desnecessariamente, todos os detalhes da noite: o horário (as portas seriam abertas às nove horas em ponto); a distribuição das mesas (um U longo, com vinte assentos em cada lado e seis na cabeceira); o cardápio (uma reinterpretação do *chef* Jukóvski de um tradicional banquete russo); o vinho (um ucraniano branco); e a necessidade de apagar as velas exatamente às 22h59. Então, talvez para enfatizar a importância da noite, o camarada Propp lhe deu um vislumbre da lista de convidados.

Embora seja verdade que o Conde geralmente não se preocupava com o funcionamento interno do Kremlin, isso não deveria sugerir que não estivesse familiarizado com os nomes naquele papel, pois ele havia servido a todos. Certamente, servira-os em ocasiões formais nos Salões Vermelho e Amarelo, mas também nas mesas mais íntimas e menos reservadas do Boiarski, quando jantavam com esposas ou amantes, amigos ou inimigos, patronos ou protegidos. Ele conhecia o grosseiro e o áspero, o amargo e o prepotente. Tinha visto todos eles sóbrios e a maioria bêbada.

— Cuidarei de tudo — disse o Conde, quando o jovem *apparatchik* se levantou para partir. — Mas, camarada Propp...

O camarada Propp fez uma pausa.

— Sim, chefe dos garçons Rostov? Esqueci alguma coisa?

—Você não me deu a disposição dos lugares.

— Ah! Não se preocupe. Hoje à noite não haverá lugares marcados.

— Então tenha certeza de que a noite será um sucesso — respondeu o Conde com um sorriso.

Por que o Conde ficou tão satisfeito ao saber que esse jantar de Estado não teria lugares marcados?

Por mil anos, civilizações no mundo inteiro reconheceram a cabeceira da mesa como um lugar privilegiado. Diante de uma mesa formalmente arrumada, sabe-se por instinto que o assento à cabeceira é mais desejável que aqueles nas laterais, porque inevitavelmente confere ao seu ocupante um ar de poder, importância e legitimidade. Por extensão, sabe-se também que, quanto mais longe da cabeceira a pessoa se senta, menos ela é percebida como poderosa, importante e legítima. Assim, convidar 46 líderes de um partido político para jantar em torno de um longo U sem lugares marcados era arriscar que houvesse certa desordem...

Thomas Hobbes, sem dúvida, teria comparado a situação com o "Homem em um Estado de Natureza" e teria aconselhado que se esperasse por uma briga. Nascidos com habilidades semelhantes e impulsionados por desejos parecidos, os 46 homens presentes tinham igual direito a qualquer lugar à mesa. Dessa forma, o mais provável era que acontecesse uma disputa pela cabeceira, inflamada por acusações, recriminações, socos e possivelmente tiros.

John Locke, por outro lado, argumentaria que, uma vez que as portas da sala de jantar fossem abertas, após um breve momento de confusão, o melhor lado dos 46 homens prevaleceria e sua predisposição para a razão levaria a um justo e ordenado processo de acomodação. Assim, bastante provavelmente, os participantes decidiriam suas posições na sorte ou simplesmente rearranjariam as mesas em um círculo, exatamente como o Rei Arthur fez para garantir a equidade de seus cavaleiros.

Entrando na conversa em meados do século XVIII, Jean-Jacques Rousseau informaria aos srs. Locke e Hobbes que os 46 convidados, enfim libertados da tirania das convenções sociais, empurrariam as mesas de lado, pegariam os frutos da terra e os compartilhariam livremente em um estado de felicidade natural!

Mas o Partido Comunista não era um "Estado de Natureza". Muito pelo contrário, era uma das construções mais intrincadas e cheias de propósito já criadas pelo homem. Em resumo: a hierarquia de todas as hierarquias.

Assim, quando os convidados chegaram, o Conde estava certo de que não haveria socos, sorteios ou partilha livre de frutos. Em vez disso, com apenas um ligeiro empurra-empurra e correria, cada um dos 46 convidados encontraria seu lugar apropriado à mesa; e este arranjo "espontâneo" diria ao observador atento tudo o que precisava saber sobre a governança da Rússia nos próximos vinte anos.

☆

Ao sinal do Conde, as portas da suíte 417 foram abertas exatamente às nove horas. Às 21h15, 46 homens de vários escalões e antiguidade ocupavam os assentos adequados à sua posição. Sem uma palavra de orquestração, a cabeceira foi deixada para Bulganin, Khruschóv, Malenkov, Mikoian, Molotov e Vorochilov, os seis membros mais eminentes do Partido. E dentre esses, as posições centrais foram reservadas ao primeiro-ministro Malenkov e ao secretário-geral Khruschóv.*

Na verdade, como se para chamar atenção, quando Khruschóv entrou na sala, nem sequer caminhou em direção à cabeceira da mesa. Em vez disso, trocou algumas observações com Viatcheslav Malichev, o ministro bastante sem graça da Fabricação de Máquinas de Médio Porte que estava sentado perto do fim da mesa. Somente quando todos estavam acomodados, o ex-prefeito de Moscou deu um tapinha no ombro de Malichev e, casualmente, dirigiu-se para ao lugar ao lado de Malenkov, a última cadeira vazia na sala.

Pelas duas horas seguintes, os homens presentes comeram com vontade, beberam livremente e fizeram brindes que variavam de inspirados a humorísticos, mas sempre no mais patriótico dos espíritos. Entre essas saudações, enquanto o Conde servia os pratos, enchia as taças, trocava os talheres, tirava os pratos e varria migalhas das toalhas de mesa, os participantes fizeram apartes

---

* O leitor atento se lembrará de que, após a morte de Stálin, havia oito homens eminentes no topo do Partido. Onde estavam os outros dois no momento deste jantar? Lazar Kaganovitch, um belo e velho estalinista moldado a ferro, fora enviado em missão administrativa à Ucrânia. Dentro de alguns anos, estaria presidindo uma fábrica de potássio a 1.600 quilômetros de Moscou. Mas, pelo menos, saiu-se melhor do que Lavrenti Beria. O ex-chefe da polícia secreta, que muitos observadores ocidentais achavam estar em boa posição para herdar o trono após a morte de Stálin, foi, em vez disso, premiado pelo Partido com um tiro de pistola na cabeça. E então havia seis.

com os homens à sua esquerda, conversaram com os homens à sua direita ou murmuraram para si mesmos sob o zumbido das festividades.

Ao ler isso, talvez você fique tentado a perguntar um pouco sarcasticamente se o Conde Rostov, este autoproclamado homem de princípios, se permitiu ouvir alguma das conversas privadas ao redor da mesa. Mas sua pergunta e seu cinismo seriam completamente equivocados. Pois, como acontece com os melhores criados, é *tarefa* dos garçons serem capazes de entreouvir.

Considere o exemplo do mordomo do Grão-Duque Demidov. Em seu tempo, Kemp podia permanecer horas de pé no canto da biblioteca, tão silencioso e rígido quanto uma estátua. Mas, a qualquer menção de sede vinda de um dos convidados do Grão-Duque, Kemp estava lá oferecendo uma bebida. Se alguém reclamasse baixinho de um calafrio, Kemp estava na lareira atiçando as brasas. E, quando o Grão-Duque comentou com um amigo que, embora a condessa Chermatova fosse "um deleite", seu filho era "pouco confiável", Kemp saberia sem que lhe dissessem que, se um dos dois Chermatova aparecesse à porta sem aviso prévio, o Grão-Duque estaria disponível para uma e indisposto para o outro.

Sendo assim, o Conde entreouviu alguma das conversas particulares dos participantes? Escutou alguma das observações dissimuladas, dos apartes afiados ou comentários desdenhosos proferidos *sotto voce*?

Cada palavra.

Cada homem tem sua personalidade à mesa, e não era preciso ter servido membros do Partido Comunista por 28 anos para saber que, enquanto o camarada Malenkov só brindava de vez em quando e com uma taça de vinho branco, o camarada Khruschóv faria quatro brindes em uma noite e sempre com vodca. Assim, não escapou à observação do Conde que, durante a refeição, o antigo prefeito de Moscou não se levantou nenhuma vez. Mas, às dez para as onze, quando a refeição estava quase terminada, o secretário-geral bateu em sua taça com a faca.

— Senhores, o Metropol não é estranho a eventos históricos — começou ele. — De fato, em 1918, o camarada Sverdlov trancou os membros do comitê de redação constitucional na suíte dois andares abaixo de nós, informando-os de que não sairiam até que seu trabalho estivesse terminado.

Risos e aplausos.

— A Sverdlov — gritou alguém, e, enquanto Khruschóv esvaziava sua taça com um sorriso confiante, todos ao redor da mesa seguiram seu exemplo.

— Hoje à noite, temos a honra de testemunhar outro evento histórico no Metropol — continuou Khruschóv. — Se vocês se juntarem a mim nas janelas, camaradas, acredito que o ministro Malichev tem um anúncio a fazer...

Com expressões que variavam de curiosas a estupefatas, os outros 44 participantes afastaram suas cadeiras e se aproximaram da grande janela com vista para a Praça dos Teatros, onde Malichev já estava de pé.

— Obrigado, secretário-geral — disse Malichev fazendo uma reverência para Khruschóv. Após uma pausa, retomou: — Camaradas, como a maioria de vocês sabe, há três anos e meio iniciamos a construção da nossa nova usina na cidade de Obninsk. Tenho o orgulho de anunciar que, na segunda-feira à tarde, ela estará totalmente operacional... seis meses antes do previsto.

Houve elogios apropriados e acenos em concordância. Então Malichev continuou:

— Além disso, exatamente às onze horas desta noite, em menos de dois minutos, a fábrica começará a fornecer energia para metade da cidade de Moscou...

Com isso, Malichev se virou para as janelas (enquanto o Conde e Martin silenciosamente apagavam as velas sobre a mesa). Do lado de fora, as luzes de Moscou tremeluziam como sempre tinham feito, de modo que, à medida que os segundos passavam, os homens da sala começaram ficar inquietos e a trocar comentários. Mas, de repente, no extremo noroeste da cidade, as luzes de um bairro de dez quarteirões se apagaram todas de uma vez. Um momento depois, as luzes se apagaram no bairro vizinho. Então a escuridão começou a se mover pela cidade como a sombra em uma planície, chegando cada vez mais perto, até que, por volta de 23h02, as janelas eternamente iluminadas do Kremlin ficaram escuras, seguidas alguns segundos depois pelas do Hotel Metropol.

Na escuridão, o que momentos antes tinham sido murmúrios agora aumentou em volume e mudou de tom, expressando um misto de surpresa e consternação. Mas o observador atento podia ver pela silhueta de Malichev que, quando a escuridão se abateu, ele não falou nem se moveu. Continuou olhando pela janela. De repente, no extremo noroeste da capital, as luzes dos blocos que se apagaram primeiro voltaram a brilhar. Agora era a luminescência que avançava pela cidade, chegando cada vez mais perto, até que as janelas do Kremlin brilharam seguidas pelo lustre acima deles, e o jantar combinado do Presidium e do Conselho de Ministros irrompeu em aplausos merecidos. Pois, na verdade, as luzes da cidade pareciam arder com mais força graças à eletricidade da primeira usina nuclear do mundo.

☆

Sem dúvida, o final do jantar de Estado foi uma bela encenação política como Moscou jamais tinha visto. Mas, quando as luzes se apagaram, será que alguns dos cidadãos ficaram incomodados?

Felizmente, em 1954, Moscou não era a capital mundial dos aparelhos elétricos. Mas, no breve curso do apagão, pelo menos trezentos mil relógios pararam, quarenta mil rádios ficaram em silêncio e cinco mil televisores apagaram. Os cães uivaram e os gatos miaram. Abajures foram derrubados, crianças choraram, os pais bateram a canela em mesas de centro, e mais do que alguns motoristas, olhando através dos para-brisas para os edifícios subitamente escurecidos, bateram nos para-choques dos automóveis à sua frente.

Naquele pequeno prédio cinza na esquina da rua Dzerjinski, o pequeno sujeito cinzento encarregado de anotar o que as garçonetes entreouviam continuava a datilografar. Pois, como qualquer bom burocrata, ele sabia datilografar de olhos fechados. Apesar disso, quando, alguns minutos depois de as luzes se apagarem, alguém tropeçou no corredor, nosso datilógrafo assustado olhou para cima e seus dedos inadvertidamente se deslocaram uma coluna de teclas para a direita, de modo que a segunda metade de seu relatório era ininteligível, ou codificada, dependendo do seu ponto de vista.

Enquanto isso, no Teatro Mali, onde Anna Urbanova, com uma peruca tingida de cinza, apresentava-se no papel de Irina Arkadina em *A gaivota* de Tchékhov, o público soltou exclamações abafadas de preocupação. Embora Anna e seus colegas de palco fossem experientes em sair de cena às escuras, ninguém se moveu. Treinados no método de Stanislavski, imediatamente começaram a agir como seus personagens teriam feito se de repente se encontrassem em um apagão:

ARKADINA: [*Alarmada*] As luzes se apagaram!
TRIGORIN: Fique onde está, minha querida. Vou procurar uma vela.

[*Som de movimentos cautelosos enquanto TRIGORIN sai pela direita, seguido por um momento de silêncio*]

ARKADINA: Ah, Konstantin. Estou com medo.

KONSTANTIN: É só escuridão, mãe, da qual viemos e para a qual voltaremos.

ARKADINA: [*Como se não tivesse escutado o filho*] Você acha que as luzes se apagaram por toda a Rússia?

KONSTANTIN: Não, mãe. Elas se apagaram no mundo todo...

E no Metropol? Dois garçons na Piazza, carregando bandejas para suas mesas, colidiram; quatro clientes no Chaliapin derramaram suas bebidas e um foi beliscado; preso no elevador entre o segundo e o terceiro andares, o americano Gordo Webster dividia barras de chocolate e cigarros com seus companheiros de viagem; enquanto, sozinho em seu escritório, o gerente do hotel prometia "chegar ao fundo desse incidente".

Mas na sala de jantar do Boiarski, onde por quase cinquenta anos o ambiente tinha sido iluminado por velas, os clientes foram servidos sem interrupção.

Anedotas

Na noite de 16 de junho, ao lado da mala e da mochila vazias da filha, o Conde expôs todos os itens que havia reunido para ela. Na noite anterior, quando ela voltara do ensaio, o Conde pedira a Sofia para sentar-se e explicara exatamente o que devia fazer.

— Por que você esperou até agora para falar sobre isso? — perguntou ela, à beira das lágrimas.

— Eu estava com medo de que, se eu lhe dissesse antes, você contestasse.

— Mas eu contesto.

— Eu sei — disse ele, pegando as mãos dela. — Mas, muitas vezes, Sofia, nosso melhor curso de ação parece contestável a princípio. Na verdade, é quase sempre assim.

O que se seguiu foi um debate entre pai e filha sobre os porquês e as causas, um contraste de perspectivas, uma comparação de horizontes temporais e expressões sinceras de esperanças conflitantes. Mas, no fim, o Conde pediu a Sofia que confiasse nele; e esse se mostrou um pedido que ela não sabia como recusar. Assim, depois de um momento de silêncio, com a coragem que ela demonstrara desde o primeiro dia em que se encontraram, Sofia ouviu atentamente enquanto o Conde descrevia cada detalhe passo a passo.

Naquela noite, quando terminou de separar os itens, o Conde revisou os mesmos detalhes para si mesmo, para garantir que nada tivesse sido esquecido ou ignorado; e sentia, finalmente, que tudo estava em ordem, quando a porta se abriu.

— Eles mudaram o local! — exclamou Sofia, sem fôlego.

Pai e filha trocaram olhares ansiosos.

— Para onde?

Para responder, Sofia parou e fechou os olhos. Em seguida, abriu-os, parecendo nervosa.

— Não me lembro.

— Está tudo bem — garantiu o Conde, sabendo muito bem que o nervosismo não era amigo da memória. — O que o diretor disse exatamente?

Você lembra qualquer coisa sobre o novo local? Algum aspecto da vizinhança ou do nome?

Sofia fechou os olhos novamente.

— Era um teatro, eu acho... uma *salle*.

— A Salle Pleyel?

— Isso!

O Conde soltou um suspiro de alívio.

— Não precisamos nos preocupar. Conheço bem o lugar. Um local histórico com boa acústica... que também fica no 8º...

Então, enquanto Sofia fazia as malas, o Conde foi até o porão. Tendo encontrado o segundo *Baedeker* de Paris, rasgou o mapa, subiu as escadas, sentou-se à mesa do Grão-Duque e desenhou uma nova linha vermelha. Depois que todas as fivelas estavam fechadas e os fechos foram trancados, o Conde, com um toque de cerimônia, levou Sofia através da porta do armário para o estúdio, como tinha feito dezesseis anos antes. E, assim como naquela ocasião, Sofia disse:

— Uau.

Pois desde que ela saíra para seu último ensaio mais cedo naquela tarde, o estúdio secreto deles fora transformado. Na estante, as velas ardiam com intensidade em um candelabro. As duas cadeiras de espaldar alto haviam sido colocadas em cada uma das extremidades da mesa oriental de centro da Condessa, a qual, por sua vez, estava coberta com linho, decorada com um pequeno arranjo de flores e arrumada com a mais fina prataria do hotel.

— Sua mesa a aguarda — disse o Conde com um sorriso, puxando a cadeira de Sofia.

— *Okrochka*? — perguntou ela, enquanto colocava o guardanapo no colo.

— Definitivamente — aquiesceu o Conde, sentando-se. — Antes de se viajar para o exterior, o melhor é tomar uma sopa caseira simples e reconfortante, para que se possa lembrar com carinho de casa em algum momento que se sinta um pouco triste.

— Eu certamente farei isso no momento em que sentir saudades de casa — disse Sofia com um sorriso.

Enquanto terminavam a sopa, Sofia percebeu que, ao lado do arranjo de flores, havia uma pequena dama de prata com um vestido do século XVIII.

— O que é isso? — perguntou.

— Por que você mesma não vê?

Sofia pegou a pequena dama e, ouvindo a sugestão de um tilintar, sacudiu-a de um lado para outro. Ao som resultante, a porta do estúdio se abriu e Andrei entrou empurrando um carrinho de serviço com uma cúpula de prata sobre ele.

— *Bonsoir, Monsieur*! *Bonsoir, Mademoiselle*!

Sofia riu.

— Espero que tenham gostado da sopa — disse ele.

— Estava deliciosa.

— *Très bien*.

Andrei tirou as tigelas da mesa e as guardou na prateleira inferior do carrinho, enquanto o Conde e Sofia olhavam com expectativa para a cúpula de prata. Mas quando se levantou, em vez de revelar o que o *chef* Jukóvski tinha preparado para eles, Andrei pegou um bloco.

— Antes de servir seu próximo prato, preciso que confirmem se gostaram da sopa — explicou. — Por favor, assinem aqui e aqui e aqui.

O olhar de choque do Conde provocou uma explosão de riso em Andrei e Sofia. Então, com um floreio, o *maître* levantou a tampa e apresentou a mais nova especialidade de Emile: Ganso *à la* Sofia.

— Neste prato o ganso é içado em um elevador, perseguido por um corredor e jogado pela janela antes de ser assado — explicou Andrei.

Andrei cortou a ave, serviu os legumes e o Château Margaux, tudo com um único movimento das mãos. Então desejou *Bon appétit* e saiu pela porta.

Enquanto os dois saboreavam a última criação de Emile, o Conde lembrou a Sofia, com alguns detalhes, a comoção que encontrara no quarto andar naquela manhã de 1946, incluindo a cueca oficial que Richard Vanderwhile saudara. E isso, de alguma forma, levou a uma recapitulação de quando Anna Urbanova jogou todas as suas roupas pela janela, apenas para reuni-las de volta no meio da noite. Ou seja, compartilharam as pequenas histórias engraçadas das quais é feita a tradição familiar.

Talvez alguns achem isso surpreendente, tendo suposto que o Conde reservaria esse jantar em particular para dar à filha conselhos de Polônio ou expressar sua tristeza. Mas ele tinha escolhido intencionalmente fazer tudo isso na noite anterior, depois de discutir o que devia ser feito.

Mostrando um autocontrole que não lhe era característico, o Conde tinha se restringido a dois sucintos conselhos paternos. O primeiro foi que, se a pessoa não dominasse as circunstâncias, estaria destinada a ser dominada por elas; e o segundo foi a máxima de Montaigne de que o maior sinal de sabedoria é a alegria constante. Mas, quando se tratava de expressar tristeza, o Conde não se conteve. Ele disse a ela exatamente como ficaria triste com sua ausência e, ainda assim, como se sentia feliz ao menor pensamento de sua grande aventura.

Por que o Conde foi tão cuidadoso ao garantir que tudo isso fosse feito na noite anterior à viagem de Sofia? Porque ele sabia bem que, quando alguém viaja para o exterior pela primeira vez, não deseja se lembrar de instruções complicadas, conselhos profundos ou sentimentos lamuriosos. Como a lembrança da sopa simples, quando alguém está com saudades de casa, o mais reconfortante é rememorar historinhas alegres que foram contadas mil vezes antes.

Dito isso, quando seus pratos enfim estavam vazios, o Conde tentou abordar um novo assunto que claramente passava por sua cabeça.

— Eu estava pensando... — começou ele, hesitante. — Ou melhor, ocorreu-me que você poderia gostar... Em algum momento, talvez...

Surpresa ao ver seu pai tão estranhamente desconcertado, Sofia riu.

— O que foi, papai? Do que eu gostaria?

Enfiando a mão em seu paletó, o Conde timidamente pegou a fotografia que Michka tinha posto entre as páginas de seu projeto.

— Sei como você valoriza a fotografia de seus pais, então pensei... que poderia gostar de ter uma minha também. — Corando pela primeira vez em mais de quarenta anos, ele lhe entregou a foto, acrescentando: — É a única que tenho.

Genuinamente comovida, Sofia aceitou a fotografia com toda a intenção de expressar sua mais profunda gratidão; mas, ao olhar para ela, levou a mão à boca e começou a rir.

— Seus bigodes! — exclamou, explodindo em uma gargalhada.

— Eu sei, eu sei. Acredite se quiser, houve um tempo em que eles causavam inveja a todo o Jockey Club...

Sofia gargalhou outra vez.

— Tudo bem. Se você não quiser, eu entendo — disse o Conde, estendendo a mão.

Mas ela apertou a imagem junto ao peito.

— Eu não abriria mão disso por nada no mundo — afirmou ela, sorrindo. Então deu outra olhada em seus bigodes e se voltou para o pai, maravilhada.

— O que houve com eles?

— O que houve com eles, de fato...

Tomando um gole considerável de seu vinho, o Conde contou a Sofia sobre a tarde de 1922 em que um dos lados de seus bigodes fora cortado sem cerimônia por um sujeito corpulento na barbearia do hotel.

— Que grosseiro!

— Sim, e um vislumbre das coisas que estavam por vir — concordou o Conde. — Mas, de certa forma, tenho que agradecer àquele homem por minha vida com você.

— Como assim?

O Conde explicou que, alguns dias depois do incidente na barbearia, a mãe dela aparecera em sua mesa na Piazza para fazer, basicamente, a mesma pergunta que Sofia tinha acabado de fazer: *O que houve com eles?* E, com essa simples pergunta, a amizade deles havia começado.

Agora foi Sofia que tomou um gole de vinho.

—Você se arrepende de ter voltado para a Rússia? — perguntou ela depois de um momento. — Quero dizer, depois da Revolução.

O Conde observou a filha. Se, quando Sofia saíra do quarto de Anna com seu vestido azul, ele tinha sentido que ela atravessava o limiar para a idade adulta, então ali estava a confirmação perfeita. Pois, tanto em tom quanto em intenção, quando Sofia fez essa pergunta, não foi como uma criança indagando algo a um pai, mas como um adulto questiona outro sobre as escolhas que fez. Então o Conde deu à questão a consideração devida. E lhe disse a verdade:

— Olhando para trás, me parece que há pessoas que desempenham um papel essencial o tempo todo. E não me refiro apenas aos Napoleões que influenciam o curso da história; falo de homens e mulheres que rotineiramente aparecem em momentos críticos no progresso da arte, do comércio ou da evolução das ideias, como se a própria Vida os tivesse convocado mais uma vez para ajudar a cumprir seu propósito. Bem, desde o dia em que nasci, Sofia, houve apenas uma vez em que a Vida precisou que eu estivesse em um determinado lugar em um momento específico, e foi quando sua mãe a trouxe ao saguão do Metropol. E eu não trocaria estar neste hotel naquela hora nem pelo posto de tsar de todas as Rússias.

Sofia se levantou da mesa para dar um beijo no rosto do pai. Depois, voltando para a cadeira, inclinou-se para trás, semicerrou os olhos e disse:

— Trios famosos.

— Ha-ha! — exclamou o Conde.

Assim, enquanto as velas eram consumidas pelas chamas e a garrafa de Margaux era bebida até restarem apenas os sedimentos, foram feitas referências ao Pai, ao Filho e ao Espírito Santo; Purgatório, Céu e Inferno; os três anéis de Moscou; os três Reis Magos; as três Moiras; os três mosqueteiros; as três bruxas de *Macbeth*; o enigma da Esfinge; as cabeças de Cérbero; o teorema de Pitágoras; garfos, facas e colheres; leitura, escrita e aritmética; fé, esperança e amor (com o maior deles sendo o amor).

— Passado, presente e futuro.
— Começo, meio e fim.
— Dia, tarde e noite.
— O sol, a lua, as estrelas.

E, com essa categoria em particular, talvez o jogo pudesse ter durado a noite toda, mas o Conde reconheceu a própria derrota com um aceno de cabeça quando Sofia disse:

— Andrei, Emile e Aleksandr.

Às dez horas, quando o Conde e Sofia apagaram as velas e voltaram para o quarto, houve uma batida delicada à porta. Os dois se entreolharam com o sorriso melancólico daqueles que sabem que a hora chegou.

— Entre — disse o Conde.

Era Marina, de chapéu e casaco.

— Desculpe se estou atrasada.
— Não, não. Você chegou na hora certa.

Quando Sofia pegou um casaco no armário, o Conde pegou a mala e a mochila em cima da cama. Então os três desceram o campanário para o quinto andar, onde saíram, percorreram o corredor e continuaram sua descida pela escada principal.

Mais cedo naquele dia, Sofia já havia se despedido de Arkadi e Vasili; no entanto, eles saíram de trás de suas mesas para se despedirem de novo e, um momento depois, juntaram-se a eles Andrei, de smoking, e Emile, de avental. Até Audrius apareceu, emergindo do balcão do Chaliapin e deixando seus clientes desassistidos, para variar. Esse pequeno grupo se reuniu em torno de Sofia para lhe desejar boa sorte, ao mesmo tempo que sentia aquele traço de inveja perfeitamente aceitável entre a família e os amigos, de uma geração para a seguinte.

— Você será a bela de Paris — disse um deles.
— Mal podemos esperar para ouvir todas as novidades.
— Alguém pegue a mala para ela.

— Sim, seu trem partirá em uma hora!

Quando Marina saiu para chamar um táxi, como se por acordo prévio, Arkadi, Vasili, Audrius, Andrei e Emile, todos deram alguns passos para trás para que o Conde e Sofia pudessem trocar algumas últimas palavras a sós. Então pai e filha se abraçaram, e Sofia, apesar de incerta sobre os méritos da aclamação, passou pelas portas do Hotel Metropol, que nunca paravam de girar.

Voltando ao sexto andar, o Conde passou um momento olhando ao redor de seu quarto de canto a canto, constatando que já parecia estranhamente silencioso.

Então isto é um ninho vazio, pensou. Que coisa triste.

Servindo-se de um copo de conhaque e tomando um gole considerável, ele se sentou à mesa do Grão-Duque e escreveu cinco cartas no papel de carta do hotel. Quando terminou, colocou todas elas na gaveta, escovou os dentes, vestiu o pijama e então, apesar de Sofia ter partido, dormiu no colchão sob o estrado.

Associação

Com o início da Segunda Guerra Mundial, o olhar de muitos na Europa aprisionada voltou-se esperançoso, ou desesperado, para a liberdade das Américas. Lisboa tornou-se o grande ponto de embarque. Mas nem todos podiam ir até lá diretamente. E, assim, uma trilha tortuosa de refugiados surgiu. De Paris a Marselha, cruzando o Mediterrâneo até Orã, e de lá via trem, carro ou a pé pela costa africana até Casablanca, no Marrocos francês. Chegando a esse ponto, os felizardos, com a ajuda de dinheiro, influência ou sorte, poderiam conseguir vistos de saída e escapar para Lisboa. E de Lisboa para o Novo Mundo. Mas outros esperam em Casablanca. Esperam, esperam e esperam...

— Tenho que admitir, Aleksandr — sussurrou Óssip. — Foi uma excelente escolha. Eu tinha esquecido completamente como é empolgante.

— Shhh. Está começando... — anunciou o Conde.

Tendo iniciado seus estudos em 1930 com reuniões mensais, ao longo dos anos o Conde e Óssip passaram a se encontrar com menos frequência. Como essas coisas costumam acontecer, os dois começaram a se reunir trimestralmente, depois semestralmente e, de repente, não se encontravam mais.

Por quê?, você pode se perguntar.

Mas precisa haver uma razão? Você ainda janta com todos os amigos com os quais costumava jantar vinte anos atrás? Basta dizer que os dois compartilhavam um carinho pelo outro e, apesar de suas melhores intenções, a vida interveio. Assim, quando Óssip calhou de visitar o Boiarski com um colega em uma noite no início de junho, ao sair do restaurante ele se aproximou do Conde para comentar que fazia muito tempo.

— Sim, sim — concordou o Conde. — Devemos nos reunir para ver um filme.

— Quanto antes, melhor — disse Óssip com um sorriso.

E os dois homens talvez tivessem deixado isso de lado, mas, quando Óssip se reuniu a seu colega na porta, o Conde foi tomado por uma ideia.

— O que é uma intenção se comparada a um plano? — disse, pegando Óssip pela manga. — Se *quanto antes, melhor*, então por que não na próxima semana?

Virando-se, Óssip avaliou o Conde por um momento.

— Sabe, você está absolutamente certo, Aleksandr. Que tal dia dezenove?

— Dia dezenove seria perfeito.

— A que vamos assistir?

Sem hesitação, o Conde disse:

— *Casablanca*.

— *Casablanca*... — resmungou Óssip.

— Humphrey Bogart não é o seu favorito?

— Claro que é. Mas *Casablanca* não é um filme de Humphrey Bogart. É apenas uma história de amor na qual ele aparece.

— Ao contrário, acredito que *Casablanca* seja *o* filme de Humphrey Bogart.

— Você só diz isso porque ele usa um paletó branco de garçom durante metade do filme.

— Que absurdo — respondeu o Conde, um pouco tenso.

— Talvez seja um pouco absurdo, mas não quero assistir a *Casablanca*.

O Conde, que não era de se deixar vencer pela infantilidade de outro homem, fez beicinho.

— Tudo bem — suspirou Óssip. — Mas, se você vai escolher o filme, eu vou escolher a comida.

Como se constatou, uma vez que o filme estava rodando, Óssip foi arrebatado. Afinal, havia o assassinato de dois mensageiros alemães no deserto, depois a captura de suspeitos no mercado, o disparo contra um fugitivo, o roubo de um britânico, a chegada de um avião da Gestapo, a música e o jogo no Rick's Café Américain, assim como o esconderijo de duas cartas de salvo-conduto em um piano, e isso nos primeiros dez minutos!

No vigésimo minuto, quando o capitão Renault instruiu seu oficial a prender Ugarte discretamente e o oficial o saudou, Óssip saudou também. Quando Ugarte trocou suas fichas, Óssip trocou as suas. E quando Ugarte fugiu entre os guardas, bateu a porta, sacou a pistola e disparou quatro tiros, Óssip fugiu, bateu, sacou e disparou.

[*Sem ter onde se esconder, Ugarte dispara pelo corredor. Vendo Rick se aproximar da direção oposta, ele o agarra.*]
UGARTE: Rick! Rick, me ajude!
RICK: Não seja tolo. Você não pode fugir.
UGARTE: Rick, arrume um esconderijo. Faça alguma coisa! Você tem que me ajudar, Rick. Faça alguma coisa! Rick! Rick!
[*Rick permanece impassível enquanto guardas e gendarmes arrastam Ugarte.*]
CLIENTE: Quando eles vierem me pegar, Rick, espero que você ajude mais.
RICK: Eu não arrisco meu pescoço por ninguém.
[*Movendo-se casualmente entre as mesas e os clientes desconcertados, alguns a ponto de sair dali, Rick fala ao salão com voz calma*].
RICK: Sinto muito pelo incômodo, pessoal, mas agora já acabou. Está tudo bem. Sentem-se e divirtam-se. Divirtam-se... Está bem, Sam.

Quando Sam e sua orquestra começaram a tocar, restaurando um pouco o ar despreocupado do salão, Óssip inclinou-se para o Conde.

— Talvez você estivesse certo, Aleksandr. Este pode ser Bogart em sua melhor forma. Você viu a indiferença que ele expressou enquanto Ugarte era praticamente levantado pelo colarinho? E quando esse americano pedante fez sua observação presunçosa, Bogart nem se dignou a olhar para ele ao responder. Então, depois de instruir o pianista a tocar, ele volta ao seu trabalho como se nada tivesse acontecido.

Com o cenho franzido ao ouvir Óssip, o Conde de repente se levantou e desligou o projetor.

— Vamos assistir ao filme ou conversar sobre ele?

Perplexo, Óssip assegurou a seu amigo:

— Vamos assistir.

— Até o fim?

— Até os créditos subirem.

Assim, o Conde ligou o projetor de novo, e Óssip prestava toda a atenção à tela.

Para dizer a verdade, depois de ter feito tanto alarde pedindo atenção, o Conde mesmo não prestou total atenção ao filme. Sim, ele estava observando de perto quando, no trigésimo oitavo minuto, Sam encontra Rick bebendo uísque sozinho no salão. Mas quando a fumaça do cigarro de Rick se dissolveu em uma montagem de seus dias em Paris com Ilsa, os pensamentos do Conde se dissolveram em sua própria montagem parisiense.

Ao contrário da de Rick, no entanto, a sequência de imagens do Conde não se baseava em suas lembranças, mas em sua imaginação. Começava com Sofia desembarcando na Gare du Nord enquanto o vapor da locomotiva espiralava pela plataforma. Momentos depois, ela estava com as malas na mão, do lado de fora da estação, preparando-se para embarcar no ônibus com seus colegas músicos. Então olhava pela janela os pontos turísticos da cidade enquanto seguiam rumo ao hotel, onde os jovens músicos permaneceriam até o concerto sob o olhar atento de dois membros da equipe do Conservatório, dois representantes do VOKS, um adido cultural e três "acompanhantes" a serviço da KGB...

Quando o filme voltou de Paris para Casablanca, o Conde também regressou. Deixando de lado os pensamentos sobre a filha, ele acompanhou a ação enquanto observava, pelo canto do olho, a completa redenção de Óssip às dificuldades dos protagonistas.

Mas o Conde sentiu particular prazer no engajamento de seu amigo durante os minutos finais do filme. Pois, com o avião para Lisboa no ar e o major Strasser morto no chão, quando o capitão Renault, depois de se servir, franziu o cenho para a garrafa de água Vichy em sua mão, a jogou em um cesto de lixo e o virou no chão com um chute, Óssip Glebnikov, ex-coronel do Exército Vermelho e alto oficial do Partido, sentado na beirada de seu assento, derramou, franziu o cenho, jogou e chutou.

Antagonistas
(A absolvição)

— Boa noite e bem-vindos ao Boiarski — começou o Conde, em russo, quando o casal de meia-idade e cabelos louros ergueu os olhos azuis de seus cardápios.

—Você fala inglês? — perguntou o marido nesse idioma, embora com um sotaque decididamente escandinavo.

— Boa noite e bem-vindos ao Boiarski — traduziu o Conde. — Meu nome é Aleksandr e serei seu garçom esta noite. Mas, antes de lhes apresentar nossas especialidades, posso lhes oferecer um *apéritif*?

— Acho que estamos prontos para pedir — disse o marido.

— Acabamos de chegar ao hotel depois de um longo dia de viagem — explicou a esposa, com um sorriso cansado.

O Conde hesitou.

— E de onde vieram, se me permitem perguntar...?

— Helsinque — disse o marido, um pouco impaciente.

— Bem então, *tervetuloa Moskova* — disse o Conde.

— *Kiitos* — respondeu a esposa, ainda sorrindo.

— Considerando sua longa jornada, vou cuidar para que sem demora lhes seja servida uma deliciosa refeição. Mas, antes de anotar seu pedido, fariam a gentileza de me dizer o número de seu quarto...?

Desde o início, o Conde decidira que precisaria surrupiar algumas coisas de um norueguês, um dinamarquês, um sueco ou um finlandês. A princípio, essa tarefa não deveria ser um grande desafio, pois os visitantes escandinavos eram relativamente comuns no Metropol. O problema era que o visitante em questão sem dúvida notificaria o gerente do hotel assim que descobrisse que tinha sido furtado, o que, por sua vez, poderia levar à notificação das autoridades, a interrogatórios oficiais com o pessoal do hotel, talvez até mesmo à busca nos quartos e o destacamento de guardas nas estações ferroviárias. Assim, o furto teria que acontecer no último minuto. Nesse meio-tempo, o Conde só podia cruzar os dedos para que um escandinavo se hospedasse no hotel no momento crítico.

Com amargura, ele vira um vendedor de Estocolmo deixar o hotel no dia 13 de junho. Em seguida, no dia 17, um jornalista de Oslo ser chamado de volta por seu jornal. O Conde se repreendeu intensamente por não ter agido antes. Até que, para sua surpresa, com apenas 24 horas restantes, um casal de finlandeses cansados entrou no Boiarski e se sentou exatamente à sua mesa.

Mas restava uma pequena complicação: o principal item que o Conde esperava obter era o passaporte do cavalheiro. E, como a maioria dos estrangeiros na Rússia carregava seus passaportes junto de si, ele não seria capaz de fazer uma visita à suíte dos finlandeses na manhã seguinte, quando eles saíssem para passear pela cidade; teria que visitar a suíte naquela noite, enquanto o casal ainda estivesse nela.

Por mais que odiemos admitir, o Destino não toma partido. Ele é justo e geralmente prefere manter algum equilíbrio entre a probabilidade de sucesso e fracasso em todos os nossos esforços. Assim, tendo colocado o Conde na posição desafiadora de ter que arranjar um passaporte no último minuto, o Destino lhe ofereceu um pequeno consolo: pois às nove e meia da noite, quando o Conde perguntou aos finlandeses se gostariam de ver o carrinho de sobremesa, eles recusaram alegando que estavam exaustos e prontos para ir para a cama.

Pouco depois da meia-noite, quando o Boiarski fechou e o Conde deu boa-noite a Andrei e Emile, ele subiu as escadas para o terceiro andar, foi até o meio do corredor, tirou os sapatos e, então, usando a chave de Nina, deslizou de meias para dentro da suíte 322.

Muitos anos antes, sob um feitiço lançado por certa atriz, o Conde havia passado um tempo entre os invisíveis. Assim, quando entrou no quarto dos finlandeses na ponta nos pés, convidou Vênus a cobri-lo com uma névoa — como ela fizera com seu filho, Eneias, quando este vagava pelas ruas de Cartago — para que seus passos fossem silenciosos, seus batimentos cardíacos, tranquilos, e sua presença na suíte, não mais notável do que um sopro de ar.

Como era o final de junho, os finlandeses tinham fechado as cortinas para bloquear o brilho das noites brancas, mas um feixe de luz resistia no ponto de encontro das cortinas. Com esta linha estreita de iluminação, o Conde se aproximou do pé da cama e distinguiu as formas dos viajantes adormecidos. Graças a Deus, tinham cerca de quarenta anos. Se fossem quinze anos mais jovens, não estariam dormindo. Tendo voltado de um jantar tardio no Arbat, no qual teriam pedido duas garrafas de vinho, estariam agora nos braços um do outro. Se fossem quinze anos mais velhos, estariam agitados, se revirando, levantando-se duas vezes por noite para ir ao banheiro. Mas aos quarenta? Tinham apetite suficiente para comer bem, temperança para beber com moderação e sabedoria para comemorar a ausência dos filhos com uma boa noite de sono.

Em questão de minutos, o Conde pegou o passaporte do cavalheiro e 150 marcos finlandeses na escrivaninha, atravessou a sala de estar na ponta dos pés e voltou ao corredor, que estava vazio.

Na verdade, estava tão vazio que nem seus sapatos estavam lá.

— Droga! — reclamou o Conde para si mesmo. — Devem ter sido levados para engraxar pelo serviço noturno.

Depois de lançar uma ladainha de autorrecriminações, o Conde se reconfortou com a ideia de que, com toda a probabilidade, na manhã seguinte seus sapatos seriam simplesmente devolvidos pelos finlandeses à recepção, de onde seriam jogados na coleção de objetos perdidos do hotel. Enquanto subia as escadas do campanário, ele se reconfortou ainda mais, pois tudo saíra conforme o planejado. *A esta hora amanhã à noite...*, pensava enquanto abria a porta do quarto, só para encontrar o Bispo sentado à mesa do Grão-Duque.

Naturalmente, o primeiro instinto do Conde diante de tal visão foi um sentimento de indignação. Não só aquele colecionador de discrepâncias, aquele arrancador de rótulos de vinhos tinha entrado nos aposentos do Conde sem ser convidado, como tinha de fato apoiado seus cotovelos naquela superfície facetada onde um dia tinham sido escritos argumentos persuasivos para estadistas e conselhos delicados para amigos. O Conde começava a abrir a boca para exigir uma explicação quando viu que uma gaveta tinha sido aberta e que havia uma folha de papel na mão do Bispo.

As cartas, percebeu com um sentimento de pavor.

Ah, quem dera fossem apenas as cartas...

Expressões de carinho e companheirismo cuidadosamente escritas podiam não ser comuns entre colegas, mas dificilmente seriam suspeitas por si sós. Um homem tem todo o direito — e alguma responsabilidade — de comunicar seus bons sentimentos a seus amigos. Mas não era uma das cartas escritas recentemente que o Bispo estava segurando. Era o primeiro dos mapas do *Baedeker*, aquele no qual o Conde tinha desenhado a linha vermelha brilhante que conectava o Palais Garnier à embaixada americana por meio da avenida George V.

Mas fosse uma carta ou um mapa, não importava. Pois, quando o Bispo se virou ao som da porta, testemunhou a transição da expressão do Conde, da indignação para o horror; uma transição que confirmava a culpa antes mesmo que uma acusação tivesse sido feita.

— Chefe dos garçons Rostov — disse o Bispo, como se estivesse surpreso por ver o Conde em seu próprio quarto. — Você realmente é um homem de muitos interesses: vinho... cozinha... as ruas de Paris...

— Sim — disse o Conde enquanto tentava se recompor. — Tenho lido um pouco de Proust ultimamente, portanto tenho tentado me familiarizar outra vez com os *arrondissements* da cidade.

— É claro — disse o Bispo.

A crueldade sabe que não precisa ser histriônica. Pode ser tão calma e silenciosa quanto quiser. Pode suspirar, balançar de leve a cabeça em descrença ou oferecer uma desculpa simpática para aquilo que está pronta para fazer. Ela pode se mover lenta, metódica e inevitavelmente. Assim, o Bispo, tendo gentilmente colocado o mapa sobre a superfície facetada da mesa do Grão--Duque, levantou-se da cadeira, atravessou o quarto e passou pelo Conde sem dizer uma palavra sequer.

O que se passava pela mente do Bispo enquanto descia os cinco andares do sótão até o térreo? Que emoção ele sentia?

Talvez estivesse se regozijando. Após trinta anos se sentindo menosprezado pelo Conde, talvez agora sentisse o prazer de enfim colocar aquele erudito pretensioso em seu devido lugar. Ou talvez fosse superioridade. Talvez o camarada Leplévski estivesse tão dedicado à fraternidade do Proletariado (da qual saíra) que a persistência daquele ex-cidadão na nova Rússia irritasse seu senso de justiça. Ou talvez fosse simplesmente a fria satisfação dos invejosos. Pois aqueles que tinham dificuldade na escola ou em fazer amigos quando eram jovens sempre reconhecerão, com um olhar amargo, aqueles para quem a vida parecia ser fácil.

Regozijo, superioridade, satisfação, quem pode dizer? Mas a emoção que o Bispo sentiu ao abrir a porta de seu escritório quase com certeza foi de choque, pois o adversário que ele deixara no sótão poucos minutos antes estava agora sentado atrás da mesa do gerente com uma pistola na mão.

Como isso era possível?

Quando o Bispo saiu do quarto do Conde, este estava paralisado no lugar por uma torrente de emoções: sentimentos de fúria, incredulidade, autorrecriminação e medo. Em vez de queimar o mapa, ele o deslizara para dentro da gaveta como um tolo. Seis meses do mais cuidadoso planejamento e a meticulosa execução arruinados por um único passo em falso. E, o que era pior, tinha colocado Sofia em risco. Que preço ela pagaria por sua negligência?

Mas, se o Conde ficou paralisado no lugar, foi por no máximo cinco segundos. Pois esses sentimentos perfeitamente compreensíveis, que ameaçavam drenar o sangue de seu coração, foram varridos pela determinação.

Virando-se, o Conde foi até o topo do campanário e ouviu até que o Bispo tivesse descido os dois primeiros andares. Ainda de meias, o Conde começou a seguir os passos do Bispo; mas, quando chegou ao quinto andar, saiu do campanário, disparou pelo corredor e desceu a escada principal correndo, assim como Sofia tinha feito aos treze anos.

Como se ainda envolto em névoa, o Conde saiu da escada, correu pelo corredor e entrou nos escritórios executivos sem ser visto por ninguém; mas, ao chegar à porta do Bispo, descobriu que estava trancada. Enquanto falava o nome do Senhor em vão, o Conde bateu as mãos em seu colete com alívio: ainda estava com a chave de Nina no bolso. Depois de entrar, trancou a porta outra vez e cruzou a sala até a parede onde os armários de arquivo haviam tomado o lugar da espreguiçadeira do sr. Halecki. Contando a partir do retrato de Karl Marx, o Conde colocou a mão no centro do segundo painel à direita, deu um empurrão e o abriu. Tirando a caixa incrustada de sua câmara, o Conde a pôs sobre a mesa e abriu a tampa.

— Simplesmente maravilhoso — disse.

Então, sentando-se na cadeira do gerente, o Conde retirou as duas pistolas, as carregou e esperou. Calculou ter apenas alguns segundos antes que a porta se abrisse, mas os usou da melhor forma que pôde para controlar sua respiração, diminuir seu ritmo cardíaco e acalmar seus nervos; de modo que, quando a chave do Bispo girou na fechadura, ele estava frio como um assassino.

Tão imprevisível era a presença do Conde atrás da mesa que o Bispo tinha fechado a porta antes mesmo de perceber que ele estava lá. Mas, se cada homem tem seus talentos, um dos talentos do Bispo era que ele nunca estava a mais de um passo de distância de um protocolo insignificante e de um sentimento intrínseco de superioridade.

— Chefe dos garçons Rostov, você não tem motivos para estar neste escritório — disse, quase irritado. — Insisto que saia imediatamente.

O Conde ergueu uma das pistolas e ordenou:

— Sente-se.

— Como você ousa!

— Sente-se — repetiu o Conde, mais devagar.

O Bispo seria o primeiro a admitir que não tinha experiência com armas de fogo. Na verdade, mal podia distinguir entre um revólver e uma semiautomática. Mas qualquer tolo podia ver que aquela na mão do Conde era uma antiguidade. Uma peça de museu. Uma curiosidade.

—Você não me deixa alternativa senão alertar as autoridades — disse ele.

Então, avançando, pegou o fone de um de seus dois telefones.

O Conde deslocou sua mira do Bispo para o retrato de Stálin e acertou o antigo primeiro-ministro entre os olhos.

Chocado pelo som ou pelo sacrilégio, o Bispo pulou para trás, largando o fone com um ruído.

O Conde levantou a segunda pistola e a mirou no peito do Bispo.

— Sente-se — repetiu.

Dessa vez, o Bispo obedeceu.

Com a segunda arma ainda apontada para o peito do Bispo, o Conde se levantou. Pôs o telefone no gancho. Contornou a cadeira do Bispo e trancou a porta do escritório. Depois voltou para o assento atrás da mesa.

Os dois ficaram em silêncio enquanto o Bispo recuperava seu senso de superioridade.

— Bem, chefe dos garçons Rostov, parece que, por ameaça de violência, conseguiu minha aquiescência. O que você pretende fazer agora?

— Vamos esperar.
— Esperar o quê?
O Conde não respondeu.
Depois de alguns instantes, um dos telefones começou a tocar. Instintivamente, o Bispo estendeu a mão, mas o Conde balançou a cabeça. Ele tocou onze vezes antes de ficar em silêncio.
— Por quanto tempo você pretende me segurar aqui? — insistiu o Bispo. — Uma hora? Duas? Até de manhã?
Era uma boa pergunta. O Conde olhou ao redor das paredes da sala procurando um relógio, mas não encontrou nenhum.
— Me dê seu relógio — disse ele.
— Perdão?
—Você me ouviu.
O Bispo tirou seu relógio de pulso e o jogou sobre a mesa. De modo geral, o Conde não era a favor de subtrair os homens de suas posses sob a mira de uma arma, mas, tendo se orgulhado de ignorar o ponteiro dos minutos por tantos anos, havia chegado a hora de o Conde se apegar a ele.
De acordo com o relógio do Bispo (que provavelmente estava cinco minutos adiantado para garantir que nunca se atrasasse para o trabalho), era quase uma hora da madrugada. Ainda haveria alguns hóspedes do hotel voltando de jantares tardios, alguns remanescentes no bar, a limpeza e arrumação da Piazza, a aspiração do saguão. Mas, às duas e meia, o hotel estaria completamente em silêncio.
— Acomode-se — disse o Conde.
Então, para passar o tempo, começou a assobiar um pouco de Mozart de *Così fan tutte*. Em algum ponto do segundo movimento, se deu conta de que o Bispo sorria com desdém.
— Tem algo em mente? — perguntou o Conde.
O canto superior esquerdo da boca do Bispo se contraiu.
— Seu tipo — zombou ele. — Sempre tão convencido da integridade moral de suas ações. Como se o próprio Deus ficasse muito impressionado com suas preciosas boas maneiras e seu delicioso jeito de fazer como bem entende as coisas com as quais Ele o abençoou. Que vaidade.
O Bispo deixou escapar o que devia ser dito em sua casa como piada.
— Bem, você teve seu tempo — continuou. — Teve sua chance de dançar com suas ilusões e agir com impunidade. Mas sua pequena orquestra parou de

tocar. Tudo o que você diz ou faz agora, tudo o que pensa, mesmo que seja às duas ou três da manhã atrás de uma porta trancada, virá à luz. E, quando isso acontecer, você será responsabilizado.

O Conde ouviu o Bispo com interesse genuíno e um traço de surpresa. Seu tipo? A bênção do Senhor para que pudesse fazer as coisas como quisesse? Enquanto dançava com suas ilusões? O Conde não tinha ideia do que o Bispo estava falando. Afinal, já vivera sob prisão domiciliar no Hotel Metropol por mais da metade de sua vida. Quase sorriu, a ponto de fazer uma piada sobre a imaginação fértil dos homens medíocres. Em vez disso, sua expressão ficou sóbria ao considerar a presunçosa certeza do Bispo de que tudo "viria à luz".

Seu olhar se deslocou para os arquivos, que agora eram cinco.

Com o cano da pistola ainda apontado para o Bispo, o Conde foi até os arquivos e puxou a gaveta superior esquerda. Estava trancada.

— Onde está a chave?

— Você não tem motivo para abrir esses armários. Eles contêm meus arquivos pessoais.

O Conde deu a volta para trás da mesa e abriu as gavetas. Estavam surpreendentemente vazias.

Onde um homem como o Bispo manteria a chave de seus arquivos pessoais? Ora, junto de si. Claro.

O Conde deu a volta na mesa e assomou sobre o Bispo.

—Você pode me dar a chave ou posso tirá-la de você — explicou o Conde. — Mas não há uma terceira opção.

Quando o Bispo ergueu os olhos com uma expressão de leve indignação, viu que o Conde havia erguido a velha pistola para o alto, com a clara intenção de arremetê-la em seguida até seu rosto. O Bispo tirou um pequeno molho de chaves de um bolso e o jogou sobre a mesa.

Mas, quando aterrissaram com um som metálico, o Conde pôde ver que o Bispo tinha passado por um tipo de transformação. De repente, perdera o ar de superioridade, como se durante todo o tempo ela tivesse sido garantida pela posse daquelas chaves. Pegando o molho, o Conde passou por cada uma delas até encontrar a menor, depois destrancou todos os arquivos do Bispo, um a um.

Nos três primeiros armários, havia uma coleção ordenada de relatórios sobre as operações do hotel: receitas; taxas de ocupação; pessoal; despesas de manutenção; inventários; e, sim, as discrepâncias. Mas, nos outros armários, os arquivos eram dedicados a indivíduos. Além de arquivos de vários hóspedes que tinham ficado no hotel ao longo dos anos, havia, em ordem alfabética, pastas sobre os membros da equipe. Sobre Arkadi, Vasili, Andrei e Emile. Até Marina. O Conde não precisava de mais do que um olhar para eles para saber o seu propósito. Eram relatórios cuidadosos das falhas humanas, com exemplos específicos de atraso, impertinência, desinteresse, embriaguez, preguiça, desejo. Não se poderia dizer exatamente que o conteúdo desses arquivos era espúrio ou impreciso. Sem dúvida, todas as pessoas mencionadas haviam sido culpadas dessas fragilidades humanas em um momento ou em outro; mas, para qualquer uma delas, o Conde poderia ter compilado um arquivo cinquenta vezes maior que catalogasse suas virtudes. Depois de puxar os arquivos de seus amigos e jogá-los na mesa, o Conde voltou aos armários e procurou duas vezes na letra R. Quando encontrou seu próprio arquivo, ficou satisfeito ao descobrir que estava entre os mais grossos.

O Conde olhou para o seu relógio (ou melhor, do Bispo). Eram duas e meia da madrugada: a hora dos fantasmas. O Conde recarregou a primeira pistola, enfiou-a no cinto e apontou a outra para o Bispo.

— É hora de ir — disse e então gesticulou para os arquivos na mesa com a pistola. — Eles são propriedade sua, então você os carrega.

O Bispo os pegou, sem protestar.

— Aonde vamos?

—Você verá em breve.

O Conde conduziu o Bispo através dos escritórios vazios, por uma escada fechada e dois lances abaixo do nível da rua.

Apesar de todo o seu controle detalhista das minúcias do hotel, o Bispo obviamente nunca tinha ido ao porão. Passando pela porta no pé da escada, ele olhou ao redor com uma mistura de medo e desgosto.

— Primeira parada — disse o Conde, abrindo a pesada porta de aço que conduzia à sala da caldeira.

O Bispo hesitou, então o Conde o cutucou com o cano da arma, apontando:
— Ali.

Tirando um lenço do bolso, o Conde abriu a pequena porta da caldeira.
— Jogue-os aí dentro — disse.

Sem uma palavra sequer, o Bispo alimentou as chamas com seus arquivos. Talvez fosse a proximidade da fornalha ou o esforço de carregar a pilha de dossiês por dois lances de escada, mas o Bispo tinha começado a suar de uma maneira que era distintamente atípica.

— Vamos — disse o Conde. — Próxima parada.

Uma vez fora da sala da caldeira, o Conde cutucou o Bispo pelo corredor até o armário de curiosidades.

— Ali. Na prateleira inferior. Pegue esse pequeno livro vermelho.

O Bispo fez o que lhe foi ordenado e entregou ao Conde o *Baedeker* da Finlândia.

O Conde assentiu para indicar que iam avançar pelo porão. O Bispo agora estava muito pálido e, depois de alguns passos, seus joelhos pareciam prestes a ceder.

— Só um pouco mais adiante — persuadiu o Conde.

Um momento depois, chegaram à porta azul-vivo.

Tirando a chave de Nina do bolso, o Conde a abriu.

— Entre — disse ele.

O Bispo entrou e se virou.

— O que você vai fazer comigo?

— Eu não vou fazer nada com você.

— Então, quando vai voltar?

— Nunca vou voltar.

— Você não pode me deixar aqui — disse o Bispo. — Podem se passar semanas até que alguém me encontre!

— Você participa da reunião diária do Boiarski, camarada Leplévski. Se estivesse prestando atenção na última, lembraria que haverá um banquete na noite de terça-feira no salão de baile. Não tenho dúvidas de que alguém o encontrará.

E, assim, o Conde fechou a porta e trancou o Bispo naquele quarto onde a pompa espera pacientemente.

Eles se entenderiam muito bem, pensou o Conde.

Eram três da manhã quando, no saguão, o Conde entrou no campanário. Ao subir, sentiu o alívio de ter escapado por pouco. Enfiando a mão no bolso, tirou o passaporte roubado e os marcos finlandeses, colocando-os no *Baedeker*. Mas, quando virou a quina no quarto andar, um arrepio percorreu sua espinha. Porque no patamar logo acima dele estava o fantasma do gato zarolho. De sua posição elevada, o gato olhou para baixo para aquele ex-cidadão, que estava de pé ali, de meias, com pistolas no cinto e bens roubados na mão.

Dizem que três anos depois de ficar cego durante a Batalha do Nilo, em 1798, o almirante *lord* Nelson, durante a Batalha de Copenhague, levou seu telescópio ao olho danificado quando seu comandante emitiu o sinal de retirada e, assim, continuou seu ataque até que a marinha dinamarquesa estivesse disposta a negociar uma trégua.

Embora essa história fosse uma das favoritas do Grão-Duque e tivesse sido recontada muitas vezes ao jovem Conde como um exemplo de corajosa perseverança diante de probabilidades agourentas, ele sempre suspeitou que fosse um pouco apócrifa. Afinal, em meio a conflitos armados, os fatos são tão suscetíveis de sofrer danos quanto os navios e os homens, se não mais. Porém, no início do solstício de verão de 1954, o gato zarolho do Metropol voltou o olho danificado para os ganhos ilegais do Conde e, sem a menor expressão de decepção, desapareceu escada abaixo.

☆

Apoteose

No dia 21 de junho, apesar de ter ido dormir às quatro da manhã, o Conde se levantou à mesma hora de sempre. Fez cinco agachamentos, cinco alongamentos e respirou fundo cinco vezes. Tomou café, comeu biscoitos e a porção diária de fruta (hoje, uma variedade de frutas silvestres), depois desceu as escadas para ler os jornais e conversar com Vasili. Almoçou na Piazza. À tarde, visitou Marina na sala de costura. Como era seu dia de folga, às sete horas tomou um *apéritif* no Chaliapin, onde se maravilhou com a chegada do verão com o sempre alerta Audrius. E, às oito, jantou na mesa dez no Boiarski. O que significa que ele ocupou seu dia como ocuparia qualquer outro. Só que, quando saiu do restaurante às dez horas, depois de ter dito a Nadja que o gerente queria vê-la, escorregou para dentro da chapelaria vazia para pegar emprestada a capa de chuva e o chapéu Fedora de Salisbury, o jornalista americano.

De volta ao sexto andar, o Conde escavou até o fundo de seu velho baú para recuperar a mochila que usara em 1918 em sua viagem de Paris a Idlehour. Como naquela viagem, dessa vez também viajaria apenas com o estritamente necessário. Ou seja, três mudas de roupa, escova e pasta de dentes, *Anna Kariênina*, o projeto de Michka e, por fim, a garrafa de Châteauneuf-du--Pape que ele pretendia beber no dia 14 de junho de 1963, dez anos depois da morte do velho amigo.

Reunindo suas coisas, o Conde fez uma última visita a seu estúdio. Tantos anos antes, dissera *adieu* a uma casa inteira. Então, alguns anos depois, dissera *adieu* a uma suíte. Agora, dizia *adieu* a um quarto de nove metros quadrados. Era, sem dúvida, o menor quarto que tinha ocupado em sua vida; mas, de alguma forma, dentro daquelas quatro paredes, o mundo tinha ido e vindo. Com esse pensamento, o Conde inclinou o chapéu para o retrato de Helena e apagou a luz.

☆

Ao mesmo tempo que o Conde descia para o saguão, Sofia terminava sua apresentação no palco da Salle Pleyel, em Paris. Levantando-se do piano, voltou-se maravilhada para a plateia — pois, sempre que Sofia tocava, mergulhava tão profundamente em sua música que quase esquecia que havia alguém ouvindo. Mas, trazida de volta à consciência pelos aplausos, não se esqueceu de fazer um gesto gracioso em direção à orquestra e ao maestro antes de fazer uma última reverência.

Assim que saiu do palco, recebeu as congratulações formais do adido cultural e um abraço sincero do diretor Vavilov. Segundo ele, tinha sido sua melhor apresentação até o momento. Mas então os dois homens voltaram sua atenção novamente para o palco, onde o prodígio do violino assumia seu lugar diante do maestro. O corredor ficou tão quieto que todas as pessoas ali reunidas ouviram a batida da batuta do maestro. Então, depois daquele momento de suspensão muito comum, os músicos começaram a tocar e Sofia entrou no camarim.

A orquestra do Conservatório executou o concerto de Dvorák em pouco mais de trinta minutos. Sofia se permitiria quinze para chegar à saída.

Pegando sua mochila, foi direto para um dos banheiros reservados aos músicos. Fechando a porta atrás de si, tirou os sapatos e despiu o belo vestido azul que Marina tinha feito. Tirou o colar que Anna lhe dera e o jogou sobre o vestido. Então vestiu a calça e a camisa oxford que seu pai tinha roubado do cavalheiro italiano. Em seguida, olhando para o pequeno espelho acima da pia, pegou a tesoura que seu pai lhe dera e começou a cortar o cabelo.

Essa pequena ferramenta com o formato de uma garça, tão apreciada pela irmã de seu pai, tinha sido claramente projetada para cortar outros materiais, mas não cabelos. Os anéis apertavam os nós do polegar e do indicador de Sofia enquanto ela tentava e não conseguia cortar as mechas. Começando a derramar lágrimas de frustração, Sofia fechou os olhos e respirou fundo.

— Não há tempo para isso — murmurou a si mesma.

Limpando as lágrimas de seu rosto com as costas da mão, recomeçou cortando pequenas quantidades de cabelo, trabalhando sistematicamente ao redor da cabeça.

Quando terminou, puxou os cabelos para cima com as mãos e os lavou na pia, como seu pai havia instruído. Depois, de um bolso lateral da mochila, pegou o pequeno frasco preto que o barbeiro do Metropol antigamente usava para tingir os primeiros fios grisalhos que apareciam na barba de seus clientes. A tampa do frasco tinha uma pequena escova presa a ela. Pegando a mecha de cabelo branco que praticamente havia definido sua aparência desde os treze anos, Sofia se inclinou sobre a pia e cuidadosamente a escovou com a tinta, até que estivesse tão preta quanto o restante de seu cabelo.

Quando terminou, devolveu o frasco e a tesoura à mochila. Pegou a boina do italiano e a pôs na pia. Então voltou sua atenção para a pilha de roupas no chão, e foi então que percebeu que não tinha pensado nos sapatos. Tudo o que tinha era o elegante par de salto alto que Anna a ajudara a escolher para a competição do Conservatório no ano anterior. Sem muita escolha, os jogou no lixo.

Pegou o vestido e o colar para se desfazer deles também. Sim, Marina tinha feito o vestido e Anna lhe dera o colar, mas ela não podia levá-los — quanto a isso, seu pai não deixara nenhuma dúvida. Se, por algum motivo, ela fosse interceptada e sua bolsa revistada, esses glamourosos itens femininos a entregariam. Sofia hesitou por um momento, então enfiou o vestido no lixo com os sapatos; mas o colar, deslizou para dentro do bolso.

Segurando as alças da mochila e jogando-a nas costas, Sofia enterrou a boina na cabeça, abriu a porta do banheiro e escutou. As cordas começavam o crescendo, sinalizando o fim do terceiro movimento. Saindo do banheiro, ela se afastou dos camarins e se dirigiu para os fundos do edifício. A música ficou mais alta quando ela passou bem atrás do palco. Então, com as primeiras notas do movimento final, atravessou a saída no fim do corredor e saiu descalça para a noite.

Andando depressa, mas sem correr, Sofia contornou a Salle Pleyel para a rue du Faubourg Saint-Honoré, onde a entrada bem iluminada da sala de concertos estava localizada. Atravessando a rua, entrou em uma porta e tirou a boina do italiano. De sob a borda, puxou o pequeno mapa que seu pai cortara do *Baedeker* e dobrara até ficar do tamanho de uma caixa de fósforos. Abrindo-o, ela se orientou e depois começou a seguir a linha vermelha meio quarteirão ao longo da Faubourg Saint-Honoré, descendo a avenida Hoche até o Arco do Triunfo e depois à esquerda para a Champs-Élysées, em direção à Place de la Concorde.

Ao desenhar essa linha em zigue-zague das portas da Salle Pleyel à Embaixada Americana, o Conde não havia escolhido a rota mais rápida, que teria sido percorrer dez quadras direto pela Faubourg Saint-Honoré. Ele queria afastar Sofia da sala de concertos o mais rápido possível. Esse ligeiro desvio acrescentaria apenas alguns minutos à sua caminhada, mas permitiria que desaparecesse no anonimato da Champs-Élysées; e ela ainda teria tempo suficiente para chegar à embaixada antes que sua ausência fosse descoberta.

Mas quando o Conde fizera esse cálculo, o que não tinha levado em conta foi o impacto causado em uma menina de 21 anos ao ver pela primeira vez o Arco do Triunfo e o Louvre iluminados à noite. É verdade que Sofia os tinha visto no dia anterior, assim como muitas outras atrações; mas, tal como o Conde havia imaginado, os vira pela janela de um ônibus. Era completamente diferente vê-los no início do verão, depois de ter recebido uma ovação, mudado a aparência e escapado para a noite...

Pois, embora na tradição clássica não existisse a Musa da arquitetura, acho que podemos concordar que, sob as circunstâncias corretas, a aparência de um edifício pode se gravar na memória de alguém, afetar seus sentimentos e até mesmo mudar a vida dessa pessoa. Dessa forma, arriscando uns minutos que não tinha para perder, Sofia se deteve na Place de la Concorde e girou lentamente no lugar, como se em um momento de reconhecimento.

Na noite anterior à sua saída de Moscou, quando expressara sua angústia pelo que seu pai queria que fizesse, ele tentou consolá-la com uma ideia. Dissera que nossas vidas são dirigidas por incertezas, muitas das quais são perturbadoras ou até mesmo assustadoras; mas que, se perseverássemos e permanecêssemos generosos de coração, talvez nos fosse concedido um momento de lucidez suprema, um momento em que tudo o que nos aconteceu de repente se encaixa como uma sucessão necessária de acontecimentos, quando nos encontramos no limiar de uma vida nova e ousada que, o tempo todo, estávamos destinados a viver.

Quando seu pai fizera essa afirmação, ela parecera tão estranha, tão exagerada, que não aliviara a angústia de Sofia. Mas, ao se virar na Place de la Concorde, vendo o Arco do Triunfo, a Torre Eiffel, as Tulherias, os carros e as Vespas passando em volta do grande obelisco, Sofia entendeu o que seu pai estava tentando lhe dizer.

☆

— Esteve assim a noite toda?

Richard Vanderwhile, que estava de pé em seu apartamento na embaixada, tinha acabado de notar o ângulo de sua gravata no espelho do quarto. Era uma inclinação de 25 graus.

— Sua gravata está sempre assim, meu querido.

Richard se virou em choque para a esposa.

— Sempre! Por que você nunca disse nada?

— Porque eu acho que faz você parecer arrojado.

Assentindo como alguém que poderia se contentar com "arrojado", Richard deu outra olhada no espelho, afrouxou a gravata, pendurou o paletó do smoking nas costas da cadeira e estava prestes a sugerir um drinque quando ouviu uma batida à porta. Era o adido de Richard.

— O que é, Billy?

— Desculpe incomodá-lo a esta hora, senhor. Mas há um jovem procurando pelo senhor.

— Um jovem?

— Sim. Ao que parece, está procurando asilo...

Richard arqueou as sobrancelhas.

— Asilo de quê?

— Não tenho certeza, senhor. Mas ele não está usando sapatos.

O sr. e a sra. Vanderwhile trocaram olhares.

— Bem, então acho que é melhor você deixá-lo entrar.

O adido voltou um minuto depois com um rapaz de boina de jornaleiro que, de fato, estava descalço. De forma educada, porém ansiosa, o rapaz tirou a boina e segurou-a na altura da cintura com as duas mãos.

— Billy, não é um jovem — disse a sra. Vanderwhile.

O adido arregalou os olhos.

— Caramba. Sofia Rostov! — exclamou Richard.

Sofia sorriu com uma expressão de alívio:

— Sr. Vanderwhile.

Richard disse ao seu adido que podia ir, então se aproximou de Sofia com um sorriso e a segurou pelos cotovelos.

— Deixe-me dar uma boa olhada em você. — Sem largar Sofia, Richard se virou para sua esposa: — Eu não lhe disse que ela era uma beldade?

— Certamente disse — concordou a sra. Vanderwhile com um sorriso.

Embora, da perspectiva de Sofia, a sra. Vanderwhile fosse a beldade.

— Que grande reviravolta — disse Richard.

— Vocês não estavam... esperando por mim? — perguntou Sofia, hesitante.

— Claro que estávamos! Mas seu pai se apegou a todo esse mistério. Ele me garantiu que você viria, mas não me disse quando, onde nem como. E cer-

tamente não contou que você apareceria descalça aparentando ser um rapaz. — Richard apontou para a mochila de Sofia. — Isso foi tudo que você trouxe?
— Temo que sim.
— Está com fome? — perguntou a sra. Vanderwhile.
Antes que Sofia pudesse responder, Richard interveio:
— É claro que ela está com fome. Eu acabei de chegar de um jantar e estou com fome. Vou lhe dizer uma coisa, minha querida: por que não vê se consegue arrumar algumas roupas para Sofia, enquanto ela e eu conversamos? Então todos podemos nos encontrar na cozinha.
Enquanto a sra. Vanderwhile procurava roupas, Richard conduziu Sofia ao escritório e sentou-se na beirada da mesa.
— Nem posso lhe dizer quanto estamos felizes por tê-la em nossa casa, Sofia. E detesto colocar os negócios antes do prazer. Mas, quando nos sentarmos para comer, suspeito que seremos arrebatados com histórias de suas aventuras. Então, antes de irmos para a cozinha, seu pai mencionou que você poderia ter algo para mim...
Sofia parecia tímida e hesitante.
— Meu pai disse que você poderia ter algo para mim antes...
Richard riu e bateu as mãos.
— Você está certa! Eu tinha me esquecido completamente.
Richard atravessou a sala até uma das estantes. Ficando na ponta dos pés, alcançou a prateleira mais alta e pegou o que parecia um livro grande, mas que acabou se revelando um pacote embrulhado em papel pardo. Richard colocou-o na mesa com um baque. Sofia, por sua vez, começou a procurar em sua mochila.
— Antes de me dar qualquer coisa, você provavelmente devia se certificar de que isso é o que deveria ser... — advertiu Richard
— Ah, sim. Entendo.
— Além disso, estou morrendo de curiosidade — acrescentou ele.
Juntando-se a Richard em sua mesa, Sofia desamarrou o barbante e desfez as dobras do papel. Lá dentro havia uma antiga edição de *Ensaios*, de Montaigne.
— Bem, é preciso dar crédito ao velho francês — disse Richard, um pouco confuso. — Ele é substancialmente mais pesado que Adam Smith ou Platão. Eu realmente não tinha ideia.
Mas então Sofia abriu o livro, revelando uma cavidade retangular cortada nas páginas, na qual havia oito pequenas pilhas de moedas de ouro.

— Naturalmente — disse Richard.

Sofia fechou o livro e tornou a amarrar o barbante. Então, pegando a mochila, esvaziou seu conteúdo em uma cadeira e entregou a bolsa vazia a Richard.

— Meu pai disse que você deveria cortar a costura no topo das alças.

Houve uma batida à porta, e a sra. Vanderwhile enfiou a cabeça na sala.

— Tenho algumas roupas para lhe mostrar, Sofia. Você está pronta?

— Na hora certa — disse Richard, assentindo para Sofia. — Eu as encontrarei em um minuto.

Deixado sozinho, Richard tirou um canivete do bolso. Abriu a lâmina e cortou cuidadosamente a costura que tinha sido habilmente cerzida ao longo da parte superior das alças. Na fenda estreita que corria por trás do comprimento de uma das alças tinha sido enfiado um pedaço de papel bem enrolado.

Puxando o rolo de seu esconderijo, Richard sentou-se e o abriu em sua mesa. Na parte superior havia um diagrama intitulado "Jantar do Presidium e do Conselho de Ministros, 11 de junho de 1954". O diagrama em si representava um longo U com 46 nomes inscritos ao redor. Sob o nome de cada pessoa estava seu título e um resumo de sua personalidade em três palavras. No verso havia uma descrição detalhada da noite em questão.

Certamente, o Conde descrevera o anúncio relativo à usina nuclear de Obninsk e a exibição teatral de sua conexão à rede elétrica de Moscou. Mas o que ele enfatizara em seu relatório foram as nuances sociais da noite.

Primeiro, o Conde observou que, quando os convidados apareceram para o jantar, praticamente todos foram surpreendidos pelo local. Eles obviamente tinham chegado ao hotel esperando que fossem jantar em um dos salões formais do Boiarski, apenas para serem direcionados para a suíte 417. A única exceção foi Khruschóv, que entrou na suíte com a fria satisfação de alguém que não só sabia onde o jantar seria realizado, como ficou satisfeito ao ver que tudo estava perfeitamente em ordem. O secretário-geral apagou qualquer dúvida quanto ao seu envolvimento pessoal no planejamento da noite quando, mesmo excepcionalmente silencioso no evento, levantou-se às dez para as onze para fazer um brinde no qual fez referência à história da suíte dois andares abaixo.

Mas, para o Conde, a genialidade da noite estava na exibição casual de Khruschóv de sua cooperação com Malichev. Nos últimos meses, Malenkov não tinha feito nenhum segredo quanto a sua discordância de Khruschóv sobre o armamento nuclear. Ele previa que uma corrida armamentista nuclear com o Ocidente só poderia ter resultados devastadores, referindo-se a isso como uma "política apocalíptica". Mas, com esse pequeno evento de teatro político, Khruschóv tinha feito o truque perfeito de substituir a ameaça de um apocalipse nuclear pela visão edificante de uma cidade brilhando com energia nuclear. De um só golpe, o falcão conservador havia posicionado a si como um homem do futuro e a seu oponente progressista como um reacionário.

Com certeza, com as luzes da cidade brilhando e as garrafas geladas de vodca na mesa, Malichev atravessou a sala para conversar com o secretário--geral. Como a maioria dos outros ainda tinha sorrisos no rosto, Malichev naturalmente tomou a cadeira vazia ao lado de Khruschóv. Assim, quando todos começaram a retomar seus lugares, Malenkov encontrou-se parado atrás de Khruschóv e Malichev; e, enquanto o primeiro-ministro do Partido Comunista esperava desajeitadamente que terminassem a conversa para que pudesse retomar seu lugar, ninguém na mesa se importou.

Quando Richard terminou de ler a descrição do Conde, se recostou na cadeira e sorriu, pensando que seria útil ter cem homens como Aleksandr Rostov. E foi então que notou o pequeno pedaço de papel, ligeiramente enrolado, sobre sua mesa. Pegando-o, Richard imediatamente reconheceu a caligrafia do Conde. O bilhete, provavelmente enrolado com o relatório, incluía uma simples instrução de como confirmar que Sofia havia chegado à embaixada em segurança, seguida de uma longa sequência de números de sete dígitos.

Richard levantou-se de um salto.

— Billy!

Depois de um momento, a porta se abriu e o adido enfiou a cabeça por ela.

— Senhor?

— Se são quase dez em Paris, que horas são em Moscou?

— Meia-noite.

— Quantas telefonistas estão na central?

— Não tenho certeza — admitiu o tenente, um pouco nervoso. — A esta hora, duas; talvez três?

— Não é suficiente! Vá à sala dos datilógrafos, à sala de decodificação, à cozinha. Reúna todos que tiverem um dedo na mão!

☆

Quando o Conde chegou ao saguão com a mochila no ombro e se sentou na cadeira entre os vasos de palmeiras, não se inquietou. Ele não se levantou e caminhou nem leu a edição da noite. Tampouco olhou as horas no relógio do Bispo.

Se tivessem lhe pedido antes para imaginar como seria se sentar ali nessas circunstâncias, o Conde teria previsto uma sensação de absoluta ansiedade. Mas, à medida que os minutos passavam, não achou a espera nem um pouco angustiante; achou-a surpreendentemente tranquila. Com uma paciência quase sobrenatural, viu os hóspedes do hotel irem e virem. Viu as portas do elevador se abrirem e se fecharem. Ouviu o som da música e do riso que emanava do bar Chaliapin.

Naquele momento, de alguma forma parecia ao Conde que ninguém estava fora de lugar; que cada pequena coisa que acontecia era parte de um plano maior; e que, dentro do contexto desse plano, ele estava destinado a se sentar na cadeira entre os vasos de palmeiras e esperar. E, quase exatamente à meia-noite, a paciência do Conde foi recompensada. Pois, de acordo com as instruções que escrevera a Richard, todos os telefones do primeiro andar do Metropol começaram a tocar.

Todos os quatro telefones da recepção principal tocaram. Os dois interfones que ficavam em uma mesa junto do elevador tocaram. Os telefones da mesa de Vasili e da estação do chefe da recepção tocaram. Assim como os quatro telefones da Piazza, os três da cafeteria, os oito nos escritórios executivos e os dois na mesa do Bispo. Ao todo, devia haver trinta telefones tocando de uma só vez.

Que conceito simples, o toque simultâneo de trinta telefones. E, no entanto, imediatamente foi criada uma sensação de pandemônio. Aqueles que estavam no saguão começaram a olhar de um lado para outro. O que poderia provocar o toque de trinta telefones à meia-noite? O Metropol teria sido atingido por um raio? A Rússia estava sendo atacada? Ou eram os fantasmas do passado cobrando seu tributo sobre o presente?

Qualquer que fosse a causa, o som era absolutamente desconcertante.

Quando um único telefone toca, nosso instinto imediato é pegar o receptor e dizer alô. Mas quando trinta tocam ao mesmo tempo, nosso instinto é dar dois passos para trás e olhar. A equipe reduzida da noite se viu correndo de telefone a telefone, sem coragem de atender a nenhum deles. A multidão bêbada no Chaliapin começou a entrar no saguão, enquanto os hóspedes do segundo andar, que tinham sido acordados, vinham descendo as escadas. E, no meio dessa comoção, o Conde Aleksandr Ilitch Rostov vestiu o casaco e o chapéu do jornalista, pôs a mochila no ombro e saiu do Hotel Metropol.

EPÍLOGO

A seguir...

No dia 21 de junho de 1954, Viktor Stepanovitch Skadóvski deixou seu apartamento pouco antes da meia-noite, a fim de cumprir seu compromisso.

Sua esposa o incitara a não ir. O que de bom poderia vir de um compromisso a essa hora, ela quisera saber. Ele achava que a polícia não andava pelas ruas à meia-noite? A polícia fazia *questão* de andar pelas ruas à meia-noite. Porque, desde o início dos tempos, era a hora em que os tolos marcavam seus compromissos!

Viktor respondeu à esposa que isso era um absurdo; que ela estava sendo melodramática. Mas, quando saiu do prédio, andou dez quarteirões até o Anel de Jardins antes de tomar um ônibus e se reconfortou com a indiferença com que os outros passageiros o receberam.

Sim, sua esposa estava chateada por ele ter um compromisso à meia-noite. Mas se ela soubesse o propósito do compromisso, teria ficado fora de si. E se, ao saber de suas intenções, tivesse exigido saber por que ele tinha concordado em fazer algo tão temerário, ele não teria sido capaz de lhe responder. Ele mesmo não tinha certeza.

Não era simplesmente por causa de Sofia. Claro que ele sentia um orgulho quase paternal pelas conquistas da jovem como pianista. A simples ideia de ajudar um artista iniciante a descobrir seu talento era uma fantasia que Viktor tinha abandonado havia muito tempo; e vivenciá-la tão inesperadamente estava além das palavras. Além do mais, foram as horas de aulas a Sofia que o levaram a perseguir outro sonho abandonado: tocar o repertório clássico em uma orquestra de câmara. Mas, mesmo assim, não era simplesmente por causa dela.

Em maior grau, era por causa do Conde. Pois, inexplicavelmente, Viktor sentia uma profunda lealdade para com Aleksandr Ilitch Rostov; uma lealdade que se baseava em sentimentos de respeito que Viktor dificilmente poderia explicar e que sua esposa, apesar de todas as suas virtudes, nunca teria entendido.

Mas, talvez, acima de tudo, ele tivesse concordado com o pedido do Conde porque parecera certo; e essa convicção, por si só, era um prazer que se tornara cada vez mais raro.

Com esse pensamento, Viktor saltou do ônibus, entrou na antiga estação de São Petersburgo e atravessou o salão central em direção ao café brilhantemente iluminado onde tinha sido instruído a esperar.

Viktor estava sentado em uma cabine no canto, observando um velho acordeonista ir de mesa em mesa, quando o Conde entrou no café. Ele usava uma capa de chuva americana e um chapéu Fedora cinza-escuro. Ao ver Viktor, atravessou o café, largou a mochila, tirou o casaco e o chapéu e se juntou a ele na cabine. Quando, um momento depois, a garçonete apareceu, pediu uma xícara de café e esperou até que o café chegasse antes de deslizar um livro vermelho por cima da mesa.

— Quero lhe agradecer por fazer isso — disse.

— Não precisa me agradecer, Excelência.

— Por favor, Viktor. Me chame de Aleksandr.

Viktor estava prestes a perguntar se o Conde tivera notícias de Sofia, mas foi interrompido por uma briga do outro lado do café. Carregando cestas trançadas, dois vendedores de frutas de aparência cansada tinham começado uma disputa territorial. Visto o avançado da hora, aos dois só restavam alguns produtos lastimáveis; e, embora isso pudesse ter dado um ar de futilidade à sua discussão aos olhos dos espectadores, não diminuiu de modo algum as reivindicações dos protagonistas. Por isso, depois de uma breve troca de insultos, um acertou o outro na cara. Com sangue no lábio e frutas no chão, o homem atacado retribuiu do mesmo jeito.

Enquanto os clientes do café interrompiam suas conversas para assistir à briga com expressões cansadas e conscientes, o gerente contornou o bar e arrastou os combatentes para fora pelos colarinhos. Por um momento, o salão ficou em silêncio enquanto todos olhavam pela janela para o local onde os dois vendedores de frutas permaneciam sentados no chão, a poucos metros de distância um do outro. Então, de repente, o velho acordeonista, que tinha parado de tocar durante a briga, começou uma melodia amigável, provavelmente na esperança de restaurar algum sentimento de boa vontade.

Enquanto Viktor bebericava café, o Conde observava com interesse o acordeonista.

— Você já viu *Casablanca?* — perguntou.

Um tanto surpreso, Viktor admitiu que não.

— Ah! Você devia ver, um dia desses.

E assim o Conde contou a Viktor sobre seu amigo Óssip e sua recente exibição do filme. Em particular, descreveu a cena em que um pequeno ladrão era preso pela polícia e como o americano dono do café, tendo assegurado a seus clientes que tudo estava bem, casualmente instruiu seu pianista a tocar.

— Meu amigo ficou muito impressionado com isso — explicou o Conde.

— Ele viu a instrução do dono do café para que o pianista voltasse a tocar tão logo após a prisão como prova de sua indiferença ao destino de outros homens. Mas eu me pergunto...

☆

Na manhã seguinte, às onze e meia, dois oficiais da KGB chegaram ao Hotel Metropol para interrogar o chefe de garçons Aleksandr Rostov sobre uma questão não resolvida.

Tendo sido escoltados por um mensageiro até o quarto de Rostov no sexto andar, os oficiais não encontraram nenhum sinal dele ali. Rostov tampouco estava aparando os cabelos na barbearia, almoçando na Piazza ou lendo os jornais no saguão. Várias das pessoas mais próximas a ele, incluindo o *chef* Jukóvski e o *maître* Duras, foram interrogadas, mas ninguém tinha visto Rostov desde a noite anterior. (Os oficiais também tentaram falar com o gerente do hotel, apenas para descobrir que ele ainda não tinha chegado ao trabalho, fato que foi devidamente anotado em seu arquivo!) À uma hora, mais dois homens da KGB foram convocados para que uma busca mais profunda fosse feita no hotel. Às duas, o oficial sênior que conduzia a investigação foi encorajado a falar com Vasili, o *concierge*. Encontrando-o a sua escrivaninha no saguão (em meio a esforços para garantir ingressos de teatro para um hóspede), o oficial não fez rodeios. Fez a pergunta para o porteiro sem deixar margem para dúvidas:

— Você sabe o paradeiro de Aleksandr Rostov?

Ao que Vasili respondeu:

— Não tenho a menor ideia.

☆

Tendo descoberto que tanto o gerente Leplévski quanto o chefe dos garçons Rostov haviam desaparecido, o *chef* Jukóvski e o *maître* Duras se reuniram às 14h15 para sua reunião diária no escritório do *chef*, onde imediatamente se engajaram em uma conversa íntima. Para ser franco, gastaram pouco tempo com a falta do gerente Leplévski. Mas uma quantidade considerável de tempo foi gasta com a ausência do chefe dos garçons Rostov.

Inicialmente preocupados ao receberem a notícia do desaparecimento de seu amigo, os dois membros do Triunvirato foram reconfortados com a óbvia frustração da KGB, pois isso confirmava que o Conde não estava sob seu controle. Mas a pergunta permanecia: *Onde ele poderia estar?*

Em seguida, certo rumor começou a se espalhar entre a equipe do hotel. Pois, embora os oficiais da KGB fossem treinados para serem inescrutáveis, os gestos, a linguagem e as expressões faciais têm uma sintaxe fundamentalmente indisciplinada. Assim, ao longo da manhã, as implicações tinham escapado e havia inferências de que Sofia havia desaparecido em Paris.

— Será possível...? — perguntou Andrei em voz alta, claramente sugerindo a Emile que seu amigo também poderia ter escapado durante a noite.

Como eram apenas 14h25 e o *chef* Jukóvski ainda tinha que fazer a transição de pessimista para otimista, respondeu bruscamente:

— Claro que não!

Isso levou os dois homens a um debate sobre as diferenças entre o que era provável, plausível e possível, um debate que poderia ter durado uma hora, não fosse por uma batida à porta.

— Sim? — respondeu Emile, irritado, e se virou, esperando encontrar Ilia com sua colher de pau, mas era o funcionário da sala de correio.

O *chef* e o *maître* ficaram tão confusos com sua súbita aparição que apenas o encararam.

— Vocês são o *chef* Jukóvski e o *maître* Duras? — perguntou ele depois de um momento.

— Claro que somos! — declarou o *chef*. — Quem mais seríamos?

Sem uma palavra, o funcionário entregou dois dos cinco envelopes que tinham sido deixados em seu escaninho na noite anterior (já tendo visitado o escritório da costureira, o bar e a mesa do porteiro). Extremamente profissional, o funcionário não demonstrou curiosidade quanto ao conteúdo dessas cartas, apesar de seu peso incomum; e certamente não esperou que fossem abertas, pois tinha muito trabalho a fazer, muito obrigado.

Com a partida do funcionário, Emile e Andrei olharam para seus respectivos envelopes, maravilhados. Em um instante, puderam ver que as cartas haviam sido endereçadas em uma caligrafia que era ao mesmo tempo apropriada, orgulhosa e sincera. Cruzando olhares, arquearam as sobrancelhas e rasgaram os envelopes. Lá dentro, cada um deles encontrou uma carta de despedida que lhes agradecia pelo companheirismo, lhes assegurava que a Noite da *Bouillabaisse* jamais seria esquecida e pedia que aceitassem o anexo como um pequeno sinal de amizade eterna. O "anexo" por acaso eram quatro moedas de ouro.

Os dois homens, que haviam aberto suas cartas ao mesmo tempo e as lido ao mesmo tempo, deixaram-nas cair sobre a mesa ao mesmo tempo.

— Então é verdade! — exclamou Emile.

Um homem discreto e educado, Andrei não pensou um segundo sequer em dizer: *Eu te disse*. Embora, com um sorriso, tenha observado:

— Parece que sim...

Mas quando Emile se recuperou dessas surpresas felizes (quatro moedas de ouro e um velho amigo intencionalmente foragido!), balançou a cabeça, desamparado.

— O que foi? — perguntou Andrei, preocupado.

— Com Aleksandr longe e você sofrendo de paralisia, o que vai ser de mim? — lastimou o *chef*.

Andrei olhou para o *chef* por um momento e sorriu.

— Sofrendo de paralisia! Meu amigo, minhas mãos são tão ágeis quanto sempre foram.

Então, para provar isso, Andrei pegou as quatro Catarinas de ouro e as lançou girando no ar.

☆

Às cinco horas da tarde, em um escritório bem equipado do Kremlin (com vista para os lilases no Jardim de Alexandre, nada menos), o administrador-chefe de um ramo especial do complexo aparato de segurança do país estava sentado atrás de sua mesa, revisando um arquivo. Vestido com um terno cinza-escuro, o administrador-chefe poderia ter sido descrito como indistinguível se comparado a qualquer outro burocrata calvo de sessenta anos, não fosse pela cicatriz acima de sua orelha esquerda, onde, ao que parecia, alguém tinha tentado arrebentar seu crânio.

Após uma batida à porta, o administrador-chefe gritou:

— Entre.

Quem batia era um rapaz de camisa e gravata com uma pasta marrom espessa.

— Sim? — disse o administrador-chefe a seu tenente, sem tirar os olhos de seu trabalho.

— Senhor — respondeu o tenente. — Mais cedo esta manhã, tivemos a notícia de que um dos estudantes que estavam na turnê do Conservatório de Moscou desapareceu em Paris.

O administrador-chefe ergueu os olhos.

— Um dos estudantes do Conservatório de Moscou?

— Sim, senhor.

— Homem ou mulher?

— Uma jovem mulher.

...

— Qual é o nome dela?

O tenente consultou a pasta em suas mãos.

— Seu nome é Sofia e ela mora no Hotel Metropol, onde foi criada por um tal de Aleksandr Rostov, um ex-cidadão sob prisão domiciliar; embora pareça haver alguma dúvida quanto à sua paternidade...

— Entendo... E esse Rostov foi interrogado?

— É exatamente isso, senhor. Rostov também não foi encontrado. Uma busca inicial nas instalações do hotel se provou infrutífera, e ninguém que tenha sido interrogado admitiu tê-lo visto desde ontem à noite. No entanto, uma segunda busca mais aprofundada esta tarde resultou na descoberta do gerente do hotel, trancado em um depósito no porão.

— Não é o camarada Leplévski...?

— O próprio, senhor. Parece que ele descobriu o plano de deserção da moça e estava indo informar a KGB quando Rostov o dominou e o forçou a entrar no depósito sob a mira de uma arma.

— Uma arma!

— Sim, senhor.

— Onde Rostov conseguiu uma arma?

— Parece que ele tinha um par de antigas pistolas de duelo... e vontade de usá-las. Na verdade, foi confirmado que ele atirou em um retrato de Stálin no escritório do gerente.

— Atirou em um retrato de Stálin. Bem. Parece um sujeito implacável...

— Sim, senhor. E, se me permite dizer, astuto. Porque parece que, há duas noites, um passaporte finlandês e moeda finlandesa foram roubados de um dos hóspedes finlandeses do hotel. Então, ontem à noite, uma capa de chuva e um chapéu foram roubados de um jornalista americano. Esta tarde, os investigadores foram enviados à estação ferroviária de Leningradski, onde obtiveram a confirmação de que um homem usando o chapéu e a capa em questão foi visto embarcar no trem noturno para Helsinque. O chapéu e a capa foram encontrados em um banheiro na estação russa em Viborg, junto a um guia de viagem para a Finlândia, cujos mapas foram arrancados. Dada a rigidez da segurança na fronteira ferroviária para a Finlândia, presume-se que Rostov tenha desembarcado em Viborg a fim de atravessar a fronteira a pé. A segurança local foi alertada, mas talvez ele já tenha escapado.

— Entendo... — disse o administrador-chefe novamente, aceitando o arquivo de seu tenente e colocando-o em sua mesa. — Mas, diga-me, como fizemos a ligação entre Rostov e o passaporte finlandês em primeiro lugar?

— O camarada Leplévski, senhor.

— Como assim?

— Quando o camarada Leplévski foi levado ao porão, viu Rostov pegar o guia finlandês de uma coleção de livros perdidos. Com essa informação em mãos, rapidamente fizemos a conexão com o roubo do passaporte, e os oficiais foram enviados à estação.

— Um excelente trabalho do começo ao fim — disse o administrador-chefe.

— Sim, senhor. Embora deixe uma dúvida.

— Que dúvida?

— Por que Rostov não atirou em Leplévski quando teve a oportunidade.

— Obviamente, ele não atirou em Leplévski porque Leplévski não é um aristocrata — disse o administrador-chefe.

— Senhor?

— Ah, não importa.

Quando o administrador-chefe bateu na nova pasta com os dedos, o tenente permaneceu à porta.

— Pois não? Há mais alguma coisa?

— Não, senhor. Não há mais nada. Mas como devemos proceder?

O administrador-chefe considerou a questão por um momento e, recostando-se na cadeira com um leve sorriso, respondeu:

— Detenha os suspeitos de sempre.

Foi Viktor Stepanovitch, é claro, quem deixou a evidência condenatória no banheiro da estação em Viborg.

Uma hora depois de se despedir do Conde, Viktor embarcou no trem para Helsinque com o chapéu e o casaco do jornalista e o *Baedeker* no bolso. Quando desembarcou em Viborg, rasgou os mapas e deixou o guia com os outros itens em um balcão no banheiro da estação. Em seguida, viajou de volta, de mãos vazias, no trem seguinte com destino a Moscou.

Quase um ano depois, Viktor finalmente teve a oportunidade de assistir a *Casablanca*. Naturalmente, quando a cena mudou para o Rick's Café e a polícia começou a se aproximar de Ugarte, seu interesse foi despertado, porque se lembrou de sua conversa com o Conde no café da estação ferroviária. Assim, com a maior atenção, viu como Rick ignorou os pedidos de ajuda de Ugarte; viu a expressão do dono do café permanecer fria e distante quando a polícia arrastou Ugarte pelas lapelas; mas então, quando Rick começou a atravessar a multidão desconcertada em direção ao pianista, algo chamou a atenção de Viktor. Apenas o mais ínfimo detalhe, não mais do que alguns quadros de filme: no meio desse curto percurso, enquanto Rick passa pela mesa de um cliente, sem diminuir o passo ou interromper suas garantias para a multidão, ele levanta um copo de coquetel que tinha sido derrubado durante a confusão.

Sim, pensou Viktor, é isso, exatamente.

Pois ali era Casablanca, um posto avançado em tempo de guerra. E ali, no coração da cidade, sob os holofotes, estava o Rick's Café Américain, onde os sitiados podiam se reunir por um momento para jogar, beber e ouvir música; conspirar, consolar e, mais importante, ter esperança. E, no centro desse oásis, estava Rick. Como o amigo do Conde tinha observado, a reação fria do dono do café à prisão de Ugarte e sua instrução para que a banda tocasse poderia sugerir certa indiferença ao destino dos homens. Porém, ao levantar o copo de coquetel após o tumulto, não teria ele demonstrado uma fé essencial de que, por meio do menor dos atos, é possível restabelecer algum sentido de ordem no mundo?

Agora

Em uma das primeiras tardes de verão de 1954, um homem alto com cerca de sessenta anos estava na grama alta entre macieiras em algum lugar na província de Níjni Novgorod. O início de uma barba em seu queixo, a terra em suas botas e a mochila nas costas contribuíam para a impressão de que o homem estivera caminhando por vários dias, embora não parecesse exaurido pelo esforço.

Parando entre as árvores, o viajante olhou alguns passos à frente, onde podia distinguir a sugestão de uma estrada que tinha sido coberta pela vegetação havia muito tempo. Quando se virou para esse velho caminho com um sorriso ao mesmo tempo melancólico e sereno, uma voz veio do céu para perguntar: *Aonde você está indo?*

Parando, o homem olhou para cima quando, com um farfalhar dos galhos, um menino de dez anos pulou de uma macieira para o chão.

Os olhos do velho se arregalaram.

— Você é silencioso como um rato, jovem.

Com um olhar de autoconfiança, o rapaz tomou a observação do homem como um elogio.

— Também sou — disse uma voz tímida entre as folhas.

O viajante ergueu os olhos para encontrar uma garota de sete ou oito anos empoleirada em um galho.

— Você é mesmo! Quer ajuda para descer?

— Não preciso — disse a menina.

Mas, mesmo assim, se inclinou para cair nos braços do viajante.

Depois que a menina estava no chão ao lado do garoto, o viajante pôde ver que os dois eram irmãos.

— Nós somos piratas — disse o garoto sem rodeios, enquanto olhava para o horizonte.

— Eu imaginei — respondeu o homem.

— Você vai para a mansão? — perguntou a menina, curiosa.

— Quase ninguém vai lá — advertiu o menino.
— Onde é? — perguntou o homem, sem ter visto nenhum sinal dela entre as árvores.
— Nós lhe mostramos.

O garoto e a menina conduziram o homem ao longo da velha estrada coberta pela vegetação, que terminava em um arco longo e preguiçoso. Depois de dez minutos de caminhada, o mistério da invisibilidade da mansão foi resolvido: por ter sido incendiada décadas antes, consistia agora em duas chaminés inclinadas em cada extremidade de uma clareira ainda polvilhada de cinzas aqui e ali.

Quando alguém passa décadas longe de um lugar pelo qual tinha carinho, os sábios em geral aconselhariam que a pessoa nunca voltasse lá.

A história está cheia de exemplos: depois de décadas vagando pelos mares e de superar todos os tipos de perigos mortais, Odisseu enfim retornou a Ítaca, apenas para deixá-la novamente alguns anos mais tarde. Robinson Crusoé, tendo regressado à Inglaterra após anos de isolamento, pouco depois partiu para aquela mesma ilha da qual rezara com tanto fervor para se libertar.

Por que, depois de tantos anos com saudades de casa, esses peregrinos a abandonavam tão pouco depois de seu retorno? Difícil dizer. Mas talvez para aqueles que retornam depois de uma longa ausência, a combinação de sentimentos sinceros e a influência implacável do tempo só gere decepções. A paisagem não é tão bonita quanto na memória. A cidra local não é tão doce. Construções pitorescas foram restauradas e estão irreconhecíveis, enquanto tradições agradáveis desapareceram para abrir caminho para novos entretenimentos enigmáticos. E, depois de ter imaginado viver no centro desse pequeno universo, a pessoa dificilmente é reconhecida, se é que é reconhecida. Por isso os sábios aconselham que o indivíduo deve passar longe de sua antiga propriedade.

Mas nenhum conselho, por mais que fosse bem fundamentado na história, é adequado para todos. Como as garrafas de vinho, dois homens serão radicalmente diferentes um do outro por terem nascido a um ano de distância ou em colinas vizinhas. A título de exemplo, quando esse viajante estava de pé diante das ruínas de sua antiga casa, ele não foi dominado pelo choque, por indignação ou desespero. Em vez disso, ele exibiu o mesmo sorriso, ao mesmo tempo melancólico e sereno, que exibira ao ver a estrada coberta de vegetação. Pois, como se mostrou, é possível revisitar o passado de um jeito bastante agradável, desde que se faça isso esperando que quase tudo tenha mudado.

Tendo se despedido dos jovens piratas, nosso viajante seguiu seu caminho até a aldeia local, a cerca de cinco quilômetros de distância.

Embora não se importasse em ver que muitos dos antigos marcos tinham desaparecido, ficou muito aliviado ao descobrir que a estalagem à beira da cidade ainda estava lá. Abaixando a cabeça ao passar pela porta da frente e tirando a mochila do ombro, foi recebido pela estalajadeira, uma mulher de meia-idade que veio dos fundos limpando as mãos no avental. Ela perguntou se ele estava procurando um quarto. Ele confirmou, mas disse que gostaria de comer alguma coisa antes. Então ela gesticulou com a cabeça em direção à entrada que levava à taberna.

Meneando a cabeça novamente, o viajante entrou. Dada a hora, havia apenas alguns cidadãos sentados aqui e ali às velhas mesas de madeira, comendo um simples cozido de couve e batatas ou bebendo um copo de vodca. Oferecendo um aceno simpático àqueles que se dignaram a erguer o olhar de suas refeições, o homem dirigiu-se ao pequeno cômodo na parte de trás da taberna onde ficava o antigo fogão russo. E, lá no canto, a uma mesa para dois, com tons grisalhos nos cabelos, a mulher que parecia um salgueiro aguardava.

www.intrinseca.com.br

1ª edição	FEVEREIRO DE 2018
reimpressão	ABRIL DE 2024
impressão	IMPRENSA DA FÉ
papel de miolo	LUX CREAM 60 G/M²
papel de capa	CARTÃO SUPREMO ALTA ALVURA 250G/M²
tipografia	BEMBO